老舍

小说精编

老舍 著
魏韶华 点评

中国工人出版社

序

提起老舍先生，大家首先想到的是《骆驼祥子》《四世同堂》《茶馆》等鸿篇巨制。可是，对于没有那么多大块儿时间且不从事专业研究的广大读者来说，老舍先生的短篇小说和散文小品却是不可多得的精神佳肴！

老舍先生的短篇小说，如他一贯追求的，把刻画人物作为创作的中心。用立得起来的人物说明人生，解释生命。他说，写短篇小说极难，非有极好的天才与极丰富的经验不能做到。写作时故事内容与人物一定要集中。他在《我怎样写短篇小说》一文中说："要有长时的培养，把一件复杂的事翻过来，掉过去的调动，人也熟了，事业熟了，而后抽出一节来写个短篇，就必定成功，因为一下笔就是地方；准确产生调匀之美。"

创作小说的人物，主要需赋予人物性格特征。在本书入选的小说里，老舍先生写出了各种不同人物的鲜明个性。这些人物有的固执迷恋、有的自私贪婪、有的孤僻愤恨、有的自卑软弱。他们历经人生的波折，走不上正确的道路。每个故事最终以悲剧终结。在刻画这些人物时，老舍先生采用了非现实主义的笔法。比如象征主义的，意识流的，表现主义的，等等。他在《文学概论讲义》中的《文学倾向(下)》一讲里说："运用了新浪漫主义手法，直接在人心中可取到无限错综奇怪的材料…… 比写实主义还实在，因为他们是依据科学、根据的剪刀，去解剖人的心灵。"如在小说《微神》《月牙儿》《丁》《大悲寺外》中，他运用非现实主义的方法很好地刻画出了人物的心理状态。还运用景物或色彩的变化象征了人物内心情绪的变化。这种写法使他的小说具有神秘、荒诞、奇异的格调，赋予了小说传奇性。这类短篇小说的创作风格在老舍先生的长篇小说里是看不到的，在他全部文学创作里也是独具特色的。

老舍先生的短篇小说充满了创造性。而他的散文则讲究以“真”传“情”。

首先是取材真。他的散文都是取材于现实生活，他亲身经历的所见所闻。我们可以把他的散文看作他生活经历的真实记载和他的情绪及感受的坦诚相告。

其次是语言真。在他的散文中，无论写什么，至亲好友也好，景色或对一时一事的感受也好，他都使用京味儿的文学语言。他的北京话俗白、生动、幽默，直抒胸臆。

细读老舍先生的散文可以了解他的生平，很好地了解作者这个人。对于读者，这在一定程度上弥补了他生前未曾写自传的遗憾。

最后，感谢魏韶华教授的精心编选和工人出版社出版此书。

舒　济

2017 年 7 月

目录

大悲寺外

黄先生已死去二十多年了。这些年中，只要我在北平，我总忘不了去祭他的墓。自然我不能永远在北平；别处的秋风使我倍加悲苦：祭黄先生的时节是重阳的前后，他是那时候死的。去祭他是我自己加在身上的责任；他是我最钦佩敬爱的一位老师，虽然他待我未必与待别的同学有什么分别；他爱我们全体的学生。可是，我年年愿看看他的矮墓，在一株红叶的枫树下，离大悲寺不远。

已经三年没去了，生命不由自主的东奔西走，三年中的北平只在我的梦中！

去年，也不记得为了什么事，我跑回去一次，只住了三天。虽然才过了中秋，可是我不能不上西山去；谁知道什么时候才再有机会回去呢。自然上西山是专为看黄先生的墓。为这件事，旁的事都可以搁在一边；说真的，谁在北平三天能不想办一万样事呢。

这种祭墓是极简单的：只是我自己到了那里而已，没有纸钱，也没有香与酒。黄先生不是个迷信的人，我也没见他饮过酒。

从城里到山上的途中，黄先生的一切显现在我的心上。在我有口气的时候，他是永生的。真的；停在我心中，他是在死里活着。每逢遇上个穿灰布大褂，胖胖的人，我总要细细看一眼。是的，胖胖的而穿灰布大衫，因黄先生而成了对我个人的一种什么象征。甚至于有的时候与同学们聚餐，“黄先生呢？”常在我的舌尖上；我总以为他是还活着。还不是这么说，我应当说：我总以为他不会死，不应该死，即这是一篇人性探索小说。老舍视认识人研究人为小说家之重要使命，他的许多小说都带有浓郁的人性探索特征。他说：“人是很复杂的。”“认识人，是一项顶重要的基本功。”“文学使人们明白什么是人。”阅读小说，你会感觉到无所不在的隐藏在文字背后的那双好奇的眼睛。小说浓郁的宗教气息、古老命运的魔咒，使小说的气氛显得鬼魅甚至恐怖。作者以自己的“第二视力”完成了对人心的透析与洞穿，令人唏嘘、感慨，促人思索。」

使我知道他确是死了。

他为什么作学监呢？胖胖的，老穿着灰布大衫！他作什么不比当学监强呢？可是，他竟自作了我们的学监；似乎是天命，不作学监他怎能在四十多岁便死了呢！

胖胖的，脑后折着三道肉印；我常想，理发师一定要费不少的事，才能把那三道弯上的短发推净。脸像个大肉葫芦，就是我这样敬爱他，也就没法否认他的脸不是招笑的。可是，那双眼！上眼皮受着“胖”的影响，松松的下垂，把原是一对大眼睛变成了俩螳螂卵包似的，留个极小的缝儿射出无限度的黑亮。好像这两道黑光，假如你单单的看着它们，把“胖”的一切注脚全勾销了。那是一个胖人射给一个活动，灵敏，快乐的世界的两道神光。他看着你的时候，这一点点黑珠就像是钉在你的心灵上，而后把你像条上了钩的小白鱼，钓起在他自己发射出的慈祥宽厚光朗的空气中。然后他笑了，极天真的一笑，你落在他的怀中，失去了你自己。那件松松裹着胖黄先生的灰布大衫，在这时节，变成了一件仙衣。在你没看见这双眼之前，假如你看他从远处来了，他不过是团蠕蠕而动的灰色什么东西。

无论是哪个同学想出去玩玩，而造个不十二分有伤于诚实的谎，去到黄先生那里请假，黄先生先那么一笑，不等你说完你的谎——好像唯恐你自己说漏了似的——便极用心的用苏字给填好“准假证”。但是，你必须去请假。私自离校是绝对不行的。凡关乎人情的，以人情的办法办；凡关乎校规的，校规是校规；这个胖胖的学监！

他没有什么学问，虽然他每晚必和学生们一同在自修室读书；他读的都是大本的书，他的笔记本也是庞大的，大概他的胖手指是不肯甘心伤损小巧精致的书页。他读起书来，无论冬夏，头上永远冒着热汗，他决不是聪明人。有时我偷眼看看他，他的眉，眼，嘴，好像都被书的神秘给迷住；看得出，他的牙是咬得很紧，因为他的腮上与太阳穴全微微的动弹，微微的，可是紧张。忽然，他那么天真的一笑，叹一口气，用块像小床单似的白手绢抹抹头上的汗。

先不用说别的，就是这人情的不苟且与傻用功已足使我敬爱他——多数的同学也因此爱他。稍有些心与脑的人，即使是个十五六岁的学生，像那时候的我与我的学友们，还能看不出：他的温和诚恳是出于天性的纯厚，而同时又能丝毫不苟的负责是足以表示他是温厚，不是懦弱？还觉不出他是“我们”中的一个，不是“先生”们中的一个；因为他那种努力读书，为读书而着急，而出汗，而叹气，还不是正和我们一样？

到了我们有了什么学生们的小困难——在我们看是大而不易解决的——黄先生是第一个来安慰我们，假如他不帮助我们；自然，他能帮忙的地方便在来安慰之前已经自动的作了。二十多年前的中学学监也不过是挣六十块钱，他每月是拿出三分之一来，预备着帮助同学，即使我们都没有经济上的困难，他这三分之一的薪水也不会剩下。假如我们生了病，黄先生不但是殷勤的看顾，而且必拿来些水果，点心，或是小说，几乎是偷偷的放在病学生的床上。

但是，这位困苦中的天使也是平安中的君王——他管束我们。宿舍不清洁，课后不去运动……都要挨他的雷，虽然他的雷是伴着以泪作的雨点。

世界上，不，就说一个学校吧，哪能都是明白人呢。我们的同学里很有些个厌恶黄先生的。这并不因为他的爱心不普遍，也不是被谁看出他是不真诚，而是伟大与藐小的相触，结果总是伟大的失败，好似不如此不足以成其伟大。这些同学们一样的受过他的好处，知道他的伟大，但是他们不能爱他。他们受了他十样的好处后而被他申斥了一阵，黄先生便变成顶可恶的。我一点也没有因此而轻视他们的意思，我不过是说世上确有许多这样的人。他们并不是不晓得好歹，而是他们的爱只限于爱自己；爱自己是溺爱，他们不肯受任何的责备。设若你救了他的命，而同时责劝了他几句，他从此便永远记着你的责备——为是恨你——而忘了救命的恩惠。黄先生的大错处是根本不应来作学监，不负责的学监是有的，可是黄先生与不负责永远不能联结在一处。不论他怎样真诚，怎样厚道，管束。

他初来到学校，差不多没有一个人不喜爱他，因为他与别位先生是那样的不同。别位先生们至多不过是比书本多着张嘴的，我们佩服他们和佩服书籍差不多。即使他们是活泼有趣的，在我们眼中也是另一种世界的活泼有趣，与我们并没有多么大的关系。黄先生是个“人”，他与别位先生几乎完全不相同。他与我们在一处吃，一处睡，一处读书。

半年之后，已经有些同学对他不满意了，其中有的，受了他的规戒，有的是出于立异——人家说好，自己就偏说坏，表示自己有头脑，别人是顺竿儿爬的笨货。

经过一次小风潮，爱他的与厌恶他的已各一半了。风潮的起始，与他完全无关。学生要在上课的时间开会了，他才出来劝止，而落了个无理的干涉。他是个天真的人——自信心居然使他要求投票表决，是否该在上课时间开会！幸而投与他意见相同的票的多着三张！风潮虽然不久便平静无事了，可是他的威信已减了一半。

因此，要顶他的人看出时机已到：再有一次风潮，他管保得滚。谋着以教师兼学监的人至少有三位。其中最活动的是我们的手工教师，一个用嘴与舌活着的人，除了也是胖子，他和黄先生是人中的南北极。在教室上他曾说过，有人给他每月八百圆，就是提夜壶也是美差。有许多学生喜欢他，因为上他的课时就是睡觉也能得八十几分。他要是作学监，大家岂不是入了天国！每天晚上，自从那次小风潮后，他的屋中有小的会议。不久，在这小会议中种的子粒便开了花。校长处有人控告黄先生，黑板上常见“胖牛”，“老山药蛋”……

同时，有的学生也向黄先生报告这些消息。忽然黄先生请了一天的假。可是那天晚上自修的时候，校长来了，对大家训话，说黄先生向他辞职，但是没有准他。末后，校长说，“有不喜欢这位好学监的，请退学；大家都不喜欢他呢，我与他一同辞职。”大家谁也没说什么。可是校长前脚出去，后脚一群同学便到手工教员室中去开紧急会议。

第三天上黄先生又照常办事了，脸上可是好像瘦减了一圈。在下午课后他召集全体学生训话，到会的也就是半数。他好像是要说许多许多的话似的，及至到了台上，他第一个微笑就没笑出来，愣了半天，他极低细的说了一句：“咱们彼此原谅吧！”没说第二句。

暑假后，废除月考的运动一天扩大一天。在重阳前，炸弹爆发了。英文教员要考，学生们不考；教员下了班，后面追随着极不好听的话。及至事情闹到校长那里去，问题便由罢考改为撤换英文教员，因为校长无论如何也要维持月考的制度。虽然有几位主张连校长一齐推倒的，可是多数人愿意先由撤换教员作起。既不向校长作战，自然罢考须暂放在一边。这个时节，已经有人警告了黄先生：

“别往自己身上拢！”

可是谁叫黄先生是学监呢？他必得维持学校的秩序。

况且，有人设法使风潮往他身上转来呢。

校长不答应撤换教员。有人传出来，在职教员会议时，黄先生主张严办学生，黄先生劝告教员合作以便抵抗学生，黄学监……

风潮又转了方向，黄学监，已经不是英文教员，是炮火的目标。

黄先生还终日与学生们来往，劝告，解说，笑与泪交替的揭露着天真与诚意。有什么用呢？

学生中不反对月考的不敢发言。依违两可的是与其说和平的话不如说激烈的，以便得同学的欢心与赞扬。这样，就是敬爱黄先生的连暗中警告他也不敢了：风潮像个魔咒捆住了全校。

我在街上遇见了他。

“黄先生，请你小心点，”我说。

“当然的，”他那么一笑。

“你知道风潮已转了方向？”

他点了点头，又那么一笑，“我是学监！”

“今天晚上大概又开全体大会，先生最好不用去。”

“可是，我是学监！”

“他们也许动武呢！”

“打‘我’？”他的颜色变了。

我看得出，他没想到学生要打他；他的自信力太大。可是同时他并不是不怕危险。他是个“人”，不是铁石作的英雄——因此我爱他。

“为什么呢？”他好似是诘问着他自己的良心呢。

“有人在后面指挥。”

“呕！”可是他并没有明白我的意思，据我看；他紧跟着问：“假如我去劝告他们，也打我？”

我的泪几乎落下来。他问得那么天真，几乎是儿气的；始终以为善意待人是不会错的。他想不到世界上会有手工教员那样的人。

“顶好是不到会场去，无论怎样!”

“可是，我是学监！我去劝告他们就是了；劝告是惹不出事来的。谢谢你!”

我愣在那儿了。眼看着一个人因责任而牺牲，可是一点也没觉到他是去牺牲——一听见“打”字便变了颜色，而仍然不退缩！我看得出，此刻他决不想辞职了，因为他不能在学校正极紊乱时候抽身一走。“我是学监!”我至今忘不了这一句话，和那四个字的声调。

果然晚间开了大会。我与四五个最敬爱黄先生的同学，故意坐在离讲台最近的地方，我们计议好：真要是打起来，我们可以设法保护他。

开会五分钟后，黄先生推门进来了。屋中连个大气也听不见了。主席正在报告由手工教员传来的消息——就是宣布学监的罪案——学监进来了！我知道我的呼吸是停止了一会儿。

黄先生的眼好似被灯光照得一时不能睁开了，他低着头，像盲人似的轻轻关好了门。他的眼睁开了，用那对慈善与宽厚作成的黑眼珠看着大众。他的面色是，也许因为灯光太强，有些灰白。他向讲台那边挪了两步，一脚登着台沿，微笑了一下。

“诸位同学，我是以一个朋友，不是学监的地位，来和大家说几句话!”

“假冒为善!”

“汉奸!”

后边有人喊。

黄先生的头低下去，他万也想不到被人这样骂他。他决不是恨这样骂他的人，而是怀疑了自己，自己到底是不真诚，不然……

这一低头要了他的命。

他一进来的时候，大家居然能那样静寂，我心里说，到底大家还是敬畏他；他没危险了。这一低头，完了，大家以为他是被骂对了，羞愧了。

“打他!”这是一个与手工教员最亲近的学友喊的，我记得。跟着，“打!”“打!”后面的全立起来。我们四五个人彼此按了按膝，“不要动”的暗号；我们一动，可就全乱了。我喊了一句。

“出去!”故意的喊得很难听，其实是个善意的暗示。

他要是出去——他离门只有两三步远——管保没有事了，因为我们四五个人至少可以把后面的人堵住一会儿。

可是黄先生没动！好像蓄足了力量，他猛然抬起头来。他的眼神极可怕了。可是不到半分钟，他又低下头去，似乎用极大的忏悔，矫正他的要发脾气。他是个“人”，可是要拿人力把自己提到超人的地步。我明白他那心中的变动：冷不防的被人骂了，自己怀疑自己是否正道；他的心告诉他——无愧；在这个时节，后面喊“打!”：他怒了；不应发怒，他们是些青年的学生——又低下头去。

随着说第二次低头，“打!”成了一片暴雨。

假如他真怒起来，谁也不敢先下手；可是他又低下头去——就是这么着，也还只听见喊打，而并没有人向前。这倒不是大家不勇敢，实在是因为多数——大多数——人心中有一句：“凭什么打这个老实人呢?”自然，主席的报告是足以使些人相信的，可是究竟大家不能忘了黄先生以前的一切；况且还有些人知道报告是由一派人造出来的。

我又喊了声，“出去!”我知道“滚”是更合适的，在这种场面上，但怎忍得出口呢!

黄先生还是没动。他的头又抬起来：脸上有点笑意，眼中微湿，就像个忠厚的小儿看着一个老虎，又爱又有点怕忧。

忽然由窗外飞进一块砖，带着碎玻璃碴儿，像颗横飞的彗星，打在他的太阳穴上。登时见了血。他一手扶住了讲桌。后面的人全往外跑。我们几个搀住了他。

“不要紧，不要紧，”他还勉强的笑着，血已几乎盖满他的脸。

找校长，不在；找校医，不在；找教务长，不在；我们决定送他到医院去。

“到我屋里去！”他的嘴已经似乎不得力了。

我们都是没经验的，听他说到屋中去，我们就搀扶着他走。到了屋中，他摆了两摆，似乎要到洗脸盆处去，可是一头倒在床上；血还一劲的流。

老校役张福进来看了一眼，跟我们说，“扶起先生来，我接校医去。”

校医来了，给他洗干净，绑好了布，叫他上医院。他喝了口白兰地，心中似乎有了点力量，闭着眼叹了口气。校医说，他如不上医院，便有极大的危险。他笑了。低声的说：

“死，死在这里；我是学监！我怎能走呢——校长们都没在这里！”

老张福自荐伴着“先生”过夜。我们虽然极愿守着他，可是我们知道门外有许多人用轻鄙的眼神看着我们；少年是最怕被人说“苟事”的——同情与见义勇为往往被人解释作“苟事”，或是“狗事”；有许多青年的血是能极热，同时又极冷的。我们只好离开他。连这样，当我们出来的时候还听见了：“美呀！黄牛的干儿子！”

第二天早晨，老张福告诉我们，“先生”已经说胡话了。

校长来了，不管黄先生依不依，决定把他送到医院去。

可是这时候，他清醒过来。我们都在门外听着呢。那位手工教员也在那里，看着学监室的白牌子微笑，可是对我们皱着眉，好像他是最关心黄先生的苦痛的。我们听见了黄先生说：

“好吧，上医院；可是，容我见学生一面。”

“在哪儿？”校长问。

“礼堂；只说两句话。不然，我不走！”

钟响了。几乎全体学生都到了。

老张福与校长搀着黄先生。血已透过绷布，像一条毒花蛇在头上盘着。他的脸完全不像他的了。刚一进礼堂门，他便不走了，从绷布下设法睁开他的眼，好像是寻找自己的儿女，把我们全看到了。他低下头去，似乎已支持不住，就是那么低着头，他低声——可是很清楚的——说：

“无论是谁打我来着，我决不，决不计较!”

他出去了，学生没有一个动弹的。大概有两分钟吧。忽然大家全往外跑，追上他，看他上了车。

过了三天，他死在医院。

谁打死他的呢?

丁庚。

可是在那时节，谁也不知道丁庚扔砖头来着。在平日他是“小姐”，没人想到“小姐”敢飞砖头。

那时的丁庚，也不过是十七岁。老穿着小蓝布衫，脸上长着小红疙瘩，眼睛永远有点水锈，像敷着些眼药。老实，不好说话，有时候跟他好，有时候又跟你好，有时候自动的收拾宿室，有时候一天不洗脸。所以是小姐——有点忽东忽西的小性。

风潮过去了，手工教员兼任了学监。校长因为黄先生已死，也就没深究谁扔的那块砖。说真的，确是没人知道。

可是，不到半年的工夫，大家猜出谁了——丁庚变成另一个人，完全不是“小姐”了。他也爱说话了，而且永远是不好听的话。他永远与那些不用功的同学在一起了，吸上了香烟——自然也因为学监不干涉——每晚上必出去，有时候嘴里喷着酒味。他还作了学生会的主席。

由“那”一晚上，黄先生死去，丁庚变了样。没人能想到“小姐”会打人。可是现在他已不是“小姐”了，自然大家能想到他是会打人的。变动的快出乎意料之外，那么，什么事都是可能的了；所以是“他”!

过了半年，他自己承认了——多半是出于自夸，因为他已经变成个“刺儿头”。最怕这位“刺儿头”的是手工兼学监那位先生。学监既变成他的部下，他承认了什么也当然是没危险的。自从黄先生离开了学监室，我们的学校已经不是学校。

为什么扔那块砖？据丁庚自己说，差不多有五六十个理由，他自己也不知道哪一个最好，自然也没人能断定哪个最可靠。

据我看，真正的原因是“小姐”忽然犯了“小姐性”。他最初是在大家开会的时候，连进去也不敢，而在外面看风势。忽然他的那个劲儿来了，也许是黄先生责备过他，也许是他看黄先生的胖脸好玩而试试打得破与否，也许……不论怎么着吧，一个十七岁的孩子，天性本来是变鬼变神的，加以脸上正发红泡儿的那股忽人忽兽的郁闷，他满可以作出些无意作而作了的事。从多方面看，他确是那样的人。在黄先生活着的时候，他便是千变万化的，有时候很喜欢人叫他“黛玉”。黄先生死后，他便不知道他是怎回事了。有时候，他听了几句好话，能老实一天，趴在桌上写小楷，写得非常秀润。第二天，一天不上课！

这种观察还不只限于学生时代，我与他毕业后恰巧在一块作了半年的事，拿这半年中的情形看，他确是我刚说过的那样的人。拿一件事说吧。我与他全作了小学教师，在一个学校里，我教初四。已教过两个月，他忽然想换班，唯一的原因是我比他少着三个学生。可是他和校长并没这样说——为少看三本卷子似乎不大好出口。他说，四年级级任比三年级的地位高，他不甘居人下。这虽然不很像一句话，可究竟是更精神一些的争执。他也告诉校长：他在读书时是作学生会主席的，主席当然是大众的领袖，所以他教书时也得教第一班。

校长与我谈论这件事，我是无可无不可，全凭校长调动。校长反倒以为已经教了快半个学期，不便于变动。这件事便这么过去了。到了快放年假的时候，校长有要事须请两个礼拜的假，他打算求我代理几天。丁庚又答应了。可是这次他直接的向我发作了，因为他亲自请求校长叫他代理是不好意思的。我不记得我的话了，可是大意是我应着去代他向校长说说：我根本不愿意代理。

及至我已经和校长说了，他又不愿意，而且忽然的辞职，连维持到年假都不干。校长还没走，他卷铺盖走了。谁劝也无用，非走不可。

从此我们俩没再会过面。

看见了黄先生的坟，也想起自己在过去二十年中的苦痛。坟头更矮了些，那么些土上还长着点野花，“美”使悲酸的味儿更强烈了些。太阳已斜挂在大悲寺的竹林上，我只想不起动身。深愿黄先生，胖胖的，穿着灰布大衫，来与我谈一谈。

远处来了个人。没戴着帽，头发很长，穿着青短衣，还看不出他的模样来，过路的，我想；也没大注意。可是他没顺着小路走去，而是舍了小道朝我来了。又一个上坟的?

他好像走到坟前才看见我，猛然的站住了。或者从远处是不容易看见我的，我是倚着那株枫树坐着呢。

“你，”他叫着我的名字。

我愣住了，想不起他是谁。

“不记得我了？丁——”

没等他说完我想起来了，丁庚。除了他还保存着点“小姐”气——说不清是在他身上哪处——他绝对不是二十年前的丁庚了。头发很长，而且很乱。脸上乌黑，眼睛上的水锈很厚，眼窝深陷进去，眼珠上许多血丝。牙已半黑，我不由的看了看他的手，左右手的食指与中指全黄了一半。他一边看着我，一边从袋里摸出一盒“大长城”来。

不知道为什么我觉得一阵悲惨。我与他是没有什么感情的，可是幼时的同学……我过去握住他的手；他的手颤得很厉害。我们彼此看了一眼，眼中全湿了；然后不约而同的看着那个矮矮的墓。

“你也来上坟?”这话已到我的唇边，被我压回去了。他点一枝烟，向蓝天吹了一口，看看我，看看坟，笑了。

“我也来看他，可笑，是不是?”他随说随坐在地上。

我不晓得说什么好，只好顺口搭音的笑了声，也坐下了。

他半天没言语，低着头吸他的烟，似乎是思想什么呢。烟已烧去半截，他抬起头来，极有姿式的弹着烟灰。先笑了笑，然后说：

“二十多年了！他还没饶了我呢!”

“谁?”

他用烟卷指了指坟头：“他!”

“怎么?”我觉得不大得劲；深怕他是有点疯魔。

“你记得他最后的那句？决——不——计——较，是不是?”

我点点头。

“你也记得咱们在小学教书的时候，我忽然不干了？我找你去叫你不要代理校长？好，记得你说的是什么?”

“我不记得。”

“决不计较！你说的。那回我要和你换班次，你也是给了我这么一句。你或者出于无意，可是对于我，这句话是种报复，惩罚。它的颜色是红的一条布，像条毒蛇；它确是有颜色的。它使我把生命变成一阵颤抖；志愿，事业，全随颤抖化为——秋风中的落叶。像这棵枫树的叶子。你大概也知道，我那次要代理校长的原因？我已运动好久，叫他不能回任。可是你说了那么一句——”

“无心中说的，”我表示歉意。

“我知道。离开小学，我在河务局谋了个差事。很清闲，钱也不少。半年之后，出了个较好的缺。我和一个姓李的争这个地位。我运动，他也运动，力量差不多是相等，所以命令多日没能下来。在这个期间，我们俩有一次在局长家里遇上了，一块打了几圈牌。局长，在打牌的时候，露出点我们俩竞争很使他为难的口话。我没说什么，可是姓李的一边打出一个红中，一边说：‘红的！我让了，决不计较!’

红的！不计较！黄学监又立在我眼前，头上围着那条用血浸透的红布！我用尽力量打完了那圈牌，我的汗湿透了全身。我不能再见那个姓李的，他是黄学监第二，他用杀人不见血的咒诅在我魂灵上作祟：假如世上真有妖术邪法，这个便是其中的一种。我不干了。不干了！”他的头上出了汗。

“或者是你身体不大好，精神有点过敏。”我的话一半是为安慰他，一半是不信这种见神见鬼的故事。

“我起誓，我一点病没有。黄学监确是跟着我呢。他是假冒为善的人，所以他会说假冒为善的恶咒。还是用事实说明吧。我从河务局出来不久便成婚，”这一句还没说全，他的眼神变得像失了雏儿的恶鹰似的，瞪着地上一棵半黄的鸡爪草，半天，他好像神不附体了。我轻嗽了声，他一哆嗦，抹了抹头上的汗，说：“很美，她很美。可是——不贞。在第一夜，洞房便变成地狱，可是没有血，你明白我的意思？没有血的洞房是地狱，自然这是老思想，可是我的婚事老式的，当然感情也是老式的。她都说了，只求我，央告我，叫我饶恕她。按说，美是可以博得一切赦免的。可是我那时铁了心；我下了不戴绿帽的决心。她越哭，我越狠，说真的，折磨她给我一些愉快。末后，她的泪已干，她的话已尽，她说出最后的一句：‘请用我心中的血代替吧，’她打开了胸，‘给这儿一刀吧；你有一切的理由，我死，决不计较你！’我完了，黄学监在洞房门口笑我呢。我连动一动也不能了。第二天，我离开了家，变成一个有家室的漂流者，家中放着一个没有血的女人，和一个带着血的鬼！但是我不能自杀，我跟他干到底，他劫去我一切的快乐，不能再叫他夺去这条命！”

“丁：我还以为你是不健康。你看，当年你打死他，实在不是有意的。况且黄先生的死也一半是因为耽误了，假如他登时上医院去，一定不会有性命的危险。”我这样劝解；我准知道，设若我说黄先生是好人，决不能死后作祟，丁庚一定更要发怒的。

"不错。我是出于无心，可是他是故意的对我发出假慈悲的原谅，而其实是种恶毒的诅咒。不然，一个人死在眼前，为什么还到礼堂上去说那个呢？好吧，我还是说事实吧。我既是个没家的人，自然可以随意的去玩了。我大概走了至少也有十二三省。最后，我在广东加入了革命军。打到南京，我已是团长。设若我继续工作，现在来至少也作了军长。可是，在清党的时节，我又不干了。是这么回事，一个好朋友姓王，他是左倾的。他比我职分高。设若我能推倒他，我登时便能取得他的地位。陷害他，是极容易的事，我有许多对他不利的证据，但是我不忍下手。我们俩出死入生的在一处已一年多，一同入医院就有两次。可是我又不能抛弃这个机会；志愿使英雄无论如何也得辣些。我不是个十足的英雄，所以我想个不太激进的办法来。我托了一个人向他去说，他的危险怎样的大，不如及早逃走，把一切事务交给我，我自会代他筹画将来的安全。他不听。我火了。不能不下毒手。我正在想主意，这个不知死的鬼找我来了，没带着一个人。有些人是这样：至死总假装宽厚大方，一点不为自己的命想一想，好像死是最便宜的事，可笑。这个人也是这样，还在和我嘻嘻哈哈。我不等想好主意了，反正他的命是在我手心里，我对他直接的说了——我的手摸着手枪。他，他听完了，向我笑了笑。'要是你愿杀我，'他说，还是笑着，'请，我决不计较。'这能是他说的吗？怎能那么巧呢？我知道，我早就知道了，凡是我要成功的时候，'他'老借着个笑脸来报仇，假冒为善的鬼会拿柔软的方法来毁人。我的手连抬也抬不起来了，不要说还要拿枪打人。姓王的笑着，笑着，走了。他走了，能有我的好处吗？他的地位比我高。拿证据去告发他恐怕已来不及了，他能不马上想对待我的法子吗？结果，我得跑！到现在，我手下的小卒都有作团长的了，我呢？我只是个有妻室而没家，不当和尚而住在庙里的——我也说不清我是什么！"

乘他喘气，我问了一句："哪个庙事？"

“眼前的大悲寺！为是离着他近，”他指着坟头。

看我没往下问，他自动的说明：

“离他近，我好天天来诅咒他！”

不记得我又和他说了什么，还是什么也没说，无论怎样吧！我是踏着金黄的秋色下了山，斜阳在我的背后。我没敢回头，我怕那株枫树，叶子不是怎么红得似血！

原载1933年7月1日《文艺月刊》第四卷第一期

微神

清明已过了，大概是；海棠花不是都快开齐了吗？今年的节气自然是晚了一些，蝴蝶们还很弱；蜂儿可是一出世就那么挺拔，好像世界确是甜蜜可喜的。天上只有三四块不大也不笨重的白云，燕儿们给白云上钉小黑丁字玩呢。没有什么风，可是柳枝似乎故意的转摆，像逗弄着四外的绿意。田中的晴绿轻轻的上了小山，因为娇弱怕累得慌，似乎是，越高绿色越浅了些；山顶上还是些黄多于绿的纹缕呢。山腰中的树，就是不绿的也显出柔嫩来，山后的蓝天也是暖和的，不然，雁们为何唱着向那边排着队去呢？石凹藏着些怪害羞的三月兰，叶儿还赶不上花朵大。

小山的香味只能闭着眼吸取，省得劳神去找香气的来源，你看，连去年的落叶都怪好闻的。那边有几只小白山羊，叫的声儿恰巧使欣喜不至过度，因为有些悲意。偶尔走过一只来，没长犄角就留下须的小动物，向一块大石发了会儿愣，又颠颠着俏式的小尾巴跑了。

我在山坡上晒太阳，一点思念也没有，可是自然而然的从心中滴下些诗的珠子，滴在胸中的绿海上，没有声响，只有些波纹是走不到腮上便散了的微笑；可是始终也没成功一整句。一个诗的宇宙里，连我自己好似只是诗的什么地方的一个小符号。

越晒越轻松，我体会出蝶翅是怎样的欢欣。我搂着膝，和柳枝同一律动前后左右的微动，柳枝上每一黄绿的小叶都是听着春声的小耳勺儿。有时看看天空，啊，谢谢那块白云，它的边上还有个小燕呢，这是一篇现代意识流小说，是作者对现代小说写法的新探索。把一个普通的爱情故事写得别具韵味，是小说，更是散文诗。小说大胆运用象征主义手法，意境朦胧婉约而神秘。小说部分素材来自于作者早年的初恋，美丽的姑娘正是作者暗恋对象的心理投射。作者少年时代同学兼好友罗常培证实说，小说《微神》便是老舍自己初恋时的影儿。葛涛通过与老舍所喜爱的作家但丁的比较研究，认为作者用《微神》（Vision）作小说标题的深层含义，即想以但丁在《新生》和《神曲·天堂篇》中对贝雅特里齐的赞美与纪念方式来赞美和纪念自己初恋的情人刘姑娘，初恋情人成为引领作者精神不断升华的“永恒之女性”。

小得已经快和蓝天化在一处了，像万顷蓝光中的一粒黑痣，我的心灵像要往哪儿飞似的。

远处山坡的小道，像地图上绿的省分里一条黄线。往下看，一大片麦田，地势越来越低，似乎是由山坡上往那边流动呢，直到一片暗绿的松树把它截住，很希望松林那边是个海湾。及至我立起来，往更高处走了几步，看看，不是；那边是些看不甚清的树，树中有些低矮的村舍；一阵小风吹来极细的一声鸡叫。

春晴的远处鸡声有些悲惨，使我不晓得眼前一切是真还是虚，它是梦与真实中间的一道用声音作的金线；我顿时似乎看见了个血红的鸡冠；在心中，村舍中，或是哪儿，有只——希望是雪白的——公鸡。

我又坐下了；不，随便的躺下了。眼留着个小缝收取天上的蓝光，越看越深，越高；同时也往下落着光暖的蓝点，落在我那离心不远的眼睛上。不大一会儿；我便闭上了眼，看着心内的晴空与笑意。

我没睡去，我知道已离梦境不远，但是还听得清清楚楚小鸟的相唤与轻歌。说也奇怪，每逢到似睡非睡的时候，我才看见那块地方——不晓得一定是哪里，可是在入梦以前它老是那个样儿浮在眼前。就管它叫作梦的前方吧。

这块地方并没有多大，没有山，没有海。像一个花园，可又没有清楚的界限。差不多是个不甚规则的三角，三个尖端浸在流动的黑暗里。一角上——我永远先看见它——是一片金黄与大红的花，密密层层的；没有阳光，一片红黄的后面便全是黑暗，可是黑的背景使红黄更加深厚，就好像大黑瓶上画着红牡丹，深厚得至于使美中有一点点恐怖。黑暗的背景，我明白了，使红黄的一片抱住了自己的彩色，不向四外走射一点；况且没有阳光，彩色不飞入空中，而完全贴染在地上。我老先看见这块，一看见它，其余的便不看也会知道的，正好像一看见香山，准知道碧云寺在哪儿藏着呢。

其余的两角，左边是一个斜长的土坡，满盖着灰紫的野花，在不漂亮中有些深厚的力量，或者月光能使那灰的部分多一些银色而显出点诗的灵空；但是我不记得在哪儿有个小月亮。无论怎样，我也不厌恶它。不，我爱这个似乎被霜弄暗了的紫色，像年轻的母亲穿着暗紫长袍。右边的一角是最漂亮的，一个小草房，门前有一架细蔓的月季，满开着单纯的花，全是浅粉的。

设若我的眼由左向右转，灰紫，红黄，浅粉，像是由秋看到初春，时节倒流；生命不但不是由盛而衰，反倒是以玫瑰作香色双艳的结束。

三角的中间是一片绿草，深绿，软厚，微湿；每一短叶都向上挺着，似乎是听着远处的雨声。没有一点风，没有一个飞动的小虫；一个鬼艳的小世界，活着的只有颜色。

在真实的经验中，我没见过这么个境界。可是它永远存在，在我的梦前。英格兰的深绿，苏格兰的紫草小山，德国黑林的幽晦，或者是它的祖先们，但是谁准知道呢。从赤道附近的浓艳中减去阳光，也有点像它，但是它又没有虹样的蛇与五彩的禽，算了吧，反正我认识它。

我看见它多少多少次了。它和“山高月小，水落石出，”是我心中的一对画屏。可是我没到那个小房里去过。我不是被那些颜色吸引得不动一动，便是由它的草地上恍惚的走入另种色彩的梦境。它是我常遇到的朋友，彼此连姓名都晓得，只是没细细谈过心。我不晓得它的中心是什么颜色的，是含着一点什么神秘的音乐——真希望有点响动!

这次我决定了去探险。

一想到了月季花下，或也因为怕听我自己的足音？月季花对于我是有些端阳前后的暗示，我希望在哪儿贴着张深黄纸，印着个朱红的判官，在两束香艾的中间。没有。只在我心中听见了声“樱桃”的吆喝。这个地方是太静了。

小房子的门闭着。窗上门上都挡着牙白的帘儿，并没有花影，因为阳光不足。里边什么动静也没有，好像它是寂寞的发源地。轻轻的推开门，静寂与整洁双双的欢迎我进去，是，欢迎我；室中的一切是“人”的，假如外面景物是“鬼”的——希望我没用上过于强烈的字。

一大间，用幔帐截成一大一小的两间。幔帐也是牙白的，上面绣着些小蝴蝶。外间只有一条长案，一个小椭圆桌儿，一把椅子，全是暗草色的，没有油饰过。椅上的小垫是浅绿的，桌上有几本书。案上有一盆小松，两方古铜镜，锈色比小松浅些。内间有一个小床，罩着一块快垂到地上的绿毯。床首悬着一个小篮，有些快干的茉莉花。地上铺着一块长方的蒲垫，垫的旁边放着双绣白花的小绿拖鞋。

我的心跳起来了！我决不是入了济慈的复杂而光灿的诗境；平淡朴美是此处的音调，也决不是辜勒律芝的幻境，因为我认识那只绣着白花的小绿拖鞋。

爱情的故事永远是平凡的，正如春雨秋霜那样平凡。可是平凡的人们偏爱在这些平凡的事中找些诗意；那么，想必是世界上多数的事物是更缺乏色彩的；可怜的人们！希望我的故事也有些应有的趣味吧。

没有像那一回那么美的了。我说“那一回”，因为在那一天那一会儿的一切都是美的。她家中的那株海棠花正开成一个大粉白的雪球；沿墙的细竹刚拔出新笋；天上一片娇晴；她的父母都没在家；大白猫在花下酣睡。听见我来了，她像燕儿似的从帘下飞出来；没顾得换鞋，脚下一双小绿拖鞋像两片嫩绿的叶儿。她喜欢得像晨起的阳光，腮上的两片苹果比往常红着许多倍，似乎有两颗香红的心在脸上开了两个小井，溢着红润的胭脂泉。那时她还梳着长黑辫。

她父母在家的时候，她只能隔着窗儿望我一望，或是设法在我走去的时节，和我笑一笑。这一次，她就像一个小猫遇上了个好玩的伴儿；我一向不晓得她“能”这样的活泼。在一同往屋中走的工夫，她的肩挨上了我的。我们都才十七岁。我们都没说什么，可是四只眼彼此告诉我们是欣喜到万分。我最爱看她家壁上那张工笔百鸟朝凤；这次，我的眼匀不出工夫来。我看着那双小绿拖鞋；她往后收了收脚，连耳根儿都有点红了；可是仍然笑着。我想问她的功课，没问；想问新生的小猫有全白的没有，没问；心中的问题多了，只是口被一种什么力量给封起来，我知道她也是如此，因为看见她的白润的脖儿直微微的动，似乎要将些不相干的言语咽下去，而真值得一说的又不好意思说。

她在临窗的一个小红木凳上坐着，海棠花影在她半个脸上微动。有时候她微向窗外看看，大概是怕有人进来。及至看清没人，她脸上的花影都被欢悦给浸渍得红艳了。她的两手交换着轻轻的摸小凳的沿，显着不耐烦，可是欢喜的不耐烦。最后，她深深的看了我一眼，极不愿意而又不得不说的说，“走吧！”我自己已忘了自己，只看见，不是听见，两个什么字由她的口中出来？可是在心的深处猜对那两个字的意思，因为我也有点那样的关切。我的心不愿动，我的脑知道非走不可。我的眼钉住了她的。她要低头，还没低下去，便又勇敢的抬起来，故意的，不怕的，羞而不肯的羞，迎着我的眼。直到不约而同的垂下头去，又不约而同的抬起来，又那么看。心似乎已碰着心。

我走，极慢的，她送我到帘外，眼上蒙了一层露水。我走到二门，回了回头，她已赶到海棠花下。我像一个羽毛似的飘荡出去。

以后，再没有这种机会。

有一次，她家中落了，并不使人十分悲伤的丧事。在灯光下我和她说了两句话。她穿着一身孝衣。手放在胸前，摆弄着孝衣的扣带。站得离我很近，几乎能彼此听得见脸上热力的激射，像雨后的禾谷那样带着声儿生长。可是，只说了两句极没有意思的话——口与舌的一些动作；我们的心并没管它们。

我们都二十二岁了，可是五四运动还没降生呢。男女的交际还不是普通的事。我毕业后便作了小学的校长，平生最大的光荣，因为她给了我一封贺信。信笺的末尾——印着一枝梅花——她注了一行：不要回信。我也就没敢写回信。可是我好像心中燃着一束火把，无所不尽其极的整顿学校。我拿办好了学校作给她的回信；她也在我的梦中给我鼓着得胜的掌——那一对连腕也是玉的手！

提婚是不能想的事。许多许多无意识而有力量的阻碍，像个专以力气自雄的恶虎，站在我们中间。

有一件足以自慰的，我那系着心的耳朵始终没听到她的定婚消息。还有件比这更好的，我兼任了一个平民学校的校长，她担任着一点功课。我只希望能时时见到她，不求别的。她呢，她知道怎么躲避我——已经是个二十岁的大姑娘。她失去了十七八岁时的天真与活泼，可是增加了女子的尊严与神秘。

又过了二年，我上了南洋。到她家辞行的那天，她恰巧没在家。

在外国的几年中，我无从打听她的消息。直接通信是不可能的。间接的探问，又不好意思。只好在梦里相会了。说也奇怪，我在梦中的女性永远是“她”。梦境的不同使我有时悲泣，有时狂喜；恋的幻境里也自有种味道。她，在我的梦中，还是十七岁时的样子：小圆脸，眉眼清秀中带着一点媚意。身量不高！处处都那么柔软，走路非常的轻巧。那一条长黑的发辫，造成最动心的一个背影。我也记得她梳起头来的样儿，但是我总梦见那带辫的背影。

回国后，自然先探听她的一切。一切消息都像谣言她已作了暗娼！

就是这种刺心的消息，也没减少我的情热；不，我反倒更想见她，更想帮助她。我到她家去。已不在那里住，我只由墙外看见那株海棠树的一部分。房子早已卖掉了。

到底我找到她了。她已剪了发，向后梳拢着，在项部有个大绿梳子。穿着一件粉红长袍，袖子仅到肘部，那双臂，已不是那么活软的了。脸上的粉很厚，脑门和跟角都有些摺子。可是她还笑得很好看，虽然一点活泼的气象也没有了。设若把粉和油都去掉，她大概最好也只像个产后的病妇。她始终没正眼看我一次，虽然脸上并没有羞愧的样子，她也说也笑，只是心没在话与笑中，好像完全应酬我。我试着探问她些问题与经济状况，她不大愿意回答。她点着一枝香烟，烟很灵通的从鼻孔出来，她把左膝放在右膝上，仰着头看烟的升降变化，极无聊而又显着刚强，我的眼湿了，她不会看不见我的泪，可是她没有任何表示。她不住的看自己的手指甲，又轻轻的向后按头发，似乎她只是为她们活着呢。提到家中的人，她什么没告诉我。我只好走吧。临出来的时候，我把住址告诉给她——深愿她求我，或是命令我，作点事。她似乎根本没往心里听，一笑，眼看看别处，没有往外送我的意思。她以为我是出去了，其实我是立在门口没动，这么着，她一回头，我们对了眼光。只是那么一擦似的她转过头去。

初恋是青春的第一朵花，不能随便掷弃。我托人给她送了点钱去，留下了，并没有回话。

朋友们看出我的悲苦来，眉头是最会卖人的。她们善意的给我介绍女友，惨笑的摇首是我的回答。我得等着她。初恋像幼年的宝贝永远是最甜蜜的，不管那个宝贝是一个小布人，还是几块小石子。慢慢的，我开始和几个最知己的朋友谈论她，他们看在我的面上没说她什么，可是假装闹着玩似的暗刺我，他们看我太愚，也就是说她不配一恋。他们越这样，我越坚固。是她打开了我的爱的园门，我得和她走到山穷水尽。怜比爱少着些味道，可是更多着些人情。不久，我托友人向她说明，我愿意娶她。我自己没胆量去。友人回来，带回来她的几声狂笑。她没说别的，只狂笑了一阵。她是笑谁？笑我的愚，很好，多情的人不是每每有些傻气吗？这足以使人得意。笑她自己，那只是因为不好意思哭，过度的悲郁使人狂笑。

愚痴给我些力量，我决定自己去见她。要说的话都详细的编制好，演习了许多次，我告诉自己——只许胜，不许败。她没在家。又去了两次，都没见着。第四次去，屋门里停着小小的一口薄棺材，装着她。她是因打胎而死。

一篮最鲜的玫瑰，瓣上带着我心上的泪，放在她的灵前，结束了我的初恋，打开终生的虚空。为什么她落到这般光景？我不愿再打听。反正她在我心中永远不死。

我正呆看着那双小绿拖鞋，我觉得背后的幔帐动了一动。一回头，帐子上绣的小蝴蝶在她的头上飞动呢。她还是十七八时的模样，还是那么轻巧，像仙女飞降下来还没十分立稳那样立着。我往后退了一步，似乎是怕一往前凑就能把她吓跑。这一退的功夫，她变了，变成二十多岁的样子。她也往后退了，随退随着脸上加着皱纹。她狂笑起来。我坐在那个小床上。刚坐下，我又起来了，扑过她去，极快；她在这极短的时间内，又变回十七岁时的样子。在一秒钟里我看见她半生的变化，她像是不受时间的拘束。我坐在椅子上，她坐在我的怀中。我自己也恢复了十五六年前脸血的红色，我觉得出。我们就这样坐着，听着彼此心血的潮荡。不知有多么久。最后，我找到音声，唇贴着她的耳边，问：

“你独自住在这里?”

“我不住在这里；我住在这儿，”她指着我的心说。

“始终你没忘了我，那么?”我握紧了她的手。

“被别人吻的时候，我心中看着你!”

“可是你许别人吻你?”我并没有一点妒意。

“爱在心里，唇不会闲着；谁教你不来吻我呢?”

“我不是怕得罪你的父母吗？不是我上了南洋吗?”

她点了点头，可是“怕你失去一切，隔离使爱的心慌了。”

她告诉了我，她死前的光景。在我出国的那一年，她的母亲死去。她比较得自由了一些。出墙的花枝自会招来蜂蝶，有人便追求她，她还想念着我，可是肉体往往比爱少些忍耐力，爱的花不都是梅花。她接受了一个青年的爱，因为他长得像我。他非常的爱她，可是她还忘不了我，肉体的获得不就是爱的满足，相似的音貌不能代替爱的真形。他疑心了，她承认了她的心是在南洋。他们俩断绝了关系。这时候，她父亲的财产全丢了。她非嫁人不可。她把自己卖给一个阔家公子，为是供给她的父亲。

“你不会去教学挣钱?”我问。

“我只能教小学，那点薪水还不够父亲买烟吃的!”

我们俩都愣起来。我是想：假使我那时候回来，以我的经济能力说；能供给得起她的父亲吗？我还不是大睁白眼的看着她卖身?

“我把爱藏在心中，”她说，“拿肉体挣来的茶饭营养着它。我深恐肉体死了，爱便不存在，其实我是错了；先不用说这个吧。他非常的妒忌，永远跟着我，无论我是干什么，上哪儿去，他老随着我。他找不出我的破绽来，可是觉得出我是不爱他。慢慢的，他由讨厌变为公开的辱骂我，甚至于打我，他逼得我没法不承认我的心是另有所寄。忍无可忍也就顾不及饭碗问题了。他把我赶出来，连一件长衫也没给我留。我呢，父亲照样和我要钱，我自己得吃得穿，而且我一向是吃好的穿好的惯了。为满足肉体，还得利用肉体，身体是现成的本钱。凡给我钱的便买去我点筋肉的笑。我很会笑；我照着镜子练习那迷人的笑。环境的不同使人作退一步想，这样零卖，到是比终日叫那一个阔公子管着强一些。在街上，有多少人指着我的后影叹气，可是我到底是自由的，甚至是自傲的，有时候我与些打扮得不漂亮的女子遇上，我也有些得意。我一共打过四次胎，但是创痛过去便又笑了。

“最初。我颇有一些名气，因为我既是作过富宅的玩物，又能识几个字，新派旧派的人都愿来照顾我，我没工夫去思想。甚至于不想积蓄一点钱，我完全为我的服装香粉活着。今天的漂亮是今天的生活。明天自有明天管照着自己，身体的疲倦，只管眼前的刺激，不顾将来，不久，这种生活也不能维持了。父亲的烟是无底的深坑。打胎需要许多花费。以前不想剩钱；钱自然不会自己剩下。我连一点无聊的傲气也不敢存了。我得极下贱的去找钱了，有时候是明抢。有人指着我的后影叹气，我也回头向他笑一笑了。打一次胎增加两三岁。镜子是不欺人的，我已老丑了。疯狂足以补足衰老。我尽着肉体的所能伺候人们，不然，我没有生意。我敞着门睡着，我是大众的，不是我自己的，一天廿四小时，什么时间也可以买我的身体。我消失在欲海里。在清醒的世界中我并不存在。我看着人们在我身上狂动，我的手指算计着钱数。我不思想，只是盘算——怎能多进五毛钱。我不哭，哭不好看。只为钱着急，不管我自己。”

她休息了一会儿，我的泪已滴湿她的衣襟。

“你回来了!”她继续着说：“你也三十多了；我记得你是十七岁的小学生。你的眼已不是那年——多少年了？——看我那双绿拖鞋的眼。可是，多少还是你自己，我，早已死了。你可以继续作那初恋的梦，我已无梦可作。我始终一点也不怀疑，我知道你要是回来，必定要我。及至见着你，我自己已找不到我自己，拿什么给你呢？你没回来的时候，我永远不拒绝，不论是对谁说，我是爱你；你回来了，我只好狂笑。单等我落到这样，你才回来，这不是有意戏弄人？假如你永远不回来，我老有个南洋作我的梦景，你老有个我在你的心中，岂不很美？你偏偏的回来了，而且回来这样迟——”

“可是来迟了并不就是来不及了，”我插了一句。

“晚了就是来不及了。我杀了自己。”

“什吗?”

“我杀了我自己。我命定的只能住在你心中，生存在一首诗里，生死有什么区别？在打胎的时候我自己下了手。有你在我左右，我没法子再笑。不笑，我怎么挣钱？只有一条路，名字叫死。你回来迟了，我别再死迟了；我再晚死一会儿，我便连住在你心中的希望也没有了。我住在这里，这里便是你的心。这里没有阳光，没有声响，只有一些颜色。颜色是更持久的，颜色画成咱们的记忆。看那双小鞋，绿的，是点颜色，你我永远认识它们。”

“但是我也记得那双脚。许我看看吗?”

她笑了，摇摇头。

我很坚决，我握住她的脚，扯下她的袜，露出没有肉的一支白脚骨。

“去吧”她推了我一把。“从此你我无缘再见了！我愿住在你的心中，现在不行了；我愿在你心中永远是青春。”

太阳已往西斜去；风大了些，也凉了些，东方有些黑云。春光在一个梦中惨淡了许多。我立起来，又看见那片暗绿的松树。立了不知有多久。远处来了些蠕动的小人，随着一些听不甚真的音乐。越来越近了，田中惊起许多白翅的鸟，哀鸣着向山这边飞。我看清了，一群人们匆匆的走，带起一些灰土。三五鼓手在前，几个白衣的在后，最后是一口棺材。春天也要埋人的。撒起一把纸钱，蝴蝶似的落在麦田上。东方的黑云更厚了，柳条的绿色加深了许多，绿得有些凄惨。心中茫然，只想起那双小绿拖鞋。像两片树叶在永生的树上作着春梦。

原载 1933 年 10 月 1 日《文学》第一卷第四号

黑 白 李

爱情不是他们哥儿俩这档子事的中心，可是我得由这儿说起。

黑李是哥，白李是弟，哥比弟大着五岁。俩人都是我的同学，虽然白李刚一入中学，黑李和我就毕业了。黑李是我的好友，因为常到他家去，所以对白李的事儿我也略知一二。五年是个长距离，在这个时代。这哥儿俩的不同正如他们的外号——黑，白；黑李要是古人，白李是现代的。他们俩并不因此打架吵嘴，可是对任何事的看法也不一致。黑李并不黑；只是在左眉上有个大黑痣。因此他是“黑李”；弟弟没有那么个记号，所以是“白李”；这在给他们送外号的中学生们看，是很逻辑的。其实他俩的脸都很白，而且长得极相似。

他俩都追她——恕不道出姓名了——她说不清到底该爱谁，又不肯说谁也不爱。于是大家替他们弟兄捏着把汗。明知他俩不肯吵架，可是爱情这玩艺是不讲交情的。

可是，黑李让了。

我还记得清清楚楚：正是个初夏的晚间，落着点小雨，我去找他闲谈，他独自在屋里坐着呢，面前摆着四个红鱼细磁茶碗。我们俩是用不着客气的，我坐下吸烟，他摆弄那四个碗。转转这个，转转那个，把红鱼要一点不差的朝着他。摆好，身子往后仰一仰，像画家设完一层色那么退后看看。然后，又逐一的转开，把另一面的鱼们摆齐。又往后仰身端详了一番，回过头来向我笑了笑，笑得非常天真。

他爱弄这些小把戏。对什么也不精通，可是什么也爱动一动。他故事很传奇，是老舍小说中最具多义性的作品之一。这是一个有关“牺牲”的主题，文中融入了“革命”“道德”“基督教”等思想内涵，采用了在老舍小说中少有的双线结构，与鲁迅的名篇《药》有些类似，但题旨更加多义和模糊。老舍小说的魅力也许就在于这种“说不清”，因而，有人把他的文学称为“不传的文学”，对于这样的小说，我们只能带着自己的经验、感情多读几遍，慢慢体味，而不至于急于找到一个明确的答案。他写的是人生，而人生的事情怎么可以简单说得清呐。 」

并不假充行家，只信这可以养性。不错，他确是个好脾性的人。有点小玩艺，比如粘补旧书等等，他就能平安的销磨半日。

叫了我一声，他又笑了笑，“我把她让给老四了”，按着大排行，白李是四爷，他们的伯父屋中还有弟兄呢。“不能因为个女子失了兄弟们的和气。”

“所以你不是现代人，”我打着哈哈说。

“不是；老狗熊学不会新玩艺了。三角恋爱，不得劲儿。我和她说了，不管她是爱谁，我从此不再和她来往。觉得很痛快！”

“没看见过？这么讲恋爱的。”

“你没看见过？我还不讲了呢。干她的去，反正别和老四闹翻了。赶明儿咱俩要来这么一出的话，希望不是你收兵，就是我让了。”

“于是天下就太平了？”

我们笑开了。

过了有十天吧，黑李找我来了。我会看，每逢他的脑门发暗，必定是有心事。每逢有心事，我俩必喝上半斤莲花白。我赶紧把酒预备好，因为他的脑门不大亮吗。

喝到第二盅上，他的手有点哆嗦。这个人的心里存不住事。遇上点事，他极想镇定，可是脸上还泄露出来。他太厚道。

"我刚从她那儿来，"他笑着，笑得无聊；可还是真的笑，因是要对个好友道出胸中的闷气。这个人若没有好朋友，是一天也活不了的。

我并不催促他；我俩说话用不着忙，感情都在话中间那些空子里流露出来呢。彼此对看着，一齐微笑，神气和默中的领悟，都比言语更有分量。要不怎么白李一见我俩喝酒就叫我们"一对糟蛋"呢。

"老四跟我好闹了一场，"他说。我明白这个"好"字——第一他不愿说兄弟间吵了架，第二不愿只说弟弟不对，即使弟弟真是不对。这个字带出不愿说而又不能不说的曲折。"因为她。我不好，太不明白女子心理。那天不是告诉我，我让了吗？我是居心无愧之好，她可出了花样。她以为我是故意羞辱她。你说对了，我不是现代人，我把恋爱看成该怎样就怎样的事，敢情人家女子愿意'大家'在后面追随着。她恨上了我。这么报复一下——我放弃了她，她断绝了老四。老四当然跟我闹了。所以今天又找她去，请罪。她骂我一顿，出出气，或者还能和老四言归于好。我这么希望。哼，她没骂我。她还叫我和老四都作她的朋友。这个，我不能干，我并没这么明对她讲，我上这儿跟你说说。我不干，她自然也不再理老四。老四就得再跟我闹。"

"没办法！"我替他补上这一小句。待了会儿，"我找老四一趟，解释一下？"

"也好。"他端着酒盅愣了会儿，"也许没用。反正我不再和她来往。老四再跟我闹呢，我不言语就是了。"

我们俩又谈了些别的，他说这几天正研究宗教。我知道他的读书全凭兴之所至，决不因为谈到宗教而想他有点厌世，或是精神上有什么大的变动。

哥哥走，弟弟来了。白李不常上我这儿来，这大概是有事。他在大学还没毕业，可是看起来比黑李精明着许多。他这个人，叫你一看，你就觉得他应当到处作领袖。每一句话，他不是领导着你走上他所指出的路子，便是把你绑在断头台上。他没有客气话，和他哥正相反。

我对他也不便太客气了，省得他说我是“糟蛋”。

“老二当然来过了?”他问；黑李是大排行行二。“也当然跟你谈到我们的事?”我自然不便急于回答，因为有两个“当然”在这里。果然，没等我回答，他说了下去：“你知道，我是借题发挥?”

我不知道。

“你以为我真要那个女玩艺?”他笑了，笑得和他哥哥一样，只是黑李的向来不带着这不屑于对我笑的劲儿。“我专为和老二捣乱，才和她来往；不然，谁有工夫招呼她？男与女的关系。从根儿上说，还不是兽欲的关联？为这个，我何必非她不行？老二以为这个兽欲的关系应当叫作神圣的，所以他郑重的向她磕头，及至磕了一鼻子灰，又以为我也应当去磕，对不起，我没那个瘾!”他哈哈的笑起来。

我没笑，也不敢插嘴。我很留心听他的话，更注意看他的脸。脸上处处像他哥哥，可是那股神气又完全不像他的哥哥。这个，使我忽而觉得是和一个顶熟识的人说话，忽而又像和个生人对坐着。我有点不舒坦——看着个熟识的面貌，而找不到那点看惯了的神气。

“你看，我不磕头；得机会就吻她一下。她喜欢这个，至少比受几个头更过瘾。不过，这不是正笔。正文是这个，你想我应当老和二爷在一块儿吗?”

我当时回答不出。

他又笑了笑——大概心中是叫我糟蛋呢。“我有我的前途，我的计划；他有他的。顶好是各走各的路，是不是？”

“是；你有什么计划？”我好容易想起这么一句；不然便太僵得慌了。

“计划，先不告诉你。得先分家，以后你就明白我的计划了。”

“因为要分居，所以和老二吵；借题发挥？”我觉得自己很聪明似的。

他笑着点了头，没说什么，好像准知道我还有一句呢。我确是有一句：“为什么不明说，而要吵呢？”

“他能明白我吗？你能和他一答一和的说，我不行。我一说分家，他立刻就得落泪。然后，又是那一套——母亲去世的时候，说什么来着？不是说咱俩老得和美吗？他必定说这一套，好像活人得叫死人管着似的。还有一层，一听说分家，他管保不肯，而愿把家产都给了我，我不想占便宜。他老拿我当作‘弟弟’，老拿自己的感情限定住别人的举止，老假装他明白我，其实他是个时代落伍者。这个时代是我的，用不着他来操心管我。”他的脸上忽然的很严重了。

看着他的脸，我心中慢慢的起了变化——白李不仅是看不起“两糟蛋”的狂傲少年了，他确是要树立住自己，我也明白过来，他要是和黑李慢慢的商量，必定要费许多动感情的话，要讲许多弟兄间的情义；即使他不讲，黑李总要讲的。与其这样，还不如吵，省得拖泥带水，他要一刀两断，各自奔前程。再说，慢慢的商议。老二决不肯干脆的答应。老四先吵嚷出来，老二若还不干，便是显着要霸占弟弟的财产了。猜到这里，我心中忽然一亮：

“你是不是叫我对老二去说？”

“一点不错。省得再吵。”他又笑了。“不愿叫老二太难堪了，究竟是弟兄。”似乎他很不喜说这末后的两个字——弟兄。

我答应了给他办。

“把话说得越坚决越好。二十年内，我俩不能作弟兄。”他停了一会儿，嘴角上挤出点笑来。“也给老二想了，顶好赶快结婚，生个胖娃娃就容易把弟弟忘了。二十年后，我当然也落伍了，那时候，假如还活着的话，好回家作叔叔。不过，告诉他，讲恋爱的时候要多吻少磕头，要死追，别死跪着。”他立起来，又想了想，“谢谢你呀”。他叫我明明的觉出来，这一句是特意为我说的，他并不负要说的责任。

为这件事，我天天找黑李去。天天他给我预备好莲花白。吃完喝完说完，无结果而散。至少有半个多月的工夫是这样。我说的，他都明白，而且愿意老四去闯练闯练。可是临完的一句老是“舍不得老四呀!”

“老四的计划?计划?”他走过来，走过去，这么念道。眉上的黑痣夹陷在脑门的皱纹里，看着好似缩小了些。“什么计划呢?你问问他，问明白我就放心了。”

“他不说，”我已经这么回答过五十多次了。

“不说便是有危险性!我只有这么一个弟弟!叫他跟我吵吧，吵也是好的。从前他不这样，就是近来和我吵。大概还是为那个女的!劝我结婚?没结婚就闹成这样，还结婚!什么计划呢?真!分家?他爱要什么拿什么好了。大概是我得罪了他，我虽不跟他吵，我知道我也有我的主张。什么计划呢?他要怎样就怎样好了，何必分家……”

这样来回磨，一磨就是一点多钟。他的小玩艺也一天比一天增多：占课，打卦，测字，研究宗教……什么也没能帮助他推测出老四的计划，只添了不少小恐怖。这可并不是说，他显着怎样的慌张。不，他依旧是那么婆婆慢慢的。他的举止动作好像老追不上他的感情，无论心中怎着急，他的动作是慢的，慢得仿佛是拿生命当作玩艺儿似的逗弄着。

我说老四的计划是指着将来的事业而言，不是现在有什么具体的办法。他摇头。

就这么耽延着，差不多又过了一个多月。

“你看，”我抓住了点理，“老四也不催我，显然他说的是长久之计，不是马上要干什么。”

他还是摇头。

时间越长，他的故事越多。有一个礼拜天的早晨，我看见他进了礼拜堂。也许是看朋友，我想。在外面等了他会儿。他没出来。不便再等了，我一边走一边想：老李必是受了大的刺激——失恋，弟兄不和，或者还有别的。只就我知道的这两件事说，大概他已经支持不下去。他的动作仿佛是拿生命当作小玩艺，那正是因他对任何小事都要慎重的考虑。茶碗上的花纹摆不齐都觉得不舒服。那一件小事也得在他心中摆好，摆得使良心上舒服。上礼拜堂去祷告，为是坚定良心。良心是古圣先贤给他制备好了的，可是他又不愿将一切新事新精神一笔抹杀。结果，他“想”怎样老不如“已是”怎样来得现成，他不知怎样才好。他大概是真爱她，可是为弟弟不能不放弃她，而且失恋是说不出口的。他常对我说，“咱们也坐一回飞机”。说完，他一笑，不是他笑呢，是“身体发肤，受之父母”笑呢。

过了晌午，我去找他。按说一见面就得谈老四，在过去的一个多月都是这样。这次他变了花样，眼睛很亮，脸上有点极静适的笑意，好像是又买着一册善本的旧书。

“看见你了”，我先发了言。

他点了点头，又笑了一下，“也很有意思”！

什么老事情被他头次遇上，他总是说这句。对他讲个闹鬼的笑话，也是“很有意思”！他不和人家辩论鬼的有无，他信那个故事，“说不定世上还有比这更奇怪的事”。据他看，什么事都是可能的。因此，他接受的容易，可就没有什么精到的见解。他不是不想多明白些，但是每每在该用脑子的时候，他用了感情。

“道理都是一样的，”他说，“总是劝人为别人牺牲。”

“你不是已经牺牲了个爱人？”我愿多说些事实。

“那不算，那是消极的割舍，并非由自己身上拿出点什么来。这十来天，我已经读完‘四福音书’。我也想好了，我应当分担老四的事，不应当只不准他离开我。你想想吧，设若他真是专为分家产，为什么不来跟我明说？”

“他怕你不干，”我回答。

“不是！这几天我用心想过了，他必是真有个计划，而且是有危险性的。所以他要一刀两断，以免连累了我。你以为他年青，一冲子性？他正是利用这个骗咱们；他实在是体谅我，不肯使我受屈。把我放在安全的地方，他好独作独当的去干。必定是这样！我不能撒手他，我得为他牺牲！母亲临去世的时候——”他没往下说，因为知道我已听熟了那一套。

我真没想到这一层。可是还不深信他的话；焉知他不是受了点宗教的刺激而要充分的发泄感情呢？

我决定去找白李，万一黑李猜得不错呢！是，我不深信他的话，可也不敢要悬虚。

怎么找也找不到白李。学校，宿舍，图书馆，网球场，小饭铺，都看到了，没有他的影儿。和人们打听，都说好几天没见着他。这又是白李之所以为白李；黑李要是离家几天，连好朋友们他也要通知一声。白李就这么人不知鬼不觉的不见了。我急出一个主意来——上“她”那里打听打听。

她也认识我，因为我常和黑李在一块儿。她也好几天没见着白李。她似乎很不满意李家兄弟，特别是对黑李。我和她打听白李，她偏跟我谈论黑李。我看出来，她确是注意——假如不是爱——黑李。大概她是要圈住黑李，作个标本。有比他强的呢，就把他免了职；始终找不到比他高明的呢，最后也许就跟了他。这么一想，虽然只是一想，我就没乘这个机会给他和她再撮合一下；按理说应当这么办，可是我太爱老李，总觉得他值得娶个天上的仙女。

从她那里出来，我心中打开了鼓。白李上哪儿去了呢？不能告诉黑李！一叫他知道了，他能立刻登报找弟弟，而且要在半夜里起来占课测字。可是，不说吧，我心中又痒痒。干脆不找他去？也不行。

走到他的书房外边，听见他在里面哼唧呢。他非高兴的时候不哼唧着玩。可是平日他哼唧，不是诗便是那句代表一切歌曲的“深闺内，端的是玉无瑕”。这次的哼唧不是这些。我细听了听，他是练习圣诗呢。他没有音乐的耳朵，无论什么，到他耳中都是一个味儿。他唱出的时候，自然也还是一个味儿。无论怎样吧，反正我知道他现在是很高兴。为什么事高兴呢？

我进到屋中，他赶紧放下手中的圣诗集，非常的快活：“来得正好，正想找你去呢！老四刚走。跟我要了一千块钱去。没提分家的事，没提！”

显然他是没问弟弟，那笔钱是干什么用。要不然他不能这么痛快。他必是只求弟弟和他同居，不再管弟弟的行动；好像即使弟弟有带危险的计划，自要不分家，便也没什么可怕的了。我看明白了这点。

“祷告确是有效，”他郑重的说。“这几天我天天祷告，果然老四就不提那回事了。即使他把钱都扔了，反正我还落下个弟弟！”

我提议喝我们照例的一壶莲花白。他笑着摇摇头：“你喝吧，我陪着吃菜，我戒了酒。”

我也就没喝，也没敢告诉他，我怎么各处去找老四。老四既然回来了，何必再说？可是我又提起“她”来。他连接碴儿也没接，只笑了笑。

对于老四和“她”，似乎全没什么可说的了。他给我讲了些圣经上的故事。我一面听着，一面心中嘀咕——老李对弟弟与爱人所取的态度似乎有点不大对；可是我说不出所以然来。我心中不十分安定，一直到回在家中还是这样。

又过了四五天，这点事还在我心中悬着。有一天晚上，王五来了。他是在李家拉车，已经有四年了。

王五是个诚实可靠的人，三十多岁，头上有块疤——据说是小时候被驴给啃了一口。除了有时候爱喝口酒，他没有别的毛病。

他又喝多了点，头上的疤都有点发红。

“干吗来了，王五?”我和他的交情不错，每逢我由李家回来得晚些，他总张罗把我拉回来，我自然也老给他点酒钱。

“来看看你，”说着便坐下了。

我知道他是来告诉我点什么。“刚沏上的茶，来碗?”

“那敢情好；我自己倒；还真有点渴!”

我给了他支烟卷，给他提了个头儿：“有什么事吧?”

“哼，又喝了两壶，心里痒痒；本来是不应当说的事!”他用力吸了口烟。

“要是李家的事，你对我说了准保没错。”

“我也这么想，”他又停顿了会儿，可是被酒气催着，似乎不能不说：“我在李家四年零三十五天了！现在叫我很难。二爷待我不错，四爷呢，简直是我的朋友。所以不好办。四爷的事，不准我告诉二爷；二爷又是那么傻好的人。对二爷说吧，又对不起四爷——我的朋友。心里别提多么为难了！论理说呢，我应当向着四爷。二爷是个好人，不错；可究竟是个主人。多么好的主人也还是主人，不能肩膀齐为弟兄。他真待我不错，比如说吧，在这老热天，我拉二爷出去，他总设法在半道上耽搁会儿，什么买包洋火呀，什么看看书摊呀，为什么?为是叫我歇歇，喘喘气。要不怎说，他是好主人呢，他好，咱也得敬重他，这叫作以好换好。久在街上混，还能不懂这个?”

我又让了他碗茶，显出我不是不懂“外面”的人。他喝完，用烟卷指着胸口说：“这儿，咱这儿可是爱四爷。怎么呢？四爷年青，不拿我当个拉车的看。他们哥儿俩的劲儿——心里的劲儿——不一样。二爷吧，一看天气热就多叫我歇会儿，四爷就不管这一套，多么热的天也说拉着他飞跑。可是四爷和我聊起来的时候；他就说，证什么人应当拉着人呢？他是为我们拉车的——天下的拉车的都算在一块儿——抱不平。二爷对‘我’不错，可想不到大家伙儿。所以你看，二爷来的小，四爷来的大。四爷不管我的腿，可是管我的心；二爷是家长里短，可怜我的腿，可不管这儿。”他又指了指心口。

我晓得他还有话呢，直怕他的酒气被酽茶给解去，所以又紧他一板：“往下说呀，王五！都说了吧，反正我还能拉老婆舌头，把你搁里！”

他摸了摸头上的疤，低头想了会儿。然后把椅子往前拉了拉，声音放得很低：“你知道，电车道快修完了？电车一开，我们拉车的全玩完！这可不是为我自个儿发愁，是为大家伙儿。”他看了我一眼。

我点了点头。

“四爷明白这个；要不怎么我俩是朋友呢。四爷说：王五，想个办法呀！我说：四爷，我就有一个主意，揍！四爷说：王五，这就对了，揍！一来二去，我们可就商量好了。这我不能告诉你。我要说的是这个，”他把声音放得很低了，“我看见了，侦探跟上了四爷！未必然是为这件事，可是叫侦探跟着总不妥当。这就来到坐蜡的地方了：我要告诉二爷吧：对不起四爷；不告诉吧，又怕把二爷也饶在里面。简直的没法儿！”

把王五支走，我自己琢磨开了。

黑李猜的不错，白李确是有个带危险性的计划。计划大概不一定就是打电车，他必定还有厉害的呢。所以要分家，省得把哥哥拉扯在内。他当然是不怕牺牲，也不怕牺牲别人，可是还不肯一声不发的牺牲了哥哥——把黑李牺牲了并无济于事。电车的事来到眼前，连哥哥也顾不得了。

我怎办呢？警告黑李是适足以激起他的爱弟弟的热情。劝白李，不但没用，而且把王四搁在里边。

事情越来越紧了，电车公司已宣布出开车的日子。我不能再耗着了，得告诉黑李去。

他没在家，可是王五没出去。

“二爷呢?”

“出去了。”

“没坐车?”

“好几天了，天天出去不坐车?”

由王五的神气，我猜着了：“王五，你告诉了他?”

王五头上的疤都紫了：“又多喝了两盅不由的就说了。”

“他呢?”

“他直要落泪。”

“说什么来着?”

“问了我一句——老五，你怎样？我说，王五听四爷的。他说了声，好。别的没说，天天出去，也不坐车。”

我足足的等了三点钟，天已大黑，他才回来。

“怎样?”我用这两个字问到了一切。

他笑了笑，“不怎样。”

决没想到他这么回答我。我无须再问了，他已决定了办法。我觉得非喝点酒不可，但是独自喝有什么味呢。我只好走吧。临别的时候，我题了句：“跟我出去玩几天，好不好?”

“过两天再说吧。”他没说别的。

感情到了最热的时候是会最冷的。想不到他会这样对待我。

电车开车的头天晚上，我又去看他。他没在家，直等到半夜，他还没回来。大概是故意的躲我。

王五回来了，向我笑了笑，“明天！”

“二爷呢？”

“不知道。那天你走后，他用了不知什么东西，把眉毛上的黑痦子烧去了，对着镜子直出神。”

完了，没了黑痣，便是没有了黑李。不必再等他了。

我已经走出大门，王五把我叫住：“明天我要是——”他摸了摸头上的疤，“你可照应着点我的老娘！”

约摸五点多钟吧，王五跑进来，跑得连裤子都湿了。“全——揍了！”他再也说不出话来。直喘了不知有多大工夫，他才缓过气来，抄起茶壶对着嘴喝了一气。“啊！全揍了！马队冲下来，我们才散。小马六叫他们拿去了，看得真真的。我们吃亏没有家伙，专仗着砖头哪行！小马六要玩完”。

“四爷呢？”我问。

“没看见。”他咬着嘴唇想了想，“哼，事闹得不小！要是拿的话呀，准保是拿四爷。他是头目。可也别说，四爷并不傻，别看他青年。小马六要玩完，四爷也许不能。”

“也没看见二爷？”

“他昨天就没回家。”他又想了想，“我得在这儿藏两天。”

“那行。”

第二天早晨，报纸上登出——砸车暴徒首领李——当场被获一同被获的还有一个学生，五个车夫。

王五看着纸上那些字只认得一个“李”字，“四爷玩完了！四爷玩完了！”低着头假装抓那块疤，泪落在报上。

消息传遍了全城，枪毙李——和小马六，游街示众。

毒花花的太阳，把路上的石子晒得烫脚，街上可是还挤满了人。一辆敞车上坐着两个人，手在背后捆着。土黄制服的巡警，灰色制服的兵，前后押着，刀光在阳光下发着冷气。车越走越近了，两个白招子随着车轻轻的颤动。前面坐着的那个，闭着眼，额上有点汗，嘴唇微动，像是祷告呢。离我不远，他在我头前坐着摆动过去。我的泪迷住了我的心。等车过去半天，我才醒了过来，一直跟着车走到行刑场。他一路上连头也没抬一次。

他的眉皱着点，嘴微张着，胸上汪着血，好像死的时候还正在祷告。我收了他的尸。

过了几个月，我在上海遇见了白李，要不是我招呼他，他一定就跑过去了。

“老四！”我喊了他一声。

“啊？”他似乎受了一惊。“呕，你？我当是老二复活了呢。”

大概我叫得很像黑李的声调，并非有意的，或者是在我心中活着的黑李替我叫了一声。

白李显着老了一些，更像他的哥哥了。我们两并没说多少话，他好似不大愿意和我多谈。只记得他的这么两句：

“老二大概是进了天堂，他在那里顶合适了；我还在这儿砸地狱的门呢。”

原载1934年1月1日《文学季刊》创刊号

眼　镜

宋修身虽然是学着科学，可是在日常生活上不管什么科学科举的那一套。他相信饭馆里苍蝇都是消过毒的，所以吃芝麻酱拌面的时候不劳手挥目送的瞎讲究。他有对儿近视眼，也有对儿近视镜。可是他除非读书的时候不戴上它们。据老说法：越戴镜子眼越坏。他信这个。得不戴就不戴，譬如走路逛街，或参观运动会的时候，他的镜子是在手里拿着。即使什么也看不见，而且脑袋常常的发晕，那也活该。

他正往学校里走。溜着墙根，省得碰着人；不过有时候踩着狗腿。这回，眼镜盒子是卷在两本厚科学杂志里。他准知道这个办法不保险，所以走几步，站住摸一摸。把镜子丢了，上堂听课才叫抓瞎。况且自己的财力又不充足，买对眼镜说不定就会破产。本打算把盒子放在袋里，可是身上各处的口袋都没有空地方：笔记本，手绢，铅笔，橡皮，两个小瓶，一块吃剩下的烧饼，都占住了地盘。还是这么拿着吧，小心一点好了；好在盒子即使掉在地上也会有响声的。

一拐弯，碰上了个同学。人家招呼他，他自然不好不答应。站住说了几句。来了辆汽车，他本能的往里手一躲，本来没有躲的必要，可是眼力不济，得特别的留神，于是把鼻子按在墙上。汽车和朋友都过去了，他紧赶了几步，怕是迟到。走到了校门，一摸，眼镜盒子没啦！登时头上见了汗。抹回头去找，哪里有个影儿。拐弯的地方，老放着几辆洋车。问拉车的，他们都没看见，好像他们也都是近视眼似的。又往回找到校门，只摸了两手的土。心里算是别扭透了！掏出那小说高手不在于写什么，而在于怎么写。作品以眼镜为中心组织人物，谋篇布局，写得短而有味，以小见大，令人回味。故事像个以眼镜为道具的“击鼓传花”，而发生在他们之间的“传”与“接”，并没有任何的必然性，一切都是偶然。大千世界，熙熙攘攘，在他们之间无时无刻不发生着偶然来临而又瞬间消失的“戏剧”。小说可以视为人生在世的寓言。

块干烧饼狠命的摔在校门上，假如口袋里没这些零碎？假如不是遇上那个臭同学？假如不躲那辆闯丧的汽车？巧！越巧心里越堵得慌！一定是被车夫拾了去，瞪着眼不给，什么世界！天天走熟了的路，掉了东西会连告诉一声都不告诉，而捡起放在自己的袋里？一对近视镜有什么用？

宋修身的鼻子按在墙上的时候，眼镜盒子落在墙根。车夫王四看见了。

王四本想告诉一声，可是一看是“他”，一年到头老溜墙根，没坐过一回车。话到了嘴边，又回去了。汽车刚拐过去，他顺手捡起盒子，放在腰中。

当着别的车夫，不便细看，可是心中不由得很痛快，坐在车上舒舒服服的微笑。

他看见宋修身回来了，满头是汗，怪可怜的。很想拿出来还给他。

可是别人都说没看见，自己要是招认了，吃了又吐，怪不好意思的。况且给他也是白给，他还能给点报酬？白叫他拿去，而且还得叫朋友们奚落一场——喝，拾了东西连一声都不出，怕我们抢你的？喝，拾了又白给了人家，真大方？莫若也说没看见。拾了就是拾了，活该。学生反正比拉车的阔。

宋修身往回走，王四拉起车来，搭讪着说，“别这儿耗着啦，东边去搁会儿。”心里可是说，“今儿个咱算票不了啦，连盒子带镜子还不卖个块儿八七的?!”到了个僻静地方，放下车，把盒子掏出来。

好破的盒子，大概换洋火也就是换上一小包。盒子上面的布全磨没了，倒好，油汪汪的，上边还好像粘着点柿子汁儿。打开，眼镜框子还不坏，挺粗挺黑——王四就是不喜欢细铁丝似的那路镜框，看见戴稀软活软的镜框的人，他连“车”也不问一声。用手弹了弹耳插子，不像是铁的，可也不是木头的——许是玳瑁的！他心中一跳。

镜子真脏，往外凸着，上面净是一圈一圈的纹，腻着一圈圈的土，越到镜边上越厚。镜子底下还压着半根火柴。他把火柴划着，扔在地上。从车厢里拿出小破蓝布掸子来。给镜子哈了两口气，开始用掸子布擦。连哈了四次气，镜子才有个样儿；又沾了一回唾沫，才完全擦干净。自己戴了戴，不行，架子太小，戴不上；宋修身本是个小头小脸的人。“卖不出去，连自己戴着玩都不行！”王四未免有点失望。可是继而一想：拉车戴眼镜，不大像样儿；再说，怎能卖不出去呢？

拉着车，找着一个破货摊。“嗐，卖给你这个。”

“不要。”摆摊的人——一个红鼻子黄眼的家伙——连看也没看，虽然他的摊上有许多眼镜，而且有老式绣花的镜套子呢。

王四不想打架，连“妈的真和气！”都没说出声来。

又遇上个挑筐买卖破烂的，“嗐，卖给你这个，玳瑁框子！”

“没见过这样的玳瑁！”挑筐的看了一眼，“干脆要多少钱?”

“干脆你给多少?”王四把镜子递过去。

“二十子儿。”

“什么?”王四把镜子抢回来。

“给的不少。平光好卖，老花镜也好卖；这是近视镜。框子是化学的，说不定挑来挑去就弄碎了；白赔二十枚。”

王四的心凉了，可是还不肯卖；二十子？早知道还送给那个溜墙根的学生呢!

不卖了，他决定第二天把镜子送归原主；也许倒能得几毛钱的报酬。

第二天早晨，王四把车放在拐弯的地方。学校打了钟，溜墙根的近视眼还没来。一直等到十点多，还是没他的影儿。拉了趟买卖，约摸有十二点多了，又特意放回来。学生下了课，只是不见那个近视眼。

宋修身没来上课。

眼镜丢了以后，他来到教室里。虽然坐在前面，黑板上的字还是模糊不清。越看不清，越用力看；下了课，他的脑袋直抽着疼。他越发心里堵得慌。第二堂是算术习题。他把眼差不多贴在纸上，算了两三个题，他的心口直发痒，脑门非常的热。他好像把自己丢失了。平日最欢喜算术，现在他看着那些字码心里起急。心中熟记的那些公式，都加上了点新东西——眼镜，汽车，车夫。公式和懊恼搀杂在一块，把最喜爱的一门功课变成了最讨厌的一些气人的东西。他不能再安坐在课室里，他想跑到空旷的地方去嚷一顿才痛快。平日所不爱想的事，例如生命观等，这时候都在心中冒出来。一个破近视镜，拾去有什么用？可是竟自拾去！经济的压迫，白拾一根劈柴也是好的。不怨那个车夫。虽然想到这个，心中究竟是难过。今天的功课交不上。明天当然还是头疼。配镜子去，作不到。学期开始的时候，只由家中拿来七十几块钱，下俩月的饭费还没有着落。家中打的粮不少，可是卖不出去。想到了父亲，哥哥，一天到头受苦受累，粮可是卖不出去。平日他没工夫想这些问题，也不肯想这些问题；今天，算术的公式好像给它们匀出来点地方。他想不出一个办法，他头一次觉得生命没着落，好像一切稳定的东西都随着眼镜丢了，眼前事事模糊不清。他不想退学，也想不出继续求学的意义。

长极了的一点钟，好容易才过去。下课的钟声好像不和平日一样，好像有点特别的声调，是一种把大家都叫到野地去喊叫的口令。他出了教室，有一股怨气引着他走出校门；第三堂不上了，也没去请假。他就没想到还有什么第三堂，什么请假的规则。

溜着墙根，他什么也没想，又像想着点什么。到了拐弯的地方，他想起眼镜。几个车夫在那儿说话呢，他想再过去问问他们，可是低着头走了过去。

第二天，他没去上课。

王四没有等到那个近视眼。一天的工夫，心老在车箱里——那里有那个破眼镜盒子。不知道为什么老忘不了它。

将要收车的时候，小赵来了。小赵家里开着个小杂货铺，可是他不大管铺子里的事。他的父亲很希望他能管点事，可是叫他管事他就偷钱；儿子还不如伙计可靠呢。小赵的父亲每逢行个人情，或到庙里烧香，必定戴上平光的眼镜——八毛钱在小摊儿上买的。大铺户的掌柜和先生们都戴平光的眼镜，以便在戏馆中，庙会上，表示身份。所以小铺掌柜也不能落伍。小赵并不希望他父亲一病身亡，虽然死了也并没大关系。假如父亲马上死了，他想不出怎样表示出他变成了正式的掌柜，除非他也戴上平光的眼镜。八毛钱买的眼镜，价值不限于八毛。那是掌权立业，袋中老带着几块现洋的象征。

他常和王四们在一块儿。每逢由小铺摸出几毛来，他便和王四们押个宝，或者有时候也去逛个土窑子。车夫们都管他叫“小赵”，除非赌急红了脸才称呼他“少掌柜”，而在这种争斗的时节，他自己也开始觉到身份。平日，他没有什么脾气，对王四们都很“自己”。

“押押？我的庄？”小赵叫他们看了看手中的红而脏的毛票，然后掏出烟卷，吸着。

王四从耳朵上取下半截烟，就着小赵的火儿吸着。

大家都蹲在车后面。

不大一会儿，王四那点铜子全另找到了主人。他脑袋上的筋全不服气的涨起来。想往回捞一捞——“嗐，红眼，借给我几个子儿！”

红眼把手中的铜子押上，押了五道；手中既空，自然不便再回答什么，挤着红眼专等看骰子。

王四想不出招儿来。赌气子立起来，向四外看了看，看有巡警往这里来没有。虽然自己是输了，可是巡警要抓的话，他也跑不了。

小赵赢了，问大家还接着干不。大家还愿意干，可是小赵得借给他们资本。小赵满手是土，把铜子和毛票一齐放在腰里：“别套着烂，要干，拿钱。”

大家快要称呼他“少掌柜”了。卖烧白薯的李六过来了。“每人一块，赵掌柜的给钱！”小赵要宴请众朋友。“这还不离，小赵！”大家围上了白薯挑子。王四也弄了块，深呼吸的吃着。

吃完白薯，王四想起来了：“小赵，给你这个。”从车厢里把眼镜找出来：“别看盒子破，里面有好玩艺儿。”

小赵一见眼镜，“掌柜的”在心中放大起来；把没吃完的白薯扔在地上，请了野狗的客。果然是体面的镜子，比父亲的还好。戴上试试。不行，“这是近视镜，戴上发晕！”

“戴惯就好了，”王四笑着说。

“戴惯？为戴它，还得变成近视眼？”小赵觉得不上算，可是又真爱眼镜。试着走了几步。然后，摘下来，看看大家。大家都觉得戴上镜子确是体面。王四领着头说：

“真有个样儿！”

"就是发晕呢!"小赵还不肯撒手它。

"戴惯就好了!"王四觉得只有这一句还像话。

小赵又戴上镜子，看了看天。"不行，还是发晕!"

"你拿着吧，拿着吧。"王四透着很"自己"。"送给你的，我拿着没用。拿着吧，等过二年，你的眼神不这么足了，再戴也就合适了。"

"送给我的?"小赵钉了一句。"真的?操!换个盒子还得好几毛!"

"真送给你，我拿着没用；卖，也不过卖个块儿八七的!"王四更显着"自己"了。

"等我数数，"小赵把毛票都掏出来，给了李六白薯钱。"还有六毛，才他妈的赢了两毛!"

"你还有铜子呢!"有人提醒他一声。

"至多也就有一毛来钱的铜子，"小赵可是没往外掏它们，大家也不就深信他的话。小赵可是并不因为赢得少而不高兴；他的确很欢喜。往常，他每耍必输。输几毛原不算什么，不过被大家拿他当"大头"，有些难堪。今天总算恢复了名誉，虽然连铜子算上才三毛来钱——也许是三毛多，铜子的分量怪沉的吗。"王四，我也不白要你的。看见没?有六毛。你三毛，我三毛，像回事儿不像?"

王四没想到他能给三毛。他既然开通，不妨再挤一下:"把铜子再掏出点来，反正是赢去的。"

"吹!吉祥钱，腰里带着好。明儿个还得跟你们干呢!"小赵觉得明天再来，一定还要赢的。这两天运气必是不坏。

"好啦，三毛。三毛买那么好的镜子!"王四把票子接过来。放在贴肉的小兜里。

"你不是说送给我吗?这小子!"

"好啦，好啦，朋友们过得多，不在乎这个。"

小赵把眼镜放在盒子里，走开。"明儿再干!"走了几步，又把盒子打开。回头看了看，拉车的们并没把眼看着他。把镜子又戴上，眼前成了模糊的一片。可是不肯马上摘下来——戴惯就好了。他觉得王四的话有理。有眼镜不戴，心中难过。况且掌柜们都必须戴镜子的。眼镜，手表，再安上一个金门牙；南岗子的小凤要不跟我才怪呢！

刚一拐弯，猛的听见一声喇叭。他看不清，不知往哪面儿躲。他急于摘镜子……

学校附近，这些日子了，不见了溜墙根的近视学生，不见了小赵，不见了王四。“王四这些日子老在南城搁车，”李六告诉大家。

原载1934年1月《青年界》第五卷第一号

恋

在成都的西龙王街，北平的琉璃厂与早市夜市，济南的布政司街，我们都常常的可以看到两种人。第一种是规规矩矩，谨谨慎慎，与常人无异的；他们假若有一点异于常人的地方，就是他们喜欢收藏字画，铜器，或图章什么的。这点嗜好正像爱花，爱狗，或爱蟋蟀那样的不足为奇。以职业而言，他们也许是公务人员，也许是中学教师。有时候，我们也看见律师或医生，在闲暇的时候去搜检一些小小的珍宝。这些人大致都有点学识。他们的学识使他们能规规矩矩的挣饭吃。他们有的挣得钱多，有的挣得钱少，但他们都是手中一有了余钱，便化费在使他们心中喜悦而又增加一些风雅的东西上。有时候，他们也不惜借几块钱，或当两件衣服，好使那爱不释手的玩艺儿能印上自己的图章，假若那是件可以印上图章的物件。

第二种人便不是这样了。他们收藏，可也贩卖。他们看着似乎很风雅，可是心中却与商人没什么差别。他们的收藏差不多等于囤积。

现在我们要介绍的庄亦雅先生是属于第一种的。

庄先生是济南的一位小绅士。他之取得绅士的地位，绝不是因为他有多少财产，也不是因他的前辈作过什么大官。他不过是个普通的大学毕业生，有时候作作科员，有时候去当当中学教师。但是，对人对事都有一份儿热心，无论是在机关里，还是学校里，他总是个受人之托，劳而无怨的人。他不见得准能把事办得很漂亮，但是他肯于帮朋友的忙。事情办多，他便有了经验。社会上大家都是懒惰的，往往小说有故事，是外部的故事，更是心理的故事，是一篇有着浓郁心理内涵的小说。主人公对字画的“爱”是近乎疯狂的，他甚至会“抱着他睡去”。通过收藏，写了一个小收藏家“昏迷”和发疯的心理动机，最后出于这种不能抑制的“爱”而出任了伪职，毁了自己的名声与前程。小说以“爱什么就死在什么上”作结，隐含着作者对人心的独特把握。美国有个心理学家叫弗洛姆，写过一本书《存在还是占有》，可以参照阅读，它告诉我们，占有性的爱是毁灭性的力量。

因为自己偷懒，而把别人的一分经验看成十分。因此，庄先生成为亲友中的重要的人，成为商店饭馆的熟客，成为地方上的小绅士。

从大体上说，他是个好人。从大体上说，他也是个体面的人。中等身材，圆圆的脸，两个极黑极亮的眼珠，常常看着自己的胸和鼻子，好像怕人家说他太锋芒外露似的。他的腿很短，而走路很快，终日老像忙得不得了的样子。有时候，他穿中山装；有时候，他穿大褂；材料都不大好，可是全很整洁。襟上老挂着个徽章。

他结了婚，没有儿女。太太可是住在离城四十多里的乡村里。因为事多，他不常常下乡，偶尔回一次家，朋友们便都感觉得寂寞，等到他一回来，他的重要就又增加了许多。有好多好多事都等着他的短腿去奔跑呢。

虽然走得很快，他的时时打量着自己胸部或鼻子的眼可是很尖锐。

路旁旧货摊上的一张旧黄纸，或是一个破扇面，都会使他从老远就杀住脚步，慢慢的凑到摊前，然后好像是绝对偶然立住。他爱字画。先随手的摸摸这个，动动那个，然后笑一笑，问问价钱。最后，才顺手把那张旧纸或扇面拿起来，看看，摇摇头，放下；走出两步，回头问问价钱，或开口就说出价钱："这个破扇面，给五毛钱吧。"

块儿八毛的，一块两块的，他把那些满是虫孔的，乌七八黑的，摺皱的像老太婆的脸似的宝贝，拿回去。晚上，他锁好了屋门，才翻过来掉过去的去欣赏，然后编了号数，极用心的打上图章，放在一只大楠木箱里。这点小小的辛苦，会给他一些愉快的疲乏，使他满意的躺在床上，连梦境都有些古色古香似的。

大小布政司街的古玩铺，他也时常的进去看看。对于那些完整的，有名的，成千成百论价的，作品，他只能抱着歉意的饱一饱眼福。看罢，惭愧的一笑，而后必恭必敬的卷好，交还人家。他只能买那值三五块钱的"残篇断简"，或是没有行市的小名家的作品。每逢进到这些满目琳琅的铺子里，他就感到自己的寒酸。他本来没有什么野心，但是一进古玩店，他便想到假若发了财，把那几幅最名贵的字画买回家去，盖上自己的图章，该是多么得意的事呀！

"看一看"便是主顾，这是北方商家的生意经。虽然庄先生只"看"贵的，而买贱的，商人家可并不因此而慢待了他。他们愿意他来看，好给他们作义务宣传。同时，他们有便宜而并不假的东西，还特意的给他留着。他们知道"爱"是会生长的东西，只要他不断的买小件，有那么一天他必肯买一件大的。

一来二去，庄先生成了好几家古玩铺的朋友。香烟热茶，不用说，是每去必有了；他们还有时候约他吃老酒呢。他不再惭愧。果然不出所料，他给他们介绍了生意。那些有钱而实在无处去化的人，到最后想到买几幅字画，或几件古董，来作富户的商标。他们钻天觅缝的找行家，去代他们作义务的买办，唯恐化了冤枉钱。很自然的，他们找到庄亦雅先生——既是绅士，又肯帮忙，而且懂眼。

在作这种义务买办的时候，庄先生感到了兴奋与满意。打开，卷起，再打开；一张名画经他看多少次，摸多少回，每回都给他带来欣悦，都使他增加一些眼力与知识。在生意成交之后，买主卖主都请他吃酒。吃酒事小，大家畅谈倒事大，他从大家的口中又得到许多知识。再说，几次生意成交之后，他的地位也增高了许多。可以大胆的拒绝商人们特意给他保留着的小物件了。“这两天手里没闲钱，”或是“过两天再说吧!”他这样的表示出，你们不能塞给我什么，我就拿什么，我也有眼力。为应付这个，商人们又打了个好主意，把他称作“收藏山东小名家的专家”。以庄先生的财力，收藏家这头衔是永远加不到他身上的。而今，他居然被称为收藏家了，于是也就不管那个称号里边所含的讽刺，而坦然的领受了。

有了这个头衔以后，庄先生想名符其实的真去作个专家。他开始注意山东省的小名家，而且另制了一只箱子，专藏这路的作品。现在，他肯化一二十块，甚至三十块钱，买一张字或画了，只要那是他手中还没有的乡贤的手迹。他不惜和朋友们借债，或把大衣送到当铺去；要作个专家就不能不放开一点胆子喽。这些作品的本身未必都有艺术的价值，搁在以前，他也许连看也不要看，但是现在他要化十块二十块的去买来了。收藏是收藏，他可以，甚至应当，和艺术的价值分离，而成为一种特异的，独立的，嗜癖与欣悦。

在以前，那用三毛两毛买来的破纸烂画的上面，也许只有一朵小花，或两三个字，是完整的，看得清楚的。但是那的确是一朵美丽的花，或可爱的字。他真喜爱它们，看了还要再看。他锁上房门去看它们，一来是为避免别人来打搅，二来也是怕别人笑他。自从得了专家的称呼，他不但不再锁起门来，而且故意的使大家知道了。每逢得到一件新的小宝物，他的屋里便拥满了人。他的极黑极亮的眼珠不再看着自己的鼻子，而是兴奋的乱转，腮上泛起两朵，红的云。他多少还有点腼腆，但是在轻咳过一两次后，他的胆子完全壮了起来。他给他们讲说那小名家的历史，作风，和字或画上的图章与题跋。他不批评作品的好坏，而等着别人点头称赞。假若大家看完，默默不语，他就再给大家讲说，暗示出凡是老的，必是好的，而且名家——即使是小名家——的手下是没有劣品的。他的话很多，他的心跳得很快，直到大家都承认了那是张杰作的时候，他才含笑的把它卷好，轻轻放下；眼珠又去看看鼻子。

他的收入，好几年没有什么显然的增减。他似乎并不怎样爱钱。假若不是为买字画，他满可以永远不考虑金钱的问题。他有教书或作事的本领，而且相当的真诚，又没有什么不良的嗜好，在他想，顾虑生计简直是多此一举。

自从被称为专家，他感到生活增加了趣味与价值，在另一方面可是有点恨自己无能，不能挣更多的钱，买更好的字画。虽然如此，他可是不肯把字画转手，去赚些钱。好吧坏吧，那是他的收藏，将来也许随着他入了棺材，而绝对不能出卖。他不是商人。有时候，他会狠心的送给朋友一张画，或一幅字，可是永没有卖过。至多，他想，他只能兼一份儿差事，去增加些收入。但是事情多了，他便无暇去溜山水沟，和到布政司街去饱眼福。他需要空闲，因为每一张东西都须一口气看几个钟头。

既不能开源，他只好节流。这可就苦了他的太太。本来就不大爱回家，现在他更减少了回去的次数。这样，每逢休假的日子，他可以去到古玩铺或到有同好的朋友的家中去坐一整天；要不然，就打开箱子，把所有的收藏都细看一遍，甚至于忘了吃饭。同时，他省下回家来往的路费与零钱。对家中的日用，他狠心的缩减。虽然他也感到一点惭愧，可是细一想呢，欺侮自己的太太总比作别的亏心事要好的多。

在七七抗战那年的春天，朋友们给庄亦雅贺了四十的寿日。他似乎一向没有想过他的年纪，及至朋友们来到，他仿佛才明白自己确是四十岁的人了。他是个没有远大的志愿与无谓的顾虑的人，可是当贺寿的人们散了以后，他也不由的有点感触。四十岁了，他独自默想，可有什么足以夸耀于人的事呢？想来想去，只有一件。几年来，他已搜集了一百多家山东小名家的字画。这的确是一点成绩。前些日子，杨可昌——济南的一位我们所谓的第二种收藏家——居然带来两个日本人来看他的收藏。当时，他并没感到什么得意。反之，那些破纸烂画使他有点不好意思拿出来。可是，在四十的寿日这天一想，这的确有很大的意义。他跑腿化钱，并不是浪费。即使那些东西是那么破烂不堪，但是想想看吧，全国里有谁，有谁，收藏着一百多家山东的小名家呢？没有第二份儿！连日本人都来参观，哼，他的这点收藏已使他有了国际的声誉！他闭上了眼，细细的，反复前后的想，想把这点事看轻，看成不值一笑的事体。然而，这却千真万确，日本人注意到他的收藏是一点也不假。即使自己过火的谦虚，而事实总是事实。想到这里，他在惭愧，感慨，无可如何之中，感到了一点满意。生平没有别的建树，却“歪打正着”的成为收藏家，也就不错。这一生总算没有白活。人死留名，雁过留声呀！为招待亲友，他也很疲乏，但是想到这里，他又兴奋起来，把那一百多家的作品要从新看一遍。拿起任何一张，他都不忍释手，好像它们又比初买的时候美好了多少倍。就是那些虫孔都另有一种美丽，那些尘土都另有一种香味。看到第三十二张，他抱着它睡去了。

寿日的第二天，他发了个新的誓愿：我，庄亦雅，要有一件真值钱的东西！

夏初，一家小古玩商得到一张石谿的大幅山水，杨可昌与庄亦雅前后得到了消息。杨先生想赚一笔钱，庄先生想化一笔钱买过来，作传家之宝。那张山水画得极好，裱工也讲究，可惜在左下角有图章的地方残缺了一块。图章是看不见了；缺少的一角画面却被不知哪个多事的人补上几笔，补得很恶劣。杨先生是迷信图章的。既无图章，而补的那几笔又是那么明显的恶劣，所以他断定那幅画是假的。虽然他也知道那是张精品。在鉴赏之外，自然他还另有作用。他想用假画的价钱买过来，而后转手卖给日本人。他知道，那张画确是不错；而且，即使是假的，日本人也肯出相当高价买去，因为石谿在东洋正有极大的行市。

杨先生是济南鉴别古董的权威，而好玩古董的人多数又自己没长着眼睛，于是石谿的那张画便成了大家开心的东西。“去看看假石谿呀！”当他们没有事的时候，就这样去与那位小古玩商开个小玩笑。来看的人很多，而没有出价钱的——谁肯出钱买假东西呢？

最后，杨先生，看时机已熟，递了个价——二百五十元，不卖拉倒。他心中很快活，因为他一转手就起码能卖八百元，干赚五六百！

庄先生也看准了那张画。跑了不知多少次，看了不知多少回，他断定那一定是真的。每看一次，他的自信心便增高一分，要买到手里的决定也坚强了一些。但是，每看一次，他的难过也增加了许多。他没有钱。

有好几天，他坐卧不安，翻来复去的自己叨唠：“收藏贵精不贵多！石谿！石谿！有一张石谿岂不比这两箱陈谷子烂芝麻强？强的多！这两箱子算什么？有一张石谿才镇得住呀！哪怕从此以后绝对，绝对不再买任何东西呢，这张石谿非拿来不可……”他想去借钱，又不好意思。当衣服？没有值钱的。怎办呢？怎办呢？

及至听到杨先生出了二百五十元的价，他不能再考虑，不能再坐。一口气，他跑到小古玩店。他的手心出着汗，心房嘣嘣的乱跳，越要镇静，心中越慌，说话都有点结巴：

“我，我，我再看看那张假石谿！”

画儿打开。他看不清。眼前似乎有一片热雾遮着。其实他用不着再看，闭着眼他也记得画上的一切，愣了一会儿，他低声的说：

“我给五百！明天交钱！怎样？”

他闭住气等待回答，像囚犯等着死刑的宣判似的。好容易，他得到了商家的“好吧”两个字。他昏迷了一小会儿。然后疯也似的跑回家，把太太的金银首饰，不容分说的，一股拢总都抢过来，飞快的又往回跑。

他得到了那张画。

可是，也和杨先生结了仇。

杨先生，因为没得到那件赚钱的货物，到处去宣传庄亦雅是如何可笑的假内行，花五百元买了一张假画。全济南的收藏家几乎都拿这件事作为茶余酒后说笑话的好资料，弄得庄亦雅再也不敢在光天化日之下去逛古玩铺。可是，他并不妥协，既不肯因闲话而看轻那张画，也不肯因恢复名誉而把画偷偷的再卖出去，他仍旧相信，他是用最低的价钱得到一幅杰作。

在六月间，由北平下来一位姓卢的鉴赏家。卢先生的声望是国际的，字画上只要有他的图章，就是欧美的收藏家也不敢微微的摇一摇头。庄亦雅把那张石谿拿去给卢先生看，卢先生没说什么，给画上打了个图章。等庄亦雅抱着画要走的时候，卢先生才很随便的问了声：“我给你一千二，你肯让给我不呢?”庄亦雅没敢回答什么，只把画儿抱紧了一些。“没关系!”卢先生表示了决不夺人所好。庄亦雅抱歉的，高兴的惶惑而兴奋的，告了辞。

杨可昌低声下气的来看庄亦雅。他知道自己的眼力与声誉远不及卢先生。卢先生既说那张石谿是真的，他自己要是再说它是假的，简直就是自己打碎自己的饭碗。他想对庄亦雅说明，他以前的话不过是朋友们开开小玩笑，请庄先生不要认真。庄亦雅没有见他!

七七抗战。济南也与其他的地方一样，感到极度的兴奋。庄亦雅也与别人一样，受了极大的刺激，日夜期待着胜利的消息。

消息，可是，越来越不好。最使人不安的是车站上的慌乱与拥挤。谁也不知道上哪里去好，而大家都想动一动；车站上成为纷乱与动摇的中心。庄先生看着朋友们匆匆的逃往上海，青岛，南山，而后又各处逃了回来。他心中极其不安，但是不敢轻意的逃走，他是济南人，他舍不得老家。再说，即使想逃，应当跑到哪里去呢？逃出去，怎样维持生活呢？他决定看一看再说。好在自己还没有儿女，等到非跑不可的时候，他和太太总会临时想主意的。

沧州沦陷了，德州撤守了，敌机到了头上，泺口炸死了人，千佛山上开了高射炮。消息很乱，谣言比消息更乱。庄亦雅决定先下乡躲一躲。别的且不讲，他怕那两箱子画和石谿毁灭在炸弹下。腋下夹着石谿，背上负着一大包袱小名家，他挤出城去。雇不着车子。步行了十里。听到前边有匪。他飞快的往回跑。跑回来，他在屋中乱转了有十分钟。他不为自己忧虑什么；对太太，他简直的不去费什么心思。乡下人有几亩地，地不会被炮火打碎，用不着关心。他只愁石谿与那些小名家没有安全的地方去安置。又警报了。他抱着那些字画藏在了桌子底下。远处有轰炸的声响。他心里说："炸！炸吧！要死，我教这些字画殉了葬！"

敌人已越过德州，可是"保境安民"的谣言又给庄亦雅一点希望。他并非完全没有爱国的心，他不愿听这类可耻的谣言。可是，为了自己心爱的东西，仿佛投降也未为不可。

杨可昌来看了他一次，劝他卖出那张石谿，作为路费，及早的逃走。"你不能和我比，"他劝告庄先生，"我是纯粹的收藏家，东洋人晓得。你，你作过公务人员和教员，知识分子，东洋人来到，非杀你的头不可！"

"杀头？"庄亦雅愣了一会儿。"杀头就杀头，我不能放手我的石谿！"

杨可昌走后，庄先生决定不带着太太，而只带着石谿与山东小名家逃出去。但是，走不成。敌机天天炸火车。自己没关系，石谿比什么也要紧。他须再等一等。

敌人到了。他并不十分后悔。每天，他抱着石谿等候日本人，自言自语的说：“来吧！我和石谿死在一处！”

等来等去，又把杨先生等来了。

庄亦雅，本是个最心平气和的人，现在发了怒。这些日子所受的惊恐与痛苦，要一股脑儿在杨可昌身上发泄出来：“你又干吗来了？国都快亡了，你还想赚钱吗？”

“不必生气，”杨可昌笑着说，“听我慢慢的说。你知道东洋人最精细，咱们谁手里收藏着什么，他们全知道。他们知道你有石谿。他们的军队到，文人也到。挨家收取古物。你要脑袋呢，交出画来。要画呢，牺牲了脑袋！”

“好！我的脑袋，我的画都是我自己的！请不必替我担心！”

“你真算个硬汉！”

“硬不硬，用不着你夸奖！”

“别发脾气好不好？”杨先生又笑了。“告诉你吧，我不是来跟你要画，我来给你道喜！”

“道喜？你干吗跟我开这个玩笑呢？”

杨先生的脸上极严肃了：“庄先生！东洋人派我来，请你出山，作教育局长！”

“嗯？”庄亦雅像由梦中被人唤醒似的发出这个声音来。待了一会儿，“我不能给东洋人作事！”

“我忙得很，咱们脆快的说吧。”杨先生的眼像要施行催眠术似的钉住庄亦雅的脸。“你要肯答应作局长，你可以保存这点世上无双的收藏，不但保存，东洋人还可以另送你许多好东西呢！你若是不肯呢！他们没收你的东西，还要治罪——也许有性命之忧吧！怎样？”

好大半天，庄先生说不出话来。

“怎样？”杨先生催了一板。

庄先生低着头，声音极微的说：“等我想一想！”

“要快。”

“明天我答复你!”

“现在就要答复!”杨先生看了手表,“五分钟内,给我‘是’,或是‘不是’!”

杨先生的一枝香烟吸完,又看了看表。“怎样?”

庄亦雅对着那两只收藏字画的箱子,眼中含着泪,点了点头。

恋什么就死在什么上。

原载 1943 年 3 月 15 日《时与潮文艺》创刊特大号

不成问题的问题

任何人来到这里——树华农场——他必定会感觉到世界上并没有什么战争，和战争所带来的轰炸、屠杀，与死亡。专凭风景来说，这里真值得被呼为乱世的桃源。前面是刚由一个小小的峡口转过来的江，江水在冬天与春天总是使人愿意跳进去的那么澄清碧绿。背后是一带小山。山上没有什么，除了一丛丛的绿竹矮树，在竹树的空处往往露出赭色的块块儿，像是画家给点染上的。

小山的半腰里，那青青的一片，在青色当中露出一两块白墙和二三屋脊的，便是树华农场。江上的小渡口，离农场大约有半里地，小船上的渡客，即使是往相反的方向去的，也往往回转头来，望一望这美丽的地方。他们若上了那斜着的坡道，就必定向农场这里指指点点，因为树上半黄的橘柑，或已经红了的苹果，总是使人注意而想夸赞几声的。到春暖花开的时候，或遇到什么大家休假的日子，城里的士女有时候也把逛一逛树华农场作为一种高雅的举动，而这农场的美丽恐怕还多少的存在一些小文与短诗之中咧。

创办一座农场必定不是为看着玩的；那么，我们就不能专来谀赞风景而忽略更实际一些的事儿了。由实际上说，树华农场的用水是没有问题的，因为江就在它的脚底下。出品的运出也没有问题。它离重庆市不过三十多里路，江中可以走船，江边上也有小路。它的设备是相当完美的：有鸭鹅池、有兔笼、有花畦、有菜圃、有牛羊圈、有果园。鸭蛋、鲜花、青菜、水果、牛羊乳……都正是像重庆那样的都市老舍的小说除了擅长人性探索，还长于文化思考。这就是一篇“文化寓意小说”，树华农场就是中国的缩影，人物各自代表着中国文化“训育”出来的独特人格。早在英国时期写的《二马》就说要“比较中英两国国民性的不同”，而抗战又“为中国文化照了X光”，作品表现了作者对中国文化和人格缺失的深深隐忧，读罢作品，我们会思考中国人如何背负着它深厚的文化传统走向现代文明。最近听说，由它改编的一部电影在国外获了奖①，可见，它依然有着穿越时空的力量。

所必需的东西。况且，它的创办正在抗战的那一年；重庆的人口，在抗战后，一天比一天多；所以需要的东西，像青菜与其他树华农场所产生的东西，自然的也一天比一天多。赚钱是没有问题的。

从渡口上的坡道往左走不远，就有一些还未完全风化的红石，石旁生着几丛细竹。到了竹丛，便到了农场的窄而明洁的石板路。离竹丛不远，相对的长着两株青松，松树上挂着两面粗粗刨平的木牌，白漆漆着“树华农场”。石板路边，靠江的这一面，都是花；使人能从花的各种颜色上，慢慢地把眼光移到碧绿的江水上面去。靠山的一面是许多直立的扇形的葡萄架，架子的后面是各种果树。走完了石板路，

① 按：2016年，同名影片在第二十九届东京国际电影节上获得最佳艺术贡献奖。该影片由梅峰执导。

有一座不甚高，而相当宽的藤萝架，这便是农场的大门，横匾上刻着“树华”两个隶字。进了门，在绿草上，或碎石堆花的路上，往往能看见几片柔软而轻飘的鸭鹅毛，因为鸭鹅的池塘便在左手方。这里的鸭是纯白而肥硕的，真正的北平填鸭。对着鸭池是平平的一个坝子，没有隙地的种着花草与菜蔬。在坝子的末端，被竹树掩覆着，是办公厅。这是相当坚固而十分雅致的一所两层的楼房，花果的香味永远充满了全楼的每一角落。牛羊圈和工人的草舍又在楼房的后边，时时有羊羔悲哀地啼唤。

这一些设备，教农场至少要用二十来名工人。可是，以它的生产能力，和出品销路的良好来说，除了一切开销，它还应当赚钱。无论是内行人还是外行人，只要看过这座农场，大概就不会想象到这是赔钱的事业。

然而，树华农场赔钱。

创办的时候，当然要往“里”垫钱。但是，鸡鸭、青菜、鲜花、牛羊乳，都是不需要很长的时间就可以在利润方面有些数目字的。按照行家的算盘上看，假若第二年还不十分顺利的话，至迟在第三年的开始就可以绝对地看赚了。

可是，树华农场的赔损是在创办后的第三年。在第三年首次股东会议的时候，场长与股东们都对着账簿发了半天的愣。

赔点钱，场长是绝不在乎的，他不过是大股东之一，而被大家推举出来作场长的。他还有许多比这座农场大的多的事业。可是，即使他对这小小的事业赔赚都不在乎，即使他一走到院中，看看那些鲜美的花草，就把赔钱的事忘得一干二净，他现在——在股东会上——究竟有点不大好过。他自信是把能手，他到处会赚钱，他是大家所崇拜的实业家。农场赔钱？这伤了他的自尊心。他赔点钱，股东他们赔点钱，都没有关系：只是，下不来台！这比什么都要紧！

股东们呢，多数的是可以与场长立在一块儿呼兄唤弟的。他们的名望、资本、能力，也许都不及场长，可是在赔个万儿八千块钱上来说，场长要是沉得住气，他们也不便多出声儿。很少数的股东的确是想投了资，赚点钱，可是他们不便先开口质问，因为他们股子少，地位也就低，假若粗着脖子红着筋地发言，也许得罪了场长和大股东们——这，恐怕比赔点钱的损失还更大呢。

事实上，假若人家肯打开窗子说亮话，他们就可以异口同声地，确凿无疑地，马上指出赔钱的原因来。原因很简单，他们错用了人。场长，虽然是场长，是不能，不肯，不会，不屑于到农场来监督指导一切的。股东们也不会十趟八趟跑来看看的——他们只愿在开会的时候来作一次远足，既可以欣赏欣赏乡郊的景色，又可以和老友们喝两盅酒，附带地还可以露一露股东的身份。除了几个小股东，多数人接到开会的通知，就仿佛在箱子里寻找迎节当令该换的衣服的时候，偶然的发现了想不起怎么随手放在那里的一卷钞票——“呕，这儿还有点玩艺儿呢！”

农场实际负责任的人是丁务源，丁主任。

丁务源，丁主任，管理这座农场已有半年。农场赔钱就在这半年。

连场长带股东们都知道，假若他们脱口而出地说实话，他们就必定在口里说出“赔钱的原因在——”的时节，手指就确切无疑地伸出，指着丁务源！丁务源就在一旁坐着呢。

但是，谁的嘴也没动，手指自然也就无从伸出。

他们，连场长带股东，谁没吃过农场的北平大填鸭，意大利种的肥母鸡，琥珀心的松花，和大得使儿童们跳起来的大鸡蛋鸭蛋？谁的瓶里没有插过农场的大枝的桂花，腊梅，红白梅花，和大朵的起楼子的芍药，牡丹与茶花？谁的盘子里没有盛过使男女客人们赞叹的山东大白菜，绿得像翡翠般的油菜与嫩豌豆？

这些东西都是谁送给他们的？丁务源！

再说，谁家落了红白事，不是人家丁主任第一个跑来帮忙？谁家出了不大痛快的事故，不是人家丁主任像白天而降的喜神一般，把大事化小，小事化无?

是的，丁主任就在这里坐着呢。可是谁肯伸出指头去戳点他呢?

什么责任问题，补救方法，股东会都没有谈论。等到丁主任预备的酒席吃残，大家只能拍拍他的肩膀，说声“美满的闭会”了。

丁务源是哪里的人?没有人知道。他是一切人——中外无别——的乡亲。他的言语也正配得上他的籍贯，他会把他所到过的地方的最简单易学的话，例如四川的“啥子”与“要得”，上海的“唔啥”，北平的“妈啦巴子”……都美好的联结到一处，变成一种独创的“国语”；有时候也还加上一半个“孤得”，或“夜司”，增加一点异国情味。

四十来岁，中等身量，脸上有点发胖，而肉都是亮的，丁务源不是个俊秀的人，而令人喜爱。他脸上那点发亮的肌肉，已经教人一看就痛快，再加上一对光满神足，顾盼多姿的眼睛，与随时变化而无往不宜的表情，就不只讨人爱，而且令人信任他了。最足以表现他的天才而使人赞叹不已的是他的衣服。他的长袍，不管是绸的还是布的，不管是单的还是棉的，永远是半新半旧的，使人一看就感到舒服；永远是比他的身裁稍微宽大一些，于是他垂着手也好，揣着手也好，掉背着手更好，老有一些从容不迫的气度。他的小褂的领子与袖口，永远是洁白如雪；这样，即使大褂上有一小块油渍，或大襟上微微有点折绉，可是他的雪白的内衣的领与袖会使人相信他是最爱清洁的人。他老穿礼服呢厚白底子的鞋，而且裤脚儿上扎着绸子带儿；快走，那白白的鞋底与颤动的腿带，会显出轻灵飘洒；慢走，又显出雍容大雅。长袍，布底鞋，绸子裤脚带儿合在一处，未免太老派了，所以他在领子下面插上了一支派克笔和一支白亮的铅笔，来调和一下。

他老在说话，而并没说什么。“是呀”，“要得么”，“好”，这些小字眼被他轻妙地插在别人的话语中间，就好像他说了许多话似的。到必要时，他把这些小字眼也收藏起来，而只转转眼珠，或轻轻一咬嘴唇，或给人家从衣服上弹去一点点灰。这些小动作表现了关切，同情，用心，比说话的效果更大得多。遇见大事，他总是斩钉截铁地下这样的结论——没有问题，绝对的！说完这一声，他便把问题放下，而闲扯些别的，使对方把忧虑与关切马上忘掉。等到对方满意地告别了，他会倒头就睡，睡三四个钟头；醒来，他把那件绝对没有问题的事忘得一干二净。直等到那个人又来了，他才想起原来曾经有过那么一回事，而又把对方热诚地送走。事情，照例又推在一边。及至那个人快恼了他的时候，他会用农场的出品使朋友仍然和他相好。天下事都绝对没有问题，因为他根本不去办。

他吃得好，穿得舒服，睡得香甜，永远不会发愁。他绝对没有任何理想，所以想发愁也无从发起。他看不出社会上彼此敷衍有什么不对的地方。他只知道敷衍能解决一切，至少能使他无忧无虑，脸上胖而且亮。凡足以使事情敷衍过去的手段，都是绝妙的手段。当他刚一得到农场主任的职务的时候，他便被姑姑老姨舅爷，与舅爷的舅爷包围起来，他马上变成了这群人的救主。没办法，只好一一敷衍。于是一部分有经验的职员与工人马上被他“欢送”出去，而舅爷与舅爷的舅爷都成了护法的天使。占据了地上的乐园。

没被辞退的职员与园丁，本都想辞职。可是，丁主任不给他们开口的机会。他们由书面上通知他，他连看也不看。于是，大家想不辞而别。但是，赶到真要走出农场时，大家的意见已经不甚一致。新主任到职以后，什么也没过问，而在两天之中把大家的姓名记得飞熟，并且知道了他们的籍贯。

“老张！”丁主任最富情感的眼，像有两道紫外光似的射到老张的心里，“你是广元人呀？乡亲！硬是要得！”丁主任解除了老张的武装。

“老谢！”丁主任的有肉而滚热的手拍着老谢的肩膀，“呕，恩施？好地方！乡亲！要得么！”于是，老谢也缴了械。

多数的旧人们就这样受了感动，而把“不辞而别”的决定视为一时的冲动，不大合理。那几位比较坚决的，看朋友们多数鸣金收兵，也就不便再说什么，虽然心里还有点不大得劲儿。及至丁主任的胖手也拍在他们的肩头上，他们反觉得只有给他效劳，庶几乎可以赎出自己的行动幼稚，冒昧，的罪过来。“丁主任是个朋友!”这句话即使不便明说，也时常在大家心中飞来飞去，像出笼的小鸟，恋恋不忍去似的。

大家对丁主任的信任心是与时俱增的。不管大事小事，只要向丁主任开口，人家丁主任是不会眨眨眼或愣一愣再答应的。他们的请托的话还没有说完，丁主任已说了五个“要得”。丁主任受人之托，事实上，是轻而易举的。比方说，他要进城——他时常进城——有人托他带几块肥皂。在托他的人想，丁主任是精明人，必能以极便宜的价钱买到极好的东西。而丁主任呢，到了城里，顺脚走进那最大的铺子，随手拿几块最贵的肥皂。拿回来，一说价钱，使朋友大吃一惊。“货物道地，”丁主任要交代清楚，“你晓得！多出钱，到大铺子去买，吃不了亏！你不要，我还留着用呢！你怎样?”怎能不要呢，朋友只好把东西接过去，连声道谢。

大家可是依旧信任他。当他们暗中思索的时候，他们要问：托人家带东西，带来了没有？带来了。那么人家没有失信。东西贵，可是好呢。进言无二价的大铺子买东西，谁不会呢，何必托他？不过，既然托他，他——堂堂的丁主任——岂是挤在小摊子上争钱讲价的人?这只能怪自己，不能怪丁主任。

慢慢地，场里的人们又有耳闻：人家丁主任给场长与股东们办事也是如此。不管办个“三天”，还是“满月”，丁主任必定闻风而至，他来到，事情就得由他办。烟，能买“炮台”就买“炮台”，能买到“三五”就是“三五”。酒，即使找不到“茅台”与“贵妃”，起码也是绵竹大麯。饭菜，呕，先不用说饭菜吧，就是糖果也必得是冠生园的，主人们没法挑眼。不错，丁主任的手法确是太大；可是，他给主人们作了脸哪。主人说不出话来，而且没法不佩服丁主任见过世面。有时候，主妇们因为丁主任太好铺张而想表示不满，可是丁主任送来的礼物，与对她们的殷勤，使她们也无从开口。她们既不出声，男人们就感到事情都办得合理，而把丁主任看成了不起的人物。这样，丁主任既在场长与股东们眼中有了身份，农场里的人们就不敢再批评什么；即使吃了他的亏，似乎也是应当的。

及至丁主任作到两个月的主任，大家不但不想辞职，而且很怕被辞了。他们宁可舍着脸去逢迎谄媚他，也不肯失掉了地位。丁主任带来的人，因为不会作活，也就根本什么也不干。原有的工人与职员虽然不敢照样公然怠工，可是也不便再像原先那样实对实地每日作八小时工。他们自动把八小时改为七小时，慢慢地又改为六小时，五小时。赶到主任进城的时候，他们干脆就整天休息。休息多了，又感到闷得慌，于是麻将与牌九就应运而起；牛羊们饿得乱叫，也压不下大家的欢笑与牌声。有一回，大家正赌得高兴，猛一抬头，丁主任不知道什么时候人不知鬼不觉地站在老张的后边！大家都愣了！

“接着来，没关系！”丁主任的表情与语调顿时教大家的眼都有点发湿。“干活是干活，玩是玩！老张，那张八万打得好，要得！”

大家的精神，就像都刚胡子满贯似的，为之一振。有的人被感动得手指直颤。

大家让主任加入。主任无论如何不肯破坏原局。直等到四圈完了，他才强被大家拉住，改组。“赌场上可不分大小，赢了拿走，输了认命，别说我是主任，谁是园丁！”主任挽起雪白的袖口，微笑着说。大家没有异议。“还玩这么大的，可是加十块钱的望子，自摸双？”大家又无异议。新局开始。主任的牌打得好。不但好，而且牌品高。打起牌来，他一声不出，连“要得”也不说了。他自己和牌，轻轻地好像抱歉似的把牌推倒。别人和牌，他微笑着，几乎是毕恭毕敬地送过筹码去。十次，他总有八次赢钱，可是越赢越受大家敬爱；大家仿佛宁愿把钱输给主任，也不愿随便赢别人几个。把钱给丁主任似乎是一种光荣。

不过，从实际上看，光荣却不像钱那样有用。钱既输光，就得另想生财之道。由正常的工作而获得的收入，谁都晓得，是有固定的数目。指着每月的工资去与丁主任一决胜负是作不通的。虽然没有创设什么设计委员会，大家可是都在打主意，打农场的主意。主意容易打，执行的勇气却很不易提起来。可是，感谢丁主任，他暗示给大家，农场的东西是可以自由处置的。没看见吗，农场的出品，丁主任都随便自己享受，都随便拿去送人。丁主任是如此，丁主任带来的“亲兵”也是如此，那么，别人又何必分外的客气呢？

于是，树华农场的肥鹅大鸭与油鸡忽然都罢了工，不再下蛋，这也许近乎污蔑这一群有良心的动物们，但是农场的账簿上千真万确看不见那笔蛋的收入了。外间自然还看得见树华的有名的鸭蛋——为孵小鸭用的——可是价钱高了三倍。找好鸭种的人们都交头接耳地嘀咕：“树华的填鸭鸭蛋得托人情才弄得到手呢。”在这句话里，老张，老谢，老李都成了被恳托的要人。

在蛋荒之后，紧接着便是按照科学方法建造的鸡鸭房都失了科学的效用。树华农场大闹黄鼠狼，每晚上都丢失一两只大鸡或肥鸭。有时候，黄鼠狼在白天就出来为非作歹，而在他们最猖獗的时期，连牛犊和羊羔都被劫去；多么大的黄鼠狼呀！

鲜花，青菜，水果的产量并未减少，因为工友们知道完全不工作是自取灭亡。在他们赌输了，睡足了之后，他们自动地努力工作，不是为公，而是为了自己。不过，产量虽未怎么减少，农场的收入却比以前差的多了。果子，青菜，据说都闹虫病。果子呢，须要剔选一番，而后付运，以免损害了农场的美誉。不知道为什么那些落选的果子仿佛更大更美丽一些，而先被运走。没人能说出道理来，可是大家都喜欢这么作。菜蔬呢，以那最出名的大白菜说吧，等到上船的时节，三斤重的就变成了二斤或一斤多点；那外面的大肥叶子——据说是受过虫伤的——都被剥下来，洗净，另捆成一把一把的运走，当作“猪菜”卖。这种猪菜在市场上有很高的价格。

这些事，丁主任似乎知道，可没有任何表示，当夜里闹黄鼠狼子的时候，即使他正醒着，听得明明白白，他也不会失去身份地出来看看。及至次晨有人来报告，他会顺口答音地声明：“我也听见了，我睡觉最警醒不过！”假若他高兴，他会继续说上许多关于黄鼬和他夜间怎样警觉的故事。当被黄鼬拉去而变成红烧的或清燉的鸡鸭，摆在他的眼前，他就绝对不再提黄鼬，而只谈些烹饪上的问题与经验；一边说着，一边把最肥的一块鸭夹起来送给别人：“这么肥的鸭子，非挂炉烧烤不够味；清嫩不相宜，不过，汤还要得！”他极大方地尝了两口汤。工人们若献给他钱——比如卖猪菜的钱——他绝对不肯收。“咱们这里没有等级，全是朋友；可是主任到底是主任，不能吃猪菜的钱！晚上打几圈儿好啦！要得吗？”他自己亲热地回答上，“要得！”把个“得”字说得极长。几圈麻将打过后，大家的猪菜钱至少有十分之八，名正言顺地入了主任的腰包。当一五一十的收钱的时候，他还要谦逊地声明：“咱们的牌都差不多，谁也说不上高明。我的把弟孙宏英，一月只打一次就够吃半年的。人家那才叫会打牌！不信，你给他个司长，他都不作，一个月打一次小牌就够了！”

秦妙斋从十五岁起就自称为宁夏第一才子。到二十多岁，看“才子”这个词儿不大时行了，乃改称为全国第一艺术家。据他自己说，他会雕刻，会作画，会弹古琴与钢琴，会作诗，小说，与戏剧；全能的艺术家。可是，谁也没有见过他雕刻，画图，弹琴，和作文章。

在平时，他自居为艺术家，别人也就顺口答音地称他为艺术家，原本不算什么。到了抗战时期，正是所谓国乱显忠臣的时候，艺术家也罢，科学家也罢，都要拿出他的真正本领来报效国家，面秦妙斋先生什么也拿不出来。这也不算什么。假若他肯虚心地去学习，说不定他也许有一点天才，能学会画两笔，或作些简单而通俗的文字，去宣传抗战，或者，干脆放弃了天才的梦，而脚踏实地地去作中小学的教师，或到机关中服务，也还不失为尽其在我。可是他不肯去学习，不肯去吃苦，而只想飘飘摇摇地作个空头艺术家。

他在抗战后，也曾加入艺术家们的抗战团体。可是不久便冷淡下来，不再去开会。因为在他想，自己既是第一艺术家，理当在各团体中取得领导的地位。可是，那些团体并没有对他表示敬意。他们好像对他和对一切好虚名的人都这么说：谁肯出力作抗战工作，谁便是好朋友；反之，谁要是借此出风头，获得一点虚名与虚荣，谁就乘早儿退出去。秦妙斋退了出来。但是，他不甘寂寞。他觉得这样的败退，并不是因为自己的浅薄虚伪，而是因为他的本领出众，不见容于那些妒忌他的人们。他想要独树一帜，自己创办一个什么团体，去过一过领导的瘾。这，又没能成功，没有人肯听他号召。在这之后，他颇费了一番思索，给自己想出两个字来：清高。当他和别人闲谈，或独自呻吟的时候，他会很得意地用这两个字去抹杀一切，而抬高自己：“现而今的一般自命为艺术家的，都为了什么？什么也不为，除了钱！真正懂得什么叫作清高的是谁？”他的鼻尖对准了自己的胸口，轻轻地点点头。“就连那作教授的也算不上清高，教授难道不拿薪水么？……”可是“你怎么活着呢？你的钱从什么地方来呢？”有那心直口快的这么问他。“我，我，”他有点不好意思，而不能回答：“我爸爸给我！”

是的，秦妙斋的父亲是财主。不过，他不肯痛快地供给儿子钱化。这使秦妙斋时常感到痛苦。假若不是被人家问急了，他不肯轻易的提出“爸爸”来。就是偶尔地提到，他几乎要把那个最有力量的形容字——不清高——也加在他的爸爸头上去！

按照着秦老者的心意，妙斋应当娶个知晓三从四德的老婆，而后一扑纳心地在家里看守着财产。假若妙斋能这样办，哪怕就是吸两口鸦片烟呢，也能使老人家的脸上纵起不少的笑纹来。可是，有钱的老子与天才的儿子仿佛天然是对头。妙斋不听调遣。他要作诗，画画，而且——最使老人伤心的——他不愿意在家里蹲着。老人没有旁的办法，只好尽量地勒着钱。尽管妙斋的平信，快信，电报，一齐来催钱，老人还是毫不动感情地到月头才给儿子汇来“点心费”。这点钱，到妙斋手里还不够还债的呢。我们的诗人，是感受着严重的压迫。挣钱去吧，既不感觉趣味，又没有任何本领；不挣钱吧，那位不清高的爸爸又是这样的吝啬！金钱上既受着压迫，他满想在艺术界活动起来，给精神上一点安慰。而艺术界的人们对他又是那么冷淡！他非常的灰心。有时候，他颇想摹仿屈原，把天才与身体一齐投在江里去。投江是件比较难于作到的事。于是，他转而一想，打算作个青年的陶渊明。“顶好是退隐！顶好！”他自己念道着。“世人皆浊我独清！只有退隐，没别的话好讲！”

高高的个子，长长的脸，头发像粗硬的马鬃似的，长长的，乱七八糟的，披在脖子上。虽然身量很高，可好像里面没有多少骨头，走起路来，就像个大龙虾似的那么东一扭西一拱的。眼睛没有神，而且爱在最需要注意的时候闭上一会儿，仿佛是随时都在作梦。

作着梦似的秦妙斋无意中走到了树华农场。不知道是为欣赏美景，还是走累了，他对着一株小松叹了口气，而后闭了会儿眼。

也就是上午十一点钟吧，天上有几缕秋云，阳光从云隙发出一些不甚明的光，云下，存着些没有完全被微风吹散的雾。江水大体上还是黄的，只有江岔子里的已经静静地显出绿色。葡萄的叶子就快落净，茶花已顶出一些红瓣儿来。秦妙斋在鸭塘的附近找了块石头，懒洋洋地坐下。看了看四下里的山、江、花、草，他感到一阵难过。忽然地很想家，又似乎要作一两句诗，仿佛还有点触目伤情……这时候，他的感情像是极复杂，复杂的到了既像万感俱来，可是一会儿又像茫然不知所谓的程度。坐了许久，他忽然在复杂混乱的心情中找到可以用话语说出来的一件事来。“我应当住在这里!”他低声对自己说。这句话虽然是那么简短，可是里边带着无限的感慨。离家，得罪了父亲，功未成，名未就……只落得独自在异乡隐退，想住在这静静的地方!他呆呆地看着池里的大白鸭，那洁白的羽毛，金黄的脚掌，扁而像涂了一层蜡的嘴，都使他心中更混乱，更空洞，更难过。这些白鸭是活的东西，不错；可是他们干吗活着呢?正如同天生下我秦妙斋来，有天才，有志愿，有理想，但是都有什么用呢?想到这里，他猛然的，几乎是身不由己的，立了起来。他恨这个世界，恨这个不叫他成名的世界!连那些大白鸭都可恨!他无意中地、顺手地捋下一把树叶，揉碎，扔在地上。他发誓，要好好地，痛快淋漓地写几篇文字，把那些有名的画家，音乐家，文学家都骂得一个小钱也不值!那群不清高的东西!

他向办公楼那面走，心中好像在说：“我要骂他们!就在这里，这里，写成骂他们的文章!”

丁主任刚刚梳洗完，脸上带着夜间又赢了钱的一点喜气。他要到院中吸点新鲜空气。安闲地，手揣在袖口里，像采菊东篱下的诗人似的，他慢慢往外走。

在门口，他几乎被秦妙斋撞了个满怀。秦妙斋，大龙虾似的，往旁边一闪；照常往里走。他恨这个世界，碰了人就和碰了一块石头或一株树一样，只有不快，用不着什么客气与道歉。

丁主任，老练，安详，微笑地看着这位冒失的青年龙虾。“找谁呀?”他轻轻问了声。

秦妙斋稍一愣，没有管理他。

丁主任好像自言自语地说，“大概是个画家。”

秦妙斋的耳朵仿佛是专为听这样的话的，猛地立住，向后转，几乎是喊叫地，“你说什么?”

丁主任不知道自己的话是说对了，还是说错了，可是不便收回或改口。迟顿了一下，还是笑着："我说，你大概是个画家。"

"画家？画家?"龙虾一边问，一边往前凑，作着梦的眼睛居然瞪圆了。

丁先生不晓得怎样回答才好，只啊啊了两声。

妙斋的眼角上汪起一些热泪，口中的热涎喷到丁主任的脸上："画家，我是——画家，你怎么知道?"说到这里，他仿佛已筋疲力尽，像快要晕倒的样子，摇晃着，摸索着，找到一只小凳，坐下，闭上了眼睛。

丁主任还笑着，可是笑得莫名其妙，往前凑了两步。还没走到妙斋的身边，妙斋的眼睛睁开了。"告诉你，我还不仅是画家，而且是全能的艺术家！我都会!"说着，他立起来，把右手扶在丁主任的肩上。"你是我的知己！你只要常常叫我艺术家，我就有了生命！生我者父母，知我者——你是谁?"

"我?"丁主任笑着回答。"小小园丁!"

"园丁?"

"我管着这座农场!"丁主任停住了笑。"你姓什么!"毫不客气地问。

"秦妙斋，艺术家秦妙斋。你记住，艺术家和秦妙斋老得一块儿喊出来，一分开，艺术家和我就都不好存在了!"

"呕!"丁主任的笑意又回到脸上，进了大厅，眼睛往四面一扫——壁上挂着些时人的字画。这些字画都不甚高明，也不十分丑恶。在丁主任眼中，它们都怪有个意思，至少是挂在这里总比四壁皆空强一些。不过，他也有个偏心眼，他顶爱那张长方的，石印的抗战门神爷，因为色彩鲜明，"真"有个意思。他的眼光停在那片色彩上。

随着丁主任的眼，妙斋也看见了那些字画，他把眼光停在了那张抗战画上。当那些色彩分明地印在了他的心上的时候，他觉到一阵恶心，像忽然要发痧似的，浑身的毛孔都像针儿刺着，出了点冷汗。定一定神，他扯着丁先生，扑向那张使他恶心的画儿去。发颤的手指，像一根挺身作战的小蛇似的，指着那堆色彩："这叫画？这叫画？用抗战来欺骗艺术，该杀！该杀！"不由分说，他把画儿扯了下来，极快地撕碎，扔在地上，用脚狠狠地揉搓，好像把全国的抗战艺术家都踩在了泥土上似的。他痛快地吐了口气。

来不及拦阻妙斋的动作，丁主任只说了一串口气不同的"唉"！

妙斋犹有余怒，手指向四壁普遍的一扫："这全要不得！通通要不得！"

丁主任急忙挡住了他，怕他再去撕毁。妙斋却高傲地一笑："都扯了也没有关系，我会给你画！我给你画那碧绿的江，赭色的山，红的茶花，雪白的大鸭！世界上有那么多美丽的东西，为什么单单去画去写去唱血腥的抗战？混蛋！我要先写几篇文章，臭骂，臭骂那群污辱艺术的东西们。然后，我要组织一个真正艺术家的团体，一同主张——主张——清高派，暂且用这个名儿吧，清高派的艺术！我想你必赞同？"

"我？"丁主任不知怎样回答。

"你当然同意！我们就推你作会长！我们就在这里作画，治乐，写文章！"

"就在这里？"丁主任脸上有点不大得劲，用手摸了摸。

"就在这里！今天我就不走啦！"妙斋的嘴犄角直往外迸水星儿，"想想看，把这间大厅租给我，我爸爸有钱，你要多少我给多少。然后，我们艺术家们给你设计，把这座农场变成最美的艺术之家，艺术乐园！多么好！多么好！"

丁主任似乎得到一点灵感。口中随便用"要得""不错"敷衍着，心中可打开了算盘。在那次股东会上，虽然股东们对他没有什么决定的表示，可是他自己看得清清楚楚，大家对他多少有点不满意。他应当把事情调整一下，教大家看看，他不是没有办法的人。是呀，这里的大厅闲着没有用，楼上也还有三间空房，为什么不租出去，进点租钱呢？况且这笔租金用不着上账；即使教股东们知道了，大家还能为这点小事来质问吗？对！他决定先试一试这位艺术家。“秦先生，这座大厅我们大家用，楼上还有三间空房，你要就得都要，一年一万块钱，一次交清。”

妙斋闭了眼，“好啦，一言为定！我给爸爸打电报要钱。”

“什么时候搬进来?”丁主任有点后悔。交易这么容易成功，想必是要少了钱。但是，再一想，三间房，而且在乡下，一万元应当不算少。管它呢，先进一万再说别的!“什么时候搬进来?”

“现在就算搬进来了!”

“啊?”丁主任有点悔意了。“难道你不去拿行李什么的?”

“没有行李，我只有一身的艺术!”妙斋得意地哈哈地笑起来。

“租金呢?”

“那，你尽管放心：我马上打电报去!”

秦妙斋就这样的侵入了树华农场。不到两天，楼上已住满他的朋友。这些朋友，有男有女，有老有少，都时来时去，而绝对不客气。他们要床，便见床就搬了走；要桌子，就一声不响地把大厅的茶几或方桌拿了去。对于鸡鸭菜果，他们的手比丁主任还更狠，永远是理直气壮地拿起就吃。要摘花他们便整棵的连根儿拔出来。农场的工友甚至于须在夜间放哨，才能抢回一点东西来!

可是，丁主任和工友们都并不讨厌这群人。首要的因为这群人中老有女的，而这些女的又是那么大方随便，大家至少可以和他们开句小玩笑。她们仿佛给农场带来了一种新的生命。其次，讲到打牌，人家秦妙斋有艺术家的态度，输了也好，赢了也好，赌钱也好，赌花生米也好，一坐下起码二十四圈。丁主任原是不屑于玩花生米的，可是妙斋的热情感动了他，他不好意思冷淡地谢绝。

丁主任的心中老挂念着那一万元的租金。他时常调动着心思与语言，在最适当的机会暗示出催钱的意思。可是妙斋不接受暗示。虽然如此，丁主任可是不忍把妙斋和他的朋友撵了出去。一来是，他打听出来，妙斋的父亲的的确确是位财主；那么，假若财主一旦死去，妙斋岂不就是财产的继承人？“要把眼光放远一些！”丁主任常常这样警戒自己。二来是，妙斋与他的友人们，在实在没有事可干的时候，总是坐在大厅里高谈艺术。而他们的谈论艺术似乎专为骂人。他们把国内有名的画家，音乐家，文艺作家，特别是那些尽力于抗战宣传的，提名道姓地一个一个挨次咒骂。这，使丁主任闻所未闻。慢慢地，他也居然记住了一些艺术家的姓名。遇到机会，他能说上来他们的一些故事，仿佛他同艺术家们都是老朋友似的。这，使与他来往的商人或闲人，感到惊异，他自己也得到一些愉快。还有，当妙斋们把别人咒腻了，他们会无耻与得意地提出一些社会上的要人来，“是的，我们要和他取得联络，来建设起我们自己的团体来！”“那，我可以写信给他；我要告诉明白了他，我们都是真正清高的艺术家！”……提到这些要人，他们大家口中的唾液都好像甜蜜起来，眼里发着光。“会长！”他们在谈论要人之后，必定这样叫丁主任：“会长，你看怎样？”丁主任自己感到身量又高了一寸似的！他不由地怜爱了这群人，因为他们既可以去与要人取得联络，而且还把他自己视为要人之一！他不便发表什么意见，可是常常和妙斋肩并肩地在院中散步。他好像完全了解妙斋的怀才不遇，妙斋微叹，他也同情地点着头。二人成了莫逆之交！

丁主任爱钱，秦妙斋爱名，虽然所爱的不同，可是在内心上二人有极相近的地方，就是不惜用卑鄙的手段取得所爱的东西。这也是二人成为好朋友的一个原因。因此，丁主任往往对妙斋发表些难以入耳的最下贱的意见，妙斋也好好地静听，并不以为可耻。

眨眨眼，到了阳历年。

除夕，大家正在打牌，宪兵从楼上抓走两位妙斋的朋友。

丁主任口里直说“没关系”，心中可是有点慌。他久走江湖，晓得什么是利，哪是害。宪兵从农场抓走了人，起码是件不体面的事，先不提更大的干系。

秦妙斋丝毫没感到什么。那两位被捕的人是谁？他只知道他们的姓名，别的一概不清楚。他向来不细问与他来往的人是干什么的。只要人家捧他，叫他艺术家，他便与人家交往。因此，他有许多来往的人，而没有真正的朋友。他们被捕去，他绝对没有想到去打听打听消息，更不用说去营救了。有人被捕去，和农场丢失两只鸭子一样无足轻重。本来嘛，神圣的抗战，死了那么多的人，流了那么多的血，他都无动于衷，何况是捕去两个人呢？当丁主任顺口搭音地盘问他的时候，他只极冷淡地说：“谁知道！枪毙了也没法子呀！”

丁主任，连丁主任，也感到一点不自在了。口中不说，心里盘算着怎样把妙斋赶了出去。“好嘛，给我这儿招来宪兵，要不得！”他自己念道着。同时，他在表情上，举动上，不由地对妙斋冷淡多了。他有点看不起妙斋。他对一切不负责任，可是他心中还有“朋友”这个观念。他看妙斋是个冷血动物。

妙斋没有感觉出这点冷淡来。他只看自己，不管别人的表情如何，举动怎样。他的脑子只管计划自己的事，不管替别人思索任何一点什么。

慢慢地，丁主任打听出来：那两位被捕的人是有汉奸的嫌疑。他们的确和妙斋没有什么交情，但是他们口口声声叫他艺术家，于是他就招待他们，甚至于允许他们住在农场里。平日虽然不负责任，可是一出了乱子，丁主任觉出自己的责任与身份来。他依然不肯当面告诉妙斋：“我是主任，有人来往，应当先告诉我一声。”但是，他对妙斋越来越冷淡。他想把妙斋“冰”了走。

到了一月中旬，局势又变了。有一天，忽然来了一位有势力、与场长最相好的股东。丁主任知道事情要不妙。从股东一进门，他便留了神，把自己的一言一笑都安排得像蜗牛的触角似的，去试探，警戒。一点不错，股东暗示给他，农场赔钱，还有汉奸随便出入，丁主任理当辞职。丁主任没有否认这些事实，可也没有承认。他说着笑着，态度极其自然。他始终不露辞职的口气。

股东告辞，丁主任马上找了秦妙斋去。秦妙斋是——他想——财主的大少爷，他须起码教少爷明白，他现在是替少爷背了罪名。再说，少爷自称为文学家，笔底下一定很好，心路也多，必定能替他给全体股东写封极得体的信。是的，就用全体职工的名义，写给股东们，一致挽留丁主任。不错，秦妙斋是个冷血动物；但是，“我走，他也就住不下去了！他还能不卖气力吗?”丁主任这样盘算好，每个字都裹了蜜似的，在门外呼唤：“秦老弟！艺术家!”

秦妙斋的耳朵竖了起来，龙虾的腰挺直，他准备参加战争。世界上对他冷淡得太久了，他要挥出拳头打个热闹，不管是为谁，和为什么！“宁自一把火把农场烧得干干净净，我们也不能退出!”他喷了丁主任一脸唾沫星儿，倒好像农场是他一手创办起来似的。

丁主任的脸也增加了血色。他后悔前几天那样冷淡了秦妙斋，现在只好一口一个“艺术家”地来赎罪。谈过一阵，两个人亲密得很有些像双生的兄弟。最后，妙斋要立刻发动他的朋友：“我们马上放哨，一直放到江边。他们假若真敢派来新主任，我就会教他怎么来，怎么滚回去!”同时，他召集了全体职工，在大厅前开会。他登在一块石头上，声色俱厉地演说了四十分钟。

妙斋在演说后，成了树华农场的灵魂。不但丁主任感激，就是职员与工友也都称赞他：“人家姓秦的实在够朋友!”

大家并不是不知道，秦先生并不见得有什么高明的确切的办法。不过，闹风潮是赌气的事，而妙斋恰好会把大家感情激动起来；大家就没法不承认他的优越与热烈了。大家甚至于把他看得比丁主任还重要，因为丁主任虽然是手握实权，而且相当地有办法，可是他到底是多一半为了自己；人家秦先生呢，根本与农场无关，纯粹是路见不平，拔刀相助。这样，秦先生白住房，偷鸡蛋，与其他一切小小的罪过，都变成了理之当然的事。他，在大家的眼中，现在完全是个侠肠义胆的可爱可敬的人。

丁主任有十来天不在农场里。他在城里，从股东的太太与小姐那里下手，要挽回他的颓势。至于农场，他以为有妙斋在那里，就必会把大家团结得很坚固，一定不会有内奸，捣他的乱。他把妙斋看成了一座精神堡垒！等到他由城中回来，他并没对大家公开地说什么，而只时常和妙斋有说有笑地并肩而行。大家看着他们，心中都得到了安慰，甚至于有的人喊出："我们胜利了！"

农场糟到了极度。那喊叫"我们胜利了"的，当然更肆无忌惮，几乎走路都要模仿螃蟹；那稍微悲观一些的，总觉得事情并不能这么容易得到胜利，于是抱着干一天算一天的态度，而拚命往手中搂东西，好像是说："滚蛋的时候，就是多拿走一把小镰刀也是好的！"

旧历年是丁主任的一"关"。表面上，他还很镇定，可是喝了酒便爱发牢骚。"没关系！"他总是先说这一句，给自己壮起胆气来。慢慢地，血液循环的速度增加了，他身上会忽然出点汗。想起来了：张太太——张股东的二夫人——那里的年礼送少了！他愣一会儿，然后，自言自语地说："人事，都是人事；把关系拉好，什么问题也没有！"酒力把他的脑子催得一闪一闪的，忽然想起张三，忽然想起李四，"都是人事问题！"

新年过了，并没有任何动静。丁主任的心像一块石头落了地。新年没有过好，必须补充一下；于是一直到灯节，农场中的酒气牌声始终没有断过。

灯节后的那么一天，已是早晨八点，天还没甚亮。浓厚的黑雾不但把山林都藏起去，而且把低处的东西也笼罩起来，连房屋的窗子都像挂起黑的帘幕。在这大雾之中，有些小小的雨点，有时候飘飘摇摇地像不知落在哪里好，有时候直滴下来，把雾色加上一些黑暗。农场中的花木全静静地低着头，在雾中立着一团团的黑影。农场里没有人起来，梦与雾好像打成了一片。

大雾之后容易有晴天。在十点钟左右，雾色变成红黄，一个红血的太阳时时在雾薄的时候露出来，花木叶子上的水点都忽然变成小小的金色的珠子。农场开始有人起床。秦妙斋第一个起来，在院中绕了一个圈子。正走在大藤萝架下，他看见石板路上来了三个人。最前面的是一位女的，矮身量，穿着不知有多少衣服，像个油篓似的慢慢往前走，走得很吃力。她的后面是个中年的挑伕，挑着一大一小两只旧皮箱，和一个相当大的、风格与那位女人相似的铺盖卷，挑伕的头上冒着热汗。最后，是一位高身量的汉子，光着头，发很长，穿着一身不体面的西服，没有大衣，他的肩有些向前探着，背微微有点弯。他的手里拿着个旧洋磁的洗脸盆。

秦妙斋以为是他自己的朋友呢，他立在藤萝架旁，等着和他们打招呼。他们走近了，不相识。他还没动，要细细看看那个女的，对女的他特别感觉兴趣。那个大汉，好像走得不耐烦了，想赶到前边来，可是石板路很窄，而挑伕的担子又微微的横着，他不容易赶过来。他想踏着草地绕过来，可是脚已迈出，又收了回去，好像很怕踏损了一两根青草似的。到了藤架前，女的立定了，无聊地，含怨地，轻叹了一声。挑伕也立住。大汉先往四下一望，而后挤了过来。这时候，太阳下面的雾正薄得像一片飞烟，把他的眉眼都照得发光。他的眉眼很秀气，可是像受过多少什么无情的折磨似的，他的俊秀只是一点残余。他的脸上有几条来早了十年的皱纹。他要把脸盆递给女人，她没有接取的意思。她仅“啊”了一声，把手缩回去。大概她还要夸赞这农场几句，可是，随着那声“啊”，她的喜悦也就收敛回去。阳光又暗了一些，他们的脸上也黯淡了许多。

那个女的不甚好看。可是，眼睛很奇怪，奇怪得使人没法不注意她。她的眼老像有甚么心事——像失恋，损伤了儿女或破产那类的大事——那样的定着，对着一件东西定视，好久；才移开，又去定视另一件东西。眼光移开，她可是仿佛并没看到什么。当她注意一个人的时候，那个人总以为她是一见倾心，不忍转目。可是，当她移开眼光的时节，他又觉得她根本没有看见他。她使人不安，惶惑，可是也感到有趣。小圆脸，眉眼还端正，可是都平平无奇。只有在她注视你的时候，你才觉得她并不难看，而且很有点热情。及至她又去对别的人，或别的东西愣起来，你就又有点可怜她，觉得她不是受过什么重大的刺激，就是天生的有点白痴。

现在，她扭着点脸，看着秦妙斋。妙斋有点兴奋，拿出他自认为最美的姿态，倚在藤架的柱子上，也看着她。

“哪个叨？”挑伕不耐烦了：“走不走吗？”

“明霞，走！”那个男人毫无表情地说。

“干什么的？”妙斋的口气很不客气地问他，眼睛还看着明霞。

“我是这里的主任。”那个男的一边说，一边往里走。

“啊？主任？”妙斋挡住他们的去路。“我们的主任姓丁。”

“我姓尤，”那个男的随手一拨，把妙斋拨开，还往前走，“场长派来的新主任。”

秦妙斋愣住了，闭了一会儿眼，睁开眼，他像条被打败了的狗似的，从小道跑进去。他先跑到大厅。“丁，老丁！”他急切地喊。“老丁！”

丁主任披着棉袍，手里拿着条冒热气的毛巾，一边擦脸，一边从楼上走下来。

“他们派来了新主任！”

“啊？”丁主任停止了擦脸，“新主任？”

“集合！集合！教他怎么来的怎么滚回去！”妙斋回身想往外跑。

丁主任扔了毛巾，双手撩着棉袍，几步就把妙斋赶上，拉住。“等等！你上楼去，我自有办法！”

妙斋还要往外走，丁主任连推带搡，把他推上楼去。而后，把钮子扣好，稳重庄严地走出来。拉开门，正碰上尤主任。满脸堆笑地，他向尤先生拱手：“欢迎！欢迎！欢迎新主任！这是——”他的手向明霞高拱。没有等尤主任回答，他亲热地说：“主任太太吧？”紧跟着，他对挑伕下了命令：“拿到里边来吗！”把夫妻让进来，看东西放好，他并没有问多少钱雇来的，而把大小三张钱票交给挑伕——正好比雇定的价钱多了五角。

尤主任想开门见山地问农场的详情，但是丁务源忙着喊开水，洗脸水；吩咐工友打扫屋子，丝毫不给尤主任说话的机会。把这些忙完，他又把明霞大嫂长大嫂短地叫得震心，一个劲儿和她扯东道西。尤主任几次要开口，都被明霞给截了回去；乘着丁务源出去那会儿，她责备丈夫：“那些事，干吗忙着问，日子长着呢，难道你今天就办公？”

第一天一清早，尤主任就穿着工人装，和工头把农场每一个角落都检查到，把一切都记在小本儿上。回来，他催丁主任办交代。丁主任答应三天之内把一切办理清楚。明霞又帮了丁务源的忙，把三天改成六天。

一点合理的错误，使人抱恨终身。尤主任——他叫大兴——是在美国学园艺的。毕业后便在母校里作讲师。他聪明，强健，肯吃苦。作起“试验”来，他的大手就像绣花的姑娘的那么轻巧，准确，敏捷。作起用力的工作来，他又像一头牛那样强壮，耐劳。他喜欢在美国，因为他不善应酬，办事认真，准知道回到祖国必被他所痛恨的虚伪与无聊给毁了。但是，抗战的喊声震动了全世界；他回了国。他知道农业的重要，和中国农业的急应改善。他想在一座农场里，或一间实验室中，把他的血汗献给国家。

回到国内，他想结婚。结婚，在他心中，是一件必然的，合理的事。结了婚，他可以安心地工作，身体好，心里也清静。他把恋爱视成一种精力的浪费。结婚就是结婚，结婚可以省去许多麻烦，别的事都是多余，用不着去操心。于是，有人把明霞介绍给他，他便和她结了婚。这很合理，但是也是个错误。

明霞的家里有钱。尤大兴只要明霞，并没有看见钱。她不甚好看，大兴要的是一个能帮助他的妻子，美不美没有什么关系。明霞失过恋，曾经想自杀；但这是她的过去的事，与大兴毫不相干。她没有什么本领，但在大兴想，女人多数是没有本领的；结婚后，他曾以身作则地去吃苦耐劳，教育她，领导她；只要她不瞎胡闹，就一切不成问题。他娶了她。

明霞呢，在结婚之前，颇感到些欣悦。不是因为她得到了理想爱人——大兴并没请她吃过饭，或给她买过鲜花——而是因为大兴足以替她雪耻。她以前所爱的人抛弃了她，像随便把一团废纸扔在垃圾堆上似的。但是，她现在有了爱人；她又可以仰着脸走路了。

在结婚后，她的那点欣悦和婚礼时戴的头纱差不多，永远收藏起去了。她并不喜欢大兴。大兴对工作的努力，对金钱的冷淡，对三姑六姨的不客气，都使她感到苦痛。但是，当有机会夫妇一道走的时候，她还是紧紧地拉着他，像将被溺死的人紧紧抓住一把水草似的。无论如何，他是一面雪耻的旗帜，她不能再把这面旗随便扔在地上！

大兴的努力，正直，热诚，使自己到处碰壁。他所接触到的人，会慢慢很巧妙地把他所最珍视的“科学家”三个字变成一种嘲笑。他们要喝酒去，或是要办一件不正当的事，就老躲开“科学家”。等到“科学家”天天成为大家开玩笑的用语，大兴便不能不带着太太另找吃饭的地方去了！明霞越来越看不起丈夫。起初，她还对他发脾气，哭闹一阵。后来，她知道哭闹是毫无作用的，因为大兴似乎没有感情；她闹她的气，他作他的事。当她自己把泪擦干了，他只看她一眼，而后问一声：“该作饭了吧?”她至少需要一个热吻，或几句热情的安慰；他至多只拍拍她的脸蛋。他决不问闹气的原因与解决的办法，而只谈他的工作。工作与学问是他的生命，这个生命不许爱情来分润一点利益。有时候，他也在她发气的时候，偷偷弹去自己的一颗泪，但是她看得出，这只是怨恨她不帮助他工作，而不是因为爱她，或同情她。只有在她病了的时候，他才真像个有爱心的丈夫，他能像作试验时那么细心来看护她。他甚至于坐在床边，拉着她的手，给她说故事。但是，他的故事永远是关于科学的。她不爱听，也就不感激他。及至医生说，她的病已不要紧了，他便马上去工作。医生是科学家，医生的话绝对不能有错误。他丝毫没想到病人在没有完全好了的时候还需要安慰与温存。

她不能了解大兴，又不能离婚，她只能时时地定睛发呆。

现在，她又随着大兴来到树华农场。她已经厌恶了这种搬行李，拿着洗脸盆的流荡生活。她作过小姐，她愿有自己的固定的，款式的家庭。她不能不随着他来。但是既来之则安之，她不愿过十天半月又走出去。她不能辨别谁好谁坏，谁是谁非，但是她决定要干涉丈夫的事，不教他再多得罪人。她这次须起码把丈夫的正直刚硬冲淡一些，使大家看在她的面上原谅了尤大兴。她开首便帮忙了丁务源，还想敷衍一切活的东西，就连院中的大鹅，她也想多去喂一喂。

尤主任第一个得罪了秦妙斋。秦妙斋没有权利住在这里，请出！秦妙斋本没有任何理由充足的话好说，但是他要反驳。说着说着，他找到了理由："你为什么不称呼我为艺术家呢？"凭这个污辱，他不能搬走！"咱们等着瞧吧，看谁先搬出去！"

尤主任只知道守法讲理是必然的事。虽然回国以后，已经受过多少不近情理的打击，可是还没遇见这么荒唐的事。他动了气，想请警察把妙斋捉出去。这时候，明霞又帮了妙斋的忙，替他说了许多"不要太忙，他总会顺顺当当地搬出去"的话。

妙斋和丁务源开了一个秘密会议。妙斋主战，丁务源主和，但是在妙斋说了许多强硬的话之后，丁务源也同意了主战。他称赞妙斋的勇敢，呼他为侠义的艺术家。妙斋感激得几乎晕了过去。

事实上，丁务源绝对不想和尤主任打交手战。在和妙斋谈过话之后，他决定使妙斋和尤大兴作战，而他自己充好人。同时，关于他自己的事，他必定先和明霞商议一下，或者请她去办交涉。他避免与尤主任作正面冲突。见着大兴，他永远摆出使人信任的笑脸，他知道出去另找事作不算难，但是找与农场里同样的舒服而收入又高的事就不大容易。他决定用“忍”字对付一切。假若妙斋与工人们把尤主任打了，他便可以利用机会复职。即使一时不能复职，他也会运动明霞和股东太太们，教他作个副主任。他这个副主任早晚会把正主任顶出去，他自信有这个把握，只要他能忍耐。把妙斋与明霞埋伏在农场，他进了城。

尤主任急切地等着丁务源办交代，交代了之后，他好通盘地计划一切。但是，丁务源进了城。他非常着急。拿人一天的钱，他就要作一天的事，他最恨敷衍与慢慢地拖。在他急得要发脾气的时候，明霞的眼又定住了。半天，她才说话：“丁先生不会骗你，他一两天就回来，何必这么着急呢?”

大兴并不因妻的劝告而消了气，但是也不因生气而忘了作事。他会把怒气压在心里，而手脚还去忙碌。他首先贴出布告：大家都要六时半起床，七时上工。下午一点上工，五时下工。晚间九时半熄灯上门，门不再开。在大厅里，他贴好：办公重地，闲人免进。而后，他把写字台都搬了来，职员们都在这里办事——都在他眼皮底下办事。办公室里不准吸烟，解渴只有白开水。

命令下过后，他以身作则的，在壁钟正敲七点的时节，已穿好工人装，在办公厅门口等着大家。丁务源的“亲兵”都来得相当的早，因为他们知道自己毫无本事，而他们的靠山能否复职又无把握，所以他们得暂时低下头去。他们用按时间作事来遮掩他们的不会作事。真正的工人迟到，受了秦妙斋的挑拨，他们故意和新主任捣乱。

尤主任忍耐地等着。等大家都来齐，他并没发脾气，也没说闲话。开门见山地，他分配了工作，他记不清大家的姓名，但是他的眼睛会看，谁是有经验的工人，谁是混饭吃的。对混饭吃的，他打算一律撤换，但在没有撤换之前，他也给他们活儿作——“今天，你不能白吃农场的饭，”他心里说。

“你们三位，”他指定三个工人，“去把葡萄枝子全剪了。不打枝子，下一季没法结葡萄。限两天打完。”

“怎么打?”一个工人故意为难。

“我会告诉你们！我领着你们去作!”然后，他给有经验的工人全分配了工作，“你们三位给果木们涂灰水，该剥皮的剥皮，该刻伤的刻伤，回来我细告诉你们。限三天作完。你们二位去给菜蔬上肥。你们三位去给该分根的花草分根……”然后，轮到那些混饭吃的：“你们二位挑沙子，你们俩挑水，你们二位去收拾牛羊圈……”

混饭吃的都撅了嘴。这些事，他们能作，可是多么费力气，多么肮脏呢！他们往四下里找，找不到他们的救主丁务源的胖而发光的脸。他们祷告：“快回来呀！我们已经成了苦力!”

那些有经验的工人，知道新主任所吩咐的事都是应当作的。虽然他所提出的办法，有和他们的经验不甚相同的地方，可是人家一定是内行。及至尤主任同他们一齐下手工作，他们看出来，人家不但是内行，而且极高明。凡是动手的，尤主任的大手是那么准确，敏捷。凡是要说出道理的地方，尤主任三言五语说得那么简单，有理。从本事上看，从良心上说，他们无从，也不应当，反对他。假若他们还愿学一些新本事，新知识的话，他们应该拜尤主任为师。但是，他们的良心已被丁务源给蚀尽。他们的手还记得白板的光滑，他们的口还咂摸着麯酒的香味；他们恨恶镰刀与大剪，恨恶院中与山上的新鲜而寒冷的空气。

现在，他们可是不能不工作，因为尤主任老在他们的身旁。他由葡萄架跑到果园，由花畦跑到菜圃，好像工作是最可爱的事。他不叱喝人，也不着急，但是他的话并不客气，老是一针见血地使他们在反感之中又有点佩服。他们不能偷闲，尤主任的眼与脚是同样快的：他们刚要放下活儿，他就忽然来到，问他们怠工的理由。他们答不出。要开水吗？开水早送到了。热腾腾的一大桶。要吸口烟吗？有一定的时间。他们毫无办法。

他们只好低着头工作，心中憋着一股怨气。他们白天不能偷闲，晚间还想照老法，去捡几个鸡蛋什么的。可是主任把混饭的人们安排好，轮流值夜班。“一摸鸡鸭的裆儿，我就晓得正要下蛋，或是不久就快下蛋了。一天该收多少蛋，我心中大概有个数目，你们值夜，夜间丢失了蛋，你们负责！”尤主任这样交派下去。好了，连这条小路也被封锁了！

过了几天，农场里一切差不多都上了轨道。工人们因为有点知识，到底容易感化。他们一方面恨尤主任，一方面又敬佩他。及至大家的生活有了条理，他们不由地减少了恨恶，而增加了敬佩。他们晓得他们应当这样工作，这样生活。渐渐地，他们由工作和学习上得到些愉快，一种与牌酒场中不同的，健康的愉快。

尤主任答应下，三个月后，一律可以加薪，假若大家老按着现在这样去努力。他也声明：大家能努力，他就可以多作些研究工作，这种工作是有益于民族国家的。大家听到民族国家的字样，不期然而然都受了感动。他们也愿意多学习一点技术，尤主任答应下给他们每星期开两次晚会，由他主讲园艺的问题。他也开始给大家筹备一间园艺室，使大家得到些正当的娱乐。大家的心中，像院中的花草似的，渐渐发出一点有生气的香味。

不过，向上的路是极难走的。理智的崇高的决定，往往被一点点浮浅的，低卑的感情所破坏。情感是极容易发酒疯的东西。有一天，尤大兴把秦妙斋锁在了大门外边。九点半锁门，尤主任绝不宽限。妙斋把场内的鸡鹅牛羊全吵醒了，门还是没有开。他从藤架的木柱上，像猴子似的爬了进来，碰破了腿，一瘸一点的，他摸到了大厅，也上了锁。他一直喊到半夜，才把明霞喊动了心，把他放进来。

由尤主任的解说，大家已经晓得妙斋没有住在这里的权利，而严守纪律又是合理的生活的基础。大家知道这个，可是在感情上，他们觉得妙斋是老友，而尤主任是新来的，管着他们的人。他们一想到妙斋，就想起前些日子的自由舒适，他们不由地动了气，觉得尤主任不近人情。他们一一地来慰问妙斋，妙斋便乘机煽动，把尤大兴形容得不像人。“打算自自在在地活着，非把那个猪狗不如的东西打出去不可！”他咬着牙对他们讲。“不过，我不便多讲，怕你们没有胆子！你们等着瞧吧，等我的腿好了，我独自管教他一顿，教你们看看！”

他们的怒气被激起来，大家都不约而同地留神去找尤大兴的破绽，好借口打他。

尤主任在大家的神色上，看出来情势不对，可是他的心里自知无病，绝对不怕他们。他甚至于想到，大家满可以毫无理由地打击他，驱逐他，可是他决不退缩，妥协。科学的方法与法律的生活，是建设新中国的必经的途径。假若他为这两件事而被打，好吧，他愿作了殉道者。

一天，老刘值夜。尤主任在就寝以前，去到院中查看，他看见老刘私自藏起两个鸡蛋。他不能睁着一只眼，闭着一只眼地敷衍。他过去询问。

老刘笑了：“这两个是给尤太太的！”

“尤太太？”大兴仿佛不晓得明霞就是尤太太。他愣住了。及至想清楚了，他像飞也似的跑回屋中。

明霞正要就寝。平平的黄圆脸上没有任何表情，坐在床沿上，定睛看着对面的壁上——那里什么也没有。

“明霞!”大兴喘着气叫，“明霞，你偷鸡蛋?”

她极慢地把眼光从壁上收回，先看看自己拖鞋尖的绣花，而后才看丈夫。

“你偷鸡蛋?”

“啊!”她的声音很微弱，可是一种微弱的反抗。

“为什么?”大兴的脸上发烧。

“你呀，到处得罪人，我不能跟你一样！我为你才偷鸡蛋!”她的脸上微微发出点光。

“为我?”

“为你!”她的小圆脸更亮了些，像是很得意。“你对他们太严，一草一木都不许私自动。他们要打你呢！为了你，我和他们一样地去拿东西，好教他们恨你而不恨我。他们不恨我，我才能为你说好话，不是吗？自己想想看！我已经攒了三十个大鸡蛋了!”她得意地从床下拉出一个小筐来。

尤大兴立不住了。脸上忽然由红而白。摸到一个凳子，坐下，手在膝上微颤。他坐了半夜，没出一声。

第二天一清早，院里外贴上标语，都是妙斋编写的。“打倒无耻的尤大兴!”“拥护丁主任复职!”“驱逐偷鸡蛋的坏蛋!”“打倒法西斯的走狗!”“消灭不尊重艺术的魔鬼!”……

大家罢了工，要求尤大兴当众承认偷蛋的罪过，而后辞职，否则以武力对待。

大兴并没有丝毫惧意，他准备和大家谈判。明霞扯住了他。乘机会，她溜出去，把屋门倒锁上。

“你干吗?”大兴在屋里喊，“开开!”

她一声没出，跑下楼去。

丁务源由城里回来了，已把副主任弄到手。“喝!”他走到石板路上，看见剪了枝的葡萄，与涂了白灰的果树，“把葡萄剪得这么苦。连根刨出来好不好！树也擦了粉，硬是要得！”

进了大门，他看到了标语。他的脚踵上像忽然安了弹簧，一步催着一步地往院中走，轻巧，迅速；心中也跳得轻快，好受；口里将一个标语按照着二黄戏的格式哼唧着。这是他所希望的，居然实现了！“没想到能这么快！妙斋有两下子！得好好的请他喝两杯！”他口中唱着标语，心中还这么念道。

刚一进院子，他便被包围了。他的“亲兵”都喜欢得几乎要落泪。其余的人也都像看见了久别的手足，拉他的，扯他的，拍他肩膀的，乱成一团；大家的手都要摸一摸他，他的衣服好像是活菩萨的袍子似的，挨一挨便是功德。他们的口一齐张开，想把冤屈一下子都倾泻出来。他只听见一片声音，而辨不出任何字来。他的头向每一个人点一点，眼中的慈祥的光儿射在每一个人的身上，他的胖而热的手指挨一挨这个，碰一碰那个。他感激大家，又爱护大家，他的态度既极大方，又极亲热。他的脸上发着光，而眼中微微发湿。“要得！”“好！”“呕！”“他妈拉个巴子！”他随着大家脸上的表情，变换这些字眼儿。最后，他向大家一举手，大家忽然安静了。“朋友们，我得先休息一会儿，小一会儿；然后咱们再详谈。不要着急生气，咱们都有办法，绝对不成问题！”

“请丁主任先歇歇！让开路！别再说！让丁主任休息去！”大家纷纷喊叫。有的还恋恋不舍地跟着他，有的立定看着他的背影，连连点头赞叹。

丁务源进了大厅，想先去看妙斋。可是，明霞在门旁等着他呢。

“丁先生！”她轻轻地，而是急切地，叫，“丁先生！”

“尤太太！这些日子好哇？要得！”

“丁先生！”她的小手揉着条很小的，花红柳绿的手帕。“怎么办呢？怎么办呢？”

“放心！尤太太！没事！没事！来！请坐！”他指定了一张椅子。

明霞像作错了事的小女孩似的，乖乖地坐下，小手还用力揉那条手帕。

“先别说话，等我想一想！”丁务源背着手，在屋中沉稳而有风度地走了几步。“事情相当的严重，可是咱们自有办法，”他又走了几步，摸着脸蛋，深思细想。

明霞沉不住气了，立起来，迫着他问：“他们真要打大兴吗？”

“真的！”丁副主任斩钉截铁地回答。

“那怎么办呢？怎么办呢？”明霞把手帕团成一个小团，用它擦了擦鼻洼与嘴角。

“有办法！”丁务源大大方方地坐下。“你坐下，听我告诉你，尤太太！咱们不提谁好谁歹，谁是谁非，咱们先解决这件事，是不是？”

明霞又乖乖地坐下，连声说“对！对！”

“尤太太看这么办好不好？”

“你的主意总是好的！”

“这么办：交代不必再办，从今天起请尤主任把事情还全交给我办，他不必再分心。”

“好！他一向太爱管事！”

“就是呀！教他给场长写信，就说他有点病，请我代理。”

“他没有病，又不爱说谎！”

“在外边混事，没有不扯谎的！为他自己的好处，他这回非说谎不可！”

“呕！好吧！”

“要得！请我代理两个月，再教他辞职，有头有脸地走出去，面子上好看！”

明霞立起来：“他得辞职吗？”

“他非走不可！”

“那？”

“尤太太，听我说！”丁务源也立起来。“两个月，你们照常支薪，还住在这里，他可以从容地去找事。两个月之中，六十天工夫，还找不到事吗？”

“又得搬走？”明霞对自己说，泪慢慢地流下来。愣了半天，她忽然吸了一吸鼻子，用尽力量地说：“好！就是这么办啦！”她跑上楼去。

开开门一看，她的腿软了，坐在了地板上。尤大兴已把行李打好，拿着洗面盆，在床沿上坐着呢。

沉默了好久，他一手把明霞搀起来，“对不起你，霞！咱们走吧！”

院中没有一个人，大家都忙着杀鸡宰鸭，大宴丁主任，没工夫再注意别的。自己挑着行李，尤大兴低着头向外走。他不敢看那些花草树木——那会教他落泪。明霞不知穿了多少衣服，一手提着那一小筐鸡蛋，一手揉着眼泪，慢慢地在后面走。

树华农场恢复了旧态，每个人都感到满意。丁主任在空闲的时候，到院中一小块一小块地往下撕那些各种颜色的标语，好把尤大兴完全忘掉。

不久，丁主任把妙斋交给保长带走，而以一万五千元把空房租给别人，房租先付，一次付清。

到了夏天，葡萄与各种果树全比上年多结了三倍的果实，仿佛只有它们还记得尤大兴的培植与爱护似的。

果子结得越多，农场也不知怎么越赔钱。

原载1943年1月8日至24日重庆《大公报》

老年的浪漫

自慰的话是苦的，外面包了层糖皮。刘兴仁不再说这种话。失败有的是因为自己没用，有的是外方的压迫；刘兴仁不是没用的人，他自己知道，所以用不着那种示弱的自慰。他得努力，和一切的事与一切的人硬干，不必客气。他的失败是受了外方的欺侮，他得报仇。他已经六十了，还得活着，至少还得活上几十年，叫社会看看他到底是个人物。社会对不起他，他也犯不上对得起社会；他只要对得起自己，对得起这一生。六十岁看明白了这个还不算晚。没有自慰；他对人人事事宣战。

在他作过的事情上，哪一件不是他的经营与设计？他有才，有眼睛。可是事情办得有了眉目，因着他的计划大家看出甜头来；好，大家把他牺牲了。六十以前，对这种牺牲，他还为自己开路儿，附带着也原谅了朋友："凡事是我打开道锣，我开的道，别人得了便宜，也好！"到了六十上，他不能再这么想。他不甘于躺在棺材里，抱着一团委屈与牺牲，他得为自己弄点油水。

哪件事他对不起人？惜了力？走在后头？手段不漂亮？没有！没有！对政治，哪一个有来头的政党，他不是首先加入？对社会事业，哪件有甜头的善事，不是他发起的？对人，哪个有出息的，他不先去拉拢？凭良心说，他永远没落在后头过；可是始终也没走到前边去。命！不，不是命；是自己太老实，太好说话，太容易欺侮了。到六十岁，他明白了，不辣到底，不狠到家，是不能成功的。

浪漫属于青年，“老年的浪漫”，矛盾！对！小说紧紧抓住的就是“矛盾”——心理矛盾，道德意识与性意识的交战、表层意识与深层意识的冲突。娓娓道来的素朴语流展开的却是一幅富有深度的心理景观。小说虽采用第三人称叙述，可依然直逼人性深处，浓浓的意识流作风为小说增加了现代色彩，令人想到鲁迅的《肥皂》。是一篇独特的“心象小说”，作品大量采用内心独白、自由联想以及飘忽不定的思绪来表现人物的精神生活。老舍对现代精神分析心理学是非常熟悉的，他的小说有着浓郁的心理学内涵，赋予他的小说以人性的深度。现代心理学认为，每个人身上都有一个隐蔽的“非理性自我”，小说表现了刘兴仁内心的冲突与较量，富有独特的戏剧性，当然，这个戏剧的舞台在人的内心世界。」

对家人，他也尽到了心。在四十岁上丧了妻，他不打算再娶；对得起死鬼，对得起活着的。他不能为自己的舒服而委屈了儿女。儿女！儿子是傻子；女儿——已经给她说好了人家，顶好的人家——会跟个穷画画的偷跑了！他不能再管她，叫她去受罪；他对得起她，她不要脸。儿子，无论怎么傻，得养着，也必定给娶个媳妇；凡是他该办的，他都得办。谁叫他有个傻儿子呢！

天非常的冷，一夜的北风把屋里的水缸都盖上层冰。刘兴仁得早早的起。一出被窝，一阵凉风把一身老骨头吹得揪成一团。他咳嗽了一阵。还得起！风是故意的欺侮他，他不怕。他一边咳嗽，一边咒骂，一边穿衣服。

下了地，火炉还没有升上；张妈大概还没有起来。他是太好说话了，连个老妈子都纵容得没有个样子，他得骂她一顿，和平是讲不通的。

他到院中走走溜儿。风势已杀了点，尖溜溜的可是刺骨。太阳还没出来，东方有些冷淡的红色。天上的蓝色含着夜里吹来的黄沙，使他觉得无聊，惨淡。他喊张妈。她已经起来，在厨房里熬粥呢。他没骂出来，可是又干又倔的要洗脸水。南屋里，他的傻儿子还睡呢，他在窗外听了听，更使他茫然。他不信什么天理报应，不信；设若老天有知，怎能叫他有个傻儿子？比他愚蠢的人多极了，他的儿子倒是个傻子；没理可讲！他只能依着自己的道儿办。儿子傻也得娶个媳妇；老天既跟他过不去，他也得跟别人过不去。他有个傻小子，反正得有个姑娘来位傻丈夫；这无法，而且并非不公道。

洗了脸，他对着镜子发愣。他确是不难看，虽然是上了岁数。他想起少年的事来。二十，三十，四十，五十，他总是体面的。现在六十了，还不难看。瘦瘦的长脸，长黑胡子，高鼻梁，眼睛有神。凭这样体面一张脸，断了弦都不想续，不用说走别的花道儿了。窑子是逛的，只为是陪朋友；对别的妇女是敬而远之，不能为娘们耽误了自己的事；可是自己的事在哪里呢？为别人说过媒，买过人儿，总是为别人，可是自己没占了便宜，连应得的好处也得不到。自己是干什么的呢？

张妈拿来早饭，他拚命的吃。往常他是只喝一碗粥，和一个烧饼的。今天他吃了双份，而且叫她去煮两个鸡子。他得吃，得充实自己；东西吃在自己肚里才不冤。吃过饭，用湿手巾擦顺了胡子，他预备出去。风又大起来，不怕；奔走了一辈子，还怕风么？他盘算这一天该办的事，不，该打的仗。他不能再把自己作好的饭叫别人端了去，拚着这一身老骨头跟他们干！

他得先到赈灾会去。他是发起人，为什么钱，米，衣服，都是费子春拿着，而且独用着会里的汽车？先和费子春干一通，不能再那么傻。赈了多少回灾了，自己可剩下了什么？这回他不能再让！他穿起水獭领子的大衣，长到脚面，戴上三块瓦的皮帽，提起手杖，他知道他自己体面；在世上六十年，不记得自己寒碜过一回。他不老，他的前途还远得很呢；只要他狠，辣，他总会有对得起自己的一天。

太阳已经出来，一些薄软的阳光似乎在风中哆嗦。刘兴仁推开了门。他不觉得很冷，肚子里有食，身上衣厚，心中冒着热气。他无须感谢上天，他的饱暖是自己卖力气挣来的；假如他能把费子春打倒，登时他便能更舒服好多。他高兴，先和北风反抗，而后打倒费子春。他看见了他的儿子，在南屋门口立着呢，披着床被子。他的儿子不难看，有他的个儿，他的长脸，他的高鼻子，就是缺心眼。他疼爱这个傻小子。女儿虽然聪明，可是偷着跟个穷画画儿的跑了，还不如缺心眼的儿子。况且爸爸有本事，儿子傻一点也没多大关系，虽然不缺心眼自然更好。

“进去，冻着！”他命令着，声音硬，可是一心的爱意。

“爸，”傻小子的热脸红扑扑的；两眼挺亮，可是直着；委委屈屈的叫。“你几儿个给我娶媳妇呀？说了不算哪？看我不揍你的！”

“什么话！进去！”刘老头子用手杖叱画着，往屋里赶傻小子。他心中软了！只有这么一个儿子！虽然傻一点，安知不比油滑鬼儿更保险呢？他几乎忘了他是要出门，呆呆的看着傻小子的后影——背上披着红蓝条儿的被子。傻小子忘了关屋门，他赶过去，轻轻把门对上。

出了街门，又想起费子春来。不仅是去找费子春，今天还得到市参议会去呢。把他们捧上了台，没老刘的事，行！老刘给他们一手瞧瞧！还有商会的孙老西儿呢，饶不了他。老刘不再那么好说话。不过，给儿子张罗媳妇也得办着；找完孙老西儿就找冯二去。想着这些事，他已出了胡同口。街上的北风吹断了他的思路。马路旁的柳树几乎被吹得对头弯，空中飕飕的吹着哨子，电线颤动着扔扔的响。他得向北走，把头低下去，用力拄着手杖，往北曳。他的高鼻子插入风中，不大会儿流出清水，往胡子上滴。他上边缓不过气来，下边大衣裹着他的腿。他不肯回头喘口气，不能服软；喉中噎得直响。他往前走，头向左偏一会儿，又向右偏一会儿，好像是在游泳。他走。老背上出了汗。街上没有几辆车；问他，他也不雇；知道这样的天气会被车夫敲一下的。他不肯被敲。有能力把费子春的汽车弄过来，那是本事。在没弄过汽车来的时候，不能先受洋车夫的敲。他走。他的手已有些发颤，还走。他是有过包车的；车夫欺侮他，他不能花着钱找气受。下等人没一个懂得好歹，没有。他走。谁的气也不受。可是风野得厉害，他已喘上了。想找个地方避一避。路旁有小茶馆，但是他不能进去，他不能和下等人一块挤着去。他走。不远就该进胡同了，风当然可以小一些，风不会永远挡着他的去路的。他拿出最后的力量，手杖敲在冻地上，哪哪儿的响；可是风也顶得他更加了劲，他的腿在大衣里裹得找不着地方，步儿乱了，他不由的要打转。他的心中发热，眼中起了金花。他拄住了手杖，不敢再动；可是用力的镇定，渺渺茫茫的他把生命最后的勇气唤出来，好像母亲对受丁惊的小儿那样说："不怕！不怕！"他知道他的心力是足的；站住不动，一会儿就会好的。听着耳旁的风声，闭着眼，糊涂了一会儿；可是心里还知道事儿，仟凭风从身上过去，他就是不撒手手杖。像风前的烛光，将要被吹灭而又亮起来，他心中一迷忽，浑身下了汗，紧跟着清醒了。他又确定的抓住了生命，可不敢马上就睁眼。脸上满是汗，被风一吹，他颤起来。他软了许多，无可奈何的睁开了眼，一切都随着风摇动呢。他本能的转过身来，倚住了墙；背着风，他长叹了口气。

还找费子春去吗？他没精神想，可又不能不打定了主意，不能老在墙根儿下站着——蹲一蹲才舒服。他得去，不能输给这点北风。后悔没坐个车来，但后悔是没用的。他相信他精力很足，从四十上就独身，修道的人也不过如是。腿可是没了力量。去不去呢？就这样饶了费子春么？又是一阵狂风，掀他的脚跟，推他的脖子，好像连他带那条街都要卷了走。他飘轻的没想走而走了几步，迷迷忽忽的，随着沙土向前去，仿佛他自己也不过是片鸡毛；风一点也不尊重他。走开了，不用他费力，胡子和他一齐随着风往南飘飘。找费子春是向北去。可是他收不住脚，往南就往南吧；不是他软弱，是费子春运气好，简直没法不信运气，多少多少事情是这么着，一阵风，一阵雨，都能使这个人登天，那个人入地。刘兴仁长叹了一口气，谁都欺侮他，连风算上。

又回到自己的胡同口，他没思索的进了胡同。胡同里的风好像只是大江的小支流，没有多大的浪。顺着墙走，简直觉不到什么，而且似乎暖和了许多。他的胡子不在面前引路了，大衣也宽松了，他可以自由的端端肩膀，自由的呼吸了。他又活了，到底风没治服了他。他放慢了步，想回家喝杯茶去。不，他还得走。假如风帮助费子春成功，他不能也饶了冯二。到了门口，不进去，傻儿子作什么呢？不进去。去找冯二。午后风小了——假如能小了——再找费子春；先解决冯二。

走过自己的门口。是有点累得慌，他把背弯下去一点，稍微弯下去一点，拄着手杖，慢慢的，不忙，征服冯二是不要费多大力气的。

想起冯二，立刻又放下冯二，而想起冯二的女儿。冯二不算什么东西。冯二只是铺子的一块匾，货物是在铺子里面呢。冯姑娘是货物。可是事情并不这样简单，他的背更低了些。每一想起冯姑娘，他就心里发软，就想起他年轻时候的事来，不由的。他不愿这么想，这么想使他为难，可是不由的就这么想了。他是为儿子说亲事，而想到了自己，怎好意思呢？这个丫头也不是东西，叫他这么别扭！谁都欺侮他，这个冯丫头也不是例外，她叫他别扭。

往南一拐就是冯二的住处，随着风一飘就到了，仿佛是。冯二在家呢。刘兴仁不由的挂了气。凭冯二这块料，会舒舒服服的在家里蹲着，而他自己倒差点被风刮碎了！冯二的小屋非常的暖和，使老刘的脸上刺闹的慌，心里暴躁。冯二安安静静的抱着炉子烤手，可恶的东西。

“刘大哥，这么大风还出来?”冯二笑着问。

“命苦吗，该受罪!”刘兴仁对冯二这种人是向来不留情的。

“得了吧，大哥的命还苦；看我，连件整衣裳都没有!”冯二扯了扯自己的衣襟，一件小棉袄，好几处露着棉花。

刘兴仁没工夫去看那件破棉袄，更没工夫去同情冯二。冯二是他最看不起的人，该着他的钱，不要强，大风的天在屋里烤手，不想点事情作！他脱了大衣，坐在离火最远的一把破椅子上，他不冷；冯二是越活越抽抽。

冯二，五十多岁，瘦，和善，穷，细长的白手被火烤得似乎透明。

刘老头子越看冯二越生气。为减少他的怒气，他问了声：“姑娘呢?”

“上街了，去当点当；没有米了。”冯二的眼钉着自己的手。

“这么冷的天，你自己不会去，单叫她去?”刘老头子简直没法子不和冯二拌嘴，虽然不屑于和他这样。

“姑娘还有件长袍，她自己愿意去，她怕我出去受不了；老是这么孝顺，她。”冯二慢慢的说，每个字都带着怜爱女儿的意思。

这几句话的味儿使刘兴仁找不到合适的回答。驳这几句话的话是很多很多；可是这点味儿，这点味儿使他心里的硬劲忽然软了一些，好像忽然闻到一股花香，给心里的感情另开了一条道儿，要放下怒气而追那股香味去。

可是紧跟着他又硬起来。他想出来了：他自己对家中的傻小子便常有这种味儿，对。可是亲族朋友，连傻小子，对“他”可曾有过这种味儿没有呢？没有！谁都欺侮他！冯二倒有个姑娘替他去作事，孝顺，凭什么呢？凭哪点呢？

他也想到：冯二是个无能之辈。可是怎会有个孝顺女儿的呢？呕！

冯二并不老实，冯二是有手段的，至少是有治服了女儿的手段！连冯二这无用的人也有相当的本事，会治服了女儿。刘兴仁想到这里，几乎坐不住了。他一辈子没把任何人治服。自己的女儿跟个穷画画的跑了，儿子是个傻子。费子春，孙老西儿……都欺侮他，而他没把任何人拿下去。冯二倒在家中烤着手，有姑娘给他去当当！连冯二都不如，怎么活来着？他得收拾冯二。拿冯二开刀，证明他也能治服了人。

冯二烤着手，连大气也不敢出，他一辈子没得罪过人，没说过错话。和善使他软弱，使他没有抵抗的力量。穿着飞棉花的短袄，他还怕得罪人。他爱他的女儿，也怕她。设若不是怕她，他决不肯叫她在这么冷的天出去。“怕”使“爱”有了边界，要不然他简直可以成佛成仙了。他可怜刘兴仁，可是不敢这么说，虽然他俩是老朋友，他怕。他不敢言语。

两个人正在这么一声不出，门儿开了，进来一股冷风，他们都哆嗦了一下。冯姑娘进来。

“快烤烤来!”冯二看着女儿的脸叫。

女儿没注意父亲说了什么，去招呼客人：“刘伯伯？这么冷还出来哪？身体可真是硬朗!”

刘兴仁没答出话来。不晓得为什么，他一见冯姑娘，心中就发乱。他看着她。她的脸冻得通红，鼻洼挂着些土，青棉袍的褶儿里也有些黄沙。她的个儿不高，圆脸，大眼睛，头发多得盖上了耳朵。全身都圆圆的，有力气，活泼。手指冻得鲜红，腋下夹着个小蓝布包。她不甚好看，不甚干净，可是有一种活力叫刘老头子心乱。她简单，灵便，说话好听。她把蓝布包放在爸的身旁，立在炉前烤手，烤一烤，往耳上鼻上捂一捂：“真冷！我不叫你出去，好不好?”她笑着问爸——不像是问爸，像问小孩呢。

冯二点了点头。

“沏茶了没有?”姑娘问，看了客人一眼。

“没有茶叶吧？”爸的手离火更近了些。

“可说呢，忘了买。刘伯伯喝碗开水吧？”她脸对脸的问客人。

刘兴仁爱这对大眼睛，可又有点怕。他摇了摇头。他心中乱。父女这种说话法，屋里那种暖和劲儿，这种诚爽亲爱，使他木在那里。他羡慕，忌恨冯二。有这个女儿，他简直治服不了冯二，除非先把这个女儿擒住。怎么擒她呢？叫她作儿媳妇呢？还是作……他的傻儿子闹着要老婆，不是一天了。只有冯姑娘合适。她身体好，她的爸在姓刘的手心里攥着。娶了她，一定会生个孙子；儿子傻，孙子可未必傻，刘家有了根。可是，一见冯姑娘，他不知怎的多了一点生力，使他想起年轻的事儿来。他要对得起儿子，可是他相信还会得个——或者不止一个——小儿子，不傻的儿子。他自己不老，必能再得儿子。他自己要是娶了她，他自己的屋中也会有旺旺的火，也会这样暖和，也会这样彼此亲爱的谈话。他恨张妈，张妈生的火没有暖气。要她当儿媳妇，或是自己要了她，都没困难。只是，自己爱那个傻小子，肯……他心中发乱。

可是，他受了一辈子欺侮，难道还得受傻儿子的气么？冯二可以治服了女儿，姓刘的就不能治服了个傻小子么？他想起许多心事，没有一件痛快的。他一辈子没抖起来过，虽然也弄个不缺吃不缺穿。衣食不就是享受，他六十了，应当赶紧打主意，叫生命多些油水；不，还不是油水，他得有个知心的，肉挨肉的，一切都服从他的，一点什么东西；也许就是个女人，像冯姑娘这样的。他还不老，打倒费子春们是必要的，可是也应当在家里，在床上，把生命充实起来。他还不老，他觉得出他的血脉流动得很快，能听到声儿似的，像雨后的高粱拔节儿，吱吱的响。傻小子可以等着。傻小子大不过去爸爸。爸应当先顾自己。一辈子没走在别人前面，虽然是费尽了心机；难道还叫傻小子再占去这点便宜么？他看着冯姑娘，红红的脸，大眼睛，黑亮的头发，是块肉！凭什么自己不可以吃一口呢？为冯姑娘打算也是有便宜的：自己有俩钱，虽然不多；一过门，她便是有吃有喝的太太，假如他先死，假如，她的后半辈子有了落儿。是的，他办事不能只为自己想，他公道。冯姑娘的福气不小，胖胖大大的，有福气——刘兴仁给他的。

姑娘进了里屋。他得说了，就是这么办了。他的血流到脸上来，自己觉出腮上有点发烧，他倒退了二三十年。怎么想怎么对，怎么使自己年轻。血是年轻的，而计划是老人的，他知道自己厉害。只要说出来，事情就算行了，冯二还有什么蹦儿么？这件小事还办不动，还成个人么？

可是他没说出来。愣着是没关系的：反正他不发言，冯二可以一辈子不出声的。那个傻儿子甩不开，他恨那个傻小子了。怎么安置这块痴累呢？傻小子要媳妇，自己娶，叫傻哥儿瞧着？大概不行。跟他讲理是没用的，他傻。嘿，刘兴仁咬住几根胡子。上天，假如有这么个上天，会欺侮人到底！给刘兴仁预备下一群精明的对头也还罢了；他的对头并不比他聪明；临完还来个无法处置的傻小子！嘿！聪明的会欺侮人，傻蛋也会欺侮人，都叫刘兴仁遇见了！他谁也不怕；谁也得怕，连傻儿子在内！

“刘伯伯，”姑娘觉得爸招待客人方法太僵得慌，在屋里叫：“吃点什么呀？我会作，说吧。”

“我还得找费子春去呢，跟他没完！”刘兴仁立起来。

“这么大的风？”

“我不怕！不怕！”刘老头子拿起大衣。

冯二没主意，手还在火上，立起来。送客出去会叫他着凉，不送又不好意思。

“爸，别动，我送刘伯伯！”姑娘已在屋里把脸上的土擦去，更光润了些。

“不用送！”看了她一眼，刘老头子喊了这么一句。

冯姑娘赶出来。刘兴仁几乎是跑着往外奔。姑娘的腿快，赶上了他：

“刘伯伯慢着点，风大！回家问傻兄弟好！”

一阵冷风把刘老头子——一片鸡毛似的——裹了走。

原载1935年1月1日《文学》第四卷第一号

断魂枪

“生命是闹着玩，事事显出如此；从前我这么想过，现在我懂得了。”

沙子龙的镳局已改成客栈。

东方的大梦没法子不醒了。炮声压下去马来与印度野林中的虎啸。半醒的人们，揉着眼，祷告着祖先与神灵；不大会儿，失去了国土、自由与主权。门外立着不同面色的人，枪口还热着。他们的长矛毒弩，花蛇斑彩的厚盾，都有什么用呢；连祖先与祖先所信的神明全不灵了啊！龙旗的中国也不再神秘，有了火车呀，穿坟过墓破坏着风水。枣红色多穗的镳旗，绿鲨皮鞘的钢刀，响着串铃的口马①，江湖上的智慧与黑话，义气与声名，连沙子龙，他的武艺、事业，都梦似的变成昨夜的。今天是火车、快枪，通商与恐怖。听说，有人还要杀下皇帝的头呢！

这是走镳已没有饭吃，而国术还没被革命党与教育家提倡起来的时候。

谁不晓得沙子龙是短瘦、利落、硬棒，两眼明得像霜夜的大星？可是，现在他身上放了肉。镳局改了客栈，他自己在后小院占着三间北房，大枪立在墙角，院子里有几只楼鸽。只是在夜间，他把小院的门关好，熟习熟习他的“五虎断魂枪”。这条枪与这套枪，二十年的

---

① 口马，指张家口外的马匹。

《断魂枪》写得干净利索，像一套好枪法的演练，从主题意蕴上，可视为《老字号》的姊妹篇，均写大时局、大变革年代小人物的无奈与无力。前面的题记“生命是闹着玩，事事显出如此”。就是这意思。

工夫，在西北一带，给他创出来：“神枪沙子龙”五个字，没遇见过敌手。现在，这条枪与这套枪不会再替他增光显胜了；只是摸摸这凉、滑、硬而发颤的杆子，使他心中少难过一些而已。只有在夜间独自拿起枪来，才能相信自己还是“神枪沙”。在白天，他不大谈武艺与往事；他的世界已被狂风吹了走。

在他手下闯练起来的少年们还时常来找他。他们大多数是没落子的，都有点武艺，可是没地方去用。有的在庙会上去卖艺：踢两趟腿，练套家伙，翻几个跟头，附带着卖点大力丸，混个三吊两吊的。有的实在闲不起了，去弄筐果子，或挑些毛豆角，赶早儿在街上论斤吆喝出去。那时候，米贱肉贱，肯卖膀子力气本来可以混个肚儿圆；他们可是不成：肚量既大，而且得吃口当事儿的；干饽饽辣饼子咽不下去。况且他们还时常去走会：五虎棍，开路，太狮少狮……虽然算不了什么——比起走镳来——可是到底有个机会活动活动，露露脸。是的，走会捧场是买脸的事，他们打扮的得像个样儿，至少得有条青洋绉裤子，新漂白细市布的小褂，和一双鱼鳞洒鞋——顶好是青缎子抓地虎靴子。他们是神枪沙子龙的徒弟——虽然沙子龙并不承认——得到处露脸，走会得赔上俩钱，说不定还得打场架。没钱，上沙老师那里去求。沙老师不含糊，多少不拘，不让他们空着手儿走。可是，为打架或献技去讨教一个招数，或是请给说个“对子”——什么空手夺刀，或虎头钩进枪——沙老师有时说句笑话，马虎过去：“教什么？拿开水浇吧！”有时直接把他们逐出去。他们不大明白沙老师是怎么了，心中也有点不乐意。

可是，他们到处为沙老师吹腾，一来是愿意使人知道他们的武艺有真传授，受过高人的指教；二来是为激动沙老师：万一有人不服气而找上老师来，老师难道还不露一两手真的么？所以：沙老师一拳就砸倒了个牛！沙老师一脚把人踢到房上去，并没使多大的劲！他们谁也没见过这种事，但是说着说着，他们相信这是真的了，有年月，有地方，千真万确，敢起誓！

王三胜——沙子龙的大伙计——在土地庙拉开了场子，摆好了家伙。抹了一鼻子茶叶末色的鼻烟，他抡了几下竹节钢鞭，把场子打大一些。放下鞭，没向四围作揖，叉着腰念了两句：“脚踢天下好汉，拳打五路英雄！”向四围扫了一眼：“乡亲们，王三胜不是卖艺的；玩艺儿会几套，西北路上走过镖，会过绿林上的朋友。现在闲着没事，拉个场子陪诸位玩玩。有爱练的尽管下来，王三胜以武会友，有赏脸的，我陪着。神枪沙子龙是我的师傅；玩艺地道！诸位，有愿下来的没有？”他看着，准知道没人敢下来，他的话硬，可是那条钢鞭更硬，十八斤重。

王三胜，大个子，一脸横肉，努着对大黑眼珠，看着四围。大家不出声。他脱了小褂，紧了紧深月白色的“腰里硬”，把肚子杀进去。给手心一口唾沫，抄起大刀来：

“诸位，王三胜先练趟瞧瞧。不白练，练完了，带着的扔几个；没钱，给喊个好，助助威。这儿没生意口。好，上眼！”

大刀靠了身，眼珠努出多高，脸上绷紧，胸脯子鼓出像两块老桦木根子。一跺脚，刀横起，大红缨子在肩前摆动。削砍劈拨，蹲越闪转，手起风生，忽忽直响。忽然刀在右手心上旋转，身弯下去，四围鸦雀无声，只有缨铃轻叫。刀顺过来，猛的一个“踩泥”，身子直挺，比众人高着一头，黑塔似的。收了势：“诸位!”一手持刀，一手叉腰，看着四围。稀稀的扔下几个铜钱，他点点头。“诸位!”他等着，等着，地上依旧是那几个亮而削薄的铜钱，外层的人偷偷散去。他咽了口气：“没人懂!”他低声的说，可是大家全听见了。

“有功夫!”西北角上一个黄胡子老头儿答了话。

“啊?”王三胜好似没听明白。

“我说：你——有——功——夫!”老头子的语气很不得人心。

放下大刀，王三胜随着大家的头往西北看。谁也没看重这个老人：小干巴个儿，披着件粗蓝布大衫，脸上窝窝瘪瘪，眼陷进去很深，嘴上几根细黄胡，肩上扛着条小黄草辫子，有筷子那么细，而绝对不像筷子那么直顺。王三胜可是看出这老家伙有功夫，脑门亮，眼睛亮——眼眶虽深，眼珠可黑得像两口小井，深深的闪着黑光。王三胜不怕：他看得出别人有功夫没有，可更相信自己的本事，他是沙子龙手下的大将。

“下来玩玩，大叔!”王三胜说得很得体。

点点头，老头儿往里走。这一走，四外全笑了。他的胳臂不大动；左脚往前迈，右脚随着拉上来，一步步的往前拉扯，身子整着，像是患过瘫痪病。蹭到场中，把大衫扔在地上，一点没理会四围怎样笑他。

“神枪沙子龙的徒弟，你说?好，让你使枪吧；我呢?”老头子非常的干脆，很像久想动手。

人们全回来了，邻场耍狗熊的无论怎敲锣也不中用了。

“三截棍进枪吧?”王三胜要看老头子一手，三截棍不是随便就拿得起来的家伙。

老头子又点点头，拾起家伙来。

王三胜努着眼，抖着枪，脸上十分难看。

老头子的黑眼珠更深更小了，像两个香火头，随着面前的枪尖儿转，王三胜忽然觉得不舒服，那俩黑眼珠似乎要把枪尖吸进去！四外已围得风雨不透，大家都觉出老头子确是有威。为躲那对眼睛，王三胜耍了个枪花。老头子的黄胡子一动："请!"王三胜一扣枪，向前躬步，枪尖奔了老头子的喉头去，枪缨打了一个红旋。老人的身子忽然活展了，将身微偏，让过枪尖，前把一挂，后把撩王三胜的手。拍，拍，两响，王三胜的枪撒了手。场外叫了好。王三胜连脸带胸口全紫了，抄起枪来；一个花子，连枪带人滚了过来，枪尖奔了老人的中部。老头子的眼亮得发着黑光；腿轻轻一屈，下把掩裆，上把打着刚要抽回的枪杆；拍，枪又落在地上。

场外又是一片彩声。王三胜流了汗，不再去拾枪，努着眼，木在那里。老头子扔下家伙，拾起大衫，还是拉拉着腿，可是走得很快了。大衫搭在臂上，他过来拍了王三胜一下："还得练哪，伙计!"

"别走!"王三胜擦着汗："你不离，姓王的服了！可有一样，你敢会会沙老师?"

"就是为会他才来的!"老头子的干巴脸上皱起点来，似乎是笑呢。"走；收了吧；晚饭我请!"

王三胜把兵器拢在一处，寄放在变戏法二麻子那里，陪着老头子往庙外走。后面跟着不少人，他把他们骂散。

"你老贵姓?"他问。

"姓孙哪，"老头子的话与人一样，都那么干巴。"爱练；久想会会沙子龙"。

沙子龙不把你打扁了！王三胜心里说。他脚底下加了劲，可是没把孙老头落下。他看出来，老头子的腿是老走着查拳门中的连跳步；交起手来，必定很快。但是，无论他怎么快，沙子龙是没对手的。准知道孙老头要吃亏，他心中痛快了些，放慢了些脚步。

"孙大叔贵处?"

"河间的，小地方。"孙老者也和气了些："月棍年刀一辈子枪，不容易见功夫！说真的，你那两手就不坏！”

王三胜头上的汗又回来了，没言语。

到了客栈，他心中直跳，唯恐沙老师不在家，他急于报仇。他知道老师不爱管这种事，师弟们已碰过不少回钉子，可是他相信这回必定行，他是大伙计，不比那些毛孩子；再说，人家在庙会上点名叫阵，沙老师还能丢这个脸么？

“三胜，”沙子龙正在床上看着本《封神榜》，“有事吗？”

三胜的脸又紫了，嘴唇动着，说不出话来。

沙子龙坐起来，“怎了，三胜？”

“栽了跟头！”

只打了个不甚长的哈欠，沙老师没别的表示。

王三胜心中不平，但是不敢发作；他得激动老师：“姓孙的一个老头儿，门外等着老师呢；把我的枪，枪，打掉了两次！”他知道“枪”字在老师心中有多大分量。没等吩咐，他慌忙跑出去。

客人进来，沙子龙在外间屋等着呢。彼此拱手坐下，他叫三胜去泡茶。三胜希望两个老人立刻交了手，可是不能不沏茶去。孙老者没话讲，用深藏着的眼睛打量沙子龙。沙很客气：

“要是三胜得罪了你，不用理他，年纪还轻。”

孙老者有些失望，可也看出沙子龙的精明。他不知怎样好了，不能拿一个人的精明断定他的武艺。“我来领教领教枪法！”他不由地说出来。

沙子龙没接碴儿。王三胜提着茶壶走进来——急于看二人动手，他没管水开了没有，就沏在壶中。

“三胜，”沙子龙拿起个茶碗来，“去找小顺们去，天汇见，陪孙老者吃饭。”

“什么！”王三胜的眼珠几乎掉出来。看了看沙老师的脸，他敢怒而不敢言地说了声“是啦！”走出去，撅着大嘴。

“教徒弟不易！”孙老者说。

“我没收过徒弟。走吧，这个水不开！茶馆去喝，喝饿了就吃。”沙子龙从桌子上拿起青缎子褡裢，一头装着鼻烟壶，一头装着点钱，挂在腰带上。

“不，我还不饿!”孙老者很坚决，两个“不”字把小辫从肩上抡到后边去。

“说会子话儿。”

“我来为领教领教枪法。”

“功夫早搁下了，”沙子龙指着身上，“已经放了肉!”

“这么办也行，”孙老者深深的看了沙老师一眼：“不比武，教给我那趟五虎断魂枪。”

“五虎断魂枪?”沙子龙笑了：“早忘干净了！早忘干净了！告诉你，在我这儿住几天，咱们各处逛逛，临走，多少送点盘缠。”

“我不逛，也用不着钱，我来学艺!”孙老者立起来，“我练趟给你看看，看够得上学艺不够!”一屈腰已到了院中，把楼鸽都吓飞起去。拉开架子，他打了趟查拳：腿快，手飘洒，一个飞脚起去，小辫儿飘在空中，像从天上落下来一个风筝；快之中，每个架子都摆得稳、准，利落；来回六趟，把院子满都打到，走得圆，接得紧，身子在一处，而精神贯串到四面八方。抱拳收势，身儿缩紧，好似满院乱飞的燕子忽然归了巢。

“好！好!”沙子龙在台阶上点着头喊。

“教给我那趟枪!”孙老者抱了抱拳。

沙子龙下了台阶，也抱着拳：“孙老者，说真的吧；那条枪和那套枪都跟我入棺材，一齐入棺材!”

“不传?”

“不传!”

孙老者的胡子嘴动了半天，没说出什么来。到屋里抄起蓝布大衫，拉拉着腿：“打搅了，再会!”

西风东渐，“今天是火车、快枪，通商与恐怖”，“东方的大梦没法子不醒了”，中国的旧梦、残梦也一同被惊醒。“神枪沙子龙”，凭他的“五虎断魂枪”曾威名远扬，在西北一带没遇见过敌手，可而今，他的镖局改成了客栈，他过去的荣耀已被狂风吹了走，当孙老者来索学老武艺，他断然拒绝：“不传！”

小说结尾，写沙子龙在夜静人稀的时候，关好小门，一气刺下六十四枪，“而后，拄着枪，望着天上的群星，想起当年在野店荒林的威风”，微微一笑：“不传！不传！”以“不传”二字作结，尽显苍凉、孤冷，以小人物的无奈、无力映衬大时代、大变局之不可阻挡、不可把握，有人世无常之慨。因之，有人将老舍的文学视为“不传的文学”，即他的小说总不给读者一个单一的概念式的解答，这是不可答之答。因其不确定性，因其模糊而深刻，令人回味，引人遐思。

“吃过饭走！”沙子龙说。

孙老者没言语。

沙子龙把客人送到小门，然后回到屋中，对着墙角立着的大枪点了点头。

他独自上了天汇，怕是王三胜们在那里等着。他们都没有去。

王三胜和小顺们都不敢再到土地庙去卖艺，大家谁也不再为沙子龙吹腾；反之，他们说沙子龙栽了跟头，不敢和个老头儿动手；那个老头子一脚能踢死个牛。不要说王三胜输给他，沙子龙也不是“个儿”。不过呢，王三胜到底和老头子见了个高低，而沙子龙连句硬话也没敢说。“神枪沙子龙”慢慢似乎被人们忘了。

夜静人稀，沙子龙关好了小门，一气把六十四枪刺下来；而后，拄着枪，望着天上的群星，想起当年在野店荒林的威风。叹一口气，用手指慢慢摸着凉滑的枪身，又微微一笑，“不传！不传！”

原载1935年9月22日天津《大公报·文艺》第十三期

老字号

钱掌柜走后，辛德治——三合祥的大徒弟，现在很拿点事——好几天没正经吃饭。钱掌柜是绸缎行公认的老手，正如三合祥是公认的老字号。辛德治是钱掌柜手下教练出来的人。可是他并不专因私人的感情而这样难过，也不是自己有什么野心。他说不上来为什么这样怕，好像钱掌柜带走了一些永难恢复的东西。

周掌柜到任。辛德治明白了，他的恐怖不是虚的；“难过”几乎要改成咒骂了。周掌柜是个“野鸡”，三合祥——多少年的老字号！——要满街拉客了！辛德治的嘴撇得像个煮破了的饺子。老手，老字号，老规矩——都随着钱掌柜的走了，或者永远不再回来。钱掌柜，那样正直，那样规矩，把买卖作赔了。东家不管别的，只求年底下多分红。

多少年了，三合祥是永远那么官样大气：金匾黑字，绿装修，黑柜蓝布围子，大机凳包着蓝呢子套，茶几上永放着鲜花。多少年了，三合祥除了在灯节才挂上四只宫灯，垂着大红穗子；此外，没有半点不像买卖地儿的胡闹八光。多少年了，三合祥没打过价钱，抹过零儿，或是贴张广告，或者减价半月；三合祥卖的是字号。多少年了，柜上没有吸烟卷的，没有大声说话的；有点响声只是老掌柜的咕噜水烟与咳嗽。

这些，还有许许多多可宝贵的老气度，老规矩，由周掌柜一进门，辛德治看出来，全要完！周掌柜的眼睛就不规矩，他不低着眼皮，而

《老字号》是公认的老舍短篇佳作。那是一个商业化的时代，老舍对古今、中西文化裂变、冲突时代下的中国的商业经营方式，进行了“小说式”的思考。这种思考没有给出固定的答案，而给读者留下了无穷的空间。

小说写了三家绸缎店：三合祥、正香村、天成。钱掌柜因固守传统经营方式而离去，接替他的是周掌柜。周是“野鸡”，他“玩儿”的是洋鼓洋号、洋娃娃、自行车、煤气灯、广告、传单和“大减价”，以及假货当真货卖，但是生意呢？——火！小说设置了个“眼睛”，即“视点”辛德治，通过他的“眼睛”，我们看到生活中的一种悖论。钱掌柜保守，是“老手”，保的是“老字号”，守的是“老规矩”，有“老气度”，做的是“君子之风”的买卖，他赔了，可他正直、规矩；周掌柜缺乏商业道德，可他应变力强，他搞活了三合祥。小说以此揭示出历史与道德的二律背反，表现出小人物在大时代激变中的无奈与无根状态。

是满世界扫，好像找贼呢。人家钱掌柜，老坐在大机凳上合着眼，可是哪个伙计出错了口气，他也晓得。

果然，周掌柜——来了还没有两天——要把三合祥改成蹦蹦戏的棚子：门前扎起血丝胡拉的一座彩牌，“大减价”每个字有五尺见方，两盏煤气灯，把人们照得脸上发绿，好像一群大烟鬼。这还不够，门

“世界的确是变了”“年头是变了”，“昔年的光景，大概不会回来了”，钱掌柜“带走了一些永难恢复的东西”。夹在钱、周掌柜之间的辛德治，住在老字号“三合祥”的大徒弟，他的价值取向更侧重于钱掌柜。周掌柜去了天成，钱掌柜重掌“三合祥”，可“过了一年，三合祥倒给天成了”。作者的意思大概是：钱与周二位各有所长，“应当折中一下，不能死守旧法，也别改变的太过火”，“老字号是值得保存的，新办法也得学着用”，“字号与利益两顾着”，即中国未来的商业文化包括商业经营模式，应当来自古今、中外之综合，这在今天也有启示意义。

口一档子洋鼓洋号，从天亮吹到三更；四个徒弟，都戴上红帽子，在门口，在马路上，见人就给传单。这还不够，他派定两个徒弟专管给客人送烟递茶，哪怕是买半尺白布，也往后柜让，也递香烟：大兵，清道夫，女招待，都烧着烟卷，把屋里烧得像个佛堂。这还不够，买一尺还饶上一尺，还赠送洋娃娃，伙计们还要和客人随便说笑；客人要买的，假如柜上没有，不告诉人家没有，而拿出别种东西硬叫人家看；买过十元钱的东西，还打发徒弟送了去，柜上买了两个一走三歪的自行车！

辛德治要找个地方哭一大场去！在柜上十五六年了，没想到过——更不用说见过了——三合祥会落到这步田地！怎么见人呢？合街上有谁不敬重三合祥的？伙计们晚上出来，提着三合祥的大灯笼，连巡警们都另眼看待。那年兵变，三合祥虽然也被抢一空，可是没像左右的铺户那样连门板和“言无二价”的牌子都被摘了走——三合祥的金匾有种尊严！他到城里已经二十来年了，其中的十五六年是在三合祥，三合祥是他第二家庭，他的说话，咳嗽与蓝布大衫的样式，全是三合祥给他的。他因三合祥，也为三合祥而骄傲。他给铺子去索债，都被人请进去喝碗茶；三合祥虽是个买卖，可是照顾主儿似乎是些朋友。钱掌柜是常给照顾主儿行红白人情的。三合祥是“君子之风”的买卖：门凳上常坐着附近最体面的人；遇到街上有热闹的时候，照顾主儿的女眷们到这里向老掌柜借个座儿。这个光荣的历史，是长在辛德治的心里的。可是现在？

辛德治也并不是不晓得，年头是变了。拿三合祥的左右铺户说，多少家已经把老规矩舍弃，而那些新开的更是提不得的，因为根本就没有过规矩。他知道这个。可是因此他更爱三合祥，更替它骄傲，它是人造丝品中唯一的一匹道地大缎子，仿佛是。假如三合祥也下了桥，世界就没了！哼，现在三合祥和别人家一样了，假如不是更坏！

他最恨的是对门那家正香村：掌柜的踏拉着鞋，叼着烟卷，镶着金门牙。老板娘背着抱着，好像兜儿里还带着，几个男女小孩，成天出来进去，进去出来，打着南方话唧唧喳喳，不知喊些什么。老板和老板娘吵架也在柜上，打孩子，给孩子吃奶，也在柜上。摸不清他们是作买卖呢，还是干什么玩呢，只有老板娘的胸口老在柜前陈列着是件无可疑的事儿。那群伙计，不知是从哪儿找来的，全穿着破鞋，可是衣服多半是绸缎的。有的贴着太阳膏，有的头发梳得像漆杓，有的戴着金丝眼镜。再说那份儿厌气：一年到头老是大减价，老悬着煤气灯，老磨着留声机。买过两元钱的东西，老板便亲自让客人吃块酥糖；不吃，他能往人家嘴里送！什么东西也没有一定的价钱，洋钱也没有一定的行市。辛德治永远不正眼看“正香村”那三个字，也永不到那边买点东西。他想不到世上会有这样的买卖，而且和三合祥正对门！

更奇怪的，正香村发财，而三合祥一天比一天衰微。他不明白这是什么道理。难道买卖必定得不按着规矩作才行吗？果然如此，何必学徒呢？是个人就可以作生意了！不能是这样，不能；三合祥到底是不会那样的！谁知道竟自来了个周掌柜，三合祥的与正香村的煤气灯把街道照青了一大截，它们是一对儿！三合祥与正香村成了一对?！这莫非是作梦么？不是梦，辛德治也得按着周掌柜的办法走。他得和客人瞎扯，他得让人吸烟，他得把人诓到后柜，他得拿着假货当真货卖，他得等客人争竞才多放二寸，他得用手术量布——手指一捻就抽回来一块！他不能受这个！

可是多数的伙计似乎愿意这么作。有个女客进来，他们恨不能把她围上，恨不能把全铺子的东西都搬来给她瞧，等她买完——哪怕是买了二尺搪布——他们恨不能把她送回家去。周掌柜喜爱这个，他愿意看伙计们折跟头，打把式，更好是能在空中飞。

周掌柜和正香村的老板成了好朋友。有时候还凑上天成的人们打打“麻雀”。天成也是本街上的绸缎店，开张也有四五年了，可是钱掌柜就始终没招呼过他们。天成故意和三合祥打对仗，并且吹出风来，非把三合祥顶趴下不可。钱掌柜一声也不出，只偶尔说一句：咱们作的是字号。天成一年倒有三百六十五天是纪念，大减价。现在天成的人们也过来打牌了。辛德治不能管理他们。他有点空闲，便坐在柜里发愣，面对着货架子——原先架上的布匹都用白布包着，现在用整幅的通天扯地的作装饰，看着都眼晕，那么花红柳绿的！三合祥已经完了，他心里说。

但是，过了一节，他不能不佩服周掌柜了。节下报账，虽然没赚什么，可是没赔。周掌柜笑着给大家解释：“你们得记住，这是我的头一节呀！我还有好些没施展出来的本事呢。还有一层，扎牌楼，赁煤气灯……哪个不花钱呢？所以呀！”他到说上劲来的时节总这么“所以呀”一下。“日后无须扎牌楼了，咱会用新的，还要省钱的办法，那可就有了赚头，所以呀！”辛德治看出来，钱掌柜是回不来了；世界的确是变了。周掌柜和天成、正香村的人们说得来，他们都是发财的。

过了节，检查日货嚷嚷动了。周掌柜疯了似的上东洋货。检查的学生已经出来了，他把东洋货全摆在大面上，而且下了命令：“进来买主，先拿日本布；别处不敢卖，咱们正好作一批生意。看见乡下人，明说这是东洋布，他们认这个；对城里的人，说德国货。”

检查的学生到了。周掌柜脸上要笑出几个蝴蝶儿来，让吸烟，让喝茶。“三合祥，冲这三个字，不是卖东洋货的地方，所以呀！诸位看吧！门口那些有德国布，也有土布；内柜都是国货绸缎，小号在南方有联号，自办自运。”

学生们疑心那些花布。周掌柜笑了：“张福来，把后边剩下的那匹东洋布拿来。”

布拿来了。他扯住检查队的队长：“先生，不屈心，只剩下这么一匹东洋布，跟先生穿的这件大衫一样的材料，所以呀！”他回过头来，“福来，把这匹料子扔到街上去！”

队长看着自己的大衫，头也没抬，便走出去了。

这批随时可以变成德国货，国货，英国货的日本布赚了一大笔钱。有识货的人，当着周掌柜的面，把布扔在地上，周掌柜会笑着命令徒弟：“拿真正西洋货去，难道就看不出先生是懂眼的人吗？”然后对买主：“什么人要什么货，白给你这个，你也不要，所以呀！”于是又作了一号买卖。客人临走，好像怪舍不得周掌柜。辛德治看透了，作买卖打算要赚钱的话，得会变戏法和说相声。周掌柜是个人物。可是辛德治不想再在这儿干，他越佩服周掌柜，心里越难过。他的饭由脊梁骨下去。打算睡得安稳一些，他得离开这样的三合祥。

可是，没等到他在别处找好位置，周掌柜上天成领柜去了。天成需要这样的人，而周掌柜也愿意去，因为三合祥的老规矩太深了，仿佛是长了根，他不能充分施展他的才力。

辛德治送出周掌柜去，好像是送走了一块心病。

对于东家们，辛德治以十五六年老伙计的资格，是可以说几句话的，虽然不一定发生什么效力。他知道哪些位东家是更老派一些，他知道怎样打动他。他去给钱掌柜运动，也托出钱掌柜的老朋友们来帮忙。他不说钱掌柜的一切都好，而是说钱与周二位各有所长，应当折中一下，不能死守旧法，也别改变的太过火。老字号是值得保存的，新办法也得学着用。字号与利益两顾着——他知道这必能打动了东家们。

他心里，可是，另有个主意。钱掌柜回来，一切就都回来，三合祥必定是“老”三合祥，要不然便什么也不是。他想好了：减去煤气灯，洋鼓洋号，广告，传单，烟卷；至必不得已的时候，还可以减人，大概可以省去一大笔开销。况且，不出声而贱卖，尺大而货物地道。难道人们就都是傻子吗？

钱掌柜果然回来了。街上只剩了正香村的煤气灯，三合祥恢复了昔日的肃静，虽然因为欢迎钱掌柜而悬挂上那四个宫灯，垂着大红穗子。

三合祥挂上宫灯那天，天成号门口放上两只骆驼，骆驼身上披满了各色的缎条，驼峰上安着一明一灭的五彩电灯。骆驼的左右辟了抓彩部，一人一毛钱，凑足了十个人就开彩，一毛钱有得一匹摩登绸的希望。大成门外成了庙会，挤不动的人。真有笑嘻嘻夹走一匹摩登绉的吗！

三合祥的门凳上又罩上蓝呢套，钱掌柜眼皮也不抬，在那里坐着。伙计们安静地坐在柜里，有的轻轻拨弄算盘珠儿，有的徐缓地打着哈欠，辛德治口里不说什么，心中可是着急。半天儿能不进来一个买主。偶尔有人在外边打一眼，似乎是要进来，可是看看金匾，往天成那边走去。有时候已经进来，看了货，因不打价钱，又空手走了。只有几位老主顾，时常来买点东西；可也有时候只和钱掌柜说会儿话，慨叹着年月这样穷，喝两碗茶就走，什么也不买。辛德治喜欢听他们说话，这使他想起昔年的光景，可是他也晓得，昔年的光景，大概不会回来了；这条街只有天成"是"个买卖！

过了一节，三合祥非减人不可了。辛德治含着泪和钱掌柜说："我一人干五个人的活，咱们不怕！"老掌柜也说："咱们不怕！"辛德治那晚睡得非常香甜，准备次日干五个人的活。

可是过了一年，三合祥倒给天成了。

原载 1935 年 4 月 10 日《新文学》第一卷第一期

听来的故事

宋伯公是个可爱的人。他的可爱由于互相关联的两点：他热心交友，舍己从人；朋友托给他的事，他都当作自己的事那样给办理；他永远不怕多受累。因为这个，他的经验所以比一般人的都丰富，他有许多可听的故事。大家爱他的忠诚，也爱他的故事。找他帮忙也好，找他闲谈也好，他总是使人满意的。

对于青岛的樱花，我久已听人讲究过；既然今年有看着的机会，一定不去未免显着自己太别扭；虽然我经验过的对风景名胜和类似樱花这路玩艺的失望使我并不十分热心。太阳刚给嫩树叶油上一层绿银光，我就动身向公园走去，心里说：早点走，省得把看花的精神移到看人上去。这个主意果然不错，树下应景而设的果摊茶桌，还都没摆好呢，差不多除了几位在那儿打扫甘蔗渣子、橘皮和昨天游客们所遗下的一切七零八碎的清道夫，就只有我自己。我在那条樱花路上来回蹓跶，远观近玩的细细的看了一番樱花。

樱花说不上有什么出奇的地方，它艳丽不如桃花，玲珑不如海棠，清素不如梨花，简直没有什么香味。它的好处在乎“盛”：每一丛有十多朵，每一枝有许多丛；再加上一株挨着一株，看过去是一团团的白雪，微染着朝阳在雪上映出的一点浅粉。来一阵微风，樱树没有海棠那样的轻动多姿，而是整团的雪全体摆动；隔着松墙看过去，不见树身，只见一片雪海轻移，倒还不错。设若有下判断的必要，我只能说樱花的好处是使人痛快，它多、它白、它亮，它使人觉得春忽然发

《听来的故事》是老舍少有的以青岛为背景的小说，应该说，他调动了他的“青岛经验”。中山公园，他是去过的，有一张照片就摄于公园樱树下，但也只是开头那部分，写樱花、写看樱花，美文似的。

小说则以宋伯公大学时期同班同学孟智辰为主角，而孟并未在场，宋伯公是孟智辰故事的讲述者，他不光讲述，还评析、注释，读者离孟智辰则更远了一层，像个符号，也许这样产生了“隔”，产生了“陌生化”的效果吧。孟的故事更多指向理性而非情意。

了疯，若是以一朵或一株而论，我简直不能给它六十分以上。

无论怎说吧，我算是看过了樱花。不算冤，可也不想再看，就带着这点心情我由花径中往回走，朝阳射着我的背。走到了梅花路的路头，我疑惑我的眼是有了毛病：迎面来的是宋伯公！这个忙人会有工夫来看樱花！

不是他是谁呢，他从远远的就“嘿喽”，一直“嘿喽”到握着我的手。他的脸朝着太阳，亮得和春光一样。

“嘿喽，嘿喽，”他想不起说什么，只就着舌头的便利又补上这么两下。

“你也来看花？”我笑着问。

一个深通世故、人心之人，定不会是个自闭之人。老舍短篇小说有多篇是用酒、茶从朋友口里套故事套出来的，这篇也是。小说荒诞，简直就是黑色幽默，它不真实可又真实。孟智辰的升迁、成功，更似奇事，然奇事不奇，就因为他“默默中抓住种种现象下的一致的真理”，他抓住了“自古以来种种人的最高的生命理想”。对人生，他“没设计，没志愿”，但他“成功”，全靠“无为而治”，糊涂中他抓住了传统的“保身之道”，他“几乎是一种灵感，一种哲理的化身”，“神秘派的诗人”，他成为一种象征——“没办法就是办法的时代”的象征。

老舍是一位文化型的作家，他的一些小说带有明显的文化反思的意味。小说不只写人，而由人直达文化反思，传统省察。他并非批评某个人，而是批评某个人所代表的“文化”，因为，人说到底是文化的动物。

“可就是，我也来看花!”他松了我的手。

“算了吧，跟我回家溜溜舌头去好不好?”我愿意听他瞎扯，所以不管他怎样热心看花了。

“总得看一下，大老远来的；看一眼，我跟你回家，有工夫；今天我们的头儿逛崂山去，我也放了自己一天的假。”他的眼向樱花那边望了望，表示非去看看不可的样子。

我只好陪他再走一遭了。他的看花法和我的大不相同了。在他的眼中，每棵树都像人似的，有历史，有个性，还有名字：“看那棵‘小歪脖’，今年也长了本事；嘿！看这位‘老太太’，居然大卖力气；去年，去年，她才开了，哼，二十来朵花吧！嘿喽！”他立在一棵细高的樱树前面，“‘小旗杆’，这不行呀，净往云彩里钻，不别枝子！不行，我不看电线杆子，告诉你！”然后他转向我来：“去年，它就这么细高，今年还这样，没办法！”

“它们都是你的朋友?”我笑了。

宋伯公也笑了：“哼，那边的那一片，几时栽的，哪棵是补种的，我都知道。”

看一下！他看了一点多钟！我不明白他怎么会对这些树感到这样的兴趣。连树干上抹着的白灰，他都得摸一摸，有一片话。诚然，他讲说什么都有趣；可是我对树木本身既没他那样的热减，所以他的话也就打不到我的心里去。我希望他说些别的。我也看出来，假如我不把他拉走，他是满可以把我说得变成一棵树，一声不出的听他说个三天五天的。

我把他硬扯到家中来。我允许给他打酒买菜；他接收了我的贿赂。他忘了樱花，可是我并想不起一定的事儿来说。瞎扯了半天，我提到孟智辰来。他马上接了过去：

“提起孟智辰来，那天你见他的经过如何?”

我并不很认识这个孟先生——或者应说孟秘书长——我前几天见过他一面，还是由宋伯公介绍的。我不是要见孟先生，而是必须见孟秘书长；我有件非秘书长不办的事情。

“我见着了他，”我说，“跟你告诉我的一点也不差：四棱子脑袋；牙和眼睛老预备着发笑唯恐笑晚了；脸上的神气明明宣布着：我什么也记不住，只能陪你笑一笑。”

“是不是?”宋伯公有点得意他形容人的本事。“可是，对那件事他怎么说?”

“他，他没办法。”

“什么？又没办法？这小子又要升官了！”宋伯公咬上嘴唇，像是想着点什么。

“没办法就又要升官了？”我有点惊异。

“你看，我这儿不是想哪吗？”

我不敢再紧问了，他要说一件事就要说完全了，我必须忍耐的等他想。虽然我的惊异使我想马上问他许多问题，可是我不敢开口；“凭他那个神气，怎能当上秘书长？”这句最先来到嘴边上的，我也咽下去。

我忍耐的等着他，好像避雨的时候渴望黑云裂开一点那样。不久——虽然我觉得仿佛很久——他的眼球里透出点笑光来，我知道他是预备好了。

“哼！”他出了声：“够写篇小说的！”

“说吧，下午请你看电影！”

“值得看三次电影的，真的！”宋伯公知道他所有的故事的价值：“你知道，孟秘书长是我大学里的同学？一点不瞎吹！同系同班，真正的同学。那时候，他就是个重要人物：学生会的会长呀，作各种代表呀，都是他。”

“这家伙有两下子？”我问。

“有两下子？连半下子也没有！”

“因为——”

“因为他连半下子没有，所以大家得举他。明白了吧？”

“大家争会长争得不可开交，”我猜想着：“所以让给他作，是不是？”

宋伯公点了点头：“人家孟先生的本事是凡事无办法，因而也就没主张与意见，最好作会长，或作菩萨。”

“学问许不错？”没有办事能干的人往往有会读书的聪明，我想。

“学问？哈哈！我和他都在英文系里，人家孟先生直到毕业不晓得莎士比亚是谁。可是他毕了业，因为无论是主任、教授、讲师，都觉得应当，应当，让他毕业。不让他毕业，他们觉得对不起人。人家老孟四年的工夫，没在讲堂上发过问。哪怕教员是条驴呢，他也对着书本发愣，一声不出。教员当然也不问他；即使偶尔问到他，他会把牙露出来，把眼珠收起去，那么一笑。这是天字第一号的好学生，当然得毕业。既准他毕业，大家就得帮助他作卷子，所以他的试卷很不错，因为是教员们给作的。自然，卷子里还有错儿，那可不是教员们作的不好，是被老孟抄错了；他老觉得 M 和 N 是可以通用的，所以把 name 写成 mane，在他，一点也不算出奇。把这些错儿应扣的分数减去，他实得平均分数八十五分，文学士。来碗茶……

“毕业后，同班的先后都找到了事；前些年大学毕业生找事还不像现在这么难。老孟没事。有几个热心教育的同学办了个中学，那时候办中学是可以发财的。他们听说老孟没事，很想拉拔他一把儿，虽然准知道他不行；同学到底是同学，谁也不肯看着他闲起来。他们约上了他。叫他作什么呢，可是？教书，他教不了；训育，他管不住学生；体育，他不会，他顶好作校长。于是他作了校长。他一点不晓得大家为什么让他作校长，可是他也不骄傲，他天生来的是馒首幌子——馒头铺门口放着的那个大馒头，大，体面，木头作的，上着点白漆。

“一来二去不是，同学们看出来这位校长太没用了，可是他既不骄傲，又没主张，生生的把他撵了，似乎不大好意思。于是大家给他运动了个官立中学的校长。这位馒头幌子笑着搬了家。这时候，他结了婚，他的夫人是自幼定下的。她家中很有钱，兄弟们中有两位在西洋留学的。她可是并不认识多少字，所以很看得起她的丈夫。结婚不久，他在校长的椅子上坐不牢了；学校里发生了风潮，他没办法。正在这个时候，他的内兄由西洋回来，得了博士；回来就作了教育部的秘书。老孟一点主意没有，可也并不着急：倒慌了教育局局长——那时候还不叫教育局；管它叫什么呢——这玩艺，免老孟的职简直是和教育部秘书开火；不免职吧，事情办不下去。局长想出条好道，去请示部秘书好了。秘书新由外国回来，还没完全把西洋忘掉，‘局长看着办吧。不过，派他去考查教育也好。’局长鞠躬而退；不几天，老孟换了西装，由馒头改成了面包。临走的时候，他的内兄嘱咐他：不必调查教育，安心的念二年书倒是好办法，我可以给你小官费。再来碗热的……

“二年无话，赶老孟回到国来，博士内兄已是大学校长。校长把他安置在历史系，教授。孟教授还是不骄傲，老实不客气的告诉系主任：东洋史，他不熟；西洋史，他知道一点；中国史，他没念过。系主任给了他两门最容易的功课，老孟还是教不了。到了学年终，系主任该从新选过——那时候的主任是由教授们选举的——大家一商议，校长的妹夫既是教不了任何功课，顶好是作主任；主任只须教一门功课就行了。老孟作了系主任，一点也不骄傲，可是挺喜欢自己能少教一门功课，笑着向大家说：我就是得少教功课。好像他一点别的毛病没有，而最适宜当主任似的。有一回我到他家里吃饭，孟夫人指着脸子说他：‘我哥哥也溜过学，你也溜过学，怎么哥哥会作大校长，你怎就不会？’老孟低着头对自己笑了一下：‘哼，我作主任合适！’我差点没憋死，我不敢笑出来。

“后来，他的内兄校长升了部长，他作了编译局局长。叫他作司长吧，他看不懂公事；叫他作秘书吧，他不会写；叫他作编辑委员吧，他不会编也不会译，况且职位也太低。他天生来的该作局长，既不须编，也无须译，又不用天天办公。‘哼，我就是作局长合适！’这家伙仿佛很有自知之明似的。可是，我俩是不错的朋友，我不能说我佩服他，也不能说讨厌他。他几乎是一种灵感，一种哲理的化身。每逢当他升官，或是我自己在事业上失败，我必找他去谈一谈。他使我对于成功或失败都感觉到淡漠，使我心中平静。由他身上，我明白了我们的时代——没办法就是办法的时代。一个人无须为他的时代着急，也无须为个人着急，他只须天真的没办法，自然会在波浪上浮着，而相信：‘哼，我浮着最合适。’这并不是我的生命哲学，不过是由老孟看出来这么点道理，这个道理使我每逢遇到失败而不去着急。再来碗茶!”

他喝着茶，我问了句：“这个人没什么坏心眼?”

“没有，坏心眼多少需要一些聪明；茶不错，越焖越香!”宋伯公看着手里的茶碗。“在这个年月，凡要成功的必须掏坏；现在的经济制度是大鱼吃小鱼，小鱼吃虾米的制度。掏了坏，成了功；可不见就站得住。三摇两摆，还得栽下来；没有保险的事儿。我说老孟是一种灵感，我的意思就是他有种天才，或是直觉，他无须用坏心眼而能在波浪上浮着，而且浮得很长久。认识了他便认识了保身之道。他没计划，没志愿，他只觉得合适，谁也没法子治他。成功的会再失败；老孟只有成功，无为而治。”

“可是他有位好内兄?”我问了一句。

“一点不错；可是你有那么位内兄，或我有那么位内兄，照样的失败。你，我，不会觉得什么都正合适。不太自傲，便太自贱；不是想露一手儿，便是想故意的藏起一招儿，这便必出毛病。人家老孟自然。糊涂得像条骆驼，可是老那么魁梧壮实，一声不出，能在沙漠里慢慢溜达一个星期!他不去找缝子钻，社会上自然给他预备好缝子，要不怎么他老预备着发笑呢。他觉得合适。你看，现在人家是秘书长；作秘书得有本事，他没有；作总长也得有本事，而且不愿用个有本事的秘书长；老孟正合适。他见客，他作代表，他没意见，他没的可泄露，他老笑着，他有四棱脑袋，种种样样他都合适。没人看得起他，因而也没人忌恨他；没人敢不尊敬他，因为他作什么都合适，而且越作地位越高。学问，志愿，天才，性格，都足以限制个人事业的发展，老孟都没有。要得着一切的须先失去一切，就是老孟。这个人的前途不可限量。我看将来的总统是给他预备着的。你爱信不信!”

“他连一点脾气都没有?”

“没有，纯粹顺着自然。你看，那天我找他去，正赶上孟太太又和他吵呢。我一进门，他笑脸相迎的：‘哼，你来得正好，太太也不怎么又炸了。’一点不动感情。我把他约出去洗澡，喝！他那件小褂，多么黑先不用提，破的就像个地板擦子。‘哼，太太老不给做新的吗。’这只是陈述，并没有不满意的意思。我请他洗了澡，吃了饭，他都觉得好：‘这澡堂子多舒服呀！这饭多好吃呀！’他想不起给钱，他觉得被请合适。他想不起抓外钱，可是他的太太替他收下‘礼物’，他也很高兴：‘多进俩钱也不错！’你看，他歪打正着，正合乎这个时代的心理——礼物送给太太，而后老爷替礼物说话。他以自己的胡涂给别人的聪明开了一条路。他觉得合适，别人也觉得合适。他好像是个神秘派的诗人，默默中抓住种种现象下的一致的真理。他抓到——虽然他自己并不知道——自古以来中国人的最高的生命理想。”

“先喝一盅吧？”我让他。

他好像没听见。“这像篇小说不？”

“不大像，主角没有强烈的性格！”我假充懂得文学似的。

“下午的电影大概要吹？”他笑了笑。“再看看樱花去也好。”

“准请看电影，”我给他斟上一盅酒。“孟先生今年多大？”

“比我——想想看——比我大好几岁呢。大概有四十八九吧。干吗？呕，我明白了，你怕他不够作总统的年纪？再过几年，五十多岁，正合适！”

原载 1935 年 5 月 12 日天津《大公报·文艺》第十五期

新韩穆烈德

一

有一次他稍微喝多了点酒，田烈德一半自嘲一半自负的对个朋友说：“我就是莎士比亚的韩穆烈德；同名不同姓，仿佛是。”

“也常见鬼?”那个朋友笑着问。

“还不止一个呢！不过，”田烈德想了想，“不过，都不白衣红眼的出来巡夜。”

“新韩穆烈德!”那个朋友随便的一说。

这可就成了他的外号，一个听到而使他微微点头的外号。

大学三年级的学生，他非常的自负，非常的严重，事事要个完整的计划，时时在那儿考虑。越爱考虑他越觉得凡事都该有个办法，而任何办法——在细细想过之后——都不适合他的理想。因此，他很愿意听听别人的意见，可是别人的意见又是那么欠高明，听过了不但没有益处，而且使他迷乱，使他得顺着自己的思路从头儿再想过一番，才能见着可捉摸的景象，好像在暗室里洗像片那样。

所以他觉得自己非常的可爱，也很可怜。他常常对着镜子看自己，长瘦的脸，脑门很长很白。眼睛带着点倦意。嘴大唇薄，能并成一条长线。稀稀的黑长发往后拢着。他觉得自己的相貌入格，不是普通的俊美。

小说《新韩穆烈德》是对莎士比亚名作《哈姆雷特》的严肃“戏仿”。主人公田烈德，抽烟、穿洋服、看电影，大学三年级学生，靠父亲供养，自认哈姆雷特。父亲是个商人，主营干果生意，曾是干果行中的一霸，秉承传统经营模式。

这是一篇多声部的小说。老舍的小说总是暗含着矛盾、多义和模糊的意义层叠。它通过田烈德的视角，表现了另一种类型的“丰收成灾”，即在外国商品的冲击下，中国传统手工业的式微。老舍又对主人公田烈德进行了性格和文化批判，他是个只会想不会做的毫无行动能力的现代哈姆雷特！是一种新时代的“零余者”和“多余人”。而小说中有些很严肃的话，比如：“历史时时在那儿牺牲人命，历史的新光明来自地狱。”等等，似乎是小说背后的老舍在借田烈德之口在发声。

有了这个肯定的认识，所以洋服穿得很讲究，在意。凡是属于他的都值得在心，这样才能使内外一致，保持住自己的优越与庄严。

可是看看脸，看看衣服，并不能完全使他心中平静。面貌服装即使是没什么可指摘的了，他的思想可是时时混乱，并不永远像衣服那样能整理得齐齐楚楚。这个，使他常想到自己像个极雅美的磁盆，盛着清水，可是只养着一些浮萍与几团绒似的绿苔！自负有自知之明，这点点缺欠正足以使他越发自怜。

上市的时候，栈里与市上的喧哗就打成一片。

每一张图画都含着过去的甜蜜，可是田烈德不想只惆怅的感叹，他要给这些景象加以解释。他想起来，客人住栈，驴马的草料，和用一领破席遮盖果筐，都须出钱。果客们必须付这些钱，而父亲的货是直接卸到家里的窖中；他的栈房是一笔生意，他自己的货又无须下栈，无怪他能以多为胜的贱卖一些，而把别家果店挤得走投无路。

父亲的货不从果客手中买，他直接的包山。田烈德记得和父亲去看山园。总是在果木开花的时节吧，他们上山。远远的就看见满山腰都是花，像青山上横着条绣带。花林中什么声音也没有，除了蜜蜂飞动的轻响。小风吹过来，一阵阵清香像花海的香浪。最好看的是走到小山顶上，看到后面更高的山。两山之间无疑的有几片果园，分散在绿田之间。低处绿田，高处白花，更高处黄绿的春峰，倚着深蓝的晴天。山溪中的短藻与小鱼，与溪边的白羊，更觉可爱，他还记得小山羊那种娇细可怜的啼声。

可是父亲似乎没觉到这花与色的世界有什么美好。他嘴中自言自语的老在计算，而后到处与园主们死命的争竞。他们住在山上等着花谢，处处落花，舞乱了春山。父亲在这时节，必强迫着园主承认春风太强，果子必定受伤，必定招虫。有这个借口，才讲定价钱；价钱讲好，园主还得答应种种罚款：迟交果子，虫伤，雹伤，水锈，都得罚款。四六成交账，园主答应了一切条件，父亲才交四成账。这个定钱是庄家们半年的过活，没它就没法活到果子成熟的时期。为顾眼前，他们什么条件也得答应；明知道条件的严苛使他们将永成为父亲的奴隶。交货时的六成账，有种种罚项在那儿等着，他们永不能照数得到；他们没法不预支第二年的定银……

父亲收了货，等行市；年底下“看起”是无可疑的，他自己有窖。他是干鲜果行中的一霸！

五

这便有了更大的意义：田烈德不是纯任感情而反对父亲的；也不

是看不起果商，而是为正义应当，应当，反对父亲。他觉得应当到山园去宣传合作的方法，应当到栈房讲演种种“用钱”的非法，应当煽动铺中伙计们要求增高报酬而减轻劳作，应当到家里宣传剥花生与打山楂酪都须索要工钱。

可是，他二年没回家了。他不敢回家。他知道家里的人对于那种操作不但不抱怨，而且觉得足以自傲；他们已经三辈子是这样各尽所能的大家为大家效劳。他们不会了解他。假若他一声不出呢，他就得一天到晚闻着那种酸甜而腻人的味道，还得远远的躲着大家，怕溅一身山楂汤儿。他们必定会在工作的时候，彼此低声的讲论“先生”；他是在自己家中的生人！

他也不敢到铺中去。那些老伙计们管他叫“师弟”，他不能受。他有很重要的，高深的道理对他们讲；可是一声“师弟”便结束了一切。

到栈房，到山上？似乎就更难了。

啊！他把手放在脑后，微微一笑，想明白了。这些都是感情用事，即使他实地的解放了一两家山上的庄家户，解放了几个小伙计与他自己的一家人，有什么用？他所追求的是个更大的理想，不是马上直接与张三或李四发生关系的小事，而是一种从新调整全个文化的企图。他不仅是反对父亲，而且反抗着全世界。用全力捉兔，正是狮的愚蠢，他用不着马上去执行什么。就是真打算从家中作起——先不管这是多么可笑——他也得另有办法，不能就这么直入公堂的去招他们笑他。

暂时还是不回家的好。他从床上起来，坐在床沿上，轻轻提了提裤缝。裤袋里还有十几块钱，将够回家的路费。没敢去摸。不回家！关在屋中，读一寒假的书。从此永不回家，拒绝承袭父亲的财产，不看电影……专心的读书。这些本来都是不足一提的事，但是为表示坚决，不能不这么想一下。放弃这一切腐臭的，自己是由清新塘水出来的一朵白莲。是的，自己至少应成个文学家，像高尔基那样给世界一个新的声音与希望。

六

看了看窗外，从玻璃的上部看见一小片灰色的天，灰冷静寂，正像腊月天气。不由的又想起家来，心中像由天大的理想缩到个针尖上来。他摇了摇头，理想大概永远与实际生活不能一致，没有一个哲人能把他的人生哲理与日常生活完全联结到一处，像鸳鸯身上各色的羽毛配合得那么自然匀美。

别的先不说，第一他怕自己因用脑过度而生了病。想象着自己病倒在床上，连碗热水都喝不到，他怕起来。摸摸自己的脸，不胖；自己不是个粗壮的人。一个用脑子的不能与一个用笨力气的相提并论，大概在这点上人类永远不会完全平等，他想。他不能为全人类费着心思，而同时还要受最大的劳力，不能；这不公道！

立起来，走在窗前向外看。灰冷的低云要滴下水来。可是空中又没有一片雪花。天色使人犹疑苦闷；他几乎要喊出来：“爽性来一场大雪，或一阵狂风!”

同学们欢呼着，往外搬行李，毛线围脖的杪儿前后左右的摆动，像撒欢时的狗尾巴：“过年见了，张!”“过年见了，李!”大家喊着；连工友们也分外的欢喜，追着赏钱。

“这群没脑子的东西!”他要说而没说出来，呆呆的立着。他想同学们走净，他一定会病倒的；无心中摸了摸袋中的钱——不够买换一点舒适与享乐的。他似乎立在了针尖上，不能转身；回家仿佛是唯一平安的路子。

他慢慢的披上大衣，把短美的丝围脖细心的围好，尖端压在大衣里；他不能像撒欢儿的狗。还要拿点别的东西，想了想，没去动。知道一定是回家么？也许在街上转转就回来的；他选择了一本节，掀开，放在桌上；假如转转就回来的话，一定便开始读那本书。

走到车站，离开车还有一点多钟呢。车站使他决定暂且作为要回家吧。这个暂时的决定，使他想起回家该有的预备：至少该给妹妹们买点东西。这不是人情，只是随俗的一点小小举动。可是钱将够买二等票的，设若匀出一部分买礼物，他就得将就着三等了。三等车是可爱的，偶尔坐一次总有些普罗神味。可是一个人不应该作无益的冒险，三等车的脏乱不但有实际上的危险，而且还能把他心中存着的那点对三等票阶级的善意给削除了去。从哪一方面看，这也不是完美的办法。至于买礼物一层，他会到了家，有了钱，再补送的；即使不送，也无伤于什么；俗礼不应该仗着田烈德去维持的。

都想通了，他买了二等票。在车上买了两份大报；虽然卖报的强塞给他一全份小报，他到底不肯接收。大报，即使不看，也显着庄严。

七

到了自家门口，他几乎不敢去拍门。那两扇黑大门显着特别的丑恶可怕。门框上红油的“田寓”比昔日仿佛更红着许多，他忽然想起佛龛前的大烛，爆竹皮子，压岁钱包儿！……都是红的。不由的把手按在门环上。

没想到开门来的是母亲。母亲没穿着那个满了糖汁与红点子的围裙。她的头发几乎全白了，脸上很干很黄，眉间带着忧郁。田烈德一眼看明白这些，不由的叫出声“妈”来。

“哟，回来啦?”她那不很明亮的眼看着儿子的脸，要笑，可是被泪截了回去。

随着妈妈往里走，他不知想什么好，只觉得身旁有个慈爱而使人无所措手足的母亲，一拐过影壁来，二门上露着个很俊的脸：“哟，哥哥来了！”那个脸不见了，往里院跑了去。紧跟着各屋的门都响了，全家的人都跑了出来。妹妹们把他围上，台阶上是婶母与小孩们，祖母的脸在西屋的玻璃里。妹妹们都显着出息了，大家的纯洁黑亮的眼都看着哥哥，亲爱而稍带着小姑娘们的羞涩，谁也不肯说什么，嘴微笑的张着点。

祖母的嘴隔着玻璃缓缓的动。母亲赶过去，高声一字一字的报告：

"烈德！烈德来了！大孙子回来了！"母亲回头招呼儿子："先看看祖母来！"烈德像西医似的走进西屋去，全家都随过来。没看出祖母有什么改变，除了摇头疯更厉害了些，口中连一个牙也没有了。

和祖母说了几句话，他的舌头像是活动开了。随着大家的话，他回答，他发问，他几乎不晓得都说了些什么。大妹妹给他拿过来支蝙蝠牌的烟卷，他也没拒绝，辣辣的烧着嘴唇。祖母，母亲，妹妹们，始终不肯把眼挪开，大家看他的长脸，大嘴，洋服，都觉得可爱；他也觉得自己可爱。

他后悔没给妹妹们带来礼物。既然到了家，就得迁就着和大家敷衍，可是也应当敷衍得到家；没带礼物来使这出大团圆缺着一块。后悔是太迟了，他的回来或者已经是赏了她们脸，礼物是多余的。这么一想，他心中平静了些，可是平静得不十分完全，像晓风残月似的虽然清幽而欠着完美。

八

奇怪的是为什么大家都不工作呢？他到堂屋去看了看，只在大案底下放着一盆山楂酪，一盆。难道年货已经早赶出来，拿到了铺中去？再看妹妹们的衣裳，并不像赶完年货而预备过年的光景，二妹的蓝布褂大襟上补着一大块补钉。

"怎么今年不赶年货？"他不由的问出来。

大妹妹搭拉着眼皮，学着大人的模样说："去年年底，我们还预备了不少，都剩下了。白海棠果五盆，摆到了过年二月，全起了白沫，现今不比从前了，钱紧！"

田烈德看着二妹襟上的补钉，听着大妹的摹仿成人，觉得很难堪。特别是大妹的态度与语调，使他身上发冷。他觉得妇女们不作工便更讨厌。

最没办法的是得陪着祖母吃饭。母亲给他很下心的作了两三样他爱吃的菜，可是一样就那么一小碟；没想到母亲会这么吝啬。

“跟祖母吃吧，”母亲很抱歉似的说，“我们吃我们的。”

他不知怎样才好。祖母的没有牙的嘴，把东西扁一扁而后整吞下去，像只老鸭似的！祖母的不住的摇头，铁皮了的皮肤老像糊着一层水锈！他不晓得怎能吃完这顿饭而不都吐出来！他想跑出去嚷一大顿，喊出家庭的毁坏是到自由之路的初步！

可是到底他陪着祖母吃了饭。饭后，祖母躺下休息；母亲把他叫在一旁。由她的眼神，他看出来还得殉一次难。他反倒笑了。

“你也歇一会儿，”母亲亲热而又有点怕儿子的样儿，“回头你先看看爸去，别等他晚上回来，又发脾气；你好容易回来这么一趟……”母亲的言语似乎不大够表现心意的。

“唉，”为敷衍母亲，他答应了这么一声。

母亲放了点心。“你看，烈德，这二年他可改了脾气！我不愿。告诉你这些，你刚回来；可是我一肚子委屈真……”她提起衣襟擦了擦眼角。“他近来常喝酒，喝了就闹脾气。就是不喝酒，他也嘴不识闲，老叨唠，连躺在被窝里还跟自己叨唠，仿佛中了病；你知道原先他是多么不爱说话。”

“现在，他在南号还是在北号呢？”他明知去见父亲又是一个劫难，可是很愿意先结束了目前这一场。

“还南号北号呢！”母亲又要往上提衣襟。“南号早倒出去了，要不怎么他闹脾气呢。南号倒出不久，北市的栈房也出了手。”

“也出了手，”烈德随口重了一句。

“这年月不讲究山货了，都是论箱的来洋货。栈房不大见得着人！那么个大栈呀，才卖了一千五，跟白舍一样！”

九

进了兴隆北号，大师哥秀权没认出他来，很客气的问，“先生看点什么？”双手不住的搓着。田烈德摘了帽子，秀权师哥又看了一眼，“师弟呀？你可真够高的了；我猛住了，不敢认，真不敢认！坐下！老人家出去了；来，先喝碗茶。”

田烈德坐在果筐旁的一把老榆木擦漆的椅子上，非常的不舒服。

“这一向好吧?”秀权师哥想不起别的话来，“外边的年成还好吧?”他已五十多岁，还没留须，红脸大眼睛，看着也就是四十刚出头的样子。

“他们呢?”烈德问。

“谁?啊，伙计们哪?别提了——”秀权师哥把“了”字拉得很长，“现在就剩下我和秀山，还带着个小徒弟。秀山上南城匀点南货去了，眼看就过年，好歹总得上点货，看看，”他指着货物，“哪有东西卖呀!”

烈德看了看，磁缸的红木盖上只摆着些不出眼的梨和苹果；干果笸箩里一些栗子和花生；靠窗有一小盆蜜饯海棠，盆儿小得可怜。空着的地方满是些罐头筒子，藕粉匣子，与永远卖不出去的糖精酒糖搀水的葡萄酒，都装璜得花花绿绿的，可是看着就知道专为占个地方。他不愿再看这些——要关市的铺子都拿这些糊花纸的瓶儿罐儿装门面。

“他们都上哪儿去了?”

“谁知道!各自奔前程吧!”秀权师哥摇着头，身子靠着笸箩。“不用提了，师弟，我自幼干这一行，今年五十二了，没看见过这种事!前年年底，门市还算作得不离，可是一搂账啊，亏着本儿呢。毛病是在行市上。咱们包山，钱货两清；等到年底往回叫本的时候，行市一劲往下掉。东洋橘子，高丽苹果，把咱们顶得出不来气。花生花生也掉盘，咱们也是早收下的。山楂核桃什么的倒有价儿，可是糖贵呀；你看，”他掀起蓝布帘向对过的一个小铺指着：“看，蜜饯的东西咱们现今卖不过他；他什么都用糖精；咱们呢，山楂看赚，可赔在糖上，这年月，人们过年买点果子和蜜饯当摆设，买点儿是个意思，不管好坏，价儿便宜就行。咱们的货地道，地道有什么用呢!人家贱，咱们也得贱，把货铲出去呢，混个热闹；卖不出去呢，更不用说，连根儿烂!”他叹了口气。又给烈德满满的倒了一碗茶，好像拿茶出气似的。

“经济的侵略与民间购买力的衰落！”烈德看得很明白，低声对自己说。

秀权忙着想自己的话，没听明白师弟说的是什么，也没想问；他接着诉苦：“老人家想裁人。我们可就说了，再看一节吧。这年月，哪柜上也不活动，裁下去都上哪儿去呢！到了五月节，赔的更多了，本来春天就永远没什么买卖。老人家把两号的伙计叫到一处，他说得惨极了：你们都没过错，都帮过我的忙。可是我实在无了法。大家抓阄吧，谁抓着谁走。大家的泪都在眼圈里！顶义气的是秀明，师弟你还记得秀明？他说了话：两柜上的大师哥，秀权秀山不必抓。所以你看我俩现在还在这儿。我俩明知道这不公道，可是腆着脸没去抓。四五十岁的人了，不同年轻力壮，叫我们上哪儿找事去呢？一共裁了三次，现在就剩下我和秀山。老人家也不敢上山了，行市赔不起！兴隆改成零买零卖了。山上的人连三并四的下来央求，老人家连见他们也不敢！南号出了手，栈房也卖了。我们还指望着蒜苗，哼，也完了！热洞子的王瓜，原先卖一块钱两条，现在满街吆喝一块钱八条；茄子东瓜香椿原先都是进贡的东西，现在全下了市，全不贵。有这些鲜货，谁吃辣蒿蒿的蒜苗呢？我们就这么一天天的耗着，三个老头子一天到晚对着这些筐子发愣。你记得原先大年三十那个光景？买主儿挤破了门；铜子毛钱撒满了地，没工夫往柜里扔。看看现在，今到几儿啦，腊月廿六了，你坐了这大半天，可进来一个买主？好容易盼进一位来，不是嫌贵就是嫌货不好，空着手出去，还瞪我们两眼，没作过这样的买卖！”秀权师哥拿起抹布拚命的擦那些磁缸，似乎是表示他仍在努力；虽然努力是白饶，但求无愧于心。

十

秀权的后半截话并没都进到烈德的耳中去，一半因他已经听腻，一半因他正在思索。事实是很可怕，家里那群，当伙计的那群，山上种果子的那群，都走到了路尽头！

可怕！可是他所要解放的已用不着他来费事了，他们和她们已经不在牢狱中了；他们和她们是已由牢狱中走向地狱去，鬼是会造反的。非走到无路可走，他们不能明白，历史时时在那儿牺牲人命，历史的新光明来自地狱。

他不必鼻一把泪一把的替他们伤心，用不着，也没用。这种现象不过是消极的一个例证，证明不应当存在的便得死亡，不用别人动手，自己就会败坏，像搁陈了的橘子。他用不着着急，更用不着替他们出力；他的眼光已绕到他们的命运之后，用不着动什么感情。

正在这么想着，父亲进来了。

“哟，你！”父亲可不像样子了：脸因削瘦，已经不那么圆了。两腮下搭拉着些松皮，脸好像接出一块来。嘴上留了胡子，惨白，尖上发黄，向唇里卷卷着。脑门上许多皱纹，眼皮下有些黑锈。腰也弯了些。

烈德吓了一跳，猛的立起来。心中忽然空起来，像电影片猛孤仃断了，台上现出一块空白来。

十一

父亲摘了小帽，脑门上有一道白印。看了烈德一会儿：“你来了好，好！”

父亲确是变了，母亲的话不错；父亲原先不这么叨唠。父亲坐下，哈了一声，手按在膝上。又懒懒的抬起头看了烈德一眼：“你是大学的学生，总该有办法！我没了办法。我今儿走了半天，想周转俩现钱，再干一下子。弄点钱来，我也怎么缺德怎办，拿日本橘子充福橘，用糖精熬山里红汤，怎么贱怎卖，可是连坑带骗，给小分量，用报纸打包。哼，我转了一早上，这不是，”他拍了拍胸口，“怀里揣着房契，想弄个千儿八百的。哼！哼！我明白了，再有一份儿房契，再走上两天，我也弄不出钱来！你有学问，必定有主意；我没有。我老了，等着一领破席把我卷出城去，不想别的。可是，这个买卖，三辈子了，送在我手里，对得起谁呢！两三年的工夫会赔空了，谁信呢？你叔叔们都去挣工钱了，那哪够养家的，还得仗着买卖，买卖可就是这个样！”他嘴里还咕弄着，可是没出声。然后转向秀权去：“秀山还没回来？不一定能匀得来！这年景，谁肯帮谁的忙呢！钱借不到，货匀不来，也好，省事！哈哈！”他干笑起来，紧跟着咳嗽了一阵，一边咳嗽还一边有声无字的叨唠。

十二

敷衍了父亲几句，烈德溜了出来。

他可以原谅父亲不给他寄钱了，可以原谅父亲是个果贩子，可以原谅父亲的瞎叨唠，但是不能原谅父亲的那句话：“你是大学的学生，总该有办法。”这句话刺着他的心。他明白了家中的一切，他早就有极完密高明的主意，可是他的主意与眼前的光景联不到一处，好像变戏法的一手耍着一个磁碟，不能碰到一处；碰上就全碎了。

他看出来，他决定不能顺着感情而抛弃自己的理想。虽然自己往往因感情而改变了心思，可是那究竟是个弱点；在感情的雾瘴里见不着真理。真理使刚才所见所闻的成为必不可免的，如同冬天的雨点变成雪花。他不必为雪花们抱怨天冷。他不用可怜他们，也不用对他们说明什么。

是的，他现在所要的似乎只是个有实用的办法——怎样马上把自己的脚从泥中拔出来，拔得干干净净的。丧失了自己是最愚蠢的事，因为自己是真理的保护人。逃，逃，逃！

逃到哪里去呢？怎样逃呢？自己手里没有钱！他恨这个世界，为什么自己不生在一个供养得起他这样的人的世界呢？

想起在本杂志上看见过的一张名画的复印：一溪清水，浮着个少年美女，下半身在水中，衣襟披浮在水上，长发像些金色的水藻随着微波上下，美洁的白脑门向上仰着些，好似希望着点什么；胸上袒露着些，雪白的堆着些各色的鲜花。他不知道为什么想起这张图画，也不愿细想其中的故事。只觉得那长发与玉似的脑门可爱可怜，可是那些鲜花似乎有点画蛇添足。这给他一种欣喜，他觉到自己是有批评能力的。

忘了怎样设法逃走，也忘了自己是往哪里走呢，他微笑着看心中的这张图画。

忽然走到了家门口，红色的“田寓”猛的发现在眼前，他吓了一跳！

原载1936年3月16日《国闻周报》第十三卷第十期

有趣且值得玩味的是：小说后面部分写到一幅画，一幅西洋名画。看到田家生意惨败，田烈德想“逃”，这时，他“想起在本杂志上看见过的一张名画的复印：一溪清水，浮着个少年美女，下半身在水中，衣襟披浮在水上，长发像些金色的水藻随着微波上下，美洁的白脑门向上仰着些，好似希望着点什么；胸上袒露着些，雪白的堆着些各色的鲜花。”依照老舍的描述，这一定是英国画家米莱斯（1829—1896年）所创作的传世名画《奥菲利亚》，它取材自莎士比亚《哈姆雷特》。画家选择了莎士比亚剧中主人公哈姆雷特的恋人奥菲利亚作为画作的主角，画面选取奥菲利亚在编好花环要挂到树上、却连人带花跌入水中即将被淹死的那一瞬间。奥菲利亚的父亲是宫中御前大臣，因参与宫建阴谋被哈姆雷特误杀；而她深爱的王子变得怪异，且不知去向。

在双重打击下，奥菲利亚精神失常。不幸的少女整天在田野上游荡、唱歌、呼唤着恋人的名字。一天，她跑到河边，采集了雏菊、荨麻、野花和杂草来编织一个花环，然后爬上一棵柳树，想把花环挂到伸向河中的树枝上。可是树枝一下子折断了，奥菲利亚连同花环一起落入水中。但她并不知道害怕，依旧在唱歌。她怀着对爱情的美好梦想，握着花枝，唱着歌，飘向天国。这是莎士比亚悲剧中最为哀婉凄美的一幕。莎士比亚这样描述她的死："她的衣裙四散展开，使她暂时能够像人鱼那样漂浮在水面。她仍断断续续地唱着古老歌谣，一点也没觉察到处境的危险，好像她本来就是生长在水中一般。可是没多久，她的衣裙浸透了水，她就被无情的河水吞噬了。"

在这幅作品中，米莱斯描绘了人间最美丽的景色：小溪边盛开着色彩缤纷的花，水中长着绿色的苔藓，溪水温柔地接受了那个可怜女孩，她恬静地仰卧水面就像个水中精灵。米莱斯以人间的旖旎风光来反衬故事的悲剧性，用细腻精致的笔调刻画了这个动人场面，充满凄凉哀婉的情调。

这幅画儿，让人想到老舍的自杀，同样是投水。而在他生前所写的许多小说中，他都在"预演"着这场生命的终结情景。在这篇小说中，这幅画好似游离在小说的外头，可是，我相信，作家在写作时会有近乎神秘的无意识流露！为什么单单是这幅画，因为单单是这幅画深深地刻在了他的意识深处。

新时代的旧悲剧

一

“老爷子!”陈廉伯跪在织锦的垫子上，声音有点颤，想抬起头来看看父亲，可是不能办到；低着头，手扶在垫角上，半闭着眼，说下去：“儿子又孝敬您一个小买卖!”说完这句话，他心中平静一些，可是再也想不出别的话来，一种渺茫的平静，像秋夜听着点远远的风声那样无可如何的把兴奋、平静、感慨与情绪的激动，全融化在一处，不知怎样才好。他的两臂似乎有点发麻，不能再呆呆的跪在那里；他只好磕下头去。磕了三个，也许是四个头，他心中舒服了好多，好像又找回来全身的力量，他敢抬头看看父亲了。

在他的眼里，父亲是位神仙，与他有直接关系的一位神仙；在他拜孔圣人、关夫子，和其他的神明的时节，他感到一种严肃与敬畏，或是一种敷衍了事的情态。唯有给父亲磕头的时节他才觉到敬畏与热情联合到一处，绝对不能敷衍了事。他似乎觉出父亲的血是在他身上，使他单纯得像初生下来的小娃娃，同时他又感到自己的能力，能报答父亲的恩惠，能使父亲给他的血肉更光荣一些，为陈家的将来开出条更光洁香热的血路；他是承上起下的关节，他对得起祖先，而必定得到后辈的钦感!

他看了父亲一眼，心中更充实了些，右手一拄，轻快的立起来，全身都似乎特别的增加了些力量。陈老先生——陈宏道，——仍然端坐在红木椅上，微笑着看了儿子一眼，没有说什么；父子的眼睛遇到老舍一向重视文化思考，被称为一位文化型作家。在新旧文化和东西文化冲突夹缝中的老舍无时无刻不领受着文化冲突所带来的精神痛苦。“作一个现代的中国人，有多么不容易啊！”“五千年的历史压在你的背上”，而“你须担当得起这历史延续下去的责任”。正是在这种痛苦中老舍艰难地进行着文化选择和文化建设。作为小说家他常常通过小说来进行“文化思考”，这样的思考，因为是“小说的”，所以，结论甚不清晰，甚至就没有结论，但是，它可以帮助我们从“人”的层面、从“生活”的角度体味文化变革对人这一“文化动物”带来的种种不能言传的惊讶与悲哀！

一处已经把心中的一切都倾洒出来，本来不须再说什么。陈老先生仍然端坐在那里，一部分是为回味着儿子的孝心，一部分是为等着别人进来贺喜——每逢廉伯孝敬给老先生 所房， 块地，或是 像这次——一个买卖，总是先由廉伯在堂屋里给父亲叩头，而后全家的人依次的进来道喜。

陈老先生的脸是红而开展，长眉长须还都很黑，头发可是有些白的了。大眼睛，因为上了年纪，眼皮下松松的搭拉着半圆的肉口袋；口袋上有些灰红的横纹，颇有神威。鼻子不高，可是宽，鼻孔向外撑着，身量高。手脚都很大；手扶着膝在那儿端坐，背还很直，好似座小山儿：庄严、硬朗、高傲。

《新时代的旧悲剧》突出了对东方文化中“孝”的思考，在“新时代”之所以还会有如此“旧悲剧”？老舍通过“孝”的窗口，从东方文化精神中探照出传统文化的道德观、价值观、行为方式、人生形式，以及在民族心态上的种种投影。表现出老舍对中国文化变革的深深隐忧。

这是一部过短的长篇或过长的短篇。老舍解释过：“《新时代的旧悲剧》有许多的缺点。最大的缺点是有许多人物都见首不见尾，没有‘下回分解’。毛病是在‘中篇’。”事实也是如此，人物性格缺乏必要的发展，受篇幅限制，作家无法充分展示这个家庭的方方面面，无法表现陈老先生对儿女们的教育是如何的不称职。

廉伯立在父亲旁边，嘴微张着些，呆呆的看着父亲那个可畏可爱的旁影。他自己只有老先生的身量，而没有那点气度。他是细长，有点水蛇腰，每逢走快了的时候自己都有些发毛咕。他的模样也像老先生，可是脸色不那么红；虽然将近四十岁，脸上还没有多少须子茬；对父亲的长须，他只有羡慕而已。立在父亲旁边，他又渺茫的感到常常袭击他的那点恐惧。他老怕父亲有个山高水远，而自己压不住他的财产与事业。从气度上与面貌上看，他似乎觉得陈家到了他这一辈，好像兑了水的酒，已经没有那么厚的味道了。在别的方面，他也许比父亲还强，可是他缺乏那点神威与自信。父亲是他的主心骨，像个活神仙似的，能暗中保佑他。有父亲活着，他似乎才敢冒险，敢见钱就抓，敢和人们结仇作对，敢下毒手。每当他遇到困难，迟疑不决的时候，他便回家一会儿。父亲的红脸长须给他胆量与决断；他并不必和父亲商议什么，看看父亲的红脸就够了。现今，他又把刚置买了的产业献给父亲，父亲的福气能压得住一切；即使产业的来路有些不明不白的地方，也被他的孝心与父亲的福分给镇下去。

头一个进来贺喜的是廉伯的大孩子，大成，十一岁的男孩，大脑袋，大嗓门，有点傻，因为小时候吃多了凉药。老先生看见孙子进来，本想立起来去拉他的小手，继而一想大家还没都到全，还不便马上离开红木椅子。

"大成，"老先生声音响亮的叫，"你干什么来了？"

大成摸了下鼻子，往四围看了一眼："妈叫我进来，给爷道，道……"傻小子低下头去看地上的锦垫子。马上弯下身去摸垫子四围的绒绳，似乎把别的都忘了。

陈老先生微微的一笑，看了廉伯一眼，"痴儿多福！"连连的点头。廉伯也陪着一笑。

廉仲——老先生的二儿子——轻轻的走进来。他才有二十多岁，个子很大，脸红而胖，很像陈老先生，可是举止显着迟笨，没有老先生的气派与身份。

没等二儿子张口，老先生把脸上的微笑收起去。叫了声："廉仲！"

廉仲的胖脸上由红而紫，不知怎样才好，眼睛躲着廉伯。

"廉仲！"老先生又叫了声。"君子忧道不忧贫，你倒不用看看你哥哥尽孝，心中不安，不用！积善之家自有余福，你哥哥的顺利，与其说是他有本事，还不如说是咱们陈家过去几代积成的善果。产业来得不易，可是保守更难，此中消息，"老先生慢慢摇着头，"大不易言！箪食瓢饮，那乃是圣道，我不能以此期望你们；腾达显贵，显亲扬名，此乃人道，虽福命自天，不便强求，可是彼丈夫也，我丈夫也，有为者亦若是。我不求你和你哥哥一样的发展，你的才力本来不及他，况且又被你母亲把你惯坏；我只求你循规蹈矩的去作人，帮助父兄去守业，假如你不能自己独创的话。你哥哥今天又孝敬我一点产业，这算不了什么，我并不因此——这点产业——而喜欢；可是我确是喜欢，喜欢的是他的那点孝心。”老先生忽然看子孙子一眼：“大成，叫你妹妹去!”

廉仲的胖脸上见了汗，不知怎样好，乘着父亲和大成说话，慢慢的转到老先生背后，去看墙上挂着的一张山水画。大成还没表示是否听明白祖父的话，妈妈已经携着妹妹进来了。女人在陈老先生心中是没有一点价值的，廉伯太太大概早已立在门外，等着传唤。

廉伯太太有三十四五岁，长得还富泰。倒退十年，她一定是个漂亮的小媳妇。现在还不难看，皮肤很细，可是她的白胖把青春埋葬了，只是富泰，而没有美的诱力了。在安稳之中，她有点不安的神气，眼睛偷偷的，不住的，往四下望。胖脸上老带着点笑容；似乎是给谁道歉，又似乎是自慰，正像个将死了婆婆，好脾气，而没有多少本事的中年主妇。她一进屋门，陈老先生就立了起来，好似传见的典礼已经到了末尾。

“爷爷大喜!”廉伯太太不很自然的笑着，眼睛不敢看公公，可又不晓得去看什么好。

“有什么可喜！有什么可喜!”陈老先生并没发怒，脸上可也不带一点笑容，好似个说话的机器在那儿说话，一点也不带感情，公公对儿媳是必须这样说话的，他仿佛是在表示。“好好的相夫教子，那是妇人的责任；就是别因富而骄惰，你母家是不十分富裕的，哎，哎……”老先生似乎不愿把话说到家，免得使儿媳太难堪了。

廉伯太太胖脸上将要红，可是就又挂上了点无聊的笑意，拉了拉小女儿，意思是叫她找祖父去。祖父的眼角撩到了孙女，可是没想招呼她。女儿都是赔钱的货，老先生不愿偏疼孙子，但是不由的不肯多亲爱孙女。

老先生在屋里走了几步，每一步都用极坚实的脚力放在地上，作足了昂举阔步。自己的全身投在穿衣镜里，他微停了一会儿，端详了自己一下。然后转过身来，向大儿子一笑。

“冯唐易老，李广难封！才难，才难；但是知人惜才者尤难！我已六十多了……”老先生对着镜子摇了半天头。“怀才不遇，一无所成……”他捻着须梢儿，对着镜子细端详自己的脸。

老先生没法子不爱自己的脸。他是个文人，而有武相。他有一切文人该有的仁义礼智，与守道卫教的志愿，可是还有点文人所不敢期冀的，他自比岳武穆。他是，他自己这么形容，红脸长髯高吟“大江东去”的文人。他看不起普通的白面书生。只有他，文武兼全，才担得起翼教爱民的责任。他自信学问与体魄都超乎人，他什么都知道，而且知道的最深最好。可惜，他只是个候补知县而永远没有补过实缺。因此，他一方面以为自己的怀才不遇是人间的莫大损失；在另一方面，他真喜欢大儿子——文章经济，自己的文章无疑的是可以传世的，可是经济方面只好让给儿子了。

廉伯现在作侦探长，很能抓弄些个钱。陈老先生不喜欢“侦探长”，可是侦探长有升为公安局长的希望，公安局长差不多就是原先的九门提督正堂，那么侦探长也就可以算作……至少是三品的武官吧。自从革命以后，官衔往往是不见经传的，也就只好承认官便是官，虽然有的有失典雅，可也没法子纠正。况且官总是“学优而仕”，名衔纵管不同，道理是万世不变的。老先生心中的学问老与作官相联，正如道德永远和利益分不开。儿子既是官，而且能弄钱，又是个孝子，老先生便没法子不满意。只有想到自己的官运不通，他才稍有点忌妒儿子，可是这点牢骚正好是作诗的好材料，那么作一两首律诗或绝句也便正好是哀而不伤。

老先生又在屋中走了两趟，哀意渐次发散净尽。“廉伯，今天晚上谁来吃饭。”

“不过几位熟朋友。”廉伯笑着回答。

“我不喜欢人家来道喜！”老先生的眉皱上一些。“我们的兴旺是父慈子孝的善果；是善果，他们如何能明白……”

“熟朋友，公安局长，还有王处长……”廉伯不愿一一的提名道姓，他知道老人的脾气有时候是古怪一点。

老先生没再说什么。过了一会儿：“别都叫陈寿预备，外边叫几个菜，再由陈寿预备几个，显着既不太难看，又有家常便饭的味道。”老前是陈家的精神；他自己将来不止于作公安局长，可是现在他可以，也应当作公安局长。他不能退让，没看起那手中有一对白板的局长，弟弟手里那张牌是不能送礼的。

又摸了两手，局长把白板摸了上来，和了牌。廉仲把牌推散，对哥哥一笑。廉伯的眼把弟弟的笑整个的瞪了回去。

局长自从掏了白板，转了风头，马上有了闲话："处长，给你张卫生牌吃吃！"顶了处长一张九万。可是，八圈完了，大家都立起来。

"接着来！"廉伯请大家坐下："早得很呢！"

卫生处处长想去睡觉，以重卫生，可是也想报复，局长那几张卫生牌顶得他出不来气。什么早睡晚睡，难道卫生处长就不是人，就不许用些感情？他自己说服了自己。

秘书长一劲儿谦虚，纯粹为谦虚而谦虚，不愿挑头儿继续作战，也不便主张散局，而只说自己打得不好。

只等局长的命令。"好吧，再来；廉伯还没打呢！"

大家都迟迟的坐下，心里颇急切。廉仲不敢坐实在了，眼睛瞪着哥哥，心中直跳。一边瞪着哥哥，一边鼓逗骰子，他希望廉伯还让给他——哪怕是再让一圈呢。廉伯决定下场，廉仲像被强迫爬起来的骆驼，极慢极慢的把自己收拾起来。连一句"五家来，作梦，"都没人说一声！他的脸烧起来，别人也没注意。他恨这群人，特别恨他的哥哥。可是他舍不得走开。打不着牌，看看也多少过点瘾。他坐在廉伯旁边。看了两把，他的茄子色慢慢的降下去，只留下两小帖红而圆的膏药在颧骨上，很傻而有点美。

从第九圈上起，大家的语声和牌声比以前加高了一倍。礼貌、文化、身份、教育，都似乎不再与他们相干，或者向来就没和他们发生过关系。越到夜静人稀，他们越粗暴，把细心全放在牌张的调动上。他们用最粗暴的语气索要一个最小的筹码。他们的脸上失去那层温和的笑意，眼中射出些贼光，瞪着别人的手而掩饰自己的心情变化。他们的唇被香烟烧焦，鼻上结着冷汗珠，身上放射着湿潮的臭气。

西间里，太太们的声音并不比东间里的小，而且非常尖锐。可是她们打得慢一点，东间的第九圈开始，她们的八圈还没有完。毛病是在廉伯太太。显然的，局长太太们不大喜欢和她打，她自己也似乎不十分热心的来。可是没有她便成不上局，大家无法，她也无法。她打的慢，算和慢，每打一张她还得那么抱歉的、无聊的、无可奈何的笑一笑，大家只看她的张子，不看她的笑；她发的张子老是很臭：吃上的不感激她，吃不上的责难她。她不敢发脾气，也不大会发脾气，她只觉得很难受，而且心中嘀嘀咕咕，惟恐丈夫过来检查她——她打的不好便是给他丢人。那三家儿都是牌油子。廉伯太太对于她们的牌法如何倒不大关心，她羡慕她们因会打牌而能博得丈夫们的欢心。局长太太是二太太，可是打起牌来就有了身份，而公然的轻看廉伯太太。

八圈完了，廉伯太太缓了一口气，可是不敢明说她不愿继续受罪。刘妈进来伺候茶水，她忽然想起来，胖胖的一笑："刘妈，二爷呢？"

局长太太们知道廉仲厉害，可是不反对他代替嫂子；要玩就玩个痛快，在赌钱的时节她们有点富于男性。廉仲一坐下，仿佛带来一股春风，大家都高兴了许多。大家都长了精神，可也都更难看了，没人再管脸上花到什么程度；最美的局长二太太的脸上也黄一块白一块的，有点像连阴天时的壁纸。屋中潮渌渌的有些臭味。

廉伯太太心中舒服了许多，但还不能马上躲开。她知道她的责任是什么，一种极难堪，极不自然，而且不被人钦佩与感激的责任。她坐在卫生处长太太旁边，手放在膝上，向桌子角儿微笑。她觉到她什么也不是，只是廉伯太太，这四个字把她捆在那里。

廉仲可是非常的得意。"赌"是他的天才所在，提到打牌，推牌九，下棋，抽签子，他都不但精通，而且手里有花活。别的，他无论怎样学也学不会；赌，一看就明白。这个，使他在家里永远得不着好气，可是在外边很有人看得起他，看他是把手儿。他恨陈老先生和廉伯，特别是在陈老先生说"都是你母亲惯坏了你"的时候。他爱母亲，设若母亲现在还活着，他绝不会受他们这么大的欺侮，他老这样想。母亲是死了，他只能跟嫂子亲近，老嫂比母，他对嫂子十分的敬爱。因此，陈老先生更不待见他，陈家的男子都是轻看妇女的，只有来全句。老杜、香山、东坡……都作过官；饶作过官，还那么牢骚抑郁，况且陈老先生，惭愧、空虚。他想起那个买卖。儿子孝敬给他的产业，实在的，须用心经营的，经之营之……他决定到铺子去看看。他看不起作买卖，可是不能不替儿子照管一下，再说呢，“道”在什么地方也存在着。子贡也是贤人！书须活念，不能当书痴。他开始换衣服。刚换好了鞋，廉伯自用的侦探兼陈家的门房冯有才进来请示：

“老先生，”冯有才——四十多岁，嘴像鲇鱼似的——低声的说：“那个，他们送来，那什么，两个封儿。”

“为什么来告诉我？”老先生的眼睛瞪得很大。

“不是那个，大先生还睡觉哪吗，”鲇鱼嘴试着步儿笑：“我不好，不敢去惊动他，所以——”

陈老先生不好意思去思索，又得出个妥当的主意：“他们天亮才散，我晓得！”缓了口气。“你先收下好啦，回头交给大爷：我不管，我不管！”走过去，把那本诗拿在手中，没看冯有才。

冯有才像从鱼网的孔中漏了出去，脚不擦地的走了。老先生又把那本诗放下，看了一眼：“凉风起天末，君子意如何?!”“君子——意——如——何——”老先生心中茫然，惭愧，没补上过知县，连个封儿都不敢接；冯有才，混蛋，必定笑我呢！送封儿是自古有之，可是应当什么时候送呢？是不是应当直接的说来送封儿，如邮差那样喊“送信”？说不清，惭愧！文章经济，自己到底缺乏经验，空虚——“意如何！”对着镜子看了看：“养拙干戈际，全生麋鹿群！”细看看镜中的老眼有没有泪珠，没有；古人的性情，有不可及者！

老先生换好衣服，正想到铺子去看看，冯有才又进来了：“老先生，那什么，我刚才忘记回了：钱会长派人来送口信，请您今天过去谈谈。”

“什么时候？”

“越早越好。”

老先生的大眼睛闭了闭，冯有才退出去。老先生翻眼回味着刚才那一闭眼的神威，开始觉到生命并不空虚，一闭眼也有作用；假如自己是个“重臣”，这一闭眼应当有多么大的价值？可惜只用在冯有才那混蛋的身上；白废！到底生命还是不充实，儒者三月无君……

他决定先去访钱会长。没坐车，为是活动活动腿脚。微风吹斜了长须，触着一些阳光，须梢闪起金花。他端起架子，渐渐的忘记是自己的身体在街上走，而是一个极大极素美的镜框子，被一股什么精神与道气催动着，在街上为众人示范——镜框子当中是个活圣贤。走着走着，他觉得有点不是味儿：知道那两封儿里是支票呢，还是现款呢？交给冯有才那个混蛋收着……不能，也许不能……可是，钱若是不少，谁保得住他不携款潜逃！世道人心！他想回去，可是不好意思，身份、礼教，都不准他回去。然而这绝不是多虑，应当回去！自己越有修养，别人当然越不可靠，不是过虑。回去不呢？没办法！

四

花厅里坐着两位，钱会长和武将军。钱会长从前作过教育次长和盐运使，现在却愿意人家称呼他会长，国学会的会长。武将军是个退职的武人，自从退隐以后，一点也不像个武人，肥头大耳的倒像个富商，近来很喜欢读书。

陈老先生和他们并非旧交，还是自从儿子升了侦探长以后才与他们来往。他对钱子美钱会长有相当的敬意，一来因为会长的身份，二来因为会长对于经学确是有研究，三来因为会长沉默寡言而又善于理财——文章经济。对武将军，陈老先生很大度的当个朋友待，完全因为武将军什么也不知道而好向老先生请教。

三人打过招呼，钱会长一劲儿咕噜着水烟，两只小眼专看着水烟袋，一声不出。武将军倒想说话，而不知说什么好，在文人面前他老有点不自然。陈老先生也不便开口，以保持自己的尊严。

坐了有十分钟，钱会长的脚前一堆一堆的烟灰已经像个义冢的小模型。他放下了烟袋，用右手无名指的长指甲轻轻刮了刮头。小眼睛从心里透出点笑意，像埋在深处的种子顶出个小小的春芽。用左手小才能作出诗来。再说呢，那点财产都是儿子挣来的，不容易；老子随便挥霍——即使是为行善——岂不是慷他人之慨？父慈子孝，这是两方面的。为儿子才拉拢这些人！可是没拉拢出来什么，而先倒出一笔钱去，儿子的，怎对得起儿子？自然，也许出一笔钱，引起会长的敬意。对儿子不无好处；但是希望与拿现钱是两回事。引起他们的敬意，就不能少拿，而且还得快说，会长在那儿等着呢！乐天下之乐，忧天下之忧，常这么说；可谁叫自己连个知县也没补上过呢！陈老先生的难堪甚于顾虑，他恨自己。他捋了把胡子，手微有一点颤。

“寒士，不过呢，当仁不让，我也拿吟老那个数儿吧。唯赈无量不及破产！哈哈！”他自己听得出哈哈中有点颤音。

他痛快了些，像把苦药吞下去那样，不感觉舒服，而是减少了迟疑与苦闷。

武将军两千，陈老先生一千，不算很小的一个数儿。可是会长连头也没抬，依然咕噜着他的水烟。陈老先生一方面羡慕会长的气度，一方面想知道到底会长拿多少呢。

“为算算钱数，会长，会长拿多少？”

会长似乎没有听见。待了半天，仍然没抬头：“我昨天就汇出去了，五千；你们诸公的几千，今天晌午可以汇了走；大家还方便吧？若是不方便的话，我先打个电报去报告个数目，一半天再汇款。”

“容我们一半天的工夫也好。”陈老先生用眼睛问武将军，武将军点点头。

大家又没的可说了。

武将军又忽然想起来：“宏老，走，上我那儿吃饭去！会长去不去？”

“我不陪了，还得找几位朋友去，急赈！”会长立起来，“不忙，天还早。”

陈老先生愿意离开这里，可是不十分热心到武宅去吃饭。他可没思索便答应了武将军，他知道自己心中是有点乱，有个地方去也好。他惭愧，为一千块钱而心中发乱；毛病都在他没作过盐运使与军长；他不能不原谅自己。到底心中还是发乱。

坐上将军的汽车，一会儿就到了武宅。

武将军的书房很高很大，好像个风雨操场似的，可是墙上挂满了字画，到处是桌椅，桌上挤满了摆设。字画和摆设都是很贵买来的，而几乎全是假古董。懂眼的人不好意思当着他的面说是假的，可是即使说了，将军也不在乎；遇到阴天下雨没事可作的时候，他不看那些东西，而一件件的算价钱：加到一块统计若干，而后分类，字画值多钱，铜器值若干，玉器……来回一算，他可以很高兴的过一早晨，或一后半天。

陈老先生不便说那些东西“都”是假的，也不便说“都”是真的，他指出几件不地道，而嘱咐将军：“以后再买东西，找我来；或是讲明了，付过了钱哪时要退就可以退，”他可惜那些钱。

“正好，我就去请你，买不买的，说会子话儿！”武将军马上想起话来。这所房子值五万；家里现在只剩了四个娘们，原先本是九个来着，裁去了五个，保养身体，修道。他有朝一日再掌兵权也不再多杀人，太缺德……

陈老先生搭不上话，可是这么想：假若自己是宰相，还能不和将军们来往么？自己太褊狭，因为没作过官；一个儒者，书生的全部经验是由作官而来。他把心放开了些，慢慢的觉到武将军也有可爱之处，就拿将军的大方说，会长刚一提赈灾，他就认两千，无论怎说，这是有益于人民的……至少他不能得罪了将军，儿子的前途——文王的大德，武王的功绩，相辅而成，相辅而成！

仆人拿进一封信来。武将军接过来，随手放在福建漆的小桌上。仆人还等着。将军看了信封一眼：“怎回事？”

“要将军的片子，要紧的信！”

“找张名片去，请王先生来！”王先生是将军的秘书。

“王先生吃饭去了，大概得待一会儿……”

将军撕开了信封。抽出信纸，顺手儿递给了陈老先生：“老先生给看一眼，就是不喜欢念信！那谁，抽屉里有名片。”

陈老先生从袋中摸出大眼镜，极有气势的看信：

也很傻。

廉伯没注意她。深感觉到廉仲婚事的困难。弟弟自己没本事，全仗着哥哥，而哥哥的地位还没达到理想的高度。说亲就很难：高不成，低不就。可是即使哥哥的地位再高起许多，还不是弟弟跟着白占便宜？廉伯心中有点不自在：以陈家全体而言，弟弟应当娶个有身份的女子，以弟弟而言，痴人有个傻造化，苦了哥哥！慢慢再说吧！

把弟弟的婚事这么放下，紧跟着想起自己的事。一想起来，立刻觉得屋中有点闭气，他想出去。可是……

“说，把小凤接来好不好？你也好有个伴儿。”

廉伯太太还是笑着，一种代替哭的笑：“随便。”

“别随便，你说愿意。”廉伯坐起来。“不都为我，你也好有个帮手；她不坏。”

她没话可说，转来转去还是把心中的难过笑了出来。

“说话呀，”他紧了一板：“愿意就完了，省事！”

“那么不等二弟先结婚啦？”

他觉出她的厉害。她不哭不闹，而拿弟弟来支应，厉害！设若她吵闹，好办；父亲一定向着儿子，父亲不能劝告儿子纳妾，可是一定希望再有个孙子，大成有点傻，而太太不易再生养。不等弟弟先结婚了？多么冠冕堂皇！弟弟算什么东西！十几年的夫妇，跟我掏鲇坏！他立起来，找帽子，不能再在这屋里多停一分钟。

“上哪儿？这早晚！”

没有回答。

六

微微的月光下，那个小门像图画上的，门楼上有些树影。轻轻的拍门，他口中有点发干，恨不能一步迈进屋里去。小凤的母亲来开，他希望的是小凤自己。老妈妈问了他一句什么，他只哼了一声，一直奔了北屋去。屋中很小，很干净，还摆着盆桂花。她从东里间出来：

“你，哟?”

老妈妈没敢跟进来，到厨房去泡茶。他想搂住小凤。可是看了她一眼，心中凉了些，闻到桂花的香味。她没打扮着，脸黄黄的，眼圈有点发红，好似忽然老了好几岁。廉伯坐在椅上，想不起说什么好。

“我去擦把脸，就来!”她微微一笑，又进了东里间。

老妈妈拿进茶来，又闲扯了几句，廉伯没心听。老妈妈的白发在电灯下显着很松很多，蓬散开个白的光圈。他呆呆的看着这团白光，心中空虚。

不大一会儿，小凤回来了。脸上擦了点粉，换了件衣裳，年轻了些，淡绿的长袍，印着些小碎花。廉伯爱这件袍儿，可是刚才的红眼圈与黄脸仍然在心中，他觉得是受了骗。同时，他又舍不得走，她到底还有点吸力。无论如何，他不能马上又折回家去，他不能输给太太。老妈妈又躲出去。

小凤就是没擦粉，也不算难看；擦了粉，也不妖媚。高高的细条身子，长脸，没有多少血，白净。鼻眼都很清秀，牙非常的光白好看。她不健康，不妖艳，但是可爱。她身上有点什么天然带来的韵味，像春雾，像秋水，淡淡的笼罩着全身，没有什么特别的美点，而处处轻巧自然，一举一动都温柔秀气；衣服在她身上像遮月的薄云，明洁飘洒。她不爱笑，但偶尔一笑，露出一些好看的牙，是她最美的时候，可是仅仅那么一会儿，转眼即逝，使人追味，如同看着花草，忽然一个白蝶飞来，又飘然飞过了墙头。

“怎这么晚?”她递给他一枝烟，扔给他一盒洋火。

“忙!”廉伯舒服了许多。看着蓝烟往上升，他定了定神，为什么单单爱这个贫血的女人？奇怪，自从有了这个女人，把寻花问柳的事完全当作应酬，心上只有她一个人，为什么从烟中透过一点浓而不厌的桂香，对，她的味儿长远!

“眼圈又红了，为什么?”

“没什么，”她笑得很小，只在眼角与鼻翅上轻轻一逗，可是表现出许多心事：“有点头疼，吃完饭也没洗脸。”

慢慢的，这件事被大家知道了，都为凤贞不平。校长听到了一些，她心中更冒了火。有一天朝会的时候，她教训了大家一顿，话很不好听，有个暴性子的大学生喊了句：“管教管教你弟弟好不好！”校长哈哈的笑起来：“不用管教我弟弟，我得先管教教员！”她从袋中摸出个纸条来：“看！收了我弟弟五百块钱，反说我兄弟不好。宋凤贞！我待你不错，这就是你待朋友的法儿，是不是？你给我滚！”

凤贞只剩了哆嗦。学生们马上转变过来，有的向她呸呸的啐。她不晓得怎样走回了家。到了家中，她还不敢哭；她知道那五百块钱是被弟弟使了，不能告诉妈妈；她失了业，也不能告诉妈妈。她只说不大舒服，请了两天假；她希望能快快的在别处找个事。

找了几个朋友，托给找事，人家都不大高兴理她。

龙云回来了，很恳切的告诉姐姐：

“姐，我知道你能原谅我。我有我的事业，我需要钱。我的手段也许不好，我的目的没有错儿。只有你能帮助我，正像只有你能养着母亲。为帮助母亲与我，姐，你须舍掉你自己，好像你根本没有生在世间过似的。校长弟弟的五百元，你得替我还上；但是我不希望你跟他去。侦探长在我的背后，你能拿住了侦探长，侦探长就拿不住了我，明白，姐？你得到他，他就会还那五百元的账，他就会给你找到事，他就会替你养活着母亲。得到他，替我遮掩着，假如不能替我探听什么。我得走了，他就在我背后呢！再见，姐，原谅我不能听听你的意见！记住，姐姐，你好像根本没有生在世间过！”

她明白弟弟的话。明白了别人，为别人作点什么，只有舍去自己。

弟弟的话都应验了，除了一句——他就会给你找到事。他没给凤贞找事，他要她陪着睡。凤贞没再出过街门一次，好似根本没有生在世间过。对于弟弟，她只能遮掩，说他不孝、糊涂、无赖；为弟弟探听，她不会作，也不想作，她只求混过今天，不希望什么。

七

陈老先生明白了许多的事。有本领的人使别人多懂些事，没有本事的人跟着别人学，惭愧！自己跟着别人学！但是不能不学，一事不知，君子之耻，活到老学到老！谁叫自己没补上知县呢！作官方能知道一切。自己的祖父作过道台，自己的父亲可是只作到了“坊里德表”，连个功名也没得到！父亲在族谱上不算个数，自己也差不多；可是自己的儿子……不，不能全靠着儿子，自己应当老当益壮，假若功名无望，至少得帮助儿子成全了伟大事业。自己不能作官，还不会去结交官员吗？打算帮助儿子非此不可！他看出来，作官的永远有利益，盐运使，将军，退了职还有大宗的入款。官和官声气相通，老相互帮忙。盟兄弟、亲戚、朋友，打成一片；新的官是旧官的枝叶；即使平地云雷，一步登天，还是得找着旧官宦人家求婚结友；一人作官，福及三代。他明白了这个。想到了二儿子。平日，看二儿子是个废物，现在变成了宝贝。廉伯可惜已经结了婚，廉仲大有希望。比如说武将军有个小妹或女儿，给了廉仲？即使廉仲没出息到底，可是武将军又比廉仲高明着多少？他打定了主意，廉仲必须娶个值钱的女子，哪怕丑一点呢，岁数大一点呢，都没关系。廉伯只是个侦探长，那么，丑与老便是折冲时的交换条件：陈家地位低些，可是你们的姑娘不俊秀呢！惭愧，陈家得向人家交换条件，无法，谁叫陈宏道怀才不遇呢！谈笑有鸿儒，往来无白丁，何等气概！老先生心里笑了笑。

他马上托咐了武将军，武将军不客气的问老先生有多少财产。老先生不愿意说，又不能不说，而且还得夸张着点儿说。由君子忧道不忧贫的道理说，他似乎应当这样的回答——方宅十余亩，草屋八九间。即使这是瞒心昧己的话，听着到底有些诗味。可是他现在不是在谈道，而是谈实际问题，实际问题永远不能作写诗的材料。他得多说，免得叫武将军看他不起：

“诗书门第，不过呢，也还有个十几万；先祖作过道台……”想给儿子开脱罪名。

“廉伯大概也抓弄不少？官不在大，缺得合适。”武将军很亲热的说。

“那个，还好，还好！”老先生既不肯像武人那样口直心快，又不愿说倒了行市。

“好吧，老先生，交给我了；等着我的信儿吧！”武将军答应了。

老先生吐了一口气，觉得自己并非缺乏实际的才干，只可惜官运不通；喜完不免又自怜，胡子嘴儿微微的动着，没念出声儿来：“耽酒须微禄，狂歌托圣朝……”

“哼！”武将军用力拍了大腿一下：“真该揍，怎就忘了呢！宝斋不是有个老妹子！”他看着陈老先生，仿佛老先生一定应该知道宝斋似的。

“哪个宝斋？”老先生没希望事来得这样快，他渺茫的有点害怕了。

“不就是孟宝斋，顶好的人！那年在南口打个大胜仗，升了旅长。后来邱军长倒戈，把他也连累上，撤了差，手中多也没有，有个二十来万，顶好的人。我想想看，他——也就四十一二，老妹子过不去二十五六，‘老’妹子。合适，就这么办了，我明天就去找他，顶熟的朋友。还真就是合适！”

陈老先生心中有点慌，事情太顺当了恐怕出毛病！孟宝斋究竟是何等样的人呢？婚姻大事，不是随便闹着玩的。可是，武将军的善意是不好不接受的。怎能刚求了人家又撤回手来呢！但是，跟个旅长作亲——难道儿子不是侦探长？儿孙自有儿孙福，廉仲有命呢，跟再阔一点的人联姻，也无不可；命不济呢，娶个蛾皇似的贤女，也没用。父亲只能尽心焉而已，其余的……再说呢，武将军也不一定就马到成功，试试总没什么不可以的。他点了头。

辞别了武将军，他可是又高兴起来，即使是试试，总得算是个胜利；假使武将军看不起陈家的话，他能这样热心给作媒么？这回不成，来日方长，陈家算是已打入了另一个圈儿，老先生的力量。廉仲也不坏，有点傻造化；希望以后能多给他点好脸子看！

把二儿子的事放下，想起那一千块钱来。告诉武将军自己有十来万，未免，未免，不过，一时的手段；君子知权达变。虽然没有十来万，一千块钱还不成问题。可是，会长与将军的捐款并不必自己掏腰包，一个买卖就回来三四千——那封信！为什么自己应当白白拿出一千呢？况且，焉知道他们的捐款本身不是一种买卖呢！作官的真会理财，文章经济。大概廉伯也有些这种本领，一清早来送封儿，不算什么不体面的事；自己不要，不过是便宜了别人；人不应太迂阔了。这一千块钱怎能不叫儿子知道，而且不白白拿出去呢？陈老先生极用心的想，心中似乎充实了许多：作了一辈子书生，现在才明白官场中的情形，才有实际的问题等着解决。儿子尽孝是种光荣，但究竟是空虚的，虽然不必受之有愧，可是并显不出为父亲的真本事。这回这一千元，不能由儿子拿，老先生要露露手段，儿子的孝心是儿子的，父亲的本事是父亲的，至少这两回事——廉仲的婚事和一千元捐款——要由父亲负责，也教他们年轻的看一看，也证实一下自己并不是酸秀才。

街上仿佛比往日光亮着许多，飞尘在秋晴中都显着特别的干爽，高高的浮动着些细小金星。蓝天上飘着极高极薄的白云，将要同化在蓝色里，鹰翅下悬着白白的长丝。老先生觉得有点疲乏，可是非常高兴，头上出了些汗珠，依然扯着方步。来往的青年男女都换上初秋的新衣，独行的眼睛不很老实，同行的手拉着手，或并着肩低语。老先生恶狠狠的瞪着他们，什么样子，男女无别，混帐！老先生想到自己设若还能作官，必须斩除这些混帐们。爱民以德，齐民以礼；不过，乱国重刑，非杀几个不可！国家将亡，必有妖孽，这种男女便是妖孽。只有读经崇礼，方足以治国平天下。

但是，自己恐怕没有什么机会作官了，顶好作个修身齐家的君子吧。“圣贤虽远诗书在，殊胜邻翁击磬声！”修身，自己生平守身如执玉；齐家，父慈子孝。俯仰无愧，耿耿此心！忘了街上的男女；我道不行，且独善其身吧。

他想到新铺子中看看，儿子既然孝敬给老人，老人应当在开市以前去看看，给他们出些主意，“为商为士亦奚异”，天降德于予，必有以用其才者。

聚元粮店正在预备开市，门匾还用黄纸封着，右上角破了一块，露出极亮的一块黑漆和一个鲜红的“民”字。铺子外卸着两辆大车，一群赤背的人往里边扛面袋，背上的汗湿透了披着的大布巾，头发与眉毛上都挂着一层白霜。肥骡子在车旁用嘴偎着料袋，尾巴不住的抡打秋蝇。面和汗味裹在一处，招来不少红头的绿蝇，带着闪光乱飞。铺子里面也很紧张，笸箩已摆好，都贴好红纸签，小伙计正按着标签往里倒各种粮食，糠飞满了屋中，把新油的绿柜盖上一层黄白色。各处都是新油饰的，大红大绿，像个乡下的新娘子，尽力打扮而怪难受的。面粉堆了一人多高，还往里扛，软软的，印着绿字，像一些发胛的枕头。最着眼的是悬龛里的关公，脸和前面的一双大红烛一样红，龛底下贴着一溜米色的挂钱和两三串元宝。

陈老先生立在门外，等着孙掌柜出来迎接。伙计们和扛面的都不答理他，他的气要往上撞。“借光，别挡着道儿！”扛着两个面的，翻着眼瞪他。

“叫掌柜的出来！”陈老先生吼了一声。

“老东家！老东家！”一个大点儿的伙计认出来。

“老东家！老东家！”传递过去，大家忽然停止了工作，脸在汗与面粉的底下露出敬意。

老先生舒服了些，故意不睬不闻。抬头看匾角露出的红“民”字。

孙掌柜胖胖的由内柜扭出来，脸上的笑纹随着光线的强度增多，走到门口，脸上满是阳光也满是笑纹。山东绸的裤褂在日光下起闪，脚下的新千层布底白得使人忽然冷一下。

“请吧，请吧，老先生。”掌柜的笑向老东家放射，眼角撩着面车，千层底躲着马尿，脑瓢儿指挥小徒弟去沏茶打手巾。一点不忙，而一切都作到了掌柜的身份。慢慢的向内柜走，都不说话，掌柜的胖笑脸向左向右，微微一抬，微微向后；老先生的眼随着胖笑脸看到了一切。

到了内柜，新油漆味，老关东烟味，后院的马粪味，前面浮进来的糠味，拌成一种很沉重而得体的臭味。老先生入了另一世界。这个味道使他忘了以前的自己，而想到一些比书生更充实更有作为的事儿。平日的感情是来自书中，平日的愿望是来自书中，空的，都是空的。现在他看着墙上斜挂着一溜蓝布皮的账簿，桌上的紫红的算盘，墙角放着的大钱柜，锁着放光的巨锁，贴着“招财进宝”……他觉得这是实在的、可捉摸的事业；这个事业未必比作官好，可是到底比向着书本发呆，或高吟“天生德于予”强的多。这是生命、作为、事业。即使不幸，儿子搁下差事，这里，这里！到底是有米有面有钱，经济！

他想起那一千块来。

“孙掌柜，比如说，闲谈，咱们要是能应下来一笔赈粮；今年各处闹灾，大概不久连这里也得收容不少灾民；办赈粮能赔钱不能？请记住，这可是慈善事儿！”

孙掌柜摸不清老东家的意思，只能在笑上努力：“赔不了，怎能赔呢？”

“闲谈；怎就不能赔呢？”

又笑了一顿，孙掌柜拿起长烟袋，划着了两根火柴，都倒插在烟上，而后把老玉的烟嘴放在唇间。“办赈粮只有赚，弄不到手的事儿！”撇着嘴咽了口很厚很辣的烟。“怎么说呢，是这么着：赈粮自然免税，白运，啊！——”

“还怎着？”老先生闭上眼，气派很大。

“谁当然也不肯专办赈；白运，这里头就有伸缩了。”他等了等，看老东家没作声，才接着说：“赶到粮来了，发的时候还有分寸。”

“那可——”老先生睁开了眼。

“不必一定那么办，不必；假如咱们办，实入实出；占白运的便宜，不苦害难民，落个美名，正赶上开市，也好立个名誉。买卖是活的，看怎调动。”孙掌柜叼着烟袋，斜看着白干层底儿。

“买卖是活的，”在老先生耳中还响着，跟作文章一样，起承转合……

“老先生，有路子吗？”孙掌柜试着步儿问。

“什么路子？”

“办赈粮。”

“我想想看。”

“运动费可也不小。”

"有人，有人；我想想看。"老先生慢慢觉得孙掌柜并不完全讨厌。武将军与孙掌柜都不像想象的那么讨厌，自己大概是有点太板了；道足以正身，也足以杀灭生机，仿佛是要改一改，自己有了财，有了身份，传道岂不更容易；汤武都是皇帝，富有四海，仍不失为圣人。拿那一千，再拿一二千去运动也无所不可，假如能由此买卖兴隆起来，日进斗金……

他和孙掌柜详细的计议了一番。

临走，孙掌柜想起来：

"老先生，内柜还短块匾，老先生给选两个好字眼，写一写；明天我亲自去取。"

"写什么呢?"老先生似乎很尊重掌柜的意见。

"老先生想吧，我一肚子俗字!"

老先生哈哈的笑起来，微风把长须吹斜了些，在阳光中飘着疏落落的金丝。

八

"大嫂!"廉仲在窗外叫："大嫂!"

"进来，二弟。"廉伯太太从里间匆忙走出来。"哟，怎么啦?"

廉仲的脸上满是汗，脸蛋红得可怕，进到屋中，一下子坐在椅子上，好像要昏过去的样子。

"二弟，怎啦？不舒服吧?"她想去拿点糖水。

廉仲的头在椅背上摇了摇，好容易喘过气来。"大嫂!"叫了一声，他开始抽噎着哭起来，头捧在手里。

"二弟！二弟！说话！我是你的老嫂子!"

"我知道，"廉仲挣扎着说出话来，满眼是泪的看着嫂子："我只能对你说，除了你，没人在这里拿我当作人。大嫂你给我个主意!"他净下了鼻子。

"慢慢说，二弟!"廉伯太太的泪也在眼圈里。

“父亲给我定了婚，你知道?”

她点了点头。

“他没跟我提过一个字；我自己无意中听到了，女的，那个女的，大嫂，公开的跟她家里的汽车夫一块睡，谁都知道！我不算人，我没本事，他们只图她的父亲是旅长，媒人是将军，不管我……王八……”

“父亲当然不知道她的……”

“知道也罢，不知道也罢，我不能受。可是，我不是来告诉你这个。你看，大嫂，”廉仲的泪渐渐干了，红着眼圈，“我知道我没本事，我傻，可是我到底是个人。我想跑，穷死，饿死，我认命，不再登陈家的门。这口饭难咽!”

“咱们一样，二弟!”廉伯太太低声的说。

“我很想玩他们一下，”他见嫂子这样同情，爽性把心中的话都抖落出来：“我知道他们的劣迹，他们强迫买卖家给送礼——乾礼。他们抄来‘白面’用面粉顶换上去，他们包办赈粮……我都知道。我要是揭了他们的盖儿，枪毙，枪毙!”

“呕，二弟，别说了，怕人！你跑就跑得了，可别这么办哪！于你没好处，于他们没好处。我呢，你得为我想想吧！我一个妇道人家……”她的眼又向四下里望了，十分害怕的样子。

“是呀，所以我没这么办。我恨他们，我可不恨你，大嫂；孩子们也与我无仇无怨。我不糊涂。”廉仲笑了，好像觉得为嫂子而没那样办是极近人情的事，心中痛快了些，因为嫂子必定感激他。“我没那么办，可是我另想了主意。我本打算由昨天出去，就不登这个门了，我去赌钱，大嫂你知道我会赌？我是这么打好了主意：赌一晚上，赢个几百，我好远走高飞。”

“可是你输了。”廉伯太太低着头问。

“我输了!”廉仲闭上了眼。

“廉仲，你预备输，还是打算赢?”宋龙云问。

“赢!”廉仲的脸通红。

“不赌；两家都想赢还行。我等钱用。”

那两家都笑了。

“没你缺一手。”廉仲用手指肚来回摸着一张牌。

“来也不打麻将，没那么大工夫。”龙云向黑的屋顶喷了一口烟。

“我什么也陪着，这二位非打牌不可，专为消磨这一晚上。坐下！”廉仲很急于开牌。

“好吧，八圈，多一圈不来？”

三家勉强的点头。“坐下！”一齐说。

“先等等，拍出钱来看看，我等钱用！”龙云不肯坐下。

三家掏出票子扔在桌上，龙云用手拨弄了一下：“这点钱？玩你们的吧！”

“根本无须用钱；筹码！输了的，明天早晨把款送到；赌多少的？”廉仲立起来，拉住龙云的臂。

“我等两千块用，假如你一家输，输过两千，我只要两千，多一个不要；明天早上清账！”

“坐下！你输了也是这样？”廉仲知道自己有把握。

“那还用说，打座！”

八圈完了，廉仲只和了个末把，胖手哆嗦着数筹码，他输了一千五。

“再来四圈？”他问。

“说明了八圈一散。”龙云在裤子上擦擦手上的汗：“明天早晨我同你一块去取钱，等用！”

“你们呢？”廉仲问那二家，眼中带着乞怜的神气。

“再来就再来，他一家赢，我不输不赢。”

“我也输，不多，再来就再来。”

“赢家说话！”廉仲还有勇气，他知道后半夜能转败为胜，必不得已，他可以耍花活；似乎必得耍花活！

“不能再续，只来四圈；打座！”龙云仿佛也打上瘾来。

廉仲的运气转过点来。

“等会儿！”龙云递给廉仲几个筹码。“说明白了，不带花招儿的！”

廉仲拧了下眉毛，没说什么。

打下一圈来，廉仲和了三把。都不小。

“抹好了牌，再由大家随便换几对儿，心明眼亮；谁也别掏坏，谁也别吃亏！”龙云用自己门前的好几对牌换过廉仲的几对来。

廉仲不敢说什么，瞪着大家的手。

可是第二圈，他还不错，虽然只和了一把，可是很大。他对着牌笑了笑。

“脱了你的肥袖小褂！”龙云指着廉仲的胖脸说。

“干什么？”廉仲的脸紧得很难看，用嘴唇干挤出这么三个字来。

“不带变戏法儿的，仙人摘豆，随便的换，哎？”

哗——廉仲把牌推了，“输钱小事，名誉要紧，太爷不玩啦！”

“你？你要打的；捡起来！”龙云冷笑着。

“不打犯法呀！”

“好啦，不打也行，这两圈不能算数，你净欠我一千五？”

“我一个子儿不欠你的？”廉仲立起来。

“什么？你以为还出得去吗？”龙云也立起来。

“绑票是怎着？我看见过！”廉仲想吓唬吓唬人。牌是不能再打了，抹不了自己的牌，换不了张，自己没有必赢的把握。凭气儿，他敌不住龙云。

“用不着废话，我输了还不是一样拿出钱？”

“我没钱！”廉仲说了实话。

“嗨，你们二位请吧，我和廉仲谈谈。”龙云向那两家说：“你不输不赢，你输不多；都算没事，明天见。”

那两家穿好长衣服，“再见。”

“坐下，”龙云和平了一些，“告诉我，怎回事。”

“没什么，想赢俩钱，作个路费，远走高飞。”廉仲无聊的，失望的，一笑。

“没想到输，即使输了，可以拿你哥哥唬事，侦探长。”

“他不是我哥哥！”廉仲可是想不起别的话来。他心中忽然很乱：回家要钱，绝对不敢。最后一次利用哥哥的势力，不行，龙云不是好惹的。再说呢，龙云是廉伯的对头，帮助谁也不好；廉伯拿住龙云至少是十年监禁，龙云得了手，廉伯也许吃不住。自己怎办呢？

“你干吗这么急着用钱？等两天行不行？”

“我有我的事，等钱用就是等钱用；想法拿钱好了，你！”龙云一点不让步。

“我告诉你了，没钱！”廉仲找不着别的话说。

“家里去拿。”

“你知道他们不能给我。”

“跟你嫂子要！”

“她哪有钱？”

“你怎知道她没钱？”

廉仲不言语了。

“我告诉你怎办，”龙云微微一笑，“到家对你嫂子明说，就说你输了钱，输给了我。我干吗用钱呢，你对嫂子这么讲：龙云打算弄俩钱，把妈妈姐姐都偷偷的带了走。你这么一说，必定有钱。明白不？”

“你真带她们走吗？”

“那你不用管。”

“好啦，我走吧？”廉仲立起来。

“等等！”龙云把廉仲拦住。“那儿不是张大椅子？你睡上一会儿，明天九点我放你走。我不用跟着你，你知道我是怎个人。你乖乖的把款送来，好；你一去不回头，也好；我不愿打死人，连你哥哥的命我都不想要。不过，赶到气儿上呢，我也许放一两枪玩！”龙云拍了拍后边的裤袋。

“大嫂，你知道我不能跟他们要钱？记得那年我为踢球挨那顿打？捆在树上！我想，他们想打我，现在大概还可以。”

“不必跟他们要，”廉伯太太很同情的说，“这么着吧，我给你凑几件首饰，你好歹的对付吧。”

“大嫂！我输了一千五呢！”

“二弟！”她咽了口气：“不是我说你，你的胆子可也太大了！一千五！”

“他们逼的我！我平常就没有赌过多大的耍儿。父亲和哥哥逼的我！”

“输给谁了呢？”

“龙云！他……”廉仲的泪又转起来。只有嫂子疼他，怎肯瞪着眼骗她呢？

可是，不清这笔账是不行的，龙云不好惹。叫父兄知道了也了不得。只有骗嫂子这条路，一条极不光明而必须走的路！

“龙云，龙云，”他把耻辱、人情，全咽了下去，“等钱用，我也等钱用，所以越赌越大。”

“宋家都不是好人，就不应当跟他赌！”她说得不十分带气，可是露出不满意廉仲的意思。

“他说，拿到这笔钱就把母亲和姐姐偷偷的带了走！”每一个字都烫着他的喉。

“走不走吧，咱们哪儿弄这么多钱去呢？”大嫂缓和了些。“我虽然是过着这份日子，可是油盐酱醋都有定数，手里有也不过是三头五块的。”

“找点值钱的东西呢！”廉仲像坐在针上，只求快快的完结这一场。

“哪样我也不敢动呀！”大嫂愣了会儿。“我也豁出去了！别的不敢动，私货还不敢动吗？就是他跟我闹，他也不敢嚷嚷。再说呢，闹我也不怕！看他把我怎样了！他前两天交给我两包‘白面’，横是值不少钱，我可不知道能清你这笔账不能？”

“哪儿呢？大嫂，快！”

九

已是初冬时节。廉伯带着两盆细瓣的白菊，去看“小凤”。菊已开足，长长的细瓣托着细铁丝，还颤颤欲堕。他嘱咐开车的不要太慌，那些白长瓣动了他的怜爱，用脚夹住盆边，唯恐摇动得太厉害了。车走的很稳，花依然颤摇，他呆呆的看着那些玉丝，心中忽然有点难过。太阳已压山了。

到了“小凤”门前，他就自搬起一盆花，叫车夫好好的搬着那一盆。门没关着，一直的进去；把花放在阶前，他告诉车夫九点钟来接。

“怎这么早?”小凤已立在阶上，“妈，快来看这两盆花，太好了!”

廉伯立在花前，手插着腰儿端详端详小凤，又看看花：“帘卷西风，人比黄菊瘦！大概有这么一套吧!”他笑了。

“还真亏你记得这么一套!”小凤看着花。

“哎，今天怎么直挑我的毛病?”他笑着问。“一进门就嫌我来得早，这又亏得我……”

“我是想你忙，来不了这么早，才问。”

“啊，反正你有的说；进来吧。”

桌上放着本展开的书，页上放着个很秀美的书签儿。他顺手拿起书来：“喝，你还研究侦探学?”

小凤笑了；他仿佛初次看见她笑似的，似乎没看见她这么美过。“无聊，看着玩。你横是把这个都能背过来?”

“我？就没念过!”还看着她的脸，好似追逐着那点已逝去的笑。

“没念过?”

“书是书，事是事：事是地位与威权。自要你镇得住就行。好，要是作事都得拉着图书馆，才是笑话！你看我，作什么也行，一本书不用念。”

“念念可也不吃亏?”

“谁管；先弄点饭吃吃。哟，忘了，我把车夫打发了。这么着吧，咱们出去吃？”

“不用，我们有刚包好了的饺子，足够三个人吃的。我叫妈妈去给你打点酒，什么酒？”

“嗯——一瓶佛手露。可又得叫妈妈跑一趟？”

“出口儿就是。佛手露、青酱肉、醉蟹、白梨果子酒，好不好？”

“小饮赏菊？好！”廉伯非常的高兴。

吃过饭，廉伯微微有些酒意，话来得很方便。

“凤”，他拉住她的手，“我告诉你，我有代理公安局局长的希望，就在这两天！”

“是吗，那可好。”

“别对人说！”

“我永远不出门，对谁去说？跟妈说，妈也不懂。”

“龙云没来？”

“多少日子了。”

“谁也不知道，我预备好了！”廉伯向镜子里看了看自己。“这两天，”他回过头来，放低了声音：“城里要出点乱子，局长还不知道呢！我知道，可是不管。等事情闹起来，局长没了办法，我出头，我知底，一伸手事就完。可是我得看准了，他决定辞职，不到他辞职我不露面。我抓着老根；也得先看准了，是不是由我代理；不是我，我还是不下手！”

“那么城里乱起来呢？”她皱了皱眉。

“乱世造英雄，凤！”廉伯非常郑重了。“小孩刺破手指，妈妈就心疼半天，妈妈是妇人。大丈夫拿事当作一件事看，当作一局棋看；历史是伟人的历史！你放心，无论怎乱，也乱不到你这儿来。遇必要的时候，我派个暗探来。”他的严重劲儿又灭去了许多。“放心了吧？”

她点点头，没说出什么来。

“没危险，”廉伯点上支烟，烟和话一齐吐出来。“没人注意我；我还不够个角儿，”他冷笑了一下，“内行人才能晓得我是他们这群东

着听众眼中看他必如“每为后生谈旧事，始知老子是陈人”，那样的可敬可爱的老儒生、诗客。他开始觉到了生命，肉体的、精神的，形容不出的一点像“西风白发三千丈”的什么东西！

“廉仲怎么老不在家?”老先生在院中看菊，问了廉伯太太——拉着小妞儿正在檐前立着——这么一句。

“他大概晚上去学英文，回来就不早了。”她眼望着远处，扯了个谎。

“学英文干吗？中文还写不通！小孩子！”看了孙女一眼，“不要把指头放在嘴里！”顺势也瞪了儿媳一下。

“大嫂！”廉仲忽然跑进来，以为父亲没在家，一直奔了嫂子去。及至看见父亲，他立住不敢动了：“爸爸！”

老先生上下打量了廉仲一番，慢慢的，细细的，厉害的，把廉仲的心看得乱跳。看够多时，老先生往前挪了一步，廉仲低下头去。

“你上哪儿啦？天天连来看看我也不来，好像我不是你的父亲！父亲有什么对不起你的地方，说！事情是我给你找的，凭你也一月拿六十元钱？婚姻是我给说定的，你并不配娶那么好的媳妇！白天不来省问，也还可以，你得去办公；晚上怎么也不来？我还没死！进门就叫大嫂，眼里就根本没有父亲！你还不如大成呢，他知道先叫爷爷！你并不是小孩子了；眼看就成婚生子；看看你自己，哪点儿像呢！”老先生发气之间，找不到文话与诗句，只用了白话，心中更气了。

“妈，妈！”小女孩轻轻的叫，连扯妈妈的袖子：“咱们上屋里去！”

廉伯太太轻轻搡了小妞子一下，没敢动。

“父亲，”廉仲还低着头，“哥哥下了监啦！您看看去！”

“什么?”

“我哥哥昨儿晚上在宋家叫局里捉了去，下了监！”

“没有的事！”

“他昨天可是一夜没回来！”廉伯太太着了急。

“冯有才呢？一问他就明白了。”老先生还不相信廉仲的话。

“冯有才也拿下去了！”

“你说公安局拿的？”老先生开始有点着急了：“自家拿自家的人？为什么呢？”

“我说不清，”廉仲大着胆看了老先生一眼：“很复杂！”

“都叫你说清了，敢情好了，糊涂！”

“爷爷就去看看吧！”廉伯太太的脸色白了。

“我知道他在哪儿呢？”老先生的声音很大。他只能向家里的人发怒，因为心中一时没有主意。

“您见见局长去吧；您要不去，我去！”廉伯太太是真着急。

“妇道人家上哪儿去？”老先生的火儿逼了上来：“我去！我去！有事弟子服其劳，废物！”他指着廉仲骂。

“叫辆汽车吧？”廉仲为了嫂子，忍受着骂。

“你叫去呀！”老先生去拿帽子与名片。

车来了，廉仲送父亲上去；廉伯太太也跟到门口。叔嫂见车开走，慢慢的往里走。

“怎回事呢？二弟！”

“我真不知道！”廉仲敢自由的说话了。“是这么回事，大嫂，自从那天我拿走那两包东西，始终我没离开这儿，我舍不得这些朋友，也舍不得这块地方。我自幼生在这儿！把那两包东西给了龙云，他给了我一百块钱。我就白天还去作事，晚上住在个小旅馆里。每一想起婚事，我就要走；可是过一会儿，又忘了。好在呢，我知道父亲睡得早，晚上不会查看我。廉伯呢一向就不注意我，当然也不会问。我倒好几次要来看你，大嫂，我知道你一定不放心。可是我真懒得再登这个门，一看见这个街门，我就连条狗也不如了，仿佛是。我就这么对付过这些日子，说不上痛快，也说不上不痛快，马马糊糊。昨天晚上我一个人无聊瞎走，走到宋家门口，也就是九点多钟吧。哥哥的汽车在门口放着呢。门是路北的，车靠南墙放着。院里可连个灯亮也没有。车夫在车里睡着了，我推醒了他，问大爷什么时候来的。他说早来了，他这是刚把车开回来接侦探长，等了大概有二十分钟了，不见动静。

所以他打了个盹儿。”

把小女孩交给了刘妈，他们叔嫂坐在了台阶上，阳光挺暖和。廉仲接着说：

“我推了推门，推不开。拍了拍，没人答应。奇怪！又等了会儿，还是没有动静。我跟开车的商议，怎么办。他说，里边一定是睡了觉，或是都出去听戏去了。我不敢信，可也不敢再打门。车夫决定在那儿等着。”

“你那天不是说，龙云要偷偷把她们送走吗?”廉伯太太想起来。

“是呀，我也疑了心；莫非龙云把她们送走，然后把哥哥诓进去……”廉仲不愿说下去，他觉得既不应当这么关心哥哥，也不应当来惊吓嫂子。可是这的确是他当时的感情，哥哥到底是哥哥，不管怎样恨他，“我决定进去，哪怕是跳墙呢！我正在打主意，远远的来了几个人，走在胡同的电灯底下，我看最先的一个像老朱，公安局的队长。他们一定是来找哥哥，我想；我可就藏在汽车后面，不愿叫他们或哥哥看见我。他们走到车前，就和开车的说开了话。他们问他等谁呢，他笑着说，还能等别人吗？呕，他还不知道，老朱说。你大概是把陈送到这儿，找地方吃饭去了，刚才又回来？我没听见车夫说什么，大概他是点了点头。好了，老朱又说了，就用你的车吧。小凤也得上局里去！说着，他们就推门了。推不开。他们似乎急了，老朱上了墙，墙里边有棵不大的树。一会儿他从里面把门开开，大家都进去。我乘势就跑出老远去，躲在黑影里等着。好大半天，他们才出来，并没有她。汽车开了。我绕着道儿去找龙云。什么地方也找不着他，我一直找到夜里两点，我知道事情是坏了：‘小凤也得上局里去！’也得去！这不是说哥哥已经去了吗？他要是保护不了小凤，必定是他已顾不了自己！可是我不敢家来，我到底没得到确信。今天早晨，我给侦探队打电，找冯有才，他没在那些。刚才我一到家，他也没在门房，我晓得他也完了。打完电，我更疑心了，可是究竟没个水落石出。我不敢向公安局去打听，我又不能不打听，乱碰吧，我找了聚元的孙掌柜去，他，昨天晚上也被人抓了去，便衣巡警把着门，铺子可是还开着，大概是为免得叫大家大惊小怪，同时又禁止伙计们出来。我假装问问米价，大伙计还精明，偷偷告诉了我一句：汽车装了走，昨晚上！”

“二弟，”廉伯太太脸上已没一点血色，出了冷汗。“二弟！你哥哥，”她哭起来。

“大嫂。别哭！咱们等爸爸回来就知道了。大概没多大关系！”

“他活不了，我知道，那两包白面！”她哭着说。

“不至于！大嫂！咱们快快想主意！”

傻小子大成拿着块点心跑来了：

“胖叔！你又欺侮妈哪？回来告诉爷爷，叫爷爷揍你！”

十一

要在平常日子，以陈老先生的服装气度，满可以把汽车开进公安局的里边去；这天门前加了岗，都持枪，上着刺刀；车一到就被拦住了。老先生要见局长，掏出片子来，巡警当时说局长今天不见客。老先生才知道事情是非常严重了，不敢发作，立刻坐上车去找钱会长。他知道了事情是很严重，可是想不出儿子犯了什么罪；儿子没有什么不好的地方。大概是在局里得罪了人，那么，有人出来调停一下也就完了。设若仍然不行呢，花上点钱，送上些礼，疏通疏通总该一天云雾散了。这么一想，他心中宽了些。

见着钱会长，他略把他所知道的说了一遍：

“子美翁你知道，廉伯是个孝子；未有孝悌而好犯上者也。他不会作出什么不体面的事来。我自己，你先生也晓得，在今日像我们这样的家庭有几个？恐怕只是廉伯于无意中开罪于人，那么我想请子美翁给调解一下，大概也就没什么了。”

“大概没多大关系，官场中彼此倾轧是常有的事，”钱会长一边咕噜着水烟，“我打听打听看。”

“会长若是能陪我到趟公安局才好，因为我到底还不知其详，最好能见见局长，再见见廉伯，然后再详为计划。”

“我想想看，”会长一劲儿点头，“事情倒不要这么急，想想看，总该有办法的。”

陈老先生心中凉了些。“子美翁看能不能代我设法去见见公安局长，我独自去，武将军能不能——”

“是的，武将军对地面的官员比我还接近，是的，找找他看！”

希望着武将军能代为出力，陈老先生忽略了钱会长的冷淡。

见着武将军，他完全用白话讲明来意，怕将军听不明白。武将军很痛快的答应与他一同去见局长。

在公安局门口，武将军递进自己的片子，马上被请进去，陈老先生在后面跟着。

局长很亲热的和将军握手，及至看见了陈老先生，他皱了一下眉，点了点头。

“刚才老先生来过，局长大概很忙，没见着，所以我同他来了。”武将军一气说完。

“啊，是的，”局长对将军说，没看老先生一眼，“对不起，适才有点紧要的公事。”

“廉伯昨晚没回去，”陈老先生往下用力的压着气，“听说被扣起来，我很不放心。”

“呕，是的，”局长还对着武将军说，“不过一种手续，没多大关系。”

“请问局长，他犯了什么法呢？”老先生的腰挺起来，语气也很冷硬。

“不便于说，老先生，”局长冷笑了一下，脸对着老先生：“公事，公事，朋友也有难尽力的地方！”

“局长高见，”陈老先生晓得事情是很难办了。可是他想不出廉伯能作出什么不规矩的事。一定这是局长的阴谋，他再也压不住气。“局长晓得廉伯是个孝子，老夫是个书生，绝不会办出不法的事来。局长也有父母，也有儿女，我不敢强迫长官泄露机要，我只以爱子的一片真心来格外求情，请局长告诉我到底是怎回事！士可杀不可辱，这条老命可以不要，不能忍受……"

"哎哎，老先生说远了！"局长笑得缓和了些。"老先生既不能整天跟着他，他作的事你哪能都知道？"

"我见见廉伯呢？"老先生问。

"真对不起！"局长的头低下去，马上抬起来。

"局长，"武将军插了嘴，"告诉老先生一点，一点，他是真急。"

"当然着急，连我都替他着急，"局长微笑了下，"不过爱莫能助！"

"廉伯是不是有极大的危险？"老先生的脑门上见了汗。

"大概，或者，不至于；案子正在检理，一时自然不能完结。我呢，凡是我能尽力帮忙的地方无不尽力，无不尽力！"局长立起来。

"等一等，局长，"陈老先生也立起来，脸上煞白，两腮咬紧，胡子根儿立起来。"我最后请求你告诉我个大概，人都有个幸不幸，莫要赶尽杀绝。设若你错待了个孝子，你知道你将遗臭万年。我虽老朽，将与君周旋到底！"

"那么老先生一定要知道，好，请等一等！"局长用力按了两下铃。

进来一个警士，必恭必敬的立在桌前。

"把告侦探长的呈子取来，全份！"局长的脸也白了，可是还勉强的向武将军笑。

陈老先生坐下，手在膝上哆嗦。

不大会儿，警士把一堆呈子送在桌上。局长随便推送在武将军与老先生面前，将军没动手。陈老先生翻了翻最上边的几本，很快的翻过，已然得到几种案由：强迫商家送礼；霸占良家妇女；假公济私，借赈私运粮米；窃卖赃货……老先生不能往下看了，手扶在桌上，只剩了哆嗦。哆嗦了半天，他用尽力量抬起头来，脸上忽然瘦了一圈，极慢极低的说：

"局长，局长！谁没有错处呢！他不见得比人家坏，这些状子也未必都可靠。局长，他的命在你手里，你积德就完了！你闭一闭眼，我们全家永感大德！"

局长只有这么两条路。他不敢撤廉伯的差，廉伯可以帮助局长，也可以随时倒戈，他手下有人，能扰乱地面。大家所以都这么说：廉伯与局长是半斤八两，不过廉伯的运气差一点，情屈命不屈。

有不少人同情于陈家：无论怎说，他是个孝子，可惜！这个增高了陈老先生的名望。那对挽联已经脍炙人口。就连公安局长也不敢再赶尽杀绝。聚元的孙掌柜不久就放了出来，陈家的财产也没受多少损失："经史传孙知奈何?"多么气势！局长不敢结世仇，而托人送来五百元的教育费，陈老先生没有收下。

陈家的财产既没受多少损失，亲友们慢慢的又转回来。陈老先生在国学会未曾讲完的那两讲——正心修身——在廉伯死的六七个月后，又经会中敦聘续讲。老先生瘦了许多，腰也弯了一些，可是声音还很足壮。听讲的人是很多，多数是想看看被枪毙的孝子的老父亲是什么样儿。老先生上台后，戴上大花镜，手微颤着摸出讲稿，长须已有几根白的，可是神气还十分的好看。讲着讲着，他一手扶着桌子，一手放在头上，愣了半天，好像忘记了点什么。忽然他摘下眼镜，匆忙的下了台。大家莫名其妙，全立起来。

会中的职员把他拦住。他低声的，极不安的说：

"我回家去看看，不放心！我的大儿子，孝子，死了。廉仲——虽然不肖——可别再跑了！他想跑，我知道！不满意我给他定下的媳妇；自由结婚，该杀！我回家看看，待一会儿再来讲：我不但能讲，还以身作则！不用拦我，我也不放心大儿媳妇。她，死了丈夫，心志昏乱；常要自杀，胡闹！她老说她害了丈夫，什么拿走两包东西咧，乱七八糟！无法，无法！几时能'买蓑山县云藏市，横笛江城月满楼'呢?"说完，他弯着点腰，扯开不十分正确的方步走去。

大家都争着往外跑，先跑出去的还看见了老先生的后影，肩头上飘着些长须。

原载1935年10月1日《文学》第8卷第四号

“火” 车

除夕。阴历的，当然；国历的那个还未曾算过数儿。

火车开了。车悲鸣，客轻叹。有的算计着：七，八，九，十；十点到站，夜半可以到家；不算太晚，可是孩子们恐怕已经睡了；架上放着罐头，干鲜果品，玩具；看一眼，似乎听到唤着“爸”，呆呆的出神。有的知道天亮才能到家，看看车上的人，连一个长得像熟人的都没有；到家，已是明年了！有的……车走的多慢！心已到家一百多次了，身子还在车上；吸烟，喝水，打哈欠，盼望，盼望，扒着玻璃看看，漆黑，渺茫；回过头来，大家板着脸；低下头，泪欲流，打个哈欠。

二等车上人不多。胖胖的张先生和细瘦的乔先生对面坐着。二位由一上车就把绒毯铺好，为独据一条凳。及至车开了，而车上旅客并不多，二位感到除夕奔驰的凄凉，同时也微觉独占一凳的野心似乎太小了些。同病相怜：二人都拿着借用免票，而免票早一天也匀不出来。意见相合：有免票的人教你等到年底，你就得等到年底；而有免票的人就是愿意看朋友干着急，等得冒火！同声慨叹：今日的朋友——哼，朋友！——远非昔日可比了，免票非到除夕不撒手，还得搭老大的人情呀！一齐点头：把误了过年的罪过统统归到朋友身上；平常日子借借免票，倒还顺利，单等到年底才咬牙，看人一手儿！一齐没好意思出声：真他妈的！

胖张先生脱下狐皮马褂，想盘腿坐一会儿；太胖，坐不牢；车上也太热，胖脑门上挂了汗：“茶房，打把手巾！”又对瘦乔先生：“车我歇班；跑了一年的车了，恰好赶上这么个巧当儿！六十多伙计，单缺我……”长脖子像倒流瓶儿似的，上下咕噜着气泡，憋得很难过。把小崔的毛巾接过来，才又说出话来：“妈的不用混了，不干了，告诉你，事情妈的来得邪！一年到头，好容易……”

小崔的绿脸上泛出一点活儿气来，几乎可以当作笑意；头微微的点着，又要往横下里摇着；很想同情于老五，而决不肯这么轻易的失去自己的圆滑。自车长至老五，连各站上的挂钩的，都是小崔的朋友，他的瘦绿脸便是二等车票，就是闹到铁道部去大概也没人能否认这张特别车票的价值，正如同谁也晓得他身上老带着那么一二百两烟土而不能不承认他应当带着。小崔不能得罪人，对朋友们的委屈他都晓得，可就是不能给任何人太大的脸，而引起别人吃醋。他，谁也不得罪，所以谁也不怕；小崔这张车票——或是绿脸——印着全部人生的智慧。

“×，谁不是一年到头穷忙！”小崔想道出些自家的苦处，给老五一点机会抒散抒散心中的怨恨，像亚里士多德所说的悲剧的效果那样：“我还不是这样？大年三十还得跑这么一趟！这还不提，明天，大年初一，妈的还得看小红去！人家初一出门朝着财神爷走，咱去找那个臭×，×！”绿嘴唇咧开，露出几个乌牙；绿嘴唇并上，鼓起，啪，一口吐液，唾在地上。

老五果然忘了些自家的委屈，同病相怜，向小崔颤了颤长脖子，近似善表情的骆驼。毛巾已凉，回去重新用热水浇过；回来，经过小崔的面前，不再说什么，只微一闭眼，尚有余怨。车摇了一下，他身子微偏，把自己投到苟先生身旁。“擦一把！大年三十才动身？”问苟先生，以便重新引起自己的牢骚，对苟先生虽熟，而熟的程度不似对小崔那么高，所以须小小的绕个弯儿。

苟先生很体面，水獭领的青呢大衣还未曾脱去，崭新的青缎子小帽也还在头上，衣冠齐楚，端坐如仪，像坐在台上，等着向大家致词的什么大会主席似的。接过毛巾，手伸出老远，为是把大衣的袖子缩短一些；然后，胳臂不往回蜷，而画了个大半圆圈，手找到了脸，擦得很细腻而气派。把脸擦亮，更显出方头大耳朵的十分体面。只对老五点了点头，没有解释为什么在除夕旅行的必要。

“您看我们这个苦营生!”老五不愿意把荀先生放过去，可也不便再重述刚才那一套，更要把话说得有尺寸，正好于敬意之中带着些亲热：“三十晚上该歇，还不能歇！没办法!”接过来手巾：“您再来一把?”

荀先生摇了摇头，既拒绝了第二把毛巾，又似乎是为老五伤心，还不肯说什么。路上谁不晓得荀先生是宋段长的亲戚，白坐二等车是当然的，而且要拿出点身份，不能和茶房一答一和的谈天。

老五觉得荀先生只摇了摇头有点发秃，可是宋段长的亲戚既已只摇了头也就得设法认为满意。车又摇动得很厉害，他走着浪木似的走到车中间，把毛巾由麻花形抖成长方，轻巧而郑重的提着两角：“您擦吧?”张先生的胖手心接触到毛巾最热的部分，往脸上一捂，而后用力的擦，像擦着一面镜子。“您——”老五让乔先生。乔先生不大热心擦脸，只稍稍的把鼻孔中与指甲里的细腻而肥美的，可以存着也可以不存着的黑物让给了毛巾。

“待会儿就查票，”老五不便于开口就对生客人发牢骚，所以稍微往远处支了一笔：“查过票去，二位该歇着了；要枕头自管言语一声。车上没什么人，还可以睡一会儿。大年三十，您二位也在车上过了！我们跟车……无法!”不便说得太多了，看看二位的神气再讲。又递给张先生一把，张先生不愿再卖那么大力量，可是刚推过的短发上还没有擦过，需要擦几把，而头皮上是须用力气的；很勉强，擦完，吐了口气。乔先生没要第二把，怕力气都教张先生卖了，乃轻轻的用刚被毛巾擦过的指甲剔着牙。

“车上干吗弄这么热?!”张先生把毛巾扔给老五。

“您还是别开窗户；一开，准着凉！车上的事，没人管，我告诉知是免票。乃特别加紧的恭敬。张先生的票退回；乔先生的稍迟，因为票上注明是女性，而乔先生是男子汉，实无可疑。二金箍帽的头稍凑近一处，极快的离开，暗中谅解：除夕原可女变为男。老五双手将票递回，甚多歉意。

营副已打呼。排长见查票的来到，急把脚放在椅上，表示就寝，不可惊动。大家都视线下移，看地上的巨炮。山东大汉点头佩服，爆竹真长且大。天津大汉对二号金箍帽："准是给曹旅长送去的！"听者无异议，一齐过去。到了车门，头号金箍帽下令给老五："教他们把炮放到上边去！"二号金箍帽补充上，亦可以略减老五的困难："你给他们搬上去！"老五连连点头，脖子极灵动，口中不说，心里算好："你们既不敢去说，我只好点头而已；点头与做不做向来相距很远。"天津大汉最为慎重："准是给曹旅长送去的。"老五心中透亮，知爆竹必不可动。

老五回到小崔那里，由绿脸上的锈暗，他看出小崔需要一杯开水。没有探问，他就把开水拿来。小崔已顾不得表示谢意，掏出来——连老五也没看清——一点什么，右手大拇指按在左手的手心上，左手弯如一弓鞋；咧嘴，脸绿得要透白，有汗气，如受热放芽之洋葱。弓鞋扣在嘴上，微有起落，闭目，唇就水杯，瘦腮稍作漱势；纳气，喉内作响；睁开眼，绿脸上分明有笑纹。

"比饭要紧！"老五歪着头赞叹。

"比饭要紧！"小崔神足，所以话也直爽。

荀先生没法再不脱去大衣。脱下，眼珠欲转而定，欲定而转，一面是想把大衣放在最妥当的地方，一面是展示自己的态度臃重。衣钩太低，挂上去，衣的下半截必窝在椅上，或至出一二小摺。平放在空椅上，又嫌离自己稍远，减少水獭领与自己的亲密关系，亦不能久放在怀中，正如在公众场所不便置妾于膝上。不能决定。眼珠向上转去，架上放着自己的行李十八件：四卷，五篮，二小筐，二皮箱，一手提箱，二瓶，一报纸包，一书皮纸包！一！二！三！四……占地方长约二丈余，没有压挤之虞，尚满意。大衣仍在怀中，几乎无法解决，更须端坐。

快去过年，还不到家！快去过年，还不到家！轮声这样催动。可是跑得很慢。星天起伏，山树村坟集团的往后急退，冲开一片黑暗，奔入另一片黑暗；上面灰烟火星急躁的冒出，后退；下面水点白气流落，落在后边；跑，跑，不喘气，飞驰。一片黑，黑得复杂，过去了；一边黑，黑得空洞，过去了。一片积雪，一列小山，明一下，暗一下，过去了。但是，还慢，还慢，快去过年，还不到家！车上，灯明，气暖，人焦躁；没有睡意，快去过年，还不到家！辞岁，祭神，拜祖，春联，爆竹，饺子，杂拌儿，美酒佳肴，在心里，在口中，在耳旁，在鼻端，刚要笑，转成愁，身在车上，快去过年，还不到家！车外，黑影，黑影，星天起伏，积雪高低，没有人声，没有车马，全无所见，一片退不完，走不尽的黑影，抱着扯着一列灯明气暖的车，似永不撒手，快去过年，还不到家……

张先生由架上取下两瓶白酒来，一边涮茶碗，一边说：

“弟兄一见如故！咱们喝喝。到家过年，在车上也得过年，及时行乐！尝尝！真正二十年营口原封，买不到，我和一位‘满洲国’的大官匀来的。来，杀口！”

乔先生不好意思拒绝，也不好意思就这么接着。眼看着碗，手没处放，心里想主意。他由架上取下个大纸包来，轻轻的打开，里面还有许多小纸包，逐一的用手指摸过，如药铺伙计抓完了药对着药方摸摸药包那样。摸准了三包：干荔枝，金丝枣，五香腐干，都打开，对着酒碗才敢发笑：“一见如故！彼此不客气了！”

张先生的胖手捏破了一个荔枝，拍，响得有意思，恰似过年时节应有的响声。看着乔先生喝了一口酒，还看着，等酒已走下去才问：“怎样？”

车入了一小站，不停。持签的换签，心里说“火”！持灯的放行，心里说“火”！搬闸的搬闸，路警立正，都心里说“火”！站长半醉，尚未到站台，车已过去；及到站台，微见火影，疑是眼花。持签的交签，持灯的灭灯，搬闸的复闸，路警提枪入休息室，心里都存着些火光，全不想说什么。过了一会儿，心中那点火光渐熄，群议如何守岁，乃放炮，吃酒，打牌，天下极太平。

车出站，加速度。风火交响，星花四落，夜黑如漆，车走如长灯，火舌吞吐。二等车但存屋形，火光里实存炭架。火舌左右扑空，似乎很失望，乃前乃后，入三等车。火舌的前面，烟为导军，腥臭焦甜。烟到，火到，“火！火！火！”人声忽狂，胆要裂。人多，志昏，有的破窗而迟疑不肯跳下，有的奔逃，相挤俱仆，有的呆坐，欲哭无声，有的拾起筐篮……乱，怕，无济于事，火已到面前，到身上，到头顶，哭喊，抱头，拍衣，狂奔，跳车……

火找到新殖民地，物多人多，若狂喜，一舌吐出，一舌远掷，一舌半隐烟中，一舌突挺窗外，一舌徘徊，一舌左右联烧，姿体万端，百舌齐舞；渐成一团，为火球，为流星，或滚或飞；又成一片，为红为绿，忽暗忽明，随烟爬行，突裂烟成焰，急流若惊浪；吱吱作响，炙人肉，烧毛发；响声渐杂，物落人嚎，呼呼借风成火阵；全车烧起，烟浓火烈，为最惨的火葬！

又到站，应停。持签的，打灯的，收票的，站岗的，脚行，正站长，副站长，办事员，书记，闲员，都干瞪眼，站上没有救火设备。二等车左右三等车各一辆，无人声，无动静，只有清烟缓动，明焰静燃，至为闲适。

据说事后检尸，得五十二具；沿路拾取，跳车而亡者又十一人。

元宵节后，调查员到。各方面请客，应酬很忙。三日酒肉，顾不及调查。调查专员又有些私事，理应先办，复延迟三日。宴残事了，乃着手调查。

车长无所知，头号金箍帽无所知，二号金箍帽无所知，天津大汉无所知，山东大汉无所知，老五无所知，起火原因不明。各站报告售出票数与所收票数，正相合，恰少六十三张，似与车俱焚，等于所拾尸数。各站俱未售出二等票，二等车必为空车，绝对不能起火。

审问老五，虽无所知，但火起时老五在饭车上，既系二等车的看车夫，为何擅离职守，到饭车上去？起火原因虽不明，但擅离职守，罪有当得，开除示惩！

调查专员回衙复命，报告详细，文笔甚佳。

“大年三十歇班，硬还教我跟车；妈的干不干没多大关系！”老五颤着长脖，对五嫂说。“开除，正好，此处不留爷，自有留爷处！你甭着急，离了火车还不能吃饭是怎着?!”

“我倒不着急，”五嫂想安慰安慰老五，“我倒真心疼你带来那些青韭，也教火给烧了！”

原载1937年5月《文学杂志》创刊号

东　西

晚饭吃过了好久，电报还没有到；鹿书香和郝凤鸣已等于好几点钟——等着极要紧的一个电报。

他俩是在鹿书香的书房里。屋子很大，并没有多少书。电灯非常的亮，亮得使人难过。鹿书香的嘴上搭拉着支香烟，手握在背后，背向前探着些；在屋中轻轻的走。中等身材，长脸，头顶上秃了一小块；脸上没什么颜色，可是很亮。光亮掩去些他的削瘦；大眼，高鼻梁，长黑眼毛，显出几乎是俊秀的样子。似乎是欣赏着自己的黑长眼毛，一边走一边连连的眨巴眼。每隔一会儿，他的下巴猛的往里一收，脖子上抽那么一下，像噎住了食。每逢一抽，他忽然改变了点样儿，很难看，像个长脸的饿狼似的。抽完，他赶快又眨巴那些黑美的眼毛，仿佛为是恢复脸上的俊秀。

烟卷要掉下来好几回，因为他抽气的时候带累得嘴唇也咧一咧；可是他始终没用手去扶，没工夫顾及烟卷。烟卷到底被脖子的抽动给弄掉了，他眨巴着眼用脚把它揉碎。站定，似乎想说话；脖子又噎了一下，忘了说什么。

郝凤鸣坐在写字台前的转椅上，脸朝着玻璃窗出神。他比鹿书香年轻着好些，有三十五六岁的样子，圆头圆脸圆眼睛，有点傻气，可是傻得挺精神，像个吃饱了的笨狗似的。洋服很讲究，可是被他的面貌上体态减少了些衣服的漂亮。自膝以下都伸在写字台的洞儿里，圆满得像俩金橘似的手指肚儿无声的在膝上敲着。他早就想说话，可是

《东西》写的是两个归国留学生，一个东洋的，一个西洋的，一个叫鹿书香，一个叫郝风鸣。一东一西简称“东西”，隐含的双关是：他们就不是“人”，他们只是个“东西”。幽默家老舍在这里挂了火儿，他没法不火儿！

他们都曾在国外留学，回国后寡廉鲜耻、投机钻营，无所不用其极。他们为了“把留学生作到家”，不惜投靠日本人；为了满足自己的物质欲望，丢弃基本的人格、国格。他们是仅只沾染了一些外国文化皮毛的无耻无信的人类怪胎！

作品隐含着一个爱国者的良知良能，也表露出一个现代文化人对国家前途命运的隐忧和愤激！」

不便开口。抽冷子院中狗叫了一声，他差点没由转椅上出溜下去，无声的傻笑了一下，向上提了提身子，继续用手指敲着膝盖。

在饭前，虽然着急，还能找到些话说；即使所说的不都入耳，也愿意活动着嘴唇，掩饰着心中的急躁。现在，既然静默了许久，谁也不肯先开口了，谁先开口仿佛就是谁沉不住气。口既张不开，而着急又无济于事，他们都想用一点什么别的事岔开心中的烦恼。那么，最方便的无过于轻看或甚至于仇视面前的人了。郝凤鸣看着玻璃，想起自己当年在英国的一个花园里，伴着个秀美的女友，欣赏着初夏的樱花。不敢顺着这个景色往下想，他撩了鹿书香一眼——在电灯下立着，头顶上秃的那一块亮得像个新铸的铜子。什么东西！他看准了这个头上秃了一块的家伙。心中咒骂，手指在膝盖上无声的击节：小小的个东洋留学生，人模狗样的竟自把个地道英国硕士给压下去，什么玩艺！

郝凤鸣真是不平，凭自己的学位资格，地道西洋留学生，会来在鹿书香这里打下手，作配角；鹿书香不过上东洋赶过几天集，会说几个什么什么“一马司”！他不敢再想在英国时候那些事，那些女友，那些志愿。过去的一切都是空的。把现在的一切调动好了才算好汉。是的，现在他有妻小，有包车，有摆着沙发的客厅，有必须吃六角钱一杯冰激凌的友人……这些凑在一块才稍微像个西洋留学生，而这一切都需要钱，越来越需要更多的钱。为满足太太，为把留学生作到家，他得来敷衍向来他所轻视的鹿书香，小小的东洋留学生！

他现在并非没有事作，所以他不完全惧怕鹿书香。不过，他想要进更多的钱，想要再增高些地位，可就非仗着鹿书香不可。鹿书香就是现在不作事，也能极舒服的过活，这个，使他羡慕，由羡慕而忌妒。鹿书香可以不作事而还一天到晚的跳腾，这几乎是个灵感；鹿书香，连鹿书香还不肯闲着，郝凤鸣就更应当努力；以金钱说，以地位说，以年纪说，他都应当拚命的往前干，不能知足，也不许知足。设若光是由鹿书香得到这点灵感，他或者不会怀恨，虽然一向看不起这个东洋留学生。现在，他求到鹿书香的手里，他的更好的希望是仗着鹿书香的力量才能实现，难堪倒在其次，他根本以为不应当如此，一个西洋留学生就是看洋楼也比留东洋的多看见过几所，先不用说别的！他不平。可是一时无法把他与鹿书香的上下颠倒过来。走着瞧吧，有朝一日，姓郝的总会教鹿书香认识清楚了！

又偷偷看了鹿书香一眼，他想起韵香——他的太太。鹿书香的叔伯妹妹。同时，他也想起在英国公园里一块玩耍的那个女郎，心中有点迷糊。把韵香与那个女郎都搀在一处，仿佛在梦中那样能把俩人合成一个人，他不知是应当后悔好，还是……不，娶了就是娶了，不便后悔；韵香又清楚的立在目前。她的头发，烫一次得十二块钱；她的衣服，香粉，皮鞋，手提包……她可是怪好看呢！花钱，当然得花钱，不成问题。天下没有不费钱的太太。问题是在自己得设法多挣。想到这儿，他几乎为怜爱太太而也想对鹿书香有点好感。鹿书香也的确有好处：永远劝人多挣钱，永远教给人见缝子就钻……郝凤鸣多少是受了这个影响，所以才肯来和他一同等着那个电报。有这么个大舅子，正如有那么个漂亮的太太，也并不是件一希望就可以作到的事。到底是自己的身份；当然，地道留英的学生再弄不到这么点便宜，那还行！

即使鹿书香不安着好心，利用完了个英国硕士而过河拆桥，郝凤鸣也不怕，他是鹿家的女婿，凭着这点关系他敢拍着桌子，指着脸子，和鹿书香闹。况且到必要的时候，还可以把韵香搬了来呢！是的，一个西洋留学生假若干不过东洋留学生的话，至少一个妹夫也可以挟制住个大舅子。他心中平静起来，脸上露出点笑容，像夏天的碧海，只在边岸上击弄起一线微笑的白花。他闭上了眼。

狗叫起来，有人去开大门，郝凤鸣猛的立起来，脸上忽然发了热。看看窗外，很黑；回过头来看鹿书香，鹿书香正要点烟，右手拿着火柴，手指微微的哆嗦；看着黑火柴头，连噎了三口气。

张顺推门进来，手里拿着个白纸封，上面画着极粗的蓝字。亮得使人难过的电灯似乎把所有的光全射在那个白纸封儿上。鹿书香用手里的火柴向桌上一指。等张顺出去，他好像跟谁抢夺似的一把将电报抓到手中。

郝凤鸣不便于过来，英国绅士的气派使他管束住心中的急切。可是，他脸上更热了。这点热气使他不能再呆呆的立候，又立了几秒钟，他的绅士气度被心中的热气烧散，他走了过来。

鹿书香已把电报看了两遍，或者不止两遍，一字一字的细看，好像字字都含着些什么不可解的意思。似乎没有可看的了，他还不肯撒手；郝凤鸣立在他旁边，他觉得非常的可厌。他一向讨厌这个穿洋服的妹夫，以一个西洋留学生而处处仗着人，只会吃冰激凌与跳舞，正事儿一点也不经心。这位留学生又偏偏是他的妹丈，为鹿家想，为那个美丽的妹妹想，为一点不好说出来的嫉妒想，他都觉得这个傻蛋讨厌，既讨厌而又幸运；他猜不透为什么妹妹偏爱这么个家伙，妹妹假若真是爱他，那么他——鹿书香——似乎就该讨厌他，说不出道理来，可是只有这么着心里才舒服一点。他把电报扔在桌子上，就手儿拿起电报的封套来，也细细的看了看。然后，似乎忘了郝凤鸣的讨厌，又从郝的手里看了电报一遍，虽然电报上的几个字他已能背诵出来，可还细心的看，好似那些蓝道子有什么魔力。

郝凤鸣也至少细细看了电报两遍。觉出鹿书香是紧靠在他的身旁，他心中非常憋闷得慌：纸上写的是鹿书香，身旁立着的是鹿书香，一切都是鹿书香，小小的东洋留学生，大舅子！

“怕什么偏有什么，怕什么……”鹿书香似乎没有力量说完这句话，坐下，噎了口气。

“可不是，”郝凤鸣心中几乎有点快活，鹿书香的失败正好趁了他的心愿，不过，鹿的失败也就是自己的失败，他不能完全凭着情感作事，他也皱上了眉。

鹿书香闭上了眼，仿佛极疲倦了似的。过了一会儿，脸上又见了点血色，眼睛睁开，像和自己说似的：“副局长！副——局长！”

“电码也许……”郝凤鸣还没有放手那个电报，开始心里念那些数目字，虽然明知一点用处没有。

“想点高明的会不会！”鹿书香的话非常的难听。他很想说：“都是你，有你，什么事也得弄哗拉了！”可是他没有往外说，一来因为现在不是闹脾气的时候，二来面前没有别人，要泄泄怒气还是非对郝凤鸣说说不可；既然想对他说说，就不能先开口骂他。他的话转到正面儿来：“局长，好；听差，也好；副局长，哼！我永不嫌事小，只要独当一面就行。副局长，副师长，副总统，副的一切，凡是副的都没用！递给我支烟！”

“电报是犬稜发的，正式的命令还没有到。”郝凤鸣郑重的说。对鹿书香的人，他看不大起；对鹿书香的话，他可是老觉得有些价值。鹿书香的话总是由经验中提炼出来的，老能够赤裸裸的说到事情的根儿上，就事论事，不带任何无谓的感情与客气。郝凤鸣晓得自己没这份儿本事，所以不能不佩服大舅子的话，大舅子的话比英国绅士的气度与文化又老着几个世纪，一点虚伪没有，伸手就碰在痒痒筋儿上。

“什么正式的命令？你这人没办法！”鹿书香很想发作一顿了，可是又管住了自己，而半恼半亲近的加了点解释：“犬稜的电报才算事，命令？屁！”

郝凤鸣依然觉得这种话说得很对，不过像“屁”字这类的字眼不大应该出自个绅士的口中。是的，他永远不能佩服鹿书香的态度与举动——永成不了个英国人所谓的“贞头曼”；大概西洋留学生的这点陶冶永远不是东洋留学生所能及的。好吧，不用管这个，先讨论事情呢：“把政府放在一边，我们好意思驳回犬稜？”

“这就是你不行的地方！什么叫好意思不好意思？无所谓！”鹿书香故意的笑了一下。“合我的适便作，反之就不作；多咱你学会这一招，你就会明白我的伟大了。你知道，我的东洋朋友并不止是犬稜？”

郝凤鸣没说出什么来。他没法不佩服鹿书香的话，可又没法改变他一向轻视这位内兄的心理，他没了办法。

鹿书香看妹丈没了话，心中高兴了些：“告诉你，凤鸣，我若是只弄到副局长，那就用不着说，正局长必定完全是东洋那边的；我坏在摆脱不开政府这方面。你记住了：当你要下脚的时候，得看清楚哪边儿硬！”

“那么正局长所靠着的人也必定比犬稜还硬？”郝凤鸣准知道这句说对了地方，圆脸上转着遭儿流动着笑意。

鹿书香咂摸着味儿点了点头：“这才像句话！所以我刚才说，我的东洋朋友并不止是犬稜。你要知道，自从九一八以后，东洋人的势力也并不集中，谁都想建功争胜，强中自有强中手。在这种乱动的局面中，不能死靠一个人。作事，如同游泳，如同驶船，要随着水势，随时变动。按说，我和犬稜的关系不算不深，我给他出主意，他不能不采纳；他给我要位置，我一点也不能怀疑。无奈，他们自己的争斗也非常的激烈，咱们可就吃了诖落！现在的问题是我还是就职呢，还是看看再说?”

“土地局的计划是我们拟就的，你要是连副局长都推了，岂不是连根儿烂?”郝凤鸣好似受了鹿书香的传染，也连连的眨巴眼。“据我看，即使一点实权拿不到，也跟他们苦腻。这，一来是不得罪犬稜，二来是看机会还得把局长抓过来，是不是?”

“也有你这么一说，也有你这么一说，”鹿书香轻轻的点着头。“可是有一样，我要就了副局长，空筒子的副局长，你可就完了。你想呀，有比犬稜还硬的人立在正局长背后，还有咱们荐人的份儿?我挂上个名，把你甩了，何苦呢！我闲也还闲得起，所以不肯闲着的原因，一来是我愿意提拔一些亲友，造成咱们自己的势力，为咱们的晚辈设想，咱们自己不能不多受点累。二来是我有东洋朋友，我知道东洋的事，这点知识与经验不应当随便扔弃了。妒恨我的也许叫我卖国贼，其实我是拿着自己的真本领去给人民作点事，况且东洋人的办法并不像大家所说的那么可恶，人家的确是有高明人；老实不客气的说，我愿意和东洋人合作；卖国贼?盖棺论定，各凭良心吧！”他闭上眼，缓了一口气。“往回说吧，你要是教我去作副局长，而且一点不抱怨我不帮忙你，我就去；你若是不谅解我呢，吹，我情愿得罪了犬稜，把事推了！怎样?”

郝凤鸣的气不打一处来。倒退——不用多了——十年，他一定会对着鹿书香的脸，呐喊一声卖国贼。现在，他喊不出来。现在，他只知道为生活而生活着；他，他的太太，都短着许多许多的东西；没有这些东西，生活就感到贫窘，难堪，毫无乐趣。比如说，夫妇们商议了多少日子了，始终也没能买上一辆小汽车；没有这辆小汽车，生活受着多么大的限制，几乎哪里也不敢去，一天的时间倒被人力车白白费去一半！为这辆小汽车，为其他好些个必需的东西，使生活丰富的东西，他不能喊卖国贼；他现在知道了生命的意义，认识了生活的趣味；少年时一切理想都是空的，现在也只知道多挣钱，去丰富生命。可是受了骗，受了大舅子的骗，他不能忍受，他喊不出卖国贼这三个字，可是也不甘心老老实实的被大舅子这么玩弄。

他恨自己，为什么当初要上英国去读书，而不到东洋去。看不起东洋留学生是真的，可是事实是事实，现在东洋留学生都长了行市，他自己落了价。假若是他会说日语，假若他有东洋朋友，就凭鹿书香？哼，他也配！

不，不能恨自己。到底英国留学生是英国留学生；设若鹿书香到过英国，也许还不会坏到这个地步！况且，政治与外交是变化多端的，今年东洋派抬头，焉知明年不该留欧的走运呢？是的，真要讲亡国的话，似乎亡在英国人手里还比较的好一些。想到这里，郝凤鸣的气消了一些，仿佛国家亡在英人手里是非常的有把握，而自己一口气就阔起来，压倒鹿书香，压倒整个的东洋派，买上汽车，及一切需要的东西，是必能作到的。

气消了一些，他想要大仁大义的劝鹿书香就职，自己情愿退后，以后再也不和大舅子合作；好说好散，贞头曼！

他刚要开口，电话铃响了。本不想去接，可是就这么把刚才那一场打断，也好，省得再说什么。他拿下耳机来："什么局长？方？等等。"一手捂住口机，"大概是新局长，姓方。"

鹿书香极快的立起来："难道是方佐华？"接过电话机来："喂，方局长吗？"声音非常的温柔好听，眼睛像下小雨似的眨巴着。"啊？什么？"声音高了些，不甚好听了。"呕，局长派我预备就职礼，派——我；嗯，晓得！"猛的把耳机挂上了。"你怎么不问明白了！什么东西，一个不三不四的小职员敢给我打电话，还外带着说局长派我，派——我！”他深深的噎了一口气。

“有事没事？”郝凤鸣整着脸问，“没事，我可要走啦；没工夫在这儿看电话！”

鹿书香仿佛没有听见，只顾说他自己的：“哼，说不定教我预备就职典礼就是瞧我一手儿呢！厉害！挤我！我还是干定了，凤鸣你说对了，给他们个苦腻！”说完，向郝凤鸣笑了笑。

“预备个会场，还不就是摆几把椅子的事？”郝凤鸣顺口答音的问了句，不希望得到什么回答，他想回家，回家和韵香一同骂书香去。

“我说你不行，你老不信，坐下，不忙，回头我用车送你去。”看郝凤鸣又坐下，他闭了会儿眼才说：“光预备几把椅子可不行！不行！挂国旗与否，挂遗嘱与否，都成问题！挂呢。”右手的中指搬住左手的大指，“显出我倾向政府。犬稜们都是细心的人。况且，即使他们没留神，方佐华们会偷偷的指点给他们。不挂呢，”中指点了点食指，“方佐华会借题发挥，向政府把我刷下来，先剪去我在政府方面的势力。你看，这不是很有些文章吗？”

郝凤鸣点了点头，他承认了自己的不行。不错，这几年来，他已经把少年时的理想与热气扫除了十之八九，可是到底他还是太直爽简单。他“是”得和鹿书香学学，即使得不到什么实际的利益，学些招数也是极可宝贵的。

“现在的年月，作事好不容易！”鹿书香一半是叹悔自己这次的失败，一半是——比起郝凤鸣来——赞美自己的精明。“我们这是闲谈，闲谈。你看，现在的困难是，人才太多，咱们这边和东洋那边都是人多于事。于是，一人一个主意，谁都设法不教自己的主意落了空。主意老在那儿变动。结果弄成谁胳臂粗谁得势，土地局是咱们的主意，临完教别人把饭锅端了去。我先前还力争非成厅不可，哼，真要是被人家现成的把厅长端去，笑话才更大呢！我看出来了，我们的主意越多，东洋人的心也就越乱，他们的心一乱，咱们可就抓不着了头。你说是不是？为今之计，咱们还得打好主意。只要有主意，不管多么离奇，总会打动东洋人——他们心细，不肯轻易放过一个意见；再加上他们人多，咱们说不动甲，还可以献计给乙，总会碰到个愿意采纳的。有一个点头的，事情就有门儿。凤鸣，别灰心，想好主意。你想出来，我去作；一旦把正局长夺回来，你知道我不会白了你。我敢起誓！”

“上回你也起了誓！”郝凤鸣横着来了一句。

“别，别，咱俩不过这个！”鹿书香把对方的横劲儿往竖里扯。“你知道我是副局长，你也知道副局长毫无实权，何苦呢！先别捣乱，想高明的，想！只要你说出这道儿，我就去，我不怕跑腿；这回干脆不找犬稜，另起炉灶，找沉重的往下硬压。我们本愿规规矩矩的作，不过别人既是乱抄家伙，我们还能按规矩作吗？先别气馁，人家乱，咱们也跟着乱就是了，这就叫做时势造英雄！我就去就副局长的职？也尝尝闲职什么味儿。假若有好主意的话。也许由副而正，也许一高兴另来个机关玩玩。反正你我的学问本领不能随便弃而不用，那么何不多跑几步路呢？”

“我要是给你一个主意，你给我什么？”郝凤鸣笑着，可是笑得僵不吃的。“这回我不要空头支票，得说实在的。比如说，韵香早就跟我要辆小汽车……”

“只要你肯告诉我，灵验了以后，准有你的汽车。我并非没有主意，不过是愿意多搜集一些。谁知道哪一个会响了呢。”

“一言为定？我回去就告诉她！你知道姑奶奶是不好惹的？”

“晓得呀，还用你说！”

“你听这个怎样，”郝凤鸣的圆眼睛露出点淘气的神气，“掘墓行不行？”

“什么？”

“有系统的挖坟，”郝凤鸣笑了，承认这是故意的开玩笑。

“有你这么一说，”鹿书香的神气可是非常的郑重，“有你这么一说！你怎么想起来的。是不是因为土地局而联想到坟墓?”

“不是快到阴历十月一了。”郝凤鸣把笑意收起去，倒觉得有点不大好意思了。“想起上坟烧纸，也就想起盗墓来，报纸上不是常登着这种事儿?”

“你倒别说，这确是个主意!”鹿书香立起来，伸出右手，仿佛是要接过点什么东西来似的。“这个主意你给我了?”

“送给你了；灵验之后，跟你要辆汽车！不过，我想不起这个主意能有什么用处。就是真去实行，也似乎太缺德，是不是?”郝凤鸣似乎有点后悔。

“可惜你这个西洋留学生!”鹿书香笑着坐下了。“坟地早就都该平了！民食不足，而教坟墓空占着那么多地方，岂不是愚蠢？我告诉你，我先找几个人去调查一下，大概的哪怕先把一县的地亩与坟地的比例弄出来呢，报上去，必足以打动东洋人，他们想开发华北，这也是一宗事业，只须把坟平了，平白的就添出多少地亩，是种棉，种豆，或是种鸦片，谁管它种什么呢，反正地多出产才能多！这是一招。假如他们愿意，当然愿意，咱们就有第二招：既然要平坟，就何不一打两用，把坟里埋着的好东西就手儿掘出来？这可又得先调查一下，大概的能先把一县的富家的茔地调查清了，一报上去就得教他们红眼。怎么说呢，平坟种地需要时间，就地抠饼够多么现成？真要是一县里挖出几万来，先不用往多里说，算算看，一省该有多少？况且还许挖出些件无价之宝来呢？哼！我简直可以保险，平坟的主意假若不被采纳，拣着古坟先掘几处一定能行！说不定，因此咱们还许另弄个机关——譬如古物之类的玩艺——专办这件事呢？你要知道，东洋人这二年来的开发计划，都得先投资而后慢慢的得利；咱们这一招是开门见山，手到擒来！就是大爵儿们不屑于办，咱们会拉那些打快杓子的，这不比走私省事？行，凤鸣！你的汽车十之八九算是妥当了!”

“可是，你要真能弄成个机关，别光弄辆破汽车搪塞我；你的会长，我至少得来个科长！”郝凤鸣非常的后悔把这么好的主意随便的卖出去。

“你放心吧，白不了你！只要你肯用脑子，肯把好主意告诉我，地位金钱没问题！谁教咱们赶上这个乱世呢，咱们得老别教脑子闲着，腿闲着。只要不怕受累，话又往回来说，乱世正是给我们预备的，乱世才出英雄！”

郝凤鸣郑重的点了点头，东西两位留学生感到有合作的必要，而前途有无限的光明！

原载 1937 年 2 月 1 日《文学》第八卷第二号

兔

一

许多人说小陈是个“兔子”。

我认识他，从他还没作票友的时候我就认识他。他很瘦弱，很聪明，很要强，很年轻，眉眼并不怎么特别的秀气，不过脸上还白净。我和他在一家公司里共过半年多的事，公司里并没有一个人对他有什么不敬的态度与举动；反之，大家都拿他当个小兄弟似的看待：他爱红脸，大家也就分外的对他客气。他不能，绝对不能，是个“兔子”。

他真聪明。有一次，公司办纪念会，要有几项“游艺”，由全体职员瞎凑，好不好的只为凑个热闹。小陈红着脸说，他可以演戏，虽然没有学过，可是看见过；假若大家愿意，他可以试试。看过戏就可以演戏，没人相信。可是既为凑热闹，大家当然不便十分的认真，教他玩玩吧，唱好唱坏有什么关系呢。他唱了一出《红鸾喜》。他的嗓子就和根毛儿似的那么细，坐在最前面的人们也听不见一个字，可是他的扮相，台步，作派，身段，没有一处不好的，就好像是个嗓子已倒而专凭作工见长的老伶，处处细腻老到。他可是并没学过戏！无论怎么说吧，那天的“游艺”数着这出《红鸾喜》最“红”，而且掌声与好儿都是小陈一个人得的。下了装以后，他很腼腆的，低着头说：“还会打花鼓呢，也并没有学过。”

老舍是一位富有深度的人性勘探师，他一生对人、对人的心灵、对人生路感兴趣，他的小说的魅力，就在于人性探索、人生思索。小说《兔》称得上是一曲由人性弱点引发的生命悲歌。

职员小陈对于唱戏，仅仅是喜爱，并无多大天资，唱戏，不是本行，更不是强项，但他受到外界的蛊惑，被别有用心的大肆表扬所迷惑，最终都走上了被捧杀的绝路。黑汉正是利用了人性的这一普遍弱点，对其进行控制和占有。俞师傅是个明眼人，他早就预见了悲剧的发生："他们会给他介绍先生，他们会撺弄他'下海'，他们会死吃他一口，他们会把他鼓捣死。"而小陈却全然不知，一步步地走向生命的深渊。

不久，我离开了那个公司。可是，还时常和小陈见面。那出《红鸾喜》的成功，引起他学戏的兴趣。他拜了俞先生为师。俞先生是个老票友，也是我的朋友；五十多岁了，可是嗓子还很娇嫩，高兴的时候还能把胡子剃去，票出《三堂会审》。俞先生为人正直规矩，一点票友们的恶习也没有。看着老先生撅着胡子嘴细声细气的唱，小陈红着脸用毛儿似的小嗓随着学，我觉得非常有趣，所以有时候我也跟着学几句。我的嗓子比小陈的好得多，可就是唱不出味儿来，唱着唱着我自己就笑了，老先生笑得更厉害："算了吧，你听我徒弟唱吧！"小陈微微一笑，脸向着墙"喊"了几句，声音还是不大，可是好听。

"你等着，"老先生得意的对我说，"再有半年，他的嗓子就能出来！真有味！"

俞先生拿小陈真当个徒弟对待，我呢也看他是个小朋友，除了学戏以外，我们也常一块儿去吃个小馆，或逛逛公园。我们两个年纪较大的到处规规矩矩，小陈呢自然也很正经，连句错话也不敢说。就连这么着，俞先生还时常的说："这不过是个玩艺，可别误了正事！"

二

小陈，因为聪明，贪快贪多，恨不能一个星期就学完一出戏。俞先生可是不忙。他知道小陈聪明，但是不愿意教他贪多嚼不烂。俞先生念字的正确，吐音的清楚，是票友里很少见的。他愣可少教小陈学几个腔儿，而必须把每个字念清楚圆满了。小陈，和别的年轻人一样，喜欢花哨。有时候，他从留音机片上学下个新腔，故意的向老先生显胜。老先生虽然不说什么，可是心中不大欢喜。经过这么几次，老先生可就背地里对我说了："我看哪，大概这个徒弟要教不长久。自然喽，我并不要他什么，教不教都没多大关系。我怕的是，他学坏了，戏学坏了倒还是小事，品行，品行……不放心！我是真爱这个小人儿，太聪明！聪明人可容易上当！"

我没回答出什么来，因为我以为这一半由于老先生的爱护小陈，一半由于老先生的厌恶新腔。其实呢，我想，左不是玩玩罢咧，何必一定叫真儿分什么新旧邪正呢。我知道我顶好是不说什么，省得教老先生生气。

不久，我就微微的觉到，老先生的话并非过虑。我在街上看见了小陈同着票友儿们一块走。这种票友和俞先生完全不同：俞先生是个规规矩矩的好人，除了会唱几句，并没有什么与常人不同的地方。这些票友，恰相反，除了作票友之外，他们什么也不是。他们虽然不是职业的伶人，可也头上剃着月亮门，穿张打扮，说话行事，全像戏子，即使未必会一整出戏，可是习气十足，我把这个告诉给俞先生了，俞先生半天没说出话来。

过了两天，我又去看俞先生，小陈也在那里呢。一看师徒的神气，我就知道他们犯了拧儿。我刚坐下，俞先生指着小陈的鞋，对我说："你看看，这是男人该穿的鞋吗？葡萄灰的，软帮软底！他要是登台彩排，穿上花鞋，逢场作戏，我决不说什么。平日也穿着这样的鞋，满街去走，成什么样儿呢？"

我很不易开口。想了会儿，我笑着说，"在苏州和上海的鞋店里，时常看到颜色很鲜明，样式很轻巧的男鞋；不比咱们这儿老是一色儿黑，又大又笨。"原想这么一说，老先生若是把气收一收，而小陈也不再穿那双鞋，事儿岂不就轻轻的揭过去了么。

可是，俞先生一个心眼，还往下钉："事情还不这么简单，这双鞋是人家送给他的。你知道，我玩票二十多年了，票友儿们的那些花样都瞒不了我。今天他送双鞋，明天你送条手绢，只要伸手一接，他们便吐着舌头笑，把天好的人也说成一个小钱不值。你既是爱唱着玩，有我教给你还不够，何必跟那些狐朋狗友打联联呢?！何必弄得好说不好听的呢?！"

小陈的脸白起来，我看出他是动了气。可是我还没想到他会这么暴烈，愣了会儿，他说出很不好听的来了："你的玩艺都太老了。我有工夫还去学点新的呢!"说完，他的脸忽然红了；仿佛是为省得把那点腼腆劲儿恢复过来，低着头，抓起来帽子，走出去，并没向俞老师弯弯腰。

看着他的后影，俞先生的嘴唇颤着，"呕"了两声。

"年轻火气盛，不必——"我安慰着俞先生。

"哼，他得毁在他们手里！他们会告诉他，我的玩艺老了，他们会给他介绍先生，他们会蹿弄他'下海'，他们会死吃他一口，他们会把他鼓捣死。可惜！可惜!"

俞先生气得不舒服了好几天。

三

小陈用不着再到俞先生那里去，他已有了许多朋友。他开始在春芳阁茶楼清唱，春芳阁每天下午有“过排”，他可是在星期日才能去露一出。因为俞先生，我也认识几位票友，所以星期日下午若有工夫，我也到那里去泡壶茶，听三两出戏；前后都有熟人，我可以随便的串——好观察小陈的行动。

就是在这个时候，开始有人说他是“兔子”。我不能相信。不错，他的脸白净，他唱“小嗓”；可是我也知道他聪明，有职业，腼腆；不论他怎么变，决不会变成个“那个”。我有这个信心，所以我一边去观察他的行动，也一边很留神去看那些说他是“那个”的那些人们。

小陈的服装确是越来越匪气了，脸上似乎也擦着点粉。可是他的神气还是在腼腆之中带着一股正气。一看那些给他造谣的，和捧他的，我就明白过来：他打扮，他擦粉，正和他穿那双葡萄灰色的鞋一样，都并不出于他的本心，而是上了他们的套儿。俞先生的话说得不错，他要毁在他们手里。

最惹我注意的，是个黑脸大汉。头上剃着月亮门，眼皮里外都是黑的，他永远穿着极长极瘦绸子衣服，领子总有半尺来高。

据说，他会唱花脸，可是我没听他唱过一句。他的嘴里并不像一般的票友那样老哼唧着戏词儿，而是念着锣鼓点儿，嘴里念着，手脚随着轻轻的抬落；不用说，他的工夫已超过研究要腔念字，而到了能背整出的家伙点的程度，大概他已会打“单皮”。

这个黑汉老跟着小陈，就好像老鸨子跟着妓女那么寸步不离。小陈的“戏码”，我在后台看见，永远是由他给排。排在第几出，和唱哪一出，他都有主张与说法。他知道小陈的嗓子今天不得力，所以得唱出歇工儿戏；他知道小陈刚排熟了《得意缘》，所以必定得过一过。要是凑不上角儿的话，他可以临时去约。赶到小陈该露了，他得拉着小陈的手，告诉他在哪儿叫好，在哪儿偷油，要是半路嗓子不得力便应在哪个关节“码前”或“叫散”了。在必要的时候，他还递给小陈一粒华达丸。拿他和体育教员比一比，我管保说，在球队下场比赛的时候那种种嘱告与指导，实在远不及黑汉的热心与周到。

等到小陈唱完，他永远不批评，而一个劲儿夸奖。在夸奖的言词中，他顺手儿把当时最有名的旦角加以极厉害的攻击：谁谁的嗓子像个“黑头”，而腆着脸硬唱青衣！谁谁的下巴有一尺多长，脊背像黄牛那么宽，而还要唱花旦！这种攻击既显出他的内行，有眼力，同时教小陈晓得自己不但可以和那些名伶相比，而且实在自己有超过他们的地方了。因此，他有时候，我看出来，似乎很难为情，设法不教黑汉拉着他的手把他送到台上去，可是他也不敢得罪他；他似乎看出一些希望来，将来他也能变成个名伶；这点希望的实现都得仗着黑汉。黑汉设若不教他和谁说话，他就不敢违抗，黑汉要是教他擦粉，他就不敢不擦。

我看，有这么个黑汉老在小陈身旁，大概就没法避免“兔子”这个称呼吧？

小陈一定知道这个。同时，他也知道能变成个职业的伶人是多么好的希望。自己聪明，“说”一遍就会；再搭上嗓子可以对付，扮相身段非常的好；资格都有了，只要自己肯，便能伸手拿几千的包银，干什么不往这条路上走呢！什么再比这个更现成更有出息呢？

要走这条路，黑汉是个宝贝。在黑汉的口中，不但极到家的讲究戏，他也谈怎样为朋友家办堂会戏，怎样约角，怎样派份儿，怎样赁衣箱。职业的，玩票的，“使黑杵的”，全得听他的调动。他可以把谁捧起来，也可以把谁摔下去；他不但懂戏，他也懂“事”。小陈没法不听他的话，没法不和他亲近。假若小陈愿意的话，也可以不许黑汉拉他的手，可是也就不要再到票房去了。不要说他还有那个希望，就是纯粹为玩玩也不能得罪黑汉，黑汉一句话便能教小陈没地方去过戏瘾，先不用说别的了。

四

有黑汉在小陈身后，票房的人们都不敢说什么，他们对小陈都敬而远之。给小陈打鼓的决不敢加个“花键子”；给小陈拉胡琴的决不敢要坏，暗暗长一点弦儿；给小陈配戏的决不敢弄句新“搭口”把他绕住，也不敢放胆的卖力气叫好而把小陈压下去。他们的眼睛看着黑汉而故意向小陈卖好，像众星捧月似的。他们绝不会佩服小陈——票友是不会佩服人的——可是无疑的都怕黑汉。

假如这些人不敢出声，台底下的人可会替他们说话；黑汉还不敢干涉听戏的人说什么。

听戏的人可以分作两类：一类是到星期六或星期日偶尔来泡壶茶解解闷，花钱不多而颇可以过过戏瘾。这一类人无所谓，高兴呢喊声好，不高兴呢就一声不出或走出去。另一类人是冬夏常青，老长在春芳阁的。他们都多知多懂。有的玩过票而因某种原因不能再登台，所以天天上茶楼来听别人唱，专为给别人叫“倒好”，以表示自己是老行家。有的是会三句五句的，还没资格登台，所以天天来熏一熏，服装打扮已完全和戏子一样了，就是一时还不能登台表演，而十分相信假若一旦登台必会开门红的。有的是票友们的亲戚或朋友，天天来给捧场，不十分懂得戏，可是很会喊好鼓掌。有的是专为来喝茶，不过日久天长便和这些人打成一气，而也自居为行家。这类人见小陈出来就嘀咕，说他是“兔子”。

只要小陈一出来，这群人就嘀咕。他们不能挨着家儿去告诉那些生茶座儿：他是“兔子”。可是他们的嘀咕已够使大家明白过来的了。大家越因好奇而想向他们打听一下，他们便越嘀咕得紧切，把大家的耳朵都吸过来一些；然后，他们忽然停止住嘀咕，而相视微笑，大家的耳朵只好慢慢的收回去，他们非常的得意。假若黑汉能支配台上，这群人能左右台下，两道相逆的水溜，好像是，冲激那个瘦弱的小陈。

这群人里有很年轻的，也有五六十岁的。虽然年纪不同，可一律擦用雪花膏与香粉，寿数越高的越把粉擦得厚。他们之中有贫也有富，不拘贫富，服装可都很讲究，穷的也有个穷讲究——即使棉袍的面子是布的。也会设法安半截绸子里儿；即使连里子也得用布，还能在颜色上着想，衬上什么雪青的或深紫的。他们一律都卷着袖口，为是好显显小褂的洁白。

大概是因为忌妒吧，他们才说小陈是“兔子”；其实据我看呢，这群人们倒更像“那个”呢。

小陈一露面，他们的脸上就立刻摆出一种神情，能伸展成笑容，也能缩敛成怒意；一伸，就仿佛赏给了他一点世上罕有的恩宠；一缩，就好像他们触犯帝王的圣怒。小陈，为博得彩声，得向他们递个求怜邀宠的眼色。连这么着，他们还不轻易给他喊个好儿。

赶到他们要捧的人上了台，他们的神情就极严肃了，都伸着脖儿听；大家喊好的时候，他们不喊；他们却在那大家不注意的地方，赞叹着，仿佛是忘形的，不能不发泄的，喝一声彩，使大家惊异，而且没法不佩服他们是真懂行。据说，若是请他们吃一顿饭，他们便可以玩这一招。显然的，小陈要打算减除了那种嘀咕，也得请他们吃饭。

我心里替小陈说，何必呢！可是他自有他的打算。

五

有一天，在报纸上，我看到小陈彩排的消息。我决定去看一看。

当然黑汉得给他预备下许多捧场的。我心里可有准儿，不能因为他得的好儿多或少去决定他的本事，我要凭着我自己的良心去判断他的优劣。

他还是以作工讨好，的确是好。至于唱工，凭良心说，连一个好儿也不值。在小屋里唱，不错，他确是有味儿；一登台，他的嗓子未免太窄了，只有前两排凑合着能听见，稍微靠后一点的，便只见他张嘴而听不见声儿了。

想指着唱戏挣钱，谈何容易呢！我晓得这个，可是不便去劝告他。黑汉会给他预备好捧场的，教他时时得到满堂的彩，教他没法不相信自己的技艺高明。我的话有什么用呢？

事后，报纸上的批评是一致的，都说他可以比作昔年的田桂凤。我知道这些批评是由哪儿来的，黑汉哪能忘下这一招呢。

从这以后，义务戏和堂会就老有小陈的戏码了。我没有工夫去听，可是心中替他担忧。我晓得走票是花钱买脸的事，为玩票而倾家荡产的并不算新奇；而小陈是个穷小子啊。打算露脸，他得有自己的行头，得找好配角，得有跟包的，得摆出阔架子来，就凭他，公司里的一个小职员？难！

不错，黑汉会帮助他；可是，一旦黑汉要翻脸和他算清账怎么办呢？俞先生的话，我现在明白过来，的确是经验之谈，一点也非过虑。

不久，我听说他被公司辞了出来，原因是他私造了收据，使了一些钱。虽说我俩并非知己的朋友，我可深知他绝不是个小滑头。要不是被逼急了，我相信他是不会干出这样丢脸的事的。我原谅他，所以深恨黑汉和架弄着小陈的那一群人。

我决定去找他，看看我能不能帮助他一把儿；几乎不为是帮助他，而是借此去反抗黑汉，要从黑汉手中把个聪明的青年救出来。

六

小陈的屋里有三四个人，都看着他作“活”呢。因为要省点钱，凡是自己能动手的，他便自己作。现在，他正作着一件背心，戏台上丫环所穿的那种。大家吸着烟，闲谈着，他一声不出的，正往背心上粘玻璃珠子——用胶水画好一大枝梅花，而后把各色的玻璃珠粘上去，省工，省钱，而穿起来很明艳。

我进去，他只抬起头来向我笑了笑，然后低下头去继续工作，仿佛是把我打入了那三四个人里边去。我既不认识他们，又不想跟他们讲话，只好呆呆的坐在那里。

那些人都年纪在四十以上，有的已留下胡子。听他们所说的，看他们的神气，我断定他们都是一种票友。看他们的衣服，他们大概都是衙门里的小官儿，在家里和社会上也许是很热心拥护旧礼教，而主张男女授受不亲的。可是，他们来看小陈作活。他们都不野调无腔，谈吐也颇文雅，只是他们的眼老溜着小陈，带出一点于心不安而又无法克服的邪味的笑意。

他们谈话儿，小陈并不大爱插嘴，可是赶到他们一提起某某伶人，或批评某某伶人的唱法，他便放下手中的活，皱起点眉头，极注意的听着，而后神气活似黑汉，斩钉截铁的发表他的意见，话不多，可是十分的坚决，指出伶人们的缺点。他并不为自己吹腾，但是这种带着坚固的自信的批判，已经足以显出他自己的优越了。他已深信自己是独一无二的旦角，除了他简直没有人懂戏。

好容易把他们耗走，我开始说我所要说的话，为省去绕弯，我开门见山的问了他一句：“你怎样维持生活呢？”

他的脸忽然的红了，大概是想起被公司辞退出来的那点耻辱。看他回不出话来，我爽性就钉到家吧：“你是不是已有许多的债？”

他勉强的笑了一下，可是神气很坚决："没法不欠债。不过，那不算一回事，我会去挣。假如我现在有三千块钱，作一批行头，我马上可以到上海去唱两个星期，而后，"他的眼睛亮起来，"汉口，青岛，济南，天津，绕一个圈儿；回到这儿来，我就是——"他挑起大指头。

"那么容易么？"我非常不客气的问。

他看了我一眼，冷笑了一下，不屑于回答我。

"是你真相信你的本事，还是被债逼得没法不走这条路呢？比如说，你现在已欠下某人一两千块钱，去作个小事儿决不能还上，所以你想一下子去搂几千来，而那个人也往这么引领你，是不是？"

想了一会儿，犹豫了一下，咽了一口气，没回答出什么来。我知道我的话是钉到他的心窝里。

"假若真像我刚才说的。"我往下说，"你该当想一想，现在你欠他的，那么你要是'下海'，就还得向他借。他呢，就可以管辖你一辈子，不论你挣多少钱，也永远还不清他的债，你的命就交给他了。捧起你来的人，也就是会要你命的人。你要是认为我不是吓唬你，想法子还他的钱，我帮助你，找个事作，我帮助你，从此不再玩这一套。你想想看。"

"为艺术是值得牺牲的！"他没看我，说出这么一句。

这回该我冷笑了。"是的，因为你在中学毕业，所以会说这么一句话，一句话，什么意思也没有。"

他的脸又红了。不愿再跟我说什么，因为越说他便越得气馁；他的岁数不许他承认自己的错误。他向外边喊了一声："二妹！你坐上一壶水！"

我这才晓得他还有个妹妹，我的心中可也就更不好过了；没再说什么，我走了出去。

七

“全球驰名，第一青衫花旦陈……表演独有历史佳剧……”在报纸上，街头上，都用极大的字登布出来。我知道小陈是“下了海”。

在“打炮”的两天前，他在东海饭店招待新闻界和一些别的朋友。不知为什么，他也给了我张请帖。真不愿吃他这顿饭，可是我又要看看他，把请帖拿起又放下好几回，最后我决定去看一眼。

席上一共有七八十人，有戏界的重要人物，有新闻记者，有捧角专家，有地面上的流氓。我没大去注意这些人们，我仿佛是专为看小陈而来的。

他变了样。衣服穿得顶讲究，讲究得使人看着难过，像新娘子打扮得那么不自然，那么过火。不过，这还不算出奇；最使人惊异的是右手的无名指上戴着个钻石戒指，假若是真的，须值两三千块钱。谁送给他的呢？凭什么送给他呢？他的脸上分明的是擦了一点胭脂，还是那么削瘦，可是显出点红润来。有这点假的血色在脸上，他的言语动作仿佛都是在作戏呢；他轻轻的扭转脖子，好像唯恐损伤了那条高领子；他偏着脸向人说话，每说一句话先皱一下眉，而后嘴角用力的往上兜，故意的把腮上弄成两个小坑儿。我看着他，我的脊背上一阵阵的起鸡皮疙瘩。

可是，我到底是原谅了他，因为黑汉在那里呢。黑汉是大都督，总管着一切：他拍大家的肩膀，向大家嘀咕，向小陈递眼色，劝大家喝酒，随着大家笑，出来进去，进去出来，用块极大的绸子手绢擦着黑亮的脑门，手绢上抖出一股香水味。

据说，人熊见到人便过去拉住手狂笑。我没看见过，可是我想象着那个样子必定就像这个黑汉。

黑汉把我的眼睛引到一位五十来岁的矮胖子身上去。矮胖子坐首席，黑汉对他说的话最多，虽然矮胖子并不大爱回答，可是黑汉依然很恭敬。对了，我心中一亮，我找到那个钻石戒指的来路！

再细看，我似乎认识那个胖脸。啊，想起来了，在报纸和杂志上见过：楚总长！楚总长是热心提倡“艺术”的。

不错，一定是他，因为他只喝了一杯酒，和一点汤，便离席了。黑汉和小陈都极恭敬的送出去。再回到席上，黑汉开始向大家说玩笑话了，仿佛是表示：贵人已走，大家可以随便吧。

吃了一道菜，我也溜出去了。

八

楚总长出钱，黑汉办事。小陈住着总长的别墅，有了自己的衣箱，钻石戒指，汽车。他只是摸不着钱，一切都由黑汉经手。

只要有小陈的戏，楚总长便有个包厢，有时候带着小陈的妹妹一同来：看完戏，便一同回到别墅，住下。小陈的妹妹长得可是真美。

楚总长得到个美人，黑汉落下了不少的钱，小陈得去唱戏，而且被人叫做“兔子”。

大局是这么定好了，无论是谁也无法把小陈从火坑里拉出来了。他得死在他们手里，俞先生一点也没说错。

九

事忙，我一年多没听过一次戏。小陈的戏码还常在报纸上看到，他得意与否可无从知道。

有一次，我到天津办一点事，晚上独自在旅馆里非常的无聊，便找来小报看看戏园的广告。新到的一个什么“香”，当晚有戏。我连这个什么“香”是男是女也不晓得，反正是为解闷吧，就决定去看看。对于新起来的角色，我永远不希望他得怎样的好，以免看完了失望，弄一肚子蹩扭。

这个什么“香”果然不怎么高明，排场很阔气，可是唱作都不够味儿；唱到后半截儿，简直有点支持不下去的样子。唱戏是多么不容易的事呢，我不由的想起小陈来。

正在这个时候，我看见了黑汉。他轻快的由台门闪出来，斜着身和打鼓的说了两句话，又轻快的闪了进去。

哈！又是这小子！我心里说。哼，我同时想到了，大概他已把小陈吸干了，又来耍这个什么“香”了！该死的东西！

由天津回来，我遇见了俞先生，谈着谈着便谈到了小陈，俞先生的耳朵比我的灵通，刚一提起小陈，他便叹了口气：“完喽！妹妹被那个什么总长给扔下不管了，姑娘不姑娘，太太不太太的在家里闷着。他呢，给那个黑小子挣够了钱，黑小子撒手不再管他了，连行头还让黑小子拿去多一半。谁不知道唱戏能挣钱呢，可是事儿并不那么简单容易。玩票，能被人吃光了；使黑杵，混不上粥喝；下海，谁的气也得受着，能吃饱就算不离。我全晓得，早就劝过他，可是……”俞先生似乎还有好些个话，但是只摇了摇头。

十

又过了差不多半年，我到济南有点事。小陈正在那里唱呢，他挂头牌，二牌三牌是须生和武生，角色不算很硬，可也还看得过去。这里，连由北平天桥大棚里约来的角儿还要成千论百的拿包银，那么小陈——即使我们承认他一切的弱点——总比由天桥来的强着许多了。我决定去看他的戏，仿佛也多少含着点捧捧场的意思，谁教我是他的朋友呢。

那晚上他贴的是独有的“本儿戏”，九点钟就上场，文武带打，还赠送戏词。我恰好有点事，到九点一刻才起身到戏园去，一路上我还怕太晚了点，买不到票。到九点半我到了戏园，里里外外全清锅子冷灶，由老远就听到锣鼓响，可就是看不见什么人。由卖票人的神气我就看出来，不上座儿；因为他非常的和气，一伸手就给了我张四排十一号——顶好的座位。

四排以后，我进去一看，全空着呢。两廊稀稜稜的有些人，楼上左右的包厢全空着。一眼望过去，台上被水月电照得青虚虚的，四个打旗的失了魂似的立在左右，中间坐着个穿红袍的小生，都像纸糊的。台下处处是空椅子，只在前面有一堆儿人，都像心中有点委屈似的。世上最难看的是半空的戏园子——既不像戏园，又不像任何事情，仿佛是一种梦景似的。

我坐下不大会儿，锣鼓换了响声，椅垫桌裙全换了南绣的，绣着小陈的名字。一阵锣鼓敲过，换了小锣，小陈扭了出来。没有一声碰头好——人少，谁也不好意思喊。我真要落泪！

他瘦得已不成样子。因为瘦，所以显着身量高，就像一条打扮好的刀鱼似的。

并不因为人少而敷衍，反之，他的瘦脸上带出一些高傲，坚决的神气；唱，念，作派，处处用力；越没有人叫好，他越努力；就好像那宣传宗教的那么热烈，那么不怕困苦。每唱完一段，回过头去喝水的工夫，我看见他嗽得很厉害，嗽一阵，揉一揉胸口，才转过脸来。他的嗓音还是那么窄小，可是作工已臻化境，每一抬手迈步都有尺寸，都恰到好处；要一个身段，他便向台下打一眼，仿佛是对观众说：这还不值个好儿吗？没人叫好，始终没人喊一声好！

我忽然像发了狂，用尽了力量给他喝了几声彩。他看见了我，向我微微一点头。我一直坐到了台上吹了呜嘟嘟，虽然并没听清楚戏中情节到底是怎回事；我心中很乱。

散了戏，我跑到后台去，他还上着装便握住了我的手，他的手几乎是一把骨头。

“等我卸了装，”他笑了一下，“咱们谈一谈！”

我等了好大半天，因为他真像个姑娘，事事都作得很慢很仔细，头上的每一朵花，每一串小珠子，都极小心的往下摘，看着跟包的给收好。

我跟他到了三义栈，已是夜里一点半钟。

一进屋，他连我也不顾得招待了，躺在床上，手哆嗦着，点上了烟灯。吸了两大口，他缓了缓气：“没这个，我简直活不了啦！”

我点了点头。我想不起说什么。设若我要说话，我就要说对他有些用处的，可是就凭我这个平凡的人，怎能救得了他呢？只好听着他说吧，我仿佛成了个傻子。

又吸了一大口烟，他轻轻的掰了个橘子，放在口中一瓣。“你几儿个来的？”

我简单的告诉了他关于我自己的事，说完，我问他：“怎样？”

他笑了笑：“这里的人不懂戏！”

“赔钱？”

“当然！”他不像以前那样爱红脸了，话说得非常的自然，而且绝没有一点后悔的意思。“再唱两天吧，要还是不行，简直得把戏箱留在这儿！”

“那不就糟了？”

“谁说不是！”他嗽咳了一阵，揉了揉胸口。“玩艺好也没用，人家不听，咱有什么法儿呢？”

我要说：你的嗓子太窄，你看事太容易！可是我没说。说了又有什么用呢？他的嗓子无从改好，他的生活已入了辙，他已吸惯了烟，他已有了很重的肺病；我干吗既帮不了他，还惹他难受呢？

“在北平大概好一点？”我为是给他一点安慰。

人是不认识自己的，在对自我的认识上，人往往以不知为知。“我”扮演的是个人性观察家的角色，同时，“我”也是引领者，他的目的，是让我们看到人性的总总真相，让我们看到人生道路上的总总危险。小说对人性中的虚荣、占有、表演性等进行了独特的书写，有关“占有”与“控制”，可阅读一下美国人本主义哲学家弗罗姆的《占有与存在》，在对人性的研究方面，文学家、哲学家和心理学家往往是相通的。」

“也不十分好，班子多，地方钱紧，也不容易，哪里也不容易！”他揉着一点橘子皮，心中不耐烦，可是要勉强着镇定。“可是，反正我对得起老郎神，玩艺地道，别的……”

是的，玩艺地道；不用说，他还是自居为第一的花旦。失败，困苦，压迫，无法摆脱，给他造成了一点自信，他只仗着这点自信活着呢。有这点自信欺骗着他自己，他什么也不怕，什么也可以一笑置之；妹妹被人家糟践了，金钱被人家骗去，自己只剩下一把骨头与很深的烟瘾；对谁也无益，对自己只招来毁灭；可是他自信玩艺儿地道。“好吧，咱们北平见吧！”我告辞走出来。

“你不等听听我的全本《凤仪亭》啦？后天就露！”他立在屋门口对我说。

我没说出什么来。

回到北平不久，我在小报上看到小陈死去的消息。他至多也不过才二十四五岁吧。

原载1937年7月1日《文艺月刊》第十一卷第一期

我这一辈子

一

我幼年读过书，虽然不多，可是足够读七侠五义与三国志演义什么的。我记得好几段聊斋，到如今还能说得很齐全动听，不但听的人都夸奖我的记性好，连我自己也觉得应该高兴。可是，我并念不懂聊斋的原文，那太深了；我所记得的几段，都是由小报上的“评讲聊斋”念来的——把原文变成白话，又添上些逗哏打趣，实在有个意思！

我的字写得也不坏。拿我的字和老年间衙门里的公文比一比，论个儿的匀适，墨色的光润，与行列的齐整，我实在相信我可以作个很好的“笔帖式”。自然我不敢高攀，说我有写奏折的本领，可是眼前的通常公文是准保能写到好处的。

凭我认字与写的本事，我本该去当差。当差虽不见得一定能增光耀祖，但是至少也比作别的事更体面些。况且呢，差事不管大小，多少总有个升腾。我看见不止一位了，官职很大，可是那笔字还不如我的好呢，连句整话都说不出来。这样的人既能作高官，我怎么不能呢？

可是，当我十五岁的时候，家里教我去学徒。五行八作，行行出状元，学手艺原不是什么低搭的事；不过比较当差稍差点劲儿罢了。学手艺，一辈子逃不出手艺人去，即使能大发财源，也高不过大官儿不是？可是我并没和家里闹别扭，就去学徒了；十五岁的人，自然没有多少主意。况且家里老人还说，学满了艺，能挣上钱，就给我说亲中篇小说《我这一辈子》，创作于1937年抗战前夕，可视为老舍第一个创作黄金时期的压轴之作。小说以第一人称叙述，浓缩了老舍丰富的人生感慨、社会思考和人性探索，描写了一个旧时代普通巡警的坎坷一生，是一个人生大悲剧。艺术风格是含泪的幽默，背后是冷厉与苍凉。小说善于用平凡场景中的小镜头来映现时代社会中的无常、荒谬，以个人人生命运表现在时代变幻中的沉浮与无助，于笑声中体味生活的沉重。小说是在抨击社会，更是进行人生拷问！个人与环境的关系如何？人生的意义何在？等等。

“我”就是导游，他引领读者步入他的人生之路和苦涩的心灵空间。主人公在遭到无数社会不公的待遇后，终于明白，无论一个人怎样努力地挣扎，自身的努力都不能改变自己的命运。这一主题在老舍的许多小说中都有表现，包括《骆驼祥子》，新加坡学者王润华认为这与老舍所受康拉德的影响有关，而我则认为，相对于老舍的个人经历以及个性，任何外来影响都是表层的。

事。在当时，我想象着结婚必是件有趣的事。那么，吃上二三年的苦，而后大人似的去耍手艺挣钱，家里再有个小媳妇，大概也很下得去了。

我学的是裱糊匠。在那太平年月，裱糊匠是不愁没饭吃的。那时候，死一个人不像现在这么省事。这可并不是说，老年间的人要翻来覆去的死好几回，不干脆的一下子断了气。我是说，那时候死人，丧家要拚命的花钱，一点不惜力气与金钱的讲排场。就拿与冥衣铺有关系的事来说吧，就得花上老些个钱。人一断气，马上就得去糊“倒头车”——现在，连这个名词儿也许有好多人不晓得了。紧跟着便是“接三”，必定有些烧活：车轿骡马，墩箱灵人，引魂幡，灵花等等。要是害月子病死的，还必须另糊一头牛，和一个鸡罩。赶到“一七”念经，又得糊楼库，金山银山，尺头元宝，四季衣服，四季花草，古玩陈设，各样木器。及至出殡，纸亭纸架之外，还有许多烧活，至不济也得弄一对“童儿”举着。“五七”烧伞，六十天糊船桥。一个死人到六十天后才和我们裱糊匠脱离关系。一年之中，死那么十来个有钱的人，我们便有了吃喝。

裱糊匠并不专伺候死人，我们也伺候神仙。早年间的神仙不象如今晚儿的这样寒碜，就拿关老爷说吧，早年间每到六月二十四，人们必给他糊黄幡宝盖，马童马匹，和七星大旗什么的。现在，几乎没有人再惦记着关公了！遇上闹“天花”，我们又得为娘娘们忙一阵。九位娘娘得糊九顶轿子，红马黄马各一匹，九份凤冠霞帔，还得预备痘哥哥痘姐姐们的袍带靴帽，和各样执事。如今，医院都施种牛痘，娘娘们无事可作，裱糊匠也就陪着她们闲起来了。此外还有许许多多的“还愿”的事，都要糊点什么东西，可是也都随着破除迷信没人再提了。年头真是变了啊！

除了伺候神与鬼外，我们这行自然也为活人作些事。这叫作“白活”，就是给人家糊顶棚。早年间没有洋房，每遇到搬家，娶媳妇，或别项喜事，总要把房间糊得四白落地，好显出焕然一新的气象。那大富之家，连春秋两季糊窗子也雇用我们。人是一天穷似一天了，搬家不一定糊棚顶，而那些有钱的呢，房子改为洋式的，棚顶抹灰，一劳永逸；窗子改成玻璃的，也用不着再糊上纸或纱。什么都是洋式好，耍手艺的可就没了饭吃。我们自己也不是不努力呀，洋车时行，我们就照样糊洋车；汽车时行，我们就糊汽车，我们知道改良。可是有几家死了人来糊一辆洋车或汽车呢？年头一旦大改良起来，我们的小改良全算白饶，水大漫不过鸭子去，有什么法儿呢！

二

上面交代过了：我若是始终仗着那份儿手艺吃饭，恐怕就早已饿死了。不过，这点本事虽不能永远有用，可是三年的学艺并非没有很大的好处，这点好处教我一辈子享用不尽。我可以撂下家伙，干别的营生去；这点好处可是老跟着我。就是我死后，有人谈到我的为人如何，他们也必须要记得我少年曾学过三年徒。

学徒的意思是一半学手艺，一半学规矩。在初到铺子去的时候，不论是谁也得害怕，铺中的规矩就是委屈。当徒弟的得晚睡早起，得听一切的指挥与使遣，得低三下四的伺候人，饥寒劳苦都得高高兴兴的受着，有眼泪往肚子里咽。像我学艺的所在，铺子也就是掌柜的家；受了师傅的，还得受师母的，夹板儿气！能挺过这么三年，顶倔强的人也得软了，顶软和的人也得硬了；我简直的可以这么说，一个学徒的脾性不是天生带来的，而是被板子打出来的；像打铁一样，要打什么东西便成什么东西。

在当时正挨打受气的那一会儿，我真想去寻死，那种气简直不是人所受得住的！但是，现在想起来，这种规矩与调教实在值金子。受过这种排练，天下便没有什么受不了的事啦。随便提一样吧，比方说教我去当兵，好哇，我可以作个满好的兵。军队的操演有时有会儿，而学徒们是除了睡觉没有任何休息时间的。我抓着工夫去出恭，一边蹲着一边就能打个盹儿，因为遇上赶夜活的时候，我一天一夜只能睡上三四点钟的觉。我能一口吞下去一顿饭，刚端起饭碗，不是师傅喊，就是师娘叫，要不然便是有照顾主儿来定活，我得恭而敬之的招待，并且细心听着师傅怎样论活讨价钱。不把饭整吞下去怎办呢？这种排练教我遇到什么苦处都能硬挺，外带着还是挺和气。读书的人，据我这粗人看，永远不会懂得这个。现在的洋学堂里开运动会，学生跑上两个圈就仿佛有了汗马功劳一般，喝！又是搀着，又是抱着，往大腿上拍火酒，还闹脾气，还坐汽车！这样的公子哥儿哪懂得什么叫作规矩，哪叫排练呢？话往回来说，我所受的苦处给我打下了作事任劳任怨的底子，我永远不肯闲着，作起活来永不晓得闹脾气，耍别扭，我能和大兵们一样受苦，而大兵们不能像我这么和气。

再拿件实事来证明这个吧：在我学成出师以后，我和别的耍手艺的一样，为表明自己是凭本事挣钱的人，第一我先买了根烟袋，只要一闲着便捻上一袋吧唧着，仿佛很有身份，慢慢的，我又学了喝酒，时常弄两盅猫尿咂着嘴儿抿几口。嗜好就怕开了头，会了一样就不难学第二样，反正都是个玩艺吧咧。这可也就出了毛病。我爱烟爱酒，原本不算什么稀奇的事，大家伙儿都差不多是这样。可是，我一来二去的学会了吃大烟。那个年月，鸦片烟不犯私，非常的便宜；我先是吸着玩，后来可就上了瘾。不久，我便觉出手紧来了，作事也不似先前那么上劲了。我并没等谁劝告我，不但戒了大烟，而且把旱烟袋也撅了，从此烟酒不动！我入了"理门"。入理门，烟酒都不准动；一旦破戒，必走背运。所以我不但戒了嗜好，而且入了理门；背运在那儿等着我，我怎肯再犯戒呢？这点心胸与硬气，如今想起来，还是由学徒得来的。多大的苦处我都能忍受。初一戒烟戒酒，看着别人吸，别人饮，多么难过呢！心里真像有一千条小虫爬挠那么痒痒触触的难过。但是我不能破戒，怕走背运。其实背运不背运的，都是日后的事，眼前的罪过可是不好受呀！硬挺，只有硬挺才能成功，怕走背运还在其次。我居然挺过来了，因为我学过徒，受过排练呀！

提到我的手艺来，我也觉得学徒三年的光阴并没白费了。凡是一门手艺，都得随时改良，方法是死的，运用可是活的。三十年前的瓦匠，讲究会磨砖对缝，作细工儿活；现在，他得会用洋灰和包镶人造石什么的。三十年前的木匠，讲究会雕花刻木，现在得会造洋式木器。我们这行也如此，不过比别的行业更活动。我们这行讲究看见什么就能糊什么。比方说，人家落了丧事，教我们糊一桌全席，我们就能糊出鸡鸭鱼肉来。赶上人家死了未出阁的姑娘，教我们糊一全份嫁妆，不管是四十八抬，还是三十二抬，我们便能由粉罐油瓶一直糊到衣橱穿衣镜。眼睛一看，手就能模仿下来，这是我们的本事。我们的本事不大，可是得有点聪明，一个心窟窿的人绝不会成个好裱糊匠。

这样，我们作活，一边工作也一边游戏，仿佛是。我们的成败全仗着怎么把各色的纸调动的合适，这是要心路的事儿。以我自己说，我有点小聪明。在学徒时候所挨的打，很少是为学不上活来，而多半是因为我有聪明而好调皮不听话。我的聪明也许一点也显露不出来，假若我是去学打铁，或是拉大锯——老那么打，老那么拉，一点变动没有。幸而我学了裱糊匠，把基本的技能学会了以后，我便开始自出花样，怎么灵巧逼真我怎么作。有时候我白费了许多工夫与材料，而作不出我所想到的东西，可是这更教我加紧的去揣摸，去调动，非把它作成不可。这个，真是个好习惯。有聪明，而且知道用聪明，我必须感谢这三年的学徒，在这三年养成了我会用自己的聪明的习惯。诚然，我一辈子没作过大事，但是无论什么事，只要是平常人能作的，我一瞧就能明白个五六成。我会砌墙，栽树，修理钟表，看皮货的真假，合婚择日，知道五行八作的行话上诀窍……这些，我都没学过，只凭我的眼去看，我的手去试验；我有勤苦耐劳与多看多学的习惯；这个习惯是在冥衣铺学徒三年养成的。到如今我才明白过来——我已是快饿死的人了！——假若我多读上几年书，只抱着书本死啃，像那些秀才与学堂毕业的人们那样，我也许一辈子就糊糊涂涂的下去，而什么也不晓得呢！裱糊的手艺没有给我带来官职和财产，可是它让我活的很有趣；穷，但是有趣，有点人味儿。

刚二十多岁，我就成为亲友中的重要人物了。不因为我有钱与身份，而是因为我办事细心，不辞劳苦。自从出了师，我每天在街口的茶馆里等着同行的来约请帮忙。我成了街面上的人，年轻，利落，懂得场面。有人来约，我便去作活；没人来约，我也闲不住：亲友家许许多多的事都托咐我给办，我甚至于刚结过婚便给别人家作媒了。

给别人帮忙就等于消遣。我需要一些消遣。为什么呢？前面我已说过：我们这行有两种活，烧活和白活。作烧活是有趣而干净的，白活可就不然了。糊顶棚自然得先把旧纸撕下来，这可真够受的，没作过的人万也想不到顶棚上会能有那么多尘土，而且是日积月累攒下来的，比什么土都干，细，钻鼻子，撕完三间屋子的棚，我们就都成了土鬼。及至扎好了秫秸，糊新纸的时候，新银花纸的面子是又臭又挂鼻子。尘土与纸面子就能教人得痨病——现在叫作肺病。我不喜欢这种活儿。可是，在街上等工作，有人来约就不能拒绝，有什么活得干什么活。应下这种活儿，我差不多老在下边裁纸递纸抹浆糊，为的是可以不必上“交手”，而且可以低着头干活儿，少吃点土。就是这样，我也得弄一身灰，我的鼻子也得像烟筒。作完这么几天活，我愿意作点别的，变换变换。那么，有亲友托我办点什么，我是很乐意帮忙的。

再说呢，作烧活吧，作白活吧，这种工作老与人们的喜事或丧事有关系。熟人们找我定活，也往往就手儿托我去讲别项的事，如婚丧事的搭棚，讲执事，雇厨子，定车马等等。我在这些事儿中渐渐找出乐趣，晓得如何能捏住巧处，给亲友们既办得漂亮，又省些钱，不能窝窝囊囊的被人捉了“大头”。我在办这些事儿的时候，得到许多经验，明白了许多人情，久而久之，我成了个很精明的人，虽然还不到三十岁。

三

由前面所说过的去推测，谁也能看出来，我不能老靠着裱糊的手艺挣饭吃。像逛庙会忽然遇上雨似的，年头一变：大家就得往四散里跑。在我这一辈子里，我仿佛是走着下坡路，收不住脚。心里越盼着天下太平，身子越往下出溜。这次的变动，不使人缓气，一变好像就要变到底。这简直不是变动，而是一阵狂风，把人糊糊涂涂的刮得不知上哪里去了。在我小时候发财的行当与事情，许多许多都忽然走到绝处，永远不再见面，仿佛掉在了大海里头似的。裱糊这一行虽然到如今还阴死巴活的始终没完全断了气，可是大概也不会再有抬头的一日了。我老早的就看出这个来。在那太平的年月，假若我愿意的话，我满可以开个小铺，收两个徒弟，安安顿顿的混两顿饭吃。幸而我没那么办。一年得不到一笔大活，只仗着糊一辆车或两间屋子的顶棚什么的，怎能吃饭呢？睁开眼看看，这十几年了，可有过一笔体面的活？我得改行，我算是猜对了。

不过，这还不是我忽然改了行的唯一的原因。年头儿的改变不是个人所能抵抗的，胳臂扭不过大腿去，跟年头儿叫死劲简直是自己找别扭。可是，个人独有的事往往来得更厉害，它能马上教人疯了。去投河觅井都不算新奇，不用说把自己的行业放下，而去干些别的了。个人的事虽然很小，可是一加在个人身上便受不住；一个米粒很小，教蚂蚁去搬运便很费力气。个人的事也是如此。人活着是仗了一口气，多喒有点事儿，把这口气憋住，人就要抽风。人是多么小的玩艺儿呢！

我的精明与和气给我带来背运。乍一听这句话仿佛是不合情理，可是千真万确，一点儿不假，假若这要不落在我自己身上，我也许不大相信天下会有这宗事。它竟自找到了我；在当时，我差不多真成了个疯子。隔了这么二三十年，现在想起那回事儿来，我满可以微微一笑，仿佛想起一个故事来似的。现在我明白了个人的好处不必一定就有利于自己。一个人好，大家都好，这点好处才有用，正是如鱼得水。一个人好，而大家并不都好，个人的好处也许就是让他倒霉的祸根。精明和气有什么用呢！现在，我悟过这点理儿来，想起那件事不过点点头，笑一笑罢了。在当时，我可真有点咽不下去那口气。那时候我还很年轻啊。

哪个年轻的人不爱漂亮呢？在我年轻的时候，给人家行人情或办点事，我的打扮与气派谁也不敢说我是个手艺人。在早年间，皮货很贵，而且不准乱穿。如今晚的人，今天得了马票或奖券，明天就可以穿上狐皮大衣，不管是个十五岁的孩子还是二十岁还没刮过脸的小伙子。早年间可不行，年纪身份决定个人的服装打扮。那年月，在马褂或坎肩上安上一条灰鼠领子就仿佛是很漂亮阔气。我老安着这么条领子，马褂与坎肩都是青大缎的——那时候的缎子也不怎么那样结实，一件马褂至少也可以穿上十来年。在给人家糊棚顶的时候，我是个土鬼；回到家中一梳洗打扮，我立刻变成个漂亮小伙子。我不喜欢那个土鬼，所以更爱这个漂亮的青年。我的辫子又黑又长，脑门剃得锃光青亮，穿上带灰鼠领子的缎子坎肩，我的确像个“人儿”！

一个漂亮小伙子所最怕的恐怕就是娶个丑八怪似的老婆吧。我早已有意无意的向老人们透了个口话：不娶倒没什么，要娶就得来个够样儿的。那时候，自然还不时行自由婚，可是已有男女两造对相对看的办法。要结婚的话，我得自己去相看，不能马马虎虎就凭媒人的花言巧语。

二十岁那年，我结了婚，我的妻比我小一岁。把她放在哪里，她也得算个俏式利落的小媳妇；在定婚以前，我亲眼相看的呀。她美不美，我不敢说，我说她俏式利落，因为这四个字就是我择妻的标准；她要是不够这四个字的格儿，当初我决不会点头。在这四个字里很可以见出我自己是怎样的人来。那时候，我年轻，漂亮，作事麻利，所以我一定不能要个笨牛似的老婆。

这个婚姻不能说不是天配良缘。我俩都年轻，都利落，都个子不高；在亲友面前，我们像一对轻巧的陀螺似的，四面八方的转动，招得那年岁大些的人们眼中要笑出一朵花来。我俩竞争着去在大家面前显出个人的机警与口才，到处争强好胜，只为教人夸奖一声我们是一对最有出息的小夫妇。别人的夸奖增高了我俩彼此间的敬爱，颇有点英雄惜英雄，好汉爱好汉的劲儿。

我很快乐，说实话：我的老人没挣下什么财产，可是有一所儿房。我住着不用花租金的房子，院中有不少的树木，檐前挂着一对黄鸟。我呢，有手艺，有人缘，有个可心的年轻女人。不快乐不是自找别扭吗？

对于我的妻，我简直找不出什么毛病来。不错，有时候我觉得她有点太野；可是哪个利落的小媳妇不爽快呢？她爱说话，因为她会说；她不大躲避男人，因为这正是作媳妇所应享的利益，特别是刚出嫁而有些本事的小媳妇，她自然愿意把作姑娘时的腼腆收起一些，而大大方方的自居为“媳妇”。这点实在不能算作毛病。况且，她见了长辈又是那么亲热体贴，殷勤的伺候，那么她对年轻一点的人随便一些也正是理之当然；她是爽快大方，所以对于年老的正像对于年少的，都愿表示出亲热周到来。我没因为她爽快而责备她过。

她有了孕，作了母亲，她更好看了，也更大方了——我简直的不忍再用那个“野”字！世界上还有比怀孕的少妇更可怜，年轻的母亲更可爱的吗？看她坐在门坎上，露着点胸，给小娃娃奶吃，我只能更爱她，而想不起责备她太不规矩。

到了二十四岁，我已有一儿一女。对于生儿养女，作丈夫的有什么功劳呢！赶上高兴，男子把娃娃抱起来，耍巴一回；其余的苦处全是女人的。我不是个糊涂人，不必等谁告诉我才能明白这个。真的，生小孩，养育小孩，男人有时候想去帮忙也归无用；不过，一个懂得点人事的人，自然该使作妻的痛快一些，自由一些；欺侮孕妇或一个年轻的母亲，据我看，才真是混蛋呢！对于我的妻，自从有了小孩之后，我更放任了些；我认为这是当然的合理的。

再一说呢，夫妇是树，儿女是花；有了花的树才能显出根儿深。一切猜忌，不放心，都应该减少，或者完全消灭；小孩子会把母亲拴得结结实实的。所以，即使我觉得她有点野——真不愿用这个臭字——我也不能不放心了，她是个母亲呀。

四

直到如今，我还是不能明白那到底是怎么一回事。

我所不能明白的事也就是当时教我差点儿疯了的事，我的妻跟人家跑了。

我再说一遍，到如今我还不能明白那到底是怎回事。我不是个固执的人，因为我久在街面上，懂得人情，知道怎样找出自己的长处与短处。但是，对于这件事，我把自己的短处都找遍了，也找不出应当受这种耻辱与惩罚的地方来。所以，我只能说我的聪明与和气给我带来祸患，因为我实在找不出别的道理来。

我有位师哥，这位师哥也就是我的仇人。街口上，人们都管他叫作黑子，我也就还这么叫他吧；不便道出他的真名实姓来，虽然他是我的仇人。“黑子”，由于他的脸不白；不但不白，而且黑得特别，所以才有这个外号。他的脸真像个早年间人们揉的铁球，黑，可是非常的亮；黑，可是光润；黑，可是油光水滑的可爱。当他喝下两盅酒，或发热的时候，脸上红起来，就好像落太阳时的一些黑云，黑里透出一些红光。至于他的五官，简直没有什么好看的地方，我比他漂亮多了。他的身量很高，可也不见得怎么魁梧，高大而懈懈松松的。他所以不至教人讨厌他，总而言之，都仗着那一张发亮的黑脸。

我跟他是很好的朋友。他既是我的师哥，又那么傻大黑粗的，即使我不喜爱他，我也不能无缘无故的怀疑他。我的那点聪明不是给我预备着去猜疑人的；反之，我知道我的眼睛里不容砂子，所以我因信任自己而信任别人。我以为我的朋友都不至于偷偷的对我掏坏招数。一旦我认定谁是个可交的人，我便真拿他当个朋友看待。对于我这个师哥，即使他有可猜疑的地方，我也得敬重他，招待他，因为无论怎样，他到底是我的师哥呀。同是一门儿学出来的手艺，又同在一个街口上混饭吃，有活没活，一天至少也得见几面；对这么熟的人，我怎能不拿他当作个好朋友呢？有活，我们一同去作活；没活，他总是到我家来吃饭喝茶，有时候也摸几把索儿胡玩——那时候“麻将”还不十分时兴。我和蔼，他也不客气；遇到什么就吃什么，遇到什么就喝什么，我一向不特别为他预备什么，他也永远不挑剔。他吃的很多，可是不懂得挑食。看他端着大碗，跟着我们吃热汤儿面什么的，真是个痛快的事。他吃得四脖子汗流，嘴里西啦胡噜的响，脸上越来越红，慢慢的成了个半红的大煤球似的；谁能说这样的人能存着什么坏心眼儿呢！

一来二去，我由大家的眼神看出来天下并不很太平。可是，我并没有怎么往心里搁这回事。假若我是个糊涂人，只有一个心眼，大概对这种事不会不听见风就是雨，马上闹个天昏地暗，也许立刻把事情弄个水落石出，也许是望风捕影而弄一鼻子灰。我的心眼多，决不肯这么糊涂瞎闹，我得平心静气的想一想。

先想我自己，想不出我有什么不对的地方来，即使我有许多毛病，反正至少我比师哥漂亮，聪明，更像个人儿。

再看师哥吧，他的长像，行为，财力，都不能教他为非作歹，他不是那种一见面就教女人动心的人。

最后，我详详细细的为我的年轻的妻子想一想：她跟了我已经四五年，我俩在一处不算不快乐。即使她的快乐是假装的，而愿意去跟个她真喜爱的人——这在早年间几乎是不能有的——大概黑子也绝不会是这个人吧？他跟我都是手艺人，他的身份一点不比我高。同样，他不比我阔，不比我漂亮，不比我年轻；那么，她贪图的是什么呢？想不出。就满打说她是受了他的引诱而迷了心，可是他用什么引诱她呢，是那张黑脸，那点本事，那身衣裳，腰里那几吊钱？笑话！哼，我要是有意的话吗，我倒满可以去引诱引诱女人；虽然钱不多，至少我有个样子。黑子有什么呢？再说，就是说她一时迷了心窍，分别不出好歹来，难道她就肯舍得那两个小孩吗？

我不能信大家的话，不能立时疏远了黑子，也不能傻子似的去盘问她。我全想过了，一点缝子没有，我只能慢慢的等着大家明白过来他们是多虑。即使他们不是凭空造谣，我也得慢慢的察看，不能无缘无故的把自己，把朋友，把妻子，都卷在黑土里边。有点聪明的人作事不能鲁莽。

可是，不久，黑子和我的妻子都不见了。直到如今，我没再见过他俩。为什么她肯这么办呢？我非见着她，由她自己吐出实话，我不会明白。我自己的思想永远不够对付这件事的。

我真盼望能再见她一面，专为明白明白这件事。到如今我还是在个葫芦里。

当时我怎样难过，用不着我自己细说。谁也能想到，一个年轻漂亮的人，守着两个没了妈的小孩，在家里是怎样的难过；一个聪明规矩的人，最亲爱的妻子跟师哥跑了，在街面上是怎么难堪。同情我的人，有话说不出，不认识我的人，听到这件事，总不会责备我的师哥，而一直的管我叫“王八”。在咱们这讲孝悌忠信的社会里，人们很喜欢有个王八，好教大家有放手指头的准头。我的口闭上，我的牙咬住，我心中只有他们俩的影儿和一片血。不用教我见着他们，见着就是一刀，别的无须乎再说了。

在当时，我只想拚上这条命，才觉得有点人味儿。现在，事情过去这么多年了。我可以细细的想这件事在我这一辈子里的作用了。

我的嘴并没闲着，到处我打听黑子的消息。没用，他俩真像石沉大海一般。打听不着确实的消息，慢慢的我的怒气消散了一些；说也奇怪，怒气一消，我反倒可怜我的妻子。黑子不过是个手艺人，而这种手艺只能在京津一带大城里找到饭吃，乡间是不需要讲究的烧活的。那么，假若他俩是逃到远处去，他拿什么养活她呢？哼，假若他肯偷好朋友的妻子，难道他就不会把她卖掉吗？这个恐惧时常在我心中绕来绕去。我真希望她忽然逃回来，告诉我她怎样上了当，受了苦处；假若她真跪在我的面前，我想我不会不收下她的，一个心爱的女人，永远是心爱的，不管她作了什么错事。她没有回来，没有消息，我恨她一会儿，又可怜她一会儿，胡思乱想，我有时候整夜的不能睡。

过了一年多，我的这种乱想又轻淡了许多。是的，我这一辈子也不能忘了她，可是我不再为她思索什么了。我承认了这是一段千真万确的事实，不必为它多费心思了。

我到底怎样了呢？这倒是我所要说的，因为这件我永远猜不透的事在我这一辈子里实在是件极大的事。这件事好像是在梦中丢失了我最亲爱的人，一睁眼，她真的跑得无影无踪了。这个梦没法儿明白，可是它的真确劲儿是谁也受不了的。作过这么个梦的人，就是没有成疯子，也得大大的改变；他是丢失了半个命呀！

五

最初，我连屋门也不肯出，我怕见那个又明又暖的太阳。

顶难堪的是头一次上街：抬着头大大方方的走吧，准有人说我天生来的不知羞耻。低着头走，便是自己招认了脊背发软。怎么着也不对。我可是问心无愧，没作过一点对不起人的事。

我破了戒，又吸烟喝酒了。什么背运不背运的，有什么再比丢了老婆更倒霉的呢？我不求人家可怜我，也犯不上成心对谁耍刺儿，我独自吸烟喝酒，把委屈放在心里好了。再没有比不测的祸患更能扫除了迷信的；以前，我对什么神仙都不敢得罪；现在，我什么也不信，连活佛也不信了。迷信，我咂摸出来，是盼望得点意外的好处；赶到遇上意外的难处，你就什么也不盼望，自然也不迷信了。我把财神和灶王的龛——我亲手糊的——都烧了。亲友中很有些人说我成了二毛子的。什么二毛子三毛子的，我再不给谁磕头。人若是不可靠，神仙就更没准儿了。

我并没变成忧郁的人。这种事本来是可以把人愁死的，可是我没往死牛犄角里钻。我原是个活泼的人，好吧，我要打算活下去，就得别丢了我的活泼劲儿。不错，意外的大祸往往能忽然把一个人的习惯与脾气改变了；可是我决定要保持住我的活泼。我吸烟，喝酒，不再信神佛，不过都是些使我活泼的方法。不管我是真乐还是假乐，我乐！在我学艺的时候，我就会这一招，经过这次的变动，我更必须这样了。现在，我已快饿死了，我还是笑着，连我自己也说不清这是真的还是假的笑，反正我笑，多咱死了多咱我并上嘴。从那件事发生了以后，直到如今，我始终还是个有用的人，热心的人，可是我心中有了个空儿。这个空儿是那件不幸的事给我留下的，像墙上中了枪弹，老有个小窟窿似的。我有用，我热心，我爱给人家帮忙，但是不幸而事情没办到好处，或者想不到的扎手，我不着急，也不动气，因为我心中有个空儿。这个空儿会教我在极热心的时候冷静，极欢喜的时候有点悲哀，我的笑常常和泪碰在一起，而分不清哪个是哪个。

这些，都是我心里头的变动，我自己要是不说——自然连我自己也说不大完全——大概别人无从猜到。在我的生活上，也有了变动，这是人人能看到的。我改了行，不再当裱糊匠，我没脸再上街口去等生意，同行的人，认识我的，也必认识黑子；他们只须多看我几眼，我就没法再咽下饭去。在那报纸还不大时行的年月，人们的眼睛是比新闻还要厉害的。现在，离婚都可以上衙门去明说明讲，早年间男女的事儿可不能这么随便。我把同行中的朋友全放下了，连我的师傅师母都懒得去看，我仿佛是要由这个世界一脚跳到另一个世界去。这样，我觉得我才能独自把那桩事关在心里头。年头的改变教裱糊匠们的活路越来越狭，但是要不是那回事，我也不会改行改得这么快，这么干脆。放弃了手艺，没什么可惜；可是这么放弃了手艺，我也不会感谢“那”回事儿！不管怎说吧，我改了行，这是个显然的变动。

决定扔下手艺可不就是我准知道应该干什么去。我得去乱碰，像一只空船浮在水面上，浪头是它的指南针。在前面我已经说过，我认识字，还能抄抄写写，很够当个小差事的。再说呢，当差是个体面的事，我这丢了老婆的人若能当上差，不用说那必能把我的名誉恢复了一些。现在想起来，这个想法真有点可笑；在当时我可是诚心的相信这是最高明的办法。“八”字还没有一撇儿，我觉得很高兴，仿佛我已经很有把握，既得到差事，又能恢复了名誉。我的头又抬得很高了。

哼！手艺是三年可以学成的；差事，也许要三十年才能得上吧！一个钉子跟着一个钉子，都预备着给我碰呢！我说我识字，哼！敢情有好些个能整本背书的人还挨饿呢。我说我会写字，敢情会写字的绝不算出奇呢。我把自己看得太高了。可是，我又亲眼看见，那作着很大的官儿的，一天到晚山珍海味的吃着，连自己的姓都不大认得。那么，是不是我的学问又太大了，而超过了作官所需要的呢？我这个聪明人也没法儿不显着糊涂了。

慢慢的，我明白过来。原来差事不是给本事预备着的，想做官第一得有人。这简直没了我的事，不管我有多么大的本事。我自己是个手艺人，所认识的也是手艺人；我爸爸呢，又是个白丁，虽然是很有本事与品行的白丁。我上哪里去找差事当呢？

事情要是逼着一个人走上哪条道儿，他就非去不可，就像火车一样，轨道已摆好，照着走就是了，一出花样准得翻车！我也是如此。

决定扔下了手艺，而得不到个差事，我又不能老这么闲着。好啦，我的面前已摆好了铁轨，只准上前，不许退后。

我当了巡警。

巡警和洋车是大城里头给苦人们安好的两条火车道。大字不识而什么手艺也没有的，只好去拉车。拉车不用什么本钱，肯出汗就能吃窝窝头。识几个字而好体面的，有手艺而挣不上饭的，只好去当巡警；别的先不提，挑巡警用不着多大的人情，而且一挑上先有身制服穿着，六块钱拿着；好歹是个差事。除了这条道，我简直无路可走。我既没混到必须拉车去的地步，又没有作高官的舅舅或姐丈，巡警正好不高不低，只要我肯，就能穿上一身铜钮子的制服。当兵比当巡警有起色，即使熬不上军官，至少能有抢劫些东西的机会。可是，我不能去当兵，我家中还有俩没娘的小孩呀。当兵要野，当巡警要文明；换句话说，当兵有发邪财的机会，当巡警是穷而文明一辈子；穷得要命，文明得稀松！

以后这五六十年的经验，我敢说这么一句：真会办事的人，到时候才说话，爱张罗办事的人——像我自己——没话也找话说。我的嘴老不肯闲着，对什么事我都有一片说词，对什么人我都想很恰当的给起个外号。我受了报应：第一件事，我丢了老婆，把我的嘴封起来一二年！第二件是我当了巡警。在我还没当上这个差事的时候，我管巡警们叫作“马路行走”，“避风阁大学士”和“臭脚巡”。这些无非都是说巡警们的差事只是站马路，无事忙，跑臭脚。哼！我自己当上“臭脚巡”了！生命简直就是自己和自己开玩笑，一点不假！我自己打了自己的嘴巴，可并不因为我作了什么缺德的事；至多也不过爱多说几句玩笑话罢了。在这里，我认识了生命的严肃，连句玩笑话都说不得的！好在，我心中有个空儿；我怎么叫别人“臭脚巡”，也照样叫自己。这在早年间叫作“抹稀泥”，现在的新名词应叫着什么，我还没能打听出来。

我没法不去当巡警，可是真觉得有点委屈。是呀，我没有什么出众的本事，但是论街面上的事，我敢说我比谁知道的也不少。巡警不是管街面上的事情吗？那么，请看看那些警官儿吧：有的连本地的话都说不上来，二加二是四还是五都得想半天。哼！他是官，我可是“招募警”；他的一双皮鞋够开我半年的饷！他什么经验与本事也没有，可是他作官。这样的官儿多了去啦！上哪儿讲理去呢？记得有位教官，头一天教我们操法的时候，忘了叫“立正”，而叫了“闸住”。用不着打听，这位大爷一定是拉洋车出身。有人情就行，今天你拉车，明天你姑父作了什么官儿，你就可以弄个教官当当；叫“闸住”也没关系，谁敢笑教官一声呢！这样的自然是不多，可是有这么一位教官，也就可以教人想到巡警的操法是怎么稀松二五眼了。内堂的功课自然绝不是这样教官所能担任的，因为至少得认识些个字才能“虎”得下来。我们的内堂的教官大概可以分为两种：一种是老人儿们，多数都有口鸦片烟瘾；他们要是能讲明白一样东西，就凭他们那点人情，大概早就作上大官儿了；唯其什么也讲不明白，所以才来作教官。另一种是年轻的小伙子们，讲的都是洋事，什么东洋巡警怎么样，什么法国违警律如何，仿佛我们都是洋鬼子。这种讲法有个好处，就是他们信口开河瞎扯，我们一边打盹一边听着，谁也不准知道东洋和法国是什么样儿，可不就随他的便说吧。我满可以编一套美国的事讲给大家听，可惜我不是教官罢了。这群年轻的小人们真懂外国事儿不懂，无从知道；反正我准知道他们一点中国事儿也不晓得。这两种教官的年纪上学问上都不同，可是他们有个相同的地方，就是他们都高不成低不就，所以对对付付的只能作教官。他们的人情真不小，可是本事太差，所以来教一群为六块洋钱而一声不敢出的巡警就最合适。

教官如此，别的警官也差不多是这样。想想：谁要是能去作一任知县或税局局长，谁肯来作警官呢？前面我已交代过了，当巡警是高不成低不就，不得已而为之。警官也是这样。这群人由上至下全是

“狗熊耍扁担，混碗儿饭吃”。不过呢，巡警一天到晚在街面上，不论怎样抹稀泥，多少得能说会道，见机而作，把大事化小，小事化无；既不多给官面上惹麻烦，又让大家都过得去；真的吧假的吧，这总得算点本事。而作警官的呢，就连这点本事似乎也不必有。阎王好作，小鬼难当，诚然！

六

我再多说几句，或者就没人再说我太狂傲无知了。我说我觉得委屈，真是实话；请看吧：一月挣六块钱，这跟当仆人的一样，而没有仆人们那些“外找儿”；死挣六块钱，就凭这么个大人——腰板挺直，样子漂亮，年轻力壮，能说会道，还得识文断字！这一大堆资格，一共值六块钱！

六块钱饷粮，扣去三块半钱的伙食，还得扣去什么人情公议儿，净剩也就是两块上下钱吧。衣服自然是可以穿官发的，可是到休息的时候，谁肯还穿着制服回家呢；那么，不作不作也得有件大褂什么的。要是把钱作了大褂，一个月就算白混。再说，谁没有家呢？父母——呕，先别提父母吧！就说一夫一妻吧：至少得赁一间房，得有老婆的吃，喝，穿。就凭那两块大洋！谁也不许生病，不许生小孩，不许吸烟，不许吃点零碎东西；连这么着，月月还不够嚼谷！

我就不明白为什么肯有人把姑娘嫁给当巡警的，虽然我常给同事的做媒。当我一到女家提说的时候，人家总对我一撇嘴，虽不明说，但是意思很明显，“哼！当巡警的！”可是我不怕这一撇嘴，因为十回倒有九回是撇完嘴而点了头。难道是世界上的姑娘太多了吗？我不知道。

由哪面儿看，巡警都活该是鼓着腮帮子充胖子而教人哭不得笑不得的。穿起制服来，干净利落，又体面又威风，车马行人，打架吵嘴，都由他管着。他这是差事；可是他一月除了吃饭，净剩两块来钱。他自己也知道中气不足，可是不能不硬挺着腰板，到时候他得娶妻生子，还是仗着那两块来钱。提婚的时候，头一句是说："小人呀当差！"当差的底下还有什么呢？没人愿意细问，一问就糟到底。

是的，巡警们都知道自己怎样的委屈，可是风里雨里他得去巡街下夜，一点懒儿不敢偷；一偷懒就有被开除的危险；他委屈，可不敢抱怨，他劳苦，可不敢偷闲，他知道自己在这里混不出来什么，而不敢冒险搁下差事。这点差事扔了可惜，作着又没劲；这些人也就人儿似的先混过一天是一天，在没劲中要露出劲儿来，像打太极拳似的。

世上为什么应当有这种差事，和为什么有这样多肯作这种差事的人？我想不出来。假若下辈子我再托生为人，而且忘了喝迷魂汤，还记得这一辈子的事，我必定要扯着脖子去喊：这玩艺儿整个的是丢人，是欺骗，是杀人不流血！现在，我老了，快饿死了，连喊这么几句也顾不及了，我还得先为下顿的窝窝头着忙呀！

自然在我初当差的时候，我并没有一下子就把这些都看清楚了，谁也没有那么聪明。反之，一上手当差我倒觉出点高兴来：穿上整齐的制服，靴帽，的确我是漂亮精神，而且心里说：好吧歹吧，这是个差事；凭我的聪明与本事，不久我必有个升腾。我很留神看巡长巡官们制服上的铜星与金道，而想象着我将来也能那样。我一点也没想到那铜星与金道并不按着聪明与本事颁给人们呀。

新鲜劲儿刚一过去，我已经讨厌那身制服了。它不教任何人尊敬，而只能告诉人："臭脚巡"来了！拿制服的本身说，它也很讨厌：夏天它就像牛皮似的，把人闷得满身臭汗；冬天呢，它一点也不像牛皮了，而倒像是纸糊的；它不许谁在里边多穿一点衣服，只好任着狂风由胸口钻进来，由脊背钻出去，整打个穿堂！再看那双皮鞋，冬冷夏热，永远不教脚舒服一会儿；穿单袜的时候，它好像是两大篓子似的，脚指脚踵都在里边乱抓弄，而始终找不到鞋在哪里；到穿棉袜的时候，它们忽然变得很紧，不许棉袜与脚一齐伸进去。有多少人因包办制服皮鞋而发了财，我不知道，我只知道我的脚永远烂着，夏天闹湿气，冬天闹冻疮。自然，烂脚也得照常的去巡街站岗，要不然就别挣那六块洋钱！多么热，或多么冷，别人都可以找地方去躲一躲，连洋车夫都可以自由的歇半天，巡警得去巡街，得去站岗，热死冻死都活该，那六块现大洋买着你的命呢！

记得在哪儿看见过这么一句：食不饱，力不足。不管这句在原地方讲的是什么吧，反正拿来形容巡警是没有多大错儿的。最可怜，又可笑的是我们既吃不饱，还得挺着劲儿，站在街上得像个样子！要饭的花子有时不饿也弯着腰，假充饿了三天三夜；反之，巡警却不饱也得鼓起肚皮，假装刚吃完三大碗鸡丝面似的。花子装饿倒有点道理，我可就是想不出巡警假装酒足饭饱有什么理由来，我只觉得这真可笑。

人们都不满意巡警的对付事，抹稀泥。哼！抹稀泥自有它的理由。不过，在细说这个道理之前，我愿先说件极可怕的事。有了这件可怕的事，我再反回头来细说那些理由，仿佛就更顺当，更生动。好！就这样办啦。

七

应当有月亮，可是教黑云给遮住了，处处都很黑。我正在个僻静的地方巡夜。我的鞋上钉着铁掌，那时候每个巡警又须带着一把东洋刀，四下里鸦雀无声，听着我自己的铁掌与佩刀的声响，我感到寂寞无聊，而且几乎有点害怕。眼前忽然跑过一只猫，或忽然听见一声鸟叫，都教我觉得不是味儿，勉强着挺起胸来，可是心中总空空虚虚的，仿佛将有些什么不幸的事情在前面等着我。不完全是害怕，又不完全气粗胆壮，就那么怪不得劲的，手心上出了点凉汗。平日，我很有点胆量，什么看守死尸，什么独自看管一所脏房，都算不了一回事。不知为什么这一晚上我这样胆虚，心里越要耻笑自己，便越觉得不定哪里藏着点危险。我不便放快了脚步，可是心中急切的希望快回去，回到那有灯光与朋友的地方去。

忽然，我听见一排枪！我立定了，胆子反倒壮起来一点；真正的危险似乎倒可以治好了胆虚，惊疑不定才是恐惧的根源。我听着，像夜行的马竖起耳朵那样。又一排枪，又一排枪！没声了，我等着，听着，静寂得难堪。像看见闪电而等着雷声那样，我的心跳得很快。啪，啪，啪，啪，四面八方都响起来了！

我的胆气又渐渐的往下低落了。一排枪，我壮起气来；枪声太多了，真遇到危险了；我是个人，人怕死；我忽然的跑起来，跑了几步，猛的又立住，听一听，枪声越来越密，看不见什么，四下漆黑，只有枪声，不知为什么，不知在哪里，黑暗里只有我一个人，听着远处的枪响。往哪里跑？到底是什么事？应当想一想，又顾不得想；胆大也没用，没有主意就不会有胆量。还是跑吧，糊涂的乱动，总比呆立哆嗦着强。我跑，狂跑，手紧紧的握住佩刀。像受了惊的猫狗，不必想也知道往家里跑。我已忘了我是巡警，我得先回家看看我那没娘的孩子去，要是死就死在一处！

要跑到家，我得穿过好几条大街。刚到了头一条大街，我就晓得不容易再跑了。街上黑黑忽忽的人影，跑得很快，随跑随着放枪。兵！我知道那是些辫子兵。而我才刚剪了发不多日子。我很后悔我没像别人那样把头发盘起来，而是连根儿烂真正剪去了辫子。假若我能马上放下辫子来，虽然这些兵们平素很讨厌巡警，可是因为我有辫子或者不至于把枪口冲着我来。在他们眼中，没有辫子便是二毛子，该杀。我没有了这么条宝贝！我不敢再动，只能藏在黑影里，看事行事。兵们在路上跑，一队跟着一队，枪声不停。我不晓得他们是干什么呢？待一会儿，兵们好像是都过去了，我往外探了探头，见外面没有什么动静，我就像一只夜鸟儿似的飞过了马路，到了街的另一边。在这极快的穿过马路的一会儿里，我的眼梢撩着一点红光。十字街头起了火。我还藏在黑影里，不久，火光远远的照亮了一片；再探头往外看，我已可以影影抄抄的看到十字街口，所有四面把角的铺户已全烧起来，火影中那些兵们来回的奔跑，放着枪。我明白了，这是兵变。不久，火光更多了，一处接着一处，由光亮的距离我可以断定：凡是附近的十字口与丁字街全烧了起来。

说句该挨嘴巴的话，火是真好看！远处，漆黑的天上，忽然一白，紧跟着又黑了。忽然又一白，猛的冒起一个红团，有一块天像烧红的铁板，红得可怕。在红光里看见了多少股黑烟，和火舌们高低不齐的往上冒，一会儿烟遮住了火苗；一会儿火苗冲破了黑烟。黑烟滚着，转着，千变万化的往上升，凝成一片，罩住下面的火光，像浓雾掩住了夕阳。待一会儿，火光明亮了一些，烟也改成灰白色儿，纯净，旺炽，火苗不多，而光亮结成一片，照明了半个天。那近处的，烟与火中带着种种的响声，烟往高处起，火往四下里奔；烟像些丑恶的黑龙，火像些乱长乱钻的红铁笋。烟裹着火，火裹着烟，卷起多高，忽然离散，黑烟里落下无数的火花，或者三五个极大的火团。火花火团落下，烟像痛快轻松了一些，翻滚着向上冒。火团下降，在半空中遇到下面的火柱，又狂喜的往上跳跃，炸出无数火花。火团远落，遇到可以燃烧的东西，整个的再点起一把新火，新烟掩住旧火，一时变为黑暗；新火冲出了黑烟，与旧火联成一气，处处是火舌，火柱，飞舞，吐动，摇摆，颠狂。忽然哗啦一声，一架房倒下去，火星，焦炭，尘土，白烟，一齐飞扬，火苗压在下面，一齐在底下往横里吐射，像千百条探头吐舌的火蛇。静寂，静寂，火蛇慢慢的，忍耐的，往上翻。绕到上边来，与高处的火接到一处，通明，纯亮，忽忽的响着，要把人的心全照亮了似的。

我看着，不，不但看着，我还闻着呢！在种种不同的味道里，我咂摸着：这是那个金匾黑字的绸缎庄，那是那个山西人开的油酒店。

由这些味道，我认识了那些不同的火团，轻而高飞的一定是茶叶铺的，迟笨黑暗的一定是布店的。这些买卖都不是我的，可是我都认得，闻着它们火葬的气味，看着它们火团的起落，我说不上来心中怎样难过。

我看着，闻着，难过，我忘了自己的危险，我仿佛是个不懂事的小孩，只顾了看热闹，而忘了别的一切。我的牙打得很响，不是为自己害怕，而是对这奇惨的美丽动了心。

回家是没希望了。我不知道街上一共有多少兵，可是由各处的火光猜度起来，大概是热闹的街口都有他们。他们的目的是抢劫，可是顺着手儿已经烧了这么多铺户，焉知不就棍打腿的杀些人玩玩呢？我这剪了发的巡警在他们眼中还不和个臭虫一样，只须一搂枪机就完了，并不费多少事。

想到这个，我打算回到“区”里去，“区”离我不算远，只须再过一条街就行了。可是，连这个也太晚了。当枪声初起的时候，连贫带富，家家关了门；街上除了那些横行的兵们，简直成了个死城。及至火一起来，铺户里的人们开始在火影里奔走，胆大一些的立在街旁，看着自己的或别人的店铺燃烧，没人敢去救火，可也舍不得走开，只那么一声不出的看着火苗乱窜。胆小一些的呢，争着往胡同里藏躲，三五成群的藏在巷内，不时向街上探探头，没人出声，大家都哆嗦着。火越烧越旺了，枪声慢慢的稀少下来，胡同里的住户仿佛已猜到是怎么一回事，最先是有人开门向外望望，然后有人试着步往街上走。街上，只有火光人影，没有巡警，被兵们抢过的当铺与首饰店全大敞着门！……这样的街市教人们害怕，同时也教人们胆大起来；一条没有巡警的街正像是没有老师的学房，多么老实的孩子也要闹哄闹哄。一家开门，家家开门，街上人多起来；铺户已有被抢过的了，跟着抢吧！平日，谁能想到那些良善守法的人民会去抢劫呢？哼！机会一到，人们立刻显露了原形。说声抢，壮实的小伙子们首先进了当铺，金店，钟表行。男人们回去一趟，第二趟出来已搀夹上女人和孩子们。被兵们抢过的铺子自然不必费事，进去随便拿就是了；可是紧跟着那些尚未被抢过的铺户的门也拦不住谁了。粮食店，茶叶铺，百货店，什么东西也是好的，门板一律砸开。

我一辈子只看见了这么一回大热闹：男女老幼喊着叫着，狂跑着，拥挤着，争吵着，砸门的砸门，喊叫的喊叫，嗑喳！门板倒下去，一窝蜂似的跑进去，乱挤乱抓，压倒在地的狂号，身体利落的往柜台上蹿，全红着眼，全拚着命，全奋勇前进，挤成一团，倒成一片，散走全街。背着，抱着，扛着，曳着，像一片战胜的蚂蚁，昂首疾走，去而复归，呼妻唤子，前呼后应。

苦人当然出来了，哼！那中等人家也不甘落后呀！

贵重的东西先搬完了，煤米柴炭是第二拨。有的整坛的搬着香油，有的独自扛着两口袋面，瓶子罐子碎了一街，米面洒满了便道，抢啊！抢啊！抢啊！谁都恨自己只长了一双手，谁都嫌自己的腿脚太慢；有的人会推着一坛子白糖，连人带坛在地上滚，像屎壳郎推着个大粪球。

强中自有强中手，人是到处会用脑子的！有人拿出切菜刀来了，立在巷口等着："放下！"刀晃了晃。口袋或衣服，放下了；安然的，不费力的，拿回家去。"放下！"不灵验，刀下去了，把面口袋砍破，下了一阵小雪，二人滚在一团。过路的急走，稍带着说了句："打什么，有的是东西！"两位明白过来，立起来向街头跑去。抢啊，抢啊！有的是东西！

我挤在了一群买卖人的中间，藏在黑影里。我并没说什么，他们似乎很明白我的困难，大家一声不出，而紧紧的把我包围住。不要说我还是个巡警，连他们买卖人也不敢抬起头来。他们无法去保护他们的财产与货物，谁敢出头抵抗谁就是不要命，兵们有枪，人民也有切菜刀呀！是的，他们低着头，好像倒怪羞惭似的。他们唯恐和抢劫的人们——也就是他们平日的照顾主儿——对了脸，羞恼成怒，在这没有王法的时候，杀几个买卖人总不算一回事呢！所以，他们也保护着我。想想看吧，这一带的居民大概不会不认识我吧！我三天两头的到这里来巡逻。平日，他们在墙根撒尿，我都要讨他们的厌，上前干涉；他们怎能不恨恶我呢！现在大家正在兴高采烈的白拿东西，要是遇见我，他们一人给我一砖头，我也就活不成了。即使他们不认识我，反正我是穿着制服，佩着东洋刀呀！在这个局面下，冒而咕咚的出来个巡警，够多么不合适呢！我满可以上前去道歉，说我不该这么冒失，他们能白白的饶了我吗？

街上忽然清静了一些，便道上的人纷纷往胡同里跑，马路当中走着七零八散的兵，都走得很慢；我摘下帽子，从一个学徒的肩上往外看了一眼，看见一位兵士，手里提着一串东西，像一串儿螃蟹似的。我能想到那是一串金银的镯子。他身上还有多少东西，不晓得，不过一定有许多硬货，因为他走得很慢。多么自然，多么可羡慕呢！自自然然的，提着一串镯子，在马路中心缓缓的走，有烧亮的铺户作着巨大的火把，给他们照亮了全城！

兵过去了，人们又由胡同里钻出来。东西已抢得差不多了，大家开始搬铺户的门板，有的去摘门上的匾额。我在报纸上常看见“彻底”这两个字，咱们的良民们打抢的时候才真正彻底呢！

这时候，铺户的人们才有出头喊叫的：“救火呀！救火呀！别等着烧净了呀！”喊得教人一听见就要落泪！我身旁的人们开始活动。我怎么办呢？他们要是都去救火，剩下我这一个巡警，往哪儿跑呢？我拉住了一个屠户！他脱给了我那件满是猪油的大衫。把帽子夹在夹肢窝底下。一手握着佩刀，一手揪着大襟，我擦着墙根，逃回“区”里去。

八

我没去抢，人家所抢的又不是我的东西，这回事简直可以说和我不相干。可是，我看见了，也就明白了。明白了什么？我不会干脆的，恰当的，用一半句话说出来；我明白了点什么意思，这点意思教我几乎改变了点脾气。丢老婆是一件永远忘不了的事，现在它有了伴儿，我也永远忘不了这次的兵变。丢老婆是我自己的事，只须记在我的心里，用不着把家事国事天下事全拉扯上。这次的变乱是多少万人的事，只要我想一想，我便想到大家，想到全城，简直的我可以用这回事去断定许多的大事，就好像报纸上那样谈论这个问题那个问题似的。对了，我找到了一句漂亮的了。这件事教我看出一点意思，由这点意思我咂摸着许多问题。不管别人听得懂这句与否，我可真觉得它不坏。

我说过了：自从我的妻潜逃之后，我心中有了个空儿。经过这回兵变，那个空儿更大了一些，松松通通的能容下许多玩艺儿。还接着说兵变的事吧！把它说完全了，你也就可以明白我心中的空儿为什么大起来了。

当我回到宿舍的时候，大家还全没睡呢。不睡是当然的，可是，大家一点也不显着着急或恐慌，吸烟的吸烟，喝茶的喝茶，就好像有红白事熬夜那样。我的狼狈的样子，不但没引起大家的同情，倒招得他们直笑。我本排着一肚子话要向大家说，一看这个样子也就不必再言语了。我想去睡，可是被排长给拦住了："别睡！待一会儿，天一亮，咱们全得出去弹压地面！"这该轮到我发笑了；街上烧抢到那个样子，并不见一个巡警，等到天亮再去弹压地面，岂不是天大的笑话！命令是命令，我只好等到天亮吧！

还没到天亮，我已经打听出来：原来高级警官们都预先知道兵变的事儿，可是不便于告诉下级警官和巡警们。这就是说，兵变是警察们管不了的事，要变就变吧；下级警官和巡警们呢，夜间糊糊涂涂的照常去巡逻站岗，是生是死随他们去！这个主意够多么活动而毒辣呢！再看巡警们呢，全和我自己一样，听见枪声就往回跑，谁也不傻。这样巡警正好对得起这样警官，自上而下全是瞎打混的当"差事"，一点不假！

虽然很要困，我可是急于想到街上去看看，夜间那一些情景还都在我的心里，我愿白天再去看一眼，好比较比较，教我心中这张画儿有头有尾。天亮得似乎很慢，也许是我心中太急。天到底慢慢的亮起来，我们排上队。我又要笑，有的人居然把盘起来的辫子梳好了放下来，巡长们也作为没看见。有的人在快要排队的时候，还细细刷了刷制服，用布擦亮了皮鞋！街上有那么大的损失，还有人顾得擦亮了鞋呢。我怎能不笑呢！

到了街上，我无论如何也笑不出了！从前，我没真明白过什么叫作“惨”，这回才真晓得了。天上还有几颗懒得下去的大星，云色在灰白中稍微带出些蓝，清凉、暗淡。到处是焦煳的气味，空中游动着一些白烟。铺户全敞着门，没有一个整窗子，大人和小徒弟都在门口，或坐或立，谁也不出声，也不动手收拾什么，像一群没有主儿的傻羊。火已经停止住延烧，可是已被烧残的地方还静静的冒着白烟，吐着细小而明亮的火苗。微风一吹，那烧焦的房柱忽然又亮起来，顺着风摆开一些小火旗。最初起火的几家已成了几个巨大的焦土堆，山墙没有倒，空空的围抱着几座冒烟的坟头。最后燃烧的地方还都立着，墙与前脸全没塌倒，可是门窗一律烧掉，成了些黑洞。有一只猫还在这样的一家门口坐着，被烟熏的连连打嚏，可是还不肯离开那里。

平日最热闹体面的街口变成了一片焦木头破瓦，成群的焦柱静静的立着，东西南北都是这样，懒懒的，无聊的，欲罢不能的冒着些烟。地狱什么样？我不知道。大概这就差不多吧！我一低头，便想起往日街头上的景象，那些体面的铺户是多么华丽可爱。一抬头，眼前只剩了焦煳的那么一片。心中记得的景象与眼前看见的忽然碰到一处，碰出一些泪来。这就叫作“惨”吧？火场外有许多买卖人与学徒们呆呆的立着，手揣在袖里，对着残火发愣。遇见我们，他们只淡淡的看那么一眼，没有任何别的表示，仿佛他们已绝了望，用不着再动什么感情。

过了这一带火场，铺户全敞着门窗，没有一点动静，便道上马路上全是破碎的东西，比那火场更加凄惨。火场的样子教人一看便知道那是遭了火灾，这一片破碎静寂的铺户与东西使人莫名其妙，不晓得为什么繁华的街市会忽然变成绝大的垃圾堆。我就被派在这里站岗。我的责任是什么呢？不知道。我规规矩矩的立在那里，连动也不敢动，这破烂的街市仿佛有一股凉气，把我吸住。一些妇女和小孩子还在铺子外边拾取一些破东西，铺子的人不作声，我也不便去管；我觉得站在那里简直是多此一举。

太阳出来，街上显着更破了，像阳光下的叫化子那么丑陋。地上的每一个小物件都露出颜色与形状来，花哨的奇怪，杂乱得使人憋气。没有一个卖菜的，赶早市的，卖早点心的，没有一辆洋车，一匹马，整个的街上就是那么破破烂烂，冷冷清清，连刚出来的太阳都仿佛垂头丧气不大起劲，空空洞洞的悬在天上。一个邮差从我身旁走过去，低着头，身后扯着一条长影。我哆嗦了一下。

待了一会儿，段上的巡官下来了。他身后跟着一名巡警，两人都非常的精神在马路当中当当的走，好像得了什么喜事似的。巡官告诉我：注意街上的秩序，大令已经下来了！我行了礼，莫名其妙他说的是什么？那名巡警似乎看出来我的傻气，低声找补了一句：赶开那些拾东西的，大令下来了！我没心思去执行，可是不敢公然违抗命令，我走到铺户外边，向那些妇人孩子们摆了摆手，我说不出话来！

一边这样维持秩序，我一边往猪肉铺走，为是说一声，那件大褂等我给洗好了再送来。屠户在小肉铺门口坐着呢，我没想到这样的小铺也会遭抢，可是竟自成个空铺子了。我说了句什么，屠户连头也没抬。我往铺子里望了望：大小肉墩子，肉钩子，钱筒子，油盘，凡是能拿走的吧，都被人家拿走了，只剩下了柜台和架肉案子的土台！

我又回到岗位，我的头痛得要裂。要是老教我看着这条街，我知道不久就会疯了。

大令真到了。十二名兵，一个长官，捧着就地正法的令牌，枪全上着刺刀。呕！原来还是辫子兵啊！他们抢完烧完，再出来就地正法别人；什么玩艺呢？我还得给令牌行礼呀！

行完礼，我急快往四下里看，看看还有没有捡拾零碎东西的人，好警告他们一声。连屠户的木墩都搬了走的人民，本来值不得同情；可是被辫子兵们杀掉，似乎又太冤枉。

说时迟，那时快，一个十四五岁的男孩子没有走脱。枪刺围住了他，他手中还攥住一块木板与一只旧鞋。拉倒了，大刀亮出来，孩子喊了声“妈！”血溅出去多远，身子还抽动，头已悬在电线杆子上！

我连吐口唾沫的力量都没有了，天地都在我眼前翻转。杀人，看见过，我不怕。我是不平！我是不平！请记住这句，这就是前面所说过的，“我看出一点意思”的那点意思。想想看，把整串的金银镯子提回营去，而后出来杀个拾了双破鞋的孩子，还说就地正“法”呢！天下要有这个“法”，我×“法”的亲娘祖奶奶！请原谅我的嘴这么野，但是这种事恐怕也不大文明吧？

事后，我听人家说，这次的兵变是有什么政治作用，所以打抢的兵在事后还出来弹压地面。连头带尾，一切都是预先想好了的。什么政治作用？咱不懂！咱只想再骂街。可是，就凭咱这么个“臭脚巡”，骂街又有什么用呢！

九

简直我不愿再提这回事了，不过为圆上场面，我总得把问题提出来；提出来放在这里，比我聪明的人有的是，让他们自己去细咂摸吧！

怎么会“政治作用”里有兵变？

若是有意教兵来抢，当初干吗要巡警？

巡警到底是干吗的？是只管在街上小便的，而不管抢铺子的吗？

安善良民要是会打抢，巡警干吗去专拿小偷？

人们到底愿意要巡警不愿意？不愿意吧！为什么刚要打架就喊巡警，而且月月往外拿“警捐”？愿意吧！为什么又喜欢巡警不管事：要抢的好去抢，被抢的也一声不言语？

好吧，我只提出这么几个“样子”来吧！问题还多得很呢！我既不能去解决，也就不便再瞎叨叨了。这几个“样子”就真够教我糊涂的了，怎想怎不对，怎摸不清哪里是哪里，一会儿它有头有尾，一会儿又没头没尾，我这点聪明不够想这么大的事的。

我只能说这么一句老话，这个人民，连官儿，兵丁，巡警，带安善的良民，都“不够本”！所以，我心中的空儿就更大了呀！在这群“不够本”的人们里活着，就是个对付劲儿，别讲究什么“真”事儿，我算是看明白了。

还有个好字眼儿，别忘下：“汤儿事”。谁要是跟我一样，想不出什么好办法来，顶好用这个话，又现成，又恰当，而且可以不至把自己绕糊涂了。“汤儿事”，完了；如若还嫌稍微秃一点呢，再补上“真他妈的”，就挺合适。

十

不须再发什么议论，大概谁也能看清楚咱们国的人是怎回事了。由这个再谈到警察，稀松二五眼正是理之当然，一点也不出奇。就拿抓赌来说吧：早年间的赌局都是由顶有字号的人物作后台老板；不但官面上不能够抄拿，就是出了人命也没有什么了不得的；赌局里打死人是常有的事。赶到有了巡警之后，赌局还照旧开着，敢去抄吗？这谁也能明白，不必我说。可是，不抄吧，又太不像话；怎么办呢？有主意，捡着那老实的办几案，拿几个老头儿老太太，抄去几打儿纸牌，罚上十头八块的。巡警呢，算交上了差事；社会上呢，大小也有个风声，行了。拿这一件事比方十件事，警察自从一开头就是抹稀泥。它养着一群混饭吃的人，作些个混饭吃的事。社会上既不需要真正的巡警，巡警也犯不上为六块钱卖命。这很清楚。

这次兵变过后，我们的困难增多了老些。年轻的小伙子们，抢着了不少的东西，总算发了邪财。有的穿着两件马褂，有的十个手指头戴着十个戒指，都扬扬得意的在街上扭，斜眼看着巡警，鼻子里哽哽的哼白气。我只好低下头去，本来吗，那么大的阵式，我们巡警都一声没出，事后还能怨人家小看我们吗？赌局到处都是，白抢来的钱，输光了也不折本儿呀！我们不敢去抄，想抄也抄不过来，太多了。我们在墙儿外听见人家里面喊“人九”，“对子”，只作为没听见，轻轻的走过去。反正人们在院儿里头耍，不到街上来就行。哼！人们连这点面子也不给咱们留呀！那穿两件马褂的小伙子们偏要显出一点也不怕巡警——他们的祖父，爸爸，就没怕过巡警，也没见过巡警，他们为什么这辈子应当受巡警的气呢？——单要来到街上赌一场。有骰子就能开宝，蹲在地上就玩起活来。有一对石球就能踢，两人也行，五个人也行，“一毛钱一脚，踢不踢？好啦！‘倒回来！’”拍，球碰了球，一毛。耍儿真不小呢，一点钟里也过手好几块。这都在我们鼻子底下，我们管不管呢？管吧！一个人，只佩着连豆腐也切不齐的刀，而赌家老是一帮年轻的小伙子。明人不吃眼前亏，巡警得绕着道儿走过去，不管的为是。可是，不幸，遇见了稽察，“你难道瞎了眼，看不见他们聚赌？”回去，至轻是记一过。这份儿委屈上哪儿诉去呢？

这样的事还多得很呢！以我自己说，我要不是佩着那么把破刀，而是拿着把手枪，跟谁我也敢碰碰，六块钱的饷银自然合不着卖命，可是泥人也有个土性，架不住碰在气头儿上。可是，我摸不着手枪，枪在土匪和大兵手里呢。

明明看见了大兵坐了车不给钱，而且用皮带抽洋车夫，我不敢不笑着把他劝了走。他有枪，他敢放，打死个巡警算得了什么呢！有一年，在三等窑子里，大兵们打死了我们三位弟兄，我们连凶首也没要出来。三位弟兄白白的死了，没有一个抵偿的，连一个挨几十军棍的也没有！他们的枪随便放，我们赤手空拳，我们这是文明事儿呀！

总而言之吧，在这么个以蛮横不讲理为荣，以破坏秩序为增光耀祖的社会里，巡警简直是多余。明白了这个，再加上我们前面所说过的食不饱力不足那一套，大概谁也能明白个八九成了。我们不抹稀泥，怎么办呢？我——我是个巡警——并不求谁原谅，我只是愿意这么说出来，心明眼亮，好教大家心里有个谱儿。

爽性我把最泄气的也说了吧：

当过了一二年差事，我在弟兄们中间已经是个了不得的人物。遇见官事，长官们总教我去挡头一阵。弟兄们并不因此而忌妒我，因为对大家的私事我也不走在后边。这样，每逢出个排长的缺，大家总对我咕唧："这回一定是你补缺了！"仿佛他们非常希望要我这么个排长似的。虽然排长并没落在我身上，可是我的才干是大家知道的。

我的办事诀窍，就是从前面那一大堆话中抽出来的。比方说吧，有人来报被窃，巡长和我就去察看。糙糙的把门窗户院看一过儿，顺口搭音就把我们在哪儿有岗位，夜里有几趟巡逻，都说得详详细细，有滋有味，仿佛我们比谁都精细，都卖力气。然后，找门窗不甚严密的地方，话软而意思硬的开始反攻："这扇门可不大保险，得安把洋锁吧？告诉你，安锁要往下安，门坎那溜儿就很好，不容易教贼摸到。屋里养着条小狗也是办法，狗圈在屋里，不管是多么小：有动静就会汪汪，比院里放着三条大狗还有用。先生你看，我们多留点神，你自己也得注点意，两下一凑合，准保丢不了东西了。好吧，我们回去，多派几名下夜的就是了；先生歇着吧！"这一套，把我们的责任卸了，他就赶紧得安锁养小狗；遇见和气的主儿呢，还许给我们泡壶茶喝。这就是我的本事。怎么不负责任，而且不教人看出抹稀泥来，我就怎办。话要说得好听，甜嘴蜜舌的把责任全推到一边去，准保不招灾不惹祸。弟兄们都会这一套，可是他们的嘴与神气差着点劲儿。一句话有多少种说法，把神气弄对了地方，话就能说出去又拉回来，像有弹簧似的。这点，我比他们强，而且他们还是学不了去，这是天生来的才分！

赶到我独自下夜，遇见贼，你猜我怎么办？我呀！把佩刀攥在手里，省得有响声；他爬他的墙，我走我的路，各不相扰。好吗，真要教他记恨上我，藏在黑影儿里给我一砖，我受得了吗？那谁，傻王九，不是瞎了一只眼吗？他还不是为拿贼呢！有一天，他和董志和在街口上强迫给人们剪发，一人手里一把剪刀，见着带小辫的，拉过来就是一剪子。哼！教人家记上了。等傻王九走单了的时候，人家照准了他的眼就是一把石灰："让你剪我的发，×你妈妈的！"他的眼就那么瞎了一只。你说，这差事要不像我那么去当，还活着不活着呢？凡是巡警们以为该干涉的，人们都以为是"狗拿耗子多管闲事"，有什么法子呢？

我不能像傻王九似的，平白无故的丢去一只眼睛，我还留着眼睛看这个世界呢！轻手蹑脚的躲开贼，我的心里并没闲着，我想我那俩没娘的孩子，我算计这一个月的嚼谷。也许有人一五一十的算计，而用洋钱作单位吧？我呀，得一个铜子一个铜子的算。多几个铜子，我心里就宽绰；少几个，我就得发愁。还拿贼，谁不穷呢？穷到无路可走，谁也会去偷，肚子才不管什么叫作体面呢！

十一

这次兵变过后，又有一次大的变动：大清国改为中华民国了。改朝换代是不容易遇上的，我可是并没觉得这有什么意思。说真的，这百年不遇的事情，还不如兵变热闹呢。据说，一改民国，凡事就由人民主管了；可是我没看见。我还是巡警，饷银没有增加，天天出来进去还是那一套。原先我受别人的气，现在我还是受气；原先大官儿们的车夫仆人欺负我们，现在新官儿手底下的人也并不和气。“汤儿事”还是“汤儿事”，倒不因为改朝换代有什么改变。可也别说，街上剪发的人比从前多了一些，总得算作一点进步吧。牌九押宝慢慢的也少起来，贫富人家都玩“麻将”了，我们还是照样的不敢去抄赌，可是赌具不能不算改了良，文明了一些。

民国的民倒不怎样，民国的官和兵可了不得！像雨后的蘑菇似的，不知道哪儿来的这么些官和兵。官和兵本不当放在一块儿说，可是他们，的确有些相像的地方。昨天还一脚黄土泥，今天作了官或当了兵，立刻就瞪眼；越糊涂，眼越瞪得大，好像是糊涂灯，糊涂得透亮儿。这群糊涂玩艺儿听不懂哪叫好话，哪叫歹话，无论你说什么；他们总是横着来。他们糊涂得教人替他们难过，可是他们很得意。有时候他们教我都这么想了：我这辈大概作不了文官或是武官啦！因为我糊涂的不够程度！

几乎是个官儿就可以要几名巡警来给看门护院，我们成了一种保镖的，挣着公家的钱，可为私人作事。我便被派到宅门里去。从道理上说，为官员看守私宅简直不能算作差事；从实利上讲，巡警们可都愿意这么被派出来。我一被派出来，就拔升为“三等警”；“招募警”还没有被派出来的资格呢！我到这时候才算入了“等”。再说呢，宅门的事情清闲，除了站门，守夜，没有别的事可作；至少一年可以省出一双皮鞋来。事情少，而且外带着没有危险；宅里的老爷与太太若打起架来，用不着我们去劝，自然也就不会把我们打在底下而受点误伤。巡夜呢，不过是绕着宅子走两圈，准保遇不上贼；墙高狗厉害，小贼不能来，大贼不便于来——大贼找退职的官儿去偷，既有油水，又不至于引起官面严拿；他们不惹有势力的现任官。在这里，不但用不着去抄赌，我们反倒保护着老爷太太们打麻将。遇到宅里请客玩牌，我们就更清闲自在：宅门外放着一片车马，宅里到处亮如白昼，仆人来往如梭，两三桌麻将，四五盏烟灯，彻夜的闹哄，绝不会闹贼，我们就睡大觉，等天亮散局的时候，我们再出来站门行礼，给老爷们助威。要赶上宅里有红白事，我们就更合适：喜事唱戏，我们跟着白听戏，准保都是有名的角色，在戏园子里绝听不到这么齐全。丧事呢，虽然没戏可听，可是死人不能一半天就抬出去，至少也得停三四十天，念好几棚经；好了，我们就跟着吃吧；他们死人，咱们就吃犒劳。怕就怕死小孩，既不能开吊，又得听着大家呕呕的真哭。其次是怕小姐偷偷跑了，或姨太太有了什么大错而被休出去，我们捞不着吃喝看戏，还得替老爷太太们怪不得劲儿的！

教我特别高兴的，是当这路差事，出入也随便了许多，我可以常常回家看看孩子们。在“区”里或“段”上，请会儿浮假都好不容易，因为无论是在“内勤”或“外勤”，工作是刻板儿排好了的，不易调换更动。在宅门里，我站完门便没了我的事，只须对弟兄们说一声就可以走半天。这点好处常常教我害怕，怕再调回“区”里去；我的孩子们没有娘，还不多教他们看看父亲吗？

就是我不出去，也还有好处。我的身上既永远不疲乏，心里又没多少事儿，闲着干什么呢？我呀，宅上有的是报纸，闲着就打头到底的念。大报小报，新闻社论，明白吧不明白吧，我全念，老念。这个，帮助我不少，我多知道了许多的事，多识了许多的字。有许多字到如今我还念不出来，可是看惯了，我会猜出它们的意思来，就好像街面上常见着的人，虽然叫不上姓名来，可是彼此怪面善。除了报纸，我还满世界去借闲书看。不过，比较起来，还是念报纸的益处大，事情多，字眼儿杂，看着开心。唯其事多字多，所以才费劲；念到我不能明白的地方，我只好再拿起闲书来了。闲书老是那一套，看了上回，猜也会猜到下回是什么事；正因为它这样，所以才不必费力，看着玩玩就算了。报纸开心，闲书散心，这是我的一点经验。

在门儿里可也有坏处：吃饭就第一成了问题。在“区”里或

“段”上，我们的伙食钱是由饷银里坐地儿扣，好歹不拘，天天到时候就有饭吃。派到宅门里来呢，一共三五个人，绝不能找厨子包办伙食，没有厨子肯包这么小的买卖的。宅里的厨房呢，又不许我们用；人家老爷们要巡警，因为知道可以白使唤几个穿制服的人，并不大管这群人有肚子没有。我们怎办呢？自己起灶，作不到，买一堆盆碗锅勺，知道哪时就又被调了走呢？再说，人家门头上要巡警原为体面好看，好，我们若是给人家弄得盆朝天碗朝地，刀勺乱响，成何体统呢？没法子，只好买着吃。

这可够别扭的。手里若是有钱，不用说，买着吃是顶自由了，爱吃什么就叫什么，弄两盅酒儿伍的，叫俩可口的菜，岂不是个乐子？请别忘了，我可是一月才共总进六块钱！吃的苦还不算什么，一顿一顿想主意可真教人难过，想着想着我就要落泪。我要省钱，还得变个样儿，不能老啃干馍馍辣饼子，像填鸭子似的。省钱与可口简直永远不能碰到一块，想想钱，我认命吧，还是弄几个干烧饼，和一块老腌萝卜，对付一下吧；想到身子，似乎又不该如此。想，越想越难过，越不能决定；一直饿到太阳平西还没吃上午饭呢！

我家里还有孩子呢！我少吃一口，他们就可以多吃一口，谁不心疼孩子呢？吃着包饭，我无法少交钱；现在我可以自由的吃饭了，为什么不多给孩子们省出一点来呢？好吧，我有八个烧饼才够，就硬吃六个，多喝两碗开水，来个“水饱”！我怎能不落泪呢！

看看人家宅门里吧，老爷挣钱没数儿！是呀，只要一打听就能打听出来他拿多少薪俸，可是人家绝不指着那点固定的进项，就这么说吧，一月挣八百块的，若是干挣八百块，他怎能那么阔气呢？这里必定有文章。这个文章是这样的，你要是一月挣六块钱，你就死挣那个数儿，你兜儿里忽然多出一块钱来，都会有人斜眼看你，给你造些谣言。你要是能挣五百块，就绝不会死挣这个数儿，而且你的钱越多，人们越佩服你。这个文章似乎一点也不合理，可是它就是这么作出来的，你爱信不信！

报纸与宣讲所里常常提倡自由；事情要是等着提倡，当然是原来没有。我原没有自由；人家提倡了会子，自由还没来到我身上，可是我在宅门里看见它了。民国到底是有好处的，自己有自由没有吧，反正看见了也就得算开了眼。

你瞧，在大清国的时候，凡事都有个准谱儿；该穿蓝布大褂的就得穿蓝布大褂，有钱也不行。这个，大概就应叫作专制吧！一到民国来，宅门里可有了自由，只要有钱，你爱穿什么，吃什么，戴什么，都可以，没人敢管你。所以，为争自由，得拚命的去搂钱；搂钱也自由，因为民国没有御史。你要是没在大宅门待过，大概你还不信我的话呢，你去看看好了。现在的一个小官都比老年间的头品大员多享着点福：讲吃的，现在交通方便，山珍海味随便的吃，只要有钱。吃腻了这些还可以拿西餐洋酒换换口味；哪一朝的皇上大概也没吃过洋饭吧？讲穿的，讲戴的，讲看的听的，使的用的，都是如此；坐在屋里你可以享受全世界最好的东西。如今享福的人才真叫作享福，自然如今搂钱也比从前自由的多。别的我不敢说，我准知道宅门里的姨太太擦五十块钱一小盒的香粉，是由什么巴黎来的；巴黎在哪儿？我不知道，反正那里来的粉是很贵。我的邻居李四，把个胖小子卖了，才得到四十块钱，足见这香粉贵到什么地步了，一定是又细又香呀，一定！

好了，我不再说这个了；紧自贫嘴恶舌，倒好像我不赞成自由似的，那我哪敢呢！

我再从另一方面说几句，虽然还是话里套话，可是多少有点变化，好教人听着不俗气厌烦。刚才我说人家宅门里怎样自由，怎样阔气，谁可也别误会了人家作老爷的就整天的大把往外扔洋钱，老爷们才不这么傻呢！是呀，姨太太擦比一个小孩还贵的香粉，但是姨太太是姨太太，姨太太有姨太太的造化与本事。人家作老爷的给姨太太买那么贵的粉，正因为人家有地方可以抠出来。你就这么说吧，好比你作了老爷，我就能按着宅门的规矩告诉你许多诀窍：你的电灯，自来水，煤，电话，手纸，车马，天棚，家具，信封信纸，花草，都不用花钱；最后，你还可以白使唤几名巡警。这是规矩，你要不明白这个，你简直不配作老爷。告诉你一句到底的话吧，作老爷的要空着手儿来，满膛满馅的去，就好像刚惊蛰后的臭虫，来的时候是两张皮，一会儿就变成肚大腰圆，满兜儿血。这个比喻稍粗一点，意思可是不错。自由的搂钱，专制的省钱，两下里一合，你的姨太太就可以擦巴黎的香粉了。这句话也许说得太深奥了一些，随便吧！你爱懂不懂。

这可就该说到我自己了。按说，宅门里白使唤了咱们一年半载，到节了年了的，总该有个人心，给咱们哪怕是顿犒劳饭呢，也大小是个意思。哼！休想！人家作老爷的钱都留着给姨太太花呢，巡警算哪道货？等咱被调走的时候，求老爷给“区”里替我说句好话，咱都得感激不尽。

你看，命令下来，我被调到别处。我把铺盖卷打好，然后恭而敬之的去见宅上的老爷。看吧，人家那股子劲儿大了去啦！带理不理的，倒仿佛我偷了他点东西似的。我托咐了几句：求老爷顺便和“区”里说一声，我的差事当得不错。人家微微的一抬眼皮，连个屁都懒得放。我只好退出来了，人家连个拉铺盖的车钱也不给；我得自己把它扛了走。这就是他妈的差事，这就是他妈的人情！

十二

机关和宅门里的要人越来越多了。我们另成立了警卫队，一共有五百人，专作那义务保镖的事。为是显出我们真能保卫老爷们，我们每人有一杆洋枪，和几排子弹。对于洋枪——这些洋枪——我一点也不感觉兴趣；它又沉，又老，又破，我摸不清这是由哪旦找来的一些专为压人肩膀，而一点别的用处没有的玩艺儿。我的子弹老在腰间围着，永远不准往枪里搁；到了什么大难临头，老爷们都逃走了的时候，我们才安上刺刀。

这可并非是说，我可以完全不管那枝破家伙；它虽然是那么破，我可得给它支使着。枪身里外，连刺刀，都得天天擦；即使永远擦不亮，我的手可不能闲着。心到神知！再说，有了枪，身上也就多了些玩艺儿，皮带，刺刀鞘，子弹袋子，全得弄得利落抹腻，不能像猪八戒挎腰刀那么懈懈松松的，还得打裹腿呢！

多出这么些事来，肩膀上添了七八斤的分量，我多挣了一块钱；现在我是一个月挣七块大洋了，感谢天地！

七块钱，扛枪，打裹腿，站门，我干了三年多。由这个宅门串到那个宅门，由这个衙门调到那个衙门；老爷们出来，我行礼；老爷进去，我行礼。这就是我的差事。这种差事才毁人呢：你说没事作吧，又有事；说有事作吧，又没事。还不如上街站岗去呢。在街上，至少得管点事，用用心思。在宅门或衙门，简直永远不用费什么一点脑子。赶到在闲散的衙门或汤儿事的宅子里，连站门的时候都满可以随便，拄着枪立着也行，抱着枪打盹也行。这样的差事教人不起一点儿劲，它生生的把人耗疲了。一个当仆人的可以有个盼望，哪儿的事情甜就想往哪儿去，我们当这份儿差事，明知一点好来头没有，可是就那么一天天的穷耗，耗得连自己都看不起了自己。按说，这么空闲无事，就应当吃得白白胖胖，也总算个体面呀。哼！我们并蹲不出膘儿来。我们一天老绕着那七块钱打算盘，穷得揪心。心要是揪上，还怎么会发胖呢？以我自己说吧，我的孩子已到上学的年岁了，我能不教他去吗？上学就得花钱，古今一理，不算出奇，可是我上哪里找这份钱去呢？作官的可以白占许多许多便宜，当巡警的连孩子白念书的地方也没有。上私塾吧，学费节礼，书籍笔墨，都是钱。上学校吧，制服，手工材料，种种本子，比上私塾还费的多。再说，孩子们在家里，饿了可以掰一块窝窝头吃；一上学，就得给点心钱，即使咱们肯教他揣着块窝窝头去，他自己肯吗？小孩的脸是更容易红起来的。

我简直没办法。这么大个活人，就会干瞪着眼睛看自己的儿女在家里荒荒着！我这辈无望了，难道我的儿女应当更不济吗？看着人家宅门的小姐少爷去上学，喝！车接车送，到门口还有老妈子丫环来接书包，抱进去，手里拿着橘子苹果，和新鲜的玩具。人家的孩子这样，咱的孩子那样；孩子不都是将来的国民吗？我真想辞差不干了。我愣当仆人去，弄俩零钱，好教我的孩子上学。

可是人就是别入了辙，入到哪条辙上便一辈子拔不出腿来。当了几年的差事——虽然是这样的差事——我事事入了辙，这里有朋友，有说有笑，有经验，它不教我起劲，可是我也仿佛不大能狠心的离开它。再说，一个人的虚荣心每每比金钱还有力量，当惯了差，总以为去当仆人是往下走一步，虽然可以多挣些钱。这可笑，很可笑，可是人就是这么个玩艺儿。我一跟朋友们说这个，大家都摇头。有的说，大家混的都很好的，干吗去改行？有的说，这山望着那山高，咱们这些苦人干什么也发不了财，先忍着吧！有的说，人家中学毕业生还有当“招募警”的呢，咱们有这个差事当，就算不错；何必呢？连巡官都对我说了：好歹混着吧，这是差事；凭你的本事，日后总有升腾！大家这么一说，我的心更活了，仿佛我要是固执起来，倒不大对得住朋友似的。好吧，还往下混吧。小孩念书的事呢？没有下文！

不久，我可有了个好机会。有位冯大人哪，官职大得很，一要就要十二名警卫；四名看门，四名送信跑道，四名作跟随。这四名跟随得会骑马。那时候，汽车还没出世，大官们都讲究坐大马车。在前清的时候，大官坐轿或坐车，不是前有顶马，后有跟班吗？这位冯大人愿意恢复这点官威，马车后得有四名带枪的警卫。敢情会骑马的人不好找，找遍了全警卫队，才找到了三个；三条腿不大像话，连巡官都急得直抓脑袋。我看出便宜来了：骑马，自然得有粮钱哪！为我的小孩念书起见，我得冒下子险，假如从马粮钱里能弄出块儿八毛的来，孩子至少也可以去私塾了。按说，这个心眼不甚好，可是我这是卖着命，我并不会骑马呀！我告诉了巡官，我愿意去。他问我会骑马不会？我没说我会，也没说我不会；他呢，反正找不到别人，也就没究根儿。

有胆子，天下便没难事。当我头一次和马见面的时候，我就合计好了：摔死呢，孩子们入孤儿院，不见得比在家里坏；摔不死呢，好，孩子们可以念书去了。这么一来，我就先不怕马了。我不怕它，它就得怕我，天下的事不都是如此吗？再说呢，我的腿脚利落，心里又灵，跟那三位会骑马的瞎扯巴了一会儿，我已经把骑马的招数知道了不少。找了匹老实的，我试了试，我手心里攥着把汗，可是硬说我有了把握。头几天，我的罪过真不小，浑身像散了一般，屁股上见了血。我咬了牙。等到伤好了，我的胆子更大起来，而且觉出来骑马的快乐。跑，跑，车多快，我多快，我算是治服了一种动物！

我把马治服了，可是没把粮草钱拿过来，我白冒了险。冯大人家中有十几匹马呢，另有看马的专人，没有我什么事。我几乎气病了。可是，不久我又高兴了：冯大人的官职是这么大，这么多，他简直没有回家吃饭的工夫。我们跟着他出去，一跑就是一天。他当然喽，到处都有饭吃，我们呢？我们四个人商议了一下，决定跟他交涉，他在哪里吃饭，也得有我们的。冯大人这个人心眼还不错，他很爱马，爱面子，爱手下的人。我们一对他说，他马上答应了。这个，可是个便宜。不用往多里说。我们要是一个月准能在外边白吃半个月的饭，我们不就省下半个月的饭钱吗？我高了兴！

冯大人，我说，很爱面子。当我们去见他交涉饭食的时候，他细细看了看我们。看了半天，他摇了摇头，自言自语的说："这可不行！"我以为他是说我们四个人不行呢，敢情不是。他登时要笔墨，写了个条子；"拿这个见总队长去，教他三天内都办好！"把条子拿下来，我们看了看，原来是教队长给我们换制服：我们平常的制服是斜纹布的，冯大人现在教换呢子的；袖口，裤缝，和帽箍，一律要安金绦子。靴子也换，要过膝的马靴。枪要换上马枪，还另外给一人一把手枪。看完这个条子，连我们自己都觉得不合适：长官们才能穿呢衣，镶金绦，我们四个是巡警，怎能平白无故的穿上这一套呢？自然，我们不能去教冯大人收回条子去，可是我们也怪不好意思去见总队长。总队长要是不敢违抗冯大人，他满可以对我们四个人发发脾气呀！

你猜怎么着？总队长看了条子，连大气没出，照话而行，都给办了。你就说冯大人有多么大的势力吧！喝！我们四个人可抖起来了，真正细黑呢制服，镶着黄登登的金绦，过膝的黑皮长靴，靴后带着白亮亮的马刺，马枪背在背后，手枪挎在身旁，枪匣外搭拉着长杏黄穗子。简直可以这么说吧，全城的巡警的威风都教我们四个人给夺过来了。我们在街上走，站岗的巡警全都给我们行礼，以为我们是大官儿呢！

当我作裱糊匠的时候，稍微讲究一点的烧活，总得糊上匹菊花青的大马。现在我穿上这么抖的制服，我到马棚去挑了匹菊花青的马，这匹马非常的闹手，见了人是连啃带踢；我挑了它，因为我原先糊过这样的马，现在我得骑上匹活的；菊花青，多么好看呢！这匹马闹手，可是跑起来真作脸，头一低，嘴角吐着点白沫，长鬃像风吹着一垄春麦，小耳朵立着像俩小瓢儿；我只须一认镫，它就要飞起来。这一辈子，我没有过什么真正得意的事；骑上这匹菊花青大马，我必得说，我觉到了骄傲与得意！

按说，这回的差事总算过得去了，凭那一身衣裳与那匹马还不值得高高兴兴的混吗？哼！新制服还没穿过三个月，冯大人吹了台，警卫队也被解散；我又回去当三等警了。

十三

警卫队解散了。为什么？我不知道。我被调到总局里去当差，并且得了一面铜片的奖章，仿佛是说我在宅门里立下了什么功劳似的。在总局里，我有时候管户口册子，有时候管辅捐的账簿，有时候值班守大门，有时候看管军装库。这么二三年的工夫，我又把局子里的事情全明白了个大概。加上我以前在街面上，衙门口和宅门里的那些经验，我可以算作个百事通了，里里外外的事，没有我不晓得的。要提起警务，我是地道内行。可是一直到这个时候，当了十年的差，我才升到头等警，每月挣大洋九元。

大家伙或者以为巡警都是站街的，年轻轻的好管闲事。其实，我们还有一大群人在区里局里藏着呢。假若有一天举行总检阅，你就可以看见些稀奇古怪的巡警：罗锅腰的，近视眼的，掉了牙的，瘸着腿的，无奇不有。这些怪物才真是巡警中的盐，他们都有资格有经验，识文断字，一切公文案件，一切办事的诀窍，都在他们手里呢。要是没有他们，街上的巡警就非乱了营不可。这些人，可是永远不会升腾起来；老给大家办事，一点起色也没有，平生连出头露面的体面一次都没有过。他们任劳任怨的办事，一直到他们老得动不了窝，老是头等警，挣九块大洋。多喒你在街上看见：穿着洗得很干净的灰布大褂，脚底下可还穿着巡警的皮鞋，用脚后跟慢慢的走，仿佛支使不动那双鞋似的，那就准是这路巡警。他们有时候也到大“酒缸”上，喝一个“碗酒”，就着十几个花生豆儿，挺有规矩，一边往下咽那点辣水，一边叹着气。头发已经有些白的了，嘴巴儿可还刮得很光，猛看很像个太监。他们很规则，和蔼，会作事，他们连休息的时候还得穿着那双不得人心的鞋！

跟这群人在一处办事，我长了不少的知识。可是，我也有点害怕：莫非我也就这样下去了吗？他们够多么可爱，又多么可怜呢！看着他们，我心中时常忽然凉那么一下，教我半天说不上话来。不错，我比他们都年岁小，也不见得比他们不精明，可是我有希望没有呢？年岁小？我也三十六了！

这几年在局子里可也有一样好处，我没受什么惊险。这几年，正是年年春秋准打仗的时期，旁人受的罪我先不说，单说巡警们就真够瞧的。一打仗，兵们就成了阎王爷，而巡警头朝了下！要粮，要车，要马，要人，要钱，全交派给巡警，慢一点送上去都不行。一说要烙饼一万斤，得，巡警就得挨着家去到切面铺和烙烧饼的地方给要大饼；饼烙得，还得押着清道夫给送到营里去；说不定还挨几个嘴巴回来！

要单是这么伺候着兵老爷们，也还好；不，兵老爷们还横反呢。凡是有巡警的地方，他们非捣乱不可，巡警们管吧不好，不管吧也不好，活受气。世上有糊涂人，我晓得；但是兵们的糊涂令我不解。他们只为逞一时的字号，完全不讲情理；不讲情理也罢，反正得自己别吃亏呀；不，他们连自己吃亏不吃亏都看不出来，你说天下哪里再找这么糊涂的人呢。就说我的表弟吧，他已当过十多年的兵，后来几年还老是排长，按说总该明白点事儿了。哼！那年打仗，他押着十几名俘虏往营里送。喝！他得意非常的在前面领着，仿佛是个皇上似的。他手下的弟兄都看出来，为什么不先解除了俘虏的武装呢？他可就是不这么办，拍着胸膛说一点错儿没有。走到半路上，后面响了枪，他登时就死在了街上。他是我的表弟，我还能盼着他死吗？可是这股子糊涂劲儿，教我也没法抱怨开枪打他的人。有这样一个例子，你也就能明白一点兵们是怎样的难对付了。你要是告诉他，汽车别往墙上开，好啦，他就非去碰碰不可，把他自己碰死倒可以，他就是不能听你的话。

在总局里几年，没别的好处，我算是躲开了战时的危险与受气。自然罗！一打仗，煤米柴炭都涨价儿，巡警们也随着大家一同受罪，不过我可以安坐在公事房里，不必出去对付大兵们，我就得知足。

可是，在局里我又怕一辈子就窝在那里，永没有出头之日，有人情，可以升腾起来；没人情而能在外边拿贼办案，也是个路子，我既没人情，又不到街面上去，打哪儿升高一步呢？我越想越发愁。

十四

到我四十岁那年，大运亨通，我补了巡长！我顾不得想已经当了多少年的差，卖了多少力气，和巡长才挣多少钱；都顾不得想了。我只觉得我的运气来了！

小孩子拾个破东西，就能高兴的玩耍半天，所以小孩子能够快乐。大人们也得这样，或者才能对付着活下去。细细一想，事情就全糟。我升了巡长，说真的，巡长比巡警才多挣几块钱呢？挣钱不多，责任可有多么大呢！往上说，对上司们事事得说出个谱儿来；往下说，对弟兄们得又精明又热诚；对内说，差事得交得过去；对外说，得能不软不硬的办了事。这，比作知县难多了。县长就是一个地方的皇上，巡长没那个身份，他得认真办事，又得敷衍事，真真假假，虚虚实实，哪一点没想到就出蘑菇。出了蘑菇还是真糟，往上升腾不易呀，往下降可不难呢。当过了巡长再降下来，派到哪里去也不吃香：弟兄们咬吃，喝！你这作过巡长的……这个那个的扯一堆。长官呢，看你是刺儿头，故意的给你小鞋穿，你怎么忍也忍不下去。怎办呢？哼！由巡长而降为巡警，顶好干脆卷铺盖家去，这碗饭不必再吃了。可是，以我说吧，四十岁才升上巡长，真要是卷了铺盖，我干吗去呢？

真要是这么一想，我登时就得白了头发。幸而我当时没这么想，只顾了高兴，把坏事儿全放在了一旁。我当时倒这么想：四十作上巡长，五十——哪怕是五十呢！——再作上巡官，也就算不白当了差。咱们非学校出身，又没有大人情，能作到巡官还算小吗？这么一想，我简直的拚了命，精神百倍的看着我的事，好像看着颗夜明珠似的！

作了二年的巡长，我的头上真见了白头发。我并没细想过一切，可是天天揪着心，唯恐哪件事办错了，担了处分。白天，我老喜笑颜开的打着精神办公；夜间，我睡不实在，忽然想起一件事，我就受了一惊似的，翻来覆去的思索；未必能想出办法来，我的困意可也就不再回来了。

公事而外，我为我的儿女发愁：儿子已经二十了，姑娘十八。福海——我的儿子——上过几天私塾，几天贫儿学校，几天公立小学。字吗，凑在一块儿他大概能念下来第二册国文；坏招儿，他可学会了不少，私塾的，贫儿学校的，公立小学的，他都学来了，到处准能考一百分，假若学校里考坏招数的话。本来吗，自幼失了娘，我又终年在外边瞎混，他可不是爱怎么反就怎么反啵。我不恨铁不成钢去责备他，也不抱怨任何人，我只恨我的时运低，发不了财，不能好好的教育他。我不算对不起他们，我一辈子没给他们弄个后娘，给他们气受。至于我的时运不济，只能当巡警，那并非是我的错儿，人还能大过天去吗？

福海的个子可不小，所以很能吃呀！一顿胡搂三大碗芝麻酱拌面，有时候还说不很饱呢！就凭他这个吃法，他再有我这么两份儿爸爸也不中用！我供给不起他上中学，他那点“秀气”也没法考上。我得给他找事作。哼！他会作什么呢？

从老早，我心里就这么嘀咕：我的儿子愣可去拉洋车，也不去当巡警；我这辈子当够了巡警，不必世袭这份差事了！在福海十二三岁的时候，我教他去学手艺，他哭着喊着的一百个不去。不去就不去吧，等他长两岁再说；对个没娘的孩子不就得格外心疼吗？到了十五岁，我给他找好了地方去学徒，他不说不去，可是我一转脸，他就会跑回家来。几次我送他走，几次他偷跑回来。于是只好等他再大一点吧，等他心眼转变过来也许就行了。哼！从十五到二十，他就愣荒荒过来，能吃能喝，就是不爱干活儿。赶到教我给逼急了：“你到底愿意干什么呢？你说！”他低着脑袋，说他愿意挑巡警！他觉得穿上制服，在街上走，既能挣钱，又能就手儿散心，不像学徒那样永远圈在屋里。我没说什么，心里可刺着痛。我给打了个招呼，他挑上了巡警。我心里痛不痛的，反正他有事作，总比死吃我一口强啊。父是英雄儿好汉，爸爸巡警儿子还是巡警，而且他这个巡警还必定跟不上我。我到四十岁才熬上巡长，他到四十岁，哼！不教人家开革出来就是好事！没盼望！我没续娶过，因为我咬得住牙。他呢，赶明儿个难道不给他成家吗？拿什么养着呢？

是的，儿子当了差，我心中反倒堵上个大疙瘩！

再看女儿呢，也十八九了，紧自搁在家里算怎回事呢？当然，早早撮出去的为是，越早越好。给谁呢？巡警，巡警，还得是巡警？一个人当巡警，子孙万代全得当巡警，仿佛掉在了巡警阵里似的。可是，不给巡警还真不行呢：论模样，她没什么模样；论教育，她自幼没娘，只认识几个大字；论赔送，我至多能给她作两件洋布大衫；论本事，她只能受苦，没别的好处。巡警的女儿天生来的得嫁给巡警，八字造定，谁也改不了！

唉！给了就给了啵！撮出她去，我无论怎说也可以心净一会儿。并非是我心狠哪；想想看，把她搁到二十多岁，还许就剩在家里呢。我对谁都想对得起，可是谁又对得起我来着！我并不想唠里唠叨的发牢骚，不过我愿把事情都摆平了，谁是谁非，让大家看。

当她出嫁的那一天，我真想坐在那里痛哭一场。我可是没有哭；这也不是一半天的事了，我的眼泪只会在眼里转两转，简直的不会往下流！

十五

儿子有了事作，姑娘出了阁，我心里说：这我可能远走高飞了！假若外边有个机会，我愣把巡长搁下，也出去见识见识。什么发财不发财的，我不能就窝囊这么一辈子。

机会还真来了。记得那位冯大人呀，他放了外任官。我不是爱看报吗？得到这个消息，就找他去了，求他带我出去。他还记得我，而且愿意这么办。他教我去再约上三个好手，一共四个人随他上任。我留了个心眼，请他自己向局里要四名，作为是拨遣。我是这么想：假若日后事情不见佳呢，既省得朋友们抱怨我，而且还可以回来交差，有个退身步。他看我的办法不错，就指名向局里调了四个人。

这一喜可非同小喜。就凭我这点经验知识，管保说，到哪儿我也可以作个很好的警察局局长，一点不是瞎吹！一条狗还有得意的那一天呢，何况是个人？我也该抖两天了，四十多岁还没露过一回脸呢！

果然，命令下来，我是卫队长；我乐得要跳起来。

哼！也不是咱的命不好，还是冯大人的运不济；还没到任呢，又撤了差。猫咬尿泡，瞎欢喜一场！幸而我们四个人是调用，不是辞差；冯大人又把我们送回局里去了。我的心里既为这件事难过，又为回局里能否还当巡长发愁，我脸上瘦了一圈。

幸而还好，我被派到防疫处作守卫，一共有六位弟兄，由我带领。这是个不错的差事，事情不多，而由防疫处开我们的饭钱。我不确实的知道，大概这是冯大人给我说了句好话。

在这里，饭钱既不必由自己出，我开始攒钱，为是给福海娶亲——只剩了这么一档子该办的事了，爽性早些办了吧！

在我四十五岁上，我娶了儿媳妇——她的娘家父亲与哥哥都是巡警。可倒好，我这一家子，老少里外，全是巡警，凑吧凑吧，就可以成立个警察分所！

人的行动有时候莫名其妙。娶了儿媳妇以后，也不知怎么我以为应当留下胡子，才够作公公的样子。我没细想自己是干什么的，直入公堂的就留下胡子了。小黑胡子在我嘴上，我捻上一袋关东烟，觉得挺够味儿。本来吗，姑娘聘出去了，儿子成了家，我自己的事又挺顺当，怎能觉得不是味儿呢？

哼！我的胡子惹下了祸。总局局长忽然换了人，新局长到任就检阅全城的巡警。这位老爷是军人出身，只懂得立正看齐，不懂得别的。在前面我已经说过，局里区里都有许多老人们，长相不体面，可是办事多年，最有经验。我就是和局里这群老手儿排在一处的，因为防疫处的守卫不属于任何警区，所以检阅的时候便随着局里的人立在一块儿。

当我们站好了队，等着检阅的时候，我和那群老人们还有说有笑，自自然然的。我们心里都觉得，重要的事情都归我们办，提哪一项事情我们都知道，我们没升腾起来已经算很委屈了，谁还能把我们踢出去吗？上了几岁年纪，诚然，可是我们并没少作事儿呀！即使说老朽不中用了，反正我们都至少当过十五六年的差，我们年轻力壮的时候是把精神血汗耗费在公家的差事上，冲着这点，难道还不留个情面吗？谁能够看狗老了就一脚踢出去呢？我们心中都这么想，所以满没把这回事放在心里，以为新局长从远处瞭我们一眼也就算了。

局长到了，大个子胸前挂满了徽章，又是喊，又是蹦，活像个机器人。我心里打开了鼓。他不按着次序看，一眼看到我们这一排，他猛虎扑食似的就跑过来了。岔开脚，手握在背后，他向我们点了点头。然后忽然他一个箭步跳到我们跟前，抓起一个老书记生的腰带，像摔跤似的往前一拉，几乎把老书记生拉倒；抓着腰带，他前后摇晃了老书记生几把，然后猛一撒手，老书记生摔了个屁股墩。局长对准了他就是两口唾沫，“你也当巡警！连腰带都系不紧？来！拉出去毙了！”

我们都知道，凭他是谁，也不能枪毙人。可是我们的脸都白了，不是怕，是气的。那个老书记生坐在地上，哆嗦成了一团。

局长又看了看我们，然后用手指划了条长线，“你们全滚出去，别再教我看见你们！你们这群东西也配当巡警！”说完这个，仿佛还不解气，又跑到前面，扯着脖子喊：“是有胡子的全脱了制服，马上走！”

有胡子的不止我一个，还都是巡长巡官，要不然我也不敢留下这几根惹祸的毛。

二十年来的服务，我就是这么被刷下来了。其实呢，我虽四十多岁，我可是一点也不显着老苍，谁教我留下了胡子呢！这就是说，当你年轻力壮的时候，你把命卖上，一月就是那六七块钱。你的儿子，因为你当巡警，不能读书受教育；你的女儿，因为你当巡警，也嫁个穷汉去吃窝窝头。你自己呢，一长胡子，就算完事，一个铜子的恤金养老金也没有，服务二十年后，你教人家一脚踢出来，像踢开一块碍事的砖头似的。五十以前，你没挣下什么，有三顿饭吃就算不错；五十以后，你该想主意了，是投河呢，还是上吊呢？这就是当巡警的下场头。

二十年来的差事，没作过什么错事，但我就这样卷了铺盖。

弟兄们有含着泪把我送出来的，我还是笑着；世界上不平的事可多了，我还留着我的泪呢！

十六

穷人的命——并不像那些施舍稀粥的慈善家所想的——不是几碗粥所能救活了的；有粥吃，不过多受几天罪罢了，早晚还是死。我的履历就跟这样的粥差不多，它只能帮助我找上个小事，教我多受几天罪；我还得去当巡警。除了说我当巡警，我还真没法介绍自己呢！它就像颗不体面的痣或瘤子，永远跟着我。我懒得说当过巡警，懒得再去当巡警，可是不说不当，还真连碗饭也吃不上，多么可恶呢！

歇了没有好久，我由冯大人的介绍，到一座煤矿上去作卫生处主任，后来又升为矿村的警察分所所长；这总算运气不坏。在这里我很施展了些我的才干与学问：对村里的工人，我以二十年服务的经验，管理得真叫不错。他们聚赌，斗殴，罢工，闹事，醉酒，就凭我的一张嘴，就事论事，干脆了当，我能把他们说得心服口服。对弟兄们呢，我得亲自去训练。他们之中有的是由别处调来的，有的是由我约来帮忙的，都当过巡警；这可就不容易训练，因为他们懂得一些警察的事儿，而想看我一手儿。我不怕，我当过各样的巡警，里里外外我全晓得；凭着这点经验，我算是没被他们给撅了。对内对外，我全有办法，这一点也不瞎吹。

假若我能在这里混上几年，我敢保说至少我可以积攒下个棺材本儿，因为我的饷银差不多等于一个巡官的，而到年底还可以拿一笔奖金，可是，我刚作到半年，把一切都布置得有个大概了，哼！我被人家顶下来了。我的罪过是年老与过于认真办事。弟兄们满可以拿些私钱，假若我肯睁着一只闭着一只眼的话。我的两眼都睁着，种下了毒。对外也是如此，我明白警察的一切，所以我要本着良心把此地的警务办得完完全全，真像个样儿。还是那句话，人民要不是真正的人民，办警察是多此一举，越办得好越招人怨恨。自然，容我办上几年，大家也许能看出它的好处来。可是，人家不等办好，已经把我踢开了。

在这个社会中办事，现在才明白过来，就得像发给巡警们皮鞋似的。大点，活该！小点，挤脚？活该！什么事都能办通了，你打算合大家的适，他们要不把鞋打在你脸上才怪。这次的失败，因为我忘了那三个宝贝字——“汤儿事”，因此我又卷了铺盖。

这回，一闲就是半年多。从我学徒时候起，我无事也忙，永不懂得偷闲。现在，虽然是奔五十的人了，我的精神气力并不比那个年轻小伙子差多少。生让我闲着，我怎么受呢？由早晨起来到日落，我没有正经事作，没有希望，跟太阳一样，就那么由东而西的转过去；不过，太阳能照亮了世界，我呢，心中老是黑糊糊的。闲得起急，闲得要躁，闲得讨厌自己，可就是摸不着点儿事作。想起过去的劳力与经验，并不能自慰，因为劳力与经验没给我积攒下养老的钱，而我眼看着就是挨饿。我不愿人家养着我，我有自己的精神与本事，愿意自食其力的去挣饭吃。我的耳目好像作贼的那么尖，只要有个消息，便赶上前去，可是老空着手回来，把头低得无可再低，真想一跤摔死，倒也爽快！还没到死的时候，社会像要把我活埋了！晴天大日头的，我觉得身子慢慢往土里陷；什么缺德的事也没作过，可是受这么大的罪。一天到晚我叼着那根烟袋，里边并没有烟，只是那么叼着，算个“意思”而已。我活着也不过是那么个“意思”，好像专为给大家当笑话看呢！

好容易，我弄到个事：到河南去当盐务缉私队的队兵。队兵就队兵吧，有饭吃就行呀！借了钱，打点行李，我把胡子剃得光光的上了“任”。

半年的工夫，我把债还清，而且升为排长。别人花俩，我花一个，好还债。别人走一步，我走两步，所以升了排长。委屈并挡不住我的努力，我怕失业。一次失业，就多老上三年，不饿死，也憋闷死了。至于努力挡得住失业挡不住，那就难说了。

我想——哼！我又想了！——我既能当上排长，就能当上队长，不又是个希望吗？这回我留了神，看人家怎作，我也怎作。人家要私钱，我也要，我别再为良心而坏了事；良心在这年月并不值钱。假若我在队上混个队长，连公带私，有几年的工夫，我不是又可以剩下个棺材本儿吗？我简直的没了大志向，只求腿脚能动便去劳动；多喒动不了窝，好，能有个棺材把我装上，不至于教野狗们把我嚼了。我一眼看着天，一眼看着地。我对得起天，再求我能静静的躺在地下。并非我倚老卖老，我才五十来岁；不过，过去的努力既是那么白干一场，我怎能不把眼睛放低一些，只看着我将来的坟头呢！我心里是这么想，我的志愿既这么小，难道老天爷还不睁开点眼吗？

来家信，说我得了孙子。我要说我不喜欢，那简直不近人情。可是，我也必得说出来：喜欢完了，我心里凉了那么一下，不由的自言自语的嘀咕：“哼！又来个小巡警吧！”一个作祖父的，按说，哪有给孙子说丧气话的，可是谁要是看过我前边所说的一大片，大概谁也会原谅我吧？有钱人家的儿女是希望，没钱人家的儿女是累赘；自己的肚中空虚，还能顾得子孙万代，和什么“忠厚传家久，诗书继世长”吗？

我的小烟袋锅儿里又有了烟叶，叼着烟袋，我咂摸着将来的事儿。有了孙子，我的责任还不止于剩个棺材本儿了；儿子还是三等警，怎能养家呢？我不管他们夫妇，还不管孙子吗？这教我心中忽然非常的乱，自己一年比一年的老，而家中的嘴越来越多，哪个嘴不得用窝窝头填上呢！我深深的打了几个嗝儿，胸中仿佛横着一口气。算了吧，我还是少思索吧，没头儿，说不尽！个人的寿数是有限的，困难可是世袭的呢！子子孙孙，万年永实用，窝窝头！

风雨要是都按着天气预测那么来，就无所谓狂风暴雨了。困难若是都按着咱们心中所思虑的一步一步慢慢的来，也就没有把人急疯了这一说了。我正盘算着孙子的事儿，我的儿子死了！

他还并没死在家里呀！我还得去运灵。

福海，自从成家以后，很知道要强。虽然他的本事有限，可是他懂得了怎样尽自己的力量去作事。我到盐务缉私队上来的时候，他很愿意和我一同来，相信在外边可以多一些发展的机会。我拦住了他，因为怕事情不稳，一下子再教父子同时失业，如何得了。可是，我前脚离开了家，他紧随着也上了威海卫。他在那里多挣两块钱。独自在外，多挣两块就和不多挣一样，可是穷人想要强，就往往只看见了钱，而不多合计合计。到那里，他就病了；舍不得吃药。及至他躺下了，药可也就没了用。

把灵运回来，我手中连一个钱也没有了。儿媳妇成了年轻的寡妇，带着个吃奶的小孩，我怎么办呢？我没法再出外去作事，在家乡我又连个三等巡警也当不上，我才五十岁，已走到了绝路。我羡慕福海，早早的死了，一闭眼三不知；假若他活到我这个岁数，至好也不过和我一样，多一半还许不如我呢！儿媳妇哭，哭得死去活来，我没有泪，哭不出来，我只能满屋里打转，偶尔的冷笑一声。

以前的力气都白卖了。现在我还得拿出全套的本事，去给小孩子找点粥吃。我去看守空房；我去帮着人家卖菜；我去作泥水匠的小工子活；我去给人家搬家……除了拉洋车，我什么都作过了。无论作什么，我还都卖着最大的力气，留着十分的小心。五十多了，我出的是二十岁的小伙子的力气，肚子里可是只有点稀粥与窝窝头，身上到冬天没有一件厚实的棉袄，我不求人白给点什么，还讲仗着力气与本事挣饭吃，豪横了一辈子，到死我还不能输这口气。时常我挨一天的饿，时常我没有煤上火，时常我找不到一撮儿烟叶，可是我决不说什么；我给公家卖过力气了，我对得住一切的人，我心里没毛病，还说什么呢？我等着饿死，死后必定没有棺材，儿媳妇和孙子也得跟着饿死，那只好就这样吧！谁教我是巡警呢！我的眼前时常发黑，我仿佛已摸到了死，哼！我还笑，笑我这一辈的聪明本事，笑这出奇不公平的世界，希望等我笑到末一声，这世界就换个样儿吧！

原载 1937 年 7 月 1 日《文学》第九卷第一号

不说谎的人

一个自信是非常诚实的人，像周文祥，当然以为接到这样的一封信是一种耻辱。在接到了这封信以前，他早就听说过有个瞎胡闹的团体，公然扯着脸定名为“说谎会”。在他的朋友里，据说，有好几位是这个会的会员。他不敢深究这个“据说”。万一把事情证实了，那才怪不好意思：绝交吧，似乎太过火；和他们敷衍吧，又有些对不起良心。周文祥晓得自己没有什么了不得的才干，但是他忠诚实在，他的名誉与事业全仗着这个；诚实是他的信仰。他自己觉得像一块笨重的石头，虽然不甚玲珑美观，可是结实硬棒。现在居然接到这样的一封信：

“……没有谎就没有文化。说谎是最高的人生艺术。我们怀疑一切，只是不疑心人人事事都说谎这件事。历史是谎言的纪录簿，报纸是谎言的播音机。巧于说谎的有最大的幸福，因为会说谎就是智慧。想想看，一天之内，要是不说许多谎话，得打多少回架；夫妻之间，不说谎怎能平安的度过十二小时。我们的良心永远不责备我们在情话情书里所写的——一片谎言！然而恋爱神圣啊！胜者王侯败者贼，是的，少半在乎说谎的巧拙。文化是谎的产物。文质彬彬，然后君子——最会扯谎的家伙。最好笑的是人们一天到晚没法掩藏这个宝物，像孕妇故意穿起肥大的风衣那样。他们仿佛最怕被人家知道了他们时时在扯谎，于是谎上加谎，成为最

《不说谎的人》是一篇反讽小说，他的故事设置是荒诞的，而主题是含混的。

我们在生活中，总是习惯性地对人下定义：诚实的、说谎的，好的、坏的等，周文祥很自信，他认为自己不说谎，他认为“只有自己能认识自己”。但是，他错了，他只是以为自己是对的，他是以不知为知。其实，人对自己的认识是最困难的，甚至是不可能的。“小春说谎，太太说谎，医生说谎，只有自己诚实。”小说批判的正是这种对自我的妄信。这是唯我独尊的温床，是专制、排他的温床。

小说提醒读者，对人对事去除本质主义的理解，对自己多一份自省，对他人多一份宽容，人和这个世界并不像我们想象得那么简单，那么非黑即白、非善即恶。含混的幽默能使这个世界变得稍稍好一些。

大的谎。我们不这样，我们知道谎的可贵，与谎的难能，所以我们诚实的扯谎，艺术的运用谎言，我们组织说谎会，为的是研究它的技巧，与宣传它的好处。我们知道大家都说谎，更愿意使大家以后说谎不像现在这么拙劣，……素仰先生惯说谎，深愿彼此琢磨，以增高人生幸福，光大东西文化！倘蒙不弃……”

没有念完，周文祥便把信放下了。这个会，据他看，是胡闹；这封信也是胡闹。但是他不能因为别人胡闹而幽默的原谅他们。他不能原谅这样闹到他自己头上来的人们，这是污辱他的人格。“素仰先生惯于说谎”？他不记得自己说过谎。即使说过，也必定不是故意的。他反对说谎。他不能承认报纸是制造谣言的，因为他有好多意见与知识都是从报纸得来的。

说不定这封信就是他所认识的，“据说”是说谎会的会员的那几个人给他写来的，故意开他的玩笑，他想。可是在信纸的左上角印着“会长唐翰卿；常务委员林德文，邓道纯，费穆初；会计何兆龙。”这些人都是周文祥知道而愿意认识的，他们在社会上都有些名声，而且是有些财产的。名声与财产，在周文祥看，绝对不能是由瞎胡闹而来的。胡闹只能毁人。那么，由这样有名有钱的人们所组织的团体，按理说，也应当不是瞎闹的。附带着，这封信也许有些道理，不一定是朋友们和他开玩笑。他又把信拿起来，想从新念一遍。可是他只读了几句，不能再往下念。不管这些会长委员是怎样的有名有福，这封信到底是荒唐。这是个恶梦！一向没遇见这样矛盾，这样想不出道理的事！

周文祥是已经过了对于外表勤加注意的年龄。虽然不是故意的不修边幅，可是有时候两三天不刮脸而心中可以很平静；不但平静，而且似乎更感到自己的坚实朴简。他不常去照镜子；他知道自己的圆脸与方块的身子没有什么好看；他的自爱都寄在那颗单纯实在的心上。他不愿拿外表显露出内心的聪明，而愿把面貌体态当作心里诚实的说明书。他好像老这么说：“看看我！内外一致的诚实！周文祥没别的，就是可靠！”

把那封信放下，他可是想对镜子看看自己；长久的自信使他故意的要从新估量自己一番，像极稳固的内阁不怕，而且欢迎，“不信任案”的提出那样。正想往镜子那边去，他听见窗外有些脚步声。他听出来那是他的妻来了。这使他心中突然很痛快，并不是欢迎太太，而是因为他听出她的脚步声儿。家中的一切都有定规，习惯而亲切，“夏至”那天必定吃卤面，太太走路老是那个声儿。但愿世界上所有的事都如此，都使他习惯而且觉得亲切。假如太太有朝一日不照着他所熟习的方法走路，那要多么惊心而没有一点办法！他说不上爱他的太太不爱，不过这些熟习的脚步声儿仿佛给他一种力量，使他深信生命并不是个乱七八糟的恶梦。他知道她的走路法，正如知道他的茶碗上有两朵鲜红的牡丹花。

他忙着把那封使他心中不平静的信收在口袋里，这个举动作得很快很自然，几乎是本能的；不用加什么思索，他就马上决定了不能让她看见这样胡闹的一封信。

“不早了，”太太开开门，一只脚登在门坎上，“该走了吧?”

“我这不是都预备好了吗?”他看了看自己的大衫，很奇怪，刚才净为想那封信，已经忘了是否已穿上了大衫。现在看见大衫在身上，想不起是什么时候穿上的。既然穿上了大衫，无疑的是预备出去。早早出去，早早回来，为一家大小去挣钱吃饭，是他的光荣与理想。实际上，为那封信，他实在忘了到公事房去，可是让太太这一催问，他不能把生平的光荣与理想减损一丝一毫：“我这不是预备走吗?”他戴上了帽子。“小春走了吧?”

“他说今天不上学了，”太太的眼看着他，带出作母亲常有的那种为难的样子，既不愿意丈夫发脾气，又不愿儿子没出息，可是假若丈夫能不发脾气呢，儿子就是稍微有点没出息的倾向也没多大的关系。“又说肚子有点痛。”

周文祥没说什么，走了出去。设若他去盘问小春，而把小春盘问短了——只是不爱上学而肚子并不一定疼。这便证明周文祥的儿子会说谎。设若不去管儿子，而儿子真是学会了扯谎呢，就更糟。他只好不发一言，显出沉毅的样子；沉毅能使男人在没办法的时候显出很有办法，特别是在妇女面前。周文祥是家长，当然得显出权威，不能被妻小看出什么弱点来。

走出街门，他更觉出自己的能力本事。刚才对太太的一言不发等等，他作得又那么简净得当，几乎是从心所欲，左右逢源。没有一点虚假，没有一点手段，完全是由生平的朴实修养而来的一种真诚，不必考虑就会应付裕如。想起那封信，瞎胡闹！

公事房的大钟走到八点三十二分，他迟到了两分钟。这是一个新的经验；十年来，他至迟是八点二十八分到，他在作梦的时候，钟上的长针也总是在半点的“这”一边。世界好像宽出二分去，一切都变了样！他忽然不认识自己了，自己一向是八点半“这”边的人；生命是习惯的积聚，新床使人睡不着觉；周文祥把自己丢失了，丢失在两分钟的外面，好似忽然走到荒凉的海边上。

可是，不大一会儿，他心中又平静起来，把自己从迷途上找回来。他想责备自己，不应该为这么点事心慌意乱；同时，他觉得应夸奖自己，为这点小事着急正自因为自己一向忠诚。

坐在办公桌前，他可是又想起点不大得劲的事。公司的规则，规则，是不许迟到的。他看见过同事们受经理的训斥，因为迟到；还有的扣罚薪水，因为迟到。哼，这并不是件小事！自然，十来年的忠实服务是不能因为迟到一次而随便一笔抹杀的，他想。可是假若被经理传去呢？不必说是受申斥或扣薪，就是经理不说什么，而只用食指指周文祥——他轻轻的叫着自己——一下，这就受不了；不是为这一指的本身，而是因为这一指便把十来年的荣誉指化了，如同一股热水浇到雪上！

是的，他应当自动的先找经理去，别等着传唤。一个忠诚的人应当承认自己的错误，受申斥或惩罚是应该的。他立起来，想去见经理。

又站了一会儿，他得想好几句话。“经理先生，我来晚了两分钟，几年来这是头一次，可是究竟是犯了过错！”这很得体，他评判着自己的忏悔练习。不过，万一经理要问有什么理由呢？迟到的理由不但应当预备好，而且应当由自己先说出来，不必等经理问。有了：“小春，我的男小孩——肚子疼，所以……”这就非常的圆满了，而且是真事。他并且想到就手儿向经理请半天假，因为小春的肚子疼也许需要请个医生诊视一下。他可是没有敢决定这么作，因为这么作自然显着更圆到，可是也许是太过火一点。还有呢，他平日老觉得非常疼爱小春，也不知怎的现在他并不十分关心小春的肚子疼，虽然按着自己的忠诚的程度说，他应当相信儿子的腹痛，并且应当马上去给请医生。

他去见了经理，把预备好的言语都说了，而且说得很妥当，既不太忙，又不吞吞吐吐的惹人疑心。他没敢请半天假，可是稍微露了一点须请医生的意思。说完了，没有等经理开口，他心中已经觉得很平安了，因为他在事前没有想到自己的话能说得这么委婉圆到。他一向因为看自己忠诚，所以老以为自己不长于谈吐。现在居然能在经理面前有这样的口才，他开始觉出来自己不但忠诚，而且有些未经发现过的才力。

正如他所期望的，经理并没有申斥他，只对他笑了笑。“到底是诚实人！”周文祥心里说。

微笑不语有时候正像怒视无言，使人转不过身来。周文祥的话已说完，经理的微笑已笑罢，事情好像是完了，可是没个台阶结束这一场。周文祥不能一语不发的就那么走出去，而且再站在那里也不大像话。似乎还得说点什么，但又不能和经理瞎扯。一急，他又想起儿子。“那么，经理以为可以的话，我就请半天假，回家看看去！”这又很得体而郑重，虽然不知道儿子究竟是否真害肚疼。

经理答应了。

周文祥走出公司来，心中有点茫然。即使是完全出于爱儿子，这个举动究竟似乎差点根据。但是一个诚实人作事是用不着想了再想的，回家看看去好了。

走到门口，小春正在门前的石墩上唱“太阳出来上学去”呢，脸色和嗓音都足以证明他在最近不能犯过腹痛。

“小春，”周文祥叫，“你的肚子怎样了？”

“还一阵阵的疼，连唱歌都不敢大声的喊！”小春把手按在肚脐那溜儿。

周文祥哼了一声。

见着了太太，他问：“小春是真肚疼吗？”

周太太一见丈夫回来，心中已有些不安，及至听到这个追问，更觉得自己是处于困难的地位。母亲的爱到底使她还想护着儿子，真的爱是无暇选取手段的，她还得说谎：“你出去的时候，他真是肚子疼，疼得连颜色都转了，现在刚好一点！”

“那么就请个医生看看吧？”周文祥为是证明他们母子都说谎，想起这个方法。虽然他觉得这个方法有点欠诚恳，可是仍然无损于他的真诚，因为他真想请医生去，假如太太也同意的话。

“不必请到家来了吧，”太太想了想：“你带他看看去好了。”

他没想到太太会这么赞同给小春看病。他既然这么说了，好吧，医生不会给没病的孩子开方子，白去一趟便足以表示自己的真心爱子，同时暴露了母子们的虚伪，虽然周家的人会这样不诚实是使人痛心的。

他带着小春去找牛伯岩——六十多岁的老儒医，当然是可靠的。牛老医生闭着眼，把带着长指甲的手指放在小春腕上，诊了有十来分钟。

“病不轻！”牛伯岩摇着头说，“开个方子试试吧，吃两剂以后再来诊一诊吧！”说完他开着脉案，写得很慢，而字很多。

小春无事可作，把垫腕子的小布枕当作沙口袋，双手扔着玩。

给了诊金，周文祥拿起药方，谢了谢先生。带着小春出来；他不能决定，是去马上抓药呢，还是干脆置之不理呢？小春确是，据他看，没有什么病。那么给他点药吃，正好是一种惩罚，看他以后还假装肚子疼不！可是，小春既然无病，而医生给开了药方，那么医生一定是在说谎。他要是拿着这个骗人的方子去抓药，就是他自己相信谎言，中了医生的诡计。小春说谎，太太说谎，医生说谎，只有自己诚实。他想起“说谎会”来。那封信确有些真理，他没法不这么承认。但是，他自己到底是个例外，所以他不能完全相信那封信。除非有人能证明他——周文祥——说谎，他才能完全佩服“说谎会”的道理。可是，只能证明自己说谎是不可能的。他细细的想过去的一切，没有可指摘的地方。由远而近，他细想今天早晨所作过的那些事，所说过的那些话，也都无懈可击，因为所作所说的事都是凭着素日诚实的习惯而发的，没有任何故意绕着作出与说出来的地方，只有自己能认识自己。

他把那封信与药方一起撕碎，扔在了路上。

原载1936年5月3日天津《益世报·文艺周》第一期

创造病

杨家夫妇的心中长了个小疙瘩，结婚以后，心中往往长小疙瘩，像水仙包儿似的，非经过相当的时期不会抽叶开花。他们的小家庭里，处处是这样的花儿。桌，椅，小巧的玩艺儿，几乎没有不是先长疙瘩而后开成了花的。

在长疙瘩的时期，他们的小家庭像晴美人间的唯一的小黑点，只有这里没有阳光。他们的谈话失去了音乐，他们的笑没有热力，他们的拥抱像两件衣服堆在一起。他们几乎想到离婚也不完全是坏事。

过了几天，小疙瘩发了芽。这个小芽往往是突然而来，使小家庭里雷雨交加。那是，芽儿既已长出，花是非开不可了。花带来阳光与春风，小家庭又移回到晴美的人间来；那个小疙瘩，凭良心说，并不是个坏包。它使他们的生活不至于太平凡了，使他们自信有创造的力量，使他们忘记了黑暗而喜爱他们自己所开的花。他们还明白了呢：在冲突中，他们会自己解和，会使丑恶的泪变成花瓣上的水珠；他们明白了彼此的力量与度量。况且再一说呢，每一朵花开开，总是他们俩的；虽然那个小包是在一个人心中长成的。他们承认了这共有的花，而忘记了那个独有的小疙瘩。他们的花都是并蒂的，他们说。

前些日子，他们俩一人怀着一个小包。春天结的婚，他的薄大衣在秋天也还合适。可是哪能老是秋天呢？冬已在风儿里拉他的袖口，他轻轻颤了一下，心里结成个小疙瘩。他有件厚大衣；生命是旧衣裳架子么？

人是精神的动物，他是肉身，但不仅仅是肉身，他是属灵魂的，当人满足了基本的物质需求，即使是生活在拮据中的人，也会进行“创造”，创造属灵魂的生活，以至于因创造而致病。因为，人是不安于现状的，这是人的宿命。所以，生活总是会发生问题。

小说《创造病》中的杨家夫妇，婚后生活并不十分富足，可偏要过“小资”的生活，要华服，要音乐，不一而足。他们买了留声机，可是没钱买唱片。“他们相对愣着，几乎不敢再瞧那个机器；那是他们自己创造出来的一块心病”。

小说也委婉地批评了小人物的虚荣，因为虚荣，生活中出现了“小疙瘩”，但是，它似乎又要告诉读者，完美的生活是不可能的，有“小疙瘩”的生活才是常态！

他必须作件新的大衣。他已经计划好，用什么材料，裁什么样式，要什么颜色。另外，他还想到穿上这件大衣时的光荣，俊美，自己在这件大衣之下，像一朵高贵的花。为穿这件新大衣，他想到浑身上下应该加以修饰的地方；要是没有这件新衣，这些修饰是无须乎费心去思索的；新大衣给了他对于全身的美丽的注意与兴趣。冬日生活中的音乐，拿这件大衣作为主音。没有它，生命是一片荒凉；风，寒，与颤抖。

他知道在定婚与结婚时拉下不少的亏空，不应当把债眼儿弄得更大。可是生命是创造的，人间美的总合是个个人对于美的创造与贡献；他不能不尽自己的责任。他也并非自私，只顾自己的好看；他是想象着穿上新大衣与太太一同在街上走的光景与光荣：他是美男子，她是美女人，在大家的眼中。

但是他不能自己作主，他必须和太太商议一下。他也准知道太太必定不拦着他，她愿意他打扮得漂亮，把青春挂在外面，如同新汽车的金漆的商标。可是他不能利用这个而马上去作衣裳，他有亏空。要是不欠债的话，他为买大衣而借些钱也没什么。现在，他不应当再给将来预定下困难，所以根本不能和太太商议。可是呢，大衣又非买不可。怎办呢？他心中结了个小疙瘩。

他不愿意露出他的心事来，但是心管不住脸，正像土拦不住种子往上拔芽儿。藏着心事，脸上会闹鬼。

她呢，在结婚后也认识了许多的事，她晓得了爱的完成并不能减少别的困难；钱——先不说别的——并不偏向着爱。可是她反过来一想呢，他们还都年少，不应当把青春随便的抛弃。假若处处俭省，等年老的时候享受，年老了还会享受吗？这样一想，她觉得老年还离他们很远很远，几乎是可以永远走不到的。即使不幸而走到呢，老年再说老年的吧，谁能不开花便为果子思虑呢。她得先买个冬季用的黑皮包。她有个黄色的，春秋用着合适；还有个白的，配着个天蓝的扣子，夏天——配上长白手套——也还体面。冬天，已经快到了，还要有合适的皮包。

她也不愿意告诉丈夫，而心中结了个小疙瘩。

他们都偷偷的详细的算过账，看看一月的收入和开支中间有没有个小缝儿，可以不可以从这小缝儿钻出去而不十分的觉得难受。差不多没有缝儿！冬天还没到，他们的秋花都被霜雪给埋住了。他们不晓得能否挨过这个冬天，也许要双双的入墓！

他们不能屈服，生命的价值是在创造。假如不能十全，那只好有一方面让步，别叫俩人都冻在冰里。这样，他们承认，才能打开僵局。谁应当让步呢？二人都愿自己去牺牲。牺牲是甜美的苦痛。他愿意设法给她买上皮包，自己的大衣在热烈的英雄主义之下可以后缓；她愿意给他置买大衣，皮包只是为牺牲可以不买。他们都很坚决。几乎以为大衣或皮包的购买费已经有了似的。他们热烈的辩驳，拥抱着推让，没有结果。及至看清了买一件东西的钱并还没有着落，他们的勇气与相互的钦佩使他们决定，一不作，二不休，爽性借笔钱把两样都买了吧。

他穿上了大衣，她提上了皮包，生命在冬天似乎可以不觉到风雪了。他们不再讨论钱的问题，美丽快乐充满了世界。债是要还的，但那是将来的事，他们的前途是不可限量的。况且他们并非把钱花在不必要的东西上，他们作梦都梦不到买些古玩或开个先施公司。他们所必需的没法不买。假如他们来一笔外财，他们就先买个小汽车，这是必需的。

冬天来了。大衣与皮包的欣喜已经渐渐的衰减，因为这两样东西并不像在未买的时候所想的那么足以代替一切，那么足以结束了借款。冬天还有问题。原先梦也梦不到冬天的晚上是这么可怕，冷风把户外一切的游戏都禁止住，虽然有大衣与皮包也无用武之处。这个冬天，照这样下去，是会杀人的。多么长的晚上呢，不能出去看电影，不能去吃咖啡，不能去散步。坐在一块儿说什么呢？干什么呢？接吻也有讨厌了的时候，假如老接吻！

这回，那个小疙瘩是同时种在他们二人的心里。他们必须设法打破这样的无聊与苦闷。他们不约而同的想到：得买个话匣子。

话匣子又比大衣与皮包贵了。要买就买下得去的，不能受别人的耻笑。下得去的，得在一百五与二百之间。杨先生一月挣一百二，杨太太挣三十五，凑起来才一百五十五！

可是生命只是经验，好坏的结果都是死。经验与追求是真的，是一切。想到这个，他们几乎愿意把身份降得极低，假如这样能满足目前的需要与理想。

他们谁也没有首先发难的勇气，可是明知道他们失去勇气便失去生命。生命被个留声机给憋闷回去，那未免太可笑，太可怜了。他们宁可以将来挨饿，也受不住目前的心灵的饥荒。他们必得给冬天一些音乐。谁也不发言，但是都留神报纸上的小广告，万一有贱卖的留声机呢，万一有按月偿还的呢……向来他们没觉到过报纸是这么重要，应当费这么多的心去细看。凡是费过一番心的必得到酬报，杨太太看见了：明华公司的留声机是可以按月付钱，八个月还清。她不能再沉默着，可也无须说话。她把这段广告用红铅笔勾起来，放在丈夫的书桌上。他不会看不见这个。

他看见了，对她一笑，她回了一笑。在寒风雪地之中忽然开了朵花！

留声机拿到了，可惜片子少一点，只买了三片，都是西洋的名乐。片子是要用现钱买的，他们只好暂时听这三片，等慢慢的逐月增多。他们想象着，在一年的工夫，他们至少可以有四五十片名贵的音乐与歌唱。他们可以学着唱，可以随着跳舞，可以闭目静听那感动心灵的大乐，他们的快乐是无穷的。

对于机器，对于那三张片子，他们像对于一个刚抱来的小猫那样爱惜。杨太太预备下绸子手绢，专去擦片子。那个机器发着欣喜的光辉，每张片子中间有个鲜红的圆光，像黑夜里忽然出了太阳。他们听着，看着，抚摸着，从各项感官中传进来欣悦，使他们更天真了，像一对八九岁的小儿女。

在一个星期里，他们把三张片子已经背下来；似乎已经没有再使片子旋转的必要。而且也想到了，如若再使它们旋转，大概邻居们也会暗中耻笑，假如不高声的咒骂。而时间呢，并不为这个而着急，离下月还有三个多星期呢。为等到下月初买新片，而使这三个多星期成块白纸，买了话匣和没买有什么分别呢？马上去再买新片是不敢想的，这个月的下半已经很难过去了。

看着那个机器，他们有点说不出的后悔。他们虽然退一步的想，那个玩艺也可以当作一件摆设看，但究竟不是办法。把它送回去损失一个月的钱与那三张片子，是个办法，可是怎好意思呢！谁能拉下长脸把它送回去呢？他们俩没这个勇气。他们俩连讨论这个事都不敢，因为买来时的欣喜是那么高，怎好意思承认一对聪明的夫妇会陷到这种难堪中呢；青年是不肯认错，更不肯认自己呆蠢的。他们相对愣着，几乎不敢再瞧那个机器；那是他们自己创造出来的一块心病。

原载 1935 年 4 月《文饭小品》第三期

丁

海上的空气太硬，丁坐在沙上，脚指还被小的浪花吻着，疲乏了的阿波罗——是的，有点希腊的风味，男女老幼都赤着背，可惜胸部——自己的，还有许多别人的——窄些；不完全裸体也是个缺欠“中国希腊”，窄胸喘不过气儿来的阿波罗！

无论如何，中国总算是有了进步。丁——中国的阿波罗——把头慢慢的放在湿软的沙上，很懒，脑子还清楚、有美、有思想。闭上眼，刚才看见的许多女神重现在脑中，有了进步！那个像高中没毕业的女学生！她妈妈也许还裹着小脚。健康美，腿！进步！小脚下海，呕，国耻！

背上太潮。新的浴衣贴在身上，懒得起来，还是得起，海空气会立刻把背上吹干。太阳很厉害，虽然不十分热。得买黑眼镜——中山路药房里，圆的，椭圆的，放在阿司匹灵的匣子上。眼圈发干，海水里有盐，多喝两口海水，吃饭时可以不用吃咸菜；不行，喝了海水会疯的，据说：喝满了肚，啊，报上——什么地方都有《民报》；是不是一个公司的？——不是登着，二十二岁的少年淹死；喝满了肚皮，危险，海绿色的死！

炮台，一片绿，看不见炮，绿得诗样的美；是的，杀人时是红的，闲着便是绿的，像口痰。捶了胸口一拳，肺太窄，是不是肺病？没的事。帆船怪好看，找个女郎，就这么都穿着浴衣，坐一只小帆船，飘，飘，飘到岛的那边去；那个岛，像蓝纸上的一个苍蝇；比拟得太脏一

《丁》是一篇不像小说的小说，是一篇“非老舍式的”老舍小说。它颠覆了我们对传统小说的认识，颠覆了我们对老舍小说的定见。

这是一篇意识流小说，一篇准意识流小说。那么老舍怎么能写出这样的小说？早在英国时期，老舍就曾大量阅读西方早期现代派文学作品，其中包括带有意识流小说特征的心理小说。他对亨利·詹姆斯等人是很熟悉的，对弗洛伊德的精神分析心理学也不陌生。老舍后来在谈到自己的短篇小说创作时，特别提及他自己在创作短篇小说时，喜欢做一些新的探索、新的实验，《丁》就是这样一篇探索实验之作。

些！坐着小船，摸着……浪漫！不，还是上崂山，有洋式的饭店。洋式的，什么都是洋式的，中国有了进步！

一对美国水兵搂着两个妓女在海岸上跳。背后走过一个妇人，哪国的？腿有大殿的柱子那样粗。一群男孩子用土埋起一个小女孩，只剩了头，“别！别！”尖声的叫。海哗啦了几下，音乐，呕，茶舞。哼，美国水兵浮远了。跳板上正有人往下跳，远远的，先伸平了胳臂，像十字架上的耶稣；溅起水花，那里必定很深，救生船。啊，哪个胖子是有道理的，脖子上套着太平圈，像条大绿蟒。青岛大概没有毒蛇？印度。一位赤脚而没穿浴衣的在水边上走，把香烟头扔在沙上，丁看小说对主人公的心理展示打破了外部事件的逻辑性，其心理是无意识的、非理性的，是飘忽不定的，而那正是现代主义的，其中含有现代人对人的新发现与新认识。

该小说提醒我们，应该重视老舍与现代主义思潮、与现代主义文学的复杂关系，仅仅从批判现实主义的视角去解读老舍及其作品是不全面的。同时，也应该重视老舍与青岛的关系，与青岛的历史人文风貌和自然地理景观的关系。」

了看铁篮——果皮零碎，掷入篮内。中国没进步多少！

“哈喽，丁，”从海里爬出个人鱼。

妓女拉着水兵也下了水，传染，应当禁止。

“孙！”丁露出白牙；看看两臂，很黑；黑脸白牙，体面不了；浪漫？

胖妇人下了海，居然也能浮着，力学，力学，怎么来着？呕，一入社会，把书本都忘了！过来一群学生，一个个黑得像鬼，骨头把浴衣支得净是棱角。海水浴，太阳浴，可是吃的不够，营养不足，一口海水，准死，问题！早晚两顿窝窝头，练习跑万米！

“怎着，丁？”孙的头发一绺一绺的流着水。

“来歇歇，不要太努力，空气硬，海水硬！”丁还想着身体问题；中国人应当练太极拳，真的。

走了一拨儿人，大概是一家子：四五个小孩，都提着小铁筒；四十多岁的一个妇人，改组脚，踵印在沙上特别深；两位姑娘，孙的眼睛跟着她们；一位五十多的男子，披着绣龙的浴袍。退职的军官！

岛那边起了一片黑云，炮台更绿了。

海里一起一浮，人头，太平圈，水沫，肩膀，尖尖的呼叫；黄头发的是西洋人，还看得出男女来。都动，心里都跳得快一些，不知成全了多少情侣，崂山，小船，饭店；相看好了，浑身上下，巡警查旅馆，没关系。

孙有情人。丁主张独身，说不定遇见理想的女郎也会结婚的。不，独身好，小孩子可怕。一百五，自己够了；租房子，买家具，雇老妈，生小孩，绝不够。性欲问题。解决这个问题，不必结婚。社会，封建思想，难！向哪个女的问一声也得要钻石戒指！

“孙，昨晚上你哪儿去了？”想着性欲问题。

“秉烛夜游，良有以也。”孙坐在丁旁边。退职的军官和家小已经不见了。

丁笑了，孙荒唐鬼，也挣一百五！还有情人。

不，孙不荒唐。凡事揩油；住招待所，白住；跟人家要跳舞票；白坐公众汽车，火车免票；海水浴不花钱，空气是大家的；一碗粥，二十锅贴，连小帐一角五；一角五，一百五，他够花的，不荒唐，狡猾！

“丁，你的照像匣呢？”

“没带着。”

“明天用，上崂山，坐军舰去。”孙把脚埋在沙子里。

水兵上来了，臂上的刺花更蓝了一些，妓女的腿上有些灰瘢，像些苔痕。

胖妇人的脸红得像太阳，腿有许多许多肉摺，刚捆好的肘子。

又走了好几群人，太阳斜了下去，走了一只海船，拉着点白线，金红的烟筒。

“孙，你什么时候回去？还有三天的假，处长可厉害！”

“我，黄鹤一去不复返，来到青岛，住在青岛，死于青岛，三岛主义，不想回去！”

那个家伙像刘，不是。失望！他乡遇故知。刘，幼年的同学，快乐的时期，一块跑得像对儿野兔。中学，开始顾虑，专门学校，算术不及格，毕了业。一百五，独身主义，不革命，爱国，中国有进步。水灾，跳舞赈灾，孙白得两张票；同女的一块去，一定！

“李处长？”孙想起来了：“给我擦屁股，不要！告诉你，弄个阔女的，有了一切！你，我，专门学校毕业，花多少本钱？有姑娘的不给咱们给谁？咱们白要个姑娘么？你明白。中国能有希望，只要我们舒舒服服的替国家繁殖，造人。要饭的花子讲究有七八个，张公道，三十五，六子有靠；干什么？增加土匪，洋车夫。我们，我们不应当不对社会负责任，得多来儿女，舒舒服服的连丈人带夫人共值五十万，等于航空奖券的特奖！明白？”

“该走喽。”丁立起来。

“败败！估败！”孙坐着摇摇手，太阳光照亮他的指甲。“明天这儿见！估拉克！”

丁望了望，海中人已不多，剩下零散的人头，与救生船上的红旗，一块上下摆动，胖妇人，水兵，妓女，都不见了。音乐，远处有人吹着口琴。他去换衣服，噗一嗄一嘟嘟！马路上的汽车接连不断。

出来，眼角上撩到一个顶红的嘴圈，上边一鼓一鼓的动，口香糖。过去了。腿，整个的黄脊背，高底鞋，脚踵圆亮得像个新下的鸡蛋。几个女学生唧唧的笑着，过去了。他提着湿的浴衣，顺着海滨公园走。大叶的洋梧桐摇着金黄的阳光，松把金黄的斜日吸到树干上；黄石，湿硬，看着白的浪花。

一百五。过去的渺茫，前游……海，山，岛，黄湿硬白浪的石头，白浪。美，美是一片空虚。事业，建设，中国的牌楼，洋房。跑过一条杂种的狗。中国有进步。肚中有点饿，黄花鱼，大虾，中国渔业失败，老孙是天才，国亡以后，他会白吃黄花鱼的。到哪里去吃晚饭？寂寞！水手拉着妓女，退职军官有妻子，老孙有爱人。丁只有一身湿的浴衣。皮肤黑了也是成绩。回到公事房去，必须回去，青岛不给我一百五。公事房，烟，纸，笔，闲谈，闹意见。共计一百五十元，扣所得税二元五角，支票一百四十七元五角，邮政储金二十五元零一分。

把湿浴衣放在黄石上，他看着海，大自然的神秘。海阔天空，从袋中掏出漆盒，只剩了一支“小粉”包，没有洋火！海空气太硬，胸窄一点，把漆盒和看家的那支烟放回袋里。手插在腰间，望着海，山，远帆，中国的阿波罗！

…………

原载 1935 年 9 月 1 日《青岛民报·避暑录话》第八期

沈二哥加了薪水

四十来岁，扁脸，细眉，冬夏常青的笑着，就是沈二哥。走路非常慎重，左脚迈出，右脚得想一会儿才敢跟上去。因此左肩有些探出。在左肩左脚都伸出去，而右脚正思索着的时节，很可以给他照张像，姿态有如什么大人物刚下飞机的样子。

自幼儿沈二哥就想作大人物，到如今可是还没信儿作成。因为要作大人物，就很谨慎，成人以后谁也晓得他老于世故。可是老于世故并不是怎样的惊天动地。他觉得受着压迫，很悲观。处处他用着心思，事事他想得周到，步法永远一丝不乱，可也没走到哪儿去。他不明白。总是受着压迫，他想；不然的话……他要由细腻而丰富，谁知道越细心越往小里抽，像个盘中的橘子，一天比一天缩小。他感到了空虚，而莫名其妙。

只有一点安慰——他没碰过多少钉子，凡事他都要“想想看”，唯恐碰在钉子上。他躲开了许多钉子，可是也躲开了伟大；安慰改成了失望。四十来岁的了，他还没飞起来过一次。躲开一些钉子，真的，可是嘴按在沙窝上，不疼，怪憋得慌。

对家里的人，他算尽到了心。可是他们都欺侮他。太太又要件蓝自由呢的夹袍。他照例的想想看，不说行，也不说不行。他得想想看：论岁数，她也三十五六了，穿哪门子自由呢？论需要，她不是有两三件夹袍了吗？论体面，似乎应当先给儿女们做新衣裳，论……他想出无数的理由，可是不便对她直说。想想看最保险。

老舍是个幽默的人，一个幽默的人，看人看生活看得很深，可是在说出他的"看"时，他不"虎事儿"，不装模作样，不自居掌握了某种真理，他的小说只表达"小说的"思考，这思考因为是"小说的"，所以，超越了理念，超越了众见与定见而直抵生命的真相。

《沈二哥加了薪水》就是这样一篇小说，小说写得短而有力，简而有深度。从加薪事件，发掘出沈二哥生命的二元性，完成了生命的自觉与自省。在"想想看"中，生命呈现出一种"抽抽"状态，一种委顿状态。沈夫人的一句刁蛮的痛骂，震醒了沈二哥生命中的另一个自我，从而完成了自我生命的内部革命，可是，当司长问："沈二哥，假若在四川，或是青海，有个事情，需要两个硬人，咱俩可以一同去，你去不去？"他依然是遵守习惯的命令："想想看。"

"想想看，老想想看，"沈二嫂挂了气："想他妈的蛋！你一辈子可想出来什么了?!"

沈二哥的细眉拧起来，太太没这样厉害过，野蛮过。他不便还口，老夫老妻的，别打破了脸。太太会后悔的，一定。他管束着自己，等她后悔。

可是一两天了，他老没忘了她的话，一时一刻也没忘。时时刻刻那两句话刺着他的心。他似乎已忘了那是她说的，他已忘了太太的厉害与野蛮。那好像是一个启示，一个提醒，一个向生命的总攻击。“一辈子可想出什么来了？老想想看！想他妈的蛋!”在往日，太太要是发脾气，他只认为那是一种压迫——他越细心，越周到，越智慧，他们大家越欺侮他。这一回可不是这样了。这不是压迫，不是闹脾气，而是什么一种摇动，像一阵狂风要把老老实实的一棵树连根拔起来，连根！他仿佛忽然明白过来：生命的所以空虚，都因为想他妈的蛋。他得干点什么，要干就干，再没有想想看。

是的，马上给她买自由呢，没有想想看。生命是要流出来的，不能罐里养王八。不能！三角五一尺，自由呢。买，没有想想看，连价钱也不还，买就是买。

刮着小西北风，斜阳中的少数黄叶金子似的。风刮在扁脸上，凉，痛快。秋也有它的光荣。沈二哥夹着那卷儿自由呢，几乎是随便的走，歪着肩膀，两脚谁也不等着谁，一溜歪斜的走。没有想想看，碰着人也活该。这是点劲儿。先叫老婆赏识赏识，三角五一尺，自由呢，连价也没还，劲儿！沈二哥的平腮挂出了红色，心里发热。生命应该是热的，他想，他痛快。

“给你，自由呢!”连多少钱一尺也不便说，丈夫气。

“你这个人，”太太笑着，一种轻慢的笑，“不问问我就买，真，我昨天已经买下了。得，来个双份。有钱是怎着?!”

“那你可不告诉我?!”沈二哥还不肯后悔，只是乘机会给太太两句硬的：“双份也没关系，买了就是买了!”

“哟，瞧这股子劲!”太太几乎要佩服丈夫一下。“吃了横人肉了？不告诉你喽，哪一回想想看不是个蔫溜儿屁?!”太太决定不佩服他一下了。

沈二哥没再言语，心中叫上了劲。快四十了，不能再抽抽。英雄伟人必须有个劲儿，没有前思，没有后想，对！

第二天上衙门，走得很快。遇上熟人，大概的一点头，向着树，还是向着电线杆子，都没关系。使他们惊异，正好。

衙门里同事的有三个加了薪。沈二哥决定去见长官，没有想想看。沈二哥在衙门里多年了，哪一件事，经他的手，没出过错。加薪没他的事？可以！他挺起身来，自己觉得高了一块，去见司长。

“司长，我要求加薪。”没有想想看，要什么就说什么。这是到伟大之路。

“沈先生，”司长对老人儿挺和气，“坐，坐。”

没有想想看，沈二哥坐在司长的对面，脸上红着。

“要加薪？”司长笑了笑，“老人儿了，应当的，不过，我想想看。”

“没有想想看，司长，说句痛快的！”沈二哥的心几乎炸了，声音发颤，一辈子没说过这样的话。

司长愣了，手下没有一个人敢这样说话，特别是沈二哥；沈二哥一定有点毛病，也许是喝了两盅酒，“沈先生，我不能马上回答你；这么办，晚上你到我家里，咱们谈一谈？”

沈二哥心中打了鼓，几乎说出“想想看”来。他管住了嘴：“晚上见，司长。”他退出屋。什么意思呢？什么意思呢？管它呢，已经就是已经。看司长的神气，也许……不管！该死反正活不了。不过，真要是……沈二哥的脸慢慢白了，嘴唇自己动着。他得去喝盅酒，酒是英雄们的玩艺儿。可是他没去喝酒，他没那个习惯。

他决定到司长家里去。一定没什么错儿；要是真得罪了司长，还往家中邀他么？说不定还许有点好处，“硬”的结果；人是得硬，哪怕偶尔一次呢。他不再怕，也不告诉太太，他一声不出的去见司长，得到好处再告诉她，得叫她看一手两手的。沈二哥几乎是高了兴。

司长真等着他呢。很客气，并且管他叫沈二哥：“你比我资格老，我们背地里都叫你沈二哥，坐，坐！”

沈二哥感激司长，想起自己的过错，不该和司长要脾气。“司长，对不起，我那么无礼。”沈二哥交待了这几句，心里合了辙。他就是这么说话的时候觉得自然，合身份。“自己一定是疯了，跟司长翻脸。”

他心里说。他一点也不硬了，规规矩矩的坐着，眼睛看着自己的膝。“司长叫我干什么?”

“没事，谈一谈。”

“是。”沈二哥的声音低而好听，自己听着都入耳。说完了，似乎随着来了个声音：“你抽抽”，他也觉出来自己是一点一点往里缩呢。可是他不能改，特别是在司长面前。司长比他大的多，他得承认自己是“小不点”。况且司长这样客气呢，能给脸不兜着么?

“你在衙门里有十年了吧?”司长问，很亲热的。

“十多年了，”沈二哥不敢多带感情，可是不由的有点骄傲，生命并没白白过去，十多年了，老有差事作，稳当，熟习，没碰过钉子。“还愿往下作?”司长笑了。

沈二哥回答不出，觉得身子直往里抽抽。他的心疼了一下。还愿往下作?是的。但是，这么下去能成个人物么?他真不敢问自己，舌头木住了，全是空的，全是。

“你看，今天你找我去……我明白……你是这样，我何尝不是这样。”司长思索了会儿。“咱们差不多。没有想想看，你说的，对了。咱们都坏在想想看上。不是活着，是凑合。你打动了我。咱们都有这种时候，不过很少敢像你这么直说出来的。咱们把心放在手上捧着。越活越抽抽。”司长的眼中露出真的情感。

沈二哥的嘴中冒了水。“司长，对！咱们，我，一天一天的思索，只是为‘躲’，像苍蝇。对谁，对任何事，想想看。精明，不吃亏。其实，其实……”他再找不到话，嗓子中堵住了点什么。

“几时咱们才能不想想看呢?”司长叹息着。

“几时才能不想想看呢?”沈二哥重了一句，作为回答。

“说真的，当你说想想看的时候，你想什么?”

“我?”沈二哥要落泪：“我只想把自己放在有垫子的地方，不碰屁股。可也有时候，什么也不想，只是一种习惯，一种习惯。当我一说小说深刻地揭示出，每个人身上都存活着两个或多个自我，深层自我是一个由传统和众人的合力压缩而成的心理空间，它形成了自我的无意识，它的力量是僵固的，任何小小的个人生命暴动都会被它抑死在萌芽中。

小说结尾，将个体心理学提升到民族文化心理学的高度，由沈二哥的“想想看”延伸到对民族文化传统的省思与批判，文化批判带有了现代心理学的深度，显示出老舍小说的独特魅力，令人叫绝！」

那三个字，我就觉得自己小了一些。可是我还得说，像小麻雀听见声儿必飞一下似的。我自己小起来，同时我管这种不舒服叫作压迫。我疑心。事事是和我顶着牛。我抓不到什么，只求别沉下去，像不会水的落在河里。我——”

“像个没病而怕要生病的，”司长接了过去。“什么事都先从坏里想，老微笑着从反面解释人家的好话真话。”他停了一会儿。“可是，不用多讲过去的了，现在我们怎办呢？”

“怎办呢？”沈二哥随着问，心里发空。“我们得有劲儿，我认为？”

“今天你在衙门里总算有了劲儿，”司长又笑了笑，“但是，假如不是遇上我，你的劲儿有什么结果呢？我明天要是对部长有劲儿一回，又怎样呢？”

“事情大概就吹了！”

“沈二哥，假若在四川，或是青海，有个事情，需要两个硬人，咱俩可以一同去，你去不去？”

“我想想看，”沈二哥不由的说出来了。

司长哈哈的笑起来，可是他很快的止住了：“沈二哥，别脸红！我也得这么说，假如你问我的话。咱们完了。人家托咱们捎封信，带点东西，咱们都得想想看。惯了。头裹在被子里咱们才睡得香呢。沈二哥，明天我替你办加薪。”

“谢”堵住了沈二哥的喉。

原载 1934 年 11 月《现代》第六卷第一期

新爱弥耳

虽然我的爱弥耳活到八岁零四个月十二天就死了，我并不怀疑我的教育方法有什么重大的错误；小小的疏忽或者是免不了的，可是由大体上说，我的试验是基于十分妥当的原理上。即使他的死是由于某一个小疏忽，那正是试验工作所应有的；科学的精神不怕错误，而怕不努力改正错误。设若我将来有个“新爱弥耳第二”，我相信必能完全成功，因为我已有了经验，知道避免什么和更注意什么。那么，我的爱弥耳虽不幸死去，我并不伤心；反之，我却更高兴的等待着我将来的成功。在这种培养儿童的工作上，我们用不着动什么感情。

可惜我很忙，不能把我的经验完全写下来；我只能粗枝大叶的写下一点，等以后有工夫再作那详细的报告。不过，我确信这一点点纪录也满可以使世人永不再提起卢梭那部著作了。

爱弥耳生下来的时候是体重六磅半，不太大，也不太小，正合适。刚一出世，他就哭了。我马上教训了他一番：朋友！闭上你的嘴！生命就是奋斗，战争；哭便是示弱，你当然知道这个；那么，这第一次的也就是，我命令你，第末次的毛病！他又呀呀了几声，就不再哭了。从此以后直到他死，他永没再哭出声来过；我的勇敢的爱弥耳！（请原谅我的伤感！）

过了三天，我便把他从母亲怀中救出来，由我负一切的教养责任。多么有教育与本事的母亲也不可靠，既是母亲——大学教育系毕业的正如一字不识的愚妇——就有母亲的恶天性；人类的退化应归罪于全世界的母亲。每逢我看见一个少妇抱着肥胖的小孩，我就想到圣母与圣婴。即使那少妇是个社会主义者，那小娃娃将来至多也不过成个基给大家的印象是，老舍并不是擅长思想的一位作家，这大概是一种误解，他只是一般不在自己的小说中直陈其思而已。

小说《新爱弥耳》是对卢梭小说《爱弥儿》的戏仿，是一篇有思想的教育小说、寓言小说。法国杰出的启蒙思想家卢梭有本小说叫《爱弥儿》，写于1757年，出版后，轰动法国和西欧一些资产阶级国家，影响巨大。书中，卢梭通过对他所假设的教育对象爱弥儿的教育，意在反对封建教育制度，阐述自己的资产阶级教育思想。卢梭的教育思想是从他的自然人性观出发的。他认为，人生来是自由、平等的；在自然状态下，人人都享受着这一天赋的权利，只是在人类进入文明状态之后，才出现人与人之间的不平等、特权和奴役现象，从而使人失掉了自己的本性。为了改变这种不合理状况，他主张对儿童进行适应自然发展过程的“自然教育”，以培养资产阶级理性王国的“新人”。

督教社会主义者，也许成为个只有长须而不抵抗的托尔司太。我不能教爱弥耳在母乳旁乞求生命，乖乖宝宝的被女人吻着玩着，像个小肥哈巴狗。我要他成为战士，有钢板硬的腮与心，永远把吻他的人的臭嘴碰得生疼。

我断了他的奶。母乳变成的血使人软如豆腐，使男人富于女性。爱弥耳既是男的，就得有男儿气。牛奶也不能吃，为是避免“牛乳教如果说，卢梭的《爱弥儿》意在表达自己教育思想的话，那么，老舍的《新爱弥耳》则重在表达自己对某种教育方式的批判，对某种社会思潮的批判。作为一生崇拜但丁、孜孜追求“灵的文学”的基督徒的老舍，对激进革命是持批判态度的，虽然这其中有对革命的某些误解，小说《猫城记》中的一些片段即是明证。根据河南大学文学院刘涛先生新近发现的老舍轶文，1932年9月18日，老舍曾经在一所教会学校发表过一场演讲，题为《以善胜恶》。其中对世界发展的纯物质取向进行了严厉的批判，他认为，俄国只抓住物质而丢失了精神，人只能成为机械运转的机器，人的生活失去了艺术、失去了情感。他反问，这样的生活“是完全人生么？”人类“如若想过上述的那种生活，非以机器造人不行”。

育”。代替奶的最好的东西当然是面包，所以爱弥耳在生下的第四天就开始吃面包了；他将来必定会明白什么是面包问题与为什么应为面包而战。我知道面包的养分不及母乳与牛乳的丰富，可是我一点也不可怜爱弥耳的时时喊饿；饿是革命的原动力，他必须懂得饿，然后才知道什么是反抗。每当他饿的时候，我就详细的给他讲述反抗的方法与策略；面包在我手中拿着，我说什么他都得静静的听着；到了我看见他头上已有虚汗，我才把面包给他，以免他昏过去。每逢看见面包，他的眼睛是那么发光，使我不能不满意，他的确是明白了面包的价值。当他刚学会几句简单言语的时候，他已会嚷“我要面包!”嚷得是那样我以为，小说中的“我”正是这样一架造人的“机器”，老舍通过小说批判了某些激进的革命者预约的未来社会的偏执景观，以造人运动的失败（新爱弥耳只活到八岁零四个月十二天就死了），惊醒世人：“聪明人，自以为得到物质已足，而不知人生是整个的是全体的。”

老舍的人性理想是物质与精神、现实与诗意、肉与灵和谐发展的完整存在，任何一面的缺失都是不健康的、病态的。

动心与激烈，简直和革命首领的喊口号一个味儿了。

因为他时常饿得慌，所以免不了的就偷一些东西吃，我并不禁止他。反之，我却惩罚他，设若他偷的不得法，或是偷了东西而轻易的承认。我下毒手打他，假如他轻易承认过错。我要养成他的狡猾。每一个战士都须像一个狐狸。为正义而战的革命者都得顶狡猾，以最卑鄙的手段完成最大的工作。可惜，爱弥耳有时候把这个弄错，而只为自己的口腹对我要坏心路。可是，这实在是因为他年纪太小，还不完全明白我所讲说的。假若他能活到十五岁——不用再往多了说——我想他一定能够更伟大，绝对不会只为自己的利益而狡猾的。行为是应以所要完成的事业分善恶的，腐朽的道德观念使人成为废物，行为越好便越没出息。我的爱弥耳的行动已经有了明日之文化的基本训练，可惜他死得那么早，以至于他的行动不能完全证明出他的目的，那远大的目的。

爱弥耳到满了三岁的时候，不但小孩子们不喜欢跟他在一块儿玩耍，就是成人们也没有疼爱他的。这是我最得意的一点。自从他一学说话起，我就用尽了力量，教给他最正确的言语，决不许他知道一个字而不完全了解它的意义，也决不给他任何足以引起幻想的字。所以，他知道多少话就是知道了多少事，没有一点折扣，也没有一点虚无缥缈的地方。比如说吧，教给他说“月”，我就把月的一切都详细的告诉他：月的大小，月的年龄，它当初怎么形成的，和将来怎样碎裂……这都是些事实。与事实相反的都除外：月就是月；“月亮”，还有什么“月亮爷”，都不准入爱弥耳的耳朵。谁都知道月的光得自日，那么“月亮”就不通；“月亮爷”就越发胡闹了。我不能教我的爱弥耳把那个死静的月称作“爷”。至于月中有个大兔，什么嫦娥奔月等等的胡言谵语，更一点儿也不能教他知道。传说和神话是野蛮时代的玩艺儿；爱弥耳是预备创造明日之文化的，他必得说人话。是的，我也给他说故事，但不是嫦娥奔月那一类的。我给他说秦始皇，汉武帝，亚力山大，拿破仑等人的事，而尽我所能的把这些所谓的英雄形容成非常平凡的人，而且不必是平凡的好人。爱弥耳在三岁时就明白拿破仑的得志只是仗着一些机会。他不但因此而正确的明白了历史，他的地理知识也足以惊人。在我给他讲史事的时候，随时指给他各国的地图。我们也有时候讲说植物或昆虫，可是决没有青蛙娶亲，以荷叶作轿那种惑乱人心的胡扯；我们讲到青蛙，就马上捉来一只，细细的解剖开，由我来说明青蛙的构造。这样，不但他正确的明白了青蛙，而且因用小刀剖开它，也就减除了那些虚伪的爱物心。将来的人是不许有伤感的。就是对于爱弥耳自己身上的一切，我也是这样照实的给他说明。在他五岁的时候，他已有了不少的性的知识。他知道他是母亲生的，不是由树上落下来的。他晓得他的生殖器是作什么用的，正如他明白他的嘴是干什么的。五岁的爱弥耳，我敢说，实在比普通的十八九岁的大孩子还多知多懂。

可是，正因为他知道的多，知道的正确，人们可就不大喜爱他了。自然，这不是他的过错。小孩子们不能跟他玩耍，因为他明白，而他们糊涂。比如一群男女小孩在那儿“点果子名”玩，他便也不待约请而蹲在他们之中，可是及至首领叫：“我的石榴轻轻慢慢的过来打三下，”他——假若他是被派为石榴——一动也不动，让大家干着急。“人不能是石榴，石榴是植物!”是他的反抗。大家当然只好教他请出了。啊！理智的胜利，与哲人的苦难！中古世纪的愚人们常常把哲人烧死，称之为魔术师，拍花子的等等。我的爱弥耳也逃不了这个灾厄呀！那些孩子所说的所玩的以“假装”为中心，假装你是姑娘，假装你是小兔，爱弥耳根本不敢假装，因为怕我责罚他。我并不反对艺术，爱弥耳设若能成个文学家，我决不会阻止他。不过，我可不能任着他成个说梦话的，一天到晚闹幻想的文学家。想象是文学因素之一，这已是前几世纪的话了。人类的进步就是对实事的认识增多了的意思；而文学始终没能在这个责任上有什么帮助。爱弥耳能成个文学家与否，我还不晓得，不过假若他能成的话，他必须不再信任想象。在我的教育程序中，从一开头儿我就不准他想象。一就是一，二就是二，假若爱弥耳把一当作二，我宁可杀了他！是的，他失掉了小朋友们，有时候显着寂苦，但这有什么关系呢，“朋友”根本是布尔乔亚的一个名词，那么爱弥耳自幼没朋友就正好。

小孩们不愿意和他玩，他们的父母也讨厌他。这是当然的，因为设若爱弥耳的世界一旦来到，这群只会教儿女们“假装”这个，“假装”那个的废物们都该一律灭绝。他们不许他们的儿女跟爱弥耳玩，因为爱弥耳太没规矩。第一样使他们以为他没规矩的就是他永远不称呼他们大叔二婶，而直接的叫“秃子的妈”，或“李顺的爸”；遇上没儿没女的中年人，他便叫“李二的妻”，或“李二”。这不是最正确的么？然而他们不爱听。他们教给孩子们见人就叫“大爷”，仿佛人们都没有姓名似的。他们只懂得教子女去谄媚，去服从——称呼人家为叔为伯就是得听叔伯的话的意思。爱弥耳是个“人”，他无须听从别人的话。他不是奴隶。没规矩，活该！第二样惹他们不喜欢而叫他野孩子的，是因为他的爽直。在我的教导监护下，而爱弥耳要是会谦恭与客气，那不是证明我的教育完全没用么？他的爽直是因为他心里充实。我敢说，他的心智与爱好在许多的地方上比成人还高明。凡是一切假的，骗人的东西，他都不能欣赏。比如变戏法，练武卖艺的一般他看见，他当时就会说，这都是假的。即使卖艺的拿着真刀真枪，他也能知道他们只是瞎比划，而不真杀真砍。他自生下来至死，没有过一件玩物：娃娃是假的，小刀枪假的，小汽车假的；我不给他假东西。他要玩，我教他用锤子砸石头，或是拿簸箕搬煤，在游戏中老与实物相接触，在玩耍中老有实在的用处。况且他也没有什么工夫去玩耍，因为我时时在教导他，训练他；我不许他知道小孩子是应该玩耍的，我告诉他工作劳动是最高的责任。因此，他不能不常得罪人。看见邻居王大的老婆脸上擦着粉，马上他会告诉她，那是白粉呀，脸原来不白呀。看见王二的女儿戴着纸花，他同样的指出来，你的花不香呀，纸作的，哼！他有成人们的知识，而没有成人们的客气，所以他的话像个故意讨人厌的老头子的。这自然是必不可免的，而且也是我所希望的。我真爱他小大人似的皱皱着鼻子，把成人们顶得一愣一愣的。人们骂他“出窝老”，哪里知道这正是我的骄傲啊。

因为所得的知识不同，所以感情也就不同。感情是知识的汁液，仿佛是。爱弥耳的知识既然那么正确实在，他自自然然的不会有虚浮的感情。他爱一切有用的东西，有用的东西，对于他，也就是美的。一般人的美的观念几乎全是人云亦云，所以谁也说不出到底美是什么。好像美就等于虚幻。爱弥耳就不然了，他看得出自行车的美，而决不假装疯魔的说：“这晚霞多么好看呀!”可是，他又因此而常常得罪人了，因为他不肯随着人们说：这玫瑰美呀，或这位小姐面似桃花呀。他晓得桃子好吃，不管桃花美不美；至于面似桃花，还是面似蒲公英，就更没大关系了。

对于美是如此，在别的感情上他也自然与众不同。他简直的不大会笑。我以为人类最没出息的地方便是嬉皮笑脸的笑，而大家偏偏爱给孩子们说笑话听，以至养成孩子们爱听笑话的恶习惯。算算看吧，有媚笑，有冷笑，有无聊的笑，有自傲的笑，有假笑，有狂笑，有敷衍的笑；可是，谁能说清楚了什么是真笑？大概根本就没有所谓真笑这么回事吧？那么，为什么人们还要笑呢？笑的文艺，笑的故事，只是无聊，只是把郑重的事与该哭的事变成轻微稀松，好去敷衍。假若人类要想不再退化，第一要停止笑。所以我不准爱弥耳笑，也永不给他说任何招笑的故事。笑是最贱的麻醉，会郑重思想的人应当永远咬着牙，不应以笑张开嘴。爱弥耳不会笑，而且看别人笑非常的讨厌。他既不哭，也不笑，他才真是铁石作的人，未来的人，永远不会错用感情的人，别人爱他与否有什么要紧，爱弥耳是爱弥耳就完了。

到了他六岁的时候，我开始给他抽象的名词了，如正义，如革命，如斗争等等。这些自然较比的难懂一些，可是教育本是一种渐进的习染，自幼儿听惯了什么，就会在将来明白过来，我把这些重要深刻的思想先吹送到他的心里，占据住他的心，久后必定会慢慢发芽，像把种子埋在土里一样，不管种子的皮壳是多么硬，日子多了就会裂开。我给他解说完了某一名词，就设法使他应用在日常言语中；并不怕他用错了。即使他把“吃饭”叫作“革命”，也好，因为他至少是会说了这么两个字。即使他极不逻辑的把一些抽象名词和事实联在一处，也好，因为这只是思想还未成熟，可是在另一方面足以见出他的勇敢的精神。好比说，他因厌恶邻家的二秃子而喊“打倒二秃子就是救世界”，好的。纵使二秃子的价值没有这么高，可是爱弥耳到底有打倒他的勇气，与救世界的精神。说真的，在革命的行为与思想上，精神实在胜于逻辑。我真喜欢听爱弥耳的说话，才六七岁他就会四个字一句的说一大片悦耳的话，精炼整齐如同标语，爱弥耳说："我们革命，打倒打倒，牺牲到底，走狗们呀，流血如河，淹死你们……"有了他以前由言语得来的正确知识，加上这自六岁起培养成的正确意识，我敢说这是个绝大的成功。这是一种把孩子的肉全剥掉，血全吸出来，而给他根本改造的办法。他不会哭笑，像机器一样的等待作他所应作的事。只有这样，我以为，才能造就出一个将来的战士。这样的战士应当自幼儿便把快乐牺牲净尽，把人性连根儿拔去。除了这样，打算由教育而改善人类才真是作梦。

在他八岁那年，我开始给他讲政治原理。他很爱听，而且记住了许多政治学的名词。可惜，不久他就病了。可是我决没想到他会一病不起。以前他也害过病，我总是一方面给他药吃，一方面继续教他工作。小孩子是娇惯不得的，有点小病就马上将就他，放纵他，他会吃惯了甜头而动不动的就装病玩。我不上这个当。病了也要工作，他自然晓得装着玩是没好处的。这回他的病确是不轻，我停止了他的工作，可是还用历史与革命理论代替故事给他解闷，药也吃了不少。谁知道他就这么死了呢！到现在想起来，我大概是疏忽了他的牙齿。他的牙还没都换完，容或在槽牙那边儿有了什么大毛病，而我只顾了给他药吃，忘了细细检查他的牙。不然的话，我想无论如何他也不会死。所以当他呼吸停止了的时候，我简直不能相信那能是真事！我的爱弥耳！

我没工夫细说他的一切；想到他的死，我也不愿再说了！我一点不怀疑我的教育原理与方法，不过我到底不能完全控制住自己的感情，我的弱点！可是爱弥耳那孩子也是太可爱了！这点伤心可不就是灰心，我到底因爱弥耳而得了许多经验，我应当高高兴兴的继续我的研究与试验；我确信我能在第二个爱弥耳身上完成我的伟大计划。

原载1936年7月《文学》第七卷第一号

裕兴池里

戴水晶墨镜的那个，我看出来，是尤二爷。

他们一共有五六个人，可不是一块儿来的。尤二爷和那个胡子是最先到的。尤二爷的脸真白。他知道自己的脸白，一会儿用手摸摸，一会儿摘下墨镜向镜子里扫一眼。他不是唱花旦的——他不会唱花旦的那种特别的笑法——可是有点儿像。他们都穿着丝袜子，虽然那个胡子至少也有五十多岁了；尤二爷看看吗，也就是三十四五的样儿。

裕兴池的伙计跟他们很熟：他俩的姓、住址、电话号码、吸什么牌的烟，龙井还是香片，他们都知道。他俩一进来，伙计好像忽然多出来几个；一向我不晓得裕兴池有这么多干活的。拿烟的拿烟，沏茶的沏茶，递手巾把的就是两个，打电话的打电话。他俩知道这些伙计小名儿，伙计也欢迎他们这样叫着。

烟茶来齐，电话还叫着，尤二爷把墨镜摘了放在桌上。叼着极细极长的烟嘴，话随着烟从嘴角钻出来："五哥，我不在乎那几个钱；输了赢了的还算回事?！不在乎钱；牌品，我说的是牌品！早知道有他，我就不耍！"

五哥——那个胡子——已把丝袜子脱了，串着指缝："没什么，赶明儿再凑一局，还约上他，圆过这个场；这么搁着也不像是回事，也没什么。"

"咱不在乎那几块子钱；哎，子元！"

子元进来了，穿着洋服，四十来岁，胖胖的，鼻子上满是笑纹；

老舍说短篇小说“最需要技巧，它差不多是仗着技巧成为独立的一个题材”，他认为作家“非有极好的天才与极丰富的经验不能做到”。自谦自己的“才力不长于写短篇”，因此“短篇非要见好，非拼命去作不可”。他在短篇小说中进行着各种各样的实验，一些好的短篇小说就是他拼命的结果。

《裕兴池里》这篇小说中，人物只是几个晃动的面影，它以地道的京腔，描绘了街面上的混混儿、地痞在澡堂子中的丑陋嘴脸。没有正面出场的马科长，透露出官场的腐败堕落。集幽默、讽刺、生动于一炉，对白的大量运用，使小说呈现出浓郁的戏剧性，显示出老舍杰出的文学语言功力。」

立好了向五哥和尤二爷鞠躬：“晚来一步！都有茶了？”

五哥赶紧停止串脚缝，用“原来当”的手递烟，子元双手云接：“喽，喽，”鼻子上的笑纹过了眼睛，上了脑门。

“子元哥，”尤二爷拍着自己的木床，“这儿！昨天的那个碴儿……”

“就是。”

“我不在乎那点钱，讲的是牌品。”

“就是。”

“子元，”五哥串了下儿满意的，偷偷闻了闻：“得给他们圆上这个碴儿，老这么搁着也不像回事儿。”

“就是，五哥，那谁——”

“六条的电话叫来没有，小四儿?”五哥问。

“那谁——”

“叫不通。”

“先叫马科长那里!”

“那谁——”子元忘了下句，“可不是。”

“不在乎，”

“子元，”

尤二爷和五哥说到了一块。尤二爷嚷了：“五哥?”

“我刚要说这个，赶明儿咱们得圆上这个碴儿，别。”

“五爷，电话!”

“马，马!”五哥忙着喝了口茶，忙着把烟头扔在地上，忙着又点上一支，一手提着裤衩，忙着慢慢的走了。

“子元哥，常玩，还能在乎几块子钱?你昨天没加入，可是总该看见了：他那是怎么打呢?!我告诉你，子元哥，气得我一夜没睡好。”

“就是，五哥说得好，圆上这个碴儿。”

“咱不在乎那几——”

“得圆上，”

“子元，”五哥叫，“马科长跟你说话。”

“哟，你们二位，失陪，马科长电话，”子元向刚进来的两位立正鞠躬。

“子元，马科长，”

“是的，五哥。”

“华亭，孟康?”尤二爷拍着木床，“这边!我说，昨个那一场，一夜没睡，我!不在乎那几块钱；牌品，牌——”

“五哥!!”华亭和孟康一齐立起来叫。

“坐!我说，咱们得给他们圆上昨天那个碴，这么搁着不像回事。”五哥坐下，手伸到裤衩里抓着。

“当然!!”华亭的声儿粗，孟康的声儿细，一齐这么说，合着音。

华亭是个一篓油，脸上湿漉漉的有层灰，像落上土的炒花生米；穿的很讲究，右手食指上戴着个半斤多重的金戒指；进来就脱衣裳，大模大样的展览肚子。孟康是个细高挑儿，长脖小脑袋，脸上发绿，眼上有两青圈，像个给唱鼓书的弹弦子的，腰带上系着长杆烟袋。

“五哥说得有理，”华亭高声的说，嗓子里带着点痰，“得圆上这一场。常在一块儿玩!”

“常在一块儿玩，”孟康的眼神不足，可是非常努力的转眼珠。“五哥对了，得圆上这个碴!”

“马科长，刚打来电话，说，今晚上都到他那儿去，再凑凑，也约上‘他’；二爷——”

“就是，”子元回来：“科长说晚上都到他那儿去，”

“子元，听我的；我本来约大伙儿到我那儿去；既然马科长这么说，莫若今个先吃他，明天是我的。”

“我都好办，有吃儿就行，”华亭哈哈的笑起来，拉着痰丝。

“五哥，”尤二爷叫，脸上微微红了些：“我可是交待明白了，我可不为那几块钱；他太不够朋友!”

全不言语了。华亭用热手巾擦脸上的油灰，孟康转着眼珠扒袜子，子元的笑纹由鼻子上慢慢往下溜，咧着点嘴。五哥叫：“小四！李二闲着哪吗？刮脸!”

“叫李二，五爷叫!”小四的嗓子非常的尖。

“叫曹五修脚，修完再洗，疼的钻心!”孟康的袜子还没扒下来呢。

“我洗池子，”华亭知道非洗池子不能退油。

“五爷，那边刮吧!”小四嚷。

李二也赶过来：“五爷，那边刮吧!”

“曹五那小子呢?”孟康没有好气的问。

“就来，他在楼下作活呢，就来!”小四的尖嗓设法带出顶甜的音调。

五爷走了。子元笑着跟了过去，“我也刮刮。”

我看出了神，也跟去刮脸。

怪不得“五哥”单找李二呢，我还没看见过理发匠有这么和气的——不愿说他下贱。好像“五哥”的脸是电镀的，李二给他抹胰子都怕伤了脸皮。

“子元，晚上你去?”

“稍晚一点，去总得去。”子元扭过头去笑，挤瘪了许多胰子泡。

“二爷，”五哥放低了声，“二爷的话——”

“就是，”子元紧跟着嗽了一声。

孟康来了。“五哥，二爷今天是——”

子元又嗽了声。

尤二爷也跟来了。

“二爷也刮刮?”李二笑的把牙全露出来：“我叫张顺去?”

“不用，我不刮。”尤二爷摸了摸自己的白脸，立在五哥的旁边，叼着细长的烟嘴。

“我刚这儿跟他们说，二爷，”五哥的声音使大家都听到。李二登时停住了刀子，笑着等五爷说完。“前儿个我上冯三爷那里去凑。这个老家伙；他六十了，比我大四岁；当着两姨太太，他跟我说，你猜什么?”五哥自己先笑了笑，李二陪着。“五爷，他说，你当我叫她们闲着呢?饶不了她们；不信，你问问她俩！哎呀，招得两位姨太太都不好意思了，这个老家伙！也别说，倒是真棒，真棒!”

“我要是能那么棒，多抖!”孟康的长脖子缓慢的俯仰了两下。

“孟康你也不弱，别看不胖！坐下二十四圈，你比谁弱?”五哥问。李二又停了刀子，笑得好像浑身都直痒痒。

“就是，”子元完全承认这是事实。

孟康对镜子照了照，用力睁眼，青眼圈确是小了些，笑了一下。

尤二爷的脸还红着点，眼睛来回扫着大家；极慢的往外喷着烟。“五哥，晚上我去不去呢？”

“怎好意思不去呢；本来是我的请，吃马科长还不是一样？反正是咱们这伙人。”

“我先洗去了，”孟康说，“曹五这小子大概是死了！”

“洗完再修也好，”尤二爷赶着说，很和气，有点无聊。

“你问子元，”五哥说：“我是不是先约的马科长，子元？”

“是，五哥，”子元的头立起来，用刮过的半边脸代表着全体的笑意。

“我先约的他，他说他已经预备了；不去不大好意思，是不是？”

“不是，”尤二爷心中似乎有点发乱，“我倒不是别扭；昨个，咱们不在乎那点钱！”

“当然，”子元的头又立起来：“我其实还有事；不去可不好意思！我得晚一点，也晚不了多少！”

尤二爷点了几下头，脸上透着思想很深沉，走过子元这边来。

“二爷不刮刮？”子元问。

“洗完再说。”尤二爷搭讪着走出去。

“子元，”

“五哥，”

谁也没说什么。

我先刮完，可是舍不得走，掏掏耳朵吧。

掏净一个耳朵，他们都完了。

他俩走出理发室去，曹五拿着家伙包儿走进来。

“曹五，人家找你半天了！”李二很不满意的样儿说。

“又是那群王八兔子贼呀？”曹五往我这么看了一眼，看我是生人，他放大了胆：“×他们归了包堆的奶奶！”

我多给了一毛的小账；要是曹五给我刮了脸，或是修了脚，我至少得给一块。骂得真脆！要是有人把这群玩艺儿都煮巴煮巴当狗肉卖，我一定都买来，倒在河里去请王八们开开斋。

原载 1935 年 1 月《东方杂志》第三十二卷第一号

邻居们

明太太的心眼很多。她给明先生已生了儿养了女，她也烫着头发，虽然已经快四十岁；可是她究竟得一天到晚悬着心。她知道自己有个大缺点，不认识字。为补救这个缺欠，她得使碎了心；对于儿女，对于丈夫，她无微不至的看护着。对于儿女，她放纵着，不敢责罚管教他们。她知道自己的地位还不如儿女高，在她的丈夫眼前，他不敢对他们发威。她是他们的妈妈，只因为他们有那个爸爸。她不能不多留个心眼，她的丈夫是一切，她不能打骂丈夫的儿女。她晓得丈夫要是恼了，满可以用最难堪的手段待她；明先生可以随便再娶一个，她一点办法也没有。

她爱疑心，对于凡是有字的东西，她都不放心。字里藏着一些她猜不透的秘密。因此，她恨那些识字的太太们，小姐们。可是，回过头来一想，她的丈夫，她的儿女，并不比那些读书识字的太太们更坏，她又不能不承认自己的聪明，自己的造化，与自己的身份。她不许别人说她的儿女不好，或爱淘气。儿女不好便是间接的说妈妈不好，她不能受这个。她一切听从丈夫，其次就是听从儿女；此外，她比一切人都高明。对邻居，对仆人，她时时刻刻想表示出她的尊严。孩子们和别家的儿女打架，她是可以破出命的加入战争；叫别人知道她的厉害，她是明太太，她的霸道是反射出丈夫的威严，像月亮那样的使人想起太阳的光荣。

她恨仆人们，因为他们看不起她。他们并非不口口声声的叫她明

《邻居们》，从日常邻里碎屑争斗揭示人性之幽暗，小作品，大手笔！老舍是一位善于观察、揣摩人心的高手，是一位人性探索者与心理侦探家，他把这些观察与揣摩熔铸到一篇篇力作之中，树起一面面镜子，使读者从中照出自己的影像。

太太，而是他们有时候露出那么点神气来，使她觉得他们心里是说："脱了你那件袍子，咱们都是一样；也许你更胡涂。"越是在明太太详密的计画好了事情的时候，他们越爱露这种神气。这使她恨不能吃了他们。她常辞退仆人，她只能这么吐一口恶气。

明先生对太太是专制的，可是对她放纵儿女，和邻居吵闹，辞退仆人这些事，他给她一些自由。他以为在这些方面，太太是为明家露脸。他是个勤恳而自傲的人。在心里，他真看不起太太，可是不许别人轻看她；她无论怎样，到底是他的夫人。他不能再娶，因为他是在个笃信宗教而很发财的外国人手下作事；离婚或再娶都足以打破他的饭碗。既得将就着这位夫人，他就不许有人轻看她。他可以打她，别人可不许斜看她一眼。他既不能真爱她，所以不能不溺爱他的儿女。他的什么都得高过别人，自己的儿女就更无须乎说了。

明先生的头抬得很高。他对得起夫人，疼爱儿女，有赚钱的职业，没一点嗜好，他看自己好像看一位圣人那样可钦仰。他求不着别人，所以用不着客气。白天他去工作，晚上回家和儿女们玩耍；他永远不看书，因为书籍不能供给他什么，他已经知道了一切。看见邻居要向他点头，他转过脸去。他没有国家，没有社会。可是他有个理想，就

《邻居们》里有明争也有暗斗，在明先生与明太太之间，在明家与杨家之间，这些表面的争斗背后都潜伏着深深的人性暗河。明太太恨杨太太，因为杨太太是个教书的，自己“不识字”，所以恨字、恨杨老婆；明先生恨杨家，恨的是杨先生穷酸而有个“很好看”的太太，他“希望看看杨太太的字迹”。在外国人手下做事的明先生，“在生命里好像有些不受自己支配管辖的东西”，这个东西就是他心中的“黑点”“不受自己管辖”，即潜意识和无意识，小说有现代精神分析的影子，但是，老舍绝不是演绎什么心理学理论，他的写作全来自对人、对心的省察。

是他怎样多积蓄一些钱，使自己安稳独立像座小山似的。

可是，他究竟还有点不满意。他嘱告自己应当满意，但在生命里好像有些不受自己支配管辖的东西。这点东西不能被别的物件代替了。他清清楚楚的看见自己身里有个黑点，像水晶里包着的一个小物件。除了这个黑点，他自信，并且自傲，他是遍体透明，无可指摘的。可是他没法去掉它，它长在他的心里。

他知道太太晓得这个黑点。明太太所以爱多心，也正因为这个黑点。她设尽方法，想把它除掉，可是她知道它越长越大。她会从丈夫的笑容与眼神里看出这黑点的大小，她可不敢动手去摸，那是太阳的黑点，不定多么热呢。那些热力终久会叫别人承受，她怕，她得想方法。

明先生的小孩偷了邻居的葡萄。界墙很矮，孩子们不断的过去偷花草。邻居是对姓杨的小夫妇，向来也没说过什么，虽然他们很爱花草。明先生和明太太都不奖励孩子去偷东西，可是既然偷了来，也不便再说他们不对。况且花草又不同别的东西，摘下几朵并没什么了不得。在他们夫妇想，假如孩子们偷几朵花，而邻居找上门来不答应，那简直是不知好歹。杨氏夫妇没有找来，明太太更进一步的想，这必是杨家怕姓明的，所以不敢找来。明先生是早就知道杨家怕他。并非杨家小两口怎样明白的表示了惧意，而是明先生以为人人应当怕他，他是永远抬着头走路的人。还有呢，杨家夫妇都是教书的，明先生看不起这路人。他总以为教书的人是穷酸，没出息的。尤其叫他恨恶杨先生的是杨太太很好看。他看不起教书的，可是女教书的——设若长得够样儿——多少得另眼看待一点。杨穷酸居然有这够样的太太，比起他自己的要好上十几倍，他不能不恨。反过来一想，挺俊俏的女人而嫁个教书的，或者是缺个心眼，所以他本不打算恨杨太太，可是不能不恨。明太太也看出这么一点来——丈夫的眼睛时常往矮墙那边溜。因此，孩子们偷杨家老婆的花与葡萄是对的，是对杨老婆的一种惩罚。她早算计好了，自要那个老婆敢出一声，她预备着厉害的呢。

杨先生是最新式的中国人，处处要用礼貌表示出自己所受过的教育。对于明家孩子偷花草，他始终不愿说什么，他似乎想到明家夫妇要是受过教育的，自然会自动的过来道歉。强迫人家来道歉未免太使人难堪。可是明家始终没自动的过来道歉。杨先生还不敢动气，明家可以无礼，杨先生是要保持住自己的尊严的。及至孩子们偷去葡萄，杨先生却有点受不住了，倒不为那点东西，而是可惜自己花费的那些工夫；种了三年，这是第一次结果；只结了三四小团儿，都被孩子们摘了走。杨太太决定找明太太去报告。可是杨先生，虽然很愿意太太去，却拦住了她。他的讲礼貌与教师的身份胜过了怒气。杨太太不以为然，这是该当去的，而且是抱着客客气气的态度去，并且不想吵嘴打架。杨先生怕太太想他太软弱了，不便于坚决的拦阻。于是明太太与杨太太见了面。

杨太太很客气：“明太太吧？我姓杨。”

明太太准知道杨太太是干什么来的，而且从心里头厌恶她：“啊，我早知道。”

杨太太所受的教育使她红了脸，而想不出再说什么。可是她必须说点什么。“没什么，小孩们，没多大关系，拿了点葡萄。”

“是吗？”明太太的音调是音乐的：“小孩们都爱葡萄，好玩。我并不许他们吃，拿着玩。”

“我们的葡萄，”杨太太的脸渐渐白起来，“不容易，三年才结果！”

“我说的也是你们的葡萄呀，酸的；我只许他们拿着玩。你们的葡萄泄气，才结那么一点！”

“小孩呀，”杨太太想起教育的理论，“都淘气。不过，杨先生和我都爱花草。”

“明先生和我也爱花草。”

“假如你们的花草被别人家的孩子偷去呢？”

“谁敢呢？”

“你们的孩子偷了别人家的呢？”

“偷了你们的，是不是？你们顶好搬家呀，别在这儿住哇。我们的孩子就是爱拿葡萄玩。”

杨太太没法再说什么了，嘴唇哆嗦着回了家。见了丈夫，她几乎要哭。

杨先生劝了她半天。虽然他觉得明太太不对，可是他不想有什么动作，他觉得明太太野蛮；跟个野蛮人打吵子是有失身份的。但是杨太太不答应，他必得给她去报仇。他想了半天，想起来明先生是不能也这样野蛮的，跟明先生交涉好了。可是还不便于当面交涉，写封信吧，客客气气的写封信，并不提明太太与妻子那一场，也不提明家孩子的淘气，只求明先生嘱咐孩子们不要再来糟蹋花草。这像个受过教育的人，他觉得。他也想到什么，近邻之谊……无任感激……至为欣幸……等等好听的词句。还想象到明先生见了信，受了感动，亲自来道歉……他很满意的写成了一封并不十分短的信，叫老妈子送过去。

明太太把邻居窝回去，非常的得意。她久想窝个像杨太太那样的女人，而杨太太给了她这机会。她想象着杨太太回家去应当怎样对丈夫讲说，而后杨氏夫妇怎样一齐的醒悟过来他们的错误——即使孩子偷葡萄是不对的，可是也得看谁家的孩子呀。明家孩子偷葡萄是不应当抱怨的。这样，杨家夫妇便完全怕了明家；明太太不能不高兴。

杨家的女仆送来了信。明太太的心眼是多的。不用说，这是杨老婆写给明先生的，把她“刷”了下来。她恨杨老婆，恨字，更恨会写字的杨老婆。她决定不收那封信。

杨家的女仆把信拿了走，明太太还不放心，万一等先生回来而他们再把这信送回来呢！虽然她明知道丈夫是爱孩子的，可是那封信是杨老婆写来的；丈夫也许看在杨老婆的面上而跟自己闹一场，甚至于挨顿揍也是可能的。丈夫设若揍她一顿给杨老婆听，那可不好消化！为别的事挨揍还可以，为杨老婆……她得预备好了，等丈夫回来，先垫下底儿——说杨家为点酸葡萄而来闹了一大阵，还说要给他写信要求道歉。丈夫听了这个，必定也可以不收杨老婆的信，而胜利完全是她自己的。

她等着明先生，编好了所要说的话语，设法把丈夫常爱用的字眼都加进去。明先生回来了。明太太的话很有力量的打动了他爱子女的热情。他是可以原谅杨太太的，假若她没说孩子们不好。他既然是看不起他的孩子，便没有可原谅的了，而且勾上他的厌恶来——她嫁给那么个穷教书的，一定不是什么好东西。赶到明太太报告杨家要来信要求道歉，他更从心里觉得讨厌了；他讨厌这种没事儿就动笔的穷酸们。在洋人手下作事，他晓得签字与用打字机打的契约是有用的；他想不到穷教书的人们写信有什么用。是的，杨家再把信送来，他决定不收。他心中那个黑点使他希望看看杨太太的字迹；字是讨厌的，可是看谁写的。明太太早防备到这里，她说那封信是杨先生写的。明先生没那么大工夫去看杨先生的臭信。他相信中国顶大的官儿写的信，也不如洋人签个字有用。

明太太派孩子到门口去等着，杨家送信来不收。她自己也没闲着，时时向杨家那边望一望。她得意自己的成功，没话找话，甚至于向丈夫建议，把杨家住的房买过来。明先生虽然知道手中没有买房的富余，可是答应着，因为这个建议听着有劲，过瘾，无论那所房是杨家的，还是杨家租住的，明家要买，它就得出卖，没有问题。明先生爱听孩子们说"赶明儿咱们买那个"。"买"是最大胜利。他想买房，买地，买汽车，买金物件……每一想到买，他便觉到自己的伟大。

杨先生不主张再把那封信送回去，虽然他以为明家不收他的信是故意污辱他。他甚至于想到和明先生在街上打一通儿架，可是只能这么想想，他的身份不允许他动野蛮的。他只能告诉太太，明家都是混蛋，不便和混蛋们开仗；这给他一些安慰。杨太太虽然不出气，可也想不起好方法；她开始觉得作个文明人是吃亏的事，而对丈夫发了许多悲观的议论，这些议论使他消了不少的气。

夫妇们正这样碎叨唠着出气，老妈子拿进一封信来。杨先生接过一看，门牌写对了，可是给明先生的。他忽然想到扣下这封信，可是马上觉得那不是好人应干的事。他告诉老妈子把信送到邻家去。

明太太早在那儿埋伏着呢。看见老妈子往这边来了，唯恐孩子们还不可靠，她自己出了马。"拿回去吧，我们不看这个！"

"给明先生的！"老妈子说。

"是呀，我们先生没那么大工夫看你们的信！"明太太非常的坚决。

"是送错了的，不是我们的！"老妈子把信递过去。

“送错了的?”明太太翻了翻眼，马上有了主意：“叫你们先生给收着吧。当是我看不出来呢，不用打算诈我!”啪的一声，门关上了。

老妈子把信拿回来，杨先生倒为了难：他不愿亲自再去送一趟，也不肯打开看看；同时，他觉得明先生也是个混蛋——他知道明先生已经回来了，而是与明太太站在一条战线上。怎么处置这封信呢？私藏别人的信件是不光明的。想来想去，他决定给外加一个信封，改上门牌号数，第二天早上扔在邮筒里；他还得赔上二分邮票，他倒笑了。

第二天早晨，夫妇忙着去上学，忘了那封信。已经到了学校，杨先生才想起来，可是不能再回家去取。好在呢，他想，那只是一封平信，大概没有什么重要的事，迟发一天也没多大关系。

下学回来，懒得出去，把那封信可是放在书籍一块，预备第二天早上必能发出去。这样安排好，刚要吃饭，他听见明家闹起来了。明先生是高傲的人，不愿意高声的打太太，可是被打的明太太并不这样讲体面，她一劲儿的哭喊，孩子们也没敢闲着。杨先生听着，听不出怎回事来，可是忽然想起那封信，也许那是封重要的信。因为没得到这封信，而明先生误了事，所以回家打太太。这么一想，他非常的不安。他想打开信看看，又没那个勇气。不看，又怪憋闷得慌，他连晚饭也没吃好。

饭后，杨家的老妈子遇见了明家的老妈子。主人们结仇并不碍于仆人们交往。明家的老妈子走漏了消息：明先生打太太是为一封信，要紧的信。杨家的老妈回家来报告，杨先生连觉也睡不安了。所谓一封信者，他想必定就是他所存着的那一封信了。可是，既是要紧的信，为什么不挂号，而且马马虎虎写错了门牌呢？他想了半天，只能想到商人们对于文字的事是粗心的。这大概可以说明他为什么写错了门牌。又搭上明先生平日没有什么来往的信，所以邮差按着门牌送，而没注意姓名，甚至或者不记得有个明家。这样一想，使他觉出自己的优越，明先生只是个会抓几个钱的混蛋。明先生既是混蛋，杨先生很可以打开那封信看看了。私看别人的信是有罪的，可是明先生还会懂得这个？不过，万一明先生来索要呢？不妥。他把那封信拿起好几次，到底不敢拆开。同时，他也不想再寄给明先生了。既是要紧的信，在自己手中拿着是有用的。这不光明正大，但是谁叫明先生是混蛋呢，谁教他故意和杨家捣乱呢？混蛋应受惩罚。他想起那些葡萄来。他想着想着可就又变了主意，他第二天早晨还是把那封送错的信发出去。而且把自己寄的那封劝告明家管束孩子的信也发了；到底叫明混蛋看看读书的人是怎样的客气与和蔼；他不希望明先生悔过，只教他明白过来教书的人是君子就够了。

明先生命令着太太去索要那封信。他已经知道了信的内容，因为已经见着了写信的人。事情已经有了预备，可是那封信不应当存在杨小子手里。事情是这样：他和一个朋友借着外国人的光儿私运了一些货物，被那个笃信宗教而很发财的洋人晓得了；那封信是朋友的警告，叫他设法别招翻了洋人。明先生不怕杨家发表了那封信，他心中没有中国政府，也没看起中国的法律；私运货物即使被中国人知道了也没多大关系。他怕杨家把那封信寄给洋人，证明他私运货物。他想杨先生必是这种鬼鬼祟祟的人，必定偷看了他的信，而去弄坏他的事。他不能自己去讨要，假若和杨小子见着面，那必定得打起来，他从心里讨厌杨先生这种人。他老觉得姓杨的该挨顿揍。他派太太去要，因为太太不收那封信才惹起这一套，他得惩罚她。

明太太不肯去，这太难堪了。她愣愿意再挨丈夫一顿打也不肯到杨家去丢脸。她耗着，把丈夫耗走，又偷偷的看看杨家夫妇也上了学，她才打发老妈子向杨家的老妈子去说。

杨先生很得意的把两封信一齐发了。他想象着明先生看看那封客气的信必定悔悟过来，而佩服杨先生的人格与手笔。

明先生被洋人传了去，受了一顿审问。幸而他已经见着写错了门牌的那位朋友，心中有个底儿，没被洋人问秃露了。可是他还不放心小说以“野蛮”战胜“文明”作结，结合时局分析，似乎隐含着老舍对民族国家之间关系的隐喻：“文明”有时需用“野蛮”达成！」

那封信。最难堪的是那封信偏偏落在杨穷酸手里！他得想法子惩治姓杨的。

回到了家，明先生第一句话是问太太把那封信要回来没有。明太太的心眼是多的，告诉丈夫杨家不给那封信，这样她把错儿都从自己的肩膀上推下去，明先生的气不打一处而来，就凭个穷酸教书的敢跟明先生斗气。哼！他发了命令，叫孩子们跳过墙去，先把杨家的花草都踩坏，然后再说别的。孩子们高了兴，把能踩坏的花草一点也没留下。

孩子们远征回来，邮差送到下午四点多钟那拨儿信。明先生看完了两封信，心中说不出是难受还是痛快。那封写错了门牌的信使他痛快，因为他看明白了，杨先生确是没有拆开看；杨先生那封信使他难过，使他更讨厌那个穷酸，他觉得只有穷酸才能那样客气，客气得讨厌。冲这份讨厌也该把他的花草都踏平了。

杨先生在路上，心中满痛快：既然把那封信送回了原主，而且客气的劝告了邻居，这必能感动了明先生。

一进家门，他愣了，院中的花草好似垃圾箱忽然疯了，一院子满是破烂儿。他知道这是谁作的。可是怎办呢？他想要冷静的找主意，受过教育的人是不能凭着冲动作事的。但是他不能冷静，他的那点野蛮的血沸腾起来，他不能思索了。扯下了衣服，他捡起两三块半大的砖头，着墙向明家的窗子扔了去。哗啦哗啦的声音使他感到已经是惹下祸，可是心中痛快，他继续着扔；听着玻璃的碎裂。他心里痛快，他什么也不计较了，只觉得这么作痛快，舒服，光荣。他似乎忽然由文明人变成野蛮人，觉出自已的力量与胆气，像赤裸裸的洗澡时那样舒服，无拘无束的领略着一点新的生活味道。他觉得年轻，热烈，自由，勇敢。

把玻璃打的差不多了，他进屋去休息。他等着明先生来找他打架，他不怕，他狂吸着烟卷，仿佛打完一个胜仗的兵士似的。等了许久，明先生那边一点动静没有。

明先生不想过来，因为他觉得杨先生不那么讨厌了。看着破碎玻璃，他虽不高兴，可也不十分不舒服。他开始想到有嘱告孩子们不要再去偷花的必要，以前他无论怎样也想不到这里；那些碎玻璃使他想到了这个。想到了这个，他也想起杨太太来。想到她，他不能不恨杨先生；可是恨与讨厌，他现在觉出来，是不十分相同的。“恨”有那么一点佩服的气味在里头。

第二天是星期日，杨先生在院中收拾花草，明先生在屋里修补窗户。世界上仿佛很平安，人类似乎有了相互的了解。

原载1935年4月10日《水星》第二卷第一期

柳屯的

要计算我们村里的人们，在头几个手指上你总得数到夏家，不管你对这一家子的感情怎么样。夏家有三百来亩地，这就足以说明了一大些，即使承认我们的村子不算是很小。

夏老者在庚子年前就信教。要说他藉着信教去横行霸道，真是屈心的话；拿这个去得些小便宜，那倒有之。他的儿子夏廉也信教。

他们有三百来亩地，这倒比信教不信教还要紧；不过，他们父子决不肯抛弃了宗教，正如不肯舍割一两亩地。假如他们光信教而没有这些产业，大概偶尔到乡间巡视的洋牧师决不会特意的记住他们的姓名。事实上他们是有三百来亩地，而且信教，这便有了文章。

我说过了，他们不横行霸道；可是他们的心里颇有个数儿。要说为村里的公益事儿拿个块儿八毛的，夏家父子的钱袋好像天衣似的，没有缝儿。“我们信教，不开发这个。”信教的利益，这还是消极的，在这里等着你呢。全村里的人没有愿公然说他们父子刻薄的，可也没有人捧场夸奖他们厚道。他们不跳出圈去欺侮人，人们也不敢无故的找寻他们，彼此敬而远之。不过，有的时候，人们还非去找夏家父子不可；这可就没的可说了。周瑜打黄盖，愿打愿挨。“知道我们厉害呀，别找上门来！事情是事情！”他们父子虽不这么明说，可确是这么股子劲儿。无论买什么，他们总比别人少花点儿；但是现钱交易，一手递钱，一手交货，他们管这个叫作教友派儿。至于偶尔被人家捉了大头，就是说明了“概不退换”，也得退换；教友派儿在这种关节上

《柳屯的》，一个乡间泼妇用她的“泼”征服了夏家父子和村民，一幅中国社会滑稽而又悲凉的缩略图！夏家父子生活在他们的“茧”中，其人性的秘密不可能直接呈现，好在“我”再次充当“观察家”角色，且他懂得用“空白”勾起读者的好奇心，即他老是离开村子又适时回到村子。他为我们撕开了平静下面的心灵阴暗、剖开了诗意乡间的荒诞与悲苦！不长的篇幅还容纳了老舍所擅长的对世事无常的感慨。“我总以为人究竟不能胜过一切，谁也得有消化不了的东西。”结局是：“柳屯的”被捉！恶人遭报是由于“善”的顺利吗？不是！那是一系列的偶然的连环套！知事太太给知事下了命令，因为知事太太知道知事想“弄个‘人儿’”所以最恨小老婆。又是谁把“柳屯的”事告诉了知事太太？是在城里当看护的王姑娘。王姑娘怎么会认识知事太太？因为知事太太要生小孩。它绝不是一部普通意义上的“泼妇传”。 」

更露出些力量。没人敢惹他们，而他们又的确不是刺儿头——从远处看。找上门来挨刺，他们父子实在有些无形的硬翎儿。

要是由外表上看，他们离着精明还远得很呢。夏老者身上最出色的是一对罗圈腿。成天拐拉拐拉的出来进去，出来进去，好像失落了点东西，找了六十多年还没有找着。被罗圈腿闹得身量也显着特别的矮，虽然努力挺着胸口也不怎么尊严。头也不大，眉毛比胡子似乎还长，因此那几根胡子老像怪委屈的。红眼边；眼珠不是黄的，也不是黑的，更说不上是蓝的，就那么灰不拉的，瘪瘪着；看人的时候永远拿鼻子尖瞄准儿，小尖下巴颏也随着跷起来。夏廉比父亲体面些，个子也高些。长脸，笑的时候仿佛都不愿脸上的肉动一动。眼睛老望着远处，似乎心中永远有点什么问题。他最会发愣。父亲要像个小颠蒜，儿子就像个愣青辣椒。

我和夏廉小时候同过学。我不知道他们父子的志愿是什么，他们不和别人谈心，嘴能像实心的核桃那么严。可是我晓得他们的产业越来越多。我也晓得，凡是他们要干的，哪怕是经过三年五载，最后必达到目的。在我的记忆中，他们似乎没有失败过。他们会等：一回不行，再等；还不行，再等！坚忍战败了光阴，精明会抓住机会，往好里说，他们确是有可佩服的地方。很有几个人，因为看夏家这样一帆风顺，也信了教；他们以为夏家所信的神必是真灵验。这个想法的对不对是另一问题，夏家父子的成功是事实。

他们父子可并非没遇过困难，也并非不怕遇上困难，但是当患难临头，他们不惜力：父亲拐拉着腿，儿子板死了脸，干！过蝗虫，他们和蝗虫开仗；下腻虫，和腻虫宣战。方法好不好的，先干点什么再说。唱野台戏谢龙王或虫神，他们连一个小钱也不拿："我们信教，不开发这个。"

或者不仅是我一个人有时候这么想：他们父子是不是有朝一日也会失败呢？以我自己说，这不是出于忌妒，我并无意看他们的哈哈笑；这是一种好奇的推测。我总以为人究竟不能胜过一切，谁也得有消化不了的东西。拿人类全体说，我愿意，希望，咱们能战胜一切，就个人说，我不这么希望，也没有这种信仰。拿破仑碰了钉子，也该碰。

在思想上，我相信这个看法是不错的。不错，我是因看见夏家父子而想起这个来，但这并不是对他们的诅咒。

谁知道这竟自像诅咒呢！我不喜欢他们的为人，真的；可也没想到他们果然会失败。我并不是看见苍蝇落在胶上，便又可怜它了，不是；他们的失败实在太难堪了，太奇怪了；这件“事”使我的感情与理智分道而驰了。

前五年吧，我离开了家乡一些日子。等到回家的时候，我便听说许多关于——也不大利于——我的老同学的话。把这些话凑在一处，合成这么一句：夏廉在柳屯——离我们那里六里多地的一个小村子——弄了个“人儿”。

这种事要是搁在别人的身上，原来并没什么了不得的。夏廉，不行。第一，他是教友；打算弄人儿就得出教。据我们村里的人看，无论是在白莲教，耶稣教，自要一出教就得倒运。自然，夏廉要倒运，正是一些人所希望的，所以大家的耳朵都竖起来，心中也微微有点跳。至于以教会的观点看这件事的合理与否的，也有几位，可是他们的意见并没引起多大的注意——太带洋味儿。

第二，夏廉，夏廉！居然弄人儿！把信教不信教放在一边，单说这个“人”，他会弄人儿，太阳确是可以打西边出来了，也许就是明天早晨！

夏家已有三辈是独传。夏廉有三个女儿，一个儿子。这个儿子活到十岁上就死了。夏嫂身体很弱，不见得再能生养。三辈子独传，到这儿眼看要断根！这个事实是大家知道的，可是大家并不因此而使夏廉舒舒服服的弄人儿，他的人缘正站在“好”的反面儿。

“断根也不能动洋钱”，谁看见那个愣辣椒也得这么想，这自然也是大家所以这样惊异的原因。弄人儿，他？他！

还有呢，他要是讨个小老婆，为是生儿子，大家也不会这么见神见鬼的。他是在柳屯搭上了个娘们。“怪不得他老往远处看呢，柳屯！”大家笑着嘀咕，笑得好像都不愿费力气，只到嗓子那溜儿，把未完的那些意思交给眼睛挤咕出来。

除了夏廉自己明白他自己，别人都不过是瞎猜；他的嘴比蛤蜊还紧。可是比较的，我还算是他的熟人，自幼儿的同学。我不敢说是明白他，不过讲猜测的话，我或者能猜个八九不离十。拿他那点宗教说，大概除了他愿意偶尔有个洋牧师到家里坐一坐，和洋牧师喜欢教会里有几家基本教友，别无作用。他当义和拳或教友恐怕没有多少分别。上帝有一位还是有十位，对于他，完全没关系。牧师讲道他便听着，听完博爱他并不少占便宜。可是他愿作教友。他没有朋友，所以要有个地方去——教会正是个好地方。“你们不理我呀，我还不爱交接你们呢；我自有地方去，我是教友！”这好像明明的在他那长脸上写着呢。

他不能公然的娶小老婆，他不愿出教。可是没儿子又是了不得的事。他想偷偷的解决了这个问题。搭上个娘们，等到有了儿子再说。夏老者当然不反对，祖父盼孙子自有比父亲盼儿子还盼得厉害的。教会呢，洋牧师不时常来，而本村的牧师还不就是那么一回事。上帝本是洋人带过来的。反正没晴天大日头的用敞车往家里拉人，就不算是有意犯教规，大家闭闭眼，事情还有过不去的？

至于图省钱，那倒未必。搭人儿不见得比娶小省钱。为得儿子，他这一回总算下了决心，不能不咬咬牙。“教友”虽不是官衔，却自有作用，而儿子又是必不可少的，闭了眼啦，花点钱！

这是我的猜测，未免有点刻薄，我知道；但是不见得比别人的更刻薄。至于正确的程度，我相信我的是最优等。

在家没住了几天，我又到外边去了两个月。到年底下我回家来过年，夏家的事已发展到相当的地步：夏廉已经自动的脱离教会，那个柳屯的人儿已接到家里来。我真没想到这事儿会来得这么快。但是我无须打听，便能猜着：村里人的嘴要是都咬住一个地方，不过三天就能把长城咬塌了一大块。柳屯那位娘们一定是被大家给咬出来了，好像猎狗掘兔子窝似的，非扒到底儿不拉倒。他们死咬一口，教会便不肯再装聋卖傻，于是……这个，我猜对了。

可是，我还有不知道的。我遇见了夏老者。他的红眼边底下有些笑纹，这是不多见的。那几根怪委屈的胡子直微微的动，似乎是要和我谈一谈。我明白了：村里人们的嘴现在都咬着夏家，连夏老头子也有点撑不住了；他也想为自己辩护几句。我是刚由外边回来的，好像是个第三者，他正好和我诉诉委屈。好吧，蛤蜊张了嘴，不容易的事，我不便错过这个机会。

他的话是一派的夸奖那个娘们，他很巧妙的管她叫作“柳屯的”。这个老家伙有两下子，我心里说。他不为这件“事”辩护，而替她在村子里开道儿。村儿里的事一向是这样：有几个人向左看，哪忙是原来大家都脸朝右呢，便慢慢的能把大家都引到左边来。她既是来了，就得设法叫她算个数；这老头子给她砸地基呢。“柳屯的”，不卑不亢的，简直的有些诗味！

“太好了，‘柳屯的！’”他的红眼边忙着眨巴。“比大嫂强多了，真泼辣！能洗能作，见了人那份和气，公是公，婆是婆！多费一口子的粮食，可是咱们白用一个人呢！大嫂老有病，横草不动，竖草不拿；‘柳屯的’什么都拿得起来！所以我就对廉儿说了，”老头子抬着下巴颏看准了我的眼睛，我知道他是要给儿子掩饰了：“我就说了，廉儿呀，把她接来吧，咱们‘要’这么一把手！”说完，他向我眨巴眼，红眼边一劲的动，看看好像是孙猴子的父亲。他是等着我的意见呢。

“那就很好，”我只说了这么一句四面不靠边的。

“实在是神的意思！”他点头赞叹着。“你得来看看她；看见她，你就明白了。”

“好吧，大叔，明儿个去给你老拜年。”真的，我想看看这位柳屯的贤妇。

第二天我到夏家去拜年，看见了“柳屯的”。

她有多大岁数，我说不清，也许三十，也许三十五，也许四十。大概说她在四十五以下准保没错。我心里笑开了，好劲个“人儿”！高高的身量，长长的脸，脸上擦了一斤来的白粉，可是并不见得十分白；鬓角和眉毛都用墨刷得非常整齐：好像新砌的墙，白的地方还没全干，可是黑的地方真黑真齐。眼睛向外弩着，故意的慢慢眨巴眼皮，恐怕碰了眼珠似的。头上不少的黄发，也用墨刷过，可是刷得不十分成功；戴着朵红石榴花。一身新蓝洋缎棉袄棉裤，腋下搭拉着一块粉洋纱手绢。大红新鞋，至多也不过一尺来的长。

我简直的没话可说，心里头一劲儿的要笑，又有点堵得慌。

“柳屯的”倒有的说。她好像也和我同过学，有模有样的问我这个那个的。从她的话里我看出来，她对于我家和村里的事知道得很透彻。她的眼皮慢慢那么向我眨巴了几下，似乎已连我每天吃几个馍馍都看了去！她的嘴可是甜甘，一边张罗客人的茶水，一边儿说；一边儿说着，一边儿用眼角儿扫着家里的人；该叫什么的便先叫出来，而后说话，叫得都那么怪震心的。夏老者的红眼边上有点湿润，夏老太太——一个瘪嘴弯腰的小老太太——的眼睛随着“柳屯的”转；一声爸爸一声妈，大概给二位老者已叫迷糊了。夏廉没在家。我想看看夏大嫂去，因为听说她还病着。夏家二位老人似乎没什么表示，可是眼睛都瞧着“柳屯的”，像是跟她要主意；大概他们已承认：交际来往，规矩礼行这些事，他们没有“柳屯的”那样在行，所以得问她。她忙着就去开门，往西屋里让。陪着我走到窗前。便交待了声：“有人来了。”然后向我一笑，“屋里坐，我去看看水。”我独自进了西屋。

夏大嫂是全家里最老实可爱的人。她在炕上围着被子坐着呢。见了我，她似乎非常的喜欢。可是脸上还没笑利索，泪就落下来了：“牛儿叔！牛儿叔！”她叫了我两声。我们村里彼此称呼总是带着乳名的，孙子呼祖父也得挂上小名。她像是有许多的话，可是又不肯说，抹了抹泪，向窗外看了看，然后向屋外指了一下。我明白她的意思。

我问她的病状，她叹了口气：“活不长了；死了也不能放心！”那个娘们实在是夏嫂心里的一块病，我看出来。即使我承认夏嫂是免不掉忌妒，我也不能说她的忧虑是完全为自己，她是个最老实可爱的人。

我和她似乎都看出来点危险来，那个娘们！

由西屋出来，我遇上了“她”，在上房的檐下站着呢。很亲热的赶过来，让我再坐一坐，我笑了笑，没回答出什么来。我知道这一笑使我和她结下仇。这个娘们眼里有活，她看清这一笑的意思，况且我是刚从西屋出来。出了大门，我吐了口气，舒畅了许多；在她的面前，我也不怎么觉着别扭。我曾经作过一个恶梦，梦见一个母老虎，脸上擦着铅粉。这个“柳屯的”又勾起这个恶梦所给的不快之感。我讨厌这个娘们，虽然我对她并没有丝毫地位的道德的成见。只是讨厌她，那一对努出的眼睛！

年节过去，我又离开了故乡，到次年的灯节才回来。

似乎由我一进村口，我就听到一种嘍嘍喳喳的声音；在这声音当中包着的是“柳屯的”。我一进家门，大家急于报告的也是她。

在我定了定神之后，我记得已听见他们说：夏老头子的胡子已剩下很少，被“柳屯的”给扯去了多一半。夏老太太常给这个老婆跪着。夏大嫂已经分出去另过。夏廉的牙齿都被嘴巴搧了去……我怀疑我莫不是作梦呢！不是梦，因为我歇息了一会儿以后，他们继续的告诉我：“柳屯的”把夏家完全拿下去了。他们你一言我一语的争着说，我相信了这是真事，可是记不清他们说的都是什么了。

我一向不大信《醒世姻缘》中的故事；这个更离奇。我得亲眼去看看！眼见为真，不然我不能信这些话。

第二天，村里唱戏，早九点就开锣。我也随着家里的人去看热闹；其实我的眼睛专在找“她”。到了戏台的附近，台上已打了头通。台下的人已不少，除了本村的还有不少由外村来的。因为地势与户口的关系，戏班老是先在我们这里驻脚。二通锣鼓又响了，我一眼看见了“她”。她还是穿着新年的漂亮衣服，脸上可没有擦粉——不像一小块新砌的墙了，可是颇似一大扇棒子面的饼子。乡下的戏台搭得并不矮，她抓住了台沿，只一悠便上去了。上了台，她一直扑过文场去，“打住!”她喝了一声。锣鼓立刻停了。我以为她是要票一出什么呢。《送亲演礼》，或是《探亲家》，她演，准保合适，据我想。不是，我没猜对，她转过身来，两步就走到台边，向台下的人一挥手。她的眼弩得像一对小灯笼。说也奇怪，台下大众立刻鸦雀无声了。我的心凉了：在我离开家乡这一年的工夫，她已把全村治服了。她用的是什么方法，我还没去调查，但大家都不敢惹她确是真的。

“老街坊们!”她的眼珠弩得特别的厉害，台根底下立着的小孩们，被她吓哭了两三个。“老街坊们！我娘们先给你们学学夏老王八的样儿!”她的腿圈起来，眼睛拿鼻尖作准星，向上半仰着脸，在台上拐拉了两个圈。台下居然有人哈哈的笑起来。

走完了场，她又在台边站定，眼睛整扫了一圈，开始骂夏老王八。她的话，我没法记录下来，我脑中记得的那些字绝对不够用的。况且在事实上，夏老头儿并不那样老与生殖器有密切的关系，像她所形容的。她足足骂了三刻钟，一句跟着一句，流畅而又雄厚。设若不是她的嗓子有点不跟劲，大概骂个两三点钟是可以保险的。可奇的是大家听着!

她下了台，戏就开了，观众们高高兴兴的看戏，好像刚才那一幕，也是在程序之中的。我的脑子里转开了圈，这是啥事儿呢？本来不想听戏，我就离开戏台，到“地”里去溜达。

走出不远，迎面松儿大爷撅撅着胡子走来了。

“听戏去，松儿大爷？新喜，多多发财!”我作了个揖。

“多多发财!”老头子打量了我一番。“听戏去？这个年头的戏!”

“听不听不吃劲!”我迎合着说。老人都有这宗脾气，什么也是老年间的好；其实松儿大爷站在台底下，未必不听得把饭也忘了吃。

“看怎么不吃劲了!”老头儿点头咂嘴的说。

“松儿大爷，咱们爷儿俩找地方聊聊去，不比听戏强？城里头买来的烟卷!”我掏出盒“美丽”来，给了老头子一支。松儿大爷是村里的圣人，我这盒烟卷值金子，假如我想打听点有价值的消息；夏家的事，这会儿在我心中确是有些价值。怎会全村里就没有敢惹她的呢？这像块石头压着我的心。

把烟点着，松儿大爷带着响吸了两口，然后翻着眼想了想：“走吧，家里去！我有二百一包的，焖得酽酽的，咱们扯他半天，也不癞！”

随着松儿大爷到了家。除了松儿大娘，别人都听戏去了。给他们拜完了年，我就手也把大娘给撵出去：“大娘，听戏去，我们看家！”她把茶——真是二百一包的——给我们沏好，瘪着嘴听戏去了。

等松儿大爷审过了我——我挣多少钱，国家大事如何……我开始审他。

“松儿大爷，夏家的那个娘们是怎回事？”

老头子头上的筋跳起来，仿佛有谁猛孤丁的揍了他的嘴巴。“臭狗屎！提她？”拍的往地上唾了一口。

“可是没人敢惹她！”我用着激将法。

“新鞋不踩臭狗屎！”

我看出来村里有一部分人是不屑于理她，或者是因为不屑援助夏家父子。不踩臭狗屎的另一方面便是由着她的性反，所以我把“就没人敢出来管教管教她？”咽了回去，换上：“大概也有人以为她怪香的？”

“那还用说！一斗小米，二尺布，谁不向着她；夏家爷儿俩一辈子连个屁也不放在街上！”

这又对了，一部分人已经降服了她。她肯用一斗小米二尺布收买人，而夏家父子舍不得个屁。

“教会呢？”

“他爷们栽了，挂洋味的全不理他们了！”

他们父子的地位完了，这里大概含着这么点意思，我想：有的人或者宁自答理她，也不同情于他们；她是他们父子的惩罚；洋神仙保佑他们父子发了财，现在中国神仙借着她给弄个底儿掉！也许有人还相信她会呼风唤雨呢！

“夏家现在怎样了呢？”我问。

“怎么样？”松儿大爷一气灌完一大碗浓茶，用手背擦了擦胡子：“怎么样？我给他们算定了，出不去三四年，全完！咱这可不是血口喷人，盼着人家倒霉，大年灯节的！你看，夏大嫂分出去了，这是半年前的事了。那时候，柳屯这个娘们一天到晚挑唆：啊，没病装病，死吃一口，谁受得了？三个丫头，哪个不是赔钱货！夏老头子的心活了，给了大嫂三十亩地，让她带着三个女儿去住西小院那三间小南屋。由那天起，夏廉没到西院去过一次。他的大女儿是九月出的门子，他们全都过去吃了三天，可是一个子儿没给大嫂。夏廉和他那个爸爸觉得这是个便宜——白吃儿媳妇三天！”

“大嫂的娘家自然帮助她些了？”我问。

“那是自然；可有一层，他们都擦着黑儿来，不敢叫柳屯的娘们看见。她在西墙那边老预备着个梯子，一天不定往西院瞭望多少回。没关系的人去看夏大嫂，墙头上有整车的村话打下来；有点关系的人，那更好了，那个娘们拿刀在门口堵着！”松儿大爷又唾了一口。

“没人敢惹她？”

松儿大爷摇了摇头。“夏大嫂是虾蟆垫桌腿，死挨！”

“她死了，那个娘们好成为夏大嫂？”

“还用等她死了？现在谁敢不叫那个娘们‘大嫂’呢？‘二嫂’都不行！”

“松儿大爷你自己呢？”按说，我不应当这么挤兑这个老头子！

“我？”老头子似乎挂了劲，可是事实又叫他泄了气：“我不理她！”又似乎太泄气，所以补上：“多喒她找到我的头上来，叫她试试，她也得敢！我要跟夏老头子换换地方，你看她敢扯我的胡子不敢！

夏老头子是自找不自在。她给他们出坏道儿，怎么占点便宜，他们听她的；这就完了。既听了她的，她就是老爷了！你听着，还有呢：她和他们不是把夏大嫂收拾了吗？不到一个月，临到夏老两口子了。她把他们也赶出去了。老两口子分了五十亩地，去住场院外那两间牛棚。夏老头子可真急了，背起梢马子就要进城，告状去。他还没走出村儿去，她追了上来，一把扯回他来，左右开弓就是几个嘴巴子，跟着便把胡子扯下半边，临完给他下身两脚。夏老头子半个月没下地。现在，她住着上房，产业归她拿着，看吧！”

“她还能谋害夏廉？”我插进一句去。

“那，谁敢说怎样呢！反正有朝一日，夏家会连块土坯也落不下，不是都被她拿了去，就是因为她闹丢了。我不知道别的，我知道这家子要玩完！没见过这样的事，我快七十岁的人了！”

我们俩都半天没言语。后来还是我说了：“松儿大爷，他们老公母俩和夏大嫂不会联合起来跟她干吗？”

“那不就好了吗，我的傻大哥！”松儿大爷的眼睛挤出点不得已的笑意来。“那个老头子混蛋哪。她一面欺侮他，一面又教给他去欺侮夏大嫂。他不敢惹她，可是敢惹大嫂呢。她终年病病歪歪的，还不好欺侮。他要不是这样的人，怎能会落到这步田地？那个娘们算把他们爷俩的脉摸准了！夏廉也是这样呀，他以为父亲吃了亏，便是他自己的便宜。要不怎说没法办呢！”

“只苦了个老实的夏大嫂！”我低声的说。

“就苦了她！好人掉在狼窝里了！”

“我得看看夏大嫂去！”我好像是对自己说呢。

“乘早不必多那个事，我告诉你句好话！”他很“自己”的说。

“那个娘们敢卷我半句，我叫她滚着走！”我笑了笑。

松儿大爷想了会儿：“你叫她滚着走，又有什么好处呢？”

我没话可说。松儿大爷的哲理应当对“柳屯的”敢这样横行负一部分责任。同时，为个人计，这是我们村里最好的见解。谁也不去踩臭狗屎，可是狗屎便更臭起来；自然还有说它是香的人！

辞别了松儿大爷，我想看看大嫂去；我不能怕那个“柳屯的”，不管她怎么厉害——村里也许有人相信她会妖术邪法呢！但是，继而一想：假如我和她干起来，即使我大获全胜，对夏大嫂有什么好处呢？我是不常在家里的人；我离开家乡，她岂不因此而更加倍的欺侮夏大嫂？除非我有彻底的办法，还是不去为妙。

不久，我又出了外，也就把这件事忘了。

大概有三年我没回家，直到去年夏天才有机会回去休息一两个月。

到家那天，正赶上大雨之后。田中的玉米，高粱，谷子；村内外的树，都绿得不能再绿。连树影儿，墙根上，全是绿的。在都市中过了三年，乍到了这种静绿的地方，好像是入了梦境；空气太新鲜了，确是压得我发困。我强打着精神，不好意思去睡，跟家里的人闲扯开了。扯来扯去，自然而然的扯到了“她”。我马上不困了，可是同时也觉出乡村里并非是一首绿的诗。在大家的报告中，最有趣的是“她”现在正传教！我一听说，我想到了个理由：她是要把以前夏家父子那点地位恢复了来，可是放在她自己身上。不过，不管理由不理由吧，这件事太滑稽了。“柳屯的”传教？谁传不了教，单等着她！

据他们说，那是这么回事：村里来了一拨子教徒，有中国人，也有外国人。这群人是相信祷告足以治病，而一认罪便可以被赦免的。这群人与本地的教会无关，而且本地的教友也不参加他们的活动。可是他们闹腾得挺欢：偷青的张二愣，醉鬼刘四，盗嫂的冯二头，还有“柳屯的”，全认了罪。据来的那俩洋人看，这是最大的功成，已经把张二愣们的像片——对了，还有时常骂街的宋寡妇也认了罪，纯粹因为白得一张像片；洋人带来个照相机——寄到外国去。奇迹！

这群人走了之后，“柳屯的”率领着刘四一干人等继续宣传福音，每天太阳压山的时候在夏家的场院讲道。

我得听听去！

有蹲着的，有坐着的，有立着的，夏家的场院上有二三十个人。我一眼看见了我家的长工赵五。

“你干吗来了？”我问他。

赵五的脸红了，迟迟顿顿的说：“不来不行！来过一次，第二次要是不来，她卷祖宗三代！”

我也就不必再往下问了。她是这村的“霸王”。

柳树尖上还留着点金黄的阳光，蝉在刚来的凉风里唱着，我正呆看着这些轻摆的柳树，忽然大家都立起来，“她”来了！她比三年前胖了些，身上没有什么打扮修饰，可是很利落。她的大脚走得轻而有力，努出的眼珠向平处看，好像全世界满属她管似的。她站住，眼珠不动，全身也全不动，只是嘴唇微张：“祷告！”大家全低下头。她并不闭眼，直着脖颈念念有词，仿佛是和神面对面的讲话呢。

正在这时候，夏廉轻手蹑脚的走来，立在她的后面，很虔敬的低下头，闭上眼。我没想到，他倒比从前胖了些。焉知我们以为难堪的，不是他的享受呢？猪八戒玩老雕，各好一路——我们村里很有些圣明的俗语儿。

她的祷告大略是：“愿上帝赶紧叫夏老头子一个跟头摔死。叫夏娘们一口气不来，堵死，叫夏娘们的大丫头让野汉子操死。叫那个二丫头下窑子，三丫头半掩门……阿门！”

奇怪的是，没有一个人觉着这个可笑，或是可恶；大家一齐随着说“阿门”。莫非她真有妖术邪法？我真有点发胡涂！

我很想和夏廉谈一谈。可是“柳屯的”看着我呢——用她的眼角。夏廉是她的猫，狗，或是个什么别的玩艺。他也看见我了，只那么一眼，就又低下头去。他拿她当作屏风，在她后面，他觉得安全，虽然他的牙是被她打飞了的。我不十分明白他俩的真正关系，我只想起：从前村里有个看香的妇人，顶着白狐大仙。她有个“童儿”，才四十多岁。这个童儿和夏廉是一对儿，我想不起更好的比拟。这个老童儿随着白狐大仙的代表，整像耍猴子的身后随着的那个没有多少毛儿的羊。这个老童儿在晚上和白狐大仙的代表一个床上睡，所以他多少也有点仙气。夏廉现在似乎也有点仙气，他祷告的很虔诚。

我走开了，觉着“柳屯的”的眼随着我呢。

夏老者还在地里忙呢，我虽然看见他几次，始终没能谈一谈，他躲着我。他已不像样子了，红眼边好像要把夏天的太阳给比下去似的。可是他还是不惜力，仿佛他要把被“柳屯的”所夺去的都从地里面补出来，他拿着锄向地咬牙。

夏大嫂，据说，已病得快死了。她的二女儿也快出门子，给的是个当兵的。大概是个排长，可是村里都说他是个军官。

我们村里的人，对于教会的人是敬而远之；对于“县”里的人是手段与敬畏并用；大家最怕的，真怕的，是兵。“柳屯的”大概也有点怕兵，虽然她不说。她现在自己是传教的；是乡绅，虽然没有“县”里的承认；也自己宣传她在县里有人。她有了乡间应有的一切势力（这是她自创的，他是个天才，）只是没有兵。

对于夏二姑娘的许给一个“军官”，她认为这是夏大嫂诚心和她挑战。她要不马上剪除她们，必是个大患。她要是不动声色的置之不理，总会不久就有人看出她的弱点。赵五和我研究这回事来着。据赵五说，无论“柳屯的”怎样欺侮夏大嫂，村里是不会有人管的。阔点的人愿意看着夏家出丑，穷人全是“柳屯的”属下。不过，“柳屯的”至今还没动手，因为她对“兵”得思索一下。这几天她特别的虔诚，祷告的特别勤，赵五知道。云已布满，专等一声雷呢，仿佛是。

不久，雷响了。夏家二姑娘，在夏大嫂的三个女儿中算是最能干的。据“柳屯的”看，自然是最厉害的。有一天，三妞在门外买线，二妞在门内指导着——因为快出门子了，不好意思出来。这么个工夫，“柳屯的”也出来买线，三妞没买完就往里走，脸已变了颜色。二妞在门内说了一句："买你的！"

"柳屯的"好像一个闪似的，就扑到门前："我操你夏家十三辈的祖宗！你要吃大兵的肉棍，就在太太眼前大模大样的，我不把你臊豆子撕烂了！"

二妞三妞全跑进去了，"柳屯的"在后面追。我正在不远的一棵柳树下坐着呢。我也赶到，生怕她把二妞的脸抓坏了。可是这个娘们敢情知道先干什么，她奔了夏大嫂去。两拳，夏大嫂就得没了命。她死了，"柳屯的"便名正言顺的是"大嫂了"；而后再从容的收拾二妞三妞。把她们卖了也没人管，夏老者是第一个不关心她们的，夏廉要不是为儿子还不弄来"柳屯的"呢，别人更提不到了。她已经进了屋门，我赶上了。在某种情形下，大概人人会掏点坏，我揪住了她，假意的劝解，可是我的眼睛尽了它们的责任。二妞明白我的眼睛，她上来了，三妞的胆子也壮起来。大概她们常梦到的快举就是这个，今天有我给助点胆儿，居然实现了。

我嘴里说着好的，手可是用足了力量；差点劲的男人还真弄不住她呢。正在这么个工夫，"柳屯的"改变了战略——好利害的娘们！

"牛儿叔，我娘们不打架；"她笑着，头往下一低，拿出一些媚劲，"我吓着她们玩呢。小丫头子，有了婆婆家就这么扬气，搁着你的！"说完，她撩了我一眼，扭着腰儿走了。

光棍不吃眼前亏，她真要被她们捶巴两下子，岂不把威风扫尽——她觉出我的手是有些力气。

不大会儿，夏廉来了。他的脸上很难看，他替她来管教女儿了，我心里说。我没理他。他瞪着二妞，可是说不出来什么，或者因为我在一旁，他不知怎样好了。二妞看着他，嘴动了几动，没说出什么来。又愣了会儿，她往前凑了凑，对准了他的脸就是一口，呸！他真急了，可是他还没动手，已经被我揪住。他跟我争巴了两下，不动了。看了我一眼，头低下去："哎——"叹了口长气，"谁叫你们都不是小子呢！”这个人是完全被“柳屯的”拿住，而还想为自己辩护。他已经逃不出她的手，所以更恨她们——谁叫她们都不是男孩子呢！

二姑娘啐了爸爸一个满脸花，气是出了，可是反倒哭起来。

夏廉走到屋门口，又愣住了。他没法回去交差。又叹了口气，慢慢的走出去。

我把二妞劝住。她刚住声，东院那个娘们骂开了：“你个贼王八，兔小子，连你自己操出来的丫头都管不了。……”

我心中打开了鼓，万一我走后，她再回来呢？我不能走，我叫三妞把赵五喊来。叫赵五安置在那儿，我才敢回家。赵五自然是不敢惹她的，可是我并没叫他打前敌，他只是作会儿哨兵。

回到家中，我越想越不是滋味：我和她算是宣了战，她不能就这么完事。假如她结队前来挑战呢？打群架不是什么稀罕的事。完不了，她多少是栽了跟头。我不想打群架，哼，她未必不晓得这个！她在这几年里把什么都拿到手，除了有几家——我便是其中的一个——不肯理她，虽然也不肯故意得罪她；我得罪了她，这个娘们要是有机会，是满可以作个“女拿破仑”，她一定跟我完不了。设若她会写书，她必定会写出顶好的农村小说，她真明白一切乡人的心理。

果然不出我所料，当天的午后，她骑着匹黑驴，打着把雨伞——太阳毒得好像下火呢——由村子东头到西头，南头到北头，叫骂夏老王八，夏廉——贼兔子——和那两个小窑姐。她是骂给我听呢。她知道我必不肯把她拉下驴来揍一顿，那么，全村还是她的，没人出来拦她吗。

赵五头一个吃不住劲了，他要求我换个人去保护二妞。他并非有意激动我，他是真怕；可是我的火上来了：“赵五，你看我会揍她一顿不会？”

赵五眨巴了半天眼睛：“行啊；可是好男不跟女斗，是不是？”

可就是，怎能一个男子去打女人家呢！我还得另想高明主意。

夏大嫂的病越来越沉重。我的心又移到她这边来：先得叫二妞出门子，落了丧事可就不好办了，逃出一个是一个。那个“军官”是张店的人，离我们这儿有十二三里路。我派赵五去催快娶——自然是得了夏大嫂的同意。赵五愿意走这个差，这个比给二妞保镖强多了。

我是这么想，假如二妞能被人家顺顺当当的娶了走，“柳屯的”便算又栽了个跟头——谁不知道她早就憋住和夏大嫂闹呢？好，夏大嫂的女婿越多，便越难收拾，况且这回是个“军官”！我也打定了主意，我要看着二妞上了轿。那个娘们敢闹，我揍她。好在她有个闹婚的罪名，我们便好上县里说去了。

据我们村里的人看，人的运气，无论谁，是有个年限的；没人能走一辈子好运，连关老爷还掉了脑袋呢。我和“柳屯的”那一幕，已经传遍了全村，我虽没说，可是三妞是有嘴有腿的。大家似乎都以为这是一种先兆——“柳屯的”要玩完。人们不敢惹她，所以愿意有个人敢惹她，看打擂是最有趣的。

“柳屯的”大概也扫听着这么点风声，所以加紧的打夏廉，作为一种间接的示威。夏廉的头已肿起多高，被她往磨盘上撞的。

张店的那位排长原是个有名有姓的人，他是和家里闹气而跑出去当了兵；他现在正在临县驻扎。赵五回来交差，很替二妞高兴——“一大家子人呢，准保有吃有喝；二姑娘有点造化！”他们也答应了提早结婚。

“柳屯的”大概上十回梯子，总有八回看见我：我替夏大嫂办理一切，她既下不了地，别人又不敢帮忙，我自然得卖点力气了——一半也是为气“柳屯的”。每逢她看见我，张口就骂夏廉，不但不骂我，连夏大嫂也摘干净了。我心里说，自要你不直接冲锋，我便不接碴儿，咱们是心里的劲！

夏廉，有一天晚上找我来了；他头上顶着好几个大青包，很像块长着绿苔的山子石。坐了半天，我们谁也没说话。我心里觉得非常的乱，不知思想什么好：他大概也不甚好受。我为是打破僵局，没想就说了句：“你怎能受她这个呢！”

“我没法子！”他板着脸说，眉毛要皱上，可是不成功，因为那块都肿着呢。

“我就不信一个男子汉——”

他没等我说完，就接了下去：“她也有好处。”

“财产都被你们俩弄过来了，好处？”我没好意的笑着。

他不出声了，两眼看着屋中的最远处；不愿再还口；可是十分不爱听我的话；一个人有一个主意——他愿挨揍而有财产。“柳屯的”，从一方面说，是他的宝贝。

“你干什么来了？”我不想再跟他多费话。

“我——”

“说你的！”

“我——；你是有意跟她顶到头儿吗？”

“夏大嫂是你的元配，二妞是你的女儿！”

他没往下接碴；简单的说了一句：“我怕闹到县里去！”

我看出来了：“柳屯的”是决不能善罢甘休，他管不了；所以来劝告我。他怕闹到县里去——钱！到了县里，没钱是不用想出来的。他不能舍了“柳屯的”：没有她，夏老者是头一个必向儿子反攻的。夏廉有相当的厉害，可是打算大获全胜非仗着“柳屯的”不可。真要闹到县里去，而“柳屯的”被扣起来，他便进退两难了：不设法弄出她来吧，他失去了靠山；弄出她来吧，得花钱；所以他来劝我。

“我不要求你帮助夏大嫂——你自己的妻子；你也不用管我怎样对待‘柳屯的’。咱们就说到这儿吧。”

第二天，“柳屯的”骑着驴，打着伞，到县城里骂去了：由东关骂到西关，还骂的是夏老王八与夏廉。她试试。试试城里有人抓她或拦阻她没有。她始终不放心县里。没人拦她，她打着得胜鼓回来了；

当天晚上，她在场院召集布道会，咒诅夏家，并报告她的探险。

战事是必不可避免的，我看准了。只好预备打吧，有什么法子呢？没有大靡乱，是扫不清咱们这个世界的污浊的；以大喻小，我们村里这件事也是如此。

这几天村里的人都用一种特别的眼神看我，虽然我并没想好如何作战——不过是她来，我决不退缩。谣言说我已和那位“军官”勾好，也有人说我在县里打垫妥当；这使我很不自在。其实我完全是“玩玩票”，不想勾结谁。赵五都不肯帮助我，还用说别人？

村里的人似乎永远是圣明的。他们相信好运是有年限的，果然是这样；即使我不信这个，也敌不过他们——他们只要一点偶合的事证明了天意。正在夏家二妞要出阁之前，“柳屯的”被县里拿了去。村里的人知道底细，可是暗中都用手指着我。我真一点也不知道。

过了几天，消息才传到村中来：村里的一位王姑娘，在城里当看护。恰巧县知事的太太生小孩，把王姑娘找了去。她当笑话似的把“柳屯的”一切告诉了知事太太，而知事太太最恨作小老婆的，因为知事颇有弄个“人儿”的愿望与表示。知事太太下命令叫老爷“办”那个娘们，于是“柳屯的”就被捉进去。

村里人不十分相信这个，他们更愿维持“柳屯的”交了五年旺运的说法，而她所以倒霉还是因为我。松儿大爷一半满意，一半慨叹的说：“我说什么来着？出不了三四年，夏家连块土坯也落不下！应验了吧？县里，二三百亩地还不是白填进去！”

夏廉决定了把她弄出来，愣把钱花在县里也不能叫别人得了去——他的爸爸也在内。

夏老者也没闲着，没有“柳屯的”，他便什么也不怕了。

夏家父子的争斗，引起一部分人的注意——张二愣，刘四，冯二头，和宋寡妇等全决定帮助夏廉。“柳屯的”是他们的首领与恩人。连赵五都还替她吹风——“到了县衙门，‘柳屯的’还骂呢，硬到底！

没见她走的时候呢，叫四个衙役搀着她！四个呀，衙役！”

夏二妞平平安安的被娶了走。暑天还没过去，夏大嫂便死了；她笑着死的。三妞被她的大姐接了走。夏家父子把夏大嫂的东西给分了。宋寡妇说：“要是‘柳屯的’在家，夏大嫂那份黄杨木梳一定会给了我！夏家那俩爷们一对死王八皮！”

“柳屯的”什么时候能出来，没人晓得。可是没有人忘了她，连孩子们都这样的玩耍：“我当‘柳屯的’，你当夏老头？”他们这样商议；“我当‘柳屯的’！我当‘柳屯的！’我的眼会努着！”大家这么争论。

连我自己也觉得有点对不起她了，虽然我知道这是可笑的。

原载 1934 年 5 月 16 日《东方杂志》第三十一卷第十号

毛毛虫

我们这条街上都管他叫毛毛虫。他穿的也怪漂亮，洋服，大氅，皮鞋，啷当儿的。可是他不顺眼，圆葫芦头上一对大羊眼，老用白眼珠瞧人，仿佛是。尤其特别的是那两步走法儿：他不走，他曲里拐弯的用身子往前躬。遇到冷天，他缩着脖，手伸在大衣的袋里，顺着墙根躬开了，更像个毛毛虫。邻居们都不理他，因为他不理大家；惯了以后，大家反倒以为这是当然的——毛毛虫本是不大会说话儿的。我们不搭理他，可是我们差不多都知道他家里什么样儿，有几把椅子，痰盂摆在哪儿，和毛毛虫并不吃树叶儿，因为他家中也有个小厨房，而且有盘子碗什么的。我们差不多都到他家里去过。每月月底，我们的机会就来了。他在月底关薪水。他一关薪水，毛毛虫太太就死过去至少半点多钟儿。我们不理他，可是都过去救他的太太。毛毛虫太太好救：只要我们一到了，给她点糖水儿喝，她就能缓醒过来，而后当着大家哭一阵。他一声也不出，冲着墙角翻白眼玩。我们看她哭得有了劲儿，就一齐走出来，把其余的事儿交给毛毛虫自己办。过两天儿，毛毛虫太太又打扮得花枝招展的出来卖呆儿①，或是夹着小红皮包上街去，我们知道毛毛虫自己已把事儿办好，大家心里就很平安，而稍微的嫌时间走得太慢些，老不马上又是月底。按说，我们不应当这样心狠，盼着她又死过去。可是这也有个理由：她被我们救活了之后，

① 卖呆儿，在大门口闲站着看来往行人，也有意让别人看自己。

《毛毛虫》，小说很特别，全文没有分段，叙述者是“我们”——复数。外号叫“毛毛虫”的，大学生，来自乡下，乡下有位旧式的太太，毕业以后在衙门做事，是个小公务员，这个人的身世与长篇小说《离婚》中的老李很像，主题方面也有共通性，可参照阅读。因为又娶了个新式太太，他不得不在俩太太之间周旋，日子过得苦不堪言。“我们”不光扮演着故事叙述者的角色，而且也有评判，这种评判意见不可能一致。在一个新旧交替时代，人们的价值观不是趋同，而是分裂的，小说正是通过毛毛虫的生活以及周围人们的各种议论，以小见大，展示了时代变革时期由于价值混乱所导致的各种悲喜剧。

并不向我们道谢，遇上我们也不大爱搭理。她成天价不在家，据她的老妈子说，她是出去打牌；她的打牌的地方不在我们这条街上。因此，我们对她并没有多少好感。不过，我们不能见死不救。况且，每月月底老是她死过去，而毛毛虫只翻翻白眼，我们不由的就偏向着她点，虽然她不跟我们一块儿打牌。假若她肯跟我们打牌，或者每月就无须死那么一回了，我们相信是有法儿治服毛毛虫的。话可又说回来，我们可不只是恼她不跟我们打牌，她还有没出息的地方呢。她不管她的两个孩子。一男一女，挺好的两孩子。哼，舍哥儿似的①一天到晚跟

① 舍哥儿似的，没人搭理、照管。可怜的样子。

着老妈子，头发披散得小鬼似的，脸永远没人给洗，早晨醒了就到街门口外吃落花生。我们看不上这个，我们虽然也打牌，虽然也有时候为打牌而骂孩子一顿，可不能大清早起的就给孩子落花生吃。我们都知道怎样喂小孩代乳粉。我们相信我们这条街是非常文明的，假若没有毛毛虫这一家子，我们简直可以把街名改作“标准街”了。可是我们不能撵他搬家，我们既不是他的房东，不能狗拿耗子多管闲事。况且，他也是大学毕业，在衙门里作着事；她呢，也还打扮得挺像样，头发也烫得曲里拐弯的。这总比弄一家子“下三烂”来强，我们的街上不准有“下三烂”。这么着，他们就一直住了一年多。一来二去的我们可也就明白了点毛毛虫的历史。我们并不打听，不过毛毛虫的老妈子给他往外抖啰，我们也不便堵上耳朵。我们一知道了他们的底细，大家的意见可就不像先前那么一致了。先前我们都对他俩带理不理的无所谓，他们不跟我们交往，拉倒，我们也犯不上往前巴结，别看他洋服啷当儿的。她死过去呢，我们不能因为她不识好歹而不作善事，谁不知道我们这条街上给慈善会捐的小米最多呢。赶到大家一得到他俩的底细，可就有向着毛毛虫的，也有向着毛毛虫太太的了。因为意见不同，我们还吵过嘴。俗语说，有的向灯，有的向火，一点也不错。据我们所得的报告是这样：毛毛虫是大学毕业，可是家中有个倒倒脚[①]，梳高冠的老婆。所以他一心一意的得再娶一个。在这儿，我们的批语就分了岔儿。在大学毕过业的就说毛毛虫是可原谅的，而老一辈的就用鼻子哼。我们在打牌的时候简直不敢再提这回事，万一为这个打起来，才不上算。一来二去的，毛毛虫就娶上了这位新太太。听到这儿，我们多数人管他叫骗子手。可是还有下文呢，有条件：他每月除吃穿之外，还得供给新太太四十块零花。这给毛毛虫缓了口气，而毛毛虫太太的身份立刻大减了价。结婚以后——这个老妈子什么都

---

① 倒倒脚，形容缠小脚走路迈不出步，一走三扭。

知道——俩人倒还不错，他是心满意足，她有四十块钱花着，总算两便宜。可是不久，倒倒脚太太找上来了。不用说呀，大家闹了个天翻地覆。毛毛虫又承认了条件，每月给倒倒脚十五块零花，先给两个月的。拿着三十块钱，她回了乡下，临走的时候留下话：不定几时她就回来！毛毛虫也怪可怜的，我们刚要这样说，可是故事又转了个弯。他打算把倒倒脚的十五块由新太太的四十里扣下：他说他没能力供给她们俩五十五。挣不来可就别抱着俩媳妇呀，我们就替新太太说了。为这个，每月月底就闹一场，那时候她可还没发明出死半点钟的法儿来。那时候她也不常出去打牌。直赶到毛毛虫问她："你有二十五还不够，非拿四十干什么呀?!"她才想出道儿来，打牌去。她说的也干脆："全数给我呢，没你的事；要不然呢，我输了归你还债!"毛毛虫没说什么，可是到月底还不按全数给。她也会，两三天两三天的不起床，非等拿到钱不起来。拿到了钱，她又打扮起来，花枝招展的出去，好像什么心事也没有似的。"你是买的，我是卖的，钱货两清。"她好像是说。又过了几个月，她要生小孩了。毛毛虫讨厌小孩，倒倒脚那儿已经有三个呢，也都是他的"吃累"。他没想到新太太也会生小孩。毛毛虫来了个满不理会。爱生就生吧，眼不见心不烦，他假装没看见她的肚子。他不是不大管这回事吗，倒倒脚太太也不怎么倒直在心。到快生小孩那两天，她倒倒着脚来了。她服侍着新太太。毛毛虫觉得是了味，新太太生孩子，旧太太来伺候，这倒不错。赶到孩子落了草儿，旧太太可拿出真的来了。她知道，此时下手才能打老实的。产后气郁，至少是半死，她的报仇的机会到了。她安安顿顿的坐在产妇面前，指着脸子骂，把新太太骂昏过去多少次，外带着连点糖水儿也不给她喝。骂到第三天，她倒倒着脚走了，把新太太交给了老天爷，爱活爱死随便，她不担气死新太太的名儿。新太太也不想活着，没让倒倒脚气死不是，她自己找死，没出满月她就胡吃海塞。这时候，毛毛虫觉得不大上算了，假如新太太死了，再娶一个又得多少钱，他给她请了大夫来。一来二去的，她好了。好了以后，她跟毛毛虫交涉，她不管这个孩子。毛毛虫没说什么；于是俩人就谁也不管孩子。太太照常出去打牌，照常每月要四十块钱。毛毛虫要是不给呢，她有了新发明，会死半点钟。头生儿是这样，第二胎也是这样。就是这么一回事。我们听到了这儿，大家倒没了意见啦，因为怎么想怎么也不对了。说倒倒脚不对吧，不应下那个毒手，可是她自己守着活寡呢。说新太太不对吧，也不行，她有她的委屈。充其极也不过只能责备她不应当拿孩子杀气，可是再一想，她也有她的道理，凭什么毛毛虫一点子苦不受，而把苦楚都交给她呢？她既是买来的——每月四十块零花不过说着好听点罢了——为什么管照料孩子呢，毛毛虫既不给她添钱。说来说去，仿佛还是毛毛虫不对，可是细一给他想，他也是乐不抵苦哇。旧太太拿着他的钱恨他，新太太也拿着他的钱恨他，临完他还得拚着命挣钱。这么一想，我们大家都不敢再提这件事了，提起来心里就发乱。可是我们对那俩孩子改变了点态度，我们就看这俩小东西可怜——我们这条街上善心的人真是不少。近来每逢我们看见俩孩子在街上玩，就过去拍拍他们的脑瓜儿，有时候也给他们点吃食。对于那俩大人，我们有时候看见他们可怜，有时候可气。可是无论如何，我们在他俩身上找到一点以前所没看到的什么东西，一点像庄严的悲剧中所含着的味道。似乎他俩的事不完全在他们自己身上，而是一点什么时代的咒诅在他们身上应验了。所以近来每到月底，当她照例死半点钟的时候，去救护的人比以前更多了。谁知道他们将来怎样呢！

原载 1935 年 1 月 10 日《水星》第一卷第四期

“我们在他俩身上找到一点以前所没看到的什么东西，一点像庄严的悲剧中所含着的味道。似乎他俩的事不完全在他们自己身上，而是一点什么时代的咒诅在他们身上应验了”。这段话，可视为是对小说主题的点化之笔，在貌似“我们”的见解中隐约可见作者老舍的模糊影子。小说家隐伏在小说的后头，好的小说家不会轻易“出场”，他知道让故事、人物“说话”，可是，有时候，他会“出场”，但很快又隐伏起来。上面这段话，只是点到为止，并不说透，他让读者咂摸其中的味道，好的小说主题永远是模糊的。篇末一句“谁知道他们将来怎样呢”更是留给读者无穷的思考、想象空间，令人回味，生出人生的诸种感慨！

」

末一块钱

一阵冷风把林乃久和一块现洋吹到萃云楼上。

楼上只有南面的大厅有灯亮。灯亮里有块白长布，写着点什么——林乃久知道写的是什么。其余的三面黑洞洞的，高，冷，可怕。大厅的玻璃上挂着冷汗，把灯光流成一条条的。厅里当然是很暖的，他知道。他不想进去，可是厅里的暖气和厅外的黑冷使他不能自主；暖气把他吸了进去，像南风吸着一只归燕似的。

厅里的烟和暖气噎得他要咳嗽。他没敢咳嗽，一溜歪斜的奔了头排去，他的熟座儿；茶房老给他留着。他坐下了，心中直跳，闹得慌，疲乏，闭上了眼。茶房泡过一壶茶来，放下两碟瓜子。“先生怎么老没来？有三天了吧？”林乃久似乎没听见什么，还闭着眼。头上见了汗，他清醒过来。眼前的一切还是往常的样子。台上的长桌，桌上的绣围子——团凤已搭拉下半边，老对着他的鼻子。墙上的大镜，还崎岖古怪的反映出人，物，灯。镜子上头的那些大红纸条：金翠，银翠，碧艳香……他都记得；史莲云，他不敢再看；但是他得往下看：史莲霞！他只剩了一块钱。这一块圆硬的银饼似乎有多少历史，都与她有关系。他不敢去想。他扭过头来看看后边，后边只有三五组人：那两组老头儿照例的在最后面摆围棋。其余的嗑着瓜子，喝着小壶闷的酽茶，谈笑着，出去小便，回来擦带花露水味的，有大量热气的手巾把儿。跟往日一样。“有风，人不多，”他想。可是，屋里的烟，热气，棋子声，谈笑声，和镜子里的灯，减少了冷落的味道。他回过头来，台上还没有人。他坐在这里好呢？还是走？他只有一块钱，最后的一块！他能等着史莲霞上来而不点曲子捧场么？他今天不是来听她。茶房已经

《末一块钱》是一个乡下人在都市的“故事”，而这“故事”简直不能叫作故事，它不离奇，甚至缺乏一个故事所应具有的外部冲突、情节和线索。乡下来的穷大学生林乃久揣着身上仅存的一块钱赴萃云楼捧喜欢的女戏子史莲霞。小说充斥着大量的意识流片段，把最简单的外部线索与心象呈现结合起来。其中有一段仅以首句“台上换了金翠”和尾句“金翠也下去了”向读者提供最基本的外部线索，而中间一大段则是主人公快速闪动的意识流程。这是一篇“心象小说”，它以飘忽不定的意识流动，呈现出主人公林乃久的内心世界，而同时照出这个世界的贪婪、不公和怨怒。它很好地化用了西方现代意识流小说，达到了近乎完美的艺术水准。」

过来了：“先生，回来点个什么？”递了一把手巾。林乃久的嘴在手巾里哼了句：“回头再说。”但是他再也坐不住。他想把那块钱给了茶房，就走。这块钱吸住了他的手，这末一块钱！他不能动了。浪漫，勇气，青春，生命，都被这块钱拿住，也被这块钱结束着。他坐着不动，渺茫，心里发冷。待会儿再走，反正是要走的。眼睛又碰上红纸条上的史莲霞！

他想着她：那么美，那么小，那么可怜！可怜；他并不爱她，可怜她的美，小，穷，与那——那什么？那容易到手的一块嫩肉！怜是需要报答的。但是一块钱是没法行善的。他还得走，马上走，叫史莲霞看见才没办法！上哪儿呢？世界上只剩了一块钱是他的，上哪儿呢？

假如有五块钱——不必多——他就可以在这儿舒舒服服的坐着；而且还可以随着莲霞姊妹到她们家里去喝一碗茶。只要五块钱，他就可以光明磊落的，大大方方的死。可是他只有一块；在死前连莲霞都不敢看一眼！残忍！

疲乏了，他知道他走了一天的道儿；哪儿都走到了，还是那一块钱。他就在这儿休息会儿吧；到底他还有一块钱。这一块钱能使他在这儿暖和两三点钟，他得利用这块钱；两三点钟以后，谁知道呢！

台上一个只仗着点“白面儿”活着的老人来摆鼓架。走还是不走？林乃久问他自己。没地方去；他没动。不看台上，想着他自己；活了二十多年没这么关心自己过；今天他一刻儿也忘不了自己。他几乎要立起来，对镜子看看他自己；可是没这个勇气。他知道自己体面，和他哥哥比起来，哥儿俩差不多是两个民族的。哥哥；他的钱只剩了一块，因为哥哥不再给。哥哥一辈子不肯吃点肉，可怜的乡下老！哥哥把钱都供给我上学。哥哥不错，可是哥哥有哥哥的短处：他看不清弟弟在大城里上学得交际，得穿衣，得敷衍朋友们。哥哥不懂这个。林乃久不是没有人心的，毕业后他会报答哥哥的，想起哥哥他时常感激；有时候想在毕业后也请哥哥到城里来听听史莲霞。可是哥哥到底是乡下老，不懂场面！

哥哥不会没钱，是不明白我，不肯给我。林乃久开始恨他的哥哥。他不知道哥哥到底有多少财产，他也不爱打听；他只知道哥哥不肯往外拿钱。他不能不恨哥哥；由恨，他想到一种报复——他自己去死，把林家的希望灭绝：他老觉得自己是林家的希望；哥哥至好不过是个乡下老。“我死了，也没有哥哥的好处！”他看明白自己的死是一种报复，一种牺牲；他非去死不可，要不然哥哥总以为他占了便宜。

只顾了这样想，台上已经唱起来。一个没有什么声音，而有不少乌牙的人，眼望着远处的灯，作着梦似的唱着些什么。没有人听他。

林乃久可怜这个人，但是更可怜自己。他想给这个人叫个好，可是他的嘴张不开。假如手中有两块钱的话，他会赏给这个乌牙鬼一块，结个死缘；可是他只有一块。他得死，给哥哥个报复，看林家还找得着他这样的人找不着！他，懂得什么叫世面，什么叫文化，什么叫教育，什么叫前途！让哥哥去把着那些钱，绝了林家的希望！

那个乌牙鬼已经下去了，换上个女角儿来。林乃久的心一动；要是走，马上就该走了，别等莲霞上来，莲霞可是永远压台；他舍不得这个地方，这个暖气，这条生命；离开这个地方只有死在冷风里等着他！他没动。他听不见台上唱的是什么。他可是看了那个弹弦子的一眼，一个生人，长得颇像他的哥哥。他的哥哥！他又想起来：来听听曲子，就连捧莲霞都算上，他是为省钱，为哥哥省钱；哥哥哪懂得这个。头一次是老何带他到萃云楼来的。老何是多么精明的人：永远躲着女同学，而闲着听听鼓书。交女友得多少钱？听书才花几个子儿？就说捧，点一个曲儿不是才一块钱吗？哥哥哪懂得这个？假如像王叔远那样，钓上女的就去开房间，甚至于叫女友有了大肚子，得多少钱？林乃久没干过这样的事。同学不是都拿老何与他当笑话说吗：他们不交女友，而去捧莲霞！为什么，不是为省钱么？他和老何一晚上一共才花两块多钱，一人点一个曲子。不懂事的哥哥！

可是在他的怒气底下，他有点惭愧。他不止点曲子，他还给莲霞买过鞋与丝袜子。同学们的嘲笑，他也没安然的受着，他确是为莲霞失眠过。莲霞——比起女学生来——确是落伍。她只有好看，只会唱；她的谈吐，她的打扮，都落在女学生的后边。她的领子还是碰着耳朵；女学生已早不穿元宝领了。“她可怜，”他常这么想，常拿这三个字作原谅自己的工具。可是他也知道他确是有点“迷”。这个“迷”是立在金钱上；有两块钱便多听她唱两个曲子，多看她二十分钟。有五块钱便可以到她家去玩一点钟。她贱！他不想娶她，他只要玩玩。她比女学生们好玩，她简单，美，知道洋钱的力量。为她，他实在没花过多少钱。可是间接的，他得承认，花的不少。他得打扮。他得请朋友来一同听她，——去跳舞不也是交际么，这并不比舞场费钱——他有时候也陪着老何去嫖。但这都算在一块儿，也没有王叔远给人家弄出大肚子来花的多。至于道德，林乃久是更道德的。不错，莲霞使他对于嫖感觉兴趣。可是多少交着女朋友的人们不去找更实用的女人去？那群假充文明的小鬼！

况且，老何是得罪不得的，老何有才有钱有势力；在求学时代交下个好友是必要的；有老何，林乃久将来是不愁没有事的。哥哥是个糊涂虫！

他本来是可以找老何借几块钱的，可是他不能，不肯；老何那样的人是慷慨的，可是自己的脸面不能在别人的慷慨中丢掉。况且，假如和老何去借，免不掉就说出哥哥的糊涂来，哥哥是乡下老。不行，凭林乃久，哥哥是乡下老？这无伤于哥哥，而自己怎么维持自己的尊严？林乃久死在城里也没什么，永远不能露出乡下气来。

台上换了金翠。他最讨厌金翠，一嘴假金牙，两唇厚得像两片鱼肚；眼睛看人带着钩儿。他不喜欢这个浪货；莲霞多么清俊，虽然也抹着红嘴唇，可是红得多么润！润吧不润吧，一块钱是跟那个红嘴不能发生关系的。他得走，能看着别人点她的曲子么？可是，除了宿舍没地方去。宿舍，像个监狱；一到九点就撤火。林乃久只剩了一条被子和身上那些衣裳。他不能穿着衣裳睡，也不能卖了大衣而添置被子；至死不能泄气。真的，在乡间他睡过土炕，穿过撅尾巴的短棉袄；但那是乡下。他想起同学们的阔绰来，越恨他的哥哥。同学们不也是由家里供给么？人家怎么穿得那么漂亮？是的，他自己的服装不算不漂亮，可是只在颜色与样子上，他没钱买真好的材料。这使他想起就脸红，乡下老穿假缎子！更伤心的是，这些日子就是匀得出钱也不敢去洗澡，贴身的绒衣满是窟窿！他的能力与天才只能使他维持着外衣，小衣裳是添不起的。他真需要些小衣裳，他冷。还不如压根儿就不上城里来。在乡下，和哥哥们一锅儿熬，熬一辈子，也好。自然那埋没了他的天才，可是少受多少罪呢。不，不，还是幸而到城里来了；死在城里也是值得的。他见过了世面，享受了一点，即使是不大一点。那多么可怕，假如一辈子没离开过家！土炕，短棉袄，棒子面的窝窝，没有一个女人有莲霞的一零儿的俊美。死也对不起阎王。现在死是光荣的。他心里舒服了点，金翠也下去了。

“莲霞唱个《游武庙》!”

林乃久几乎跳了起来。怎么莲霞这么早就上来？他往后扫了一眼，几个摆棋的老头儿已经停住，其中一个用小乌木烟袋向台上指呢。“啊，这群老家伙们也捧她!”林乃久咬着牙说。老不要脸！他恨，妒；他没钱，老梆子们有。她，不过是个玩物。

莲霞扭了出来。她扭得确是好。只那么几步，由台帘到鼓架。她低着点头，将将的还叫台下看得见她的红唇，微笑着。两手左右的找胯骨尖作摆动的限度，两胯摆得正好使上身一点不动，可是使旗袍的下边左右的摇摆。那对瘦溜的脚，穿着白缎子绣红牡丹的薄鞋，脚尖脚踵都似乎没着地，而使脚心揉了那么几步。到了鼓架，顺着低头的姿式一弯腰，长，慢，满带着感情的一鞠躬。头忽然抬起来，像晓风惊醒了的莲花，眼睛扫到了左右远近，右手提了提元宝领，紧跟着拿起鼓槌，轻轻的敲着。随便的敲着鼓，随便的用脚尖踢踢鼓架，随便的摇着板，随便的看着人们。

林乃久低下头去，怕遇上她的眼光。低着头把她的美在心里琢磨着。老何确是有见识，女学生是差点事的，他想。特别是那些由乡下来的女学生：大黑扁脸，大扁脚，穿着大红毛绳长坎肩！莲霞是城里的人，到底是城里的人！她只是穷，没有别的缺点；假如他有钱，或是哥哥的钱可以随便花……他知道她的模样：长头发齐肩，拢着个带珠花的大梳子。长脸，脑门和下巴尖得好玩，小鼻子有个圆尖；眼睛小，可是双眼皮，有神；嘴顶好看……他还要看看，又不敢看；假如他手里有五块钱！

莲霞的嗓音不大，可是吐字清楚，她的唇，牙，腮，手，眼睛都帮助她唱；她把全身都放在曲子里，她不许人们随便的谈笑，必得听着她。她个子不高，可是有些老到的结实的，像魔力的，一点精神。这点精神使她占领了这个大厅：那些光，烟，暖气，似乎都是她的。林乃久只有一块钱，什么也不是他的。

可是，她也没有什么，除了这份本事。林乃久记得她家里只有个母亲和点破烂东西。她和他一样，财产都穿在身上。想到这儿，他真要走了；他和她一样？先前没想到过。先前他可怜她，现在是同病相怜。与一个唱鼓书的同病相怜？他一向是不过火的自傲，现在他不能过火的自卑。况且她的姐姐——史莲云——原先下过窑子呢！自己的哥哥至多不过是个乡下老，她的姐姐下过窑子。他不能再爱她；打算结婚的话，还得娶个女学生；莲霞只能当个妾。倒不是他一定拥护娶妾的制度，不是，可是……

“莲霞，再唱个《大西厢》！”

林乃久连头也没抬。往常他只点她一个曲子，倒不专为省钱，是可怜她的嗓子；别人时常连点好几个曲儿，他不去和人家争强好胜；一连气唱几个，他不那么残忍。他拿她当个人待，她不是留声机。今天，他冷淡，别人点曲子，他听着，他无须可怜她。她受累，可是多分钱呢；他只有一块钱。他读书不完全为自己，可是没人给他钱，是的，钱是一切；有钱可以点她一百个曲子，一气累死她，或者用一堆钱买了她，专为自己唱。没有什么人道不人道。假若他明天来了钱，他可以一气点她几个曲子。谁知道世界是怎么回事呢；钱是顶宝贝的东西，真的。明天打哪儿会来钱呢？

莲霞还笑着，可是唱得不那么带劲了。

他看了台上一眼，莲霞的眼恰恰的躲开他。故意的，他想。手中就是短几块钱！她的眼向后边扫，后边人点的曲子。林乃久的怒气按不住了："好!"他喊了出来。喊了，他看着莲霞。她嘴角上微微有点笑，冷笑，眼角撩了他一下，给他一股冷气。"好!"他又喊了。莲霞的眼向后边笑着一扫。后边说了话：

"我花钱点她唱，没花钱点你叫好，我的老兄弟!"

大厅里满了笑声。

林乃久站起来："什么?"

"我说，等我烦你叫好，你再叫；明白不明白?"后边笑着说。

林乃久看清，这是靠着窗子一个胖子说的。他没再说什么，抄起茶碗向窗户扔了去。哗啦，玻璃和茶碗全碎了。他极快的回头看了莲霞一眼。她已经不唱了，嘴张着点。

"怎么着，打吗?"胖子立起来，往前奔。

大家全站起来。

"妈的有钱自己点曲呀，装他妈的孙子。"胖子被茶房拦住，骂得很起劲。

"太爷点曲子的时候，还他妈的没你呢!"林乃久可是真的往前奔。

"小子你拍出来，你他妈的要拍得出十块钱来，我姓你姥姥的姓!"

林乃久奔过去了。茶房，茶客，乱伸手，乱嚷嚷，把他拦住。他在一群手里，一团声音里，一片灯光里，不知道怎的被推了出来。外边黑，冷，有风。他哆嗦开了，也冷静了。

上哪儿去呢？他慢慢的下着楼。

走出去有半里地了，他什么也没想。霹雳过去了，晴了天，好像是。可是走着走着他想起刚才的事来，仿佛已隔了好久。他想回去，回到萃云楼下等莲霞出来；跟她说句话。最后的一句话似乎该跟她说，要对她说明他不是个光棍土匪，爱打架；他是为怜爱她才扔那个茶碗。可是这也含着点英雄气概：没有英雄气的人，至死也不会打架的。这个自然得叫莲霞表示出来，自己不便说自己怎么英雄。她看出这个来，然后，死也就甘心了。

可是他没往回走，他觉得冷。回宿舍去睡。想到宿舍更觉得有死的必要，凭林乃久就会只剩了一条被子？没有活着的味儿。好在还有一块钱，去买安眠药水吧。他摸了摸袋中，那块现洋没了。街上的铺子还开着，买安眠药水与死还都不迟，可是那块钱不在袋中了。想是打架的时候由袋里跳出去，惊乱中也没听到响儿。不能回去找，不能；要是张十块的票子还可以，一块现洋……自杀是太晚了，连买斤煤油的钱也没有了。他和一切没了关系，连死也算上。投河是可以不花钱；可是，生命难道就那么便宜？白白把自己扔在河里，连一个子儿都不值？

他得快走，风不大，可是钻骨头。快快的走，出了汗便不觉得冷了。他快走起来，心中痛快了些。听着自己的脚步声，蹬蹬的，他觉得他不该死。他是个有作为的人。应当设法过去这一关，熬到毕业他自然会报仇：哥哥，莲霞，那个胖子……都跑不了。他笑了。还加劲的走。笑完了，他更大方了，哥哥，莲霞，胖子都不算什么，自己得了志才不和他们计较呢。明天还是先跟老何匀几块钱，先打过这一关。

好像老何已经借给他了，他又想起萃云楼来。袋中有了钱，约上老何，照旧坐在前排，等那个胖子。老何是有势力的；打了那个胖子，而后一同到莲霞家中去；她必定会向他道歉，叫他林二爷，那个小嘴！就这么办。青春，什么是青春？假如没有这股子劲儿？

回到了宿舍，他几乎是很欢喜的。别的屋里已经有熄灯睡觉的了，这群没有生命的玩艺儿。他坐在了床上，看着自己的鞋尖，满是土。屋里冷。坐了会儿，他不由的倒在床上。渺茫，混乱，金钱，性欲，拘束，自由，野蛮与文化，残忍与漂亮，青春与老到，捻成了一股邪气，这股气送他进入梦中。

萃云楼的大厅已一点亮儿没有了，他轻手蹑脚的推开了门，在满盖着瓜子皮烟卷头的地上摸他那块洋钱……

可是萃云楼在事实上还有灯亮儿；客已散净；只使着点“白面

儿”活着的那个人正在扫地。哗啷一声，他扫出一块现洋：“啊，还是有钱的人哪，打架都顺便往下掉现洋！”他拾起钱来，吹了吹，放在耳旁听听：“是真的！别再猫咬尿泡瞎喜欢！”放在袋中，一手扫地，一手按着那块钱。他打算着：还是买双鞋呢，还是……他决定多买四毛钱的“白面儿”，犒劳犒劳自己。

原载1935年1月1日《国闻周报》第十二卷第一期

上　任

尤老二去上任。

看见办公的地方，他放慢了步。那个地方不大，他晓得。城里的大小公所和赌局烟馆，差不多他都进去过。他记得这个地方——开开门就能看见千佛山。现在他自然没心情去想千佛山；他的责任不轻呢！他可是没透出慌张来；走南闯北的多年了，他拿得住劲，走得更慢了。胖胖的，四十多岁，重眉毛，黄净子脸。灰哔叽夹袍，肥袖匚；青缎双脸鞋。稳稳的走，没看千佛山；倒想着：似乎应当坐车来。不必，几个伙计都是自家人，谁还不知道谁；大可以不必讲排场。况且自己的责任不轻，干吗招摇呢。这并不完全是怕；青缎鞋，灰哔叽袍，恰合身份，慢慢的走，也显着稳。没有穿军衣的必要。腰里可藏着把硬的。自己笑了笑。

办公处没有什么牌匾：和尤老二一样，里边有硬家伙。只是两间小屋。门开着呢，四位伙计在凳子上坐着，都低着头吸烟，没有看千佛山的。靠墙的八仙桌上有几个茶杯，地上放着把新洋铁壶．壶的四围爬着好几个香烟头儿，有一个还冒着烟。尤老二看见他们立起来，又想起车来，到底这样上任显着“秃”一点。可是，老朋友们都立得很规矩。虽然大家是笑着，可是在亲热中含着敬意。他们没因为他没坐车而看不起他。说起来呢，稽察长和稽察是作暗活的，活不惹耳目越好。他们自然晓得这个。他舒服了些。

尤老二在八仙桌前面立了会儿，向大家笑了笑，走进里屋去。里小说《上任》，以“尤老二去上任”开篇。尤老二是谁？是土匪！他上的是什么任？稽察长！这真能把人笑毛咕了，是的，它就是个笑话！李司令“用黑面上的人拿黑面上的人”，结局是：新上任的稽察长尤老二，他“拿不了匪，倒叫匪给拿了”。小说是社会的讽刺画，更是人生的荒诞图。除了社会批判，还有深深的生命感喟。故事讲述与意识流浮动的完美结合，消除了外面世界与内面世界的界限，絮叨的背后是现代的“黑色幽默”！

屋只有一条长桌，两把椅子，墙上钉着个月分牌，月分牌的上面有一条臭虫血。办公室太空了些，尤老二想；可又想不出添置什么。赵伙计送进一杯茶来，飘着根茶叶棍儿。尤老二和赵伙计全没的说，尤老二擦了下脑门。啊，想起来了：得有个洗脸盆，他可是没告诉赵伙计去买。他得细细的想一下：办公费都在他自己手里呢，是应当公开的用，还是自己一把死拿？自己的薪水是一百二，办公费八十。卖命的事，把八十全拿着不算多。可是伙计们难道不是卖命？况且是老朋友们？多少年不是一处吃，一处喝；睡土窑子不是一同住大炕？不能独吞。赵伙计走出去，老赵当头目的时候，可曾独吞过钱？尤老二的脸红起来。刘伙计在外屋溜了他一眼。老刘，五十多了，倒当起伙计来，三年前手里还有过五十枝快枪！不能独吞。可是，难道白当头目？八十块大家分？再说，他们当头目是在山上。尤老二虽然跟他们不断的打联络，可是没正式上过山。这就有个分别了。他们，说句不好听的，是黑面上的；他是官。作官有作官的规矩。他们是弃暗投明，那么，就得官事官办。八十元办公费应当他自己拿着。可是，洗脸盆是要买的；还得来两条手巾。

除了洗脸盆该买，还似乎得作点别的。比如说，稽察长看看报纸，或是对伙计们训话。应当有份报纸，看不看的，摆着也够样儿。训话，他不是外行。他当过排长，作过税卡委员；是的，他得训话，不然，简直不像上任的样儿。况且，伙计们都是住过山的，有时候也当过兵；不给他们几句漂亮的，怎能叫他们佩服。老赵出去了。老刘直咳嗽。必定得训话，叫他们得规矩着点。尤老二咳了声，立起来，想擦把脸；还是没有洗脸盆与手巾。他又坐下。训话，说什么呢？不是约他们帮忙的时候已经说明白了吗，对老赵老刘老王老褚不都说的是那一套么？“多年的朋友，捧我尤老二一场。我尤老二有饭吃，大家伙儿就饿不着；自己弟兄！”这说过不止一遍了，能再说么？至于大家的工作，谁还不明白——反正还不是用黑面上的人拿黑面上的人。这只能心照，不便实对实的点破。自己的饭碗要紧，脑袋也要紧。要真打算立功的话，拿几个黑道上的朋友开刀，说不定老刘们就会把盒子炮往里放。睁一眼闭一眼是必要的，不能赶尽杀绝；大家日后还得见面。这些话能明说么？怎么训话呢？看老刘那对眼睛，似乎死了也闭不上。帮忙是义气，真把山上的规矩一笔钩个净，作不到。不错，司令派尤老二是为拿反动分子。可是反动分子都是朋友呢。谁还不知道谁吃几碗干饭？难！

尤老二把灰哔叽袍脱了，出来向大家笑了笑。

“稽察长！”老刘的眼里有一万个“看不起尤老二”，“分派分派吧”。

尤老二点点头。他得给他们一手看。“等我开个单子，咱们的事儿得报告给李司令。昨儿个，前两天，不是我向诸位弟兄研究过？咱们是帮助李司令拿反动派。我不是说过：李司令把我叫了去，说，老二，我地面上生啊，老二你得来帮帮忙。我不好意思推辞，跟李司令也是多年的朋友。我这么一想，有办法。怎么说呢，我想起你们来。我在地面上熟哇，你们可知底呢。咱们一合把，还有什么不行的事。司令，我就说了，交给我了，司令既肯赏饭吃，尤老二还能给脸不兜着？弟兄们，有李司令就有尤老二，有尤老二就有你们。这我早已研究过了。我开个单子，谁管哪里，谁管哪里，合计好了，往上一报，然后再动手，这像官事，是不是？”尤老二笑着问大家。

老刘们都没言语。老褚挤了挤眼。可是谁也没感到僵得慌。尤老二不便再说什么，他得去开单子。拿笔刷刷的一写，他想，就得把老刘们唬背过气去。那年老褚绑王三公子的票，不是求尤老二写的通知书么？是的，他得刷刷的写一气。可是笔墨砚呢？这几们伙计简直没办法！“老赵，”尤老二想叫老赵买笔去。可是没说出来。为什么买东西单叫老赵呢？一来到钱上，叫谁去买东西都得有个分寸。这不是山上，可以马马虎虎。这是官事，谁该买东西去，谁该送信去，都应当分配好了。可是这就不容易，买东西有扣头，送信是白跑腿；谁活该白跑腿呢？“啊，没什么，老赵！”先等等买笔吧，想想再说。尤老二心里有点不自在。没想到作稽察长这么啰嗦。差事不算狠甜；也说不上苦来，假若八十元办公费都归自己的话。可是不能都归自己，伙计们都住过山；手儿一紧，还真许尝个黑枣，是玩的吗？这玩艺儿不好办，作着官而带着土匪，算哪道官呢？不带土匪又真不行，专凭尤老二自己去拿反动分子？拿个屁！尤老二摸了摸腰里的家伙：“哥儿们，硬的都带着哪？”

大家一齐点了点头。

“妈的怎么都哑巴了？”尤老二心里说。是什么意思呢？是不佩服咱尤老二呢，还是怕呢？点点头，不像自己朋友，不像；有话说呀。看老刘！一脸的官司。尤老二又笑了笑。有点不够官派，大概跟这群家伙还不能讲官派。骂他们一顿也许就骂欢喜了？不敢骂，他不是地道土匪。他知道他是脚踩两只船。他恨自己不是地道土匪，同时又觉得他到底高明，不高明能作官么？点上根烟，想主意，得喂喂这群家伙。办公费可以不撒手；得花点饭钱。

“走哇，弟兄们，五福馆！”尤老二去穿灰哔叽夹袍。

老赵的倭瓜脸裂了纹，好似是熟透了。老刘五十多年制成的石头腮帮笑出两道缝。老王老褚也都复活了，仿佛是。大家的嗓子里全有了津液，找不着话说也舐舐嘴唇。

到了五福馆，大家确是自己朋友了，不客气：有的要水晶肘，有的要全家福，老刘甚至于想吃锅爆鸡，而且要双上。吃到半饱，大家觉得该研究了。老刘当然先发言，他的岁数顶大。石头腮帮上红起两块，他喝了口酒，夹了块肘子，吸了口烟。“稽察长！”他扫了大家一眼：“烟土，暗门子，咱们都能手到擒来。那反——反什么？可得小心！咱们是干什么的？伤了义气，可合不着。不是一共才这么一小堆洋钱吗？”

尤老二被酒劲催开了胆量：“不是这么说，刘大哥！李司令派咱们哥几个，就为拿反动派。反动派太多了，不赶紧下手，李司令就不稳；他吹了，还有咱们？”

“比如咱们下了手，”老赵的酒气随着烟喷出老远，“毙上几个，咱们有枪，难道人家就没有？还有一说呢，咱们能老吃这碗饭吗？这不是怕。”

“谁怕谁是丫头养的！”老褚马上研究出来。

“丫头泥养的！”老赵接了过来：“不是怕，也不是不帮李司令的忙。义气，这是义气！好尤二哥的话，你虽然帮过我们，公面私面你也比我们见的广，可是你没上过山。”

“我不懂？”尤老二眼看空中，冷笑了声。

“谁说你不懂来着？”葫芦嘴的王小四顿出一句来。

“是这么着，哥儿们，”尤老二想烹他们一下：“捧我尤老二呢，交情；不捧呢，”又向空中一笑，“也没什么。”

“稽察长，”又是老刘，这小子的眼睛老瞪着：“真干也行呀，可有一样，我们是伙计，你是头目；毒儿可全归到你身上去。自己朋友，歹话先说明白了。叫我们去掏人，那容易，没什么。”

尤老二胃中的海参全冰凉了。他就怕的是这个。伙计办下来的，他去报功；反动派要是请吃黑枣，可也先请他！

但是他不能先害怕，事得走着瞧。吃黑枣不大舒服，可是报功得赏却有劲呢。尤老二混过这么些年了，哪宗事不是先下手的为强？要干就得玩真的！四十多了，不为自己，还不为儿子留下点吗儿？都像老刘们还行，顾脑袋不顾屁股，干一辈子黑活，连坟地都没有。尤老二是虚子，会研究，不能只听老刘的。他决定干。他得捧李司令。弄下几案来，说不定还会调到司令部去呢。出来也坐坐汽车什么的！尤老二不能老开着正步上任！

汤使人的胃与气一齐宽畅。三仙汤上来，大家缓和了许多。尤老二虽然还很坚决，可是话软和了些：“伙计们，还得捧我尤老二呀，找没什么蹦儿的弄吧——活该他倒霉，咱们多少露一手。你说，腰里带着硬的，净弄些个暗门子，算哪道呢？好啦！咱们就这么办，先找小的，不刺手的办，以后再说。办下来，咱们还是这儿，水晶肘还不坏，是不是？”

“秋天了，以后该吃红焖肘子了。”王小四不大说话，一说可就说到根上。

尤老二决定留王小四陪着他办公，其余的人全出去采访。不必开单子了，等他们采访回来再作报告。是的，他得去买笔墨砚，和洗脸盆。他自己去买，省得有偏有向。应当来个书记，可是忘了和李司令说。暂时先自己写吧，等办下案来再要求添书记；不要太心急，尤老二有根。二爹的儿子，听说，会写字，提拔他一下吧。将来添书记必用二爹的儿子，好啦，头一天上任，总算不含糊。

只顾在路上和王小四瞎扯，笔墨砚到底还是没有买。办公室简直不像办公室。可是也好：刷刷的写一气，只是心里这么想；字这种玩艺刷刷的来的时候，说真的，并不多；要写那个，那个偏偏不在家。没笔墨砚也好。办什么呢，可是？应当来份报纸，哪怕是看看广告的图呢。不能老和王小四瞎扯，虽然是老朋友，到底现在是官长与伙计，总得有个分寸。门口已经站过了，茶已喝足，月份牌已翻过了两遍。再没有事可干。盘算盘算家事，还有希望。薪水一百二，办公费八十——即使不能全数落下——每月一百五可靠。慢慢的得买所小房。妈的商二狗，跟张宗昌走了一趟，干落十万！没那个事了，没了。反动派还不就是他们么？哪能都像商二狗，资资本本的看着？诈不是钱到手就迷了头？就拿自己说吧，在税卡子上不是也弄了两三万吗？都哪儿去了？难怪反动呀，吃喝玩乐的惯了，再天天啃窝窝头？受不了，谁也受不了！是的，他们——凭良心说，连尤老二自己——都盼着张督办回来，当然的。妈的，丁三立一个人就存着两箱军用票呢！张要是回来，打开箱子，老丁马上是财主！拿反动派，说不下去，都是老朋友。可是月薪一百二，办公费八十，没法儿。得拿！妈的脑袋吊了碗大的疤，谁能顾得了许多！各自奔前程，谁叫张大帅一时回不来呢。拿，毙几个！尤老二没上过山，多少跟他们不是一伙。

四点多了，老刘们都没回来。这三个家伙是真踩窝子去了，还是玩去了？得定个办公时间，四点半都得回来报告。假如他们干铲儿不回来，像什么公事？没他们是不行，有他们是个累赘，真他妈的。到五点可不能再等；八点上班，五点关门；伙计们可以随时出去，半夜里拿人是常有的事；长官可不能老伺候着。得告诉他们，不大好开口。有什么不好开口，尤老二你不是头目么？马上告诉王小四，王小四哼了一声。什么意思呢？

“五点了，”尤老二看了千佛山一眼，太阳光儿在山头上放着金丝，金光下的秋草还有点绿色。“老王你照应着，明儿八点见。”

王小四的葫芦嘴闭了个严。

第二天早晨，尤老二故意的晚去了半点钟，拿着点劲儿。万一他到了，而伙计们没来，岂不是又得为难？

伙计们却都到了，还是都低着头坐在板凳上吸烟呢。尤老二想揪过一个来揍一顿，一群死鬼！他进了门，他们照旧又都立起来，立起来的很慢，仿佛都害着脚气。尤老二反倒笑了；破口骂才合适，可是究竟不好意思。他得宽宏大量，谁叫轮到自己当头目人呢。他得拿出虚子劲儿，唏唏哈哈，满不在乎。

“嗨，老刘，有活儿吗？”多么自然，和气，够味儿；尤老二心中夸赞着自己的话。

“活儿有，”老刘瞪着眼，还是一脸的官司：“没办。”

“怎么不办呢？”尤老二笑着。

“不用办，待会了他们自己来。”

“呕！”尤老二打算再笑，没笑出来。“你们呢？”他问老赵和老褚。

两人一齐摇了摇头。

“今天还出去吗？”老刘问。

“啊，等等，”尤老二进了里屋，“我想想看。”回头看了一眼，他们又都坐下了，眼看着烟头，一声不发，一群死鬼。

坐下，尤老二心里打开了鼓——他们自己来？不能细问老刘，硬输给他们，不能叫伙计小看了。什么意思呢，他们自己来？不能和老刘研究，等着就是了。还打发老刘们出去不呢？这得马上决定：“嗨，老褚！你走你的，睁着点眼，听见没有？”他等着大家笑，大家一笑便是欣赏他的胆量与幽默；大家没笑。“老刘，你等等再走。他们不是找我来吗？咱俩得陪陪他们。都是老朋友。”他没往下分派，老王老赵还是不走好，人多好凑胆子。可是他们要出去呢，也不便拦阻；干这行儿还能不要玄虚么？等他们问上来再讲。老王老赵都没出声，还算好。

“他们来几个?”话到嘴边上又咽了回去。反正尤老二这儿有三个伙计呢，全有硬家伙。他们要是来一群呢，那只好闭眼。走到哪儿说哪儿，肏!

还没报纸!哪像办公的样!况且长官得等着反动派，太难了。给司令部个电话，派一队来，来一个拿一个，全毙!不行，别太急了，看看再讲。九点半了，“嗨，老刘，什么时候来呀?”

“也快，稽察长!”老刘这小子有点故意的看哈哈笑。

“报!叫卖报的!”尤老二非看报不可了。

买了份大早报，尤老二找本地新闻，出着声儿念。非哃哃的念，念不上句来。他妈的女招待的姓别扭，不认识。别扭!哃哃，软一下，女招待的姓!

“稽察长!他们来了。”老刘特别的规矩。

尤老二不慌，放下姓别扭的女招待，轻轻的。“进来!”摸了摸腰中的家伙。

进来了一串。为首的是大个儿杨；紧跟着花眉毛，也是大傻个儿；猴四被俩大个子夹在中间，特别显着小；马六，曹大嘴，白张飞，都跟进来。

“尤老二!”大家一齐叫了声。

尤老二得承认他认识这一群，站起来笑着。

大家都说话，话便挤到了一处。嚷嚷了半天，全忘记了自己说的是什么。

“杨大个儿，你一个人说；嗨，听大个儿说!”大家的意见渐归一致，彼此的劝告：“听大个儿的!”

杨大个儿——或是大个儿杨，全是一样的——拧了拧眉毛，弯下点腰，手按在桌上，嘴几乎顶住尤老二的鼻子：“尤老二，我们给你来贺喜!”

“听着!”白张飞给猴四背上一拳。

“贺喜可是贺喜，你得请请我们。按说我们得请你，可是哥儿们这几天都短这个，”食指和拇指成了圈形。“所以呀，你得请我们。”

“好哥儿们的话啦，”尤老二接了过去。

“尤老二，”大个儿杨又接回去。“倒用不着你下帖，请吃馆子，用不着。我们要这个，”食指和拇指成了圈形。“你请我们坐车就结了。”

“请坐车？”尤老二问。

“请坐车！”大个儿有心事似的点点头。“你看，尤老二，你既然管了地面，我们弟兄还能作活儿吗？都是朋友。你来，我们滚。你来，我们滚；咱们不能抓破了脸。你作你的官，我们上我们的山。路费，你的事。好说好散，日后咱们还见面呢。”大个儿杨回头问大家：“是这么说不是？”

“对，就是这几句；听尤老二的了！”猴四把话先抢到。

尤老二没想到过这个。事情容易，没想到能这么容易。可是，谁也没想到能这么难。现在这群是六个，都请坐车；再来六十个，六百个呢，也都请坐车？再说，李司令是叫抓他们；若是都送车费，好话说着，一位一位的送走，算什么办法呢？钱从那儿来呢？这大概不能向李司令要吧？就凭自己的一百二薪水，八十块办公，送大家走？可是说回来，这群家伙确是讲面子，一声难听的没有：“你来，我们滚。”多么干脆，多么自己。事情又真容易，假如有人肯出钱的话。他笑着，让大家喝水，心中拿不定主意。他不敢得罪他们，他们会说好的，也有真厉害的。他们说滚，必定滚；可是，不给钱可滚不了。他的八十块办公费要连根烂。他还得装作愿意拿的样子，他们不吃硬的。

“得多少？朋友们！”他满不在乎似的问。

“一人十拉块钱吧。”大个儿杨代表大家回答。

“就是个车钱，到山上就好办了。”猴四补充上。

“今天后晌就走，朋友，说到哪儿办到哪儿！”曹大嘴说。

尤老二不能脆快，一人十块就是六十呀！八十办公费，去了四分之三！

“尤老二，”白张飞有点不耐烦，“干脆拍出六十块来，咱们再见。有我们没你，有你没我们，这不痛快？你拿钱，我们滚。你不——不用说了，咱们心照。好汉不必费话，三言两语。尤二哥，咱老张手背向下，和你讨个车钱！”

“好了，我们哥儿们全手背朝下了，日后再补付，哥儿们不是一天半天的交情！”杨大个儿领头，大家随着；虽然词句不大一样，意思可是相同。

尤老二不能再说别的了，从“腰里硬”里掏出皮夹来，点了六张十块的：“哥儿们！”他没笑出来。

杨大个儿们一齐叫了声“哥儿们。”猴四把票子卷巴卷巴塞在腰里：“再见了，哥儿们！”大家走出来，和老刘们点了头：“多喒山上见哪？”老刘们都笑了笑，送出门外。

尤老二心里难过的发空。早知道，调兵把六个家伙全扣住！可是，也许这么善办更好；日后还要见面呀。六十块可出去了呢；假如再来这么几当儿，连一百二的薪水赔上也不够！作哪道稽察长呢？稽察长叫反动派给炸了酱，哑巴吃黄连，苦说不出！老刘是好意呢，还是玩坏？得问问他！不拿土匪，而把土匪叫来，什么官事呢？还不能跟老刘太紧了，他也会上山。不用他还不行呢；得罪了谁也不成，这年头。假若自己一上任就带几个生手，哼，还许登时就吃了黑枣儿；六十块钱买条命，前后一合算，也还值得。尤老二没办法，过去的不用再提就怕明儿个又来一群要路费的！不能对老刘们说这个，自己得笑，得让他们看清楚：尤老二对朋友不含糊，六十就六十，一百就一百，不含糊；可是六十就六十，一百就一百，自己吃什么呢，稽察长喝西北风，那才有根！

尤老二又拿起报纸来，没劲！什么都没劲，六十块这么窝窝囊囊的出去，真没劲。看重了命，就得看不起自己；命好像不是自己的，得用钱买，他妈的！总得佩服猴四们，真敢来和稽察长要路费！就不怕登时被捉吗？竟自不怕，邪！丢人的是尤老二，不用说拿他们呀，连句硬张话都没敢说，好泄气！以后再说，再不能这么软！为当稽察长把自己弄软了，那才合不着。稽察长就得拿人，没第二句话！女招待的姓真别扭。老褚回来了。

老褚反正得进来报告，稽察长还能赶上去问么。老褚和老赵聊上了；等着，看他进来不；土匪们，没有道理可讲。

老褚进来了："尤——稽察长！报告！城北窝着一群朋——啊，什么来着？动——动子！去看看？"

"在哪儿？"尤老二不能再怕；六十块被敲出去，以后命就是命了，太爷哪儿也敢去。

"湖边上，"老褚知道地方。

"带家伙，老褚，走！"尤老二不含糊。坐窝儿掏！不用打算再叫稽察长出路费。

"就咱俩去？"老褚真会激人哪。

"告诉我地方，自己去也行，什么话呢！"尤老二拼了，不玩命，他们也不晓得稽察长多钱一斤。好吗，净开路费，一案办不下来，怎么对李司令呢？一百二的薪水！

老褚没言语，灌了碗茶，预备着走的样儿。尤老二带理不理的走出来，老褚后面跟着。尤老二觉得顺了点气，也硬了点胆子来。说真的，到底俩人比一个挡事的多，遇到事多少可以研究研究。

湖边上有个鼻子眼大小的胡同，里边会有个小店。尤老二的地面多熟，竟自会不知道这家小店。看着就像贼窝！忘了多带伙计！尤老二，他叫着自己，白闯练了这么多年，还是气浮哇！怎么不多带人呢？为什么和伙计们斗气呢？

可是，既来之则安之，走哇。也得给伙计们一手瞧瞧，咱尤老二没住过山哪，也不含糊！咱要是掏出那么一个半个的来，再说话可就灵验多了。看运气吧；也许是玩完，谁知道呢。“老褚，你堵门是我堵门?”

“这不是他们?”老褚往门里一指，“用不着堵，谁也不想跑。”

又是活局子！对，他们讲义气，他妈的。尤老二往门里打了一眼，几个家伙全在小过道里坐着呢。花蝴蝶，鼻子六儿，宋占魁，小得胜，还有俩不认识的；完了，又是熟人！

“进来，尤老二，我们连给你贺喜都不敢去，来吧，看看我们这群。过来见见，张狗子，徐元宝。尤老二。老朋友，自己弟兄。”大家东一句西一句，扯的非常亲热。

“坐下吧，尤老二，”小得胜——爸爸老得胜刚在河南正了法——特别的客气。

尤老二恨自己，怎么找不到话说呢？倒是老褚漂亮：“弟兄们，稽察长亲自来了，有话就说吧。”

稽察长笑着点了点头。

“那么，咱们就说干脆的，”鼻子六儿扯了过来：“宋大哥，带尤二哥看看吧!”

“尤二哥，这边!”宋占魁用大拇指往肩后一挑，进了间小屋。

尤老二跟过去，准没危险，他看出来。要玩命都玩不成；别扭不别扭？小屋里漆黑，地上潮得出味儿，靠墙有个小床，铺着点草。宋占魁把床拉出来，蹲在屋角，把湿渌渌的砖起了两三块，掏出几杆小家伙来，全扔在了床上。

“就是这一堆!”宋占魁笑了笑，在襟上擦擦手：“风太紧，带着这个，我们连火车也上不去！弟兄们就算困在这儿了。老褚奀，我们才知道你上去了。我们可就有了办法。这一堆交给你，你给点车钱，叫老褚送我们上火车。行也得行，不行也得行，弟兄们求到你这儿了!”

尤老二要吐！潮气直钻脑子。他捂上了鼻子。“交给我算怎么回事呢？”他退到屋门那溜儿。“我不能给你们看着家伙！”

“可我们带不了走呢，太紧！”宋占魁非常的恳切。

“我拿去也可以，可是得报官；拿不着人，报点家伙也是好的！也得给我想想啊，是不是？”尤老二自己听着自己的话都生气。太软了。尤老二！

“尤老二，你随便吧！”

尤老二本希望说僵了哇。

“随便吧，尤老二你知道，干我们这行的但分有法，能扔家伙不能？你怎办怎好。我们只求马上跑出去。没有你，我们走不了；叫老褚送我们上车。”

土匪对稽察长下了命令，自已弟兄！尤老二没的可说，没主意，没劲。主意有哇，用不上！身份是有哇，用不上！他显露了原形，直抓头皮。拿了家伙敢报官吗？况且，敢不拿着吗？嘿，送了车费，临完得给他们看家伙，哪道公事呢？尤老二只有一条路：不拿那些家伙也不送车钱，随他们去。可是，敢吗？下手拿他们，更不用想。湖岸上随时可以扔下一个半个的死尸；尤老二不愿意来个水葬。

“尤老二，”宋大哥非常的诚恳：“狗玩的不知道你为难；我们可也真没法。家伙你收着，给我们俩钱。后话不说，心照！”

“要多少？”尤老二笑得真伤心。

“六六三十六，多要一块是杂种！三十六块大洋！”

“家伙我可不管。”

“随便，反正我们带不了走。空身走，捉住不过是半年；带着硬的，不吃黑枣也差不多！实话！怕不怕，咱们自己哥儿们用不着吹腾；该小心也得小心。好了，二哥，三十六块，后会有期！”宋大哥伸了手。

三十六块过了手。稽察长没办法。“老褚，这些家伙怎办？”

“拿回去再说吧。”老褚很有根。

“老褚，”他们叫，“送我们上车！”

“尤二哥，”他们很客气，“谢谢啦！”

尤二哥只落了个“谢谢”。把家伙全拢起来，没法拿。只好和老褚分着插在腰间。多威武，一腰的家伙。想开枪都不行，人家完全信任尤二哥，就那么交出枪来，人家想不到尤二哥会翻脸不认人。尤老二连想拿他们也不想了，他们有根，得佩服他们！八十块办公费，赔出十六块去！尤老二没办法。一百二的薪水也保不住，大概！

尤老二的午饭吃得不香，倒喝了两盅窝心酒。什么也不用说了，自己没本事！对不起李司令，尤老二不是不顾脸的人。看吧，再有这么一当子，只好辞职，他心里研究着。多么难堪，辞职！这年头哪里去找一百二的事？再找李司令，万难。拿不了匪，倒叫匪给拿了，多么大的笑话！人家上了山以后，管保还笑着俺尤老二。尤老二整个是个笑话！越想越懊心。

只好先办烟土吧。烟土算反动不算呢？算，也没劲哪！反正不能辞职，先办办烟土也好。尤老二决定了政策。不再提反动。过些日子再说。老刘们办烟土是有把握的。

一个星期里，办下几件烟土来。李司令可是嘱咐办反动派！他不能催伙计们，办公费已经贴出十六块了。

是个星期一吧，伙计们都出去踩烟土，（烟土！）进了个傻大黑粗的家伙，大摇大摆的。

“尤老二！”黑脸上笑着。

“谁？钱五！你好大胆子！”

“有尤老二哥在这儿，我怕谁。”钱五坐下了；“给根烟吃吃。”

“干吗来了？”尤老二摸了摸腰里——又是路费！

“来？一来贺喜，二来道谢！他们全到了山上，很念你的好处！真的！”

“呕他们并没笑话我!”尤老二心里说。

“二哥!”钱五掏出一卷票子来:“不说什么了,不能叫你赔钱。弟兄们全到了山上,永远念你的好处。”

“这——”尤老二必须客气一下。

“别说什么,二哥,收下吧!宋大哥的家伙呢?”

“我是管看家伙的?”尤老二没敢说出来。“老褚手里呢。”

“好啦,二哥,我和老褚去要。”

“你从山上来?”尤老二觉得该闲扯了。

“从山上来,来劝你别往下干了。”钱五很诚恳。

“叫我辞职?”

“就是!你算是我们的人也好,不算也好。论事说,有你没我们,有我们没你。论人说,你待弟兄们好,我们也待你好。你不用再干了。话说到这儿为止。我在山上有三百多人,可是我亲自来了,朋友吗!我叫你不干,你顶好就不干。明白人不用多费话。我走了,二哥。告诉老褚我在湖边小店里等他。”

“再告诉我一句,”尤老二立起来:“我不干了,朋友们怎想?”

“没人笑话你!怕笑,二哥?好了,再见!”

稽察长换了人,过了两三天吧。尤老二,胖胖的,常在街上溜着,有时候也看千佛山一眼。

原载1934年10月1日《文学》第三卷第四号

牺　牲

言语是奇怪的东西。拿种类说，几乎一个人有一种言语。只有某人才用某几个字，用法完全是他自己的；除非你明白这整个的人，你决不能了解这几个字。你一辈子也未必明白得了几个人，对于言语乘早不用抱多大的希望；一个语言学家不见得能都明白他太太的话，要不然语言学家怎会有时候被太太罚跪在床前呢。我认识毛先生还是三年前的事。我们俩初次见面的光景，我还记得很清楚，因为我不懂他的话，所以十分注意的听他自己解释，因而附带的也记住了当时的情形。我不懂他的话，可不是因为他不会说国语。他的国语就是经国语推行委员会考试也得公公道道的给八十分。我听得很清楚，但是不明白。假如他用他自己的话写一篇小说，极精美的印出来，我一定还是不明白，除非每句都有他自己的注解。

那正是个晴美的秋天，树叶刚有些黄的；蝴蝶们还和不少的秋花游戏着。这是那种特别的天气：在屋里吧，作不下工去，外边好像有点什么向你招手，出来吧，也并没什么一定可作的事：使人觉得工作可惜，不工作也可惜。我就正这么进退两难，看看窗外的天光，我想飞到那蓝色的空中去；继而一想，飞到那里又干什么呢？立起来，又坐下，好多次了，正像外边的小蝶那样飞起去又落下来。秋光把人与蝶都支使得不知怎样好了。

最后，我决定出去看个朋友，仿佛看朋友到底像回事，而可以原谅自己似的。来到街上，我还没有决定去找哪个朋友。天气给了我个小说《牺牲》里有一段充满哲思的话："人生在某种文化下，不是被它——文化——管辖死，便是因反抗它而死。在人类的任何文化下，也没有多少自由。"毛博士的"特别""别扭"，正是他被某种"文化"即"美国精神"所套牢的表征。这是一篇典型的现代人性探索小说。小说的表层题旨是对于"模仿的猴子"的批判，而把深层触角伸向人性的幽暗空间。"我"不仅分析，而且产生了做毛博士心理治疗师的想法，"我总想治治他的寂苦"，但这个毛博士却一步步"把我引入了迷魂阵"。这时，"我"面对的是一条长长的心理分析暗道，关于心理治疗"我"只能承认"对这个人没办法"。"我绝不会治好他的苦闷"，但"我要看清楚他到底是怎回事"，因此，"我更对他注意了"。

建议。这样晴爽的天，当然是到空旷的地方去，我便想到光惠大学去找老梅，因为大学既在城外，又有很大的校园。

从楼下我就知道老梅是在屋里呢：他屋子的窗户都开着，窗台上还晒着两条雪白的手巾。我喊了他一声，他登时探出头来，头发在阳光下闪出个白圈儿似的。他招呼我上去，我便连蹦带跳的上了楼。不仅是他的屋子，楼上各处的门与窗都开着呢，一块块的阳光印在地板上，使人觉得非常的痛快。老梅在门口迎接我。他趿拉着鞋片，穿着短衣，看着很自在；我想他大概是没有功课。

"好天气?!"我们俩不约而同的问出来，同时也都带出赞美的意思。

“我”在毛博士身上发现了一种人性共同的东西：即“人必须有点什么抓得住自己的东西。有的人把这点东西永远放在嘴边上，有的人把它永远埋在心里头。办法不同，立意是一个样的。”寻找表象后面的隐秘的人性正是一个合格小说家的天职和本分，它把老舍的这篇小说提升到超越时空的不朽杰作之列。小说的中心线索就是“我”的人性探索之旅，其核心人物无疑是毛博士，可是，作为毛博士观察者的“我”也是作者刻意塑造的人物形象。作者没有以全知视角展开叙述，而是通过“我”的探索之旅来结构全篇，在不知不觉中使读者也加入了这一旅行。“有的人说，到现在他还在疯人院里呢。”小说以此作结，令人回味！」

屋里敢情还有一位呢，我不认识。

老梅的手在我与那位的中间一拉线，我们立刻郑重的带出笑容，而后彼此点头，牙都露出点来，预备问“贵姓”。可是老梅都替我们说了：“——君：毛博士。”我们又彼此龇了龇牙。我坐在老梅的床上；毛博士背靠着窗，斜向屋门立着；老梅反倒坐在把椅子上；不是他们俩很熟，就是老梅不大敬重这位博士，我想。

一边和老梅闲扯，我一边端详这位博士。这个人有点特别。他是“全份武装”的穿着洋服，该怎样的全就怎样了，例如手绢是在胸袋里掖着，领带上别着个针，表链在背心中下部横着，皮鞋尖擦得很亮等等。可是衣裳至少也像穿过三年的，鞋底厚得不很自然，显然是曾经换过掌儿。他不是“穿”洋服呢，倒好像是为谁许下了愿，发誓洋装三年似的；手绢必放在这儿，领带的针必别在那儿，都是一种责任，一种宗教上的律条。他不使人觉到穿西服的洋味儿，而令人联想到孝子扶杖披麻的那股勉强劲儿。

他的脸斜对着屋门，原来门旁的墙上有一面不小的镜子，他是照镜子玩呢。他的脸是两头跷，中间洼，像个元宝筐儿，鼻子好像是睡摇篮呢。眼睛因地势的关系——在元宝翅的溜坡上——也显着很深，像两个小圆槽，槽底上有点黑水；下巴往起跷着，因而下齿特别的向外，仿佛老和上齿顶得你出不来我进不去的。

他的身量不高，身上不算胖，也说不上瘦，恰好支得起那身责任洋服，可又不怎么带劲。脖子上安着那个元宝脑袋，脑袋上很负责的长着一大下黑头发，过度负责的梳得极光滑。

他照着镜子，照得有来有去的，似乎很能欣赏他自己的美好。可是我看他特别。他是背着阳光，所以脸的中部有点黑暗，因为那块十分的低洼。一看这点洼而暗的地方，我就赶紧向窗外看看，生怕是忽然阴了天。这位博士把那么晴好的天气都带累得使人怀疑它了。这个人别扭。

他似乎没心听我们俩说什么，同时他又舍不得走开；非常的无聊，因为无聊所以特别注意他自己。他让我想到：这个人的穿洋服与生活着都是一种责任。

我不记得我们是正说什么呢，他忽然转过脸来，低洼的眼睛闭上了一小会儿，仿佛向心里找点什么。及至眼又睁开，他的嘴刚要笑就又改变了计划，改为微声叹了口气，大概是表示他并没在心中找到什么。他的心里也许完全是空的。

“怎样，博士？”老梅的口气带出来他确是对博士有点不敬重。

博士似乎没感觉到这个。利用叹气的方便，他吹了一口：“噗”！仿佛天气很热似的。“牺牲太大了！”他说，把身子放在把椅子上，脚伸出很远去。

“哈佛的博士，受这个洋罪，哎？”老梅一定是拿博士开心呢。

“真哪！”博士的语声差不多是颤着：“真哪！一个人不该受这个

罪！没有女朋友，没有电影看，”他停了会儿，好像再也想不起他还需要什么——使我当时很纳闷，于是总而言之来了一句：“什么也没有！”幸而他的眼是那样洼，不然一定早已落下泪来；他千真万确的是很难过。

“要是在美国？”老梅又帮了一句腔。

“真哪！那怕是在上海呢：电影是好的，女朋友是多的，”他又止住了。

除了女人和电影，大概他心里没“吗儿”了，我想。我试了他一句：“毛博士，北方的大戏好啊，倒可以看看。”

他愣了半天才回答出来：“听外国朋友说，中国戏野蛮！”

我们都没了话。我有点坐不住了。待了半天，我建议去洗澡；城里新开了一家澡堂，据说设备得很不错。我本是约老梅去，但不能不招呼毛博士一声，他既是在这儿，况且又那么寂寞。

博士摇了摇头：“危险哪！”

我又胡涂了；一向在外边洗澡，还没淹死我一回呢。

“女人按摩！澡盆里……”他似乎很害怕。

明白了：他心中除了美国，只有上海。

“此地与上海不同，”我给他解释了这么些。

“可是中国还有哪里比上海更文明？”他这回居然笑了，笑得很不顺眼——嘴差点碰到脑门，鼻子完全陷进去。

“可是上海又比不了美国？”老梅是有点故意开玩笑。

“真哪！”博士又郑重起来：“美国家家有澡盆，美国的旅馆间间房子有澡！盆要洗，花——一放水：凉的热的，随意对；要换一盆，花——把陈水放了，从新换一盆，花——”他一气说完，每个“花”字都带着些吐沫星，好像他的嘴就是美国的自来水龙头。最后他找补了一小句：“中国人脏得很！”

老梅乘博士“花花”的工夫，已把袍子，鞋，穿好。

博士先走出去，说了一声，“再见哪”。说得非常的难听，好像心里满蓄着眼泪似的。他是舍不得我们，他真寂寞；可是他又不能上

“中国”澡堂去，无论是多么干净！

等到我们下了楼，走到院中，我看见博士在一个楼窗里面望着我们呢。阳光斜射在他的头上，鼻子的影儿给脸上印了一小块黑；他的上身前后的微动，那个小黑块也忽长忽短的动。我们快走到校门了，我回了回头，他还在那儿立着；独自和阳光反抗呢，仿佛是。

在路上，和在澡堂里，老梅有几次要提说毛博士，我都没接碴儿。他对博士有点不敬，我不愿被他的意见给我对那个人的印象加上什么颜色，虽然毛博士给我的印象并不甚好。我还不大明白他，我只觉得他像个半生不熟的什么东西——他既不是上海的小流氓，也不是美国华侨的子孙：不像中国人，也不像外国人。他好像是没有根儿。我的观察不见得正确，可是不希望老梅来帮忙；我愿自己看清楚了他。在一方面，我觉得他别扭；在另一方面，我觉得他很有趣——不是值得交往，是“龙生九种，种种各别”的那种有趣。

不久，我就得到了个机会。老梅托我给代课。老梅是这么个人：谁也不知道他怎样布置的，每学期中他总得请上至少两三个礼拜的假。这一回是，据他说，因为他的大侄子被疯狗咬了，非回家几天不可。

老梅把钥匙交给了我，我虽不在他那儿睡，可是在那里休息和预备功课。

过了两天，我觉出来，我并不能在那儿休息和预备功课。只要我一到那儿，毛博士——正好像他的姓有些作用——毛儿似的就飞了来。这个人寂寞。有时候他的眼角还带着点泪，仿佛是正在屋里哭，听见我到了，赶紧跑过来，连泪也没顾得擦。因此，我老给他个笑脸，虽然他不叫我安安顿顿的休息会儿。

虽然是菊花时节了。可是北方的秋晴还不至使健康的人长吁短叹的悲秋。毛博士可还是那么忧郁。我一看见他，就得望望天色。他仿佛会自己制造一种苦雨凄风的境界，能把屋里的阳光给赶了出去。

几天的工夫，我稍微明白些他的言语了。他有这个好处：他能满不理会别人怎么向他发愣。谁爱发愣谁发愣，他说他的。他不管言语本是要彼此传达心意的；跟他谈话，我得设想着：我是个留声机，他也是个留声机；说就是了，不用管谁明白谁不明白。怪不得老梅拿博士开玩笑呢，谁能和个留声机推心置腹的交朋友呢？

不管他怎样吧，我总想治治他的寂苦；年青青的不该这样。

我自然不敢再提洗澡与听戏。出去走走总该行了。

“怎能一个人走呢？真！”博士又叹了口气。

“一个人怎就不能走呢？”我问。

“你总得享受生命吧？”他反攻了。

“啊！”我敢起誓，我没这么胡涂过。

“一个人去走！”他的眼睛，虽然那么洼，冒出些火来。

“我陪着你，那么？”

“你又不是女人，”他叹了口长气。

我这才明白过来。

待了半天，他又找补了句：“中国人太脏，街上也没法走。”

此路不通，我又转了弯。“找朋友吃小馆去，打网球去；或是独自看点小说，练练字……”我把小布尔乔亚的谋杀光阴的办法提出一大堆；有他那套责任洋服在面前，我不敢提那些更有意义的事儿。

他的回答倒还一致，一句话抄百宗：没有女人，什么也不能干。

“那么，找女人去好啦！”我看准阵势，总攻击了。“那不是什么难事。”

“可是牺牲又太大了！”他又放了个胡涂炮。

“嗯？”也好，我倒有机会练习眨巴眼了；他算把我引入了迷魂阵。

“你得给她买东西吧？你得请她看电影，吃饭吧？”他好像是审我呢。

我心里说：“我管你呢！”

“自然是得买，自然是得请。这是美国的规矩，必定要这样。可是中国人穷啊；我，哈佛的博士，才一个月拿二百块洋钱——我得要求加薪！——那里省得出这一笔费用？”他显然是说开了头，我很注意的听。“要是花了这么笔钱，就顺当的定婚、结婚，也倒好了，虽然定婚要花许多钱，还能不买俩金戒指么？金价这么贵！结婚要花许多钱，蜜月必须到别处玩去，美国的规矩。家中也得安置一下：钢丝床是必要的，洋澡盆是必要的，沙发是必要的，钢琴是必要的，地毯是必要的。哎，中国地毯还好，连美国人也喜爱它！这得用几多钱？这还是顺当的话，假如你花了许多钱买东西，请看电影，她不要你呢？钱不是空花了?！美国常有这种事呀，可是美国人富哇。拿哈佛说，男女的交际，单讲吃冰激凌的钱，中国人也花不起！你看——"

我等了半天，他也没往下说，大概是把话头忘了；也许是被"中国"气迷糊了。

我对这个人没办法。他只好苦闷他的吧。

在老梅回来以前，我天天听到些美国的规矩，与中国的野蛮。还就是上海好一些，不幸上海还有许多中国人，这就把上海的地位低降了一大些。对于上海，他有点害怕：野鸡，强盗，杀人放火的事，什么危险都有，都因为有中国人。他眼中的中国人，完全和美国电影中的一样。"你必须用美国的精神作事，必须用美国人的眼光看事呀!"他谈到高兴的时候——还算好，他能因为谈讲美国而偶尔的笑一笑——老这样嘱咐我。什么是美国精神呢？他不能简单的告诉我。他得慢慢的讲述事实，例如家中必须有澡盆，出门必坐汽车，到处有电影园，男人都有女朋友，冬天屋里的温度在七十以上，女人们好看，客厅必有地毯……我把这些事都串在一处，还是不大明白美国精神。

老梅回来了，我觉得有点失望：我很希望能一气明白了毛博士，可是老梅一回来，我不能天天见他了。这也不能怨老梅。本来吗，咬他的侄子的狗并不是疯的，他还能不回来吗?

把功课教到哪里交待明白了，我约老梅去吃饭。就手儿请上毛博士。我要看看到底他是不能享受"中国"式的交际呢，还是他舍不得钱。

他不去。可是善意的辞谢："我们年青的人应当省点钱，何必出去吃饭呢？我们将来必须有个小家庭，像美国那样的。钢丝床，澡盆，电炉，"说到这儿，他似乎看出一个理想的小乐园：一对儿现代的亚当夏娃在电灯下低语。"沙发，两人读着《结婚的爱》，那是真正的快乐，真哪！现在得省着点……”

我没等他说完，扯着他就走。对于不肯花钱，是他有他的计划与目的，假如他的话是可信的；好了，我看看他享受一顿可口的饭不享受。

到了饭馆，我才明白了，他真不能享受！他不点菜，他不懂中国菜。“美国也很多中国饭铺，真哪。可是，中国菜到底是不卫生的。上海好，吃西餐是方便的。约上女朋友吃吃西餐，倒那个！”

我真有心告诉他，把他的姓改为“毛尔”或“毛利司”，岂不很那个？可是没好意思。我和老梅要了菜。

菜来了，毛博士吃得确不带劲。他的洼脸上好像要滴下水来，时时的向着桌上发愣。老梅又开玩笑了：

“要是有两三个女朋友，博士？”

博士忽然的醒过来：“一男一女；人多了是不行的。真哪。在自己的小家庭里，两个人炖一只鸡吃吃，真惬意！”

“也永远不请客？”老梅是能板着脸装傻的。

“美国人不像中国人这样乱交朋友，中国人太好交朋友了，太不懂爱惜时间，不行的！”毛博士指着脸子教训老梅。

我和老梅都没挂气；这位博士确是真诚，他真不喜欢中国人的一切——除了地毯。他生在中国，最大的牺牲，可是没法儿改善。他只能厌恶中国人，而想用全力组织个美国式的小家庭，给生命与中国增点光。自然，我不能相信美国精神就像是他所形容的那样，但是他所看见的那些，他都虔诚的信仰，澡盆和沙发是他的上帝。我也想到，设若他在美国就像他在中国这样，大概他也是没看见什么。可是他确看见了美国的电影园，确看见了中国人不干净，那就没法办了。

因此，我更对他注意了。我决不会治好他的苦闷，也不想分这份神了。我要看清楚他到底是怎回事。

虽然不给老梅代课了，可还不短找他去，因此也常常看到毛博士。有时候老梅不在，我便到毛博士屋里坐坐。

博士的屋里没有多少东西。一张小床，旁边放着一大一小两个铁箱。一张小桌，铺着雪白的桌布，摆着点文具，都是美国货。两把椅子，一张为坐人，一张永远坐着架打字机。另有一张摇椅，放着个为卖给洋人的团龙绣枕。他没事儿便在这张椅上摇，大概是想把光阴摇得无奈何了，也许能快一点使他达到那个目的。窗台上放着几本洋书。墙上有一面哈佛的班旗，几张在美国照的像片。屋里最带中国味的东西便是毛博士自己，虽然他也许不愿这么承认。

到他屋里去过不是一次了，始终没看见他摆过一盆鲜花，或是贴上一张风景画或照片。有时候他在校园里偷折一朵小花，那只为插在他的洋服上。这个人的理想完全是在创造一个人为的，美国式的，暖洁的小家庭。我可以想到，设若这个理想的小家庭有朝一日实现了，他必定终日放着窗帘，就是外面的天色变成紫的，或是太阳从西边出来，他也没那么大工夫去看一眼。大概除了他自己与他那点美国精神，宇宙一切并不存在。

在事实上也证明了这个。我们的谈话限于金钱，洋服，女人，结婚，美国电影。有时候我提到政治，社会的情形，文艺，和其他的我偶尔想起或哄动一时的事，他都不接碴儿。不过，设若这些事与美国有关系，他还肯敷衍几句，可是他另有个说法。比如谈到美国政治，他便告诉我一件事实：美国某议员结婚的时候，新夫妇怎样的坐着汽车到某礼拜堂，有多少巡警去维持秩序，因此教堂外观者如山如海！对别的事也是如此，他心目中的政治，美术，和无论什么，都是结婚与中产阶级文化的光华方面的附属物。至于中国，中国还有政治，艺术，社会问题等等？他最恨中国电影；中国电影不好，当然其他的一切也不好。对中国电影最不满意的地方便是男女不搂紧了热吻。

几年的哈佛，使他得到那点美国精神，这我明白。我不明白的是：难道他不是生在中国？他的家庭不是中国的？他没在中国——在上美国以前——至少活了廿来岁？为什么这样不明白不关心中国呢？

我试验多少次了，他的家中情形如何，求学与作事的经验……哼！他的嘴比石头子儿还结实！这就奇怪了，他永远赶着别人来闲扯，可是他又不肯说自己的事！

和他交往了快一年了，我似乎看出点来：这位博士并不像我所想的那么简单。即使他是简单，他的简单必是另一种。他必是有一种什么宗教性的诫律，使他简单而又深密。

他既不放松了嘴，我只好从新估定他的外表了。每逢我问到他个人的事，我留神看他的脸。他不回答我的问题，可是他的脸并没完全闲着。他一定不是个坏人，他的脸卖了他自己。他的深密没能完全胜过他的简单，可是他必须要深密。或者这就是毛博士之所以为毛博士了；要不然，还有什么活头呢。人必须有点抓得住自己的东西。有的人把这点东西永远放在嘴边上，有的人把它永远埋在心里头。办法不同，立意是一个样的。毛博士想把自己拴在自己的心上。他的美国精神与理想的小家庭是挂在嘴边的，可是在这后面，必是在这“后面”，才是真的他。

他的脸，在我试问他的时候，好像特别的洼了。从那最洼的地方发出一点黑晦，慢慢的布满了全脸，像片雾影。他的眼，本来就低深不易看到，此时便更往深处去了，仿佛要完全藏起去。他那些彼此永远挤着的牙轻轻咬那么几下，耳根有点动，似乎是把心中的事严严的关住，唯恐走了一点风。然后，他的眼忽然的发出些光，脸上那层黑影渐渐的卷起，都卷入头发里去。“真哪”！他不定说什么呢，与我所问的没有万分之一的关系。他胜利了，过了半天还用眼角撩我几下。

只设想他一生下来便是美国博士，虽然是简截的办法，但是太不成话。问是问不出来，只好等着吧。反正他不能老在那张椅上摇着玩，而一点别的不干。

光阴会把人事筛出来。果然，我等到一件事。

快到暑假了，我找老梅去。见着老梅，我当然希望也见到那位苦闷的象征。可是博士并没露面。

我向外边一歪头，“那位呢”?

“一个多星期没露面了，”老梅说。

“怎么了?”

“据别人说，他要辞职，我也知道的不多，”老梅笑了笑，“你晓得，他不和别人谈私事。”

“别人都怎说来?”我确是很热心的打听。

“他们说，他和学校订了三年的合同。”

“你是几年?”

“我们都没合同，学校只给我们一年的聘书。”

“怎么单单他有呢?”

“美国精神，不订合同他不干。”

整像毛博士!

老梅接着说：“他们说，他的合同是中英文各一份，虽然学校是中国人办的。博士大概对中国文字不十分信任。他们说，合同订的是三年之内两方面谁也不能辞谁，不得要求加薪，也不准减薪。双方签字，美国精神。可是，干了一年——这不是快到暑假了吗——他要求加薪，不然，他暑后就不来了。”

“呕，”我的脑子转了个圈。“合同呢?”

“立合同的时候是美国精神，不守合同的时候便是中国精神了。”老梅的嘴往往失于刻薄。

可是他这句话暗示出不少有意思的意思来。老梅也许是顺口的这么一说，可是正说到我的心坎上。“学校呢?”我问。

“据他们说，学校拒绝了他的请求；当然的，有合同吗。”

“他呢?”

“谁知道！他自己的事不对别人讲。就是跟学校有什么交涉，他也永远是写信，他有打字机。”

“学校不给他增薪，他能不干了吗?”

“没告诉你吗，没人知道?”老梅似乎有点看不起我。“他不干，是他自己失了信用；可是我准知道，学校也不会拿着合同跟他打官司，谁有工夫闹闲气。”

“你也不知道他要求增薪的理由? 呕，我是胡涂虫!”我自动的撤销这一句，可是又从另一方面提出一句来：“似乎应当有人去劝劝他!”

“你去吧；没我!”老梅又笑了。“请他吃饭，不吃；喝酒，不喝；问他什么，不说；他要说的，别人听着没味儿；这么个人，谁有法儿像个朋友似的去劝告呢？”

“你可也不能说，这位先生不是很有趣的？”

“那要凭怎么看了。病理学家看疯人都很有趣。”

老梅的语气不对，我听着。想了想，我问他：“老梅，博士得罪了你吧？我知道你一向对他不敬，可是——”

他笑了。“耳朵还不离，有你的！近来真有点讨厌他了。一天到晚，女人女人女人，谁那么爱听！”

“这还不是真正的原因，”我又给了他一句。我深知道老梅的为人：他不轻易佩服谁；可是谁要是真得罪了他，他也不轻易的对别人讲论。原先他对博士不敬，并无多少含意，所以倒肯随便的谈论；此刻，博士必是真得罪了他，他所以不愿说了，不过，经我这么一问，他也没了办法。

“告诉你吧，”他很勉强的一笑：“有一天，博士问我，梅先生，你也是教授？我就说了，学校这么请的我，我也没法。可是，他说，你并不是美国的博士？我说，我不是；美国博士值几个子儿一枚？我问他。他没说什么，可是脸完全绿了。这还不要紧，从那天起，他好像记死了我。他甚至写信质问校长：梅先生没有博士学位，怎么和有博士学位的——而且是美国的——挣一样多的薪水呢？我不晓得他从哪里探问出我的薪金数目。”

“校长也不好，不应当让你看那封信。”

“校长才不那么胡涂；博士把那封信也给了我一封，没签名。他大概是不屑与我为伍。”老梅笑得更不自然了。青年都是自傲的。

“哼，这还许就是他要求加薪的理由呢！”我这么猜。

“不知道。咱们说点别的？”

辞别了老梅，我打算在暑假放学之前至少见博士一面，也许能打听得出点什么来。凑巧，我在街上遇见了他。他走得很急。眉毛拧着，脸洼得像个羹匙。不像是走道呢，他似乎是想把一肚子怨气赶出去。

“哪儿去，博士？”我叫住了他。

“上邮局去，”他说，掏出手绢——不是胸袋掖着的那块——擦了擦汗。

“快暑假了，到哪里去休息?”

“真哪！听说青岛很好玩，像外国。也许去玩玩。不过——”

我准知道他要说什么，所以没等“不过”的下回分解说出来，便又问：“暑后还回来吗?”

“不一定。”或者因为我问得太急，所以他稍微说走了嘴：不一定自然含有不回来的意思。他马上觉到这个，改了口：“不一定到青岛去。”假装没听见我所问的。“一定到上海去的。痛快的看几次电影；在北方作事，牺牲太大了，没好电影看！上学校来玩啊，省得寂寞!”话还没说利索，他走开了，一迈步就露出要跑的趋势。

我不晓得他那个“省得寂寞”是指着谁说的。至于他的去留，只好等暑假后再看吧。

刚一考完，博士就走了，可是没把东西都带去。据老梅的猜测：博士必是到别处去谋事，成功呢便用中国精神硬不回来，不管合同上定的是几年。找不到事呢就回来，表现他的美国精神。事实似乎与这个猜测应合：博士支走了三个月的薪水。我们虽不愿往坏处揣度人，可是他的举动确是令人不能必定往好处想。薪水拿到手里究竟是牢靠些，他只信任他自己，因为他常使别人不信任他。

过了暑假，我又去给老梅代课。这回请假的原因，大概连老梅自己也不准知道，他并没告诉我吗。好在他准有我这么个替工，有原因没有的也没多大关系了。

毛博士回来了。

谁都觉得这么回来是怪不得劲的，除了博士自己。他很高兴。设若他的苦闷使人不表同情，他的笑脸看着有点多余。他是打算用笑表示心中的快活，可是那张脸不给他作劲。他一张嘴便像要打哈欠，直到我看清他的眼中没有泪，才醒悟过来；他原来是笑呢。这样的笑，笑不笑没多大关系。他紧自这么笑，闹得我有点发毛咕。

“上青岛去了吗?”我招呼他。他正在门口立着。

“没有。青岛没有生命，真哪!”他笑了。

"啊?"

"进来，给你件宝贝看!"

我，傻子似的，跟他进去。

屋里和从前一样，就是床上多了一个蚊帐。他一伸手从蚊帐里拿出个东西，遮在身后："猜!"

我没这个兴趣。

"你说，是南方女人，还是北方女人好?"他的手还在背后。

我永远不回答这样的问题。

他看我没意思回答，把手拿到前面来，递给我一张像片。而后肩并肩的挤着我，脸上的笑纹好像真要在我脸上走似的；没说什么；他的嘴，也不知是怎么弄的，直唧唧的响。

女人的像片。拿像片断定人的美丑是最容易上当的，我不愿说这个女人长得怎么样。就它能给我看到的，不过是年纪不大，头发烫得很复杂而曲折，小脸，圆下颏，大眼睛。不难看，总而言之。

"定了婚，博士?"我笑着问。

博士笑得眉眼都没了准地方，可是没出声。

我又看了看像片，心中不由得怪难过的。自然，我不能代她断定什么；不过，我倘若是个女子……

"牺牲太大了!"博士好容易才说出话来："可是值得的，真哪!现在的女人多么精，才廿一岁，什么都懂，仿佛在美国留过学！头一次我们看完电影，她无论怎说也得回家，精呀！第二次看电影，还不许我拉她的手，多么精！电影票都是我打的！最后的一次看电影才准我吻了她一下，真哪！花多少钱也值得，没空花了；我临来，她送我到车站，给我买来的水果！花点钱，值得，她永远是我的；打野鸡不行呀，花多少钱也不行，而且有危险的！从今天起，我要省钱了。"

我插进去一句："你花钱还费吗?"

"哎哟!"元宝底上的眼睛居然努出来了。"怎么不费钱?!一个人，吃饭，洗衣服。哪样不花钱！两个人也不过花这多，饭自己作，衣服自己洗。夫妇必定要互助呀。"

“那么，何必格外省钱呢?”

“钢丝床要的吧? 澡盆要的吧? 沙发要的吧? 钢琴要的吧? 结婚要花钱的吧? 蜜月要花钱的吧? 家庭是家庭哟!”他想了想：“结婚请牧师也得送钱的!”

“干吗请牧师?”

“郑重；美国的体面人都请牧师祝婚，真哪!”他又想了想：“路费! 她是上海的；两个人从上海到这里，二等车! 中国是要不得的，三等车没法坐的! 你算算一共要几多钱? 你算算看!”他的嘴咕弄着，手指也轻轻的掐，显然是算这笔账呢。大概是一时算不清，他皱了皱眉。紧跟着又笑了：“多少钱也得花的! 假如你买个五千元的钻石，不是为戴上给人看么? 一个南方美人，来到北方，我的，能不光荣些么? 真哪，她是上海最美的女子了；这还不值得牺牲么? 一个人总得牺牲的!”

我始终还是不明白什么是牺牲。

替老梅代了一个多月的课，我的耳朵里整天嗡嗡着上海，结婚，牺牲，光荣，钢丝床……有时候我编讲义都把这些编进去，而得从新改过；他已把我弄胡涂了。我真盼老梅早些回来，让我去清静两天吧。观察人性是有意思的事，不过人要像年糕那样粘，把我的心都粘住，我也有受不了的时候。

老梅还有五六天就回来了。正在这个时候，博士又出了新花样。他好像一篇富于技巧的文章，正在使人要生厌的时候，来几句漂亮的。

他的喜劲过去了。除了上课以外，他总在屋里拍拉拍拉的打字。拍拉过一阵，门开了，溜着墙根，像条小鱼似的，他下楼去送信。照直去，照直回来；在屋里咚咚的走。走着走着，叹一口气，声音很大，仿佛要把楼叹倒了，以便同归于尽似的。叹过气以后，他找我来了，脸上带着点顶惨淡的笑。“噗”! 他一进门先吹口气，好像屋中净是尘土。然后，“你们真美呀，没有伤心的事!”

他的话老有这么种别致的风格，使人没法答碴儿。好在他会自动的给解释：“没法子活下去，真哪! 哭也没用，光阴是不着急的! 恨不能飞到上海去!”

“一天写几封信?”我问了句。

“一百封也是没用的!我已经告诉她,我要自杀了!这样不是生活,不是!”博士连连的摇头。

“好在到年假才还不到三个月。”我安慰着他,“不是年假里结婚吗?”

他没有回答,在屋里走着。待了半天:“就是明天结婚,今天也是难过的!”

我正在找些话说,他忽然像忘了些什么重要的事,一闪似的便跑出去。刚进到他的屋中,拍拉,拍拉,拍,打字机又响起来。

老梅回来了。我在年假前始终没找他去。在新年后,他给我转来一张喜帖,用英文印的。我很替毛博士高兴,目的达到了,以后总该在生命的别方面努力了。

年假后两三个星期了,我去找老梅。谈了几句便又谈到毛博士。

“博士怎样?”我问,“看见博士太太没有?”

“谁也没看见她;他是除了上课不出来,连开教务会议也不到。”

“咱俩看看去?”

老梅摇了头:“人家不见,同事中有碰过钉子的了。”

这个,引动了我的好奇心。没告诉老梅,我自己要去探险。

毛博士住着五间小平房,院墙是三面矮矮的密松。远远的,我看见院中立着个女的,细条身框,穿着件黑袍,脸朝着阳光。她一动也不动,手直垂着,连蓬松的头发好像都镶在晴冷的空中。我慢慢的走,她始终不动。院门是两株较高的松树,夹着一个绿短棚子。我走到这个小门前了,与她对了脸。她像吓了一跳,看了我一眼,急忙转身进去了。在这极短的时间内,我得了个极清楚的印象:她的脸色青白,两个大眼睛像迷失了的羊那样悲郁,头发很多很黑,和下边的长黑袍联成一段哀怨,她走得极轻快,好像把一片阳光忽然的全留在屋子外边。我没去叫门,慢慢的走回来了。我的心中冷了一下,然后觉得茫然的不自在。到如今我还记得这个黑衣女。

大概多数的男人对于女性是特别显着侠义的。我差不多成了她的义务侦探了。博士是否带她常出去玩玩，譬如看看电影？他的床是否钢丝的？澡盆？沙发？当他跟我闲扯这些的时候，我觉得他毫无男子气。可是由看见她以后，这些无聊的事都在我心中占了重要的地位。自然，这些东西的价值是由她得来的。我钻天觅缝的探听，甚至于贿赂毛家的仆人——他们用着一个女仆。我所探听到的是他们没出去过，没有钢丝床与沙发。他们吃过一回鸡，天天不到九点钟就睡觉……

我似乎明白些毛博士了。凡是他口中说的——除了他真需个女人——全是他视为作不到的，所以作不到的原因是他爱钱。他梦想要作个美国人；及至来到钱上，他把中国固有的夫为妻纲与美国的资产主义联合到一块。他自己便是他所恨恶的中国电影，什么在举动上都学好莱坞的，而根本上是中国的，他是个自私自利而好摹仿的猴子。设若他没上过美国，他一定不会这么样，他至少要在人情上带出点中国气来。他上过美国，自觉着他为中国当个国民是非常冤屈的事。他可以依着自己的方便，在美国精神的装饰下，作出一切。结婚，大概只有早睡觉的意义。

我没敢和老梅提说这个，怕他耻笑我；说真的，我实在替那个黑衣女抱不平。可是，我不敢对他说；青年们的想象是不易往厚道里走的。

春假了，由老梅那里我听来许多人的消息：有的上山去玩，有的到别处去逛。我听不到博士夫妇的。学校里那么多人，好像没人注意他们俩——按普通的理说，新夫妇是最使人注意的。

我决定去看看他们。

校园里的垂柳已经绿得很有个样儿了。丁香可是才吐出颜色来。教员们，有的没去旅行，差不多都在院中种花呢。到了博士的房子左近，他正在院中站着。他还是全份武装的穿着洋服，虽然是在假期里。阳光不易到的地方，还是他的脸的中部。隔着松墙我招呼了他一声：

“没到别处玩玩去，博士？”

“哪里也没有家里好，”他的眼瞭了远处一下。

“美国人不是讲究旅行么?”我一边说一边往门那里凑。

他没回答我。看着我，他直往后退，显出不欢迎我进去的神气。我老着脸，一劲的前进。他退到屋门，我也离那儿不远了。他笑得极不自然了，牙咬了两下，他说了话：

“她病了，改天再招待你呀。”

“好吧，”我也笑了笑。

“改天来——”他没说完下半截便进去了。

我出了门，校园中的春天似乎忽然逃走了。我非常的不愉快。

又过了十几天，我给博士一个信儿，请他夫妇吃饭。我算计着他们大概可以来；他不交朋友，她总不会也愿永远囚在家中吧?

到了日期，博士一个人来了。他的眼边很红，像是刚揉了半天的。脸的中部特别显着洼，头上的筋都跳着。

“怎啦，博士?”我好在没请别人，正好和他谈谈。

“妇人，妇人都是坏的！都不懂事！都该杀的!”

“和太太吵了嘴?”我问。

“结婚是一种牺牲，真哪！你待她天好，她不懂，不懂!”博士的泪落下来了。

“到底怎回事?”

博士抽答了半天，才说出三个字来：“她跑了!”他把脑门放在手掌上，哭起来。

我没想安慰他。说我幸灾乐祸也可以，我确是很高兴，替她高兴。

待了半天，博士抬起头来，没顾得擦泪，看着我说：

“牺牲太大了！叫我，真！怎样再见人呢!?我是哈佛的博士，我是大学的教授！她一点不给我想想！妇人!”

“她为什么走了呢?”我假装皱上眉。

“不晓得。”博士净了下鼻子。“凡是我以为对的，该办的，我都办了。”

“比如说?”

“储金，保险，下课就来家陪她，早睡觉，多了，多了！是我见到的，我都办了；她不了解，她不欣赏！每逢上课去，我必吻她一下，还要怎样呢？你说！”

我没的可说，他自己接了下去。他是真憋急了，在学校里他没一个朋友。“妇女是不明白男人的！定婚，结婚，已经花了多少钱，难道她不晓得？结婚必须男女两方面都要牺牲的。我已经牺牲了那么多，她牺牲了什么？到如今，跑了，跑了！”博士立起来，手插在裤袋里，眉毛拧着：“跑了！”

“怎办呢？”我随便问了句。

“没女人我是活不下去的！”他并没看我，眼看着他的领带。“活不了！”

“找她去？”

“当然！她是我的！跑到天边，没我，她是个‘黑’人！她是我的，那个小家庭是我的，她必得老跟着我！”他又坐下了，又用手托住脑门。

“假如她和你离婚呢？”

“凭什么呢？难道她不知道我爱她吗？不知道那些钱都是为她花了吗？就没点良心吗？离婚？我没有过错！”

“那是真的。”我自己知道这是什么意思。

他抬头看了我一眼，气好像消了些，舐了舐嘴唇，叹了口气：“真哪，我一见她脸上有些发白，第二天就多给她一个鸡子儿吃！我算尽到了心！”他又不言语了，呆呆的看着皮鞋尖。

“你知道她上哪儿了？”

博士摇了摇头。又坐了会儿，他要走。我留他吃饭，他又摇头：“我回去，也许她还回来。我要是她，我一定回来。她大概是要回来的。我回去看看。我永远爱她，不管她待我怎样。”他的泪又要落下来，勉强的笑了笑，抓起帽子就往外走。

这时候，我有点可怜他了。从一种意义上说，他的确是个牺牲者——可是不能怨她。

过于两天，我找他去，他没拒绝我进去。

屋里安设得很简单，除了他原有的那份家具，只添上了两把藤椅，一个长桌，桌上摆着他那几本洋书。这是书房兼客厅；西边有个小门，通到另一间去，挂着个洋花布单帘子。窗上都挡着绿布帘，光线不十分足。地板上铺着一领厚花席子。屋里的气味很像个欧化了的日本家庭，可是没有那些灵巧的小装饰。

我坐在藤椅上，他还坐那把摇椅，脸对着花布帘子。

我们俩当然没有别的可谈。他先说了话：

“我想她会回来，到如今竟自没消息，好狠心！”说着，他忽然一挺身，像是要立起来，可是极失望的又缩下身去。原来那个花布帘被一股风吹得微微一动。

这个人已经有点中了病！我心中很难过了。可是，我一想：结婚刚三个多月，她就逃走，想必她是真受不住了；想必她也看出来，这个人是无希望改造的。三个月的监狱生活是满可以使人铤而走险的。况且，性欲的生活，有时候能使人一天也受不住的——由这种生活而起的厌恶比毒药还厉害。我由博士的气色和早睡的习惯已猜到一点，现在我要由他的口中证实了。我和他谈一些严重的话。便换换方向，谈些不便给多于两个人听的。他也很喜欢谈这个，虽然更使他伤心。他把这种事叫“爱”。他很“爱”她，有时候一夜“爱”四次。他还有个理论：

“受过教育的人性欲大，真哪。下等人的操作使他们疲倦，身体上疲倦。我们用脑子的，体力是有余的，正好借这个机会运动运动。况且，因为我们用脑子，所以我们懂得怎样‘爱’，下等人不懂!”

我心里说，“要不然她怎会跑了呢!”

他告诉我许多这种经验，可是临完更使他悲伤——没有女人是活不下去的！我去了几次，慢慢的算是明白了他的一部分：对于女人，他只管“爱”，而结婚与家庭设备的花费是“爱”的代价。这个代价假如轻一点，“博士”会给增补上所欠的分量。“一个美国博士，你晓得，在女人心中是占分量的。”他说，附带着告诉我：“你想要个美的，大学毕业的，年青的，品行端正的女人，先去得个博士，真哪!”

他的气色一天不如一天了。对那个花布帘，他越发注意了；说着说着话，他能忽然立起来，走过去，掀一掀它。而后回来，坐下，不言语好大半天。脸比绿窗帘绿得暗一些。

可是他始终没要找她去，虽然嘴里常这么说。我以为即使他怕花了钱而找不到她，也应当走一走，或至少是请几天假。因为他自己说她要把“博士”与“教授”的尊严一齐给他毁掉了。为什么他不躲几天，而照常的上课，虽然是带着眼泪？后来我才明白：他要大家同情他，因为他的说法是这个：“嫁给任何人，就属于任何人，况且嫁的是博士？从博士怀中逃走，不要脸，没有人味！”他不能亲自追她去。但是他需要她，他要“爱”。他希望她回来，因为他不能白花了那些钱。这个，尊严与“爱”，牺牲与耻辱，使他进退两难，哭笑皆非，一天不定掀多少次那个花布帘。他甚至于后悔没娶个美国女人了，中国女人是不懂事，不懂美国精神的！

人生在某种文化下，不是被它——文化——管辖死，便是因反抗它而死。在人类的任何文化下，也没有多少自由。毛博士的事是没法解决的。他肩着两种文化的责任，而想把责任变成享受。洋服也得规矩的穿着，只是把脖子箍得怪难受。脖子是他自己的，但洋服是文化呢！

木槿花一开，就快放暑假了。毛博士已经有几天没出屋子。据老梅说，博士前几天还上课，可是在课堂上只讲他自己的事，所以学校请他休息几天。

我又去看他，他还穿着洋服在椅子上摇呢，可是脸已不像样儿了，最洼的那一部分已经像陷进去的坑，眼睛不大爱动了，可是他还在那儿坐着。我劝他到医院去，他摇头：“她回来，我就好了；她不回来，我有什么法儿呢？”他很坚决，似乎他的命不是自己的。“再说，”他喘了半天气才说出来：“我已经天天喝牛肉汤；不是我要喝，是为等着她；牺牲，她跑了我还得为她牺牲！”

我实在找不到话说了。这个人几乎是可佩服的了。待了半天，他的眼忽然的亮了，抓住椅子扶手，直起胸来，耳朵侧着，“听！她回来了！是她!”他要立起来，可是只弄得椅子前后的摇了几下，他起不来。

外边并没有人。他倒了下去，闭上了眼，还喘着说：“她——也——许——明天来。她是——我——的!”

暑假中，学校给他家里打了电报，来了人，把他接回去。以后，没有人得到过他的信。有的人说，到现在他还在疯人院里呢。

原载 1934 年 4 月 1 日《文学》第二卷第四号

阳　光

一

想起幼年来，我便想到一株细条而开着朵大花的牡丹，在春晴的阳光下，放着明艳的红瓣儿与金黄的蕊。我便是那朵牡丹。偶尔有一点愁恼，不过像一片早霞，虽然没有阳光那样鲜亮，到底还是红的。我不大记得幼时有过阴天；不错，有的时候确是落了雨，可是我对于雨的印象是那美的虹，积水上飞来飞去的蜻蜓，与带着水珠的花。自幼我就晓得我的娇贵与美丽。自幼我便比别的小孩精明，因为我有机会学事儿。要说我比别人多会着什么，倒未必；我并不须学习什么。可是我精明，这大概是因为有许多人替我作事；我一张嘴，事情便作成了。这样，我的聪明是在怎样支使人，和判断别人作的怎样：好，还是不好。所以我精明。别人比我低，所以才受我的支使；别人比我笨，所以才不能老满足我的心意。地位的优越使我精明。可是我不愿承认地位的优越，而永远自信我很精明。因此，不但我是在阳光中，而且我自居是个明艳光暖的小太阳；我自己发着光。

二

我的父母兄弟，要是比起别人的，都很精明体面。可是跟我一比，他们还不算顶精明，顶体面。父母只有我这么一个女儿，兄弟只有我

《阳光》,《月牙儿》的姊妹篇。小说通过一个富家女儿的口,展示的是一个女性的独特成长史,有肉身的,有心理的;一个女性眼中的男权世界,揭穿了他们的伪善,他们的丑恶;一个女性悲剧折射出的人间生活百态,男女通奸、利益交换。

初看前半段,还以为是个“安娜”式的故事呢,“我得到了光荣,身份,丈夫;丈夫,我怎能只要个丈夫呢?我不是应当要个男子么?一个男子,哪怕是个顶粗莽的,打我骂我的男子呢,能把我压碎了,吻死的男子呢!我的丈夫只是个丈夫,他衣冠齐楚,谈吐风雅,是个最体面的杨四郎,或任何戏台上的穿绣袍的角色。他的行止言谈都是戏文儿。”“我”渴望一些生命的“力”,“人到底是肉作的。”“丈夫给我支持着身份,我自己再找到他所不能给我的,我便是个十全的女子了,这一辈子总算值得!一个粗莽的、俊美的,像团炸药样的贵人,被我捉住。他要我的一切,他要把我炸碎而后再收拾好,以便重新炸碎。我所缺乏的,一次就全补上了;可是我还需要第二次。我真哭真笑了,他野得

这么一个姊妹,我天生来的可贵。连父母都得听我的话。我永远是对的。我要在平地上跌倒,他们便争着去责打那块地;我要是说苹果咬了我的唇,他们便齐声的骂苹果。我并不感谢他们,他们应当服从我。世上的一切都应当服从我。

像只老虎，使我不能安静。我必须全身颤动着，不论是跟他玩耍，还是与他争闹，我有时候完全把自己忘掉，完全焚烧在烈火里，然后我清醒过来，回味着创痛的甜美，像老兵谈战那样。他能一下子把我掷在天外，一下子又拉回我来贴着他的身。我晕在爱里，迷忽的在生命与死亡之间，梦似的看见全世界都是红花。我这才明白了什么是爱，爱是肉体的，野蛮的，力的，生死之间的。”可是，充满反讽的是：“我”不是“安娜”，“我”与“渥伦斯基”的“爱”成全了“卡列宁”，“渥伦斯基”成了“卡列宁”的“贵人”！

中国不是俄国！丈夫纳了妾，“我”遂提起诉讼，与丈夫离婚，可是，“我”终于明白：“控告了你的丈夫便是拆了你的粮库！”一个有道德的男人可以纳妾，可以嫖娼，但唯独不能“离婚”！在一个男权中心主义社会，女性的幸福有可能吗？ 」

三

记忆中的幼年是一片阳光，照着没有经过排列的颜色，像风中的一片各色的花，摇动复杂而浓艳。我也记得我曾害过小小的病，但是病更使我娇贵，添上许多甜美的细小的悲哀，与意外的被人怜爱。我现在还记得那透明的冰糖块儿，把药汁的苦味减到几乎是可爱的。在病中我是温室里的早花，虽然稍微细弱一些，可是更秀丽可喜。

四

到学校去读书是较大的变动，可是父母的疼爱与教师的保护使我只记得我的胜利，而忘了那一点点痛苦。在低级里，我已经觉出我自己的优越。我不怕生人，对着生人我敢唱歌，跳舞。我的装束永远是最漂亮的。我的成绩也是最好的；假若我有作不上来的，回到家中自有人替我作成，而最高的分数是我的。因为这些学校中的训练，我也在亲友中得到美誉与光荣，我常去给新娘子拉纱，或提着花篮，我会眼看着我的脚尖慢慢的走，觉出我的腮上必是红得像两瓣儿海棠花。我的玩具，我的学校用品，都证明我的阔绰。我很骄傲，可也有时候很大方，我爱谁就给谁一件东西。在我生气的时候，我随便撕碎摔坏我的东西，使大家知道我的脾气。

五

入了高小，我开始觉出我的价值。我厉害，我美丽，我会说话，我背地里听见有人讲究我，说我聪明外露，说我的鼻孔有点向上翻着。我对着镜子细看，是的，他们说对了。但是那并不减少我的美丽。至于聪明外露，我喜欢这样。我的鼻孔向上撑着点，不但是件事实而且我自傲有这件事实。我觉出我的鼻孔可爱，它向上翻着点，好像是藐视一切，和一切挑战；我心中的最厉害的话先由鼻孔透出一点来；当我说过了那样的话，我的嘴唇向下撇一些，把鼻尖坠下来，像花朵在晚间自己并上那样甜美的自爱。对于功课，我不大注意；我的学校里本来不大注意功课。况且功课与我没多大关系，我和我的同学们都是阔家的女儿，我们顾衣裳与打扮还顾不来，哪有工夫去管功课呢。学校里的穷人与先生与工友们！我们不能听工友的管辖，正像不能受先生们的指挥。先生们也知道她们不应当管学生。况且我们的名誉并不因此而受损失；讲跳舞，讲唱歌，讲演剧，都是我们的最好，每次赛会都是我们第一。就是手工图画也是我们的最好，我们买得起的材料，别的学校的学生买不起。我们说不上爱学校与先生们来，可也不恨它与她们，我们的光荣常常与学校分不开。

六

在高小里，我的生活不尽是阳光了。有时候我与同学们争吵得很厉害。虽然胜利多半是我的，可是在战斗的期间到底是费心劳神的。我们常因服装与头发的式样，或别种小的事，发生意见，分成多少党。我总是作首领的。我得细心的计划，因为我是首领。我天生来是该作首领的，多数的同学好像是木头作的，只能服从，没有一点主意；我是她们的脑子。

七

在毕业的那一年，我与班友们都自居为大姑娘了。我们非常的爱上学。不是对功课有兴趣，而是我们爱学校中的自由。我们三个一群，两个一伙，挤着搂着，充分自由的讲究那些我们并不十分明白而愿意明白的事。我们不能在另一个地方找到这种谈话与欢喜，我们不再和小学生们来往，我们所知道的和我们以为已经知道的那些事使我们觉得像小说中的女子。我们什么也不知道，也不愿意知道什么；我们只喜爱小说中的人与事。我们交换着知识使大家都走入一种梦幻境界。我们知道许多女侠，许多烈女，许多不守规矩的女郎。可是我们所最喜欢的是那种多心眼的，痴情的女子，像林黛玉那样的。我们都愿意聪明，能说出些尖酸而伤感的话。我们管我们的课室叫“大观园”。是的，我们也看电影，但是电影中的动作太粗野，不像我们理想中的那么缠绵。我们既都是阔家的女儿，在谈话中也低声报告着在家中各人所看到的事，关于男女的事。这些事正如电影中的，能满足我们一时的好奇心，而没有多少味道。我们不希望干那些姨太太们所干的事，我们都自居为真正的爱人，有理想，有痴情；虽然我们并不懂得什么。无论怎说吧，我们的一半纯洁一半污浊的心使我们愿意听那些坏事，而希望自己保持住娇贵与聪明。我们是一群十四五岁的鲜花。

八

在初入中学的时候，我与班友们由大姑娘又变成了小姑娘；高年级的同学看不起我们。她们不但看不起我们，也故意的戏弄我们。她们常把我们捉了去，作她们的 dear，大学生自居为男子。这个，使我们害羞，可是并非没有趣味。这使我觉到一些假装的，同时又有点味道的，爱恋情味。我们仿佛是由盆中移到地上的花，虽然环境的改变使我们感觉不安，可是我们也正在吸收新的更有力的滋养；我们觉出我们是女子，觉出女子的滋味，而自惜自怜。在这个期间，我们对于电影开始吃进点味儿；看到男女的长吻，我们似乎明白了些意思。

九

到了二三年级，我们不这么老实了。我简直可以这么说，这二年是我的黄金时代。高年级的学生没有我们的胆量大，低年级的有我们在前面挡着也闹不起来；只有我们，既然和高年级的同学学到了许多坏招数，又不像新学生那样怕先生。我们要干什么便干什么。高年级的学生会思索，我们不必思索；我们的脸一红，动作就跟着来了，像一口血似的啐出来。我们粗暴，小气，使人难堪，一天到晚唧唧咕咕，笑不正经笑，哭也不好生哭。我非常好动怒，看谁也不顺眼。我爱作的不就去好好作，我不爱作的就干脆不去作，没有理由，更不屑于解释。这样，我的脾气越大，胆子也越大。我不怕男学生追我了。我与班友们都有了追逐的男学生。而且以此为荣。可是男学生并追不上我们，他们只使我们心跳，使我们彼此有的谈论，使我们成了电影狂。及至有机会真和男人——亲戚或家中的朋友——见面，我反倒吐吐舌头或端端肩膀，说不出什么。更谈不到交际。在事后，我觉得泄气，不成体统，可是没有办法。人是要慢慢长起来的，我现在明白了。但是，无论怎说吧，这是个黄金时代；一天一天胡胡涂涂的过去，完全没有忧虑，像棵傻大的热带的树，常开着花，一年四季是春天。

十

提到我的聪明，哼，我的鼻尖还是向上翻着点；功课呢，虽然不能算是最坏的，可至好也不过将就得个丙等。作小孩的时候，我愿意人家说我聪明；入了中学，特别是在二三年级的时候，我讨厌人家夸奖我。自然我还没完全丢掉争强好胜的心，可是不在功课上；因此，对于先生的夸奖我觉得讨厌；有的同学在功课上处处求好，得到荣誉，我恨这样的人。在我的心里，我还觉得我聪明；我以为我是不屑于表现我的聪明，所以得的分数不高；那能在功课上表现出才力来的不过是多用着点工夫而已，算不了什么。我才不那么傻用工夫，多演几道题，多作一些文章，干什么用呢？我的父母并没仗着我的学问才有饭吃。况且我的美已经是出名的，报纸上常有我的像片，称我为高材生，大家闺秀。用功与否有什么关系呢？我是个风筝，高高的在春云里，大家都仰着头看我，我只须晃动着，在春风里游戏便够了。我的上下左右都是阳光。

十一

可是到了高年级，我不这么野调无腔的了。我好像开始觉到我有了个固定的人格，虽然不似我想象的那么固定，可是我觉得自己稳重了一些，身中仿佛有点沉重的气儿。我想，这一方面是由于我的家庭，一方面是由于我自己的发育，而成的。我的家庭是个有钱而自傲的，不允许我老淘气精似的；我自己呢，从身体上与心灵上都发展着一些精微的，使我自怜的什么东西。我自然的应当自重。因为自重，我甚至于有时候循着身体或精神上的小小病痛，而显出点可怜的病态与娇羞。我好像正在培养着一种美，叫别人可怜我而又得尊敬我的美。我觉出我的尊严，而愿显露出自己的娇弱。其实我的身体很好。因为身体好，所以才想象到那些我所没有的姿态与秀弱。我仿佛要把女性所有的一切动人的情态全吸收到身上来。女子对于美的要求，至少是我这么想，是得到一切，要不然便什么也没有也好。因为这个绝对的要求，我们能把自己的一点美好扩展得像一个美的世界。我们醉心的搜求发现这一点点美所包含的力量与可爱。不用说，这样发现自己，欣赏自己，不知不觉的有个目的，为别人看。在这个时节我对于男人是老设法躲避的。我知道自己的美，而不能轻易给谁，我是有价值的。我非常的自傲，理想很高。影影抄抄的我想到假如我要属于哪个男人，他必是世间罕有的美男子，把我带到天上去。

十二

因为家里有钱，所以我得加倍的自尊自傲。有钱，自然得骄傲；因为钱多而发生的不体面的事，使我得加倍骄傲。我这时候有许多看不上眼的事都发生在家里，我得装出我们是清白的；钱买不来道德，我得装成好人。我家里的人用钱把别人家的女子买来，而希望我给他们转过脸来。别人家的女儿可以糟蹋在他们的手里，他们的女子——我——可得纯洁，给他们争脸面。我父亲，哥哥，都弄来女人，他们的乱七八糟都在我眼里。这个使我轻看他们，也使他们更重看我，他们可以胡闹，我必须贞洁。我是他们的希望。这个，使我清醒了一些，不能像先前那么欢蹦乱跳的了。

十三

可是在清醒之中，我也有时候因身体上的刺激，与心里对父兄的反感，使我想到去浪漫。我凭什么为他们而守身如玉呢？我的脸好看，我的身体美好，我有青春，我应当在个爱人的怀里。我还没想到结婚与别的大问题，我只想把青春放出一点去，像花不自己老包着香味，而是随着风传到远处去。在这么想的时节，我心中的天是蓝得近乎翠绿，我是这蓝绿空中的一片桃红的霞。可是一回到家中，我看到的是黑暗。我不能不承认我是比他们优越，于是我也就更难处置自己。即使我要肉体上的快乐，我也比他们更理想一些。因此，我既不能完全与他们一致，又恨我不能实际的得到什么。我好像是在黄昏中，不像白天也不像黑夜。我失了我自幼所有的阳光。

十四

我很想用功，可是安不下心去。偶尔想到将来，我有点害怕：我会什么呢？假若我有朝一日和家庭闹翻了，我仗着什么活着呢？把自己细细的分析一下，除了美丽，我什么也没有。可是再一想呢，我不会和家中决裂；即使是不可免的，现在也无须那样想。现在呢，我是富家的女儿；将来我总不至于陷在穷苦中吧。我庆幸我的命运，以过去的幸福预测将来的一帆风顺。在我的手里，不会有恶劣的将来，因为目前我有一切的幸福。何必多虑呢，忧虑是软弱的表示。我的前途是征服，正像我自幼便立在阳光里，我的美永远能把阳光吸了来。在这个时候，我听见一点使我不安的消息：家中已给我议婚了。

十五

我才十九岁！结婚，这并没吓住我；因为我老以为我是个足以保护自己的大姑娘。可是及至这好像真事似的要来到头上，我想起我的岁数来，我有点怕了。我不应这么早结婚。即使非结婚不可，也得容我自己去找到理想的英雄；我的同学们哪个不是抱着这样的主张，况且我是她们中最聪明的呢。可是，我也偷偷听到，家中所给提的人家，是很体面的，很有钱，有势力；我又痛快了点。并不是我想随便的被家里把我聘出去，我是觉出我的价值——不论怎说，我要是出嫁，必嫁个阔公子，跟我的兄弟一样。我过惯了舒服的日子，不能嫁个穷汉。我必须继续着在阳光里。这么一想，我想象着我已成了个少奶奶，什么都有，金钱，地位，服饰，仆人，这也许是有趣的。这使我有点害羞，可也另有点味道，一种渺茫而并非不甜美的味道。

十六

这可只是一时的想象。及至我细一想，我决定我不能这么断送了自己；我必须先尝着一点爱的味道。我是个小姐，但是在爱的里面我满可以把“小姐”放在一边。我忽然想自由，而自由必先平等。假如我爱谁，即使他是个叫花子也好。这是个理想；非常的高尚，我觉得。可是，我能不能爱个叫花子呢？不能！先不用提乞丐，就是拿个平常人说吧，一个小官，或一个当教员的，他能养得起我吗？别的我不知道，我知道我不会受苦。我生来是朵花，花不会工作，也不应当工作。花只嫁给富丽的春天。我是朵花，就得有花的香美，我必须穿的华丽，打扮得动人，有随便花用的钱，还有爱。这不是野心，我天生的是这样的人，应当享受。假若有爱而没有别的，我没法想到爱有什么好处。我自幼便精明，这时候更需要精明的思索一番了。我真用心思索了，思索的甚至于有点头疼。

十七

我的不安使我想到动作。我不能像乡下姑娘那样安安顿顿的被人家娶了走。我不能。可是从另一方面想，我似乎应当安顿着。父母这么早给我提婚，大概就是怕我不老实而丢了他们的脸。他们想乘我还全须全尾的送了出去，成全了他们的体面，免去了累赘。为作父母的想，这或者是很不错的办法，但是我不能忍受这个；我自己是个人，自幼儿娇贵；我还是得作点什么，作点惊人的，浪漫的，而又不吃亏的事。说到归齐，我是个“新”女子呀，我有我的价值呀！

十八

机会来了！我去给个同学作伴娘，同时觉得那个伴郎似乎可爱。即使他不可爱，在这么个场面下，也当可爱。看着别人结婚是最受刺激的事：新夫妇，伴郎伴娘，都在一团喜气里，都拿出生命中最像玫瑰的颜色，都在花的香味里。爱，在这种时候，像风似的刮出去刮回来，大家都荡漾着。我觉得我应当落在爱恋里，假如这个场面是在爱的风里。我，说真的，比全场的女子都美丽。设若在这里发生了爱的遇合，而没有我的事，那是个羞辱。全场中的男子就是那个伴郎长的漂亮，我要征服，就得是他。这自然只是环境使我这么想，我还不肯有什么举动；一位小姐到底是小姐。虽然我应当要什么便过去拿来，可是爱情这种事顶好得维持住点小姐的身份。及至他看我了，我可是没了主意。也就不必再想主意，他先看我的，我总算没丢了身份。况且我早就想他应当看我呢。他或者是早就明白了我的心意，而不能不照办；他既是照我的意思办，那就不必再否认自己了。

十九

事过之后，我走路都特别的爽利。我的胸脯向来没这样挺出来过，我不晓得为什么我老要笑；身上轻得像根羽毛似的。在我要笑的时节，我渺茫的看到一片绿海，被春风吹起些小小的浪。我是这绿波上的一只小船，挂着雪白的帆，在阳光下缓缓的飘浮，一直飘到那满是桃花的岛上。我想不到什么更具体的境界与事实，只感到我是在春海上游戏。我倒不十分的想他，他不过是个灵感。我还不会想到他有什么好处，我只觉得我的初次的胜利，我开始能把我的香味送出去，我开始看见一个新的境界，认识了个更大的宇宙，山水花木都由我得到鲜艳的颜色与会笑的小风。我有了力量，四肢有了弹力，我忘了我的聪明与厉害，我温柔得像一团柳絮。我设若不能再见到他，我想我不会惦记着他，可是我将永久忘不下这点快乐，好像头一次春雨那样不易被忘掉。有了这次春雨，一切便有了主张，我会去创造一个顶完美的春天。我的心展开了一条花径，桃花开后还有紫荆呢。

二十

可是，他找我来了。这个破坏了我的梦境，我落在尘土上，像只伤了翅的蝴蝶。我不能不拿出我在地上的手段来了。我不答理他，我有我的身份。我毫不迟疑的拒绝了他。等他羞惭的还勉强笑着走去之后，我低着头慢慢的走，我的心中看清楚我全身的美，甚至我的后影。我是这样的美，我觉得我是立在高处的一个女神刻像，只准人崇拜，不许动手来摸。我有女神的美，也有女神的智慧与尊严。

二十一

过了一会儿，我又盼他再回来了：不是我盼望他，惦记他；他应当回来，好表示出他的虔诚，女神有时候也可以接收凡人的爱，只要他虔诚。果然在不久之后，他又来了。这使我心里软了点。可是我还不能就这么轻易给他什么，我自幼便精明，不能随便任着冲动行事。我必须把他揉搓得像块皮糖；能绕在我的小手指上，我才能给他所要求的百分之一二。爱是一种游戏，可由得我出主意。我真有点爱他了，因为他供给了我作游戏的材料。我总让他闻见我的香味，而这个香味像一层厚雾隔开他与我，我像雾后的一个小太阳，微微的发着光，能把四围射成一圈红晕，但是他觉不到我的热力，也看不清楚我。我非常的高兴，我觉出我青春的老练，像座小春山似的，享受着春的雨露，而稳固不能移动。我自信对男人已有了经验，似乎把我放在什么地方，我也可以有办法。我没有可怕的了，我不再想林黛玉，黛玉那种女子已经死绝了。

二十二

因此我越来越胆大了。我的理想是变成电影中那个红发女郎，多情而厉害，可以叫人握着手，及至他要吻的时候，就抡手给他个嘴巴。我不稀罕他请我看电影，请我吃饭，或送给我点礼物。我自己有钱。我要的是香火，我是女神。自然我有时候也希望一个吻，可是我的爱应当是另一种，一种没有吻的爱，我不是普通的女子。他给我开了爱的端，我只感激他这点；我的脚底下应有一群像他的青年男子；我的脚是多么好看呢！

二十三

家中还进行着我的婚事。我暗中笑他们，一声儿不出。我等着。等到有了定局再说，我会给他们一手儿看看。是的，我得多预备人，万一到和家中闹翻的时候，好挑选一个捉住不放。我在同学中成了顶可羡慕的人，因为我敢和许多男子交际。那些只有一个爱人的同学，时常的哭，把眼哭得桃儿似的。她们只有一个爱人，而且任着他的性儿欺侮，怎能不哭呢。我不哭，因为我有准备。我看不起她们，她们把小姐的身份作丢了。她们管哭哭啼啼叫作爱的甘蔗，我才不吃这样的甘蔗，我和她们说不到一块。她们没有脑子。她们常受男人的骗。回到宿舍哭一整天，她们引不起我的同情，她们该受骗！我在爱的海边游泳，她们闭着眼往里跳。这群可怜的东西。

二十四

中学毕了业，我要求家中允许我入大学。我没心程读书，只为多在外面玩玩，本来吗，洗衣有老妈，作衣裳有裁缝，作饭有厨子，教书有先生，出门有汽车，我学本事干什么呢？我得入学，因为别的女子有入大学的，我不能落后；我还想出洋呢。学校并不给我什么印象，我只记得我的高跟鞋在洋灰路上或地板上的响声，咯噔咯噔的，怪好听。我的宿室顶阔气，床下堆着十来双鞋，我永远不去整理它们，就那么堆着。屋中越乱越显出阔气。我打扮好了出来，像个青蛙从水中跳出，谁也想不到水底下有泥。我的眉须画半点多钟，哪有工夫去收拾屋子呢？赶到下雨的天，鞋上沾了点泥，我才去访那好清洁的同学，把泥留在她的屋里。她们都不敢惹我。入学不久我便被举为学校的皇后。与我长的同样美的都失败了，她们没有脑子，没有手段；我有。在中学交的男朋友全断绝了关系，连那个伴郎。我的身份更高了，我的阅历更多了，我既是皇后，至少得有个皇帝作我的爱人。被我拒绝了的那些男子还有时候给我来信，都说他们常常因想我而落泪；落吧，我有什么法子呢？他们说我狠心，我何尝狠心呢？我有我的身份，理想，与美丽。爱和生命一样，经验越多便越高明，聪明的爱是理智的，多咱爱把心迷住——我由别人的遭遇看出来——便是悲剧。我不能这么办。作了皇后以后，我的新朋友很多很多了。我戏耍他们，嘲弄他们，他们都羊似的驯顺老实。这几乎使我绝望了，我找不到可征服的，他们永远投降，没有一点战斗的心思与力量。谁说男子强硬呢？我还没看见一个。

二十五

我的办法使我自傲，但是和别人的一比较，我又有点嫉妒：我觉得空虚。别的女同学们每每因为恋爱的波折而极伤心的哭泣，或因恋爱的成功而得意，她们有哭有笑，我没有。在一方面呢，我自信比她们高明，在另一方面呢，我又希望我也应表示出点真的感情。可是我表示不出，我只会装假，我的一切举动都被那个“小姐”管束着，我没了自己。说话，我团着舌头；行路，我扭着身儿；笑，只有声音。我作小姐作惯了，凡事都有一定的程式，我找不到自己在哪儿。因此，我也想热烈一点，愚笨一点，也使我能真哭真笑。可是不成功。我没有可哭的事，我有一切我所需要的；我也不会狂喜，我不是三岁的小孩儿能被一件玩艺儿哄得跳着脚儿笑。我看父母，他们的悲喜也多半是假的，只在说话中用几个适当的字表示他们的情感，并不真动感情。

有钱，天下已没有可悲的事；欲望容易满足，也就无从狂喜；他们微笑着表示出气度不凡与雍容大雅。可是我自己到底是个青年女郎，似乎至少也应当偶然愚傻一次，我太平淡无奇了。这样，我开始和同学们捣乱了，谁叫她们有哭有笑而我没有呢？我设法引诱她们的“朋友”，和她们争斗，希望因失败或成功而使我的感情运动运动。结果，女同学们真恨我了，而我还是觉不到什么重大的刺激。我太聪明了，开通了，一定是这样；可是几时我才能把心打开，觉到一点真的滋味呢？

二十六

我几乎有点着急了，我想我得闭上眼往水里跳一下，不再细细的思索，跳下去再说。哼，到了这个时节，也不知怎么了，男子不上我的套儿了。他们跟我敷衍，不更进一步使我尝着真的滋味，他们怕我。我真急了，我想哭一场；可是无缘无故的怎好哭呢？女同学们的哭都是有理由的。我怎能白白的不为什么而哭呢？况且，我要是真哭起来，恐怕也得不到同情，而只招她们暗笑。我不能丢这个脸。我真想不再读书了，不再和这群破同学们周旋了。

二十七

正在这个期间，家中已给我定了婚。我可真得细细思索一番了。我是个小姐——我开始想——小姐的将来是什么？这么一问我把许多男朋友从心中注销了。这些男朋友都不能维持住我——小姐——所希望的将来。我的将来必须与现在差不多，最好是比现在还好上一些。家中给找的人有这个能力；我的将来，假如我愿嫁他，可很保险的。可是爱呢？这可有点不好办。那群破女同学在许多事上不如我，可是在爱上或者足以向我夸口；我怎能在这一点上输给她们呢？假若她们知道我的婚姻是家中给定的，她们得怎样轻看我呢？这倒真不好办了！既无顶好的办法，我得退一步想了：倘若有个男子，既然可以给我爱，而且对将来的保障也还下得去，虽不能十分满意，我是不是该当下嫁他呢？这把小姐的身份与应有的享受牺牲了些，可是有爱足以抵补；说到归齐，我是位新式小姐呀。是的，可以这么办。可是，这么办，怎样对付家里呢？奋斗，对，奋斗！

二十八

我开始奋斗了，我是何等的强硬呢，强硬得使我自己可怜我自己了。家中的人也很强硬呀，我真没想到他们会能这么样。他们的态度使我怀疑我的身份了，他们一向是怕我的，为什么单在这件事上这么坚决呢？大概他们是并没有把我看在眼里，小事由着我，大事可得他们拿主意。这可使我真动了气。啊，我明白了点什么，我并不是像我所想的那么贵重。我的太阳没了光，忽然天昏地暗了。

二十九

怎办呢！我既是位小姐，又是个“新”小姐，这太难安排了。我好像被圈在个夹壁墙里了，没法儿转身。身份地位是必要的，爱也是必要的，没有哪样也不行。即使我肯舍去一样，我应当舍去哪个呢？我活了这么大，向来没有着过这样的急。我不能只为我打算，我得为“小姐”打算，我不是平常的女子。抛弃了我的身份，是对不起自己。我得勇敢，可不能装疯卖傻，我不能把自己放在危险的地方。那些男朋友都说爱我，可是哪一个能满足我所应当要的，必得要的呢？他们多数是学生，他们自己也不准知道他们的将来怎样；有一两个怪漂亮的助教也跟我不错，我能不能要个小小的助教？即使他们是教授，教授还不是一群穷酸？我应当，必须，对得起自己，把自己放在最高最美丽的地点。

三十

奋斗了许多日子，我自动的停战了。家中给提的人家到底是合乎我的高尚的自尊的理想。除了欠着一点爱，别的都合适。爱，说回来，值多少钱一斤呢？我爽性不上学了，既怕同学们暗笑我，就躲开她们好了。她们有爱，爱把她们拉到泥塘里去！我才不那么傻。在家里，我很快乐，父母们对我也特别的好。我开始预备嫁衣。作好了，我偷偷的穿上看一看，戴上钻石的戒指与胸珠，确是足以压倒一切！我自傲幸而我机警，能见风转舵，使自己能成为最可羡慕的新娘子，能把一切女人压下去。假若我只为了那点爱，而随便和个穷汉结婚，头上只戴上一束纸花，手指套上个铜圈，头纱在地上拋着一尺多，我怎样活着，羞也羞死了！

三十一

自然我还不能完全忘掉那个无利于实际而怪好听的字——爱。但是没法子再转过这个弯儿来。我只好拿这个当作一种牺牲，我自幼儿还没牺牲过什么，也该挑个没多大用处的东西扔出去了。况且要维持我的“新”还另有办法呢，只要有钱，我的服装，鞋袜，头发的样式，都足以作新女子的领袖。只要有钱，我可以去跳舞，交际，到最文明而热闹的地方去。钱使人有生趣，有身份，有实际的利益。我想象着结婚时的热闹与体面，婚后的娱乐与幸福，我的一生是在阳光下，永远不会有一小片黑云。我甚至于迷信了一些，觉得父母看宪书，择婚日，都是善意的，婚仪虽是新式的，可是择个吉日吉时也并没什么可反对的。他们是尽其所能的使我吉利顺当。我预备了一件红小袄，到婚期好穿在里面，以免身上太素淡了。

三十二

不能不承认我精明，我作对了！我的丈夫是个顶有身份，顶有财产，顶体面，而且顶有道德的人。他很精明，可是不肯自由结婚。他是少年老成，事业是新的，思想是新的，而愿意保守着旧道德。他的婚姻必须经过父母之命，媒妁之言，他要给胡闹的青年们立个好榜样，要挽回整个社会道德的堕落。他是二十世纪的孔孟，我们的结婚像片在各报纸上刊出来，差不多都有一些评论，说我们俩是挽救颓风的一对天使！我在良心上有点害羞了，我曾想过奋斗呢！曾经要求过爱的自由呢！幸而我转变的那么快，不然……

三十三

我的快乐增加了我的美丽，我觉得出全身发散着一种新的香味，我胖了一些，而更灵活，大气，我像一只彩凤！可是我并不专为自己的美丽而欣喜，丈夫的光荣也在我身上反映出去，到处我是最体面最有身份最被羡慕的太太。我随便说什么都有人爱听。在作小姐的时候，我的尊傲没有这么足；小姐是一股清泉，太太是一座开满了桃李的山。山是更稳固的，更大样的，更显明的，更有一定的形式与色彩的。我是一座春山，丈夫是阳光，射到山坡上，我腮上的桃花向阳光发笑，那些阳光是我一个人的。

三十四

可是我也必得说出来。我的快乐是对于我的光荣的欣赏，我像一朵阳光下的花，花知道什么是快乐吗？除了这点光荣，我必得说，我并没有从心里头感到什么可快活的。我的快活都在我见客人的时候，出门的时候，像只挂着帆，顺风而下的轻舟，在晴天碧海的中间儿。赶到我独自坐定的时候，我觉到点空虚，近于悲哀。我只好不常独自坐定，我把帆老挂起来，有阵风儿我便出去。我必须这样，免得万一我有点不满意的念头。我必须使人知道我快乐，好使人家羡慕我。还有呢，我必须谨慎一点，因为我的丈夫是讲道德的人，我不能得罪他而把他给我的光荣糟蹋了。我的光荣与身份值得用心看守着，可是因此我的快活有时候成为会变动的，像忽晴忽阴的天气，冷暖不定。不过，无论怎么说吧，我必须努力向前；后悔是没意思的，我顶好利用着风力把我的一生光美的度过去；我一开首总算已遇到顺风了，往前走就是了。

三十五

以前的事像离我很远了，我没想到能把它们这么快就忘掉。自从结婚那一天我仿佛忽然入了另一个世界，就像在个新地方酣睡似的，猛一睁眼，什么都是新的。及至过了相当时期，我又逐渐的把它们想起来，一个一个的，零散的，像拾起一些散在地上的珠子。赶到我把这些珠子又串起来，它们给我一些形容不出的情感，我不能再把这串珠子挂在项上，拿不出手来了。是的，我的丈夫的道德使我换了一对眼睛，用我这对新眼睛看，我几乎有点后悔从前是那样的狂放了。我纳闷，为什么他——一个社会上的柱石——要娶我呢？难道他不晓得我的行为吗？是，我知道，我的身份家庭足以配得上他，可是他不能不知道在学校里我是个浪漫皇后吧？我不肯问他，不问又难受。我并不怕他，我只是要明白明白。说真的，我不甚明白，他待我很好，可是我不甚明白他。他是个太阳，给我光明，而不使我摸到他。我在人群中，比在他面前更认识他；人们尊敬我，因为他们尊敬他；及至我俩坐在一处，没人提醒我或他的身份，我觉得很渺茫。在报纸上我常见到他的姓名，这个姓名最可爱；坐在他面前，我有时候忘了他是谁。他很客气，有礼貌，每每使我想到他是我的教师或什么保护人，而不是我的丈夫。在这种时节，似有一小片黑云掩住了太阳。

三十六

阳光要是常被掩住，春天也可以很阴惨。久而久之，我的快活的热度低降下来。是的，我得到了光荣，身份，丈夫；丈夫，我怎能只要个丈夫呢？我不是应当要个男子么？一个男子，哪怕是个顶粗莽的，打我骂我的男子呢，能把我压碎了，吻死的男子呢！我的丈夫只是个丈夫，他衣冠齐楚，谈吐风雅，是个最体面的杨四郎，或任何戏台上的穿绣袍的角色。他的行止言谈都是戏文儿。我这是一辈子的事呀！可是我不能马上改变态度，“太太”的地位是不好意思随便扔弃了的。不扔弃了吧，我又觉得空虚，生命是多么不易安排的东西呢！当我回到母家，大家是那么恭维我，我简直张不开口说什么。他们为我骄傲，我不能鼻一把泪一把像个受气的媳妇诉委屈，自己泄气。在娘家的时候我是小姐，现在我是姑奶奶，作小姐的时候我厉害，作姑奶奶的更得撑起架子。我母亲待我像个客人，我张不开口说什么。在我丈夫的家里呢，我更不能向谁说什么，我不能和女仆们谈心，我是太太。我什么也别说了，说出去只招人笑话；我的苦处须自己负着。是呀，我满可以冒险去把爱找到，但是我怎么对我母家与我的丈夫呢？我并不为他们生活着，可是我所有的光荣是他们给我的，因为他们给我光荣，我当初才服从他们，现在再反悔似乎不大合适吧？只有一条路给我留着呢，好好的作太太，不要想别的了。这是永远有阳光的一条路。

三十七

人到底是肉作的。我年轻，我美，我闲在，我应当把自己放在血肉的浓艳的香腻的旋风里，不能呆呆对着镜子，看着自己消灭在冰天雪地里。我应当从各方面丰富自己，我不是个尼姑。这么一想我管不了许多了。况且我若是能小心一点呢——我是有聪明的——或者一切都能得到，而出不了毛病。丈夫给我支持着身份，我自己再找到他所不能给我的，我便是个十全的女子了，这一辈子总算值得！小姐，太太，浪漫，享受，都是我的，都应当是我的；我不再迟疑了，再迟疑便对不起自己。我不害怕，我这是种冒险，牺牲；我怕什么呢？即使出了毛病，也是我吃亏，把我的身份降低，与父母丈夫都无关。自然，我不甘心丢失了身份，但是事情还没作，怎见得结果必定是坏的呢？精明而至于过虑便是愚蠢。饥鹰是不择食的。

三十八

我的海上又飘着花瓣了，点点星星暗示着远地的春光。像一只早春的蝴蝶，我顾盼着，寻求着，一些渺茫而又确定的花朵。这使我又想到作学生的时候的自由，愿意重述那种种小风流勾当。可是这次我更热烈一些，我已经在别方面成功，只缺这一样完成我的幸福。这必须得到，不准再落个空。我明白了点肉体需要什么，希望大量的增加，把一朵花完全打开，即使是个雹子也好，假如不能再细腻温柔一些，一朵花在暗中谢了是最可怜的。同时呢，我的身份也使我这次的寻求异于往日的，我须找到个地位比我的丈夫还高的，要快活便得登峰造极，我的爱须在水晶的宫殿里，花儿都是珊瑚。私事儿要作得最光荣，因为我不是平常人。

三十九

我预料着这不是什么难事，果然不是什么难事，我有眼光。一个粗莽的，俊美的，像团炸药样的贵人，被我捉住。他要我的一切，他要把我炸碎而后再收拾好，以便重新炸碎。我所缺乏的，一次就全补上了；可是我还需要第二次。我真哭真笑了，他野得像只老虎，使我不能安静。我必须全身颤动着，不论是跟他玩耍，还是与他争闹，我有时候完全把自己忘掉，完全焚烧在烈火里，然后我清醒过来，回味着创痛的甜美，像老兵谈战那样。他能一下子把我掷在天外，一下子又拉回我来贴着他的身。我晕在爱里，迷忽的在生命与死亡之间，梦似的看见全世界都是红花。我这才明白了什么是爱，爱是肉体的，野蛮的，力的，生死之间的。

四十

这个实在的，可捉摸的爱，使我甚至于敢公开的向我的丈夫挑战了。我知道他的眼睛是尖的，我不怕，在他鼻子底下漂漂亮亮的走出去，去会我的爱人。我感谢他给我的身份，可是我不能不自己找到他所不能给的。我希望点吵闹，把生命更弄得火炽一些；我确是快乐得有点发疯了。奇怪，奇怪，他一声也不出。他仿佛暗示给我——“你作对了！”多么奇怪呢！他是讲道德的人呀！他这个办法减少了好多我的热烈；不吵不闹是多么没趣味呢！不久我就明白了，他升了官，那个贵人的力量。我明白了，他有道德，而缺乏最高的地位，正像我有身份而缺乏恋爱。因为我对自己的充实，而同时也充实了他，他不便言语。我的心反倒凉了，我没希望这个，简直没想到过这个。啊，我明白了，怨不得他这么有道德而娶我这个“皇后”呢，他早就有计划！我软倒在地上，这个真伤了我的心，我原来是个傀儡。我想脱身也不行了，我本打算偷偷的玩一会儿，敢情我得长期的伺候两个男子了。是呀，假如我愿意，我多有些男朋友岂不是可喜的事。我可不能听从别人的指挥。不能像妓女似的那么干，丈夫应当养着妻子，使妻子快乐；不应当利用妻子获得利禄——这不成体统，不是官派儿！

四十一

我可是想不出好办法来。设若我去质问丈夫，他满可以说，“我待你不错，你也得帮助我。”再急了，他简直可以说，“干吗当初嫁给我呢?”我辩论不过他。我断绝了那个贵人吧，也不行，贵人是我所喜爱的，我不能因要和丈夫赌气而把我的快乐打断。况且我即使冷淡了他，他很可以找上前来，向我索要他对我丈夫的恩惠的报酬。我已落在陷坑里了。我只好闭着眼混吧。好在呢，我的身份在外表上还是那么高贵，身体上呢，也得到满意的娱乐，算了吧。我只是不满意我的丈夫，他太小看我，把我当作个礼物送出去，我可是想不出办法惩治他。这点不满意，继而一想，可也许能给我更大的自由。我这么想了：他既是仗着我满足他的志愿，而我又没向他反抗，大概他也得明白以后我的行动是自由的了，他不能再管束我。这无论怎说，是公平的吧。好了，我没法惩治他，也不便惩治他了，我自由行动就是了。焉知我自由行动的结果不叫他再高升一步呢！我笑了，这倒是个办法，我又在晴美的阳光中生活着了。

四十二

没看见过榕树，可是见过榕树的图。若是那个图是正确的，我想我现在就是株榕树，每一个枝儿都能生根，变成另一株树，而不和老本完全分离开。我是位太太，可是我有许多的枝干，在别处生了根，我自己成了个爱之林。我的丈夫有时候到外面去演讲，提倡道德，我也坐在台上；他讲他的道德，我想我的计划。我觉得这非常的有趣。社会上都知道我的浪漫，可是这并不妨碍他们管我的丈夫叫作道德家。他们尊敬我的丈夫，同时也羡慕我，只要有身份与金钱，干什么也是好的；世界上没有什么对不对，我看出来了。

四十三

要是老这么下去，我想倒不错。可是事实老不和理想一致，好像不许人有理想似的。这使我恨这个世界，这个不许我有理想的世界。我的丈夫娶了姨太太。一个讲道德的人可以娶姨太太，嫖窑子；只要不自由恋爱与离婚就不违犯道德律。我早看明白了这个，所以并不因为这点事恨他。我所不放心的是我觉到一阵风，这阵风不好。我觉到我是往下坡路走了。怎么说呢，我想他绝不是为娶小而娶小，他必定另有作用。我已不是他升官发财的唯一工具了。他找来个生力军。假如这个女的能替他谋到更高的差事，我算完了事。我没法跟他吵，他办的名正言顺，娶妾是最正当不过的事。设若我跟他闹，他满可以翻脸无情，剥夺我的自由，他既是已不完全仗着我了。我自幼就想征服世界，啊，我的力量不过如是而已！我看得很清楚，所以不必去招瘪子吃；我不管他，他也别管我，这是顶好的办法。家里坐不住，我出去消遣好了。

四十四

哼，我不能不信命运。在外边，我也碰了；我最爱的那个贵人不见我了。他另找到了爱人。这比我的丈夫娶妾给我的打击还大。我原来连一个男人也抓不住呀！这几年我相信我和男子要什么都能得到，我是顶聪明的女子。身份，地位，爱情，金钱，享受，都是我的；啊，现在，现在，这些都顺着手缝往下溜呢！我是老了么？不，我相信我还是很漂亮；服装打扮我也还是时尚的领导者。那么，是我的手段不够？不能呀，设若我的手段不高明，以前怎能有那样的成功呢？我的运气！太阳也有被黑云遮住的时候呀。是，我不要灰心，我将慢慢熬着，把这一步恶运走过去再讲。我不承认失败；只要我不慌，我的心老清楚，自会有办法。

四十五

但是，我到底还是作下了最愚蠢的事！在我独自思索的时候，我大概是动了点气。我想到了一篇电影：一个贵家的女郎，经过多少情海的风波，最后嫁了个乡村的平民，而得到顶高的快乐。村外有些小山，山上满是羽样的树叶，随风摆动。他们的小家庭面着山，门外有架蔓玫瑰，她在玫瑰架下作活，身旁坐着个长毛白猫，头儿随着她的手来回的动。他在山前耕作，她有时候放下手中的针线，立起来看看他。他工作回来，她已给预备好顶简单而清净的饭食，猫儿坐在桌上希冀着一点牛奶或肉屑。他们不多说话，可是眼神表现着深情……我忽然想到这个故事，而且借着气劲而想我自己也可以抛弃这一切劳心的事儿，华丽的衣服，而到那个山村去过那简单而甜美的生活。我明知这只是个无聊的故事，可是在生气的时候我信以为真有其事了。我想，只要我能遇到那个多情的少年，我一定不顾一切的跟了他去。这个，使我从记忆中掘出许多旧日的朋友来：他们都干什么呢？我甚至于想起那第一个爱人，那个伴郎，他作什么了？这些人好像已离开许多许多年了，当我想起他们来，他们都有极新鲜的面貌，像一群小孩，像春后的花草，我不由的想再见着他们，他们必至少能打开我的寂寞与悲哀，必能给生命一个新的转变。我想他们，好像想起幼年所喜吃的一件食物，如若能得到它，我必定能把青春再唤回来一些。想到这儿，我没再思索一下，便出去找他们了，即使找不到他们，找个与他们相似的也行；我要尝尝生命的另一方面，可以说是生命的素淡方面吧，我已吃腻了山珍海味。

四十六

我找到一个旧日的同学，虽然不是乡村的少年，可已经合乎我的理想了。他有个入钱不多的职业，他温柔，和蔼，亲热，绝不像我日常所接触的男人。他领我入了另一世界，像是厌恶了跳舞场，而逛一回植物园那样新鲜有趣。他很小心，不敢和我太亲热了；同时我看出来，他也有点得意，好像穷人拾着一两块钱似的。我呢，也不愿太和他亲近了，只是拿他当一碟儿素菜，换换口味。可是，呕，我的愚蠢！这被我的丈夫看见了！他拿出我以为他绝不会的厉害来。我给他丢了脸，他说！我明白他的意思：我们阔人尽管乱七八糟，可是得有个范围；同等的人彼此可以交往，这个圈必得划清楚了！我犯了不可赦的罪过。

四十七

我失去了自由。遇到必须出头的时候，他把我带出去；用不着我的时候，他把我关在屋里。在大众面前，我还是太太；没人看着的时节，我是个囚犯。我开始学会了哭，以前没想到过我也会有哭的机会。可是哭有什么用呢！我得想主意。主意多了，最好的似乎是逃跑：放下一切，到村间或小城市去享受，像那个电影中玫瑰架下的女郎。可是，再一想，我怎能到那里去享受呢？我什么也不会呀！没有仆人，我连饭也吃不上，叫我逃跑，我也跑不了啊！

四十八

有了，离婚！离婚，和他要供给，那就没有可怕的了。脱离了他，而手中有钱，我的将来完全在自己的手中，爱怎着便可以怎着。想到这里，我马上办起来，看守我的仆人受了贿赂，给我找来律师。呕，我的胡涂！状子递上去了，报纸上宣扬起来，我的丈夫登时从最高的地方堕下来。他是提倡旧道德的人呀，我怎会忘了呢？离婚；呕！别的都不能打倒他，只有离婚！只有离婚！他所认识的贵人们，马上变了态度，不认识了他，也不认识了我。和我有过关系的人，一点也不责备我与他们的关系，现在恨起我来，我什么不可以作，单单必得离婚呢？我的母家与我断绝了关系。官司没有打，我的丈夫变成了个平民，官司也无须再打了，我丢了一切。假如我没有这一个举动，失了自由，而到底失不了身份啊，现在我什么也没有了。

四十九

事情还不止于此呢。我的丈夫倒下来，墙倒人推，大家开始控告他的劣迹了。贵人们看着他冷笑，没人来帮忙。我们的财产，到诉讼完结以后，已剩了不多。我还是不到三十岁的人哪，后半辈子怎么过呢？太阳不会再照着我了！我这样聪明，这样努力，结果竟会是这样，谁能相信呢！谁能想到呢！坐定了，我如同看着另一个人的样子，把我自己简略的，从实的，客观的，描写下来。有志的女郎们呀，看了我，你将知道怎样维持住你的身份，你宁可失了自由，也别弃掉你的身份。自由不会给你饭吃，控告了你的丈夫便是拆了你的粮库！我的将来只有回想过去的光荣，我失去了明天的阳光！

原载 1935 年 5 月 1 日《文学》第四卷第五号

月牙儿

一

是的，我又看见月牙儿了，带着点寒气的一钩儿浅金。多少次了，我看见跟现在这个月牙儿一样的月牙儿；多少次了。它带着种种不同的感情，种种不同的景物，当我坐定了看它，它一次一次的在我记忆中的碧云上斜挂着。它唤醒了我的记忆，像一阵晚风吹破一朵欲睡的花。

二

那第一次，带着寒气的月牙儿确是带着寒气。它第一次在我的云中是酸苦，它那一点点微弱的浅金光儿照着我的泪。那时候我也不过是七岁吧，一个穿着短红棉袄的小姑娘。戴着妈妈给我缝的一顶小帽儿，蓝布的，上面印着小小的花，我记得。我倚着那间小屋的门垛，看着月牙儿。屋里是药味，烟味，妈妈的眼泪，爸爸的病；我独自在台阶上看着月牙，没人招呼我，没人顾得给我作晚饭。我晓得屋里的惨凄，因为大家说爸爸的病……可是我更感觉自己的悲惨，我冷，饿，没人理我。一直的我立到月牙儿落下去。什么也没有了，我不能不哭。可是我的哭声被妈妈的压下去；爸，不出声了，面上蒙了块白布。我

《月牙儿》，老舍小说中的名篇，《阳光》的姊妹篇，关于它人们说得很多了，在此不必多谈。

小说尤其是这样的小说本来就是供我们去“经验”的，阅读的过程即是一个“生活”的过程，与主人公一起生活的过程！至于作品的所谓主题是可以而且必须是“智者见智”“仁者见仁”的。

老舍的小说尤其是中短篇小说是多变的，这对他是个乐趣。《月牙儿》，第一人称叙述，这个“我”是女性，这就意味着一个男性作家需变换性别意识，模拟女性的口吻、揣摩女性的心理，这一点老舍做到了，女性主义批评家们在这里有施展理论抱负的空间。作为一位男性作家，老舍由于他自幼的独特经验、他对女性深深的爱，使他突破了男权思维的藩篱，通过“他”所展开的“我”（“她”）的诗化的、絮语般的倾诉，直达读者的心底，它已超越了一般意义上的所谓“同情”！

要掀开白布，再看看爸，可是我不敢。屋里只是那么点点地方，都被爸占了去。妈妈穿上白衣，我的红袄上也罩了个没缝襟边的白袍，我记得，因为不断地撕扯襟边上的白丝儿。大家都很忙，嚷嚷的声儿很高，哭得很恸，可是事情并不多，也似乎值不得嚷：爸爸就装入那么一个四块薄板的棺材里，到处都是缝子。然后，五六个人把他抬了走。妈和我在后边哭。我记得爸，记得爸的木匣。那个木匣结束了爸的一切：每逢我想起爸来，我就想到非打开那个木匣不能见着他。但是，它是"意识流"，是心理学，而且是现代的，小说让我们看到了老舍突破19世纪批判现实主义套路的艺术力量！但是，它又是社会学的：通过女性微弱的"心音"映照出社会的种种世相百态。"我"告诉我们：这世界比监狱强不了多少！如果这样，那么，我们所以为的幸福又是什么？艺术的伟大的"陌生"力量，永远使我们超越虚像而逼近惨烈的真实！
」

那木匣是深深地埋在地里，我明知在城外哪个地方埋着它，可又像落在地上的一个雨点，似乎永难找到。

三

妈和我还穿着白袍，我又看见了月牙儿。那是个冷天，妈妈带我出城去看爸的坟。妈拿着很薄很薄的一摞儿纸。妈那天对我特别的好，我走不动便背我一程，到城门上还给我买了一些炒栗子。什么都是凉的，只有这些栗子是热的；我舍不得吃，用它们热我的手。走了多远，我记不清了，总该是很远很远吧。在爸出殡的那天，我似乎没觉得这么远，或者是因为那天人多；这次只是我们娘儿俩，妈不说话，我也懒得出声，什么都是静寂的；那些黄土路静寂得没有头儿。天是短的，我记得那个坟：小小的一堆儿土，远处有一些高土岗儿，太阳在黄土岗儿上头斜着。妈妈似乎顾不得我了，把我放在一旁，抱着坟头儿去哭。我坐在坟头的旁边，弄着手里那几个栗子。妈哭了一阵，把那点纸焚化了，一些纸灰在我眼前卷成一两个旋儿，而后懒懒地落在地上；风很小，可是很够冷的。妈妈又哭起来。我也想爸，可是我不想哭他；我倒是为妈妈哭得可怜而也落了泪。过去拉住妈妈的手：“妈不哭！不哭！”妈妈哭得更恸了。她把我搂在怀里。眼看太阳就落下去，四外没有一个人，只有我们娘儿俩。妈似乎也有点怕了，含着泪，扯起我就走，走出老远，她回头看了看，我也转过身去：爸的坟已经辨不清了；土岗的这边都是坟头，一小堆一小堆，一直摆到土岗底下。妈妈叹了口气。我们紧走慢走，还没有走到城门，我看见了月牙儿。四外漆黑，没有声音，只有月牙儿放出一道儿冷光。我乏了，妈妈抱起我来。怎样进的城，我就不知道了，只记得迷迷糊糊的天上有个月牙儿。

四

刚八岁，我已经学会了去当东西。我知道，若是当不来钱，我们娘儿俩就不要吃晚饭；因为妈妈但分有点主意，也不肯叫我去。我准知道她每逢交给我个小包，锅里必是连一点粥底儿也看不见了。我们的锅有时干净得像个体面的寡妇。这一天，我拿的是一面镜子。只有这件东西似乎是不必要的，虽然妈妈天天得用它。这是个春天，我们的棉衣都刚脱下来就入了当铺。我拿着这面镜子，我知道怎样小心，小心而且要走得快，当铺是老早就上门的。我怕当铺的那个大红门，那个大高长柜台。一看见那个门，我就心跳。可是我必须进去，似乎是爬进去，那个高门坎儿是那么高。我得用尽了力量，递上我的东西，还得喊：“当当！”得了钱和当票，我知道怎样小心的拿着，快快回家，晓得妈妈不放心。可是这一次，当铺不要这面镜子，告诉我再添一号来。我懂得什么叫“一号”。把镜子搂在胸前，我拚命的往家跑。妈妈哭了；她找不到第二件东西。我在那间小屋住惯了，总以为东西不少；及至帮着妈妈一找可当的衣物，我的小心里才明白过来，我们的东西很少，很少。妈妈不叫我去了。可是“妈妈咱们吃什么呢？”妈妈哭着递给我她头上的银簪——只有这一件东西是银的。我知道，她拔下过来几回，都没肯交给我去当。这是妈妈出门子时，姥姥家给的一件首饰。现在，她把这末一件银器给了我，叫我把镜子放下。我尽了我的力量赶回当铺，那可怕的大门已经严严地关好了。我坐在那门墩上，握着那根银簪。不敢高声地哭，我看着天，啊，又是月牙儿照着我的眼泪！哭了好久，妈妈在黑影中来了，她拉住了我的手，呕，多么热的手。我忘了一切的苦处，连饿也忘了，只要有妈妈这只热手拉着我就好。我抽抽搭搭地说："妈！咱们回家睡觉吧。明儿早上再来！"妈一声没出。又走了一会儿："妈！你看这个月牙；爸死的那天，它就是这么斜斜着。为什么它老这么斜斜着呢？"妈还是一声没出，她的手有点颤。

五

妈妈整天地给人家洗衣裳。我老想帮助妈妈，可是插不上手。我只好等着妈妈，非到她完了事，我不去睡。有时月牙儿已经上来，她还哼哧哼哧地洗。那些臭袜子，硬牛皮似的，都是买卖地的伙计们送来的。妈妈洗完这些"牛皮"就吃不下饭去。我坐在她旁边，看着月牙，蝙蝠专会在那条光儿底下穿过来穿过去，像银线上穿着个大菱角，极快的又掉到暗处去。我越可怜妈妈，便越爱这个月牙，因为看着它，使我心中痛快一点。它在夏天更可爱，它老有那么点凉气，像一条冰似的。我爱它给地上的那点小影子，一会儿就没了；迷迷糊糊的不甚清楚，及至影子没了，地上就特别的黑，星也特别的亮，花也特别的香——我们的邻居有许多花木，那棵高高的洋槐总把花儿落到我们这边来，像一层雪似的。

六

妈妈的手起了层鳞，叫她给搓搓背顶解痒痒了。可是我不敢常劳动她，她的手是洗粗了的。她瘦，被臭袜子熏的常不吃饭。我知道妈妈要想主意了，我知道。她常把衣裳推到一边，愣着。她和自己说话。她想什么主意呢？我可是猜不着。

七

妈妈嘱咐我不叫我别扭，要乖乖地叫“爸”：她又给我找到一个爸。这是另一个爸，我知道，因为坟里已经埋好一个爸了。妈嘱咐我的时候，眼睛看着别处。她含着泪说：“不能叫你饿死!”呕，是因为不饿死我，妈才另给我找了个爸！我不明白多少事，我有点怕，又有点希望——果然不再挨饿的话。多么凑巧呢，离开我们那间小屋的时候，天上又挂着月牙。这次的月牙比哪一回都清楚，都可怕；我是要离开这住惯了的小屋了。妈坐了一乘红轿，前面还有几个鼓手，吹打得一点也不好听。轿在前边走，我和一个男人在后边跟着，他拉着我的手。那可怕的月牙放着一点光，仿佛在凉风里颤动。街上没有什么人，只有些野狗追着鼓手们咬；轿子走得很快。上哪去呢？是不是把妈抬到城外去，抬到坟地去？那个男人扯着我走，我喘不过气来，要哭都哭不出来。那男人的手心出了汗，凉得像个鱼似的，我要喊“妈”，可是不敢。一会儿，月牙像个要闭上的一道大眼缝，轿子进了个小巷。

八

我在三四年里似乎没再看见月牙。新爸对我们很好，他有两间屋子，他和妈住在里间，我在外间睡铺板。我起初还想跟妈妈睡，可是几天之后，我反倒爱“我的”小屋了。屋里有白白的墙，还有条长桌，一把椅子。这似乎都是我的。我的被子也比从前的厚实暖和了。妈妈也渐渐胖了点，脸上有了红色，手上的那层鳞也慢慢掉净。我好久没去当当了。新爸叫我去上学。有时候他还跟我玩一会儿。我不知道为什么不爱叫他“爸”，虽然我知道他很可爱。他似乎也知道这个，他常常对我那么一笑；笑的时候他有很好看的眼睛。可是妈妈偷告诉我叫爸，我也不愿十分的别扭。我心中明白，妈和我现在是有吃有喝的，都因为有这个爸，我明白。是的，在这三四年里我想不起曾经看见过月牙儿；也许是看见过而不大记得了。爸死时那个月牙，妈轿子前面那个月牙，我永远忘不了。那一点点光，那一点寒气，老在我心中，比什么都亮，都清凉，像块玉似的，有时候想起来仿佛能用手摸到似的。

九

我很爱上学。我老觉得学校里有不少的花，其实并没有；只是一想起学校就想到花罢了，正像一想起爸的坟就想起城外的月牙儿——在野外的小风里歪歪着。妈妈是很爱花的，虽然买不起，可是有人送给她一朵，她就顶喜欢的戴在头上。我有机会便给她折一两朵来；戴上朵鲜花，妈的后影还很年轻似的。妈喜欢，我也喜欢。在学校里我也很喜欢。也许因为这个，我想起学校便想起花来？

十

当我要在小学毕业那年，妈又叫我去当当了。我不知道为什么新爸忽然走了。他上了哪儿，妈似乎也不晓得。妈妈还叫我上学，她想爸不久就会回来的。他许多日子没回来，连封信也没有。我想妈又该洗臭袜子了，这使我极难受。可是妈妈并没这么打算。她还打扮着，还爱戴花；奇怪！她不落泪，反倒好笑；为什么呢？我不明白！好几次，我下学来，看她在门口儿立着。又隔了不久，我在路上走，有人“嗨”我了：“嗨！给你妈捎个信儿去！”“嗨！你卖不卖呀？小嫩的！”我的脸红得冒出火来，把头低得无可再低。我明白，只是没办法。我不能问妈妈，不能。她对我很好，而且有时候极庄重的说我：“念书！念书！”妈是不识字的，为什么这样催我念书呢？我疑心；又常由疑心而想到妈是为我才作那样的事。妈是没有更好的办法。疑心的时候，我恨不能骂妈妈一顿。再一想，我要抱住她，央告她不要再作那个事。我恨自己不能帮助妈妈。所以我也想到：我在小学毕业后又有什么用呢？我和同学们打听过了，有的告诉我，去年毕业的有好几个作姨太太的。有的告诉我，谁当了暗门子。我不大懂这些事，可是由她们的说法，我猜到这不是好事。她们似乎什么都知道，也爱偷偷地谈论她们明知是不正当的事——这些事叫她们的脸红红的而显出得意。我更疑心妈妈了，是不是等我毕业好去作……这么一想，有时候我不敢回家，我怕见妈妈。妈妈有时候给我点心钱，我不肯花，饿着肚子去上体操，常常要晕过去。看着别人吃点心，多么香甜呢！可是我得省着钱，万一妈妈叫我去……我可以跑，假如我手中有钱。我最阔的时候，手中有一毛多钱！在这些时候，即使在白天，我也有时望一望天上，找我的月牙儿呢。我心中的苦处假若可以用个形状比喻起来，必是个月牙儿形的。它无倚无靠的在灰蓝的天上挂着，光儿微弱，不大会儿便被黑暗包住。

十一

叫我最难过的是我慢慢地学会了恨妈妈。可是每当我恨她的时候，我不知不觉地便想起她背着我上坟的光景。想到了这个，我不能恨她了。我又非恨她不可。我的心像——还是像那个月牙儿，只能亮那么一会儿，而黑暗是无限的。妈妈的屋里常有男人来了，她不再躲避着我。他们的眼像狗似地看着我，舌头吐着，垂着涎。我在他们的眼中是更解馋的，我看出来。在很短的期间，我忽然明白了许多的事。我知道我得保护自己，我觉出我身上好像有什么可贵的地方，我闻得出我已有一种什么味道，使我自己害羞，多感。我身上有了些力量，可以保护自己，也可以毁了自己。我有时很硬气，有时候很软。我不知怎样好。我愿爱妈妈，这时候我有好些必要问妈妈的事，需要妈妈的安慰；可是正在这个时候，我得躲着她，我得恨她；要不然我自己便不存在了。当我睡不着的时节，我很冷静地思索，妈妈是可原谅的。她得顾我们俩的嘴。可是这个又使我要拒绝再吃她给我的饭菜。我的心就这么忽冷忽热，像冬天的风，休息一会儿，刮得更要猛；我静候着我的怒气冲来，没法儿止住。

十二

事情不容我想好方法就变得更坏了。妈妈问我，“怎样?”假若我真爱她呢，妈妈说，我应该帮助她。不然呢，她不能再管我了。这不像妈妈能说得出的话，但是她确是这么说了。她说得很清楚：“我已经快老了，再过二年，想白叫人要也没人要了!”这是对的，妈妈近来擦许多的粉，脸上还露出摺子来。她要再走一步，去专伺候一个男人。她的精神来不及伺候许多男人了。为她自己想，这时候能有人要她——是个馒头铺掌柜的愿要她——她该马上就走。可是我已经是个大姑娘了，不像小时候那样容易跟在妈妈轿后走过去了。我得打主意安置自己。假若我愿意“帮助”妈妈呢，她可以不再走这一步，而由我代替她挣钱。代她挣钱，我真愿意；可是那个挣钱方法叫我哆嗦。我知道什么呢，叫我像个半老的妇人那样去挣钱?!妈妈的心是狠的，可是钱更狠。妈妈不逼着我走哪条路，她叫我自己挑选——帮助她，或是我们娘儿俩各走各的。妈妈的眼没有泪，早就干了。我怎么办呢?

十三

我对校长说了。校长是个四十多岁的妇人，胖胖的，不很精明，可是心热。我是真没了主意，要不然我怎会开口述说妈妈的……我并没和校长亲近过。当我对她说的时候，每个字都像烧红了的煤球烫着我的喉，我哑了，半天才能吐出一个字。校长愿意帮助我。她不能给我钱，只能供给我两顿饭和住处——就住在学校和个老女仆作伴儿。她叫我帮助书记员写写字，可是不必马上就这么办，因为我的字还需要练习。两顿饭，一个住处，解决了天大的问题。我可以不连累妈妈了。妈妈这回连轿也没坐，只坐了辆洋车，摸着黑走了。我的铺盖，她给了我。临走的时候，妈妈挣扎着不哭，可是心底下的泪到底翻上来了。她知道我不能再找她去，她的亲女儿。我呢，我连哭都忘了怎么哭了，我只咧着嘴抽达，泪蒙住了我的脸。我是她的女儿，朋友，安慰。但是我帮助不了她，除非我得作那种我决不肯作的事。在事后一想，我们娘儿俩就像两个没人管的狗，为我们的嘴我们得受着一切的苦处，好像我们身上没有别的，只有一张嘴。为这张嘴，我们得把其余一切的东西都卖了。我不恨妈妈了，我明白了。不是妈妈的毛病，也不是不该长那张嘴，是粮食的毛病，凭什么没有我们的吃食呢？这个别离，把过去一切的苦楚都压过去了。那最明白我的眼泪怎流的月牙这回会没出来，这回只有黑暗，连点萤火的光也没有。妈妈就在暗中像个活鬼似的走了，连个影子也没有。即使她马上死了，恐怕也不会和爸埋在一处了，我连她将来的坟在哪里都不会知道。我只有这么个妈妈，朋友。我的世界里剩下我自己。

十四

妈妈永不能相见了，爱死在我心里，像被霜打了的春花。我用心地练字，为是能帮助校长抄写些不要紧的东西。我必须有用，我是吃着别人的饭。我不像那些女同学，她们一天到晚注意别人，别人吃了什么，穿了什么，说了什么；我老注意我自己，我的影子是我的朋友。“我”老在我的心上，因为没人爱我。我爱我自己，可怜我自己，鼓励我自己，责备我自己；我知道我自己，仿佛我是另一个人似的。我身上有一点变化都使我害怕，使我欢喜，使我莫名其妙。我在我自己手中拿着，像捧着一朵娇嫩的花。我只能顾目前，没有将来，也不敢深想。嚼着人家的饭，我知道那是晌午或晚上了，要不然我简直想不起时间来；没有希望，就没有时间。我好像钉在个没有日月的地方。想起妈妈，我晓得我曾经活了十几年。对将来，我不像同学们那样盼望放假，过节，过年；假期，节，年，跟我有什么关系呢？可是我的身体是往大了长呢，我觉得出。觉出我又长大了一些，我更渺茫，我不放心我自己。我越往大了长，我越觉得自己好看，这是一点安慰；美使我抬高了自己的身份。可是我根本没身份，安慰是先甜后苦的，苦到末了又使我自傲。穷，可是好看呢！这又使我怕：妈妈也是不难看的。

十五

我又老没看月牙了，不敢去看，虽然想看。我已毕了业，还在学校里住着。晚上，学校里只有两个老仆人，一男一女。他们不知怎样对待我好，我既不是学生，也不是先生，又不是仆人，可有点像仆人。晚上，我一个人在院中走，常被月牙给赶进屋来，我没有胆子去看它。可是在屋里，我会想象它是什么样，特别是在有点小风的时候。微风仿佛会给那点微光吹到我的心上来，使我想起过去，更加重了眼前的悲哀。我的心就好像在月光下的蝙蝠，虽然是在光的下面，可是自己是黑的；黑的东西，即使会飞，也还是黑的，我没有希望。我可是不哭，我只常皱着眉。

十六

我有了点进款：给学生织些东西，她们给我点工钱。校长允许我这么办。可是进不了许多，因为她们也会织。不过她们自己急于要用，而赶不来，或是给家中人打双手套或袜子，才来照顾我。虽然是这样，我的心似乎活了一点，我甚至想到：假若妈妈不走那一步，我是可以养活她的。一数我那点钱，我就知道这是梦想，可是这么想使我舒服一点。我很想看看妈妈。假若她看见我，她必能跟我来，我们能有方法活着，我想——不十分相信，可是。我想妈妈，她常到我的梦中来。有一天，我跟着学生们去到城外旅行，回来的时候已经是下午四点多了。为是快点回来，我们抄了个小道。我看见了妈妈！在个小胡同里有一家卖馒头的，门口放着个元宝筐，筐上插着个顶大的白木头馒头。顺着墙坐着妈妈，身儿一仰一弯地拉风箱呢。从老远我就看见了那个大木馒头与妈妈，我认识她的后影。我要过去抱住她。可是我不敢，我怕学生们笑话我，她们不许我有这样的妈妈。越走越近了，我的头低下去，从泪中看了她一眼，她没看见我。我们一群人擦着她的身子走过去，她好像是什么也没看见，专心地拉她的风箱。走出老远，我回头看了看，她还在那儿拉呢。我看不清她的脸，只看到她的头发在额上披散着点。我记住这个小胡同的名儿。

十七

像有个小虫在心中咬我似的，我想去看妈妈，非看见她我心中不能安静。正在这个时候，学校换了校长。胖校长告诉我得打主意，她在这儿一天便有我一天的饭食与住处，可是她不能保险新校长也这么办。我数了数我的钱，一共是两块七毛零几个铜子。这几个钱不会叫我在最近的几天中挨饿，可是我上哪儿呢？我不敢坐在那儿呆呆地发愁，我得想主意。找妈妈去是第一个念头。可是她能收留我吗？假若她不能收留我，而我找了她去，即使不能引起她与那个卖馒头的吵闹，她也必定很难过。我得为她想，她是我的妈妈，又不是我的妈妈，我们母女之间隔着一层用穷作成的障碍。想来想去，我不肯找她去了。我应当自己担着自己的苦处。可是怎么担着自己的苦处呢？我想不起。我觉得世界很小，没有安置我与我的小铺盖卷的地方。我还不如一条狗，狗有个地方便可以躺下睡；街上不准我躺着。是的，我是人，人可以不如狗。假若我扯着脸不走，焉知新校长不往外撵我呢？我不能等着人家往外推。这是个春天。我只看见花儿开了，叶儿绿了，而觉不到一点暖气。红的花只是红的花，绿的叶只是绿的叶，我看见些不同的颜色，只是一点颜色；这些颜色没有任何意义，春在我的心中是个凉的死的东西。我不肯哭，可是泪自己往下流。

十八

我出去找事了。不找妈妈，不依赖任何人，我要自己挣饭吃。走了整整两天，抱着希望出去，带着尘土与眼泪回来。没有事情给我作。我这才真明白了妈妈，真原谅了妈妈。妈妈还洗过臭袜子，我连这个都作不上。妈妈所走的路是唯一的。学校里教给我的本事与道德都是笑话，都是吃饱了没事时的玩艺。同学们不准我有那样的妈妈，她们笑话暗门子；是的，她们得这样看，她们有饭吃。我差不多要决定了：只要有人给我饭吃，什么我也肯干；妈妈是可佩服的。我才不去死，虽然想到过；不，我要活着。我年轻，我好看，我要活着。羞耻不是我造出来的。

十九

这么一想，我好像已经找到了事似的。我敢在院中走了，一个春天的月牙在天上挂着。我看出它的美来。天是暗蓝的，没有一点云。那个月牙清亮而温柔，把一些软光儿轻轻送到柳枝上。院中有点小风，带着南边的花香，把柳条的影子吹到墙角有光的地方来，又吹到无光的地方去；光不强，影儿不重，风微微地吹，都是温柔，什么都有点睡意，可又要轻软地活动着。月牙下边，柳梢上面，有一对星儿好像微笑的仙女的眼，逗着那歪歪的月牙和那轻摆的柳枝。墙那边有棵什么树，开满了白花，月的微光把这团雪照成一半儿白亮，一半儿略带点灰影，显出难以想到的纯净。这个月牙是希望的开始，我心里说。

二十

我又找了胖校长去，她没在家。一个青年把我让进去。他很体面，也很和气。我平素很怕男人，但是这个青年不叫我怕他。他叫我说什么，我便不好意思不说；他那么一笑，我心里就软了。我把找校长的意思对他说了，他很热心，答应帮助我。当天晚上，他给我送了两块钱来，我不肯收，他说这是他婶母——胖校长——给我的。他并且说他的婶母已经给我找好了地方住，第二天就可以搬过去。我要怀疑，可是不敢。他的笑脸好像笑到我的心里去。我觉得我要疑心便对不起人，他是那么温和可爱。

二十一

他的笑唇在我的脸上，从他的头发上我看着那也在微笑的月牙。春风像醉了，吹破了春云，露出月牙与一两对儿春星。河岸上的柳枝轻摆，青蛙唱着恋歌，嫩蒲的香味散在春晚的暖气里。我听着水流，像给嫩蒲一些生力，我想象着蒲梗轻快地往高里长。小蒲公英在潮暖的地上似乎正往叶尖花瓣上灌着白浆。什么都在溶化着春的力量，把春收在那微妙的地方，然后放出一些香味，像花蕊顶破了花瓣。我忘了自己，像四外的花草似的，承受着春的透入；我没了自己，像化在了那点春风与月的微光中。月儿忽然被云掩住，我想起来自己，我觉得他的热力在压迫我。我失去那个月牙儿，也失去了自己，我和妈妈一样了！

二十二

我后悔，我自慰，我要哭，我喜欢，我不知道怎样好。我要跑开，永不再见他；我又想他，我寂寞。两间小屋，只有我一个人，他每天晚上来。他永远俊美，老那么温和。他供给我吃喝，还给我作了几件新衣。穿上新衣，我自己看出我的美。可是我也恨这些衣服，又舍不得脱去。我不敢思想，也懒得思想，我迷迷糊糊的，腮上老有那么两块红。我懒得打扮，又不能不打扮，太闲在了，总得找点事作。打扮的时候，我怜爱自己；打扮完了，我恨自己。我的泪很容易下来，可是我设法不哭，眼终日老那么湿润润的，可爱。我有时候疯了似的吻他，然后把他推开，甚至于破口骂他；他老笑。

二十三

我早知道，我没希望；一点云便能把月牙遮住，我的将来是黑暗。果然，没有多久，春便变成了夏，我的春梦作到了头儿。有一天，也就是刚晌午吧，来了一个少妇。她很美，可是美得不玲珑，像个磁人儿似的。她进到屋中就哭了。不用问，我已明白了。看她那个样儿，她不想跟我吵闹，我更没预备着跟她冲突。她是个老实人。她哭，可是拉住我的手："他骗了咱们俩!"她说。我以为她也只是个"爱人"。不，她是他的妻。她不跟我闹，只口口声声的说："你放了他吧!"我不知怎么才好，我可怜这个少妇。我答应了她。她笑了。看她这个样儿，我以为她是缺个心眼，她似乎什么也不懂，只知道要她的丈夫。

二十四

我在街上走了半天。很容易答应那个少妇呀，可是我怎么办呢？他给我的那些东西，我不愿意要；既然要离开他，便一刀两断。可是，放下那点东西，我还有什么呢？我上哪儿呢？我怎么能当天就有饭吃呢？好吧，我得要那些东西，无法。我偷偷的搬了走。我不后悔，只觉得空虚，像一片云那样的无倚无靠。搬到一间小屋里，我睡了一天。

二十五

我知道怎样俭省，自幼就晓得钱是好的。凑合着手里还有那点钱，我想马上去找个事。这样，我虽然不希望什么，或者也不会有危险了。事情可是并不因我长了一两岁而容易找到。我很坚决，这并无济于事，只觉得应当如此罢了。妇女挣钱怎这么不容易呢！妈妈是对的，妇人只有一条路走，就是妈妈所走的路。我不肯马上就往那么走，可是知道它在不很远的地方等着我呢。我越挣扎，心中越害怕。我的希望是初月的光，一会儿就要消失。一两个星期过去了，希望越来越小。最后，我去和一排年轻的姑娘们在小饭馆受选阅。很小的一个饭馆，很大的一个老板；我们这群都不难看，都是高小毕业的女子们，等皇赏似的，等着那个破塔似的老板挑选。他选了我。我不感谢他，可是当时确有点痛快。那群女孩子们似乎很羡慕我，有的竟自含着泪走去，有的骂声“妈的！”女人够多么不值钱呢！

二十六

我成了小饭馆的第二号女招待。摆菜，端菜，算账，报菜名，我都不在行。我有点害怕。可是“第一号”告诉我不用着急，她也都不会。她说，小顺管一切的事；我们当招待的只要给客人倒茶，递手巾把，和拿账条；别的不用管。奇怪！“第一号”的袖口卷起来很高，袖口的白里子上连一个污点也没有。腕上放着一块白丝手绢，绣着“妹妹我爱你”。她一天到晚往脸上拍粉，嘴唇抹得血瓢似的。给客人点烟的时候，她的膝往人家腿上倚；还给客人斟酒，有时候她自己也喝了一口。对于客人，有的她伺候得非常的周到；有的她连理也不理，她会把眼皮一搭拉，假装没看见。她不招待的，我只好去。我怕男人。我那点经验叫我明白了些，什么爱不爱的，反正男人可怕。特别是在饭馆吃饭的男人们，他们假装义气，打架似的让座让账；他们拚命的猜拳，喝酒；他们野兽似的吞吃，他们不必要而故意的挑剔毛病，骂人。我低头递茶递手巾，我的脸发烧。客人们故意的和我说东说西，招我笑；我没心程说笑。晚上九点多钟完了事，我非常的疲乏了。到了我的小屋，连衣裳没脱，我一直地睡到天亮。醒来，我心中高兴了一些，我现在是自食其力，用我的劳力自己挣饭吃。我很早的就去上工。

二十七

“第一号”九点多才来，我已经去了两点多钟。她看不起我，可也并非完全恶意地教训我：“不用那么早来，谁八点来吃饭？告诉你，丧气鬼，把脸别搭拉得那么长；你是女跑堂的，没让你在这儿送殡玩。低着头，没人多给酒钱；你干什么来了？不为挣子儿吗？你的领子太矮，咱这行全得弄高领子，绸子手绢，人家认这个！”我知道她是好意，我也知道设若我不肯笑，她也得吃挂落，少分酒钱；小账是大家平分的。我也并非看不起她，从一方面看，我实在佩服她，她是为挣钱。妇女挣钱就得这么着，没第二条路。但是，我不肯学她。我仿佛看得很清楚：有朝一日，我得比她还开通，才能挣上饭吃。可是那得到了山穷水尽的时候；“万不得已”老在那儿等我们女子，我只能叫它多等几天。这叫我咬牙切齿，叫我心中冒火，可是妇女的命运不在自己手里。又干了三天，那个大掌柜的下了警告：再试我两天，我要是愿意往长了干呢，得照“第一号”那么办。“第一号”一半嘲弄，一半劝告的说：“已经有人打听你，干吗藏着乖的卖傻的呢？咱们谁不知道谁是怎着？女招待嫁银行经理的，有的是；你当是咱们低搭呢？闯开脸儿干呀，咱们也他妈的坐几天汽车！”这个，逼上我的气来，我问她：“你什么时候坐汽车？”她把红嘴唇撇得要掉下去：“不用你耍嘴皮子，干什么说什么；天生下来的香屁股，还不会干这个呢！”我干不了，拿了一块另五分钱，我回了家。

二十八

最后的黑影又向我迈了一步。为躲它，就更走近了它。我不后悔丢了那个事，可我也真怕那个黑影。把自己卖给一个人，我会。自从那回事儿，我很明白了些男女之间的关系。女人把自己放松一些，男人闻着味儿就来了。他所要的是肉，他所给的也是肉。他咬了你，压着你，发散了兽力，你便暂时有吃有穿；然后他也许打你骂你，或者停止了你的供给。女人就这么卖了自己，有时候还很得意，我曾经觉到得意。在得意的时候，说的净是一些天上的话；过了会儿，你觉得身上的疼痛与丧气。不过，卖给一个男人，还可以说些天上的话；卖给大家，连这些也没法说了，妈妈就没说过这样的话。怕的程度不同，我没法接受“第一号”的劝告；“一个”男人到底使我少怕一点。可是，我并不想卖我自己。我并不需要男人，我还不到二十岁。我当初以为跟男人在一块儿必定有趣，谁知道到了一块他就要求那个我所害怕的事。是的，那时候我像把自己交给了春风，任凭人家摆布；过后一想，他是利用我的无知，畅快他自己。他的甜言蜜语使我走入梦里；醒过来，不过是一个梦，一些空虚；我得到的是两顿饭，几件衣服。我不想再这样挣饭吃，饭是实在的，实在地去挣好了。可是，若真挣不上饭吃，女人得承认自己是女人，得卖肉！一个多月，我找不到事作。

二十九

我遇见几个同学，有的升入了中学，有的在家里作姑娘。我不愿理她们，可是一说起话儿来，我觉得我比她们精明。原先，在学校的时候，我比她们傻；现在，“她们”显着呆傻了。她们似乎还都作梦呢。她们都打扮得很好，像铺子里的货物。她们的眼溜着年轻的男子，心里好像作着爱情的诗。我笑她们。是的，我必定得原谅她们，她们有饭吃，吃饱了当然只好想爱情，男女彼此织成了网，互相捕捉；有钱的，网大一些，捉住几个，然后从容地选择一个。我没有钱，我连个结网的屋角都找不到。我得直接地捉人，或是被捉，我比她们明白一些，实际一些。

三十

有一天，我碰见那个小媳妇，像磁人似的那个。她拉住了我，倒好像我是她的亲人似的。她有点颠三倒四的样儿。“你是好人！你是好人！我后悔了，”她很诚恳地说，“我后悔了！我叫你放了他，哼，还不如在你手里呢！他又弄了别人，更好了，一去不回头了！”由探问中，我知道她和他也是由恋爱而结的婚，她似乎还很爱他。他又跑了。我可怜这个小妇人，她也是还作着梦，还相信恋爱神圣。我问她现在的情形，她说她得找到他，她得从一而终。要是找不到他呢？我问。她咬上了嘴唇，她有公婆，娘家还有父母，她没有自由，她甚至于羡慕我，我没有人管着。还有人羡慕我，我真要笑了！我有自由，笑话！她有饭吃，我有自由；她没自由，我没饭吃，我俩都是女子。

三十一

自从遇上那个小磁人，我不想把自己专卖给一个男人了，我决定玩玩了；换句话说，我要“浪漫”地挣饭吃了。我不再为谁负着什么道德责任，我饿。浪漫足以治饿，正如同吃饱了才浪漫，这是个圆圈，从哪儿走都可以。那些女同学与小磁人都跟我差不多，她们比我多着一点梦想，我比她们更直爽，肚子饿是最大的真理。是的，我开始卖了。把我所有的一点东西都折卖了，作了一身新行头，我的确不难看。我上了市。

三十二

我想我要玩玩，浪漫。啊，我错了。我还是不大明白世故。男人并不像我想的那么容易勾引。我要勾引文明一些的人，要至多只赔上一两个吻。哈哈，人家不上那个当，人家要初次见面便摸我的乳。还有呢，人家只请我看电影，或逛逛大街，吃杯冰激凌；我还是饿着肚子回家。所谓文明人，懂得问我在哪儿毕业，家里作什么事。那个态度使我看明白，他若是要你，你得给他相当的好处；你若是没有好处可贡献呢，人家只用一角钱的冰激凌换你一个吻。要卖，得痛痛快快的，拿钱来，我陪你睡。我明白了这个。小磁人们不明白这个。我和妈妈明白，我很想妈了。

三十三

据说有些女人是可以浪漫地挣饭吃，我缺乏资本；也就不必再这样想了。我有了买卖。可是我的房东不许我再住下去，他是讲体面的人。我连瞧他也没瞧，就搬了家，又搬回我妈妈和新爸爸曾经住过的那两间房。这里的人不讲体面，可也更真诚可爱。搬了家以后，我的买卖很不错。连文明人也来了。文明人知道了我是卖，他们是买，就肯来了；这样，他们不吃亏，也不丢身份。初干的时候，我很害怕，因为我还不到廿岁。及至作过了几天，我也就不怕了，身体上哪部分多运动都可以发达的。况且我不留情呢，我身上的各处都不闲着，手，嘴……都帮忙。他们爱这个。多咱他们像了一摊泥，他们才觉得上了算，他们满意，还替我作义务的宣传。干过了几个月，我明白的事情更多了，差不多每一见面我就能断定他是怎样的人。有的很有钱，这样的人一开口总是问我的身价，表示他买得起我。他也很嫉妒，总想包了我；逛暗娼他也想独占，因为他有钱。对这样的人，我不大招待。他闹脾气，我不怕，我告诉他，我可以找上他的门去，报告给他的太太。在小学里念了几年书，到底是没白念，他唬不住我。教育是有用的，我相信了。有的人呢，来的时候，手里就攥着一块钱，唯恐上了当。对这种人，我跟他细讲条件，干什么多少钱，干什么多少钱，他就乖乖地回家去拿钱，很有意思。最可恨的是那些油子，不但不肯花钱，反倒要占点便宜走，什么半盒烟卷呀，什么一小瓶雪花膏呀，他们随手拿去。这种人还是得罪不的，他们在地面上很熟，得罪了他们，他们会叫巡警跟我捣乱。我不得罪他们，我喂着他们；及至我认识了警官，才一个个的收拾他们。世界就是狼吞虎咽的世界，谁坏谁就有便宜。顶可怜的是那像中学学生样儿的，袋里装着一块钱，和几十铜子，叮当地直响，鼻子上出着汗。我可怜他们，可是也照常卖给他们。

我有什么办法呢！还有老头子呢，都是些规矩人，或者家中已然儿孙成群。对他们，我不知道怎样好；但是我知道他们有钱，想在死前买些快乐，我只好供给他们所需要的。这些经验叫我认识了“钱”与“人”。钱比人更厉害一些，人若是兽，钱就是兽的胆子。

三十四

我发现了我身上有了病。这叫我非常的苦痛，我觉得已经不必活下去了。我休息了，我到街上去走；无目的，乱走。我想去看看妈，她必能给我一些安慰，我想象着自己已是快死的人了。我绕到那个小巷，希望见着妈妈；我想起她在门外拉风箱的样子。馒头铺已经关了门。打听，没人知道搬到哪里去。这使我更坚决了，我非找到妈妈不可。在街上丧胆游魂地走了几天，没有一点用。我疑心她是死了，或是和馒头铺的掌柜的搬到别处去，也许在千里以外。这么一想，我哭起来。我穿好了衣裳，擦上了脂粉，在床上躺着，等死。我相信我会不久就死去的。可是我没死。门外又敲门了，找我的。好吧，我伺候他，我把病尽力地传给他。我不觉得这对不起人，这根本不是我的过错。我又痛快了些，我吸烟，我喝酒，我好像已是三四十岁的人了。我的眼圈发青，手心发热，我不再管；有钱才能活着，先吃饱再说别的吧。我吃得并不错，谁肯吃坏的呢！我必须给自己一点好吃食，一些好衣裳，这样才稍微对得起自己一点。

三十五

一天早晨，大概有十点来钟吧，我正披着件长袍在屋中坐着，我听见院中有点脚步声。我十点来钟起来，有时候到十二点才想穿好衣裳，我近来非常的懒，能披着件衣服呆坐一两个钟头。我想不起什么，也不愿想什么，就那么独自呆坐。那点脚步声向我的门外来了，很轻很慢。不久，我看见一对眼睛，从门上那块小玻璃向里面看呢。看了一会儿，躲开了；我懒得动，还在那儿坐着。待了一会儿，那对眼睛又来了。我再也坐不住，我轻轻的开了门。“妈!”

三十六

我们母女怎么进了屋，我说不上来。哭了多久，也不大记得。妈妈已老得不像样儿了。她的掌柜的回了老家，没告诉她，偷偷地走了，没给她留下一个钱。她把那点东西变卖了，辞了房，搬到一个大杂院里去。她已找了我半个多月。最后，她想到上这儿来，并没希望找到我，只是碰碰看，可是竟自找到了我。她不敢认我了，要不是我叫她，她也许就又走了。哭完了，我发狂似的笑起来：她找到了女儿，女儿已是个暗娼！她养着我的时候，她得那样；现在轮到我养着她了，我得那样！女子的职业是世袭的，是专门的！

三十七

我希望妈妈给我点安慰。我知道安慰不过是点空话，可是我还希望来自妈妈的口中。世上的妈妈都最会骗人，我们把妈妈的诓骗叫作安慰。我的妈妈连这个都忘了。她是饿怕了，我不怪她。她开始检点我的东西，问我的进项与花费，似乎一点也不以这种生意为奇怪。我告诉她，我有了病，希望她劝我休息几天。没有；她只说出去给我买药。“我们老干这个吗?”我问她。她没言语。可是从另一方面看，她确是想保护我，心疼我。她给我作饭，问我身上怎样，还常常偷看我，像妈妈看睡着了的小孩那样。只是有一层她不肯说，就是叫我不用再干这行了。我心中很明白——虽然有一点不满意她——除了干这个，还想不到第二个事情作。我们母女得吃得穿——这个决定了一切。什么母女不母女，什么体面不体面，钱是无情的。

三十八

妈妈想照应我，可是她得听着看着人家蹂躏我。我想好好对待她，可是我觉得她有时候讨厌。她什么都要管管，特别是对于钱。她的眼已失去年轻时的光泽，不过看见了钱还能发点光。对于客人，她就自居为仆人，可是当客人给少了钱的时候，她张嘴就骂。这有时候使我很为难。不错，既干这个还不是为钱吗？可是干这个的也似乎不必骂人。我有时候也会慢待人，可是我有我的办法，使客人急不得恼不得。妈妈的方法太笨了，很容易得罪人。看在钱的面上，我们不应当得罪人。我的方法或者出于我还年轻，还幼稚；妈妈便不顾一切的单单站在钱上了，她应当如此，她比我大着好些岁。恐怕再过几年我也就这样了，人老心也跟着老，渐渐老得和钱一样的硬。是的，妈妈不客气。她有时候劈手就抢客人的皮夹，有时候留下人家的帽子或值钱一点的手套与手杖。我很怕闹出事来，可是妈妈说的好："能多弄一个是一个，咱们是拿十年当作一年活着的，等七老八十还有人要咱们吗？"有时候，客人喝醉了，她便把他架出去，找个僻静地方叫他坐下，连他的鞋都拿回来。说也奇怪，这种人倒没有来找账的，想是已人事不知，说不定也许病一大场。或者事过之后，想过滋味，也就不便再来闹了，我们不怕丢人，他们怕。

三十九

妈妈是说对了：我们是拿十年当一年活着。干了二三年，我觉出自己是变了。我的皮肤粗糙了，我的嘴唇老是焦的，我的眼睛里老灰不溜的带着血丝。我起来的很晚，还觉得精神不够。我觉出这个来，客人们更不是瞎子，熟客渐渐少起来。对于生客，我更努力的伺候，可是也更厌恶他们，有时候我管不住自己的脾气。我暴躁，我胡说，我已经不是我自己了。我的嘴不由的老胡说，似乎是惯了。这样，那些文明人已不多照顾我，因为我丢了那点“小鸟依人”——他们唯一的诗句——的身段与气味。我得和野鸡学了。我打扮得简直不像个人，这才招得动那不文明的人。我的嘴擦得像个红血瓢，我用力咬他们，他们觉得痛快。有时候我似乎已看见我的死，接进一块钱，我仿佛死了一点。钱是延长生命的，我的挣法适得其反。我看着自己死，等着自己死。这么一想，便把别的思想全止住了。不必想了，一天一天地活下去就是了，我的妈妈是我的影子，我至好不过将来变成她那样，卖了一辈子肉，剩下的只是一些白头发与抽皱的黑皮。这就是生命。

四十

我勉强地笑，勉强地疯狂，我的痛苦不是落几个泪所能减除的。我这样的生命是没什么可惜的，可是它到底是个生命，我不愿撒手。况且我所作的并不是我自己的过错。死假如可怕，那只因为活着是可爱的。我决不是怕死的痛苦，我的痛苦久已胜过了死。我爱活着，而不应当这样活着。我想象着一种理想的生活，像作着梦似的；这个梦一会儿就过去了，实际的生活使我更觉得难过。这个世界不是个梦，是真的地狱。妈妈看出我的难过来，她劝我嫁人。嫁人，我有了饭吃，她可以弄一笔养老金。我是她的希望。我嫁谁呢？

四十一

因为接触的男子很多了，我根本已忘了什么是爱。我爱的是我自己，及至我已爱不了自己，我爱别人干什么呢？但是打算出嫁，我得假装说我爱，说我愿意跟他一辈子。我对好几个人都这样说了，还起了誓；没人接受。在钱的管领下，人都很精明。嫖不如偷，对，偷省钱。我要是不要钱，管保人人说爱我。

四十二

正在这个期间，巡警把我抓了去。我们城里的新官儿非常地讲道德，要扫清了暗门子。正式的妓女倒还照旧作生意，因为她们纳捐；纳捐的便是名正言顺的，道德的。抓了去，他们把我放在了感化院，有人教给我作工。洗，做，烹调，编织，我都会；要是这些本事能挣饭吃，我早就不干那个苦事了。我跟他们这样讲，他们不信，他们说我没出息，没道德。他们教给我工作，还告诉我必须爱我的工作。假如我爱工作，将来必定能自食其力，或是嫁个人。他们很乐观。我可没这个信心。他们最好的成绩，是已经有十几多个女的，经过他们感化而嫁了人。到这儿来领女人的，只须花两块钱的手续费和找一个妥实的铺保就够了。这是个便宜。从男人方面看；据我想，这是个笑话。我干脆就不受这个感化。当一个大官儿来检阅我们的时候，我唾了他一脸唾沫。他们还不肯放了我，我是带危险性的东西。可是他们也不肯再感化我。我换了地方，到了狱中。

四十三

狱里是个好地方，它使人坚信人类的没有起色；在我作梦的时候都见不到这样丑恶的玩艺。自从我一进来，我就不再想出去，在我的经验中，世界比这儿并强不了许多。我不愿死，假若从这儿出去而能有个较好的地方；事实上既不这样，死在哪儿不一样呢。在这里，在这里，我又看见了我的好朋友，月牙儿！多久没见着它了！妈妈干什么呢？我想起来一切。

原载1935年4月1日至15日《国闻周报》第十二卷第十二至十四期

图书在版编目（CIP）数据

老舍小说精编 / 老舍著. 魏韶华点评.—北京：中国工人出版社，2017.12
ISBN 978-7-5008-6848-4

Ⅰ. ①老…　Ⅱ. ①老… ②魏　Ⅲ. ①小说集–中国–现代　Ⅳ. ①I246

中国版本图书馆CIP数据核字（2017）第300067号

智识 | 趣味 | 无用之魅

老舍小说精编

责任编辑	宋　杨
责任校对	董春娜
责任印制	黄　丽
出版发行	中国工人出版社
地　　址	北京市东城区鼓楼外大街45号　邮编：100120
网　　址	http://www.wp-china.com
电　　话	（010）62005043（总编室） （010）62005039（印制管理中心） （010）62379038（社科文艺分社）
发行热线	（010）62005049　（010）62005042（传真）
经　　销	各地书店
印　　刷	三河市万龙印装有限公司
开　　本	880毫米×1230毫米　1/32
印　　张	15.25
字　　数	300千字
版　　次	2018年1月第1版　2021年2月第3次印刷
定　　价	58.00元

本书如有破损、缺页、装订错误，请与本社印制管理中心联系更换